Anna von Blon

Waldstille und Weltleid

Anna von Blomberg

Waldstille und Weltleid

Unveränderter Nachdruck der Originalausgabe.

1. Auflage 2022 | ISBN: 978-3-36844-270-5

Verlag: Outlook Verlag GmbH, Zeilweg 44, 60439 Frankfurt, Deutschland
Vertretungsberechtigt: E. Roepke, Zeilweg 44, 60439 Frankfurt, Deutschland
Druck: Books on Demand GmbH, In de Tarpen 42, 22848 Norderstedt, Deutschland

Waldstille und Weltleid

Roman von

Anna von Blomberg

Christliche Verlagsanstalt Konstanz i. B.

Marie Gräfin Reichenbach=Goschütz
in herzlicher Dankbarkeit zugeeignet

I

Über dem staatlichen Forst von Hellersdorf war ein heftiges Gewitter niedergegangen. Wolkenbruchartig hatten die Ströme des Himmels sich ergossen, und der Blitzstrahl war hin und wieder in einen der Riesen gefahren, die ihr Haupt stolz über die andern Bäume zu erheben wagten. Still und ruhig lag jetzt die Natur, leise atmend, wie einer, der schweren Schmerz überstanden hat. Zuweilen tropfte es noch aus dem Gezweig wie eine verspätete Träne, doch hie und da schlüpfte schon ein Vogel durch die Büsche, in denen er Zuflucht gesucht hatte, schüttelte das nasse Gefieder und erhob dann schüchtern seine Stimme, der Hoffnung gleich, die das Ungemach überdauert.

Auf der schmalen Straße trabte ein Reiter. Verdrossen sahen beide aus, Mann und Roß, denn der Regen hatte ihnen übel mitgespielt. Die Nässe hatte den nach der Mode gearbeiteten hellen Rock in ein garstig farbloses, verschrumpftes Ding verwandelt und dem Goldfuchs auf sein glänzendes Fell triefende Streifen gemalt. Nun trug er seinen Herrn mißmutig über die Pfützen am Boden und unter den tropfenden Zweigen hinweg, als sei es ihm einerlei, wo diese unlustige Reise ein Ziel finde, da der heimatliche Stall es doch nicht sein konnte. Auch der Reiter machte nicht den Eindruck eines Zielbewußten, und sein großes blaues Auge prüfte zuweilen mißtrauisch die Umgebung. Doch da war nicht viel zu prüfen. Rechts Bäume und Gebüsch, links Bäume und Gebüsch, und vor und hinter ihm eine schmale, spitz zulaufende Linie, die zuletzt in grüne Dämmerung überging.

Plötzlich blieb der Goldfuchs stehen. Zur Seite teilte sich das Gebüsch auseinander, und durch die Öffnung kam ein Kopf zum

Vorschein. Jung war er und hübsch, sehr hübsch sogar, aber ob
es eine Waldnymphe war oder ein Mensch, ein Bube oder ein
Mädchen, das war schwer zu sagen. Die Regentropfen glitzerten
in dem dunkeln Kraushaar, und ein braunes feuchtes Kleid,
ähnlich der Kutte eines Kapuziners, umschloß den zierlichen
Körper, soweit er sichtbar wurde. Aus einem Paar funkelnder
Augen blickte das Rätselwesen auf den fremden Mann, neu=
gierig, erstaunt, fragend und lachend. Dann schlugen die Zweige
wieder zusammen, und die Erscheinung war verschwunden.

„Kobold!" rief der Reiter hinterdrein. „Sokki, wir waren
dumm, sehr dumm. Warum haben wir das braune Ding nicht
beim Schopf genommen und zu uns in den Sattel gesetzt, damit
es uns den Weg zu seiner Behausung zeigte? Nun müssen wir
ihn auf eigene Hand suchen. Es ist mir gleich, ob wir Menschen
oder Waldungeheuer dort finden, wenn wir nur ins Trockene
kommen."

Einverstanden, nickte Sokki mit dem Kopfe, und die Reise
ging weiter.

Nach ungefähr zehn Minuten machte der Weg plötzlich eine
scharfe Wendung, und als der Reiter um die Ecke bog, zeigte sich
ein freundlich lockendes Bild. Eine weite Lichtung tat sich auf,
mit grünem blumenreichem Teppich geschmückt, und im Hinter=
grund erhob sich ein Haus. Mit der Rückseite schien es sich an
den dunklen Wald zu lehnen, die Front war nur von zwei
schlanken Akazien gedeckt, die ihre blütengeschmückten Kronen
über das Dach erstreckten. Wilder Wein kletterte an der Mauer
hinauf und umrahmte die Fenster, auch das kleine Erkerfenster,
das über ein mächtiges Hirschgeweih hinweglugte. Um den Ein=
druck zu erhöhen, brach eben jetzt die Abendsonne durch das zer=
reißende Gewölk und übergoß Haus und Wiese mit zauberischem
Schimmer.

Der Reiter hielt und überlegte. Dort winkte die Ruhe nach
der Erschöpfung. Sollte er, Einlaß bittend, sich dem Hause
nähern? Während er noch sann, schlug Hundegebell an sein Ohr.
Zwei große, braungefleckte Hühnerhunde sprangen aus einem
versteckten Waldweg auf ihn zu und umkreisten ihn, bis der Gold=

fuchs unruhig zu werden begann. Und nun tauchte aus der Öffnung desselben Weges eine menschliche Gestalt auf, groß und breitschulterig, mit wehendem Bart. Grüne Jägerkleidung deckte die kraftvollen Glieder des Mannes, und über der Achsel hing ihm das Gewehr. Mit scharfem Pfiff rief er die Hunde zurück und musterte einen Augenblick die ungewöhnliche Erscheinung des Reiters. Dann griff er flüchtig an den Hut und wandte sich zum Gehen.

Doch nun ritt ihm der andere hastig nach. „Verzeihen Sie, mein Herr", sagte er bittend, „können Sie mir vielleicht den nächsten Weg nach der Stadt weisen?"

„Nach welcher Stadt?" fragte der Jäger, stehenbleibend.

Der Reiter nannte den Namen der Provinzialhauptstadt.

Lächelnd sah ihn der Jäger an und erwiderte: „Der nächste Weg ist vier Stunden lang. Wollen Sie die Stadt heute noch erreichen?"

Ein tiefer Seufzer war die Antwort.

„Sie und Ihr Pferd", fuhr der Hüne fort, indem er seinen Blick freundlich über beide schweifen ließ, „sehen so aus, als ob Sie eine solche Wegstrecke heute nicht mehr zurücklegen könnten, ohne sich ernstlich zu gefährden. Das Gewitter hat Sie wohl überrascht?"

„Ja", antwortete der Reiter, „es war eine häßliche Überraschung, und außerdem habe ich mich noch verirrt in diesem endlosen Wald. Ich bin schon etwa fünf Stunden unterwegs."

„Und darf ich fragen, woher Sie kommen?"

„Aus eben der Stadt, in die ich zurückkehren will."

„Allerdings ein etwas weiter Spazierritt", bemerkte der Jäger.

Über das hübsche Antlitz des jungen Mannes glitt ein Schein von Verlegenheit. Er senkte den Blick und antwortete zögernd: „Es war eine Wette. Ich hatte mich anheischig gemacht, diesen berühmten Wald in zwei Stunden zu durchreiten. Bei meinen Bekannten gelte ich als guter Reiter, und mein Fokki ist die Perle aller Reitpferde. Aber jetzt ist er müde", schloß er und ſtrich, gleichſam entſchuldigend, über den ſchlanken Hals des Tieres.

„Und nun haben Sie Ihre Wette verloren", ſagte der Jäger. „Ei, junger Herr, es war ſehr waghalſig von Ihnen, in zwei Stunden durch einen Forſt reiten zu wollen, der zwanzig Mei= len in der Runde nicht ſeinesgleichen hat." Doch während er in gerechtem Stolz ſo ſprach, nahmen die Züge über dem mäch= tigen Barte immer mehr den Ausdruck des Wohlwollens und des Wohlgefallens an. Er fuhr fort: „Da Sie nun doch einmal ein verlorener Mann ſind, ſo fügen Sie ſich in das Unvermeid= liche und pflegen Sie der nötigen Ruhe. Wollen Sie mit dem Obdach, das ich bieten kann, vorliebnehmen, dann heiße ich Sie als Gaſt willkommen."

Dankbar und erleichtert ſah der junge Reiter auf und er= widerte treuherzig: „Als ich vorhin des Hauſes dort anſichtig wurde, regte ſich in mir alsbald der Wunſch, darin einkehren zu dürfen. Aber ich wagte nicht, Sie darum zu bitten, als ich in Ihnen ſofort den Beſitzer vermutete."

„Ja, ich bin der Herr des Hauſes", antwortete der Jägers= mann, „und in gewiſſem Sinn auch der Herr dieſes Waldes; man nennt mich den Oberförſter Diriletti."

„Und mich", ſagte der Reiter, indem er mit kaum merklicher Schelmerei die etwas ſeltſame Art der Vorſtellung nachahmte, „mich nennt man Reggfield, Graf Reggfield."

Nachdem ſo die gegenſeitige Bekanntſchaft vermittelt war, zogen ſie miteinander dem Hauſe zu, wo die kläffenden Hunde bereits ihre Ankunft verkündeten. Wohl ein halbes Dutzend dieſer Tiere, groß und klein und verſchiedenen Raſſen angehörig, ſtürzten herbei. Mit freudigem Geheul ſprangen ſie an ihrem Herrn hinauf und von ihm zu dem Goldfuchs, um anzudeuten, daß ſie dem Fremden, der unter dem Schutz ihres Gebieters den Einzug hielt, das Gaſtrecht zuerkannten.

In dem offenen Hoftor ſtand ein Knecht, der neugierig die Ankömmlinge muſterte. Der Oberförſter rief ihn herbei und übergab ihm die Sorge für das fremde Pferd. Dann führte er

8

seinen Gast in das Haus. Er öffnete im Erdgeschoß eine Tür und sie betraten ein mittelgroßes Zimmer, aus dem ein traulich, anheimelndes Etwas dem Fremdling entgegen und ins Herz drang. Eine Frau und ein junges Mädchen saßen in dem Gemach. Sie hatten ihn offenbar schon vom Fenster aus kommen sehen; denn aus ihren Zügen sprach weniger Überraschung als Wißbegier und Erwartung.

„Meine Frau und meine Tochter Maria", sagte der Oberförster, und dann erzählte er den beiden, wie der junge Graf sein Gast geworden war. „Du mußt mir nun helfen, Lottchen", schloß er, zu seiner Frau gewendet, „ihn aus einem Wassernix wieder in einen Menschen zu verwandeln. Meine Kleider werden ihm leider nicht passen; aber der Fromüller ist ja ein schlanker, hochaufgeschossener Mensch, der muß aushelfen."

So erschien nach Verlauf von einer Viertelstunde der Reiter wieder im Familienzimmer als schmucker Jägerbursch in den Kleidern des Forstgehilfen Fromüller. Frau Lottchen war inzwischen hinausgegangen, desgleichen der Hausherr. Nur das Fräulein Maria traf er an, und er nahm sich jetzt die Freiheit, sie genauer zu betrachten. Sie mochte achtzehn oder neunzehn Jahre zählen, und ihre Gestalt wetteiferte im Wuchs mit den Edeltannen draußen im Wald. Das fein geschnittene Antlitz war etwas bleich; ein sinniger Ernst lag darauf wie auch in den sanften blauen Augen. Zwei dicke blonde Zöpfe waren um den Kopf gelegt, und über der Stirn kräuselte sich das Haar zu natürlichen Löckchen.

Mit raschem Blick hatte der junge Graf diese Einzelheiten erfaßt. „Ein apartes Mädchen", sprach er bei sich. Dann stellte er sich dem Fräulein gegenüber hinter einen Stuhl, stützte die Arme leicht auf die Lehne und begann mit der Sicherheit des formengewandten Kavaliers eine Unterhaltung.

Ruhig und bescheiden ging Maria darauf ein, doch im Lauf des Gesprächs stieg eine leise Röte in ihre Wangen und ein lichter Glanz in ihre Augen. Ein Ruf der Mutter machte der Unterhaltung ein Ende. Maria stand auf und sagte: „Entschuldigen

Sie, Herr Graf, daß ich Sie allein lassen muß. Ich denke, mein Vater kommt wohl gleich zurück."

Nun auf seine eigene Gesellschaft angewiesen, begann der Graf im Zimmer umherzugehen und die altertümlichen Möbel wie die Bilder an den Wänden zu betrachten. Aber eine gewisse Schwere in den Gliedern mahnte ihn unliebsam an den fünf= stündigen Ritt. Er warf sich in einen Lehnstuhl, der am offenen Fenster stand, und legte den Kopf gegen das Polster. Draußen sanken leise die Schatten des Maiabends hernieder. Lind wehte es zum Fenster herein und trug einen lieblichen Duft von Tan= nensprossen und Akazienblüten in das Zimmer. Es war so still ringsum, so lauschig, und er war so müde. Ein traumgleiches Gefühl überkam ihn; kein Gedanke, nur Bilder noch zogen durch seinen Kopf.

Husch, husch — was kam da vom Waldrand herübergehüpft, klein und zierlich und sonderbar? War das auch Traum, oder war es Wirklichkeit? Graf Reggfield richtete sich auf und spähte hinaus. „Oho", sagte er laut zu sich selbst, „das ist ja mein brauner Kobold. Dem muß ich doch entgegengehen und sehen, wie und als was er sich entpuppen wird." Schnell, daß das kleine Wesen ihm nicht entschlüpfen möchte, verließ er das Zimmer und trat unter die Haustür. Da kam es über den blumigen Grund ge= laufen, leichtfüßig, mit tanzenden Schritten, gerade auf ihn zu. Er konnte jetzt schon erkennen, daß es kein Kobold war, sondern ein Mägdlein, das wohl dem Kindesalter kaum entwachsen sein mochte. Die Kapuziner=Kutte war ein brauner Mantel, der die zarte Gestalt vom Kinn bis zu den Füßen einhüllte.

Bis dicht vor ihn hin lief die Kleine und sagte jetzt, ohne ihn genauer anzusehen: „Wenn ich hätte ahnen können, daß Sie hier müßig stehen, Herr Fromüller, dann würde ich Sie vorhin doch gebeten haben, mit mir zu kommen; es war für mich allein sehr schwer."

„Auch ich bedaure lebhaft, daß ich Sie vorhin nicht gebeten habe, mit mir zu kommen, mein Fräulein", erwiderte der falsche Fromüller lächelnd.

Bei dem Klang der fremden Stimme war sie zusammenzuckte und starrte ihn nun mit großen, entsetzten Augen an. Eine Blutwelle übergoß das holdselige Gesicht, das sich allmählich senkte, und wie in vernichtender Beschämung deckte sie noch den Arm darüber.

„Wobei hätte ich denn helfen sollen?" fragte Graf Reggfield freundlich, da ihre hilflose Verlegenheit ihn rührte.

Sie gab keine Antwort, sondern bewegte nur abwehrend den Kopf, und dann suchte sie, dicht an die Mauer gedrückt, an ihm vorbei in den rettenden Hausflur zu kommen.

Artig räumte er ihr den Platz, und nun hatte er das ergötzliche Schauspiel, wie Maria in einer geöffneten Tür erschien und die Kleine auf sie zustürzte, um sie schutzsuchend mit beiden Armen zu umfangen.

„Serena", sagte Maria vorwurfsvoll, „wie siehst du aus! Du bist ja naß wie eine gebadete Katze."

Was die Kleine ihr darauf zuflüsterte, konnte der Graf nicht verstehen. Er sah nur, daß Maria sich von ihr freimachte, und hörte sie sagen: „Jetzt kann ich nicht; ich muß der Mutter helfen. Beeile auch du dich, daß du wieder herunterkommst."

Zu gleicher Zeit trat der Oberförster in den Hausflur. Er hatte soeben sein Büro geschlossen, und die Forstlehrlinge, darunter den vielgenannten Fromüller, für diesen Tag entlassen. Heiter plaudernd zogen die drei Grünröcke nach dem seitwärts gelegenen Försterhaus, wo sie ihr Quartier hatten. Der Oberförster und sein Gast dagegen gingen in das Zimmer des Hausherrn, um dort bei einer Flasche Wein die junge Bekanntschaft zu vervollkommnen, bis die Hausfrau zum Essen rief. Und dann saßen sie in der Wohnstube alle um den großen, runden Tisch, auf dem die Lampe brannte. Auch der dunkle Krauskopf war da. Der Oberförster hatte ihn dem Gast vorgestellt: „Unsere kleine Hexe Serena."

Ernsthaft hatte der junge Graf darauf geantwortet: „Wir kennen uns schon." Nun belustigte es ihn zu sehen, wie die Mutter und Maria die Kleine mit Blicken fragten, und wie diese ratlos ein wenig mit den Achseln zuckte, zuweilen nach ihm hinübersah und dann wieder die Augen fest auf den Teller richtete.

Als die Mahlzeit beendet war und jeder sich ein behagliches Plätzchen für den Rest des Abends suchte, rückte der Graf seinen Stuhl in Serenas Nähe. „Wollen Sie mir denn nicht sagen, wobei meine Hilfe Ihnen erwünscht gewesen wäre?" fragte er. „Mein Gewissen wird sich fortan beschwert fühlen, wenn ich des unterlassenen Ritterdienstes gedenke."

Die Erinnerung an das in Frage stehende Ereignis mußte ihr peinlich sein; denn sie zögerte mit der Antwort und warf einen unsicheren Blick auf ihren Vater.

„Was gibt's, kleine Hexe?" fragte dieser. „Was hast du mit meinem Gast für Heimlichkeiten?"

„Weniger wohl mit mir als mit dem glücklichen Herrn Fromüller, für den gehalten zu werden ich die Ehre hatte", sagte der Graf.

Der Oberförster zog die Augenbrauen in die Höhe und sah seine Tochter scharf an. „Höre, Serena, dahinter steckt wieder einer von deinen dummen Streichen. Was ist's? Heraus mit der Sprache!"

„Ich habe nur der lahmen Karoline das Holz tragen helfen", stammelte Serena schuldbewußt.

„Das sie gestohlen hat?" rief der Oberförster. „Nein, Mädchen, das ist zu arg. Ich arbeite mit meinen Leuten tagaus, tagein, um des Forstfrevels Herr zu werden, und meine eigene Tochter geht hin und hilft den Dieben das Holz tragen." Er setzte im Unmut seine lange Pfeife auf den Fußboden und fuhr fort: „Gut, daß du mir wenigstens die Spitzbüberei verraten hast; morgen wandert die Karoline ins Loch."

„Däterchen, es war kein Diebstahl", sagte Serena mit bittender Stimme, „es war ein Bündel von trockenen Ästen, die der Wind abgebrochen hatte. Die Karoline weinte, als sie mich sah und wollte fliehen. Aber ihr lahmes Bein hinderte sie, so daß sie fiel, und das ganze Holzbündel kollerte auseinander. Da habe ich es ihr wieder zusammensuchen und in die Hütte tragen helfen. Du hättest sehen sollen, wie die fünf Kinder sich freuten."

„Nun ja", sagte der Oberförster, „findet sich morgen in der Hütte deines Schützlings auch nur ein abgeschnittener Ast, so kannst du statt ihrer auf acht Tage ins Gefängnis wandern."

12

„Vater", sagte die Kleine mit ungläubigem Lächeln.

„Wir sind noch nicht zu Ende", fuhr der Oberförster fort; „was sollte denn Fromüller bei der Sache tun? Erwartetest du von ihm etwa, er würde dir beim Wegschaffen staatlichen Eigentums helfen?"

„Ja", erwiderte sie harmlos, „ich dachte, er würde mir die Last abnehmen, wenn ich ihm sagte, daß sie mir zu schwer wäre; er hat mir ja schon zweimal geholfen, einen heruntergefallenen Vogel wieder in das Nest zu bringen."

Hier wurde das Gespräch durch den Gast unterbrochen, der nicht mehr imstande war, seine Heiterkeit zu unterdrücken.

Der Oberförster wandte sich zu dem Lachenden und fragte: „Was macht man nun mit einem solchen Mädchen? Und dabei ist der Kindskopf schon siebzehn Jahre alt. Sie wird aber ihr Leben lang nicht anders werden."

„Hoffentlich nicht", sagte der junge Graf und lachte wieder. Und dann entstand eine Pause.

Als der Blick des Gastes jetzt zufällig auf Maria fiel, bemerkte er, daß sie wie geistesabwesend vor sich hinstarrte, während ein schmerzlicher Zug sich um ihren Mund gelegt hatte. Er wunderte sich darüber, und es fiel ihm ein, daß sie während des ganzen Abends kein einziges Wort gesprochen hatte.

„Vergißmeinnicht!" rief der Oberförster plötzlich.

Maria schrak zusammen und errötete heftig, ja, es wollte dem Gast scheinen, als ob ein feuchter Schimmer in ihre Augen trat. Die Mutter neigte sich zu ihr, strich leise über das blonde Haupt und flüsterte ihr dann einen wirtschaftlichen Auftrag zu. Sofort erhob sich das Mädchen, sichtlich froh, sich entfernen zu können.

Als die Tür sich hinter ihr geschlossen hatte, wiederholte der junge Graf erstaunt und fragend: „Vergißmeinnicht?"

Ein abwehrender Blick flog von Frau Charlotte zu ihrem Gatten hinüber, doch er kam zu spät; der Oberförster hatte mit der Erklärung schon begonnen. „Meine älteste Tochter ist etwas träumerischer Natur", sagte er; „sie bringt es fertig, stundenlang mit müßigen Händen stillzusitzen, und dabei in den Wald oder nach dem Himmel zu sehen. Dann nenne ich sie ‚Vergißmeinnicht‘, um sie an uns arme Sterbliche zu erinnern."

Lächelnd erwiderte der Gast: „Ich begreife, daß Fräulein Maria der Versuchung erliegt; dies Haus in seiner poetischen Weltabgeschiedenheit und die ganze, stille, friedvolle Umgebung ladet zum Träumen ein."

„Bei meiner Jüngsten macht sich dieser Einfluß aber nicht geltend", entgegnete der Oberförster heiter. „Ich glaube, sie träumt nicht einmal, wenn sie schläft. Wie, Serena?"

„Zuweilen doch, Vater", antwortete sie.

„Sie hat zuviel zu tun", fuhr der Oberförster fort; „da ist die Küche, der Stall, da sind die Vögel, die Eichhörnchen und die Blumen. Voll Leben und Lebenslust steckt das ganze Geschöpf, und weil sie in ihrem Drang nach Tätigkeit oft dumme Streiche macht, heißt sie die ‚kleine Hexe‘." Er griff nach ihrer Hand und zog sie zu sich heran. Während er ihren Lockenkopf streichelte, sprach er weiter: „Ein ungelöstes Rätsel ist mir nur, wie ich zu einer solchen Tochter komme. Ich habe mich nie getraut, sie einmal herzhaft anzufassen, weil ich immer fürchtete, die Nippesfigur würde unter meinen Händen zerbrechen."

Der Graf lachte und sah auf die beiden, den hünenhaften Mann und das elfenartige Mägdlein, die jetzt, aneinandergeschmiegt, wirklich einen ergötzlichen Gegensatz bildeten. Von neuem versuchte er, Serena zum Plaudern zu veranlassen. Unschuldig und mit wachsender Zutraulichkeit ging sie darauf ein, so daß Marias Rückkehr unbeachtet blieb.

Mittlerweile rückten die Zeiger auf der großen Wanduhr langsam, aber stetig vor. Als es zehn schlug, sagte der Oberförster: „Herr Graf, wenn Sie morgen früh wieder in der Stadt sein wollen, dann müssen Sie mit der Sonne aufstehen, und ich werde Ihnen das Geleit geben bis zu der Stelle, wo der Weg nicht zu verfehlen ist. Dann aber müssen wir für jetzt den Tag beschließen." Er sah auf Maria.

„Auch heute?" fragte sie zögernd.

„Ja, auch heute", antwortete er bestimmt und, wieder zu dem Gast gewendet, fuhr er fort: „Wir halten es hier noch

14

mit Vater Luthers Sprüchlein: „Wo keine Bibel ist im Haus, da sieht's gar öd' und traurig aus."

Maria brachte nun eine ehrwürdige Familienbibel herbei. Der Oberförster öffnete sie und las laut den 103. Psalm, dann sprach er das Vaterunser und den Segen. Als die kurze Andacht beendet war, sagte er: „Und nun das Abendlied, meine Kinder; auch das lasse ich mir nicht nehmen."

Die beiden Schwestern gingen zu dem alten Klavier, das in einer Ecke des Zimmers stand. Maria setzte sich, wechselte ein kurzes Wort der Verständigung mit Serena und leitete dann mit weichen Akkorden das Lied ein:

> „Schönster Herr Jesu,
> Herrscher aller Enden,
> Gottes und Marien Sohn,
> Dich will ich lieben,
> Dich will ich ehren,
> Du meiner Seele Zier und Kron'."

Lieblich verschmolzen die beiden Stimmen, der helle Sopran und der volle Alt, ineinander. Der Gast hatte lauschend den Kopf in die Hand gestützt, und auf seinen schönen Zügen lag es wie Wehmut. Als das Lied verklungen war, sagte er leise: „Welch ein Friede wohnt in diesen Räumen!"

„Ist er Ihnen fremd?" fragte Frau Charlotte freundlich.

„Ja, er ist mir fremd", erwiderte er. „Ein trauliches Familienleben habe ich nie gekannt. Wenn ich morgen wieder in meiner Wohnung sitze, wird mir dies alles erscheinen wie ein schöner Traum."

„Sie können den Traum ja wiederholen", warf der Oberförster ein.

„Darf ich denn?" fragte der junge Mann freudig.

„Wenn Fokki nichts dagegen hat und Sie den Weg finden, warum nicht?" sagte der Oberförster, und mit Herzlichkeit fügte er hinzu: „Kommen Sie wieder, Herr Graf; unser Gefallen aneinander ist gegenseitig."

Eine Viertelstunde später standen die beiden Schwestern in dem Erkerstübchen, das ihr gemeinsames Heiligtum war. Von Serenas Lippen sprudelte jetzt die Schilderung ihres Schreckens, als sie in dem vermeintlichen Fromüller den Fremden erkannt habe, den sie so neugierig durch den Ginsterbusch betrachtet hatte. „Ich habe ihn hier in der Haustür ganz keck angeredet", sagte sie. „Mir war nachher, als müsse ich in den Boden sinken. Und nun meint er, ich hätte bei dem Ginsterbusch aus Freude über die Rotkehlchen gelacht. Nein, Maria, ich habe nämlich aus Freude über ihn gelacht. Er sah so hübsch aus mit seinen blauen Augen, obwohl er ganz durchnäßt war." Darauf folgte wieder eine Beschreibung der zerstörten Vogelnester und des Jammers, den ein Finkenpärchen über die tote Brut bekundet hatte.

Maria verhielt sich schweigsam. Sie zog sich allmählich in die Fensternische zurück. Als dann Serena schon unter ihrem weißen Betthimmel lag, stand die ältere Schwester noch immer unbeweglich, die Stirn an die Scheibe gelehnt, und sah hinaus. Draußen lag zauberisches Mondlicht über dem grünen Wald, Nachtigallen flöteten ihre Liebeslieder, und zuweilen drang durch die Stille der Nacht der Schrei eines Hirsches. Marias Auge und Herz öffneten sich weit, um das Bild aufzunehmen. Wie liebte sie ihre schöne, friedliche Heimat, und doch — wie manche bittere Stunde hatte sie in ihr schon verlebt! Sie fühlte, daß sie einen reichen Schatz von Geisteskräften und Gaben in sich trug, sie war sich bewußt, mehr zu besitzen, als man ihr zutraute; es mangelte ihr nur an der Fähigkeit, den verborgenen Reichtum zu verausgaben. Warum auch sollte sie die keusche Scheu überwinden und einem fremden Auge einen Blick in ihr fest verschlossenes Innere gestatten? War denn überhaupt ein Auge vorhanden, das Verlangen danach trug? Wenn sie mitunter der Gegenstand eines freundlichen Interesses wurde, dauerte das doch nur so lange, bis Serena kam, um mit dem Liebreiz ihres Wesens, mit ihrem anmutigen Getändel und kinderfrohen Lachen die Herzen im Sturm zu gewinnen. Dann war Maria vergessen; niemand achtete mehr auf sie. So war es immer gewesen, und so würde es bleiben. Selbst der Vater — hatte sie nicht einmal, unbemerkt im Nebenzimmer stehend, gehört, wie er zu der Mutter sagte: „Ich will gewiß Maria nicht unrecht tun; aber das mußt du doch zugeben, Lottchen, Serena ist unser Sonnenkind."

Das Sonnenkind — und was war sie? Eine heimliche Träne schlich über Marias Wange. Sie trat vom Fenster zurück und an das Bett der Schwester, die bereits in tiefem Schlaf lag. Die strahlenden Augen waren jetzt bedeckt von den Lidern mit den langen, feinen Wimpern, eine Locke des dunkeln Haares hatte sich über die weiße Stirn gelegt und ein Lächeln schwebte auf den rosigen Lippen. Das Sonnenkind! Nein, kein trüber, unreiner Gedanke wohnte hinter dieser klaren Stirn, keine Spur von dem quälenden Gefühl des Neides und der Eifersucht, das Marias Herz oft krampfhaft zusammenzog, und das zu bekämpfen ihr so unsägliche Mühe machte. Fast finster war der Ausdruck, mit dem sie jetzt auf das liebliche Gesicht der Schlummernden sah. Und dann beugte sie sich langsam nieder; unwiderstehlich zog es sie hinab, bis ihr Mund den der Schwester in leisem Kuß berührte.

Serena schlug die Augen auf. Als sie Maria erkannte, schlang sie einen Arm um ihren Hals und richtete sich ein wenig in die Höhe. „Gute Nacht", sagte sie zärtlich und schlaftrunken. Hierauf sank sie in die Kissen zurück.

Auch Maria suchte nun ihr Lager auf. Ehe sie das Licht löschte, griff sie noch nach einem schmalen Büchlein, das auf dem Tisch an ihrem Bett lag. Es war Spittas „Psalter und Harfe". Maria war daheim in der Welt der Dichter und der Poesie. Viele Bände hatte sie gelesen, die drunten in dem großen Bücherschrank des Vaters standen, und oft hatte ihre Seele an der Schönheit der Gedanken und ihres Ausdrucks sich berauscht. Aber so lieb wie dieses schmale Büchlein war ihr noch kein anderes geworden; die Lieder, die darin standen, hatten sie begleitet durch Freud und Leid. Es gab keine Stimmung und keine Empfindung, in der der fromme Glaubensmann nicht aus seinen Liedern heraus das lösende Wort zu ihr gesprochen hatte. Als sie heute das Buch aufschlagen wollte, öffnete es sich von selbst, und sie las, worauf ihr Auge fiel:

„Ich höre deine Stimme,
mein Hirt, und allgemach,
wenn auch in Schwachheit, klimme
ich deinen Schritten nach.
Ach, laß zu allen Zeiten
mich deine Wege gehn,
laß deinem sanften Leiden
mich niemals widerstehn."

Dann wurde es dunkel im Gemach. Nur das Mondlicht stahl
sich vorsichtig durch die Spalten der Vorhänge, und auf seinen
Strahlen huschte der Friede herein, der draußen über der früh=
lingsduftigen Natur lag. Er senkte sich jetzt auch in das stille
Erkerstübchen und auf die, die darin schliefen.

II

In den schönen, weitgedehnten Promenaden=Anlagen der Pro= vinzial=Hauptstadt ging es sehr lebhaft zu. Plaudernd und lachend, oder auch ernst und nachdenklich, lustwandelten die Gruppen unter den hohen Bäumen. Da wimmelte es von elegan= ten Kleidern, die mit der Pracht der Blumenbeete zu wetteifern schienen, da tummelten sich bunte Studentenmützen neben würde= vollen Zylinderhüten, da sah man alte Professoren und naive, kaum der Schule entronnene Backfischchen, übermütige Jugend und greise Matronen. Alles, was sein schweres oder leichtes Tagewerk glücklich hinter sich hatte, kam nun hervor, um den schönen Sommerabend an diesem Platz der allgemeinen Er= holung zu genießen.

An einem großen, mit samtenem Rasen überzogenen Platz stand eine Gruppe von Herren in lebhafter Unterhaltung.

„Also, Ihr gefürchteter Vetter ist angekommen, Herr von Sen= gern?" wandte sich ein jüngerer Herr an seinen Nachbarn.

Der Gefragte, ein hochgewachsener, schmächtiger Herr, klopfte nachlässig die Asche von seiner Zigarre und erwiderte: „Ja, heute mittag haben wir das Vergnügen gehabt. Bis jetzt ist es aber noch unentschieden, wer am meisten gefürchtet ist, ob der Betbruder von uns, oder wir, die ungläubige Sippe, von ihm. Übrigens", fuhr er mit spöttischem Ernst fort und deutete auf einen flotten Studenten, „es ist unrecht, vor den Ohren meines Bruders der= artig zu reden; er wird das Kolleg des Herrn Vetters besuchen, und da dürfen wir in seiner unverdorbenen Seele nicht den Geist des Widerspruchs wecken."

„Vielleicht mache ich mit Vetter Berthold gemeinsame Sache", entgegnete der Student ärgerlich, „und dann sitzen wir einmal beide über dir altem Sünder zu Gericht."

„Lieber wäre mir", gab der Bruder gelassen zur Antwort, „wenn der Einfluß des frommen Herrn dahin wirkte, daß die allmonatlich einlaufenden Rechnungen etwas weniger bedeutend würden."

„Bin nur in deine Fußtapfen getreten, Augustin", sagte der Student gleichmütig.

Diese Antwort rief in dem kleinen Kreis ein heiteres Lachen hervor. Der ältere Herr von Sengern unterdrückte klüglich den aufsteigenden Verdruß und sagte ruhig: „Das Geld ist rund, um weiterzurollen. Das hat uns erst kürzlich wieder Graf Reggfield gezeigt, den seine Wette gewiß ein hübsches Sümmchen gekostet hat."

Die Blicke sämtlicher Anwesenden richteten sich jetzt neckend und lächelnd auf den Genannten, der bisher schweigend und teilnahmslos ein wenig abseits gestanden hatte. „Wie steht's, Reggfield", rief man, „sind Sie noch nicht wieder wettlustig gestimmt?"

„Durchaus nicht", antwortete der Gefragte. „Ihr schwer zu stillender Durst, meine Herren, hat mich fürs erste vollständig ernüchtert."

„Schade!" sagte ein dritter. „Es war ein herrlicher Abend. Nur haben Sie uns zu wenig und zu ungenau von Ihren Erlebnissen in dem verzauberten Walde erzählt. Ich argwöhne, daß Sie uns mit der Geschichte vom Übernachten in der Schießhütte einen großen Bären aufgebunden haben. Das wäre nicht hübsch von Ihnen, Reggfield."

„Wenn Sie so unwürdige Zweifel in meine Wahrheitsliebe setzen", entgegnete der Graf Reggfield, „warum suchen Sie sich dann nicht durch den Augenschein zu überzeugen von dem, was man im Wald erleben kann? Der Eintritt steht jedem frei."

„Danke", sagte der andere, „das würde ich nur in dem Fall tun, wenn Sie mir die Gewißheit gäben, dort eine holde Fee zu finden."

„Und wenn das der Fall wäre", erwiderte Reggfield, „so würde ich mich doch weislich hüten, Ihnen den Weg zu zeigen."

20

„Da haben wir's!" rief der lachende Chorus. „Jetzt hat er sich verraten!"

„Ja, ja", meinte jemand aus der Runde, „es kann nicht anders sein, Reggfield ist auf eine Nymphe, eine Elfe oder sonst ein Wald= geschöpf gestoßen, das ihm einen Zaubertrank kredenzt hat; darum ist er seit jenem Tage so verwandelt."

„So träumerisch", sagte ein untersetzter Herr mit pfiffigem Lächeln.

„So in sich gekehrt", ergänzte ein anderer.

„So elegisch angehaucht", bemerkte der dritte.

„Man möchte kaum glauben, daß er sonst der Löwe des Tages und der Gesellschaft war, sanftmütig wie ein Lamm geht er ein= her."

So flogen die Pfeile des Witzes und der Neckerei noch eine Weile hin und her. Dann machte Augustin von Sengern dem Ge= plänkel ein Ende, indem er sagte: „Also, meine Herren, ich bin Ihrer gewiß; morgen um drei Uhr versammeln Sie sich in un= serm Hause zu einer Wasserfahrt. Und Sie, Herr Graf, lassen Sie morgen den Träumer zu Hause und bringen Sie den Löwen des Tages mit."

„Ganz nach Belieben", lautete die kühle Antwort, worauf die Gebrüder Sengern ihre Hüte lüfteten und sich empfahlen.

Auch die übrige Gesellschaft zerstreute sich. Zwei schlenderten um den Rasenplatz herum der Stadt zu, und zwei andere schlossen sich einer daherkommenden Gesellschaft an. Der Herr mit dem schlauen Lächeln schob seinen Arm in den des Grafen Reggfield und zog diesen mit sich fort. Er war eigentlich von ansehnlicher Mittelgröße, aber neben der hohen Gestalt des andern erschien er fast klein. Seine behende Figur und seine hübschen, intelligen= ten Züge waren in ständiger Bewegung.

„Sie haben dich tüchtig geneckt", sagte er jetzt; „das kommt davon, daß du mit der Sprache nicht offen herausrückst. Aber mir gegenüber könntest du dies geheimnisvolle Wesen jetzt wirklich ablegen."

„Ich weiß nicht, was du meinst, Darrnbek", sagte Reggfield.

„Verstelle dich nicht; das gelingt dir doch schlecht. Ich will wissen, wo du im Wald eine Zuflucht gefunden hast."

„Mir scheint, von allen neugierigen Burschen bist du der neu=gierigste", bemerkte Reggfield.

Darrnbek machte eine entrüstete Handbewegung und sagte: „Würdest nicht auch du einiges Interesse verraten, wenn der Fall umgekehrt läge, wenn ich der Wissende wäre und du der An=geführte?"

„Vielleicht", antwortete Reggfield. „Und da du ' wirklich darunter zu leiden scheinst, so will ich deine Wißbegier befrie=digen. Es wohnt in dem Wald ein liebenswürdiger Oberförster, der hat den Verirrten unter sein Dach genommen. Das darfst du aber den anderen nicht sagen; sonst reitet die ganze Gesellschaft einmal hinaus, und das würde dem alten Herrn Unruhe schaffen."

„Versteht sich", erwiderte Darrnbek. „Also ein Oberförster. Eigentlich, wenn man bei dir von der Wirkung auf die Ursache schließen wollte, so hätte ich eine romantischere Lösung des Rätsels erwartet. Ein liebenswürdiger Oberförster — hm! Muß sehr lie=benswürdig gewesen sein, außerordentlich. Hat dir wohl die herr=lichsten Jagdgeschichten vorgelogen? Aber nun sei nur morgen nicht so zerstreut und traumverloren, Reggfield, sonst kränkst du Fräulein Esther."

„Was könnte sie für einen Grund haben, sich durch meine Zer=streutheit kränken zu lassen?" fragte Reggfield etwas ärgerlich.

„O du heilige Einfalt!" lachte Darrnbek. „Jedoch abgesehen von Fräulein Esther, es wäre auch undankbar gegen die Sengern=sche Familie überhaupt. Denke doch, wie verdient sie sich um uns macht."

„Dankbar braucht man nur für Wohltaten zu sein, nicht für Strapazen", sagte Reggfield. „Morgen in der Hitze tanzen zu müssen, das ist entschieden ein Verbrechen an unserer Gesundheit."

„Früher warst du weniger um deine Gesundheit besorgt", äußerte Darrnbek. „Du mußt mir aber doch zugeben, daß Sen=gerns wahrhaft erfinderisch sind in der Veranstaltung von Festen. Läßt sich kein Ball arrangieren, so gibt's ein Souper, sind zum Souper die Tage zu lang, so gibt's ein Diner, und wenn's kein

Diner sein kann, so gibt's doch eine Wasserfahrt. Mehr kann ein billig denkender Mensch nicht verlangen."

Reggfield zuckte nur die Achseln, und Darrnbek fuhr fort: „Freilich hört und sieht man dort auch manches, was einem nicht gefällt. Zum Beispiel läßt die Eintracht unter den Familiengliedern einiges zu wünschen übrig."

„Darüber können wir nicht urteilen", entgegnete Reggfield; „wir verstehen nichts von Familienleben. In ihrer Art sind Sengerns ganz charmant."

„O gewiß, gewiß", sagte Darrnbek eilig, „besonders Fräulein Esther ist in ihrer Art ganz charmant, oder sagen wir lieber reizend. Ich wollte auch nur sehen, ob du nicht doch ihre Partei nehmen würdest, wenn man sie angreift."

„Es ist mir völlig gleichgültig, ob sie angegriffen oder verteidigt wird", antwortete Reggfield mißmutig.

Jetzt blieb Darrnbek stehen und griff sich in komischer Verzweiflung an den Kopf. „Geduld, verlaß mich nicht!" rief er. „Reggfield, das ist ja nicht zum Aushalten. Gefällst du dir heute in Widersprüchen, oder redest du nur so ins Blaue hinein, um mich zu beschäftigen?"

Reggfield, der bisher allerdings das Aussehen gehabt hatte, als ob er lieber schweigen als reden möchte, erwiderte nun erregt: „Mich verdrießen diese ewigen Anspielungen auf Fräulein Esther. Ich weiß nicht, was du damit bezweckst, und ich bitte dich, mich damit zu verschonen."

„Wie du befiehlst", sagte Darrnbek gutmütig. „Ich sprach nur nach, was man in der vornehmen Gesellschaft sich zuraunt. Ich will dir ehrlich gestehen, daß es mir für meine Person viel lieber ist, wenn die Gesellschaft unrecht hat und Hymen, der Gott des Ehesegens, dich noch lange Zeit mit seinen rosigen Fesseln verschont. Du bist ohnehin erst sechsundzwanzig Jahre alt."

„Nun, mein Alter oder meine Jugend wäre kein Hindernis", entgegnete Reggfield, „und wenn das Glück der Liebe bei mir seinen Einzug halten wollte, dann solltest du als guter Freund dich darüber freuen."

Darrnbek sah ihn mißtrauisch von der Seite an. „Weißt du, Reggfield, lassen wir das", sagte er; „wenn die Rede auf diesen zarten Gegenstand kommt, dann habe ich keine Stimme mehr. Ich kann von der Liebe nur sprechen wie der Blinde von der Farbe. Die Natur muß vergessen haben, in meinem Herzen den betreffenden Muskel einzusetzen. Eigentlich ein unverzeihliches Versehen."

Reggfield lächelte ein wenig, und die beiden Freunde setzten nun schweigend ihren Weg fort bis zu Reggfields Wohnung. Hier verabschiedete sich Darrnbek mit den Worten: „Schlafe recht gut aus und sei morgen kein Duselpeter!"

*

Das Sengernsche Haus, das in den Gesprächen der Herren eine so große Rolle spielte, war ein palastartiges Gebäude in einem der vornehmsten Stadtviertel. Seine breite Front mit den blitzenden Spiegelscheiben sah mit aristokratischer Ruhe auf das bunte Straßengewimmel herab. Wenn ein Fremder des Weges kam und gleichgültig an den Häusern rechts und links vorüberschritt, bei diesem Hause blieb er sicher stehen, um nach dem Namen des Eigentümers zu fragen.

Der jetzige Besitzer war ein Herr in der Mitte der sechziger Jahre. Ein gichtisches Leiden, das ihn meist an den Lehnstuhl fesselte, noch mehr vielleicht eine gewisse geistige Schlaffheit und ein bedeutendes Phlegma ließen ihn älter erscheinen, als er war. Inmitten seines Reichtums und umgeben von seinen Kindern, führte der alte Herr doch ein einsames Leben. Niemand war da, der sich die Mühe nahm, sein Interesse an den Begebenheiten in der Welt und im alltäglichen Leben wach zu erhalten. Wenn sie dafür sorgten, daß seine Zeitungen auf dem rechten Platze lagen, daß er zur rechten Zeit seinen Porter und seinen Mokka bekam und daß die Sonnenstrahlen ihn nicht belästigten, so glaubten seine Angehörigen ihre Pflicht erfüllt zu haben. Seit man vor zwölf Jahren die sanfte Lebensgefährtin von ihm hinweg und ins Grab getragen hatte, war die Saite gerissen, die in seiner Seele einen harmonischen Widerhall zu wecken verstand. Von jenem

24

Tag an hatte seine Schwester, Fräulein von Sengern, im Haus das Regiment geführt und die Erziehung der drei Kinder geleitet. Diese Leitung bestand allerdings hauptsächlich in der Sorge für das körperliche Gedeihen. Im übrigen taten die Kinder so ziemlich, was sie wollten, und erlebten die nachdrücklichsten Erziehungsszenen nur dann, wenn sie untereinander in Streit gerieten. Nichtsdestoweniger waren sie zu stattlichen jungen Leuten herangewachsen, die das Herz des Vaters mit Stolz erfüllten. Er war dankbar, wenn sie durch das Aussprechen eines Wunsches ihm Gelegenheit gaben, sie zu erfreuen, und er bezahlte schweigend die nicht unbedeutenden Rechnungen, die von Zeit zu Zeit ihren Weg zu ihm fanden. Sein besonderer Liebling aber war die einzige Tochter, die zwanzigjährige Esther. Indem er ihr jede Bitte erfüllte, suchte er seiner Zärtlichkeit für sie Ausdruck zu geben. Aber er war zu denkmüde, um nach dem Grund zu forschen, aus dem trotz dieser Zärtlichkeit sein Liebling recht oft unglücklich aussah, und der sie auch nicht immer liebenswürdig machte, wie er mitunter nicht umhin konnte zu bemerken.

Auch jetzt sah Esther aus, als wäre ihr „die Petersilie verhagelt", wie der jüngere Bruder vorhin ungalanterweise geäußert hatte. Und doch war der Himmel wolkenlos, ebenso blau wie das festliche Gewand, das ihre elegante Figur so vorteilhaft kleidete. Aber die hübsche Esther war schlechter Laune. Sie saß auf dem Balkon und sah hinunter auf den freien Platz, der sich hier längs des Stadtgrabens hinzog. Sonst gab es da immer etwas zu sehen, aber heute war er öde und leer; keinem Menschen fiel es ein, in der glühenden Mittagssonne spazierenzugehen, damit Esther von Sengern eine kleine Unterhaltung habe. Nur ein magerer grauer Esel kam daher, der einen Wasserkarren zog und von einem mageren Mann getrieben wurde. Er brauchte geraume Zeit, bis er von einem Ende des Platzes zum andern gelangte, und unterdessen überdachte Esther noch einmal die verschiedenen Ärgernisse des heutigen Tages.

Ja, Ernst hatte den Anfang gemacht, er hatte den Klavierlehrer nicht bestellt, obwohl er wußte, wieviel ihr daran gelegen war. Dann war es bei Tisch herausgekommen, daß Augustin für die heutige Wasserfahrt ein Dampfschiff gemietet hatte, anstatt mehrere einzelne Boote, wie es ihr Wunsch gewesen war. Augustin tat nie, was sie wünschte. Und dann — das war eigentlich unerhört —, dann hatte dieser Vetter, dieser Franz Berthold, ihr zugemutet, zu Hause zu bleiben, um ihrem Vater, der an dem Ausflug nicht teilnehmen konnte, die Zeit zu vertreiben. „Ich", dachte Esther, „um derentwillen das Fest mehr oder weniger veranstaltet wurde, ich sollte bei Papa bleiben, der nichts zu sagen weiß und dem am wohlsten ist, wenn er still vor sich hinbrütet. Welch eine Idee!" Freilich hatte der gute Vater diese Idee sofort abgelehnt, er war ordentlich erschrocken gewesen, und Vetter Berthold hatte darauf ruhig erklärt, daß dann er derjenige sein würde, der zu Hause bliebe. Nun, mochte er! Seit zwei Tagen war er hier als Privatdozent an der Universität, und sie hatten ihn aufgefordert, seine Wohnung bei ihnen zu nehmen, weil er der Schwestersohn ihrer verstorbenen Mutter war. Mochte er zu Hause bleiben, wenn ihm das besser gefiel.

So, nun bog der Esel um die Ecke, und nun passierte nichts mehr da unten, absolut nichts mehr. Die Herren Brüder saßen in der kühlen Diele und lasen die Zeitung; da wußten sie nichts von Langeweile. Sie aber hatten sie hinausgewiesen, weil sie, anstatt zu lesen, mit ihrem Hund gespielt hatte. Die Kindereien mit dem kläffenden Köter könne sie auch anderwärts treiben, hatte Augustin gesagt, hier wünsche er nicht gestört zu werden. Und so saß sie nun hier, zerpflückte Blüten und Blätter von Topfgewächsen und beobachtete wie schrecklich langsam der Zeiger auf der Turmuhr drüben von Ziffer zu Ziffer rückte. Endlich war es halb drei, und nun schellte unten die Hausglocke, und bald darauf trat ein Diener ein, der den ersten Gast meldete.

Es war eine von Esthers zahlreichen Freundinnen, ein Fräulein von Ehrenberg. Die beiden jungen Damen gingen in den Empfangssaal, wo Esther ihrem übervollen Herzen Luft machte. Tröstend ging die Freundin auf ihre Klagen ein. Dann, ahnend, daß es nur eines gewissen Namens bedürfe, um Esthers Gedankengang in andere Bahnen zu leiten, sagte sie: „Ich möchte wohl wissen, wohin Graf Reggfield soeben seine Schritte lenkte. Als ich aus unjerem Haufe trat, fah ich ihn vor mir hergehen, aber nach der entgegengefetzten Richtung von hier."

„Er ging fort", fagte Efther leife, „und er hatte doch ver= fprochen zu kommen."

„Er wird auch kommen!", erwiderte die Freundin gutmütig. „Wer weiß, was er noch zu beforgen hat, vielleicht eine Blume für dich."

„Ach nein", widerfprach Efther kummervoll, „die Zeiten find vorüber; feit zwei bis drei Wochen ift er ganz verändert, und ich habe fchon manchmal gedacht, ob vielleicht jemand aus unferm Haufe ihn beleidigt hat."

„Möglicherweife", fagte die Freundin lachend, „hat er dir noch nicht vergeben, daß du neulich fein fchönes Cellofpiel fo graufam verdarbft. Ich ftand ihm gegenüber und konnte fehen, wie es bei jedem falfchen Akkord, den du griffft, in feinem Geficht wetterleuchtete."

„Wenn ich doch beffer fpielen könnte!" feufzte Efther. „Ich will ja keine Mühe fcheuen und wie ein Kind von vorn anfangen. Aber Ernft hat den Mufiklehrer nicht beftellt, obwohl ich ihn fo darum gebeten hatte."

„Ich will dir meinen Lehrer fchicken", verfprach Fräulein von Ehrenberg. „Fürs erfte jedoch, Effi, begleite lieber keinen Cello= fpieler mehr. Es war etwas kühn von dir einem Künftler gegen= über, wie Graf Reggfield es ift. Ich habe dich bewundert."

Unter diefem Geplauder rückte der Zeiger auf der Uhr ebenfo fchnell vorwärts, wie er es vorher langfam getan hatte. Es war beinahe drei, und die Gäfte mehrten fich nun. In bunter Fülle ftrömten fie herein. Bei dem jedesmaligem Öffnen der Tür blickte Efther erwartungsvoll auf, und jedesmal flog ein Schatten der Enttäufchung über ihre Züge.

„Wo bleiben denn heute unfere fiamefifchen Zwillinge?" fragte Herr von Elbeding.

Endlich, zwei Minuten nach der zum Aufbruch beftimmten Zeit, erfchienen die Säumigen. Beide fahen fehr erhitzt aus. Darrn= bek fchob feinen etwas widerftrebenden Freund in die Mitte des

Saals und rief: „So, meine Damen, da bringe ich Ihnen Ihren Liebling, und nun schelten Sie ihn einmal gehörig aus."

„Warum?" fragten mehrere Stimmen zugleich.

„Ja", fuhr der muntere Sprecher fort, „ich sehe es Ihnen an. Sie möchten ihm gern schon von vornherein Pardon geben, noch ehe Sie wissen, um was es sich handelt. Aber daraus wird heute nichts. Das sollte sich nur einmal ein anderer von uns unterstehen, den würden Sie auf lange Zeit in Acht und Bann tun."

„Was haben Sie verbrochen, Herr Graf?" fragte eine alte Dame mit freundlichem Gesicht.

Reggfield erwiderte: „Ich will meinen Freund nicht um das Vergnügen bringen, Ihnen die schreckliche Geschichte zu er= zählen."

Hierauf hob nun Darrnbek an: „Nachdem wir heute morgen in aller Form verabredet hatten, daß ich ihn in seiner Wohnung abholen und wir dann zusammen hierher gehen wollten, finde ich, zur festgesetzten Minute antretend, das Nest leer; mein Regg= field ist auf und davon. Ich glaubte, er wäre vielleicht voraus= gegangen, was ja allerdings nicht vertragsgemäß gewesen wäre, doch sein Bursche versicherte mir, der gnädige Herr Graf wären just in der verkehrten Richtung von dannen spaziert. Was blieb mir übrig? Ich setzte ihm nach, im Sturmschritt — bei der heutigen Hitze eine Leistung, meine Damen —, und als ich ihn nach einer heißen Viertelstunde endlich eingeholt hatte, was glauben Sie wohl, was er mir da gesteht?"

„Daß ihm sein Versprechen leid geworden war?" fragte eine Dame.

„Wenn es nur das wäre! Nein, vergessen hat er seine Zusage, die ganze Wasserfahrt, die ganze Gesellschaft, Sie, meine Damen, mich, kurz alles. Was sagen Sie jetzt?"

„Ei, ei, Herr Graf, so zerstreut!" sagte die alte Dame mit dem freundlichen Gesicht und drohte ihm mit dem Finger.

„Wir fürchteten beinahe, Sie würden nicht mehr kommen", fügte Esther hinzu, indem sie ihre glänzenden Augen zu dem Angeklagten erhob.

28

Reggfield verneigte sich und sagte: „Zum Glück doch nur beinahe."

Man brach nun auf. Mehrere Wagen brachten die Gesell= schaft zum Landungsplatz, wo unter Scherz und Lachen die Ein= schiffung erfolgte. Dann glitt man dampfend den Fluß hinunter, während eine an Bord befindliche kleine Musikkapelle heitere Weisen spielte. Das Sonnenlicht tanzte auf den schäumenden Wassern des Rades, und ein leichter Wind fächelte durch das Röhricht, das sich anmutig bog und neigte.

Das Ziel der Fahrt war eine kleine, bewaldete Insel, auf der sich ein Gasthaus mit einem Tanzsaal befand. Dort wurde unter grünen Buchen die Tafel gedeckt, und bald übertönte das Klap= pern der Tassen und Teller und das Klirren der Gläser die Lie= der der Waldsänger.

Esther saß an der Mitte der Tafel. Sie sah jetzt glücklich und zufrieden aus, obgleich die etwas träumerische Stimmung ihres Nachbarn zur Linken in ihrer Seele keinen Widerhall zu wecken schien.

Darrnbek, der den beiden gegenüber saß, strengte sich aufs äußerste an, sie in eine lebhaftere Unterhaltung zu verwickeln. Um Reggfield zum Widerspruch zu reizen, behauptete er die wunderbarsten Dinge, wie zum Beispiel, daß die Äquinoktial= stürme von einer Einwirkung des Mondes auf den Äquator her= rührten. In der Erläuterung eines ähnlichen Satzes wurde er unterbrochen durch verworrene Laute, die vom jenseitigen Ufer herüberdrangen. Es klang wie fernes Glockenläuten und wie das eintönige Absingen eines Chorals. Man konnte von der klei= nen Erhöhung aus deutlich das Ufer übersehen, und so richteten sich fast sämtliche Augen nach der Stelle, woher die Laute zu kommen schienen. Nicht lange, so sah man aus dem Gehölz einen kleinen Zug heraustreten, voran die Chorknaben mit dem Kru= zifix, dann den Lehrer mit der Schuljugend, den Geistlichen im langen Talar, den schmucklosen Sarg und dahinter ein kleines Gefolge. Niemand wußte, wer da zur Ruhe getragen ward, ob ein armer, müder Pilger oder ein Kind; aber dennoch hafteten die Blicke aller mit mehr oder weniger Teilnahme an dem kleinen

Zug, vielleicht, weil der Gegensatz, den er zu ihrer lachenden Lebenslust bildete, so stark war.

Graf Reggfield vor allem verfolgte den Zug Schritt für Schritt, bis er in einer Biegung des Weges verschwand. Seine zweite Nachbarin, eine stattliche Exzellenz, hatte schon wiederholt das Wort an ihn gerichtet, ohne seine Aufmerksamkeit fesseln zu können. „Mein bester Graf", sagte sie nun, „haben Sie denn diesen Toten gekannt?"

„Vielleicht ist es der arme Friede, der keine Heimat bei uns finden konnte", antwortete Reggfield.

„O, er ist wieder zerstreut", sagte die Dame ein wenig entsetzt und wandte sich an Darrnbek. „Was sprach er da für sonderbare Dinge?"

„Ich bitte in meines Freundes Namen um Verzeihung", erwiderte Darrnbek. „Wahrscheinlich hat er keine Ahnung, daß Exzellenz die Güte hatten, ihn anzureden."

„Aber eine solche Geistesabwesenheit ist beunruhigend", sagte die Exzellenz; „er war früher anders. Dieser Zustand kann nicht normal sein."

„Allerdings ist er nicht normal", antwortete Darrnbek ernsthaft. „Ich bin jedoch in der glücklichen Lage, Ihnen den Grund der Wandlung nennen zu können. Mein Freund beabsichtigt, einen großen Friedensmarsch zu komponieren, der die Welt in Entzücken versetzen wird. Zu diesem Zweck studiert er schon seit Wochen die Musik sämtlicher Völker der Erde, um zu erfahren, was sie bei ihren Friedensschlüssen geblasen, gepfiffen und getrommelt haben; aus allem will er etwas verwenden. Exzellenz werden begreifen, daß es dem armen Reggfield bei der Größe dieser Aufgabe und der Fülle des Materials zuweilen etwas warm im Kopfe wird."

Die Exzellenz sah den Sprecher von der Seite an, als traue sie ihm nicht ganz. „Herr von Darrnbek", sagte sie, „ich glaube, es verursacht Ihnen keine Gewissensbisse, sich mit einer leichtgläubigen, alten Person einen Spaß zu machen."

Aber Darrnbeks Gesicht sah so ehrlich aus, und er wies mit so aufrichtiger Entrüstung diese Annahme von sich, daß die Exzellenz sich beruhigte.

30

Indeſſen hatte das Begräbnis des Unbekannten noch weiteren Stoff zur Unterhaltung geliefert. Auguſtin, welcher an einem Ende der langen Tafel ſaß, zuckte die Achſeln und ſagte: „Nichts iſt mir widerwärtiger als der plärrende Geſang der Schulbuben, wenn ſie vor einem Sarg herziehen. Wäre ich der Tote, ich drehte mich im Sarg um."

Die Wirkung des ſonderbaren Scherzes war verſchiedenartig; einige lachten, andere ſahen erſtaunt auf, und wieder andere gaben leiſe Zeichen des Unwillens.

„Wenn Ihnen der Choralgeſang ſo ſehr zuwider iſt", ſagte einer der Herren, „dann können Sie ja einmal die Beſtimmung hinterlaſſen, daß bei Ihrem Begräbnis ein Marſch geſpielt wird."

„Nein", erwiderte Auguſtin, „an meinem Grab ſoll man ſingen: Ach, du lieber Auguſtin, alles iſt hin."

Dieſe unerwartete Wendung hatte ein ſchallendes Gelächter zur Antwort. Nur Reggfield zog die Stirn in finſtere Falten und ſchwieg.

Eſther ſah ihn beſorgt an. „Mein Bruder liebt mitunter ſelt= ſame Scherze", ſagte ſie. „Ich bin nur froh, daß mein Vetter Berthold ſeine Worte nicht gehört hat; der würde ein böſes Ge= ſicht dazu gemacht haben."

Nach aufgehobener Tafel löſte ſich die Geſellſchaft in zwang= loſe Gruppen auf. Reggfield, Darrnbek, Elbeding und noch mehrere Herren ſtanden beieinander und plauderten. Zuletzt kam die Rede auf Auguſtins Witz.

„Ich muß geſtehen", ſagte Elbeding, „mein Gewiſſen regte ſich, als ich in das allgemeine Gelächter einſtimmte; der Spaß war doch ein bißchen derb."

„Er war roh und herzlos wie der Baron Sengern ſelber", ſagte Reggfield mit Heftigkeit.

„Aber, aber!" riefen die anderen etwas befremdet.

Darrnbek aber erhob die Hand und klopfte ſeinem ihn weit überragenden Freund auf die Schultern. „Dieſem hier dürft ihr nicht alles glauben, ihr Herren", ſprach er; „er ſagt jetzt oft un= verantwortliche Dinge. Zum Beiſpiel hat er mich heute einen hundertarmigen Polypen genannt, und Sie ſehen doch, daß ich nur zwei ſehr mäßig lange Arme habe."

Da lachten die andern, und Anspielungen auf den geheimnis=
vollen Ritt durch den Wald flogen wieder hin und her. Als sie
sich dann einer zweiten Gruppe näherten, zog Darrnbek seinen
Freund beiseite und flüsterte ihm zu: „Reggfield, ich bitte dich,
höre jetzt auf, das zerstreute Genie zu sein; ich weiß bald keine
Lügen mehr, um deine Unarten zu entschuldigen."

„Unarten?" wiederholte Reggfield.

„Ich will sie dir zu Hause alle aufzählen, der Reihe nach",
versprach Darrnbek. „Nur jetzt sei vernünftig."

„Ach, Darrnbek", sagte Reggfield verächtlich, „wenn du wüß=
test, wie fade mir diese Gesellschaft mit ihrem Geschwätz erscheint!"

Darrnbek schüttelte ärgerlich den Kopf. „Ich gebe zu, daß die
geistige Höhe von manchen dieser Leutchen nicht sehr bedeutend
ist, und daß sie vor allen Dingen nicht in den Wolken schweben,
wie du es zur Zeit zu tun beliebst. Aber das ist kein Grund, sie
rücksichtslos zu behandeln. Ich verstehe wirklich nicht, wie du,
gerade du, dir dergleichen kannst zuschulden kommen lassen."

Die ernste Mahnung hatte zur Folge, daß Reggfield beim Ein=
tritt in den Tanzsaal seinen Verpflichtungen als Kavalier mit
der möglichsten Gewissenhaftigkeit nachkam. Aber eine Be=
freiung dünkte es ihm, als gegen Abend die Häupter der Gesell=
schaft vorschlugen, einen Rundgang um die Insel zu unternehmen.

Die Sonne rüstete sich zum Untergang; langsam sank sie herab
und übergoß mit ihren letzten Strahlen die Insel und den Fluß.
Dankbar strahlte das Wasser den Glanz zurück, und als das kö=
nigliche Tagesgestirn noch tiefer sich neigte, schien es, wie wenn
Himmel und Erde sich vermählen wollten in schimmerndem Gold.

Die Lustwandelnden waren am Ufer stehengeblieben und
hielten geblendet die Hände über die Augen. „Das wäre jetzt der
geeignete Moment für eine von Graf Reggfields schönen Phanta=
sien", ließ sich eine Stimme vernehmen.

Die Worte waren kaum gesprochen, so sah man Esther flüch=
tigen Fußes über die Wiesen hin nach dem Haus eilen. Nach
kurzer Zeit erschien sie wieder und trug ein Cello vor sich her.
Dienstbeflissen stürzten die jungen Herren ihr entgegen, um ihr

die Last abzunehmen. Doch lachend wies sie die Helfer zurück und schritt weiter auf Reggfield zu. Er bemerkte ihr Kommen ohne sonderliches Vergnügen und ging ihr erst entgegen, als die höfliche Sitte dies unvermeidlich machte. Ihm überließ Esther willig ihre Beute. Bittend sagte sie: „Nicht wahr, Herr Graf, Sie werden spielen?"

„Auf dem Ding da?" sagte Reggfield, indem er die Stirn runzelte.

„Es ist wirklich und gewiß ein Violoncell", erwiderte Esther, „wenn auch vielleicht nicht ein Cremoneser wie das Ihre, und unter Ihrer Hand, Herr Graf, wird das Ding das leisten, was es vermag." Als die Stirn sich noch immer nicht glätten wollte, fuhr sie fort: „Bedenken Sie, wie vielen Sie einen Wunsch erfüllen, wenn Sie spielen. Es ist ja auch kein Klavier in der Nähe, auf dem Sie meine Begleitung zu fürchten hätten."

Das lockte nun doch ein Lächeln auf Reggfields Lippen und er sagte artig: „O, bitte sehr, gnädiges Fräulein." Dann ließ er sich auf die zunächststehende Bank nieder, stimmte das Instrument und setzte den Bogen an. Esther hatte nicht zuviel gesagt; unter seiner Hand zogen schmelzend weich die Töne hinaus in die abendliche Stille. Was er spielte, war die Eingebung des Augenblicks und tönte die Empfindungen einer von Zweifel und Sehnsucht erfüllten Seele aus. Allmählich gingen die stürmischen Läufe in ein sanfteres Thema über, und den Schluß bildete eine fromme Melodie. Auf einer langen Reihe von Doppeltönen schwebte sie heran und legte sich schmeichelnd in die Herzen der Hörer wie zwei liebliche Menschenstimmen, die dem Herrn über Himmel und Erde ein Loblied singen.

„Was war das für eine Melodie?" fragten die Zuhörer, als Reggfield den Bogen sinken ließ.

„Eine Friedensmelodie", antwortete er kurz und stand auf, um das Instrument seinem Eigentümer zurückzubringen.

„Also scheint Herr von Varrnbek doch recht zu haben", sagte die Exzellenz zu einer anderen Dame; „er beschäftigt sich mit Friedensmusik. Aber doch — ein Marsch, zusammengetragen aus der Musik sämtlicher Völker — eine wunderliche Idee."

Spät am Abend dampfte das Schiff wieder den Fluß hinauf.
Scherzend, plaudernd, lachend wie auf dem Hinweg, saß die
Gesellschaft auf dem Deck und genoß den wohlgelungenen Abend
bis zur Neige.

Von den andern abgesondert, lehnte am Mast die hohe Ge=
stalt Reggfields, sah hinauf zu den funkelnden Sternen und
hinab auf die dunkle Wasserstraße, die das Schiff durcheilte.
Jetzt war es nur der Widerschein der bunten Laternen, der über
die Wellen des Rades hinweghuschte; der übrige Wasserspiegel
lag in unheimlicher Schwärze vor seinen Augen. Der Wind aber
fächelte auch jetzt noch durch die Binsen und flüsterte im Schilf=
rohr. Was flüsterte er? Es schien dem stillen Lauscher wie eine
liebe Erinnerung. Er murmelte vor sich hin:

„Jesus ist schöner, Jesus ist reiner,
der unser traurig Herz erfreut."

III

Es war ein schöner, warmer Septembertag. Der Himmel prangte in tiefem Blau, nur einige weiße Wölfchen zogen wie Schwäne darüber hin. Schon begann der Herbst mit leiser Hand das Laub der Bäume zu färben, hier ein wenig gelb, dort rötlich angehaucht, eine sanfte Mahnung an die Vergänglich= keit alles Irdischen wie die ersten grauen Haare auf einem dunkeln Scheitel.

Den weichen, moosigen Pfad vom Forsthaus herab wandelten an diesem Tage Maria und Serena. Sie hatten sich gegenseitig umschlungen, und ihre melodischen Stimmen, mitunter auch Serenas helles Lachen, schallten fröhlich durch den Wald oder riefen wohl gar ein fernes Echo wach. Dann blieb Serena jedes= mal stehen, um durch lautes „Halliho" den unsichtbaren Antwort= geber herauszufordern. Nach mehreren solchen Unterbrechungen erreichten sie das Ende des Pfades, einen kleinen, sanft anschwel= lenden Hügel, um dessen Fuß ein klarer Bach floß, halb überdeckt von Farnkräutern und wilden Blumen. Lieblich war das Bild, das sich dem Auge von dieser Anhöhe aus zeigte. Eine saftgrüne Wiese, umsäumt von dunklen Fichten, und ganz im Hintergrund ein weinumranktes Erkerfenster, das aus dem Gebüsch hervorlugte.

„Maria, wie schön ist es auf der Welt!" sagte Serena, als sich beide in das weiche Moos gesetzt hatten. „O es ist eine Lust zu leben!"

Maria antwortete nicht; sie hatte sich leicht hintenüber ge= neigt und den Ellbogen auf das Moos und den Kopf in die Hand gestützt. So sah sie mit sinnendem Blick in die Landschaft.

„Woran denkst du denn?" fragte Serena nach einer Weile.

„An einen Liedvers", antwortete Maria. „Er spricht fast das Gegenteil von dem aus, was du vorhin sagtest."

„Ift ein Vers von Spitta?" fragte die Kleine mit einem An=
flug von Schelmerei.

„Nein, von Gerok", erwiderte Maria.

„Sage mir ihn", bat Serena; „ich höre es so gern, wenn du
Verse sagst."

Mit leiser Stimme sagte Maria wie träumend:

„Goldenes Entfärben
schleicht sich durch den Hain.
Auch Vergehn und Sterben
deucht mir süß zu sein."

„Oh!" sagte Serena bedauernd und enttäuscht.

„Gefällt dir das nicht?" fragte Maria.

Serena schüttelte den Kopf. „Ich möchte jetzt nicht sterben."

„Warum nicht?" fragte Maria, die, wie manches schwärme=
rische junge Mädchen, einen frühen Tod für das begehrens=
werteste Los hielt. „Fürchtest du dich vor dem Sterben?"

„Vor dem Grab", verbesserte Serena; „das ist so schwarz und
schauerlich, und ich denke immer, der Mensch weiß es, daß sie
ihn einscharren, und daß er nun nie, nie mehr ein Fünkchen
Licht oder eine Blume sehen wird, und das ist entsetzlich."

„Serena!" sagte die ältere Schwester mit etwas mitleidigem
Lächeln. „Die erlöste Seele kann von dem Grab nicht gehalten
werden, nur der tote Leib liegt darin."

„Ja, eben das verstehe ich nicht", antwortete Serena; „ich
begreife nicht, wie der Leib so still und starr werden kann. Sieh"
— sie sprang auf ihre Füße, erhob die Arme und drehte sich ein
paarmal um sich selbst —, „kannst du dir denken, daß diese Glie=
der einmal still und regungslos sein werden? Gib dir keine Mühe
mit mir", fuhr sie unbekümmert fort, als Maria ihr antworten
wollte, „ich weiß ganz gut, was du sagen willst, und ich glaube
ja auch, daß mir Gott die Furcht nehmen wird, wenn ich einmal
sterben muß. Aber ich hoffe, er läßt mich noch recht lange leben,
und immer werde ich sagen, daß ich lieber oben auf dem Grab
sitzen als unten darin liegen möchte."

„Was bist du für ein kindisches Mädchen!" sagte Maria.

Die Kleine legte ihren Kopf schmeichelnd an der Schwester Schulter. „Immer sagst du so“, klagte sie halb schmollend. „Wenn ich einmal einen Gedanken auszusprechen wage, dann nennst du ihn kindisch. Ich werde gar nicht mehr von Gedanken reden; ich werde jetzt einen Kranz flechten.“ Sie sprang den kleinen Abhang hinunter und wanderte dann eine Weile am Wiesenrand hin und her, um blühende Erika zu sammeln. Als sie mit ihrer Beute wieder neben der Schwester saß, fragte sie plötzlich: „Maria, denkst du noch manchmal an den Grafen, den damals das Gewitter zu uns verschlagen hatte?“

Überrascht sah Maria sie an. „Wie kommst du darauf?“ fragte sie.

„Ich denke zuweilen an ihn“, antwortete Serena, „er war so hübsch, und er hatte doch versprochen wiederzukommen. Das war im Mai, und jetzt haben wir September. Glaubst du, daß er jemals kommen wird?“

Maria zuckte die Achseln.

„Auch wüßte ich so gern, wie er heißt“, fuhr Serena fort; „ich habe keine Ruhe, bis ich auch die Vornamen der Menschen weiß, die ich kenne.“

„Nun“, sagte Maria, „wenn er noch einmal wiederkommen sollte, kannst du ihn ja danach fragen.“

„Schickt sich das?“

„Du kannst es tun.“

„Warum ich?“

„Nun“, sagte Maria wieder, aber sie wandte sich diesmal ab, und ihre Stimme klang herb, „du kannst manches tun, was anderen nicht erlaubt ist.“

Serena hatte während der letzten Worte ihren Kranz sinken lassen und aufmerksam in das Gesicht ihrer Schwester geblickt. „Ich werde ihn nicht fragen“, sagte sie jetzt mit ungewöhnlichem Ernst, und dann fuhr sie in ihrer duftigen Arbeit fort. Als der Kranz vollendet war, setzte sie ihn Maria auf, doch der Schmuck fand nicht ihren Beifall. „Die blauen Blumen, deren Namen du nicht gern hörst, stehen dir besser“, sagte sie. „Gib her, dies

rote Geſtrüpp gehört in mein widerſpenſtiges haar. Für dich
will ich noch einen Kranz von Vergißmeinnicht winden."

„Nein, laß das", erwiderte Maria, „wir müſſen jetzt nach
hauſe gehen."

Sie wählten zur heimkehr einen anderen Weg, der nach un=
gefähr fünf Minuten in die große Fahrſtraße mündete, nicht
weit von der Stelle, wo ſie die ſcharfe Biegung macht. Maria
blieb ſtehen und ſah die Straße hinauf. „Immer wenn ich hier
ſtehe, meine ich, es müßte jemand um die Ecke biegen", ſagte ſie.

„Aber es kommt niemand, höchſtens ein hirſch", antwortete
Serena. „horch, ich glaube, heute biegt wirklich einer um die
Ecke; hörſt du es tappen und kniſtern? Gleich müſſen wir den
Kopf ſehen. Da!"

Beide Schweſtern verſtummten. Was da um die Ecke bog,
war nicht der gehörnte Kopf eines hirſches, ſondern der ſchlank
gebogene hals eines Pferdes, und gleich darauf wurde auch der
Reiter ſichtbar, ein Reiter im hellen Rock.

„Laß uns nach hauſe gehen", flüſterte Serena. Als Maria
aber unbeweglich ſtehenblieb, riß ſie ſich von ihr los und eilte
ohne ſie von dannen.

„Bleibe hier!" rief Maria ihr nach. „Es iſt unhöflich, ſo davon=
zulaufen."

Doch die Kleine war ſchon im Gebüſch verſchwunden.

Der Reiter ſpornte jetzt ſein Pferd an und war mit wenigen
Sätzen an der Seite des blonden Mädchens. „Grüß Gott, Fräu=
lein Maria!" ſagte er, ſich verneigend. „Kennen Sie mich noch?"

„Ich habe kein ſchlechtes Gedächtnis", erwiderte ſie lächelnd,
„obgleich —"

„Obgleich es ſehr lange her iſt, ſeit Sie mich ſahen, wollen
Sie ſagen", vollendete er. „Ja, Fräulein Maria, mir iſt es eigen
ergangen." Er ſchwang ſich aus dem Sattel und ging nun neben
ihr her, indem er das Pferd am Zügel führte. „Ich glaube, über
dieſem Wald liegt ein Zauberbann, und wer in ſeinen Kreis
tritt, der iſt ihm verfallen."

„Inwiefern?" fragte ſie.

Er fuhr fort: „Der von dem Zauberbann Befallene kann hin=
fort kaum einen anderen Gedanken hegen als den an diesen Wald
und seine Bewohner. Im lauten Straßengetümmel, im lachen=
den Freundeskreis, immer verfolgte mich die Erinnerung an
das stille, friedliche Glück, das ich in Ihrem Elternhause kennen=
lernte, und die heiße Sehnsucht, auch einen Teil daran haben
zu dürfen. Fast mit Gewalt zog es mich her. Ich aber fürchtete,
es würde nach einem zweiten Besuch noch schlimmer mit mir
werden, darum kämpfte ich gegen den Zauber, bis ich einsah,
daß der Kampf vergeblich war. Da habe ich die Waffen gestreckt
und — hier bin ich."

„Wir alle werden uns freuen, Sie wieder in unserm Hause
begrüßen zu können", sagte Maria; „auch wir haben Ihnen ein
gutes Andenken bewahrt."

„Das ist mehr, als ich nach so langer Zeit zu hoffen wagte",
entgegnete Reggfield, und nach einer Pause fragte er: „War
nicht vorhin noch jemand bei Ihnen? Mir schien, als hätte ich
eine zweite Gestalt gesehen, die dann verschwand."

„Meine Schwester war bei mir", antwortete Maria etwas
befangen, „sie ist —"

„Vor mir geflohen, ich sah es wohl", vollendete er wieder,
als sie zögerte. „Hielt es mich für einen Räuber, das furchtsame
Kind? Als ich das erstemal kam, war es mutiger."

Jetzt hatten sie den Anfang der Lichtung erreicht, auf der das
Forsthaus stand, und hier kam ihnen der Oberförster, von Serena
begleitet, entgegengeschritten. „Also wirklich!" rief er aus. „Ich
wollte es nicht glauben, was mir die kleine Here atemlos be=
richtete: ‚Er ist wieder da!' Ich dachte, der böse Fokki hätte sich
so energisch gegen eine Wiederholung der langen Reise gesträubt,
daß sein Herr darüber sein Versprechen vergaß. Nun aber seien
Sie mir herzlich willkommen."

Reggfield ergriff die dargebotene Rechte und dankte in der=
selben warmen, treuherzigen Weise, die ihm bei seinem ersten
Kommen das ganze Wohlwollen des Hünen erworben hatte.
Als er hierauf auch Serena begrüßte, fragte er sie ganz unver=
mittelt: „Warum sind Sie denn vor mir davongelaufen?"

Sie geriet in peinliche Verlegenheit und schmiegte sich wie hilfesuchend an ihren Vater. Er legte seine große Hand auf ihre Schulter und sagte begütigend: „Sie müssen die kleine Hexe nicht wegen Unbesonnenheit zur Rede stellen, Herr Graf, sonst kommt sie von der Anklagebank niemals herunter."

Reggfield lächelte. Dann auf den Kranz in ihrem Haar blickend, sprach er: „Es ist aber hübsch von Ihnen, daß Sie sich zu meinem Empfang mit meinen Blumen geschmückt haben. Meine Mutter hieß nämlich Erika, und ich heiße Erich."

Die unerwartete Erfüllung ihres Wunsches rief ein helles Rot auf Serenas Wangen. Leuchtenden Auges sah sie zu Maria hinüber, und im Weitergehen machte sie es möglich, sich von des Vaters Hand zu lösen, um sich der Schwester zuzugesellen. „Maria", flüsterte sie, „bin ich nicht ein Glückskind?"

Während die beiden Mädchen ins Haus gingen, um der Mutter den Gast zu melden, brachten die Herren den Goldfuchs in den Hof. Reggfield eilte mit dem Tiere voran. Er freute sich, daß er mit den Räumlichkeiten noch Bescheid wußte und daß ihm auch der Name des Kutschers nicht entfallen war. Alsdann ließen sich beide, Hausherr und Gast, auf dem Platz unter den Akazien nieder. Es war so still ringsum, nur einige Bienen summten um die schmalen Blumenbeete, und in leisem Wehen kam der Odem des Waldes zu ihnen herüber.

„Wie ich mich gesehnt habe nach diesem harzigen Duft!" sagte Reggfield. „War es nicht tapfer von mir, daß ich vier Monate lang der Lockung widerstanden habe, ihn von neuem zu atmen? Aber wenn ich mich so mit der Erinnerung an Ihr Haus beschäftigte, dann ist mir oft aufgefallen, wie wenig deutsch doch Ihr Name klingt, Herr Diriletti."

„Ich bin auch von Geburt kein Deutscher", antwortete der Oberförster. „Mein Vater ist aus Italien hier eingewandert. Ich war damals kaum fünf Jahre alt; aber doch entsinne ich mich ziemlich gut der sonnigen Heimat meiner Kindheit. Einzelne Bilder, wie ich mit meiner Mutter und Schwester im Olivenhain spazierenging oder im leichten Wagen unter dem lachenden

Himmel dahinfuhr, sind meinem Gedächtnis für immer einge=
prägt. Und noch ein anderes Bild ist mir gegenwärtig. Ich sehe
mich allein, nur von einem Diener in Livree begleitet, über eine
Wiese schreiten. Da kommt ein Sumpf. Ich achte der Warnung
nicht, sondern hüpfe kindisch unbedacht auf das gleißende Grün.
Und nun versinke ich tiefer und tiefer, und als endlich die
rettende Hand des Dieners mich herauszieht, bin ich mit Schlamm
überzogen und unfähig, mich zu bewegen. Doch damit schließt
die Geschichte. Was vor= und nachher geschehen, und in welchem
Verhältnis der Diener zu mir gestanden hatte, das geht unter in
dem Nebelmeer, welches bei unserer frühesten Jugend die Stelle
der Erinnerung vertritt. Ebenso habe ich nie erfahren können,
was meinen Vater aus Italien vertrieben hatte. Ich sah ihn mit
sechs Jahren zum letztenmal. Er ist in der Schlacht bei Aspern ge=
fallen, so sagte man mir später, wenn ich nach ihm fragte."
    Hier unterbrach das Kommen von Frau Charlotte die Unter=
haltung. Aber der Oberförster war jetzt so in seine Jugend=
erinnerungen vertieft, daß er gleich nach der Begrüßung fort=
fuhr: „Ich selbst bin ein guter Deutscher geworden, mein Herz
und meine Sympathien sind deutsch, und der deutsche Wald,
in dem ich aufgewachsen bin, ist mir lieber geworden als jener
Olivenhain. Das hat nicht zum mindesten sie bewirkt" — hier
nickte er freundlich seiner Gattin zu —, „die die grüne Heimat
mit mir geteilt hat. Ein kleiner Spätling, wurde sie meinen
guten Pflegeeltern geboren, als ich schon vierzehn Jahre zählte,
und ich selbst war das erste Kindermädchen meiner nachmaligen
Frau. Nicht wahr, Lottchen, es war eine schöne Zeit, als ich
dich noch auf den Armen trug und dir Puppen und Bälle nähte?"
    Sie nickte und lächelte.
    „Meine älteste Tochter", hub der Oberförster noch einmal an,
„hat wie meine Frau ein durchaus deutsches Aussehen. Bei der
kleinen Hexe aber ist meine italienische Abstammung noch deut=
lich zu merken."
    Da trat sie eben heraus, die kleine Hexe. Sie trug einen ge=
füllten Teller in der Hand, und um sie herum sprangen drei
Hunde, die durch Schmeicheln oder Gewalt einen Bissen zu er=

beuten fuchten. Kaum konnte Serena fich des ftürmifchen An=
drangs erwehren, und ihre Bewegungen in diefem Kampf
waren von jener unnachahmlichen Anmut, die den dunkeläugigen
Kindern des Südens zu eigen zu fein pflegt. „Hilf mir, Vater!"
rief fie, „fonst haben wir heute keinen Kuchen zum Kaffee."

Ein fcharfer Pfiff des Oberförfters rief die Hunde zur Ord=
nung. Unterdeffen deckten die gefchäftigen Frauenhände den Tifch;
denn auch Maria war herzugekommen. Und nun genoß die kleine
Gefellfchaft gemeinfam das Getränk, deffen Duft fich mit dem
Harzgeruch des Waldes vermifchte.

Der junge Gaft plauderte heiter und unbefangen, man merkte
ihm an, wie glücklich er fich fühlte. Im Anfchluß an die Er=
zählung des Oberförfters gab auch er feine Erinnerungen zum
beften und begann von feinen abenteuerlichen Fahrten zu fprechen.
Denn, obwohl noch jung an Jahren, hatte er doch fchon den hal=
ben Kontinent durchreift. Lebhaft malte feine Rede Menfchen
und Landfchaften vor die Augen der Zuhörer, und wieder, wie bei
jener erften Unterhaltung, ftieg in Marias Antlitz eine leife Röte.
Ihr Blick leuchtete, als fie feinen Schilderungen laufchte. Serena
dagegen fchüttelte oft in echt mädchenhaftem Entfetzen den Kopf
oder hielt fich wohl gar die Ohren zu, wenn er von Überfällen
und anderen gefährlichen Abenteuern erzählte.

Allmählich wandte fich das Gefpräch der Politik zu. Frau
Charlotte, die bei diefem Thema immer etwas wie Unbehagen
empfand, ftand leife auf, um während der Zeit das Zimmer für
den Gaft zu richten. Sie winkte Maria, ihr zu folgen, und Se=
rena blieb allein zurück. Doch da auch fie es nicht mehr der
Mühe wert fand, zuzuhören, wie die beiden Herren von Kammer=
verhandlungen fprachen, von Gefandten, Attachierten und De=
putierten, fo fammelte fie die übrigen Brocken vom Tifch und
begann ihre vierbeinigen Freunde zu füttern. Eifrig drängten
fie fich um fie her, fuchte einer den andern zu verjagen, und
hafchten in täppifchen Sprüngen nach den Biffen, die Serena
neckend in die Luft warf. Als der Vorrat zu Ende war, ftreckten
fie fich mit behaglichem Schnaufen zu Füßen ihrer Herrin nieder.
Nur einer, ein großer, prächtiger Hühnerhund, war unzufrieden

42

mit dem Schluß des Vergnügens. Er setzte sich vor Serena hin, wedelte mit dem Schweif, ließ ein sanftes, ausdrucksvolles Geheul ertönen, und als das alles nichts half, legte er seine große Tatze auf ihren Schoß.

„Unbescheidener Bursche", sagte sie, „was willst du noch? Da, schau her, es ist alle." Sie zeigte ihm die leeren Teller.

Hektor aber glaubte auch dieser Beweisführung nicht. Er richtete sich auf, daß er nun am Tische stand, und schnüffelte mit weit vorgestreckter Schnauze über die Tafel hin.

„Schäme dich!" sagte Serena und umfaßte seinen Hals, um ihn zurückzuziehen. Anstatt ihn jedoch gänzlich zu verstoßen, legte sie ihren Kopf liebkosend in sein weiches braunes Fell.

In diesem Augenblick kam Frau Charlotte zurück. Sie bemerkte, daß die vorher so lebhafte Unterhaltung völlig verstummt war. Der Oberförster hatte den Kopf über ein Zeitungsblatt gebeugt, worin er wahrscheinlich ein Weiteres über die Kammerverhandlungen las. Reggfield hielt gleichfalls eine Zeitung in der Hand; doch schien der Inhalt ihn nicht sonderlich zu fesseln; denn er hatte den Arm auf die Lehne der Bank gestützt und beobachtete Serena, während ein Zug halb wie tiefes Sinnen, halb wie feurige Bewunderung auf seinem edlen Antlitz lag.

Frau Charlotte fuhr plötzlich ein Schreck ins Herz. Ein beklemmendes Gefühl wie die Ahnung einer nahenden Gefahr überkam sie. Sie nahm ihren Weg an der Tochter vorbei und berührte sie leise mit der Hand. „Jetzt ist nicht Zeit zum Spielen", sagte sie, „hole dir eine Arbeit, mein Kind."

Erschrocken befreite sich Serena von Hektor, schüttelte die Locken zurück und sprang ins Haus, der bellende Hund mit ihr.

Reggfield sah den Enteilenden nach. Es tat ihm leid, daß die kleine Szene gestört worden war, und er wollte sein Bedauern darüber aussprechen. Doch Frau Charlotte errötete wie ein junges Mädchen und rollte mit raschen Händen eine unendlich lange Stickerei auseinander.

Unterdessen hatte Serena ihr Arbeitskörbchen geholt und wanderte nun durch das ganze Haus, indem sie vergeblich nach Maria rief. Nirgends erhielt sie eine Antwort. So kehrte sie allein unter die Akazien zurück.

Sie traf die beiden Herren im Aufbruch begriffen. Ein Bote war gekommen, der den Oberförster nach einem weit entfernten Schlag rief, und da der Weg dorthin schön war, hatte der Hausherr den Gast aufgefordert, ihn eine Strecke zu begleiten. „Meine Frau und die beiden Mädel nehmen wir gleichfalls mit, damit Sie nachher den Weg nicht verfehlen", sagte er und erhob seine kräftige Stimme, um laut Marias Namen zu rufen. Doch auch jetzt kam keine Antwort. Ärgerlich zuckte er die Achseln. „Wer weiß, wo unser Vergißmeinnicht wieder sitzt und träumt. So muß sie eben hier bleiben. Kommen Sie, Herr Graf." Er ging mit Reggfield voran. Frau Charlotte und Serena folgten.

Es war eine köstliche Wanderung. In unaufhörlichen Windungen führte der Weg durch die Bäume hin. Das Unterholz war hier so dicht, daß es weder zur Rechten noch zur Linken einen Ausblick gestattete. Wie zwischen zwei grünen Mauern wanderten sie dahin, und die feierliche Stille wurde nur hie und da von einer Vogelstimme oder von ihren eigenen Worten unterbrochen. Nach einer halben Stunde mündete der Weg auf einen freien Platz, in dessen Mitte die sogenannte Kreuzeiche stand. Es war ein merkwürdiger Baum, eine Eiche von wahrhaft königlichem Wuchs. Über der Wurzel war der Baum gespalten, und aus diesem Spalt wuchs eine schlanke Birke, deren weiße Rinde und lichtes Laub malerisch von dem dunklen Grün der Eiche sich abhob. Die beiden Kronen vereinigten sich zu einem Ganzen und trennten sich dann wieder, so daß sie ein schiefes Kreuz bildeten.

Hier nahm der Oberförster Abschied, indem er Serena scherzend dafür verantwortlich machte, daß der Gast sich in seiner Abwesenheit nicht langweile. Er wollte sich nachher von ihm ein Zeugnis über ihre Unterhaltungsgabe ausbitten. Ohne das Erschrecken seiner Frau über diesen Scherz zu bemerken, ging er von dannen. Die drei Zurückgebliebenen nahmen auf einer nahen Bank Platz.

„Jetzt wollen wir versuchen, uns zu langweilen", sagte Reggfield zu seiner jugendlichen Nachbarin. „Ich möchte gern sehen, wie Sie das anfangen."

„Ich kann es nicht", antwortete sie mit ehrlichem Gesicht, über das selbst Frau Charlotte lächelte.

„Waren Sie noch niemals in Verlegenheit, wie Sie einen Tag zu Ende bringen sollten?" fragte Reggfield.

„Niemals", erwiderte sie; „hier ist es zu jeder Zeit so vergnüglich, daß die Tage im Flug vergehen."

„Ein beneidenswerter Zustand", sagte Reggfield. „Ich dagegen habe seit vier Monaten kaum eine vergnügte Stunde gehabt."

„Warum nicht?" fragte Serena voll Mitleid.

„Der Herr Graf scherzt nur", wandte Frau Charlotte ein.

„Durchaus nicht, gnädige Frau", versicherte er. „Vor vier Monaten, als ich von Ihrem Hause Abschied nahm, bin ich zum letztenmal vergnügt gewesen."

„Das ist sehr traurig", sagte Frau Charlotte sichtlich verlegen, „es wird hoffentlich besser werden."

„Wer weiß, ob es nicht schlimmer wird", äußerte Reggfield in aufrichtiger Sorge, und nun entstand eine Pause, als sollte die angedrohte Langeweile wirklich greifbare Gestalt gewinnen. Doch da ließ sich in den Zweigen über ihnen der helle Gesang eines Vogels hören, und Reggfield sagte: „Wie hübsch das klingt! Da singt eine Amsel."

„O nein", sagte Serena, „das ist keine Amsel, das ist ein Fink." Sie erhob sich behutsam, um in das Geäst des Baumes sehen zu können, und fügte hinzu: „Hier oben sitzt er; man kann ihn sehen."

Als jedoch Reggfield zu ihr trat, suchte der Vogel das Weite.

„Nun wird er dort im Busch sein", sagte Serena. „Wir können ihm nachgehen, nur müssen Sie ganz leise auftreten."

„Woher wissen Sie denn so genau, daß es ein Fink war, Fräulein Serena?" fragte er, während sie nebeneinander dem bezeichneten Busch zuschritten.

„Das höre ich an seinem Schlagen", antwortete sie. „Der Fink singt immer: 's is', 's is' 's is' noch viel zu früh."

„Was singt er?" rief Reggfield, indem er die gebotene Vorsicht vergaß.

Als Serena sah, wie er mit dem Lachen kämpfte, ward sie schüchtern und schwieg. Es bedurfte lebhafter Bitten von seiner

Seite, ehe sie sich zu einer Wiederholung ihrer Worte herbeiließ. „'s is', 's is', 's is' noch viel zu früh; er singt es ganz deutlich, wenn man nur recht darauf hört."

„Ich will ganz genau darauf achtgeben", versprach Reggfield. „Wollen Sie bitte Ihren Pflegling veranlassen, sein Lied von neuem zu singen?"

„Er ist schon wieder fortgeflogen", antwortete sie; „unser Sprechen hat ihn verscheucht."

„So gehen wir ihm nach, bis wir ihn finden", entschied Reggfield, und sie drangen in das Dickicht ein. Vor einer Erle blieb Serena schließlich stehen und flüsterte: „Jetzt ist er hier; wenn wir nun ganz still sind, wird er bald singen."

Nach einigen Sekunden stummen Wartens erhob der Vogel wirklich seine Stimme und wiederholte sein kurzes Lied zweimal.

„Richtig", sagte Reggfield, „jetzt habe ich es gehört: zi, zi, zi und za, za, za."

„Nicht doch", erwiderte Serena kopfschüttelnd, „es klingt ja so deutlich."

Reggfield lachte. „Was meint denn der Vogel mit seinem ‚Noch viel zu früh?'" fragte er; „ich meine, deutet man die Worte auf etwas Bestimmtes?"

„Gewiß", antwortete sie; „der Fink ist der erste, der im Frühling singt, wenn kaum der Schnee geschmolzen ist. Ihn kümmert es nicht, ob noch einmal Frost kommt; er singt. Aber er warnt die Blumen, wenn sie dem Sonnenschein trauen und vorwitzig heraus wollen, 's is' noch viel zu früh."

„Wie hübsch!" sagte Reggfield. „Nach dieser Auslegung verstehe ich die Vogelsprache schon besser."

„Ich habe die Auslegung nicht erfunden", entgegnete Serena. „Das tut Maria."

„Gibt es noch mehr Vögel, die derartige Lieder singen?" fragte Reggfield.

„Sie singen alle verschieden", antwortete sie. „Aber jetzt hört man nur noch wenige Vögel; nach Johannis wird es allmählich still und stiller, bis sie zuletzt alle fortgezogen sind."

46

In demselben Augenblick klang aus der Ferne ein kurzer, schriller Ton, und auf Reggfields Befragen erklärte ihn Serena für den Ruf eines Spechtes. Der junge Graf äußerte das Verlangen, auch diesen Vogel in der Nähe zu sehen, und nach einigem Zögern übernahm Serena von neuem das Führeramt. Ihr Weg war diesmal länger als das erstemal, auch mußten sie verschiedentlich durch dichtes Gestrüpp sich Bahn brechen, und als sie endlich vor dem Baum standen, von dem der kurze Ruf herabklang, war Reggfield enttäuscht, nur einen unscheinbaren, grauen Baumläufer zu finden, der nicht einmal ordentlich hämmerte.

Serena versuchte diese Klagen zu widerlegen. Sie machte Reggfield darauf aufmerksam, wie geschickt der Vogel an dem Stamm herumhüpfte und jedes, auch das feinste Insekt herauspickte. Während sie noch sprach, rauschte und flatterte es plötzlich in den Zweigen, ein zweiter Baumläufer flog herab und drang voll Zorn auf den ersten ein; beide stießen einen zischenden Ton aus und schlugen mit den Flügeln, um sich dann ebenso plötzlich wieder zu trennen. Dieses Manöver wiederholten sie etlichemal, bis sie zuletzt wütend aufeinander loshackten und dann kreischend davonflogen. Einer verfolgte immer den andern.

Da sagte Serena, sich besinnend: „Wir haben meine Mutter ganz allein gelassen; wir müssen jetzt schnell zurückkehren."

Und so schnell als möglich eilten sie den langen Weg zurück; sie ließen sich kaum Zeit, ein Wort miteinander zu wechseln. Als sie jedoch den Eichenplatz erreichten, war er leer und nirgends eine Spur von Frau Charlotte zu sehen.

„Mama ist fort", sagte Serena bestürzt.

„Sie wird nach Hause gegangen sein", beruhigte sie Reggfield.

Aber Serena schien sehr bekümmert. „Wir sind gewiß zu lange geblieben", sprach sie; „ich werde Schelte bekommen. Bitte, Herr Graf, lassen Sie uns rasch nach Hause gehen."

„Dazu bin ich noch nicht imstande", erwiderte Reggfield; „ich muß erst Atem schöpfen. Und was die Schelte betrifft, so werde ich dafür Sorge tragen, daß sie an die richtige Adresse gelangt, nämlich an die meine. Bleiben Sie ruhig hier, Fräulein Serena;

als gehorfame Tochter müffen Sie fich noch viel mit mir lang=
weilen."

„Wenn nur Maria käme!" feufzte Serena etwas beklommen.

„Das foll gefchehen", fagte Reggfield; „ich werde Ihnen Ihr
Fräulein Schwefter holen."

Er verfchwand in einem kleinen grünen Bufch und kehrte nach
wenigen Augenbliden mit einem Sträußchen Vergißmeinnicht
zurück. „So ift es doch recht?" fragte er, als er Serena die Blumen
reichte.

Sie dankte und nahm fie, fügte aber hinzu: „Nennen Sie
Maria niemals mit diefem Namen; fie wird immer traurig,
wenn mein Vater es tut."

Reggfield ließ fich nun an ihrer Seite nieder und zeichnete mit
einem abgebrochenen Aft Figuren in den loderen Boden. Serena
dagegen befchäftigte fich damit, eine einzelne Blume aus dem
Sträußchen herauszuziehen, fie gegen das Licht zu halten und
aufmerkfam zu betrachten.

„Darf ich fragen, Fräulein Serena, wo Ihre Gedanken wei=
len?" fragte Reggfield nach einer Paufe. „Denken Sie an Ihr
Zeugnis?"

„Nein", antwortete fie, „ich dachte, wie gut es fei, daß Maria
nicht in Wahrheit ein folches Blümlein ift; fonft müßte fie jetzt
im Herbft verwelken, noch ehe man fie im Sommer recht kennen=
gelernt hatte."

„O", fagte er, „glauben Sie wirklich, daß ein ganzer Sommer
dazugehört, um einen Menfchen kennenzulernen?"

„Mama meint, man dürfe von einem Menfchen erft fagen ‚ich
kenne ihn‘, wenn man zufammen einen Scheffel Salz gegeffen
hätte", antwortete Serena.

„Das klingt nicht angenehm", fagte Reggfield. „Wie lange ißt
man an einem Scheffel Salz?"

„Ich weiß nicht genau; es kommt wohl darauf an, wie groß
der Haushalt ift."

Um Reggfields Lippen zuckte es; doch bezwang er die Lachluft
und fprach mit tiefem Ernft: „Ich kann Ihrer Frau Mutter nicht
recht geben; es gibt bevorzugte Menfchenkinder, mit denen man

48

vom erſten Augenblick an bekannt iſt. Sie ſind wie ein Waſſer=
ſpiegel, auf den die Sonne ſcheint, daß man den klaren Grund tief
unten erkennen kann."

„Das iſt ſchön", ſagte Serena; „ich habe noch keinen ſolchen
Menſchen geſehen."

Da lachte Reggfield wirklich. „Aber ich", entgegnete er.

So plauderten die beiden wie zwei harmloſe, glückliche Kinder.
Um ſie herum regte ſich leiſe das geheimnisvolle Leben des
Waldes, es ſäuſelte über ihnen in den ſchwanken Zweigen, es
blickte ſie an aus den ſanften Augen eines Rehes, das vorſichtig
heraustrat, und es tönte zu ihnen herab aus zwitſchernden Vogel=
kehlen. Daß noch ein anderes geheimnisvolles Weſen, ein feines
Knäblein mit Pfeil und Bogen, ſein Augenmerk auf ſie gerichtet
hatte, gewahrten die beiden ſchönen Menſchenkinder noch weniger
wie den glänzenden Käfer, der langſam an Reggfields Ärmel
hinaufkroch. Auch die warnende Stimme hörten ſie nicht, die
aus der Krone der Kreuzeiche zu ihnen herüber klang: „'s iſ',
's iſ', 's iſ' noch viel zu früh!"

Unterdeſſen eilte Frau Charlotte mit von Unruhe beflügelten
Schritten heimwärts. Ihr war eingefallen, daß ſie für den heu=
tigen Tag den Bauer aus dem Dorf beſtellt hatte, um Abrech=
nung mit ihm zu halten, und daß er jedenfalls ſchon angelangt
ſei. Sie mußte fort, und Serena kam nicht zurück. Aber auf halbem
Wege kam ihr Maria entgegen.

„Wo haſt du denn geſteckt?" fragte die Mutter in erregterem
Tone, als ſie ſonſt mit ihrer älteſten Tochter zu ſprechen pflegte.

Maria ſchwieg.

„Haſt du wieder die ganze Zeit verträumt?" fuhr die Mutter
fort. „Kind, das iſt doch wirklich ſchrecklich."

„Der Bauer iſt da", ſagte Maria.

Frau Charlottes Stimmung wurde durch dieſe Nachricht nicht
gebeſſert. „Geh und ſuche Serena", gebot ſie; „ſie läuft mit dem
Grafen allein im Wald herum. Suche ſie und ſage ihr, ſie ſolle
ſofort nach Hauſe kommen." Die letzten Worte ſprach ſie ſchon
im Weitergehen. Als ſie ſich noch einmal umſah und Maria noch

auf derselben Stelle erblickte, winkte sie ihr ungeduldig: „So be=
eile dich doch!"

Aber Maria war heute nicht sehr gehorsam; langsam schritt sie
vorwärts, immer zögernder, je näher sie dem Eichenplatz kam
und je deutlicher sie die beiden fröhlichen Menschenstimmen unter=
scheiden konnte.

Als sie den Platz betrat, sah sie Reggfield und Serena ein=
trächtig nebeneinander sitzen. Bei ihrem Erscheinen sprangen sie
auf, und Serena rief: „Endlich kommst du!"

Maria winkte ihr und zog sie ein wenig beiseite. „Mama schickt
mich; du sollst augenblicklich nach Hause kommen."

Reggfield konnte die geflüsterten Worte nicht verstehen. Er sah
nur Serenas Erschrecken, und eine finstere Falte bildete sich auf
seiner Stirn. „Wenn Sie die Trägerin einer unliebsamen Bot=
schaft sind", sprach er laut, „so muß ich bitten, sie an mich aus=
zurichten; denn ich bin es gewesen, der Fräulein Serena sehr
gegen ihren Willen hier zurückgehalten hat."

Einen Augenblick schwieg Maria, dann sagte sie: „Ich weiß
nicht, ob Sie die Bitte meiner Mutter, mir nach Hause zu folgen,
für eine unliebsame Botschaft halten."

Reggfield antwortete nur mit einer Verbeugung, und hierauf
traten sie alle drei den Heimweg an. Der junge Graf ging, als sei
das jetzt selbstverständlich, immer an Serenas Seite, und wo der
Weg zu schmal wurde, ging er dicht hinter ihr. Seiner liebenswür=
digen Unterhaltung gelang es, den bangen Ausdruck von dem
Antlitz der Kleinen zu verscheuchen; aber es gelang ihr nicht mehr,
den rosigen Schimmer auf Marias Wangen zu locken, den er doch
früher einige Male bemerkt hatte. Ruhig und ernst ging sie dahin,
mit unbeweglichen Zügen. „Wie eine Sphinx", dachte Reggfield
voll heimlichen Zürnens, und er beachtete sie fortan noch weniger
als bisher.

Bei der Abendmahlzeit richtete er zum ersten Male wieder das
Wort an sie, da sie seine Nachbarin war. „Sie und Ihr Fräulein
Schwester werden nachher wieder singen, nicht wahr?" fragte er.
„Oft habe ich an Ihr Lied gedacht und an Ihre leise, verständnis=
volle Begleitung. Auch ich treibe Musik; das Instrument, welches

50

ich spiele, ist das Violoncello. Nun passiert es mir oft, daß mich Damen begleiten wollen, die von dem Geist der Musik nicht mehr verstehen als eine miauende Katze. Dann habe ich sehnsüchtig an Sie gedacht und daran, wie schön es sein müßte, einmal mit Ihnen spielen zu können."

Doch, da war er wieder, der rosige Hauch auf den Wangen der stillen Maid, und obgleich Reggfield ihr im ganzen nicht viel Teilnahme schenkte, reizte es ihn doch, zu wissen, ob diese Erscheinung ein Zeichen des Beifalls oder des Ablehnens sei. Er fuhr fort: „Das Cello ist zwar etwas schwer zu transportieren, aber da ich das nächste Mal auf längere Zeit in Ihr Haus komme, werde ich mir erlauben, es mitzubringen."

„Sie kommen wieder, Herr Graf?" fragte Maria.

„Ja, in etwa drei Wochen; Ihr Herr Vater hat mich zur Jagd eingeladen." Als Maria keine Antwort gab, fragte er leise: „Ist es Ihnen nicht recht?"

„Warum sollte es mir nicht recht sein?" fragte sie dagegen.

„Eben das möchte ich von Ihnen erfahren", antwortete er und sah sie scharf an.

Sie senkte den Blick und schwieg. In derselben Minute gab Frau Charlotte das Zeichen zum Aufstehen, und so entging Maria weiteren Fragen.

Die beiden Schwestern hatten ihr Helferamt im Haushalt wochenweise zu versehen. Serena war an der Reihe, und darum mußte sie jetzt zurückbleiben, als die Familie sich in das Wohn= zimmer begab, um hier den Rest des Abends zu verbringen.

Der Oberförster ging, um für sich und seinen Gast Zigarren zu holen. Da es im Nebenzimmer dunkel war, ließ er die Tür hinter sich offen.

Nach einer Weile bemerkte Frau Charlotte: „Es zieht, irgend= wo muß ein Fenster offen sein."

„Ich werde nachsehen", sagte Maria, stand auf und ging hinaus. Aber sie kam nicht wieder.

Statt ihrer erschien Marianne, die Köchin, an der Tür und winkte der Hausfrau. Sie war sich nicht klar, ob sie den Gast allein lassen dürfe, erhob sich dann aber doch, und, indem sie zu Reggfield sagte: „Entschuldigen Sie, Herr Graf, mein Mann und meine Tochter kommen wohl gleich zurück", verließ auch sie das Zimmer.

Jedoch weder der Oberförster noch Maria kehrten wieder. Reggfield saß eine Zeitlang mit gekreuzten Armen und betrach=tete die Bilder an den Wänden. Eine einsame Fliege summte um die Lampe, angelockt vom trügerischen Licht. Sie wagte sich immer näher und flog sogar unter die Glocke, bis sie zuletzt mit verbrannten Flügeln auf den Tisch niederfiel. „Das kommt vom Vorwitz", sagte Reggfield, indem er das arme Tier vollends tötete. Dann versank er wieder in Gedanken. Endlich dachte er: „Wenn doch die kleine Serena käme!" Aber er hatte es laut ge=dacht und nun fand er das Warten sehr unangenehm. Darum stand er auf, ergriff die Lampe und ging in das Nebenzimmer, um zu sehen, wo denn der Oberförster geblieben sei. Als das Licht in den dunklen Raum fiel, sah er eine am Fenster stehende Gestalt sich umwenden und erschrocken zusammenzucken.

„Fräulein Maria!" rief er. „Warum stehen Sie hier im Fin=stern? Warum sind Sie nicht zurückgekehrt?"

„Ich habe aus dem Fenster gesehen", antwortete sie stockend.

Reggfield stellte die Lampe auf den nächsten Tisch und trat an Marias Seite. „Ist es denn so schön draußen?" fragte er.

Obwohl man jetzt in den beleuchteten Scheiben nichts anderes entdecken konnte als sein eigenes Bild, so sah Maria doch mit un=verminderter Aufmerksamkeit hinein.

Plötzlich und ohne jede Einleitung unterbrach Reggfield das hierdurch entstandene Schweigen mit der Frage: „Was habe ich Ihnen denn zuleide getan, daß Sie die Aussicht auf mein Wieder=kommen so sehr verdrießt?"

„Sie verdrießt mich nicht", antwortete Maria.

„Oh", erwiderte er, „halten Sie mich für blind?"

Maria zog an der Schnur und ließ den Vorhang über das Fenster herabrollen. „Wir sollten doch lieber in das Wohnzimmer gehen", schlug sie vor, „meine Eltern müssen ja sogleich zurück=kommen."

Reggfield zögerte. „So möchte ich mich nicht gern abweisen

laſſen", ſagte er. „Ich liebe es nicht, unangenehme Tatſachen tot=
zuſchweigen, anſtatt ſie zu beſprechen."

„Was ſoll ich mit Jhnen erörtern, Herr Graf?" fragte Maria.

„Womit ich Sie beleidigt habe."

„Sie haben mich nicht beleidigt."

„Um ſo ſchlimmer, mein Fräulein", ſagte er; „dann muß ich
annehmen, daß meine geſamte Perſönlichkeit Jhnen zuwider iſt,
da Sie Jhre Abneigung nicht einmal begründen können."

Maria hielt noch immer das Ende der Vorhangſchnur in der
Hand und rollte es in nervöſer Haſt auf und nieder.

Finſter blickte Reggfield auf ſie herab. Wohl ſah er, daß er ſie
quälte, aber ihn, der bisher von dem weiblichen Geſchlecht ſo ver=
wöhnt worden war, ärgerte es unbeſchreiblich, hier auf einen
Widerſtand gegen den ihm wohlbekannten Zauber ſeiner Perſön=
lichkeit zu ſtoßen. „Sprechen Sie ſich doch aus", rief er, als ſie
beharrlich ſchwieg; „ich werde Jhnen nichts übelnehmen."

„Jch wüßte auch nicht", begann Maria, dann ſtockte ſie.

„Was wiſſen Sie nicht?" fragte er.

„Sie tun mir bitter unrecht", murmelte ſie.

„Jnwiefern? Weil ich Sie bitte, mir eine unangenehme Wahr=
heit zu ſagen?"

„Wie kann ich Jhnen ſagen —" begann Maria abermals, und
wieder ſtockte ſie.

„So brechen Sie doch nicht immer mitten im Satz ab", rief er,
unfähig, ſeine gereizte Stimmung länger zu beherrſchen. „Warum
können Sie mir nicht ſagen, daß Sie mich lieber gehen als kommen
ſehen? Jch weiß es jetzt ohnehin." Er ging heftig einige Male im
Zimmer auf und ab, dann kam er zurück und ſtellte ſich ihr gegen=
über. „Sie tun mir bitter unrecht", ſagte er ruhiger, „daß Sie
mich aus dem Hauſe vertreiben wollen, in dem mir zum erſten
Male wohl und heimatlich zumute ward."

„Haben Sie denn keine Heimat mehr?" fragte Maria.

Ein ſeltſamer Schatten flog über ſeine ausdrucksvollen Züge.
„Nein", antwortete er kurz, „ich habe weder Eltern noch Heimat."

„Keine Eltern", wiederholte ſie.

„Sie sind tot", sagte er, „sie starben, als ich vier Jahre alt war, und das Stück Erde, welches ich meine Heimat nennen sollte, ist mir verhaßt."

Als ihn Maria mit großen Augen ansah, fuhr er fort: „Ich glaube wohl, daß Sie mich nicht verstehen; Sie haben eine schöne, friedvolle Heimat, Sie sind im Sonnenschein der Liebe auf= gewachsen, und Sie verurteilen mich, weil auch mich das anzieht, was Sie so glücklich macht."

„Nein, Herr Graf", rief Maria, und ein Strahl warmen Emp= findens brach durch ihre Worte, „ich verurteile Sie nicht; Sie tun mir leid."

Er bewegte abwehrend die Hand. „Nicht das", sagte er, „ich wollte nicht Ihr Mitleid erwecken, ich wollte nur ein Versprechen geben und dafür ein anderes von Ihnen erbitten. Fräulein Maria, ich werde nicht wiederkommen; aber versprechen Sie mir, daß Sie den Einfluß, den Sie auf Fräulein Serena besitzen, nicht dazu anwenden wollen, um auch in ihrer Seele die Abneigung gegen mich zu erwecken. Ich möchte die Erinnerung an das holde Kind gern ungetrübt mit hinausnehmen in die Welt."

„Ich verspreche es", sagte sie mit tonloser Stimme.

„Haben Sie Dank", erwiderte er und wollte noch mehr hinzu= fügen, doch ein Geräusch im Nebenzimmer ließ sie verstummen.

„Maria", rief Serenas Stimme, „es ist ja so dunkel hier, ich habe mich gestoßen."

Reggfield ergriff mit Ungestüm die Lampe und eilte nach der Tür, die von selbst ins Schloß gefallen war. „Haben Sie sich Schaden getan, Fräulein Serena?" fragte er, indem er dem ge= blendeten Mädchen ins Gesicht leuchtete.

„Nein, mir ist nichts geschehen", antwortete sie; „aber mein Vater hat großen Ärger gehabt; der eine der Forstlehrlinge hat eigenmächtig ein Wild geschossen, ein Schmaltier sogar. Es ist ganz tot."

Jetzt kam auch der Oberförster. Er war noch sehr erregt, und sein erstes Wort war an Reggfield gerichtet, dem er von dem er= littenen Schaden erzählte. Wie das so häufig geht, wurde sein Ärger, nun er ihn umständlich in Worte kleidete, um ein gutes

Teil leichter. „Jch freue mich, Herr Graf", schloß er endlich, „daß ich im nächsten Monat an Jhnen einen wackeren Gehilfen haben werde."

„Herr Oberförster", begann Reggfield, welcher dieser Wendung mit Unruhe gefolgt war, „ich fürchte, daß ich zu voreilig gewesen bin, und daß Sie mir vielleicht mit Recht zürnen werden, wenn ich mich jetzt genötigt sehe, meine Zusage zurückzunehmen."

„Wie? Zurücknehmen?" wiederholte der Oberförster. „Sie belieben zu scherzen."

„Ganz und gar nicht", entgegnete Reggfield, „es ist mein bitterster Ernst."

„Aber was ist Jhnen so plötzlich in den Sinn gefahren?" fragte der Hausherr nun verwundert. „Was haben Sie für einen Grund?

„Jch kann so schlecht im Geschäft abkommen", antwortete Regg= field, ohne ihn anzusehen.

„Haben Sie nur diesen einen Grund?" fragte der Oberförster weiter.

Reggfield schwieg, doch, ohne daß er selbst es wollte, flog sein Blick zu Maria hinüber, welche ihr völlig erblaßtes Gesicht tief auf ihre Arbeit niederneigte.

Der aufmerksame Oberförster war dem Blick gefolgt. Da er sich aber keinen rechten Zusammenhang zwischen seiner Tochter und Reggfields Sinnesänderung denken konnte, so glaubte er, der letztere wünsche die Angelegenheit nicht in Gegenwart der beiden Mädchen zu besprechen. Er ließ darum das Gespräch fallen und schlug seinem Gast vor, eine Partie Schach zu spielen.

Während die beiden Herren das Spiel begannen, fand sich auch Frau Charlotte wieder ein. Sie erzählte den Töchtern mit leiser Stimme von der bitterlichen Reue des armen Forstlehrlings und verband sich mit ihnen, ein bittendes Wort beim Vater für ihn einzulegen. Dann wurde es still im Zimmer; nur die Strick= nadeln klapperten, und zuweilen ertönten einzelne Worte, wie „Gardez la reine!" oder „Schach dem König!"

Die Glocke schlug zehn, und Frau Charlotte zwinkerte schon bedenklich mit den Augen. Da war die Partie beendet. Der Oberförster war als Sieger hervorgegangen.

Maria brachte die Bibel, und nach kurzer Andacht gingen die Schwestern zum Klavier, um ihr Abendlied zu singen.

Reggfield folgte ihnen. Er sagte bittend zu Serena: „Singen Sie doch wieder das seltsame Lied von damals; ich möchte es zum Abschied noch einmal hören."

„Welches seltsame Lied?" fragte Serena.

Aber Marias Finger glitten schon über die Tasten und entlockten ihnen eine sanfte, fromme Melodie.

„Ja, das ist es", sagte Reggfield erfreut und zog sich in die Fensternische zurück, um ungestört lauschen zu können.

Doch sollte der Genuß ihm verkürzt werden. Der Oberförster war mit leisen Schritten an seine Seite getreten und redete ihn an. „Jetzt wollen wir Klarheit zwischen uns machen, Herr Graf. Verlangen Sie wirklich von mir, daß ich an die Unmöglichkeit des Urlaubs glauben soll?"

„Nein", entgegnete Reggfield, „ich verlange es nicht; aber trotzdem bin ich gezwungen, meine Zusage zurückzunehmen."

„Haben Sie etwas anderes für Ihre Urlaubszeit in Aussicht genommen?" fragte der Oberförster.

„Nein, ich habe nichts vor", erwiderte Reggfield.

„Dann", sagte der Hausherr, „wenn der Grund nicht in der Stadt liegt, so muß er hier liegen, so muß ich glauben, daß es Ihnen in meinem Hause nicht gefällt."

„Noch nirgends hat es mir so gefallen", entgegnete Reggfield, „noch nie habe ich mich so wohl gefühlt wie in Ihrem Hause."

„Und doch wollen Sie mit Gewalt hinaus", bemerkte der Oberförster. „Das ist in der Tat sonderbar. Ich kann nur annehmen, daß irgendein Glied meiner Familie Sie beleidigt hat, und ich als Hausherr möchte Sie bitten, mir ganz offen zu sagen, wer das gewesen ist."

„Ich weiß von keiner Beleidigung", sagte Reggfield, „ich weiß nur, daß mir der Gedanke schmerzlich ist, von den Gliedern Ihrer Familie Abschied zu nehmen."

„Nun, mein lieber Herr Graf", sagte der Oberförster jetzt etwas unmutig, „ohne genügenden Grund darf man nicht han-

56

deln, wenn man nicht den Schein der Unselbständigkeit und des Mangels an festem Willen auf sich laden will."

„Ich muß es Ihnen anheimstellen, wie Sie mich so beurteilen wollen", sprach Reggfield niedergeschlagen.

„Nein", erwiderte der Oberförster, „so weit sind wir noch nicht. Ich sage Ihnen jetzt kurz und gut: entweder bringen Sie mir einen triftigen Grund, oder es bleibt bei unserm ersten Abkommen."

Reggfield strich unruhig mit der Hand durch sein Haar. Man konnte deutlich sehen, wie er mit Wunsch und Zweifel kämpfte. Er dachte fast mit Bitterkeit an Maria, und dazwischen lauschte er wieder den weichen Tönen, die so sanft, so mahnend an sein Ohr klangen.

„Der unser traurig Herz erfreut",
sangen die Schwestern soeben.

„Ja oder nein?" fragte der Oberförster und hielt seinem jungen Gast die Hand hin.

„Ja", sagte Reggfield da rasch, drückte die dargebotene Rechte und atmete erleichtert auf.

Nach dem gleich darauffolgenden allgemeinen Gutenacht=wünschen geleitete der Oberförster den Gast noch bis in den Hausflur und sah nicht, daß er dort stehenblieb, anstatt in sein Zimmer zu gehen.

Serena war, leichtfüßig wie immer, schon im Erkerstübchen an=gelangt. Maria befand sich noch auf der Treppe. Da schien es ihr, als höre sie von unten leise ihren Namen rufen. Ungläubig sah sie zurück, doch erschrak sie bis ins innerste Herz, als Reggfield am Fuß der Treppe erschien und leise sagte: „Fräulein Maria, ge=statten Sie mir noch ein einziges Wort."

„Beginnt die Qual noch einmal?" dachte sie, während sie in stiller Ergebung die Treppe wieder hinabstieg.

„Fräulein Maria", begann Reggfield, „können Sie mir noch mehr zürnen, als Sie es bereits tun? Dann habe ich es jetzt ver=dient; denn ich habe dem wiederholt ausgesprochenen Wunsch

Ihres Herrn Vaters nachgegeben und mein Kommen aufs neue zugesagt." Er schwieg und wartete gespannt auf ihre Antwort.

Sie vermied es, ihn anzusehen und sagte endlich: „Der Wunsch meines Vaters ist mir Befehl."

„Und auf Befehl würden Sie mich hier dulden?" fragte Reggfield. „Ich danke Ihnen, Fräulein Viriletti, Sie sind sehr freundlich. Doch da ich nun verhindert bin, mein Versprechen zu halten, so gebe ich Ihnen das Ihrige zurück."

„Ich werde tun, was in meinen Kräften steht, um es zu halten", sagte sie, und ehe noch der überraschte Reggfield ein Wort des Dankes sprechen konnte, hatte sie sich abgewandt und war die Treppe hinaufgeeilt.

„Eine Sphinx", dachte er kopfschüttelnd, als er in sein Zimmer ging.

Am andern Morgen ritt Reggfield zu früher Stunde von dannen. Er war fröhlich und wohlgemut, und der Oberförster sah ihm voller Vergnügen nach.

Als der schmucke Reiter um die Ecke bog, erhob Frau Charlotte ihr sorgenvolles Gesicht zu ihrem Gemahl. „Eberhard", begann sie, „ist es wahr, daß er wiederkommt, und daß er dann tage-, vielleicht wochenlang hierbleiben wird?"

„Ja, ich denke, er wird nun Wort halten", antwortete der Oberförster, „Mühe genug hat es mir gemacht, bis er mir endlich zusagte."

„Er weigerte sich", rief sie, „und du hast doch darauf bestanden? O Eberhard, warum hast du nicht zuvor mit mir gesprochen?"

„Warum?" fragte der Oberförster erstaunt. „Ist der Graf dir unangenehm?"

„Gerade weil er das nicht ist, darum macht er mir Sorge", erwiderte sie. „Wäre er weniger liebenswert, dann wäre er auch weniger gefährlich. Eberhard, du denkst nicht daran, daß unsere Töchter keine Kinder mehr sind."

Der Oberförster schwieg und sah sie betroffen an.

Sie fuhr fort: „Denke doch an die große Kluft, die zwischen ihnen liegt."

„Aber, liebes Lottchen", rief er nun, „wie kommst du auf diesen Gedanken?"

„Der Gedanke liegt einer Frau ziemlich nahe", antwortete sie mit halbem Lächeln, „und einer Mutter von zwei erwachsenen Töchtern liegt er noch näher."

„Aber du täuschst dich", sprach er eifrig. „Serena ist ja noch das reine Kind; sie denkt an nichts anderes als an ihre Hunde und Vögel."

„Und Maria?" fragte Charlotte. „Fast bangt mir noch mehr um sie; träfe es Maria, sie würde bis auf den tiefsten Grund ihrer Seele erschüttert werden."

„Nun sieh", sagte der Oberförster, „jetzt kann ich dir beweisen, daß du auf falscher Fährte bist. Der Graf lacht und amüsiert sich über den Kindskopf, die Serena. Auf Maria achtet er fast gar nicht, und sie macht sich so wenig aus seiner Gesellschaft, daß sie ihm fast geflissentlich aus dem Wege geht. Ja, ich habe sie im Verdacht, daß sie durch ihr abstoßendes Wesen seine unerklärliche Weigerung bewirkt hat, indem sie den Grafen zu dem Glauben verleitete, er fiele uns lästig. Gerade darum habe ich auf meinem Willen bestanden. Aber zu deiner Beruhigung will ich dir ver= sprechen, mit meinem schönen Jägerburschen, wenn er kommt, tüchtig im Walde herumzutummeln, so daß er keine Zeit behalten soll, hier den Gefährlichen zu spielen. Und wenn du liebe geäng= stigte Gluckhenne deine Küchlein weiter so scharf bewachst wie bis= her, dann soll's keine Not haben." Er küßte sie und ging an seine Arbeit.

Frau Charlotte sah ihm nach, und unwillkürlich falteten sich ihre Hände. „Ach, mein Eberhard", sagte sie leise, „du bist ein Südländer geblieben, du hast das sorglose Kindgemüt behalten, auch jetzt noch, da deine Haare zu bleichen beginnen. Ich habe dich eben darum lieb, aber gut ist es nicht. Nun, Gott wolle uns in Gnaden bewahren!"

IV

Durch eine der belebtesten Straßen der Stadt schritt zu früher Morgenstunde Herr von Darrnbek und sah mit munteren Augen auf das flinke Treiben ringsumher. Bäcker= jungen, die ihre Ware auf dem Kopf trugen, liefen an ihm vor= bei; Fleischerwagen, mit dicken Gäulen bespannt, rasselten in unvernünftiger Eile über das Pflaster, und Dienstmädchen kamen mit Töpfen herbei, um von dem an der Straßenecke haltenden Milchkarren den täglichen Bedarf zu erstehen. Darrnbek, der vom Kopf bis zum Fuß in tadelloser Sauberkeit prangte, entlockten diese Gestalten ein Lächeln. Er sah frisch aus und heiter wie der junge Tag.

Als er jetzt vor einem Hause stehenblieb, dessen sämtliche Fen= ster noch von Vorhängen verhüllt waren, verwandelte sich das Lächeln in ein vergnügtes Lachen, und er murmelte: „Der soll sich nicht übel wundern."

Auf sein Klingeln an der Haustür wurde ihm von der Pfört= nersfrau geöffnet. Sie sah ihm verwundert nach, als er in fröh= lichen Sätzen die Treppe hinaufsprang.

Oben angelangt, klopfte Darrnbek an eine Tür, die ein glän= zendes Porzellanschild mit dem Namen „Graf Reggfield" zeigte. Nach mehrmaligem vergeblichem Klopfen öffnete er die unver= schlossene Tür und trat ein. In derselben Minute jedoch kam der Diener die Treppe herabgepoltert und rief noch auf der letzten Stufe: „Aber, Herr von Darrnbek, mein gnädigster Herr Graf schlafen ja noch."

„Nun, so melden Sie mich dem gnädigsten Herrn Grafen", sagte Darrnbek, und während der Bursche ganz verblüfft sich anschickte, dem Befehl zu gehorchen, ging er in dem kleinen Vor= zimmer umher und pfiff in falschen Tönen ein Liedchen. Dann untersuchte er einen Oleanderbaum, der dort stand, und versorgte ihn mit Wasser, das er in Ermangelung einer Gießkanne der Kristallkaraffe auf dem Tisch entnahm.

„Der Herr Graf lassen Herrn von Darrnbek bitten, ein paar Minuten zu warten", meldete der zurückkehrende Bedienstete. Darrnbek nickte einverstanden, und der Diener ging mit großem Geräusch wieder hinaus.

Es waren wirklich nur ein paar Minuten, die Darrnbek allein blieb; bald hörte er nebenan Schritte, die Tür tat sich auf, und Reggfield begrüßte ihn mit den Worten: „Was fällt dir ein? Es ist ja kaum sechs Uhr."

„Guten Morgen", sagte Darrnbek. „Ich will nicht so unhöflich sein wie du und die Debatte ohne Gruß eröffnen. Höre, ich dachte, man müsse jetzt so früh kommen, um dich zu finden. Vorgestern hieß es, du seist fortgeritten, gestern ebenso. Was soll ich also anfangen, wenn ich nicht einen dritten Tag verleben will, ohne dich zu sprechen?"

Reggfields anfänglicher Mißmut hatte sich aufgelöst. An dem herzlichen Händedruck, den er mit Darrnbek tauschte, konnte man sehen, daß viel Ungemach und Ärgernis sich vereinen müßten, um eine dauernde Verstimmung zwischen den beiden Freunden herbeizuführen.

„Komm herein", sagte Reggfield, „ich will dich auch frühmorgens um sechs willkommen heißen, wenngleich du meinen schönsten Schlummer gestört hast."

Darrnbek lachte, hängte seine Mütze an einen Nagel und streckte sich behaglich in die Sofaecke. „Ich wollte dir erzählen", begann er, „daß Fräulein Esther vorgestern auf einer Spazierfahrt ohnmächtig geworden ist."

„Was soll das mir?" fragte Reggfield; „ich bin ja doch kein Doktor."

„Nun", erwiderte Darrnbek, „du könntest doch ein menschliches Interesse daran nehmen. Dann wollte ich dir noch sagen, daß wir heute zum Abschiedsessen bei Sengerns eingeladen sind. Sie gehen aufs Land. Das gibt eine passende Gelegenheit, um wieder

einmal ein kleines Fest zu veranstalten. Wird man denn dazu
hingehen?"

„Ich danke", sagte Reggfield, „ich gehe nicht."

„Eigentlich habe ich auch nicht große Lust", fuhr Darrnbek
fort. „Mir wäre es lieber, ich könnte den Tag gemütlich mit dir
verleben. Der lange Augustin ist, seit er das Gut gekauft hat, Landwirt geworden. Fräulein Esther klagte, er tue jetzt den ganzen
Tag nichts anderes, als in großen Wasserstiefeln auf den Feldern
herumzusteigen; im Vertrauen gesagt, zum Entsetzen seines Inspektors. Wenn er nach der Stadt kommt, spricht er nur von Kuh-
ställen und von Rieselwiesen. Weil nun seinen Angehörigen diese
Gespräche schon ganz unausstehlich sind, so wollen sie dem langen
Augustin für die nächsten Monate auf das Gut folgen. Sie hoffen, wenn sie Kuhställe und Rieselfelder sehen, werden sie weniger
davon zu hören brauchen. Selbst der ernste Doktor zieht mit hinaus, und auch Elbeding wird seine Ferien zum Teil dort verleben.
Weißt du, Reggfield, nimm dich vor Elbeding in acht. Er scheint
alle Segel hissen zu wollen."

„Fange nicht wieder Narrheiten an", sagte Reggfield, „ich
habe mir das schon einmal verbeten. Willst du eine Zigarre
haben?"

„Um mir den Mund zu stopfen", bemerkte Darrnbek. „Danke;
auf den nüchternen Magen ist das ein schlechter Genuß. Ich hatte
eigentlich darauf gerechnet, bei dir zu frühstücken. Läßt deine
Frau Wirtin dich noch lange auf den Kaffee warten?"

„Ich werde ihn sogleich bestellen", sagte Reggfield und klingelte.
Dann ging er an einen Schrank und kramte eine Weile suchend
darin umher.

„Mensch", rief Darrnbek von seiner Ecke her, „wie sieht das
darin aus! Reggfield, du hast wohl schon lange nicht mehr auf-
geräumt?"

„Nein", antwortete Reggfield, „ich wollte es jeden Tag tun,
aber immer kam etwas dazwischen."

„So wollen wir es heute tun", sagte Darrnbek. Aber als er
nun vor dem Schrank stand, schlug er in aufrichtigem Schrecken

die Hände zusammen. „Reggfield, so arg ist es lange nicht ge=
wesen. Was hast du nur durchgemacht?" Er griff energisch in das
wüste Durcheinander, und bald waren die beiden Freunde von
einem bunten Haufen umgeben, aus dem Reggfield einzelne
Lieblingsstücke herauslas, während Darrnbek seine Beschäftigung
nur dann unterbrach, wenn er einem Gedanken Worte verleihen
wollte. Als ihm eine Rolle Notenpapier in die Hände fiel, fragte
er: „Ist das eine neue Komposition von dir?"

„Nein, es ist vorläufig nur leeres Papier", antwortete Regg=
field.

„Tu mir den Gefallen und komponiere bald wieder mal etwas",
sagte Darrnbek. „Die Exzellenz fragt mich, sooft ich ihr vor
Augen komme, wann denn dein großer Friedensmarsch fertig
wird. Es geniert mich, so als schamloser Lügner vor ihr dazu=
stehen. Hier ist nur ein Handschuh, Reggfield, wo hast du den
zweiten?" Nach längerem Suchen fand sich der Vermißte auf dem
Schreibtisch vor. „Es wundert mich, daß du ihn nicht ins Tinten=
faß gesteckt hast", sagte Darrnbek, als er das Paar übereinander=
zog.

„Wenn ich nur wüßte, woher du so ordentlich geworden bist",
bemerkte Reggfield.

„Weil ich ein hausbackener Junge bin und kein Genie wie du",
antwortete der muntere Darrnbek. „Dann aber habe ich auch
drei Schwestern, die mir gehörig auf die Finger sahen. Und da
sie, wie du weißt, alle drei älter sind als ich, so hatte ich drei
Mütter, denen ich Order parieren mußte. Höre, Reggfield, zum
Oktober kündige ich meine jetzige Wohnung und ziehe wieder
mit dir zusammen. Du bist ohne mich doch ein armer, hilfloser
Wurm. Wenn du nur nicht immer so unverschämt noble Quar=
tiere mieten wolltest. Freilich, als künftiger Reichsgraf von Stor=
rinek kannst du nicht gut anders als vornehm wohnen, aber für
mich ärmlichen Edelmann ist das ein bißchen unbequem."

„Du weißt", sagte Reggfield, „daß du nicht einen Heller zur
Wohnungsmiete beizutragen brauchtest, wenn du nicht so eigen=
sinnig darauf beständest."

„Ich bin das meiner Selbstachtung schuldig", erwiderte Darrn=
bek; „deine Freundschaft verlange ich als mein gutes Recht, aber
deinen Geldbeutel behalte für dich."

Über diesem Geplauder wurde das Aufräumen beendet. Der
Diener brachte das Frühstück, und die beiden Freunde setzten
sich gemütlich an den Tisch mit dem Bewußtsein, sich die Stär=
kung redlich verdient zu haben. Sie waren noch in vollem Ge=
nießen begriffen, als es anklopfte und der Briefträger herein=
trat, der die Zeitung und einen Brief brachte. Darrnbek griff nach
der Zeitung, Reggfield nach dem Brief.

Es zuckte über sein Gesicht, als er das große Siegel mit dem
deutlich ausgeprägten Wappen und der Grafenkrone darüber
betrachtete. Langsam erbrach er es, und während er den Inhalt
des Schreibens las, verfinsterten sich seine Züge mehr und mehr,
wie von einem heraufziehenden Unwetter.

„Freche Bande!" sagte Darrnbek, dessen Kopf ganz hinter
dem Zeitungsblatt verschwunden war. „In Berlin haben et=
liche Gassenjungen bei einer Kundgebung die Kleider der um=
stehenden Zuschauer mit Stecknadeln zusammengesteckt, so daß
die Löcher in den Kleidungsstücken gar nicht zu zählen sind. Ei,
ich wollte die Bengels!"

Reggfield gab keine Antwort. Er drückte den Brief in seiner
Hand zusammen wie einen Schneeball, schleuderte ihn dann in
das Zimmer, stampfte mit dem Fuß und murmelte einige Worte.

„Was ist geschehen?" fragte Darrnbek erstaunt; „hast du eine
schlechte Nachricht erhalten?"

„Keine zehn Pferde bringen mich dahin", rief Reggfield, „und
jetzt, gerade jetzt!" Er sprang auf und begann im Schritt das
Zimmer zu durchmessen.

Unterdessen bückte sich Darrnbek nach dem zerknitterten Brief
und versuchte ihn auf dem Tisch zu glätten. „Darf ich ihn lesen?"
fragte er.

Reggfield nickte nur.

Der Brief zeigte die schwerfälligen, unleserlichen Schriftzüge
einer Männerhand und lautete wie folgt:

64

„Mein lieber Neffe!

Da ich in Erfahrung gebracht habe, daß Du bald einem län=
gern Urlaub entgegensiehst, so erwarte ich, daß Du ihn hier in
Storrinek verleben wirst. Es ist lange Zeit verflossen, seit Du
das Stammschloß Deiner Väter und Dein einstiges Erbe be=
suchtest. Ich muß Dich daran erinnern, daß es Deine Pflicht
ist, mit Teilnahme hier zu weilen. Auch habe ich wichtige
Dinge mit Dir zu besprechen. Es grüßt Dich Dein Oheim

Karl Sigismund Reggfield,

Reichsgraf auf Storrinek."

„Ich bitte dich", sagte Darrnbek, „wie kann dich dieser Brief
so in Zorn versetzen? Er enthält ja nur eine freundliche Ein=
ladung."

„Nein, er enthält einen Befehl", antwortete Reggfield; „statt
des ,ich erwarte' sollte stehen ,ich gebiete Dir', dann wäre es
wenigstens ehrlich. Aber ich habe nicht die Absicht, mein Blut
und Leben in Storrinek einfrieren zu lassen. Dieses verhaßte
Storrinek! Mir schaudert, wenn ich daran denke."

„Es ist gut, daß dich weiter niemand hört und sieht als ich",
bemerkte Darrnbek.

Reggfield blieb stehen und strich mit der Hand über seine er=
hitzte Stirn. „Du kannst so sprechen", erwiderte er; „dir wird es
nicht schwer, gelassen zu bleiben; du hast ein glücklicheres Tem=
perament als ich. Ich weiß wohl, daß es unrecht ist, wenn alles
in mir sich aufbäumt, sobald ich in die Nähe des Mannes komme,
der mir der Nächste auf Erden sein sollte. Aber diese grausame
Ruhe, diese harte, eisige Gleichgültigkeit, die er bewahrt, wenn
an mir jede Fiber zittert, die bringt mich noch von Sinnen."

Darrnbek war aufgestanden und an das Fenster getreten.
Als der von neuem umherwandelnde Reggfield in seine Nähe
kam, wandte er sich um und hielt ihn fest. „Mein armer Regg=
field", sagte er, „auch ich bin ja ohne Elternliebe unter Frem=
den aufgewachsen, aber doch war ich besser daran als du. Die
Hand, die auf deiner Kindheit lag, war hart. Daß du sie nicht

65

lieben kannst, begreife ich. Doch meine ich, deine jetzige Auf=
regung muß noch einen andern Grund haben. Wenn du sonst
zu deinem Onkel gerufen wurdest, warst du niedergeschlagen,
aber du empörtest dich nicht so offen dagegen wie heute."

„Du hast recht", antwortete Reggfield; „es ist mir diesmal
unmöglich, dem Ruf meines Onkels Folge zu leisten, weil ich
schon eine andere Einladung angenommen habe."

„Wer ist denn auf die unvernünftige Idee gekommen, dich
einzuladen?" fragte Darrnbek.

„Mein Oberförster", erwiderte Reggfield. „Vorgestern, als du
mich nicht zu Hause trafst, war ich bei ihm, und er hat mich auf=
gefordert, in den Ferien wiederzukommen, um zu jagen."

„Was du an diesem Oberförster hast, ist mir nicht ganz ver=
ständlich", sagte Darrnbek. „Er muß ein ungewöhnlich liebens=
würdiger Herr sein; sonst, sollte ich meinen, müßte es etwas
langweilig für dich sein, dich eine oder gar zwei Wochen im Wald
zu vergraben. Ein leidenschaftlicher Jäger bist du ja nie gewesen.
Wenn ich meiner Schwester Grete nicht versprochen hätte, zur
Taufe ihres Sohnes zu kommen, würde ich dich wirklich begleiten,
um deinen grünen Magnaten kennenzulernen."

Reggfield sah seinen Freund rasch an und öffnete die Lippen,
als wollte er etwas sagen. Doch er schloß sie wieder, und sein
Blick suchte den Boden.

Darrnbek bemerkte das nicht; er war in Gedanken versunken.
Nach einer Pause sagte er: „Du mußt nach Storrinek gehen,
Reggfield; du darfst deinen Onkel nicht reizen."

„Er läßt sich ja nicht reizen", entgegnete Reggfield; „er ist
erhaben darüber, der Mann mit der eisernen Maske."

Darrnbek machte eine Bewegung des Unwillens und mein=
te: „Er schreibt, er hätte wichtige Dinge mit dir zu besprechen,
folglich mußt du gehen."

„Mir ist nichts wichtig, was von dort kommt", erwiderte
Reggfield.

„Das ist unrecht", sagte Darrnbek. „Wenn du auch deinen
Onkel nicht liebst, so solltest du doch Interesse haben für die Heim=
stätte deiner Vorfahren. Du bist der Letzte deines Stammes."

66

Nach langem Hinundherreden erklärte sich Reggfield endlich bereit, gegen Ende seines Urlaubs nach Storrinek zu reisen, und hiermit mußte der mahnende Freund sich zufrieden geben. Dann verließen sie die Wohnung, um in die Stadt zu gehen.

Als sie Arm in Arm die Straße hinunterwandelten, kam ihnen ein eleganter Wagen entgegen, in dem sie beim Näherkommen Augustin von Sengern erkannten. Der Baron ließ halten und fragte die Herren, ob er beim Abschiedsessen auf sie rechnen dürfe.

„Ich bedauere", sagte Reggfield; „die Ferien=Vorbereitungen verhindern mich, Ihre gütige Einladung anzunehmen."

Darrnbek sagte: „Ich will mir die Sache überlegen. Es ist leicht möglich, daß ich meinem Freund helfen muß; er ist so sehr unselbständig, wenn es zu dieser Art von Beschäftigung kommt."

Über Augustins Gesicht flog eine Wolke. Er sprach einige höf=liche Worte und ließ bald weiterfahren. Doch wendete er sich im Wagen um, und sein Blick verfolgte die schöne Gestalt Reggfields, der ihm gegenüber eine so unverkennbar ablehnende Haltung angenommen hatte. „Nur nicht zu stolz, mein lieber Graf", murmelte der lange Baron. „Wir haben auf unserer Seite einen Bundesgenossen, der noch stolzer und um vieles mächtiger ist als du."

V

Auf dem Hof der Oberförsterei stand Serena und fütterte ihre gefiederten Lieblinge. Noch lag der Tau auf den Gräsern, und die Morgensonne spiegelte sich in den Tropfen, daß sie blitzten wie Diamanten.

Zu Serenas Füßen drängte sich die hungrige Schar. Die emsig pickenden Schnäbel verursachten ein Geräusch wie das Fallen des Regens, und Serena belustigte sich, ab und zu eine Handvoll Körner auf die Federkleider zu werfen, daß es prasselte.

Aus einer Ecke des Hofes kamen noch einige Verspätete. Halb fliegend, halb laufend, mit ausgebreiteten Flügeln und weit vorgestreckten Hälsen stürzten sie herbei. Auch die Tauben stellten ihren Spaziergang auf dem sonnenbeschienenen Dach ein und schwangen sich mit ein paar raschen Flügelschlägen hinunter auf den Futterplatz. Schnatternd bewegte sich vom äußersten Ende des Hofes der lange Zug der Enten heran. Sie hatten die trübe Ahnung, daß, ehe ihr schwerfälliger Gang sie zur freigebigen Herrin gebracht, der Vorrat in der Schüssel zu Ende sein würde, und diese Ahnung betrog sie nicht.

„Ihr armen Enten kommt wieder viel zu spät", sagte Serena, schüttete den Rest aus der Schüssel ihnen entgegen und näherte sich dem offenen Stall, wo der alte Franz beschäftigt war, den Goldfuchs zu striegeln. „Gib mir noch ein wenig Hafer", sagte sie bittend; „die Enten sind so langsam, und nun haben die Hühner ihnen alles weggefressen."

„Nix Hafer", antwortete Franz, „sind die Enten faul, brauchen sie auch nix; sind viele Frösche im Bach."

„Gib mir Hafer", bat Serena wieder, „ich möchte sie so gern füttern, sie erwarten Futter von mir."

„Soll Fuchsel hungern, weil Enten Hafer fressen?" fragte
Franz und deutete stirnrunzelnd auf den vierbeinigen Gast.

„Guten Morgen, Fräulein Serena!" rief es da vom Hause
her. „Warten Sie, ich komme und helfe Ihnen."

Serena richtete den Blick nach dem Fenster des Fremden=
zimmers; es war geöffnet, und Reggfield stand in der Öffnung
und nickte ihr heiter zu.

In der nächsten Sekunde hatte er sich auf die Brüstung ge=
schwungen, stand einen Augenblick hochaufgerichtet da und sprang
dann in den Hof hinunter. „Jetzt wollen wir diesem Geizkragen
den Futterkasten aufbrechen", sagte er, als er Serena erreichte.
„Geht's nicht mit Güte, so mit Gewalt. Sollen Enten nicht hun=
gern, weil Fuchsel Hafer frißt." Er nahm Serena die Schüssel aus
der Hand und schritt auf den Kasten zu, in welchem der Hafer
verwahrt wurde. „Nun, alter Freund", fragte er, als der Kut=
scher noch immer zögerte, „wird's bald? Sonst hole ich das Stemm=
eisen."

Brummend kam Franz heran und schloß den Kasten auf.

Reggfield fuhr mit der Schüssel hinein und brachte sie bis an
den Rand gefüllt wieder heraus. „Das wird dem Fokki an seiner
nächsten Ration abgezogen", befahl er; „ich habe ohnehin den
Argwohn, daß Sie mir das Tier mästen wollen." Dann kehrte
er mit Serena in den Hof zurück, und die Fütterung begann von
neuem. Reggfield stand als Sicherheitspolizei dabei. Er verjagte
die unersättlichen Hühner, wenn sie den Enten auch diese Beute
entreißen wollten.

„Ich werde dem Fokki Brot und Zucker bringen", sagte Se=
rena am Schluß der Fütterung; „er soll meiner Enten wegen
nicht zu kurz kommen." Sie näherte sich wieder dem Stall.

Reggfield ging hinein, löste sein Pferd von der Krippe und
führte es heraus.

Nach einigem Suchen fand Serena in ihrer Tasche ein Stück
Zucker. Sie reichte es Fokki; aber als er danach fassen wollte, zog
sie furchtsam die Hand zurück.

Lachend nahm Reggfield den Zucker und gab ihn dem ent=
täuschten Pferd, indem er zu Serena sagte: „Ihre Beherztheit

und Ihr Wohlwollen scheint sich nur auf das niedere Getier zu erstrecken."

„Vor unserem Braunen fürchte ich mich nicht", antwortete Serena; „aber der Sokki schüttelt oft so wild mit dem Kopf."

„Er ist mutig", erwiderte Reggfield, „im übrigen ist er fromm wie ein Lamm. Versuchen Sie nur ihn zu streicheln."

Zagend kam sie seiner Aufforderung nach. „Er ist wirklich sehr schön und sein Fell so weich", sagte sie erfreut, als Sokki sich die Liebkosung geduldig gefallen ließ.

Reggfield sah erst sie an, dann das Pferd, und in seinen Augen blitzte ein Gedanke, halb wie Lachen, halb wie Ernst.

Aber Serena bemerkte es nicht; sie streichelte wieder den schlanken Hals des Tieres und sagte ahnungslos: „So weich, so weich, es muß sich gut auf ihm reiten." Plötzlich fühlte sie sich vom Boden aufgehoben, und ehe sie noch recht wußte, was geschah, saß sie oben auf Sokkis Rücken, und Reggfields Arm hielt sie sorgsam fest. „Herr Graf", rief sie erschrocken, „was tun Sie?"

„Fortreiten werden wir", entgegnete er, „hinaus in die weite, weite Welt."

„Treiben Sie nicht so bösen Scherz mit mir", bat sie, und Tränen traten in ihre Augen.

„Es ist mein Ernst", erwiderte er, sah aber dabei zu Boden, um das Lachen zu verbeißen.

In diesem Augenblick trat der Oberförster aus der Haustür. Verwundert sah er auf die Szene, und als Serena ihm bittend die Hände entgegenstreckte, kam er mit großen Schritten über den Hof.

Da aber umfaßte Reggfield blitzschnell das Mädchen und hob sie herab. Ohne sich noch einmal umzusehen, lief sie davon.

„Was haben Sie mit der kleinen Hexe angefangen?" fragte der Oberförster etwas ungehalten.

„Schelten Sie nicht, gestrenger Herr", sagte Reggfield treuherzig. „Die Versuchung zu der Neckerei war zu groß; ich glaube auch Sie hätten ihr nicht widerstanden."

Der Oberförster mußte lächeln und murmelte etwas vor sich hin. Er forderte dann seinen vornehmen Jägerburschen auf,

70

sich zu rüsten, weil er ihn heute weit in den Forst hineinführen wollte. Als er hierauf in das Haus zurückging, begegnete ihm Maria. Er rief sie zu sich heran und sagte: „Höre, mein Kind, du bist ja ein verständiges Mädchen; habe acht auf deine Schwester und suche zu verhindern, daß sie mit dem Grafen allein ist. Die beiden gehen in ihren Kindereien zu weit. Ich liebe das nicht."

Als am Nachmittag die Sonne gegen Westen rückte, wanderten die Schwestern nach ihrem Lieblingsplatz, dem kleinen Hügel über dem Bach. Sie hatten ein anstrengendes Tagewerk hinter sich; denn Frau Charlotte hatte die Abwesenheit der Herren benutzt, um das Haus gründlich zu säubern. Nun sanken sie in das weiche Moos und ruhten von ihrer Arbeit aus. Serena lachte und plauderte und bemerkte in ihrem Frohsinn nicht, daß Maria noch ernster war als gewöhnlich.

Als die Kleine endlich eine Pause machte, fragte Maria plötzlich: „Serena, hast du schon einmal daran gedacht, daß wir keine Kinder mehr sind?"

„Warum soll ich daran denken?" fragte Serena arglos.

„Es wäre gut, wenn du es tätest", erwiderte Maria, „und wenn du endlich anfingst, ein wenig mit Überlegung zu handeln."

Serena seufzte. „Mit Überlegung zu handeln, das muß sehr schwer sein, und ich weiß nicht, ob es mir möglich ist. Aber weshalb sagst du mir das alles?"

Etwas zögernd antwortete Maria: „Ich stand heute morgen am Küchenfenster und sah die Szene zwischen dir und dem Grafen, wie er dich auf sein Pferd hob. Und ich meine eben, wenn du nur ein wenig achtsamer wärst, so hättest du sehen müssen, daß er etwas im Schilde führte, und hättest dich beizeiten zurückziehen können."

Serena barg ihr Gesicht in den Händen. „Warum mußt du mich denn daran erinnern?" murmelte sie. „Ich hatte es schon glücklich vergessen."

„Denke nicht, daß ich dich kränken wollte", sagte Maria und beugte sich zu ihr; „nur um dir und den Eltern Verdrießlichkeiten zu ersparen, wollte ich dich bitten, sei etwas vorsichtiger."

Und noch zögernder, als sie bisher gesprochen hatte, fuhr sie fort: „Laufe nicht, wie sonst, soviel allein umher, solange der Graf noch hier ist. Sage es mir, und ich werde dich begleiten, wohin du willst."

„Du bist gut, Maria", sagte Serena und umschlang die Schwe= ster mit ihren Armen. So saßen sie eine Weile schweigend aneinan= dergeschmiegt. Doch nicht lange konnte die Kleine die Untätig= keit ertragen. „Ich will Blumen für dich pflücken", sagte sie, „dort unten wachsen schöne Immortellen." Und ohne eine Ant= wort abzuwarten, stieg sie den Hügel hinab.

Maria verfolgte mit ihren Blicken die leichte Gestalt, wie sie dahinschritt nach der blumigen Waldwiese. Dort stand sie jetzt. Rings lag der goldene Schein der untergehenden Sonne; er zitterte über den grünen Gräsern und freundlichen Herbst= blumen; er umfloß das liebliche Mägdlein und stahl sich unter den großen Hut in ihr Gesicht, um jede Wolke zu verscheuchen. War sie doch das glückliche, fröhliche Sonnenkind.

Ein Schmetterling kam geflogen. Er war groß und schön, ein schillerndes Pfauenauge. Nicht weit von Serena ließ er sich auf einem schwankenden Halm nieder, und sie näherte sich vorsichtig, um ihn zu fangen. Aber als sie die Hand ausstreckte, flog er weiter. Er gaukelte von einem Halm zum andern, und sie folgte ihm unbedenklich mit steigendem Eifer. Ihren Strohhut hatte sie abgenommen, um ihn als Fänger zu benutzen. Jetzt saß der Schmetterling auf einem Gänseblümchen. Sei es, daß ihn dieses besonders fesselte, oder war er ermüdet, genug, er mißachtete die drohende Gefahr; der Hut flog über ihn, und er war gefangen. Behutsam nahm ihn Serena in die hohle Hand. Er hatte die Flügel fest zusammengefaltet und bewegte nur leise die Fühl= hörner. „Warum ängstigst du dich, armes Tierchen?" fragte Serena. „Ich werde dir nichts tun; ich wollte dich nur einmal genau besehen; du bist so schön." Sie öffnete die Hand und hielt sie gegen das Sonnenlicht. Eine Weile saß der Schmetterling ganz still, dann aber breitete er die glänzenden Flügel aus, und sie trugen ihn fort, weit, weit, zum blauen Himmel empor. Serena sah ihm nach, bis er verschwunden war.

Da tönte aus dem Wald der melodische Ruf eines Pirols. Er mußte sich wohl sehr verspätet haben, dieser Pirol; alle seine Brüder waren gewandert. Der Pirol war einer von Serenas besonderen Lieblingen. Sie war ihm oft stundenlang gefolgt, von einem Baum zum andern, um ihn ordentlich sehen zu können. Damit der scheue Vogel über den Verfolger getäuscht werde, hatte sie seinen Ruf nachgeahmt. Auch jetzt widerstand sie nicht der Einladung, sondern sprang schnell und leichtfüßig über die Wiese hin, der Richtung zu, wo der Vogel rief. „Hüo=bülo", klang es ganz in der Nähe aus dem Gipfel einer Buche. „Hüo=bülo", wiederholte Serena; sie besaß schon eine gewisse Fertigkeit darin. Jetzt stand sie am Fuß der Buche und suchte in ihren Zweigen den schön gefiederten Vogel. Da hörte sie Rauschen und Flattern; er war fortgeflogen, hoch über ihren Kopf hinweg. Und wenn er fliegt, so fliegt er weit. Sie wartete eine Zeitlang, dann rief sie wieder laut und deutlich: „Hüo=bülo!" Richtig, die Antwort kam, aber aus welcher Ferne! Unverdrossen setzte Serena ihren Weg fort. Ab und zu rief sie ihr „Hüo=bülo", mitunter auch ein langgezogenes „Hüüo", je nachdem der Vogel antwortete. Mehrmals mußte sie die Richtung wechseln, weil der Vogel neckisch seinen Platz verändert hatte. Er machte es ihr heute recht schwer. Jetzt war er sogar ganz verstummt; alles Locken blieb vergeblich. Sie wollte schon die Hoffnung aufgeben, seiner ansichtig zu werden. Nur einmal rief sie noch.

Da antwortete dicht neben ihr im Strauchwerk eine Stimme: „Bin allhier!" Und gleich darauf trat ein schlanker Jäger aus dem Gebüsch. Das Gewehr hing ihm über der Schulter, und ein Bündel Rebhühner guckte aus der Jagdtasche. „Grüß Gott!" rief er und schwenkte fröhlich die Mütze. „Nun weiß ich doch, warum mir die Vogelstimme so seltsam bekannt vorkam; ich bin ihr schon eine geraume Weile gefolgt, und das war mein Glück. Aber Sie wollen doch nicht etwa Regen prophezeien, Fräulein Serena? Oder warum ahmen Sie sonst dem Regenvogel nach?"

Sie hatte, während er sprach, Zeit gefunden, sich von ihrer Überraschung zu erholen. „Nein, ich will keinen Regen prophezeien", antwortete sie nun; „ich ahme dem Vogel nur nach, damit er glauben soll, es wäre einer seiner Kameraden, der ihn ruft!"

„Wie schlau!" erwiderte er. „Einen so gewitzten Vogelsteller hätte ich in Ihnen gar nicht vermutet. Ein andermal müssen Sie Ihren Herrn Vater und mich auf die Jagd begleiten. Aber auch ich bin heute nicht untätig gewesen. Sehen Sie, ich bringe Braten für heute abend und morgen mittag. In der Tasche stecken noch zwei Hasen, und sogar einen Hirsch habe ich erlegt. Der Franz muß ihn mit dem Wagen hereinholen." Bei den letzten Worten schickte er sich zum Weitergehen an und sah sich erwartungsvoll nach ihr um.

Nun aber fiel ihr Marias Warnung ein, darum zauderte sie, und es ward ihr beklommen zumute.

„Wollen Sie noch weiter in den Wald hineingehen?" fragte er, indem er zwei Schritte zurückkam.

„Nein, ich muß nach Hause", antwortete sie.

„Auch ich will nach Hause", entgegnete er, „wir gehen zu= sammen."

Sie bewegte leise verneinend den Kopf und sagte: „Zuerst muß ich Maria abholen; ich habe sie allein auf dem Mooshügel zurückgelassen."

„Dann begleite ich Sie dorthin", erwiderte Reggfield. „Zwar habe ich heute schon einen anständigen Marsch gemacht, doch bis auf den Mooshügel tragen mich meine Füße noch. Ich stehe also zu Ihrem Befehl."

„Sie sind müde, Herr Graf, gehen Sie lieber ohne Umweg nach Hause", sagte Serena etwas unsicher.

Er sah sie erstaunt an. „Wollen Sie meine Begleitung nicht?" fragte er.

Sie schwieg.

„Was ist Ihnen, Fräulein Serena?" fragte er weiter, „warum sind Sie plötzlich so anders als sonst?" Und als sie auch jetzt noch keine Antwort gab, fuhr er fort: „Wäre es möglich, daß Sie noch an die dumme Geschichte von heute früh denken? Ja, ja, das ist es; Sie haben mir noch nicht verziehen. Sie können sich freilich nicht vorstellen, wie verlockend es war, als Sie ahnungslos neben meinem luſtigen Foffi ſtanden, und wie noch viel verlockender es nachher war, einmal Jhre Leichtgläubigkeit auszubeuten. Daß Sie glauben konnten, ich würde am hellichten Tag mit Jhnen davonjagen, angeſichts des brummigen Franz und der ganzen Oberförſterei, auf ungeſatteltem Pferd wie ein aſiatiſcher Step= penfürſt!" Er lachte, daß er ſich ſchüttelte. Als ſie ihn mit großen Augen anſah, bezwang er ſich jedoch und ſagte: „Jetzt ſehe ich ein, daß ich unrecht tat. Sie haben das ſchöne Zutrauen zu mir verloren, durch das Sie mich ſonſt glücklich machten. Aber wenn ich Jhnen nun verſpreche, daß ich Sie nie mehr in ſolcher Weiſe erſchrecken und ängſtigen werde, dann ſind Sie doch wieder gut und gehen hübſch artig mit mir, nicht wahr?"

Jmmer noch antwortete ſie nicht.

„Fräulein Serena, können Sie mir wirklich ſo lange böſe ſein?" fragte Reggfield weich und faßte nach ihrer Hand.

Sie zog ſie haſtig zurück. Der einſchmeichelnde Klang ſeiner Rede und die Erinnerung an Marias Worte riefen widerſtrei= tende Gefühle in ihr wach. Mit abgewandtem Geſicht ant= wortete ſie: „Laſſen Sie mich allein gehen, Herr Graf; es iſt beſſer ſo. Maria hatte recht, als ſie mich warnte."

„Alſo ihr habe ich das zu danken", ſagte Reggfield mit gänzlich veränderter Stimme. „Und iſt denn Fräulein Maria maßgebende Autorität für Sie? Müſſen Sie ihr gehorchen?"

„Jch muß nicht, aber ich will", antwortete Serena.

Bis ins tiefſte Herz traf ſie der Blick, den Reggfield nach die= ſen Worten auf ſie richtete. Stumm trat er zurück, um ſie vorbei= zulaſſen, und deutete mit der Hand auf den Weg, den ſie neh= men mußte.

Sie ſtürzte an ihm vorüber, ohne aufzuſehen. Wie gejagt lief ſie durch den Wald. Was hatte ſie denn getan, daß ihr mit einmal ſo unſäglich traurig zumute ward und ihr das Herz klopfte, als ſollte es zerſpringen? Sie hatte ja nur Marias Mah= nung befolgen und vorſichtig dem aus dem Wege gehen wollen, was etwa Verdrießlichkeiten ſchaffen konnte. Ach, ſie hatte vor= her gewußt, daß es ihr unmöglich ſein würde. Dieſer erſte Ver= ſuch, mit Überlegung zu handeln, war jämmerlich mißlungen.

Nicht aus dem Weg gegangen war sie den Verdrießlichkeiten, sie hatte sie heraufbeschworen. Und es war mehr als Verdruß, es war Leid und Weh, das sie jetzt erfüllte, bittere Reue über die Kränkung, die sie in ihrem Unverstand einem andern angetan hatte.

Als sie aus dem Wald heraustrat, sah sie, daß ihr über die Wiese eine Gestalt entgegenkam. Es war Maria, die, beunruhigt über ihr langes Ausbleiben, sie suchen wollte. Wäre sie doch eher gekommen! Vielleicht hätte ihr Dazwischenkommen das Unglück verhütet.

Serena mäßigte die Eile, mit der sie bisher ihren Weg verfolgt hatte. Müde ging sie der Schwester entgegen.

„So schnell hast du meine Worte vergessen", sagte Maria vorwurfsvoll. „Warum bist du wieder allein so weit in den Wald gelaufen?"

„O schweige!" rief Serena. Aber der heftige Ton erschreckte sie selbst und, wie um Verzeihung bittend, fügte sie hinzu: „Der Pirol war schuld daran; er rief, und ich folgte ihm."

Maria legte den Arm um sie. „Und so unvernünftig bist du gelaufen", sprach sie; „ich fühle es, wie dein Herz schlägt. Laß uns nun langsam nach Hause gehen."

Während sie nebeneinander hergingen, öffnete Serena mehrmals die Lippen, um zu bekennen, was sie so sehr bedrückte. Doch ein unerklärliches Gefühl schloß ihr immer wieder den Mund und schweigend erreichten sie das Haus.

Es war Marias Amtswoche. So ging Serena allein hinauf in das Erkerstübchen und warf sich dort auf das kleine Sofa. Nach einer Weile hörte sie auf dem Hof einen Wagen rollen. Der Franz fuhr wohl fort, um den erlegten Hirsch hereinzuholen; und dann hörte sie vor der Haustür die Stimmen ihres Vaters und Reggfields, die dem Wegfahrenden Weisungen nachriefen. Sie nahm ein Kissen und verbarg ihren Kopf darin, um nur die eine Stimme nicht mehr zu hören, und in dieser Stellung verblieb das sonst so rührige Mädchen, bis es im Zimmer völlig dunkel wurde und Maria sie zum Essen rief.

Bei Tisch fiel es Frau Charlotte auf, wie still heute die Kleine war, und wie sie fast verstört aussah. Wiederholt richtete sie einen forschenden Blick auf sie, aber dann schlug Serena jedes= mal die Augen nieder.

Reggfield hatte so viel Selbstbeherrschung, um seine gedrückte Stimmung möglichst zu verbergen. Doch ein scharfer Beobachter konnte auch ihm den Zwang anmerken. Im Gegensatz zu sonst beachtete er Serena gar nicht und sprach des öfteren mit Maria, aber in einem seltsamen Tone, fast, als wollte er sie reizen.

Nach dem Essen bat Frau Charlotte den Gast, zu musizieren. Er hatte wirklich sein Cello mitgebracht; auf einem Wagen war es herausgefahren worden und seitdem eine Quelle reinen Ge= nusses für die Bewohner des Forsthauses gewesen. Für Maria waren es Stunden eines nie geahnten Glücks, wenn sie durch ihre Begleitung dazu beitragen durfte, Reggfields künstlerisches Spiel zu heben. Auch heute rötete die Freude ihre Wangen, als sie mit ihm die Schöpfung eines großen Meisters wiedergab. Am Schluß der Symphonie aber ließ Reggfield nicht wie sonst den Bogen sinken; er schlug einen langen Triller, und was seine Seele er= füllte, zog nun in Tönen an den Zuhörern vorüber.

Eine Minute lang lauschte Maria untätig, dann legte sie die Hände wieder auf die Tasten, und ein weicher Akkord antwortete dem Violoncell.

Überrascht blickte Reggfield auf, ohne doch sein Spiel zu unter= brechen. Eine lebhafte Spannung malte sich in seinen Zügen; er führte den Bogen rascher und leidenschaftlicher, dann wieder ließ er die Saiten klagen. Aber Maria folgte. Es war, als ahne sie seine tönenden Gedanken von ferne. Leise, wie sehnsüchtig, schlichen ihre Akkorde seiner Melodie nach.

Tief aufatmend brach Reggfield endlich ab. Vor einer Stunde noch wäre er nicht imstande gewesen, Maria etwas Freundliches zu sagen. Jetzt siegte der Künstler über den Menschen. „Das ist mir in meinem Leben zum erstenmal begegnet", sagte er, und unwillkürlich reichte er ihr die Hand wie einem ebenbürtigen Genossen.

Am späten Abend ereignete sich im Erkerstübchen ein noch nie dagewesener Fall. Da lag Maria in ihrem Bett und schlief feſt und ruhig. Ein glückliches Lächeln umſpielte ihren Mund; ſie träumte von den herrlichen Tönen und hörte Reggfield wieder ſagen: „Das iſt mir in meinem Leben zum erſtenmal begegnet."

Im anderen Bette aber lag Serena und ſah mit wachen Augen in die Dunkelheit. Noch nie war ihr junges Herz ſo ſchwer ge= weſen. „Ach, wenn ich es doch vergeſſen könnte!" ſeufzte ſie. „Aber wenn er nun morgen wieder ein ſo böſes Geſicht macht und ich immer denken muß, daß ich ihn ſo geärgert habe — nein, das halte ich nicht länger aus. Ich will es ihm morgen abbitten." Mit dieſem tröſtlichen Vorſatz gelang es ihr endlich, einzuſchlafen.

Wenn auch das Erwachen am nächſten Morgen minder tröſtlich war, da ihr die Ausführung ihres Vorhabens beim hellen Tages= licht viel ſchwerer dünkte als im Dunkel der Nacht, ſo war ſie doch nicht mehr ganz ſo hoffnungslos wie am vorigen Abend.

Zuerſt ſtand ihr noch ein neuer Schreck bevor. Reggfield er= hielt beim Frühſtück wieder einen mit Wappen und Krone ge= zierten Brief. Er trat an das Fenſter, um ihn zu leſen, und als er ſich umwandte, ſah er ſo verändert aus, daß der Oberförſter ihn fragte: „Brachte der Brief eine ſchlechte Kunde?"

„Die Kunde, daß ich Abſchied von Ihnen nehmen muß", antwortete Reggfield. „Der Brief iſt von meinem Onkel und einſtigen Vormund, und die Aufforderung, zu ihm zu kommen, iſt ſo dringend, daß ich gezwungen bin, augenblicklich abzureiſen."

„Oh, wie leid tut mir das!" ſagte der Oberförſter. „Wir hatten uns jetzt ſo hübſch zuſammen eingerichtet; Sie werden mir überall fehlen. Aber es geht hier wie ſo oft im Leben: wenn's am beſten ſchmeckt, muß man aufhören."

„Ja", erwiderte Reggfield einſilbig.

Die Hausfrau, die vielleicht diejenige war, welche die Nach= richt am wenigſten erſchreckt hatte, redete dem Gaſt nun herzlich zu, wenigſtens bis Mittag zu warten, damit ſie noch nach beſten Kräften für ſeine Reiſebedürfniſſe ſorgen könne.

Reggfield willigte nur in zwei Stunden Aufſchub. Dann ging er hinaus, um ſeine Sachen zu packen.

„Weißt du, kleine Hexe", ſagte der Oberförſter zu der ganz erblaßten Serena, „du und ich, wir wollen jetzt ſchnell in das

Dorf gehen und dort beim Drechsler eine Platte zu dem hirsch=
geweih kaufen, welches unjerem Gast von Rechts wegen gehört.
Es ist schon abgenommen, vielleicht kann es bis zu des Grafen
Abreise fertiggestellt werden, damit er doch zum Abschied noch
eine Freude hat. Was meinst du dazu?"

Serena nickte nur. Sie hatte die Empfindung, als müsse sie
in Tränen ausbrechem, wenn sie den Mund auch nur zu einem
Worte öffnete.

„So lauf und mach dich fertig", sagte der Oberförster; „wir
müssen uns beeilen."

Maria indessen wurde von der Mutter in die Küche mitge=
nommen, wo sie helfen mußte, für den scheidenden Gast ein
Frühstück zu richten und allerlei Reisevorrat einzupacken. Frau
Charlotte, der der gräfliche Besuch manchen sorgenvollen Seuf=
zer abgenötigt hatte, konnte sich jetzt, da er schied, nicht genug
tun, um ihm ihre mütterliche Teilnahme zu beweisen. Zuletzt
sagte sie zu Maria: „Auch ich möchte dem Grafen ein Andenken
an die bei uns verlebte Zeit mitgeben. Geh nach der Kreuzeiche
und hole mir einige schöne Blätter; daraus will ich ihm ein
Sträußchen binden."

So wanderte Maria mit schnellen Schritten den Weg zur
Kreuzeiche dahin. Aber als sie den Platz erreichte, blieb sie er=
schrocken stehen; denn auf einer der Bänke saß Reggfield; er
hatte den Kopf in die Hand gestützt und sah düster vor sich nieder.
Er mochte wohl sein Packen schon beendigt und nun einen letzten
Gang durch den Wald getan haben. Noch hatte er sie nicht be=
merkt, darum beschloß sie, leise wieder umzukehren. Doch unver=
sehens trat sie auf einen dürren Zweig, daß er laut knackte, und
dies Geräusch machte Reggfield aufsehen.

Er erhob sich sofort mit stummem Gruß. Dann standen sich
beide schweigend gegenüber. Maria fühlte die Notwendigkeit,
irgend etwas zu sagen, und begann endlich: „Ich habe Sie ge=
stört, Herr Graf."

„Ich könnte dasselbe befürchten", antwortete er.

„Mich haben Sie nicht gestört", erwiderte sie; „ich sollte nur
für meine Mutter einige Eichenblätter holen." Sie ging an den

Baum heran und brach mehrere kleine Zweige ab. „So, meine Arbeit ist getan, ich kann nun wieder gehen."

Da trat er mit raschem Entschluß ihr in den Weg. „Gestatten Sie mir nur eine Frage", sagte er. „Fräulein Maria, was halten Sie von Grundsätzen?"

Obwohl diese Frage ihr etwas befremdlich klang, antwortete Maria doch ohne alles Besinnen: „Ich halte dafür, daß ein Mensch ohne Grundsätze charakterlos und erbärmlich ist."

„Hm", sagte er, „das tut mir leid."

„Warum?" fragte sie erstaunt.

„Weil ich nun an Ihnen irre werden muß", antwortete er; „ich habe Sie ersucht, sich Ihr eigenes Urteil zu sprechen."

„Mein eigenes Urteil?" wiederholte sie bestürzt. „Bin ich denn ohne Grundsätze? Und woher wollen Sie das wissen, Herr Graf?"

Ernst entgegnete er: „Ich für mein Teil halte es für einen schönen und edlen Grundsatz, sein einmal gegebenes Wort zu halten."

„Ja", erwiderte Maria, „ich denke wie Sie, und ich weiß nicht, wessen Sie mich beschuldigen."

„Nun", begann er, doch unterbrach er sich und sagte: „Ich möchte Sie nicht aufhalten, da Sie nach Hause wollen. Wenn Sie erlauben, werde ich Sie begleiten."

Maria willigte schweigend ein, und sie gingen nebeneinander den schmalen Fußpfad zurück. Reggfield richtete seine ganze Auf= merksamkeit auf die vorstehenden Zweige, die seine Begleiterin möglicherweise hätten belästigen können. Er tat dies auch, als er von neuem zu sprechen anhob. „Hatten Sie mir nicht ver= sprochen, als ich das letztemal hier war, daß Sie Ihren Einfluß auf Fräulein Serena nicht zu meinem Nachteil anwenden woll= ten?"

„Ja", antwortete Maria, „das habe ich versprochen, und bis zu dieser Stunde habe ich es auch noch nicht vergessen."

„Aber", fuhr Reggfield mit mühsam unterdrückter Heftigkeit fort, „warum lehren Sie dann das unschuldige Kind mich scheuen und fürchten wie einen Bösewicht? Warum verbieten Sie ihr geradezu den Umgang mit mir?"

80

„Wann habe ich das getan?" fragte sie und wandte ihm ihr erbleichendes Antlitz zu.

„Verzeihen Sie, Fräulein Diriletti", entgegnete er, „das müssen Sie besser wissen als ich. Ich weiß nur das Resultat. Aus Fräulein Serenas eigenem Munde habe ich gehört, daß ihr Verbot es war, welches sie gestern abhielt, mit mir zu gehen." Er hielt erregt inne und wartete auf ihre Antwort.

Doch sie blieb stumm.

Nach einer Pause fragte er: „Antworten Sie mir nichts darauf?

„Was soll ich Ihnen antworten, Herr Graf?" fragte Sie dagegen.

„Ob ich recht habe mit meiner Beschuldigung oder nicht", rief er ungeduldig.

„Nein", sagte Maria.

„Nein? So haben Sie Fräulien Serena nicht geraten, mir vorsichtig auszuweichen und aus dem Wege zu gehen?"

„Ja."

„Nein, ja", wiederholte Reggfield. „Sie sind sehr lakonisch. Ich möchte gern eine nähere Erklärung von Ihnen haben."

„Wenn Sie eine solche nicht selber finden, ich kann Sie Ihnen nicht geben", sagte sie.

„Warum nicht, wenn ich sie fordere?"

„Nur meine Eltern haben das Recht, eine Forderung an mich zu stellen", antwortete Maria mit leiser, aber fester Stimme.

Über Reggfields Gesicht ging ein zorniges Blitzen. „Nun", sagte er, „wenn Sie mir jede Auskunft verweigern, die eine Verständigung zwischen uns herbeiführen könnte, so muß ich allerdings, wie Sie mir raten, selbst nach einer Erklärung suchen. Aber ich will schuldlos daran sein, wenn diese Erklärung ungerecht gegen Sie ausfällt. Gerecht haben auch Sie nicht an mir gehandelt, als Sie mit Vorbedacht das zerstörten, was meines Herzens Freude war."

Maria schwieg. Was hätte sie auch sagen sollen? Nur erhob sie von Zeit zu Zeit sehnsüchtig den Blick, um zu sehen, ob denn der Weg noch immer nicht zu Ende sei. Ja, dort schimmerten

jetzt die Wände des Forsthauses durch das licht gewordene Ge=
zweig, und jetzt blieb Reggfield stehen und fragte: „Wollen wir
uns so trennen?"

„Das hängt von mir nicht ab", antwortete Maria mit edlem
Anstand.

Reggfield biß sich auf die Lippen. Es kam ihm plötzlich zum
Bewußtsein, wie seltsam die Situation war, in der er der jungen
Dame gegenüberstand, und daß er nicht sehr ritterlich mit ihr
verfahren war. „Warum muß es denn zwischen uns beiden
immer zu solchen Auftritten kommen?" fragte er, und als sie
nicht antwortete, fuhr er fort: „Glauben Sie mir, daß ich es
aufrichtig bedaure. Ich bin eine Natur, die aus ihren Empfin=
dungen selten ein Geheimnis macht, Sie aber sind mir oftmals
unverständlich. Doch offen bekenne ich, daß ich zu weit gegangen
bin. Noch nie ward eine Dame von mir beleidigt. Wenn ich es
heute getan habe, so halten Sie es dem Schmerz zugute, der
seit gestern mich erfüllt. Und es bleibe nun dahingestellt, ob wir
uns wiedersehen werden oder nicht — lassen Sie uns noch einmal
ein Kompromiß miteinander schließen. Der heutige Auftritt soll
der letzte dieser Art gewesen sein, nicht wahr?"

„Ach, wenn es möglich wäre!" sagte Maria, und trotz aller
Anstrengung konnte sie es nicht mehr verhindern, daß eine Träne
über ihre Wange floß.

Dieser Anblick weckte Reggfields Reue. „Es wird möglich sein",
erwiderte er, „wenn Sie mir vergeben wollen, was ich Ihnen
heute angetan habe. Ich weiß ja, ich habe von Anfang an das
Unglück gehabt, Ihnen zu mißfallen. Aber der Geist, der im=
stande war, einen anderen auf schöpferischem Gedankenflug zu
begleiten, der muß auch die Kraft zur Überwindung haben, um
trotz persönlicher Abneigung einem reuig Bittenden zu verzeihen."

„Ich brauche mich nicht zu überwinden, um Ihnen verzeihen
zu können", antwortete Maria; „ich habe Ihnen nie gezürnt."
Und wie damals auf der Treppe, so verließ sie auch jetzt wieder
den überraschten Reggfield, noch ehe er Zeit gewinnen konnte,
ein weiteres Wort zu sprechen. Mit flüchtigen Schritten legte

sie die letzte Wegstrecke zurück und war bald seinen Blicken ent=
schwunden.

Er stand und sah ihr nach. „Wunderliches Mädchen!" sprach
er zu sich selbst; „ein rätselhaftes Gemisch von Strenge und Güte.
Sie habe mir nie gezürnt, sagt sie nach alledem, was zwischen
uns vorgefallen ist. Das bedingt entweder einen Grad von
Gleichgültigkeit, der ans Eisige streift, oder einen Grad von
Tugend, der über meine Begriffe geht. Eine so stoische Ruhe ist
mir noch bei keinem Menschen vorgekommen außer —"

Arme Maria! Der Vergleich, der nun folgte, vernichtete
alles, was Reue und guter Wille soeben aufgebaut hatten. Regg=
fields Gedanken irrten von dem wunderlichen Mädchen zu seinem
Oheim, von dem traulichen Forsthause zu dem kalten Schloß,
das der traurige Aufenthalt seiner Kindheit gewesen war, und
dem er nun wieder entgegensah. Ein Seufzer entstieg seiner
Brust.

Da knisterte es auf dem Weg. Er wandte sich hastig um. Ja,
sie war es.

Serena kam ihm entgegen.

„Sie haben mir gestern weh getan", sagte Reggfield mit
weicher Stimme, „mehr, als Sie ahnen konnten. Ist es Ihnen
jetzt leid? Und soll es zwischen uns wieder werden, wie es ge=
wesen ist?"

„Ach ja", antwortete sie aus Herzensgrund und schlug die
tränengefüllten Augen zu ihm auf. „Eben das wollte ich Ihnen
sagen; ich wollte Sie bitten, mir nicht mehr böse zu sein. Und
nun ist alles wieder gut, nun kann ich gehen."

„Nur die Hand geben Sie mir noch", bat Reggfield.

Willig reichte sie ihm die kleine Rechte, die er einen Augen=
blick in der seinen behielt. Dann ließ er sie ungehindert ihres
Weges ziehen; doch sah er ihr nach, bis der letzte Schimmer
ihres Kleides zwischen den Bäumen verschwunden war.

VI

Storrinek, der Sitz der Reichsgrafen zu Reggfield, lag auf einem Hügel, dem einzigen in der sonst flachen Gegend. Jahrhunderte schon zählte der stattliche Bau. Ein Kennerauge konnte die verschiedenen Zeitalter an ihm nachweisen; neben run= den und viereckigen Fenstern wölbte sich der gotische Spitzbogen, der Mittelbau endigte in einer gewaltigen Kuppel, und die beiden Seitenflügel trugen schlanke Türme. Allein trotz dieser Verschieden= artigkeiten machte das Ganze doch den Eindruck des Groß= artigen, und die altersgrauen Mauern flößten dem Beschauer Ehrfurcht ein.

Etbert Reggfield, einer der ältesten Ahnherren, hatte den Mittelteil der Burg erbaut, als er von seinem erzürnten Landes= herrn aus seinen anderen Besitzungen vertrieben worden war. Hier setzte er sich fest, und von hier aus trotzte er der Macht des Fürsten, bis ein Befehl des damaligen Kaisers, dem Etbert einen wichtigen Dienst geleistet hatte, den Landesherrn zwang, auch die übrigen Güter des Trotzigen wieder herauszugeben. „Etbert mit dem starken Nacken" nannte ihn das Volk. Nach ihm erhielt die Burg den Namen Storrinek.

Der jetzige Gebieter des Schlosses und der umliegenden Ort= schaften ward von seinen Untergebenen nicht minder gefürchtet als seinerzeit der hartnäckige Etbert. Schon sechs Jahrzehnte waren über seinem stolzen Haupt hinweggezogen und hatten sein dunkles Haar gebleicht. Das war aber auch das einzige, was sie vermocht hatten; gebeugt hatten sie weder das Haupt noch die vornehme Gestalt. In unverringerter Kraft und in unnah= barer Hoheit herrschte Karl Sigismund. Kein Auge durfte sich rühmen, je einen Blick in das Herz dieses Mannes getan zu haben. Keine Bande hatten je vermocht, ihn zu fesseln, auch die der Liebe nicht. Er war unvermählt geblieben. Die Hoffnung des einst so großen Geschlechts stand jetzt nur noch auf zwei Augen, auf Karl Sigismunds Brudersohn Erich.

Georg zu Reggfield, der jüngere Bruder des Majoratsherrn, hatte sich, den Familientraditionen gemäß, dem Staatsdienst gewidmet, und in kurzer Zeit auf der Leiter der Ehre eine ziemlich hohe Stufe erreicht. Er heiratete die Tochter eines der edelsten Häuser und lebte jahrelang mit ihr in der glücklichsten Ehe. Seine liebenswürdige Gemahlin begleitete ihn auf allen Reisen und an die verschiedensten Plätze. Seine letzte Mission hatte ihn nach Spanien geführt. Dort wurde er und auch seine Ge= mahlin von einer heimtückischen Seuche ergriffen, die in wenigen Tagen sie beide dahinraffte und ihre Kinder zu Waisen machte.

Sie hinterließen eine Tochter und einen Sohn, die achtjährige Alice und den um vier Jahre jüngeren Erich, den Helden unserer Erzählung. Der verstorbene Graf hatte kurz vor seinem Ende noch bestimmt, daß sein Bruder die Vormundschaft über die Kinder übernehmen sollte. So wurden die armen Waislein, die in ihrer glücklichen Unwissenheit noch nicht ahnten, was sie ver= loren hatten, auf das Ahnenschloß gebracht, und Karl Sigis= munds unerbittliche Hand lag fortan auf ihrem jungen Leben.

Das erste, was der Vormund tat, war, daß er die Geschwister trennte. Er brachte die kleine Gräfin mit Bonne und Erzieherin in dem linken Seitenflügel unter, den kleinen Grafen mit Hof= meister und Diener auf dem rechten. Vom Morgen bis zum Abend war jede Stunde ausgefüllt; jede Arbeit, jedes Spiel, jede Bewegung war ihnen vorgeschrieben. Alice befand sich bei dieser Methode wohl leidlich wohl. Sie war im Grunde eine weiche, biegsame Natur und hatte viel Freude an Pracht und Glanz. Es fiel Karl Sigismund nicht schwer, sie nach seinem Willen zu formen, und wenn sie auch oft heiße Tränen vergoß, so kam es doch nie zu solchen Auftritten, wie sie ihr Bruder nur zu gern herbeiführte. Zwar endeten diese Auftritte immer mit einer harten Niederlage des kleinen Empörers, aber nie mit einer gänzlichen Unterwerfung. Er zeigte schon früh, daß er ein Sohn aus dem Hause derer mit dem starken Nacken war.

Allmählich gewöhnte sich Alice daran, ihren so oft bestraften Bruder für einen Missetäter zu halten. Wenn sie mit ihm zusammenkam, so schlug sie gern einen mütterlich belehrenden Ton an, gegen den der trotzige Knabensinn sich empörte. Der arme Erich stand fast ganz allein und ohne Freunde da. Zwar die Dienerschaft liebte und bemitleidete ihn, und auch sein Hofmeister hätte ihm wohl gern mehr Freude und Freiheit gegönnt; aber die Furcht vor dem Gebieter hielt beide ab, ihren wahren Gefühlen zu folgen.

Als der Erbe von Storrinek das zwölfte Lebensjahr erreicht hatte, fand Karl Sigismund, daß der Unterricht der bisherigen Lehrer nicht mehr ausreichte, und entschloß sich, den Knaben in fremde Obhut zu geben. Er schickte ihn in ein angesehenes Internat. Für den jungen Reggfield war das eine Befreiung, was manchem verwöhnten Muttersöhnchen eine harte Schule dünkt. Unter der fröhlichen Knabenschar lebte er auf und war bald der Ausgelassensten einer. Aus jener Zeit stammte auch die Freundschaft mit Darrnbek, die die nachfolgenden Jahre immer mehr befestigt hatten, bis sie zu dem schönsten Bunde wurde, der jetzt unter den Bekannten beinahe sprichwörtlich war.

Karl Sigismund aber entschloß sich noch zu einem weitern Schritt. Als die Erziehung seiner Nichte vollendet war, verlegte er für einen Winter seinen Wohnsitz nach der Residenz und besuchte die Hoffestlichkeiten. Die junge, hübsche Komteß Reggfield war bald eine Hauptzierde dieser Feste. Am Schluß der Saison teilte der Graf seiner Nichte mit, daß er ihre Hand einem reichen Rittergutsbesitzer aus der Nachbarprovinz, einem Baron von Osten, zugesagt habe. Alice war es wohl zufrieden. Sie hatte vorher gewußt, daß ihr Schicksal sich eines Tages auf diese Art entscheiden würde, und sie pries sich glücklich, daß die Wahl ihres Vormunds auf einen Mann gefallen war, der auch ihren Beifall fand. Die lebhaften Huldigungen, die der junge Baron dem liebenswürdigen Mädchen dargebracht hatte, waren nicht wirkungslos geblieben.

So wurde nach einem halben Jahr die Vermählung mit allem Glanz gefeiert. Das Band aber, welches Alice an den

86

einzigen Bruder knüpfte, ward seitdem noch lockerer, da nun der eigene Herd ihr Interesse ganz in Anspruch nahm.

Ein trüber Herbsthimmel wölbte sich jetzt über Storrinek und beschränkte den Blick, der sonst von dieser Höhe die Türme der Provinzialhauptstadt entdecken konnte. Auf einer Terrasse vor dem Schlosse ging Reggfield mit seiner Schwester, die bereits seit mehreren Wochen hier weilte, auf und ab. Das Gespräch, welches sie führten, war gleichgültiger Art und berührte keine tieferliegenden Dinge. Glatt und elegant floß es dahin. Niemand, der es belauscht hätte, wäre auf die Vermutung gekommen, daß hier Bruder und Schwester nach längerer Trennung ein Wiedersehen feierten. Endlich zog Reggfield seine Uhr hervor und fragte: „Wann wird man denn bei den kleinen Herrschaften zur Audienz vorgelassen? Schon bin ich zwei Stunden hier und habe noch mein Patenkind nicht begrüßen können."

„Sie hat jetzt ihre Unterrichtsstunden", antwortete die Baronin. „Ich lasse sie dabei nicht gern stören, da Erika ohnehin etwas flatterhaften Geistes ist. Nun aber werde ich Befehl geben, daß man die Kinder in ihr gemeinschaftliches Wohnzimmer bringt. Dann kannst du sie sehen, wenn es dir Vergnügen macht."

„Alice", sagte Reggfield, „ich begreife nicht, wie du es übers Herz bringen kannst, deine Kinder in derselben Weise zu drillen, in der wir gedrillt worden sind."

„Ich habe diese Weise als richtig erkannt", erwiderte sie. „Es ist dem Menschen gut, wenn er von früh auf gewöhnt wird, seine Wünsche und Empfindungen einem höhern Prinzip unterzuordnen; nur so lernt er sich selbst beherrschen."

„Allerdings, du hast das gelernt", sagte Reggfield und betrachtete seine Schwester. Vom Scheitel bis zur Sohle war jeder Zoll an ihr die vornehme Dame, die den natürlichen Regungen des Herzens erst dann erlaubte, an die Öffentlichkeit zu treten, wenn alle standesgemäßen Vorschriften erfüllt waren.

Ungefähr zehn Minuten, nachdem die Baronin den Befehl gegeben hatte, brachte der Diener die Meldung, daß „die kleinen Herrschaften" nunmehr den Besuch ihres jungen Oheims entgegensähen. Von seiner Schwester geführt, betrat Reggfield eins der hohen, düstern Zimmer, die ihm von seiner Kindheit her noch in trüber Erinnerung standen. Drei Kinder, im Alter von zehn bis zu fünf Jahren, waren hier aufgestellt und begrüßten ihn stumm, aber mit sehnsüchtigem Blick.

„Kommt her und sagt euerm Onkel guten Tag", gebot die Baronin.

Darauf näherten sie sich. Die beiden Knaben reichten ihm die Hand, und das Mädchen machte eine zierliche Verbeugung.

„Bon jour, Mademoiselle", lachte Reggfield. „Wie alt sind Sie, wenn ich fragen darf?"

„Acht Jahre", antwortete das Kind.

„Allen Respekt! Nun, Fräulein Nichte, mit Ihrer gütigen Erlaubnis werde ich mich hier für eine halbe Stunde einquar=
tieren."

„Ich will dir die Französin schicken, damit sie die Kinder in Ordnung hält", sagte die Baronin.

„Nein; wenn ich eine Bitte aussprechen darf, so laß mich mit ihnen allein, ohne die Französin", erwiderte Reggfield; „ich hoffe, diese drei Füllen auch ohne ihre Hilfe bändigen zu können."

Die Baronin sah ihn zweifelnd an. „Ich weiß nicht, ob ich dir trauen kann", sprach sie leise. „Karlis ist so wild, wie du selbst es warst, und Erika bricht leicht aus der Bahn; es kostet große Mühe, ihr gute Sitten beizubringen."

„Lehre sie doch lieber die Gänse in den Teich treiben", gab Reggfield ernsthaft zur Antwort; „das ist natürlicher."

Die Baronin überhörte diesen sonderbaren Ratschlag und ging hinaus, nachdem sie die Kinder noch einmal ermahnt hatte.

Kaum waren ihre Schritte auf dem Korridor verhallt, so ertönte ein dreifacher Jubelschrei. Karl Sigismund, der älteste Knabe, der Kürze halber Karlis genannt, saß plötzlich auf dem wunderlich geformten Ofen, ehe noch Reggfield ergründen konnte, wie er hinaufgekommen war. Adalbert, der jüngste, schmiegte sich jauchzend an sein Knie, und Erika flog mit ausgebreiteten Armen in so kühnem Sprung auf ihn zu, daß er fast erschrocken sich vorbeugte, um sie aufzufangen.

88

„Ei, Kinder", sagte er, „wo habt ihr so vortrefflich turnen gelernt?"

„Nur aus uns selbst", antwortete Erika; „wir haben Fran= çoise so lange gebeten, bis sie uns manchmal eine freie Stunde läßt, wenn Mama nicht zu Hause ist, und dann üben wir uns im Klettern. Karlis kann es am besten."

„Das sehe ich", erwiderte Reggfield, indem er sich zu dem Erstürmer des Ofens wandte.

„Weißt du, Onkel, was ich tun werde, wenn ich einmal groß bin?" fragte Karlis von seiner Höhe herab.

„Nein", antwortete Reggfield.

„Dann belagere ich Storrinek und schieße diese schauderhaften Mauern kurz und klein."

Über Reggfields Gesicht huschte ein Lächeln. „Ich verstehe dich", sagte er halblaut.

„Und weißt du, was ich tun werde, Onkel Erich?" fragte das kleine Mädchen, und ohne seine Antwort abzuwarten, fügte es hinzu: „Ich werde immer das Gegenteil von dem tun, was Mama Anstand und Sitte nennt."

„O", sagte Reggfield, indem er sich vergeblich bemühte, eine ernste Miene zu bewahren, „dein Ideal bleibt besser unerreicht."

„Als wir hörten, daß du kommen würdest, Onkel", fuhr Erika fort, „haben wir uns schrecklich gefreut. Wir wissen noch sehr gut, wie schön es war, als du uns einmal besuchtest, wie lustig du da mit uns spieltest. Du hast uns sogar im Kahn gefahren. Und so herrliche Geschichten konntest du erzählen. Wir haben in der letzten Nacht alle drei von dir geträumt."

„Ja", bestätigte Adalbert, „wir haben von dir geträumt."

„Erzähle uns auch heute eine Geschichte, bitte, lieber Onkel", sagte Erika.

„Eine Heldengeschichte", rief Karlis und kam mit Donner= gepolter von seinem Ofen herunter.

„Eine lächerliche Geschichte", bat Adalbert.

„Eine, wo alles drunter und drüber geht", rief Erika.

„Ihr verlangt viel", sagte Reggfield. „Wir wollen sehen, was sich tun läßt." Dann begann er zu erzählen: „Es war einmal

ein großer, großer Wald, der war so groß, daß niemand sagen
konnte, ob er mehr tief als breit sei. Wenn jemand von rechts
nach links hindurchging, so sagte er: ‚Dies ist der allergrößte
Wald'; und ging ein anderer von links nach rechts, so sagte er:
‚Dieser Wald ist der allergrößte.' Und wenn dann die beiden
zusammenkamen, so zankten sie sich."

„Aber Onkel Erich", wandte Karlis ein, „das ist nicht richtig;
der Wald ist doch von rechts nach links ebenso groß wie von
links nach rechts."

„Bist du so klug", sagte Reggfield, „dann kannst du ja weiter=
erzählen."

„Still, Karlis", rief Erika mit energischem Kopfnicken, „Onkel
Erich soll sprechen und sonst niemand."

Reggfield fuhr fort: „Einmal ging in dem großen Wald ein
Mann spazieren, der dachte nicht daran, die Breite mit der Länge
zu vergleichen; er ging nur spazieren, und er ging so lange, bis
er sich ganz und gar verirrt hatte. Wie er nun ängstlich kreuz
und quer lief, um einen Ausweg zu suchen, kam mit einmal
der Sturm geflogen. Mit seinen großen schwarzen Flügeln
peitschte er den Wald, daß die Bäume vor Schreck hin und her
wankten und zuletzt die Wurzeln nach oben kehrten statt die
Zweige."

„Onkel Erich", begann Karlis.

„Still", rief Erika, „erzähle weiter, lieber Onkel."

„Dem armen Mann ward's nun unter den verkehrten Bäu=
men ganz angst und bange", fuhr Reggfield von neuem fort;
„er dachte, auch er würde umgekehrt werden und müßte dann
die Füße in die Luft strecken. Dazu begann es zu donnern und
zu blitzen, wie er's ähnlich noch nie erlebt hatte."

„Der arme Mann!" unterbrach ihn Adalbert, der eine namen=
lose Angst vor Gewittern hatte.

„Still, Adalbert", rief Erika und stampfte mit ihrem kleinen
Fuß auf den Boden. „Onkel Erich, wer dich jetzt noch e nmal
unterbricht, der muß hinausgehen und darf die Geschichte nicht
zu Ende hören."

„So soll es sein", sagte Reggfield. „Also, der arme Mann wurde nicht umgekehrt; aber er geriet ganz außer Atem und stand zuletzt vor einem Bach still, der ihn freundlich und zutraulich ansah. Blaue Vergißmeinnicht wuchsen an seinem Rand. Wie nun der Mann einen großen Schritt machen und über den Bach hinwegsteigen wollte, sah er, daß da unten auf dem Grund ein reizendes Menschengesicht war, welches ihn fröhlich anlachte. Und weil der gewaltige Sturm den armen Wanderer doch etwas verstört hatte, wenn er selbst es auch nicht wußte, so griff er nach dem Menschengesicht und dachte nicht daran, daß er ins Wasser greifen würde. Da wurden die Vergißmeinnicht zu lauter Schlingen, die sich um seine Füße legten, und als er sich bückte, um sie zu entfernen, verlor er völlig das Gleichgewicht und fiel hals über Kopf ins Wasser."

„So war er ja nun bei seinem reizenden Menschengesicht", bemerkte Erika.

„Halt", sagte Reggfield, „wer muß jetzt hinausgehen?"

„Ach, diesmal gilt es noch nicht", stotterte die Kleine erschrocken. „Erzähle weiter, lieber Onkel."

„Nun, das Menschengesicht war zu einem kleinen Herrchen geworden mit zwei flinken Füßen und lief davon über Stock und Stein. Auch der arme Mann kroch aus dem Bach heraus, aber er war pudelnaß und halb blind dazu, so daß er erst das Wasser aus den Augen reiben mußte. Dann lief er dem Herrchen nach. Beinahe hätte er es gefangen, doch plötzlich drehten sich alle die verkehrten Bäume wieder um, sprangen hurtig durcheinander, und als der Mann sich von neuem die Augen rieb, um zu erfahren, ob er wache oder träume, da war aus dem Wald eine Felsenhöhle geworden. Die kleine Hexe saß darin, und ein großer Eisbär stand davor, der brummte den Mann an und fletschte grimmig die Zähne, sobald er Miene machte, sich zu nähern."

Hier hielt Reggfield inne, und Adalbert fragte in atemloser Spannung: „Was wird er nun tun?"

„Das weiß er selbst noch nicht", antwortete Reggfield.

„Ist denn die Geschichte schon aus?" fragte Karlis erstaunt.

„Ja, vorläufig ist sie aus."

„Es war eine sehr komische Geschichte, ohne ein richtiges Ende", sagte Erika. „Wenn ich der Mann wäre, ich müßte Tag und Nacht an die kleine Hexe denken."

„Ah, das ist leider nur allzu wahr", murmelte Reggfield.

„Ei, was", rief Karlis, „wenn ich der Mann wäre, ich schlüge den Eisbären tot."

Der Eintritt der Französin verhinderte Reggfield, seine Mei= nung über diesen kühnen Vorschlag zu äußern. Françoise kam, um Karlis und Erika zum Umkleiden zu holen, da die Essens= stunde herannahte. Adalbert war überhaupt noch nicht salon= fähig, er speiste allein mit der Erzieherin.

Als Reggfield wenig später im Speisesaal wieder mit seinen kleinen Freunden zusammentraf, war er erstaunt über die Ver= änderung, die sich an ihnen vollzogen hatte. Das waren nicht mehr die frischen Kinder, die vor kurzem mit ihm geplaudert hatten. Stumm und steif standen sie da mit niedergeschlagenen Augen. Nur einmal huschte unter den Lidern hervor ein halb ängstlicher, halb schlauer Blick zu ihm herüber. Er fühlte sich pein= lich berührt und trat zu seiner Schwester. „Alice", sagte er nur für sie verständlich, „ich würde dir raten, den Kindern die Frei= heit, die sie zu ihrer Entwicklung notwendig brauchen, auch in deiner Gegenwart zu gönnen. Was du von ihnen siehst, sind nicht deine Kinder, sondern ein paar Theaterpuppen. Gott verhüte, daß sie mit der Zeit noch zu Schauspielern werden."

Sie sah ihn befremdet an, dann fragte sie lächelnd: „Seit wann beschäftigst du dich mit Gedanken über Kindererziehung?"

In diesem Augenblick flogen die Flügeltüren auf, und Karl Sigismund trat herein. Er war kleiner als sein Neffe, und seine Gestalt mehr fein als kräftig gebaut. Ein graumelierter Bart schmückte das aristokratische Gesicht. Die Augen unter den buschigen Brauen hatten die Farbe des Stahls, und scharf und schneidend wie dieser war ihr Blick.

Das Essen begann. Geräuschlos liefen die Diener, welche die silbernen Schüsseln trugen, hin und her. Kein Zug ihrer Gesichter verriet, daß sie die Worte hörten, die hier gesprochen wurden.

Wie Automaten walteten sie ihres Amtes. Prächtige Pokale, alle mit dem Reggfieldschen Wappen versehen, zierten die Tafel, und von den Wänden blickte eine lange Reihe von Ahnenbildern auf die letzten Glieder ihres Hauses herab.

Erika, die neben Reggfield saß, vergaß sich einmal; sie flüsterte: „Onkel Erich, du bist wie ein Stückchen blauer Himmel hier hereingekommen in diesen abscheulichen Saal."

Aber schon richteten sich die stahlgrauen Augen auf die kleine Missetäterin, und die Baronin fragte: „Wozu haben Kinder bei Tisch ihren Mund?"

„Zum Essen und Schweigen", antwortete Erika kleinlaut und benutzte ihr rosenrotes Mündchen fortan nur zu diesen beiden Beschäftigungen.

Im Laufe der Unterhaltung fragte Karl Sigismund seinen Neffen: „Kennst du einen Baron von Sengern, der unlängst in meiner Nachbarschaft ein Gut gekauft hat?"

„Ja, ich kenne ihn", antwortete Reggfield, „sein Vater und seine Geschwister wohnen in der Stadt und führen dort ein großes Haus."

„Er hat mir seinen Besuch gemacht", fuhr der Graf fort, „und als Gutsnachbar habe ich den Besuch erwidert. Da wir hörten, daß seine Familie zu der Zeit bei ihm wohnte, hat Alice mich begleitet."

„So hast du Esther von Sengern kennengelernt?" fragte Reggfield einigermaßen interessiert.

„Ja", sagte die Baronin, „sie ist ein allerliebstes Mädchen, noch etwas zu lebhaft in ihren Äußerungen, etwas zu ursprünglich, aber das wird sich geben, sobald sie einmal weiß, daß sie eine Stellung zu behaupten hat."

Reggfield gab das bereitwillig zu, und das Gespräch drehte sich noch eine Weile um den neuen Gutsnachbar und seine Angehörigen.

Genau eine halbe Stunde dauerte die Mahlzeit, dann gab der Graf das Zeichen zum Aufstehen. Man wünschte sich förmlich und steif gesegnete Mahlzeit, und hierauf ging man für gewöhnlich hinaus. Heute aber blieb Karl Sigismund zurück, berührte flüchtig die Schulter seines Neffen und sagte: „Ich habe mit dir zu reden." Dann schritt er voran in das Nebenzimmer, und Reggfield folgte ihm stumm und mit zusammengepreßten Lippen.

„Setze dich", sagte der Graf, auf einen der Stühle deutend, während er selbst den Platz an seinem Schreibtisch einnahm. Er legte den linken Arm auf die Tischplatte, ergriff einen Bleistift und fing an, ihn zwischen Daumen und Zeigefinger von einem Ende zum andern zu schieben. Mehrere Sekunden blieb es still, man hörte weiter nichts als das Aufklopfen des jeweiligen Bleistiftendes auf die Tischplatte.

Reggfield fühlte nicht das Bedürfnis, seinen Oheim während dieses schweigsamen Gegenübersitzens unverwandt anzuschauen, und so betrachtete er statt dessen die Wände, die ein eigenartiges Muster zeigten. Es waren in gelbgrauer Farbe große Feldsteine übereinander gemalt, zwischen denen sich je und je eine Efeuranke hervorstahl, so daß es den Anschein erwecken konnte, man befände sich in einer Felsengrotte.

„Erich", begann Karl Sigismund plötzlich, „daß wir uns hier gegenübersitzen, ist nicht nach deinem Gefallen. Du hast auf meine erste Aufforderung, hierherzukommen, mit einer Weigerung geantwortet. Warum tatest du das?"

„Wie ich dir schrieb, Onkel", antwortete Reggfield, „hatte ich schon eine andere Einladung angenommen und konnte meine Zusage nicht zurückziehen."

„Wer ist derjenige, dessen Ruf dringender war als der meine?" fragte der Graf.

„Es handelte sich im vorliegenden Fall um keinen Ruf, sondern um eine freundschaftliche Einladung", antwortete Reggfield. „Ein —"

„Genug", unterbrach ihn Karl Sigismund, „die Sache an sich interessiert mich wenig, und ich will dich nicht verleiten, noch weitere Ausflüchte zu ersinnen. Ich kenne dich ja zu gut, als daß mir der wahre Grund deiner Handlungsweise verborgen sein sollte. Immer wieder lüstet es dich, zu versuchen, wie weit du deinen Willen gegen den meinen setzen kannst. Nun, wir wollen die Zeit nicht verschwenden, um diesen Punkt zu erörtern. Du selbst kennst und fühlst die Grenze, an der es heißt: bis hierher und nicht weiter. Ich habe dich gerufen, um eine wichtige Sache mit dir zu besprechen."

Er machte eine kurze Pause und fuhr dann fort: „Du weißt, ich habe das ungeregelte Wesen an dir nie leiden mögen, dieses Schwärmen in anderen Regionen, das dann plötzlich in den tollsten Übermut umschlägt. Ich denke, das soll besser werden, wenn du an ein ordentliches, meinetwegen an ein nüchternes Leben gebunden wirst. Und da es über kurz oder lang doch einmal geschehen muß, so wünsche ich, daß du dich je eher je lieber verheiratest."

Hier hielt er inne. Man hörte sekundenlang wieder nur das taktmäßige Aufklopfen des Bleistiftes; denn wenn Karl Sigismund auf eine Antwort wartete, so wartete er vergebens. „Meine Ansichten über das, was zu einer Ehe erforderlich ist, werden dir nicht unbekannt sein", hob er nach einer Weile noch einmal an. „Vor allen Dingen verlange ich einen Stammbaum, den kein Tadel treffen kann, sodann die nötige Wohlerzogenheit. Auch eine ansehnliche Mitgift wäre bei dir am Platz; denn, wie ich leider weiß, bist du nicht zum Sparen angelegt. Und weil ich außerdem weiß, daß deine Ansichten von den meinen etwas verschieden sind, so habe ich etwaigen Verirrungen vorgebeugt und mich bereits nach einer passenden Gemahlin für dich umgesehen."

Während dieser langsam und fest gesprochenen Rede war Reggfield auf seinem Stuhl erstarrt, als hätte ein vom Nordpol wehender Wind sein Herz und Gehirn in Eis verwandelt. Er versuchte mehrmals zu sprechen, doch waren seine Lippen wie von einem Zentnergewicht beschwert und versagten ihm den Dienst. Erst als Karl Sigismund die Augen erhob und ihr stählerner Blick ihn traf, brachte er mühsam hervor: „Den Namen?"

„Esther von Sengern", sagte der Graf.

„Niemals!" rief Reggfield nun, und sein warmes Blut kehrte zurück. „Die Ehe ist eine zu ernste und heilige Sache, um sie wie ein Geschäft zu behandeln. Mein Gewissen ist mir nicht feil, selbst wenn du mir eine Königstochter bötest."

„Sieh an", äußerte Karl Sigismund, „da stoße ich auf un=
vorhergesehenen Widerstand. Ich dachte, dieses eine Mal würden
unsere Wünsche sich begegnen; denn nach meiner Meinung war
Esther von Sengern dir nicht gleichgültig."

„Doch, sie ist mir gleichgültig", sagte Reggfield, „ebenso gleich=
gültig wie ihr Stammbaum und ihre Mitgift. Ich verlange für
mich Liebe und Treue, weiter nichts."

„Aus dir spricht die Jugend", erwiderte der Graf gelassen.
„Ich kenne diese Phrasen von Liebe und Treue. In Worten klingt
das ganz hübsch; aber für das Leben ist es unpraktisch, es existiert
kaum in der Welt."

„Allerdings nicht für den, der ein Herz von Stein in der Brust
trägt", sagte Reggfield bitter. „Ich will dich nicht weiter mit
meinen Phrasen behelligen, Onkel. Aber, so wahr ich Reggfield
heiße, Esther von Sengern wird nie meine Frau."

„Ich hoffe, daß du dir die Sache überlegen wirst", antwortete
Karl Sigismund ruhig. „Es ist wahr, wir könnten mit unseren
Ansprüchen höher hinaus; Fürstentöchter zählen zu unseren
Ahnfrauen. Doch wie die Verhältnisse jetzt liegen, ist Esther von
Sengern die passendste Frau für dich. Und noch einmal sage ich
dir, Erich, ich wünsche, daß du um sie wirbst."

„Wer gibt dir das Recht, in dieser Weise über meine Person
zu verfügen?" fragte Reggfield zähneknirschend.

„Wer mir das Recht gibt?" wiederholte Karl Sigismund.
„Die Gesetze unserer Familie. Ich weiß wohl, du gehst darauf,
daß unser gegenseitiges Verhältnis als Vormund und Mündel
gelöst ist, und denkst, ich hätte dir jetzt nichts mehr zu sagen. Aber
du irrst dich. Noch bin ich das Oberhaupt der Familie, und als
solches habe ich, solange ich lebe, darüber zu wachen, daß die ein=
zelnen Glieder dem Ganzen keine Unehre antun. Darum, wenn
du gedenkst, dir gegen meinen Willen eine andere Braut zu er=
wählen, so werde ich ihr meine Anerkennung verweigern, nicht
nur dir gegenüber, sondern auch öffentlich. Verstehst du mich?"

„Gut", sagte Reggfield, „dann bleibt mir nur übrig, deinem
Beispiel zu folgen. Ich werde niemals vor den Traualtar treten."

Karl Sigismund antwortete nicht sogleich, ja, es schien seinem

Neffen, als steige eine leise Röte in sein Antlitz. Die Verwunderung über diese noch nie gesehene Erscheinung ließ ihn für den Augenblick sogar seine eigene Erregung vergessen.

„Was ich getan habe", sprach der Graf langsam, „das habe ich allein zu verantworten, und ich werde es tun, wenn ein berechtigter Richter mich danach fragt. Ein anderer hat sich nicht darum zu kümmern. Du bist der letzte Reggfield, und darum liegt dir doppelt die Verpflichtung ob, für die Aufrechterhaltung und die Ehre unseres alten, ruhmvollen Namens zu sorgen. Sei vernünftig, Erich. Was ich von dir verlange, ist nichts Unerhörtes. Ich glaube dir sogar verheißen zu können, daß du bei der von mir erwählten Braut auch die Zuneigung finden wirst, die du verlangst. Vier Wochen gebe ich dir Bedenkzeit. Hast du bis dahin nicht gehandelt, so werde ich es dann statt deiner tun."

Reggfield sprang von seinem Stuhl auf. Er fühlte dunkel, daß er die Empörung, die in ihm gärte, nicht länger zu bemeistern vermochte, daß er Dinge sagen mußte, die er später nicht würde verantworten können. „Ich bin jetzt wohl entlassen?" fragte er mit klangloser Stimme.

„Ja", erwiderte Karl Sigismund, „die Angelegenheit ist vorläufig erledigt. Du kannst gehen."

Ohne ein Wort weiter zu sprechen, wandte Reggfield sich um und ging hinaus. Er dachte nicht darüber nach, was und wohin er augenblicklich wollte; nur der unklare Wunsch beseelte ihn, eine möglichst große Entfernung zwischen sich und das graue Felsengemach zu legen. Mechanisch öffnete und schloß er Türen, stieg Treppen hinauf und hinab, und als er endlich stillstand, befand er sich in einem gewölbten Raum, der durch eine hohe Glaskuppel ein bläulich schimmerndes Licht empfing. An der einen Wand erhob sich ein mit Samtdecken bekleideter Altar, darüber eine kleine, altertümliche Kanzel. Den übrigen Teil des Raumes füllten gepolsterte Lehnstühle. Es war die Schloßkapelle.

Einige Sekunden blieb Reggfield stehen und sah sich verwundert um, als begreife er nicht, wie er hierher gekommen sei. Dann schritt er weiter, ebenso mechanisch wie bisher. Er gelangte an eine eiserne Tür. Ein verblichener Spruch stand darüber, und

ein verrosteter Schlüssel steckte im Schloß. Als Reggfield ihn um=
zudrehen versuchte, gab er knarrend und widerstrebend nach.
Die Tür sprang auf, und Stufen, die in den Schoß der Erde zu
führen schienen, wurden sichtbar. Staunend stand Reggfield
davor. Eine dunkle Erinnerung erwachte in ihm, daß er schon
einmal hier gestanden habe und dann, von Neugier und einem
unbestimmten Grausen getrieben, jene Stufen hinabgestiegen sei.
Er legte die Hand an die Stirn, wie um die fliehende Erinnerung
festzuhalten. Aber es gelang ihm nicht. So trat er langsam die
Reise ins Unterirdische an. Nach etwa zwanzig Stufen stieß
er wieder auf ebene Erde. Vom Eingang fiel noch etwas Licht
herein und ließ ihn erkennen, daß er in einem mäßig breiten
Gang sich befand, an dessen Endpunkt wieder ein matter Licht=
schimmer auftauchte. Und abermals regte sich die Erinnerung.
Dort am Ende des Ganges mußte eine zweite Tür sein. Er fand
sie: es war eine eiserne Gittertür, und auch hier steckte der Schlüs=
sel im Schloß. Als er sie geöffnet hatte, sah er vor sich einen
weiten, halbdunkeln Raum. Eine kalte Moderluft wehte ihm ent=
gegen, und durch kleine, erblindete Fenster oben an der Decke
drang das Tageslicht spärlich an diesen Ort der Nacht und des
Todes. Dicht gedrängt in Reih und Glied stand da Sarg an
Sarg. Das große, edle Geschlecht der Grafen zu Reggfield harrte
hier still dem Auferstehungsmorgen entgegen. Gar manche, vor
denen im Leben vielleicht die Untertanen gezittert hatten, lagen
hier stumm und still; nur das Wappen auf jedem einzelnen
Metallsarg zeugte von ihrer einstmaligen Größe.
  Ein eigenartiges Gefühl überkam Reggfield, als er so stand und
in die stummen Reihen blickte, er, der letzte Sproß dieses großen
Geschlechts. Es war etwas von jener Erhebung des Gemüts,
die den einzelnen befähigt, seine Wünsche und Hoffnungen zu
opfern, sie hinzugeben zum Wohle eines Allgemeinen. Er suchte
die beiden letzten der Särge und strengte seine Augen an, bis
er auf ihnen die Namen Georg und Erika entdeckt hatte. Und
dann ließ er sich auf den Steinblock, der den Abschluß einer langen
Kette bildete, nieder und stützte den Kopf in die Hand. Da vor
ihm lagen seine Eltern. Es beschlich ihn eine heiße Sehnsucht nach

der Vater= und Mutterliebe, die er schon verloren, noch ehe er
ihren Wert erkannt hatte. Er fühlte, daß er zu einem Opfer
bereit gewesen wäre, wenn der Mund der Eltern es von ihm
gefordert hätte. Ja, wenn sie reden könnten! Würden sie auch
von ihm verlangen, daß er das Glück seines ganzen Lebens
dahingeben sollte, um ihrem ruhmvollen, alten Namen keine
Unehre zu machen? Erst jetzt wurde ihm klar, wie feste Gestalt
seine Wünsche schon gewonnen hatten, und daß seine Seele nur
noch von einem einzigen Bild erfüllt und beherrscht ward.
Und war es denn eine Unehre, wenn er ein Reis, frisch, hold
und lieblich wie kaum ein zweites, dem alten, morschen Stamm
einimpfte? Und wieder, was konnte es den stillen Leuten hier
unten nützen, wenn er um ihretwillen zeitlebens sich an ein un=
geliebtes Wesen kettete? Aber die toten Eltern hatten kein Wort
für ihn, keine Antwort auf alle seine Fragen. Er selbst sollte und
mußte entscheiden.

Doch was war das? Regte sich dennoch Leben an dieser Stätte
des Todes? Ein leises, zitterndes Geräusch ließ sich hören; es
schien aus dem äußersten Winkel der Gruft zu kommen. Reggfield
sah dorthin. Undurchdringliche Finsternis lag über jenem Winkel;
er konnte nichts entdecken und wandte sich gleichgültig wieder ab,
um seinen Gedanken nachzugehen. Nach Minuten jedoch störte
ihn das leise Geräusch von neuem. Etwas befremdet sah er wieder
hinüber, und wie vorher konnte er nichts entdecken. Allein als
er eben den Kopf wieder umwenden wollte, hörte er abermals
das seltsame Geräusch, flüsternd und raschelnd wie ein schleifendes
Schleppgewand. Und plötzlich zerriß der Nebel, der bis jetzt über
seinem Erinnerungsvermögen gelegen hatte. Klar und deutlich
erstand vor seinem geistigen Auge ein grauenvoller Nachmittag,
den er als Kind hier verlebte. Sein Onkel hatte ihn zur Strafe in
die Schloßkapelle eingesperrt. Voll Zorn und Trotz war der
milde Knabe in dem heiligen Raum umhergestürmt und hatte
dabei die eiserne Tür entdeckt. Er hoffte, durch sie die Freiheit
wiederzugewinnen, und so war er die Treppe hinuntergestiegen
und durch den dunklen Gang und die Gittertür in die Gruft ge=
langt. Die zweite Tür aber war hinter ihm von selber ins Schloß

gefallen, er konnte sie nicht wieder öffnen. Dann hatte er dieses selbe Geräusch gehört und zuletzt etwas Weißes gesehen, das aus jenem Winkel hervorgehuscht war. Nach mehreren Stunden hatte ihn sein Onkel, durch die offene Tür auf seine Spur geleitet, hier unten gefunden. Bewußtlos und fieberkrank mußte er den Knaben hinwegtragen.

Mit einem heftigen Entschluß erhob sich Reggfield jetzt und ging auf den dunkeln Winkel zu. Doch er blieb wieder stehen. Auch den tapfersten Menschen wandelt ein beklemmendes Gefühl an, wenn er sich überirdischen Wesen gegenüber wähnt, und bedenkt man, in welcher Aufregung Reggfield hierher gekommen war, so wird man es vielleicht verzeihlich finden, daß er von einem ähnlichen Wahn sich umstricken ließ. Wieder und deutlicher noch hörte er jetzt das rätselhafte Geräusch, und nun, ja wahrhaftig, nun nahm er in der Finsternis einen weißen Punkt war, der mit großer Geschwindigkeit sich zu nähern schien. Instinktiv griff Reggfield nach irgend etwas Handfestem — es war nichts vorhanden. Aber da stand jetzt das weiße Etwas und sah zu ihm herüber, fest, unbeweglich. Ein eiskalter Schauer überlief ihn, er wandte sich und schritt dem Ausgang zu. In der Tür blickte er noch einmal zurück, er blickte ins leere Dunkel, und Totenstille herrschte im Totenraum. Gleich darauf fiel die Tür ächzend hinter ihm ins Schloß, und so verließ er den unheimlichen Ort.

In der Vorhalle begegnete ihm seine Schwester, die von einem Spaziergang heimkehrte. Sie sah ihm voll ins Gesicht und rief erstaunt: „Erich, wie sonderbar siehst du aus! Fehlt dir etwas?"

„Mir? Nichts", entgegnete Reggfield, „oder auch alles."

„Hat der Onkel mir dir gesprochen, Erich?" fragte die Baronin; „was verlangte er von dir?"

Reggfield wollte eine ausweichende Antwort geben und seinen Weg fortsetzen. Aber sie berührte ihn mit der Spitze ihres Fächers und wiederholte: „Was verlangte er von dir? Es ist nicht Neugier, daß ich danach frage."

„Er verlangte, daß ich einen Stammbaum mit sechzehn Ahnen heiraten soll", antwortete Reggfield.

„Einen Stammbaum? Du bist von Sinnen, Erich."

„Noch nicht ganz", erwiderte er; „ich habe die Partie ausge=
schlagen."

„Sei kein Tor", sagte die Baronin. „Wenn, wie ich vermute,
der Onkel dir Fräulein von Sengern zur Frau bietet, dann könn=
test du wohl zugreifen."

„Laß mich, Alice", entgegnete Reggfield; „ich bin jetzt nicht in
der Verfassung, um noch weiter über diesen Gegenstand sprechen
zu können."

Doch sie begann noch einmal: „Du bist recht wunderlich; was
verlangst du denn, wenn Fräulein von Sengern dir nicht ge=
fällt?"

„Ich bitte dich", rief Reggfield und griff sich verzweiflungsvoll
an die Stirn, „rede doch nicht mehr mit mir, Alice. Du siehst ja,
wie unliebenswürdig ich heute bin."

„Da hast du recht", entgegnete sie halb lächelnd, und als er
sich von ihr entfernte, sah sie ihm nach und schüttelte den Kopf.
„Immer noch der alte Unband."

Die Nacht, welche diesem Tag folgte, gehörte zu den unan=
genehmsten, die Reggfield je zugebracht hatte. Sein Schlafzimmer
lag in einem der beiden Türme unglücklicherweise unter der großen
Uhr. In der nächtlichen Stille war das Geräusch des Räderwerks
nur um so deutlicher zu hören, und Reggfield meinte, es an der
Erschütterung seines Bettes zu fühlen, wie das große Pendel
sich langsam hin und her bewegte. „Rrrik, rrruk", klang es unauf=
hörlich. Als er endlich spät nach Mitternacht übermüdet einschlief,
wurde er von peinigenden Traumgesichtern heimgesucht. Serena
stand vor ihm, aber sie hatte eine ganz lange Nase. Sie streckte ihm
die Hand entgegen; aber sie tat es stoßweise, als säßen lauter höl=
zerne Gelenke in ihrem Arm, und als sie endlich damit zustande
gekommen war, hörte Reggfield ein lautes und vernehmliches
„Rrrrruk". Dann kam Esther. Auch sie hatte ein langes Gesicht
und fing an zu tanzen, ganz entsetzlich langsam nach der Melodie:
„Als der Großvater die Großmutter nahm." Hierauf erschien
abermals Serena und tanzte gleichfalls, und zuletzt tanzten sie
alle drei und tanzten bis in das Grabgewölbe hinunter, zwischen

allen Särgen hindurch. Der weiße Punkt huschte aus dem Winkel
hervor und huschte wieder zurück, und jedesmal, wenn er von
neuem erschien, klang es feierlich „Rrrrruf".

Beim Erwachen am Morgen fühlte Reggfield seinen Kopf
schwer und heiß wie einen fremden Gegenstand. Er rieb sich die
Stirn, um den dumpfen Druck, der ihm von seinen Träumen
verblieben war, zu entfernen, und dann stand er mit Hast auf; es
drängte ihn, das ihm völlig verleidete Zimmer so bald als mög=
lich zu verlassen. Als er nach dem Speisesaal ging, meinte er noch
immer die Schwingungen des großen Pendels in seinem Kopf
zu verspüren und das Rädergeräusch in seinen Ohren summen
zu hören.

Karl Sigismund erschien im Saal zum gemeinsamen Frühstück.
Nachdem es beendigt war, fragte er seinen Neffen: „Wann mußt
du fahren?"

„Gleich", antwortete Reggfield eilig.

Der Graf wandte sich dem harrenden Diener zu und gab den
Befehl zum Anspannen. Dann blieb er mit seinem Neffen und
seiner Nichte noch eine Viertelstunde in ruhigem Gespräch, bis
das Vorfahren des Wagens gemeldet wurde. Nun reichte er dem
Scheidenden die Hand und sagte: „Gehab dich wohl, Erich; in
vier Wochen verlange ich Antwort."

Reggfield antwortete nur mit einer Verbeugung und ver=
abschiedete sich dann ebenso kurz von seiner Schwester. Als er,
vor dem Portal angelangt, seinen Fuß in den Wagen setzen
wollte, öffnete sich oben ein Fenster und eine klagende Kinder=
stimme rief: „Onkel Erich, gehst du schon wieder fort? Du hast
uns ja nicht auf Wiedersehen gesagt."

„Auf Wiedersehen", rief Reggfield hinauf und sprang in den
Wagen.

„Ach nein", klagte die Stimme wieder, „so meine ich's nicht.
Fahre noch nicht fort; du bist ja unser lieber, guter Onkel.
Komm doch noch einmal zu uns!"

Reggfield konnte diesen rührenden Bitten nicht widerstehen.
Er verließ den Wagen und kehrte in das Schloß zurück. Die
hohen Wände gaben ein unwilliges Echo, als er eilenden Fußes

an ihnen vorüberschritt und sämtliche Türen hinter sich offen ließ, wofern sie nicht von selbst zufielen. Als seine hastigen Schritte sich dem Kinderzimmer näherten, wurden zu gleicher Zeit zwei Türen stürmisch aufgerissen. Aus der einen flog ihm Erika entgegen und schlang ihre Ärmchen um seinen Hals, und durch die andere drangen Karlis und Adalbert, die sich an den Mantel ihres jungen Oheims hängten.

„Onkel Erich", sagte die Kleine, „warum willst du schon wieder fort? Wir hatten uns so sehr auf dich gefreut, nun bist du nur ein einziges Mal bei uns gewesen. Du bist kaum gekommen und gehst wieder, und wir müssen hierbleiben."

Dicke Tränen liefen über das blasse Kindergesichtchen und stimmten Reggfield ganz weich. Er nahm das Mägdlein in seine Arme und war freundlich bemüht, es zu trösten.

Unterdessen schmiegte sich Karlis ganz gegen seine Gewohnheit an ihn und flüsterte: „Nimm mich mit, Onkel Erich, dir will ich immer gehorchen."

„Wenn du wüßtest, wie lieb wir dich haben", sagte Erika wieder; „wir reden alle Tage von dir."

„Auch ich habe euch lieb", erwiderte Reggfield, indem er seine kleine Nichte küßte. Da fiel sein Blick auf die Erzieherin. Der weiche Zug verschwand aus seinem Gesicht, er ließ Erika zu Boden gleiten und befreite seinen Mantel aus den Händen des Knaben.

Noch einmal wurde indessen seine Abreise, wenn auch nur für Augenblicke, verhindert. Als er wieder im Wagen saß, fragte der alte, ergraute Diener, der den Schlag schloß: „Warum verweilen denn der Herr Graf immer nur so kurze Zeit in unserm schönen Storrinek?"

„Weil ich es anderswo schöner finde", gab Reggfield zur Antwort.

„Hm", sagte der Alte und streifte sein Gesicht mit einem prüfenden Blick, „halten zu Gnaden, ich kenne schon so lange unsern alten Herrn Grafen, und ich kenne auch meinen jungen Herrn Grafen von Kindesbeinen an. Sind beide von Storrinek. Ein schlimmes Ding. Halten zu Gnaden, mein gnädiger Herr Graf."

Reggfield hatte zwar die Stirn finster zusammengezogen; aber sie glättete sich wieder, als er dem treuen Diener die Hand reichte und sagte: „Auf Wiedersehen, alter Freund!"

Dann zogen die Pferde an, und in raschem Trab führten sie den Erben von Storrinek hinunter in das ebene Land.

nerquickliche Tage waren es, die Reggfield verlebte, nach=
dem er von seinem Besuch bei seinem Oheim zurückgekehrt
war. Zweifel und Kummer ließen ihn nicht zur Ruhe kommen,
und des Nachts floh ihn der Schlaf. Er verließ seine Wohnung
nur zu den Dienststunden. Die Aufforderungen seiner Freunde,
sich ihrem Erholung suchenden Kreis anzuschließen, lehnte er
kurzweg ab und zog sich statt dessen in seine einsamen vier Wände
zurück. Darrnbek, der einzige, dessen Überredungskunst es sonst
gelang, ihn aus seinen Träumereien in das Leben zurückzuführen,
weilte noch bei seiner Schwester Grete; nach ihm empfand Regg=
field lebhafte Sehnsucht; er hätte gern, wie schon sooft, das, was
ihn quälte, dem treuen Freunde anvertraut. Aber Darrnbek
kam nicht, nur Ernst von Sengern erschien einmal, und Reggfield
mußte sich zusammennehmen, daß er den unschuldigen Stu=
denten nicht die Sorgen entgelten ließ, die um seiner Schwester
willen über ihn gekommen waren.

So vergingen fünf Tage. Allmählich trat ein ruhigerer Zu=
stand ein. Das Zünglein der Waage, das bisher heftig hin und her
geschwankt hatte, neigte sich nun ganz entschieden zur Seite, die
eine Waagschale sank tiefer und tiefer, und folgerichtig stieg die
andere.

Am sechsten Tage kehrte Reggfield nicht wie gewöhnlich nach
dem Mittagsritt in seine Wohnung zurück. Er gab nur seinem
Diener eine kurze Anweisung, dann warf er sein Pferd herum,
und lustig trabte Fokki mit ihm die Straße hinunter. Beide, Roß
und Reiter, kümmerte es wenig, daß der Herbstwind scharf und
schneidend durch die Luft pfiff und welke Blätter auf seinen Fit=
tichen tanzten. Fröhlich zogen sie ihre Straße. Fokki wußte, daß
er in dem Stall, der das Ziel der Reise bildete, sehr gut verpflegt,

bewundert und geliebkost ward, und Reggfield summte zu dem
eiligen Hufschlag seines Pferdes ein Lied, das er selbst vor
Wochen komponiert hatte;

„O schneller, mein Roß, mit Hast, mit Hast!
Wie säumig dünkt mich dein Jagen!
In den Wald, in den Wald meine selige Last,
mein süßes Geheimnis zu tragen."

Der Herbststurm drang an den beiden vorbei. Er fuhr mit rauher
Neckerei in die nächsten Bäume und trieb seine Beute von bunt=
gefärbtem Laub im tollen Wirbeltanz dem Reiter ins Gesicht.
Dann aber entfaltete er seine mächtigen Schwingen und flog
voraus; auch er kannte das Ziel.

In der Wohnstube der Oberförsterei saß Serena vor dem
großen Tisch und schrieb. Es war ein langweiliger Bericht an die
Forstverwaltung, den sie abschrieb. Dem Oberförster waren durch
Erkrankung zweier seiner Beamten mehrere Arbeiten liegen=
geblieben, und er hatte nun seine Tochter gebeten, ihm mit ihrer
niedlichen Handschrift zu Hilfe zu kommen. Gewissenhaft malte
sie Buchstaben für Buchstaben nach, aber von Zeit zu Zeit richtete
sie den Blick auf die große Uhr; denn außer diesen Schreiberdien=
sten hatte sie heute auch noch das Amt der Hausfrau zu versehen.
Die Mutter war zu eben jenen Erkrankten gegangen, und Maria
hatte sie begleitet. Wenn sie nun von ihrem Samaritergange
heimkehrten, dann sollten sie den Kaffeetisch sauber gedeckt und
alles bereit finden, um sich von der Unbill des Wetters zu erholen.
Ohne es sich selbst einzugestehen, sehnte Serena sich von den lang=
weiligen Papieren hinweg in Küche und Speisekammer; der
Lebenslust, die in ihren Gliedern prickelte, fiel das Stillsitzen doch
zu sauer.

Wie das draußen wehte! Der Sturm erfaßte die Weinranken
und klopfte mit ihnen an die Fenster. Dann fuhr er durch den
Schornstein herunter und schüttelte die Ofentür, daß sie ächzte.
Immer wieder machte er sich vor dem Zimmer zu schaffen, in
dem das schreibende Mägdlein saß. Was hatte er nur, der wilde
Geselle, daß er heute gar so unbescheiden pochte und rüttelte?

106

Einmal schien es Serena, als hörte sie auf dem Hofe den Huf=
schlag eines Pferdes. Sie ließ sich in ihrer Arbeit nicht stören; es
mochte wohl der Franz mit dem Braunen sein, der Holz herbei=
fahren sollte. Nun aber ging die Haustür, ein eiliger Schritt kam
über den Flur, und dann klopfte es an die Zimmertür. Eine tiefe
Röte überzog Serenas Gesicht. Dieser Schritt und dieses Klopfen
— sie legte die Feder nieder und starrte nach der Tür. Noch ein=
mal klopfte es, lauter und ungeduldiger, und auf ihr stockendes
„Herein" öffnete sich die Tür mit Ungestüm. Reggfield stand auf
der Schwelle.

Er sagte nichts, nur sein Blick haftete auf dem erglühenden
Mädchen mit einem unbeschreiblichen Ausdruck.

Endlich ermannte Serena sich zum Sprechen. „Herr Graf!"
sagte sie.

Da kam er herein. Als er dicht vor ihr stand, sagte er tief be=
wegt: „Da bin ich und mit mir mein Herz und meine Hand, und
ich frage Sie, Serena, wollen Sie diese drei annehmen?"

Wie es dann kam, das wußten sie selbst nicht. In der nächsten
Minute hielt er sie umschlungen und flüsterte ihr Worte der
heißesten Liebe zu.

Wieder kamen Schritte über den Flur, die beiden hörten nichts.
Erst als sich von neuem die Tür öffnete, blickten sie auf. Jetzt
war es der Oberförster, der auf der Schwelle stand. Tödlich er=
schrocken, mit weit geöffneten Augen sah er auf das Bild, das sich
ihm bot.

Reggfield nahm Serenas Hand in die seine und trat mit ihr vor
den sprachlosen Vater. So blieb er stehen, ein stummer und doch
beredter Bittsteller.

Der Oberförster aber streckte die Hand aus und zog seine
Tochter von ihm weg. „Geh hinaus, Serena", gebot er mit
mühsam beherrschter Stimme; „ich habe mit dem Herrn Grafen
allein zu reden."

Als sie das Zimmer verlassen hatte, begann Reggfield: „Es
war nicht meine Absicht, in dieser Form zu werben; ich wollte
zuerst, wie es sich gehört, mit Ihnen sprechen. Aber als ich sie so
unvermutet vor mir sah, deren Bild mich im Wachen und

Träumen begleitete, da verließ mich die Besonnenheit. Verzeihen Sie mir, wenn ich Unrecht getan habe."

„Ja", sagte der Oberförster, „Sie haben Unrecht getan, daß Sie den Frieden einer Seele störten; denn nie und nimmer kann ich meine Einwilligung geben zu dem, was Sie verlangen."

Reggfield erbleichte. Darauf war er nicht vorbereitet gewesen, daß ihm auch von dieser Seite Hindernisse in den Weg gelegt werden würden. Er glaubte, wenn er seine eigenen Bedenken besiegt und den Kampf mit seinem Oheim aufgenommen hätte, so wäre der Rubikon überschritten. „Wollen Sie mir nicht wenig= stens den Grund zu dieser, ich muß gestehen, völlig unerwarteten Antwort nennen?" fragte er nach einer Pause.

„Gewiß will ich das", erwiderte der Oberförster. „Der erste und wichtigste Grund ist Ihr Name."

„Mein Name?" rief Reggfield. „Er hat bis jetzt noch immer einen guten Klang gehabt."

Der Oberförster nickte. „Bedenken Sie, daß Gott Sie zu einem Grafen setzte von Geburt an, meine Tochter aber zu einer Bür= gerlichen machte."

„Und wenn ich über diese engherzigen Vorurteile hinaus bin", sagte Reggfield, „wollen Sie mir das zum Vorwurf machen?"

„Eine Ordnung, die seit fast undenklichen Zeiten in der mensch= lichen Gesellschaft besteht, kann ein einzelner nicht verletzen, ohne daß es sich empfindlich an ihm rächt", antwortete der Ober= förster.

Ein herbes Lächeln zuckte um Reggfields Mund. Es war wohl das erstemal, daß er die Ehrerbietung gegen den ältern, würdigen Mann vergaß und einen etwas stolzen Ton anschlug. „Steht die Entscheidung über diesen Punkt nicht eher mir zu als Ihnen?" fragte er.

„Erlauben Sie", erwiderte der Oberförster, „Sie täuschen sich. Serena ist meine Tochter, und Sie verlangen sie von mir, um sie in eine schiefe, drückende Stellung zu bringen. Nie würde sie von Ihren Verwandten als ebenbürtig angesehen werden."

„Von meinen Verwandten", wiederholte Reggfield; „ich habe deren nur noch zwei, eine Schwester, die wenig nach mir fragt, und einen Onkel, dem ich mit dem, was ich beabsichtige, allerdings einen großen Strich durch die Rechnung machen würde. Ich bin sein Erbe und ebenso der Erbe sämtlicher Familiengüter der Reggfields. Don dem heiß ersehnten Augenblick an, wo Serena die Meine wird, gebe ich alle Rechte an jene Güter auf, muß ich sie aufgeben. Ich bin dann nicht mehr und nicht weniger als ein einfacher Mann, der von seinem Gehalt und seinem elterlichen Erbteil lebt. Dies sage ich Ihnen, weil ich es für meine Pflicht halte, ganz offen zu sein gegen den Mann, dessen kostbares Kleinod ich erringen will. Aber ich bitte Sie, wie auch Ihre endgültige Entscheidung ausfallen möge, von dem, was ich Ihnen mitteilte, nie ein Wort zu Fräulein Serena zu sagen. Ihr demütiger Sinn würde glauben, ich hätte ihr ein Opfer gebracht oder doch bringen wollen, und es ist für mich kein Opfer; Serenas Besitz wiegt mir tausendfach den scheinbaren Derlust auf."

„Das war ehrlich und edel gesprochen", sagte der Oberförster und ergriff die Hand des jungen Mannes. „Aber es bestärkt mich nur noch mehr in meinem Dorsatz. Niemals kann und werde auch ich ein solches Opfer von Ihnen annehmen."

„Ist das von jeher Ihre Überzeugung gewesen?" fragte Reggfield. „Dann wundert es mich doch, daß Sie so freundlich mich in Ihr Haus aufnahmen und mein Wiederkommen begünstigten, allerdings sehr nach meinem Wunsch, aber fast gegen meinen ehrlichen Willen. Wenn Sie glaubten, daß ich ohne Gefahr tage- und wochenlang mit Serena unter einem Dach wohnen könnte, dann unterschätzten Sie den Liebreiz Ihres eigenen Kindes."

Der Oberförster sank in einen Stuhl und stützte den Kopf in die Hand. Ach, wie bitter rächte sich jetzt, daß er den sanften Dorstellungen seiner Frau nicht Gehör gegeben hatte!

„Was fürchten Sie für Ihre Tochter?" begann Reggfield nach einer Weile wieder. „Trauen Sie mir denn so wenig zu, daß Sie meinen, ich könnte, was ich erworben habe, nicht auch behaupten und verteidigen? Fragen Sie in der Umgegend bei jedem stolzen Grafen oder Baron an, ob er mir seine Tochter vorenthalten würde, wenn ich sie heute von ihm begehrte." Als der Oberförster hierauf nur gramvoll schwieg, beugte er plötzlich ein Knie vor ihm und sagte weich und bittend: „Vater, gib mir dein Kind und nimm mich selbst zum Pfand."

„Lassen Sie's genug sein", erwiderte der Oberförster nun; „machen Sie mir nicht noch schwerer, was fortan mein Herz und Gewissen belasten wird. Ich kann meine Einwilligung nicht geben."

„Wohlan", sprach Reggfield sich erhebend, „ich werde warten. Zwar darf ich nicht hoffen, daß der Gedanke an meinen Kummer Ihren Sinn ändern wird; aber wenn Sie Ihr Kind werden leiden sehen, das mag Ihr Herz wohl erweichen. Und Serena wird unter Ihrem Entschluß leiden, denn sie liebt mich." Nach diesen Worten ging er hinaus.

Der Oberförster hörte, wie er durch das Haus nach dem Hof schritt, um sein Pferd zu holen. Er dachte mit Leid daran, daß er den, der so oft seine Gastfreundschaft genossen hatte, heute sollte ziehen lassen ohne Erquickung nach dem langen Wege, und daß Roß und Reiter, ermüdet wie sie waren, von neuem hinaus mußten in das stürmische Herbstwetter. Und doch ließ es sich nicht ändern; unmöglich konnte er den abgewiesenen Freier auffordern, noch einen Tag und eine Nacht unter seinem Dache zuzubringen. Während er noch hierüber nachdachte, sah er Reggfield schon über die Lichtung nach der Waldecke reiten. Wie traurig sahen sie beide aus, die sonst durch ihre schmucke Erscheinung sein Auge erfreut hatten! Fokki ließ den Kopf hängen; es mochte ihm wohl sehr ungelegen kommen, daß die Rast in dem gastlichen Stall nur von so kurzer Dauer sein sollte. Aber auch sein Herr hing trüben Gedanken nach; müde saß er im Sattel und hielt den Zügel mit schlaffer Hand. An der Waldecke machte er noch einmal halt und sah zurück. Ein langer, kummervoller Blick schweifte über das Forsthaus und blieb oben am Erkerfenster haften.

Der wilde Herbstwind hielt es jetzt wieder für angezeigt, tätig einzugreifen. Er setzte sich unter den Mantel des Reiters und blähte ihn auf wie ein Segel; er rüttelte an der Mütze und wirbelte Fokkis Mähne hoch in die Luft. Die Mahnung half. Der Reiter zog den Zügel an, Fokki hob den Kopf, und fort sausten sie beide in den Wald hinein.

110

Ein leises Geräusch lenkte die Aufmerksamkeit des Oberförsters wieder in das Zimmer zurück. Serena war hereingekommen. Sie sah bleich aus wie eine Lilie, und ihr Blick hing an der Waldecke. „Er reitet fort?" Die Worte wurden mehr von ihren Augen als von ihren Lippen gesprochen.

Der Oberförster winkte sie zu sich heran. „Komm, Serena, sei mein verständiges, mutiges Kind", sagte er. „Ja, er reitet fort, und ich wünschte nicht, daß er jemals wiederkehrt."

Ein leiser Wehruf war die Antwort, dann wankte die zarte Gestalt, und der Oberförster mußte hastig zugreifen, um sie vor dem Niederfallen zu bewahren. Nun hielt er sie in den Armen, ihr matter Kopf war an seine Brust gesunken, und seine zitternde Hand streichelte ihr Lockenhaar. Ob sie verstand, was er zu ihr sprach, konnte er nicht erfahren; sie regte sich nicht. Die angstvolle Sorge wurde in ihm übermächtig. „Serena", bat er, „mein Herzenskind, sieh mich an und sage mir, daß du mir vertraust. Nur weil ich überzeugt bin, daß ich ein größeres Unglück von dir abwende, darum habe ich dir jetzt diesen Schmerz bereitet. Sage mir, mein Liebling, daß du mir glaubst."

Sie schlug die Augen zu ihm auf und antwortete mit sanfter Stimme: „Ich glaube dir, mein Vater."

„Und du wirst diesen Schlag überwinden", fuhr er fort; „ein so junges Bäumchen erholt sich wieder, wenn auch der Sturm es einmal zur Erde beugt. Die Zeit und Gottes Gnade wird alles wieder gutmachen. Versprich mir, mein Liebling, daß du ver= suchen willst, den zu vergessen, der den Frieden deines Herzens gestört hat."

Die Lider senkten sich wieder über die dunklen Augensterne, und erst nach einer Weile kam es stockend über die bleichen Lippen: „Ich will es versuchen."

Unterdessen jagte Reggfield mit dem Sturm um die Wette. Nach der ersten Wegstunde jedoch mäßigte sich das Tempo, in dem er ritt, und wurde allmählich immer langsamer. Zuletzt schlich Foffi mit gesenktem Kopf und im Schritt den Weg dahin, den er vorher in fröhlichen Sprüngen zurückgelegt hatte. Mit dem Dunkel der Nacht langten die Reisenden in ihrem Quartier an.

Die Tage, welche diesem Ritt folgten, waren noch viel uner=
quicklicher als diejenigen, welche ihm vorangegangen waren. Wie=
der verließ Reggfield seine Wohnung nur zu den Dienststunden,
und dann war er so ernst und wortkarg, daß man allgemach
anfing, über ihn die Köpfe zu schütteln. Selbst Darrnbek, der in=
zwischen zurückgekehrt war, vermochte diesmal nichts über ihn.
Die langen Reden, die er gelegentlich hielt, nahm Reggfield mit
melancholischer Ruhe hin. Den Freund in sein Vertrauen zu ziehen,
hatte er aufgegeben, da der sonst so scharffinnige Darrnbek die
verschiedenen, leisen Andeutungen, wie es schien, nicht verstehen
wollte.

So ging der Oktober hin, und der November kam heran. Die
Tage wurden immer kürzer und kürzer, graue Nebelwolken zogen
über die Erde und hüllten die Türme der Stadt in flatternde Ge=
wänder. Am Abend eines solchen Tages stand Reggfield in seiner
Wohnung am Fenster und sah dem Aufblitzen der ersten Lichter
in der grauen Dämmerung zu. Auf der Straße flutete das be=
wegte Leben der Großstadt. Droschken, Omnibusse und Kutschen
jagten in buntem Durcheinander vorüber, und dazwischen
knarrten schwerfällige Lastwagen. Beamte, Kaufleute, verschleierte
Damen, Dienstmädchen und Arbeiter kreuzten sich unaufhörlich
auf den breiten Bürgersteigen, und zwischen ihnen liefen die
flinken Lampenputzer, um mit geisterhafter Geschwindigkeit die
lange Reihe ihrer Laternenaugen zu entzünden. Als Reggfield
ihre Gestalten nicht mehr verfolgen konnte, sondern nur noch in
eine doppelte Reihe von flimmernden Gaslichtern hinabsah,
murmelte er: „Endlich wieder ein Tag vorbei!" Dann verhielt
er sich vollständig still und stumm, während es im Zimmer hinter
ihm immer dunkler wurde.

Ein lauter Knall in der Nebenstube schreckte ihn auf. Er wandte
den Kopf zur Seite und rief ärgerlich: „Wilhelm, was machst du
denn wieder? Ohne Lärm geht's doch bei dir nicht ab." Als
hierauf keine Antwort erfolgte, sondern man nur Töne hörte, die
dem Zusammenklirren von Glasstücken glichen, rief Reggfield
noch einmal: „So melde dich doch, Kerl! Hast du das Billett rich=
tig abgegeben?"

Jetzt kamen Schritte aus der Nebenstube; der Gerufene stellte sich in nicht ganz strammer Haltung vor seinem Herrn auf und fragte mit etwas unsicherer Stimme: „Was befehlen gnädiger Herr Graf?"

„Hast du", begann Reggfield, aber er unterbrach den Satz und fuhr statt dessen fort: „Was ist das? Ich glaube gar — schämst du dich nicht? Du heulst ja wie ein altes Weib."

„Zu Befehl, gnädiger Herr Graf", antwortete Wilhelm; „ich kann's bald nicht mehr mit anhören."

„Was kannst du nicht mit anhören?" fuhr Reggfield ihn in ungnädigem Tone an.

„Was die Leute alles über meinen gnädigen Herrn Grafen sagen", erwiderte er. Alles hänselt mich, und die Dienstmädchen lachen."

Reggfield ging auf diese Mitteilung nicht ein. Er wiederholte seine Frage: „Hast du mein Billett richtig abgegeben?"

„Ich bitte untertänigst, gnädigster Herr Graf, ich hab's nicht abgegeben", antwortete der Bursche. „Es ist mir unterwegs ein= gefallen, daß in dem Briefchen gewiß wieder stand, der gnädige Herr Graf wollten zu Hause bleiben. Das ist es ja eben, worüber die Leute lachen und spotten. Und als bei dem Herrn Baron das gnädige Fräulein selbst herauskam und fragte: ‚Wird Ihr Herr Graf kommen?', da sagte ich ‚Jawohl' und nahm das Briefchen wieder mit. Da ist es."

„Esel!" rief Reggfield aus und stampfte mit dem Fuß. „Jetzt stempelst du mich auch noch zum Lügner und Grobian. Auf der Stelle machst du kehrt und trägst das Billett zurück, und Be= merkungen aus deinem klugen Kopf hinzuzufügen untersteh dich nicht noch einmal. Verstanden?"

Als es wieder still um ihn her war, stieß Reggfield einen tiefen Seufzer aus und begann mißmutig auf und ab zu gehen. Es war bereits so dunkel im Zimmer, daß er beim Umwenden an einen auf der Erde befindlichen Gegenstand stieß. Ein sanft klin= gender Ton ließ sich hören. „Du bist es?" sagte Reggfield, bückte sich und nahm sein Violoncello aus dem hölzernen Gehäuse heraus.

Er setzte sich und tat ein paar leise Bogenstriche. Den ersten Strichen folgten andere, und bald war er ganz in sein Spiel vertieft. Wild und düster klang es diesmal, als hätten die Nebel von draußen sich über die Saiten gelegt, daß keine klare Melodie hindurchdringen konnte.

Mitten in einem großen Läufer brach Reggfield plötzlich ab; denn eine Hand hatte sich auf seine Schulter gelegt, und eine Stimme fragte: „Reggfield, glaubst du, daß diese rasende Rhapsodie oder was es sonst sein mag, dich von deiner Grillenfängerei heilen wird?"

„Darrnbek", rief Reggfield, seinen Freund erkennend, „warum kommst du wie ein Geist? Warum meldest du dich nicht?"

„Melden?" wiederholte Darrnbek; „nun, ich dächte, ich hätte mich gemeldet. Rabenschwarze Finsternis herrscht auf deinem Hausflur; die Bewohner des unteren Stockwerkes müssen gezählt haben, wie oft meine armen Glieder mit tückischen Ecken zusammengestoßen sind. Und zum Überfluß bin ich im Vorzimmer auch noch über einen Wasserkrug gestolpert, der dicht vor der Türe stand. Schaue nur hinein, dann wirst du meine Meldung ganz fließend auf dem Boden finden. Aber wer freilich eine solche Höllenmusik aufführt wie du, der kann nichts hören, auch wenn ich mit der Tür hereingefallen wäre. Man könnte denken, du willst wie weiland der Rattenfänger von Hameln die Mäuse des ganzen Stadtviertels auf einen Haufen zusammenfiedeln."

„Laß die Possen", sagte Reggfield. „Was bringt dich jetzt zu mir? Willst du etwas?"

„O ja, mancherlei", erwiderte Darrnbek; „vor allen Dingen will ich Licht anstecken, damit wir im Dunkeln nicht noch unsere Arme und Beine verwechseln." Er begann an den Wänden hin zu tasten, bis er zu einer Kommode gelangte, auf deren Oberfläche er eine Weile suchte. „Reggfield, wo ist die Lampe?" fragte er. „Sie steht nicht hier, wo sie stehen sollte."

„Dann wird wohl Wilhelm sie zum Putzen herausgenommen haben", antwortete Reggfield. „Leider ist er jetzt nicht da; ich kann ihn nicht danach fragen."

114

„Haſt du nicht wenigſtens eine Kerze zur Hand?" entgegnete Darrnbek. „Es iſt ja hier ſo finſter wie im Grab."

„Auf dem Schreibtiſch muß ein Licht ſtehen", ſagte Reggfield; „geſtern hat es dort geſtanden."

Nach erneutem, vorſichtigem Suchen fand Darrnbek das Licht und zündete es an. Doch erhob er ſofort Klage über die Klein= heit der Kerze. „Sie leuchtet keine halbe Stunde", ſagte er. „Warte, ich will noch einmal ſehen, ob ich nicht die Lampe finden kann." Mit dieſen Worten begab er ſich in die Nebenſtube, kam aber nach wenigen Minuten unverrichteterſache wieder zurück. „Dein kluger Wilhelm iſt noch erfinderiſcher in unfindbaren Aufbewah= rungsorten als du", ſagte er und ſtellte den Leuchter auf den Tiſch, während er ſelbſt vor ſeinen Freund hintrat. „Ich muß mich nun beeilen mit dem, was ich dir mitteilen will, damit ich noch ſehen kann, was du für ein Geſicht dazu machſt. Ich bin gekommen, um dich zum Sengerſchen Ball abzuholen. Du darfſt nicht länger ſo fortfahren, wie du es bis jetzt getrieben haſt; die halbe Stadt ſpricht ſchon darüber."

„Das iſt mir gleichgültig", erwiderte Reggfield; „heute ſpricht man von mir und morgen von jemand anderm. Es iſt im übrigen auch zu ſpät, um meinen Entſchluß noch zu ändern. Ich habe mich bei Sengerns bereits entſchuldigen laſſen, ſie erwarten mich nicht mehr."

„Du irrſt dich", entgegnete Darrnbek und zog ein verſiegeltes Billett aus der Taſche, „ſieh her, Sengerns wiſſen noch nichts von deiner Entſchuldigung."

Einen Augenblick ſtarrte Reggfield ſprachlos auf ſein Billett.

„Da möchte einer ja —" ſagte er dann. „Wie kommſt du zu meinem Brief?"

„Auf ganz natürliche Weiſe", antwortete Darrnbek. „Ich be= gegnete vorhin deinem geiſtreichen Wilhelm, als er mit einem großen Paket unter dem Arm eilig daherrannte. Auf meine Frage, wohin des Wegs, klagte mir der arme Burſche ſeine Not, daß ſein gnädiger Herr Graf durchaus ein Einſiedler werden wolle. Weil es nun in meiner Abſicht lag, dich dem Einſiedler=

wahn zu entreißen, so bat ich mir das Briefchen aus und nahm es wieder mit."

„Darrnbek", sagte Reggfield und runzelte die Stirn, „ich weiß doch nicht, wie du dazu kommst, mich so völlig bevormunden zu wollen. Ich erkläre dir jetzt rund heraus, daß ich, solange ich noch Herr meines Willens bin, das Sengernsche Haus nicht mehr betreten werde."

„Aber was in aller Welt haben Sengerns dir zuleide getan, daß du bäumst wie ein störrisches Pferd, sobald man nur ihren Namen nennt?" rief Darrnbek. „Du bist schon während dieses ganzen Sommers recht sonderbar gewesen, doch seit dem Besuch bei deinem Onkel ist es kaum noch zum Aushalten. Was hat er mit dir angefangen? Erkläre mir das endlich einmal."

Reggfield schwieg eine Weile und sah vor sich nieder.

Dann sprach er: „Man rühmt von dir, du habest scharfe Augen und doch bist du so kurzsichtig; du zwingst mich, in mich zu verschließen, was ich nicht aussprechen mag, obwohl ich gern schon längst es dir anvertraut hätte."

Auf das höchste überrascht, sah Darrnbek ihn an. „Reggfield", fragte er dann plötzlich, „hat dein Oberförster Töchter?"

„Zwei", antwortete Reggfield.

„Esel, der ich war, ich dreimal dummer Esel!" rief Darrnbek und schlug sich an die Stirn. „Das nicht zu ahnen! Ein Blinder hätte es greifen können." Er ging unruhig einigemal durch das Zimmer. „Welche ist es?" fragte er, als er wieder vor seinem Freunde stehen blieb.

„Die jüngere", antwortete dieser.

„Nun, und —?" forschte Darrnbek weiter.

„Ihr Vater gibt sie mir nicht", erwiderte Reggfield.

„Braver Mann!" sagte Darrnbek.

Unwillig sah Reggfield auf, und grollend fragte er: „Das ist deine Teilnahme?"

„Ja", entgegnete Darrnbek, „das ist meine Teilnahme, meine Freude über den Mann, der dich und seine Tochter vor einer großen Torheit behütet hat."

116

„Die Geſchichte iſt noch nicht zu Ende", ſagte Reggfield; „ich werde auf dieſe Braut warten, jahrelang, wenn es ſein muß, und wenn ich mir die ganze Welt darum zum Feind machte."

„Und wie denkſt du dir hierbei das Verhältnis zu deinem Onkel?" fragte Darrnbek. „Glaubſt du, daß er, von deiner rühren= den Ausdauer beſiegt, dir zuletzt ſeinen väterlichen Segen geben wird?"

„Nein", antwortete Reggfield, „ich mache mir keine Illu= ſionen, ſondern bin auf einen harten Kampf gefaßt; aber mit meiner Freiheit ſoll er enden. Du weißt, daß Storrinek bisher das Geſpenſt meines Lebens geweſen iſt, die Kette, die ich hinter mir herſchleifte. Nun werde ich ſie zerreißen."

„Das iſt Tollkühnheit", ſagte Darrnbek ernſt. „Für ein paar Mädchenaugen und einen Liebestraum willſt du das Erbe deiner Väter opfern? Reggfield, ich begreife dich nicht. Und es iſt mehr als Tollkühnheit, es iſt ein Unrecht, das du an deinen Vor= fahren begehſt. Ein Geſchlecht wie das deine, rühmlich bekannt nicht nur durch ſeine tapferen Männer, ſondern auch durch die Reihe ſeiner edlen Frauen, das darf nicht den Abſchluß finden, den du zu machen gedenkſt."

„Ich wußte nicht, daß auch du in den Vorurteilen befangen biſt, die den Menſchen nicht nach ſeinem wahren Wert, ſondern nach dem der Überlieferung meſſen", entgegnete Reggfield. „Viel= leicht würdeſt du anders ſprechen, wenn du einmal das Mädchen geſehen hätteſt, um derentwillen wir hier ſtreiten. Sie iſt ſchön und lieblich wie Aphrodite und arglos wie ein Kind."

„Dann begehſt du auch an ihr ein Unrecht", ſagte Darrnbek noch ernſter als zuvor; „das Leben, in welches du das arglofe Kind führen willſt, würde ihr ein ſturmbewegtes Meer werden."

„Ich würde ſie ſchützen", erwiderte Reggfield, „der Sturm, der an dem ſtarken Baum rüttelt, läßt doch die Efeuranke unberührt, die ſich um den Baum ſchlingt."

Darrnbek ſchwieg. Er trat an den Tiſch und beſchäftigte ſich damit, jedes erſtarrte Stearintröpfchen vom Rand des Leuch= ters loszulöſen und dem kleinen Lichte als Nahrung zuzuſetzen.

„Noch weißt du nicht alles", begann Reggfield nach einer Weile wieder, und dann erzählte er dem Freunde von dem Gebot und der Drohung seines Onkels. Nur den Namen der ihm bestimmten Braut verschwieg er. Aber Darrnbek fragte auch nicht danach; seine scharfen Augen erkannten jetzt, warum Reggfield „wie ein störrisches Pferd bäumte", sobald der Name Sengern genannt wurde.

„Du siehst nun wohl, daß ich Ursache habe, ernst und trüb= sinnig zu sein", schloß Reggfield sein Bekenntnis. „Wenn es mir nicht gelingt, den Oberförster vor Ablauf der vier Wochen um= zustimmen, dann stehe ich vor der greulichen Notwendigkeit, ein schuldloses Mädchen durch meine Zurückweisung kränken zu müssen."

„Dein Onkel wird nicht so weit gehen, daß er dir eine Braut wirbt, bevor er deiner Zustimmung sicher ist", sagte Darrnbek tröstend.

„Er wird es tun", erwiderte Reggfield; „was er sich einmal vorgenommen hat, das führt er aus. Karl Sigismund ist ein Nachkomme des unbeugsamen Ekbert. Nur eins hat er nicht be= dacht, nämlich, daß auch ich ein solcher bin."

Darrnbek seufzte. „Schöne Geschichten erlebt man mit dir", sprach er. „Du bist wahrlich kein bequemer Freund. Ich habe dir nun meine Meinung gesagt, wie ich als ehrlicher Kamerad es tun mußte. Jetzt will ich dir noch sagen, daß ich auch fernerhin und auch in dieser Angelegenheit an deiner Seite marschieren werde wie bisher."

„Ich wußte, daß ich auf dich zählen durfte, du Treuer", sagte Reggfield und drückte ihm die Hand.

„Und nun muß ich dich verlassen", sagte Darrnbek mit einem abermaligen Seufzer. „Ich sehe jetzt ein, daß ich das Billett zu Sengerns besorgen muß. Unser Licht ist mittlerweile am Der= löschen. Es wird noch ausreichen, um mich die Tür finden zu lassen, dann sitzt du wieder im Finstern."

„Das schadet nichts", erwiderte Reggfield.

„Wenn nur dein Hausnarr, der Wilhelm, käme!" sagte Darrn= bek. „Aber warte, ich selbst will dir noch ein paar neue Kerzen taufen." Er nahm das Billett vom Tisch und steckte es ein. „Arme Esther!" sprach er halblaut, dann ging er.

Nachdem er auf der Straße ungefähr zehn Schritte zurück= gelegt hatte, sah er den säumigen Burschen daherkommen.

„Wo haben Sie die Lampe hingestellt?" herrschte er ihn an.

„Ach, Herr von Darrnbek", antwortete Wilhelm, „das war's ja eben, weshalb ich so erschrocken bin. Das Ding ist mir beim Putzen aus der Hand gefallen und in tausend Splitter zersprun= gen. Nun habe ich's zum Klempner getragen, aber der sagt, da ist nichts zu machen."

„So", sagte Darrnbek, „das ist ja eine nette Bescherung. Hier haben Sie Geld, dafür kaufen Sie Kerzen, aber flink; sonst sitzt der Herr Graf oben im Dunkeln."

„Jawohl", antwortete der Diener und trollte davon.

Auch Darrnbek setzte seinen Weg fort, der ihn nach kurzer Zeit in das hellerleuchtete Sengernsche Haus führte.

VIII

Eine bunte, festlich geschmückte Menge wogte durch die licht=
erfüllten Räume des freiherrlichen Hauses. Von dem Lichter=
meer, den prachtvollen Blumen= und Palmengruppen und den
glänzend gekleideten Gestalten ging ein gewisser, feierlicher Duft
aus, der dem Eintretenden verwirrend entgegenströmte. Noch
stand die Gesellschaft in Gruppen beisammen, die mehr die
Höflichkeit und Etikette als das Gefallen gebildet hatten.

Augustin von Sengern, der an Stelle seines Vaters die Pflich=
ten des Wirtes erfüllte, ging von einer dieser Gruppen zur andern
und spendete als vollendeter Weltmann jeder einzelnen seine
liebenswürdigen Worte und sein Lächeln. Bei einer Gruppe von
jungen Damen verweilte er etwas länger. Scherzende Reden
und leises Lachen flogen hin und her; fast ein jedes der Mädchen
hatte den gefälligen jungen Hausherrn etwas zu fragen oder
ein Anliegen an ihn, und er versprach bereitwillig seine Dienste
nach allen Seiten.

Auch Esther befand sich in dieser Gruppe. Sie war, seit wir
sie zuletzt gesehen haben, ein wenig bleicher geworden; die brau=
nen Augen schienen größer und hatten etwas von ihrem Glanze
eingebüßt. Wie sehnsüchtig blickten sie jetzt über das bunte
Treiben hin.

„Der Tausend, Herr von Varrnbek, wieder allein?" sagte Augu=
stin plötzlich, indem er sich zu dem Neuangekommenen wendete,
der durch das glänzende Gewirr mühsam bis zu ihm vorge=
drungen war. „Bringen Sie Ihren genialen Intimus nicht mit?"

„Leider nein", antwortete Varrnbek; „ich muß Ihnen statt
seiner einen Brief überliefern, der vermutlich den Grund seines
Nichterscheinens enthält. Infolge Ungeschicklichkeit seines Bur=
schen gelangt das Billett erst so spät in Ihre Hände."

120

Augustin erbrach das Siegel und durchflog die wenigen Zeilen. „Graf Reggfield entschuldigt sich mit Übelbefinden", sprach er sodann. „Ich will hoffen, daß es nichts von Bedeutung ist."

Nur ein so aufmerksames Ohr wie das des Herrn von Darrnbek vermochte aus den teilnehmend klingenden Worten die Gereiztheit herauszuhören. Er erwiderte: „Ob es bedeutungslos ist, wird sich erst in einiger Zeit feststellen lassen. Mir macht der Zustand meines Freundes Sorge."

„Oh", sagte Augustin und sah sich nach Esther um. Aber sie stand nicht mehr an seiner Seite wie kurz zuvor. Er sprach noch ein paar artige Worte zu den jungen Damen und ging dann weiter.

Auch Darrnbek setzte seine Begrüßungstour fort und wurde bald von mehreren seiner Freunde in Beschlag genommen.

„Hören Sie, Darrnbek", rief ihm einer zu, „Sie sind ein schlechter Mentor; wie können Sie den armen Reggfield so wehrlos seinen Grillen überlassen?"

„Grillen sind harmlose Tierchen", antwortete Darrnbek; „sie sind noch nicht die schlimmste Gesellschaft, in die man geraten kann."

„Nun, ich finde, daß Ihre harmlosen Tierchen eine recht unheimliche Macht besitzen", entgegnete ein anderer; „sie haben eine Veränderung in einem Menschen bewirkt, die man kaum für möglich hält. Was gilt's? Man dürfte den sonst so jähzornigen Reggfield jetzt ungestraft eine Schlafmütze oder noch etwas Schlimmeres schelten."

„Versuchen Sie's", sagte Darrnbek. „Ich lehne jedoch die Verantwortung ab."

„Nehmt euch in acht", sagte Elbeding; „dieser sonst vortrefflichste und heiterste aller Vormünder hat nur den einen bösen Fehler, daß er höchst empfindlich wird, wenn man sein Mündel angreift."

Während dies Gespräch unter Scherz und Lachen geführt wurde, stand die Tochter des Hauses unbemerkt in einer Fenstervertiefung. Eine riesige Blumenpyramide verbarg sie den Blicken der im Saale Befindlichen. Sie war mit ihren Gedanken allein.

Fröhlicher Art waren sie wohl nicht; denn die braunen Augen füllten sich allgemach mit Tränen, die dann langsam eine nach der andern herabrollten. Die ersten Klänge der Musik hallten durch den Saal und lockten die Tanzlustigen. Sie aber lockten sie nicht. Durch die einzelnen Lücken in der Pyramide konnte sie den Saal übersehen und beobachten, wie sich die Paare zur Polonaise ordneten. Dort trat Augustin mit der jugendlichen Gemahlin eines ältlichen Arztes an, Ernst mit der Tochter einer verwitweten Frau Geheimrat, Darrnbek und Doktor Berthold mit je einer nicht mehr ganz jugendlichen Maid. Auch Elbeding kam. Er ließ seine Blicke langsam und forschend über die Gesellschaft schweifen, schüttelte dann den Kopf und lehnte sich mit verschränkten Armen an einen Pfeiler, von wo aus er müßig dem Tanz zusah. Esther war keinen Augenblick im Zweifel, wen er gesucht und nicht gefunden hatte. Aber sie lächelte nur wehmütig dazu und blieb in ihrem Versteck.

Als die Polonaise beendet war, näherte sich Ernst jener Fensternische, und zufällig entdeckte er seine Schwester. „Was tust du hier?" fragte er verwundert. „Man hat dich vermißt."

„Hast du mich vermißt?" fragte sie schnippisch dagegen.

„Nicht eben ich", gab er zur Antwort. „Aber warum tanzest du nicht?"

„Ich habe Kopfschmerzen", erwiderte sie.

„Kopfschmerzen?" wiederholte er. „Eine neue Laune, meinst du wohl. Wem willst du damit imponieren?"

„Geh", sagte sie heftig; „du brauchst dich weder um mich noch um meine Launen zu bekümmern."

Ernst zuckte die Achseln und ging. Doch kaum fünf Minuten nachher erschien Augustin.

„Was soll das heißen, Esther?" fragte er. „Du wirst jetzt mit mir in den Saal zurückkehren."

„Laß mich", entgegnete sie, „ich kann nicht tanzen; der Kopf tut mir weh."

„Das Herz tut dir weh, Kind, nicht der Kopf", verbesserte er etwas ironisch und zugleich faßte er ihre Hand, um sie mit sich zu führen.

122

Sie aber machte sich ungestüm von ihm los und sagte: „Ich will nicht mit dir gehen; ich will nicht tanzen."

Da beugte er sich zu ihr. „Mädchen", sagte er mit leiser drohender Stimme, „mache mir kein Aufsehen; ich dulde das nicht. Sollen die Leute über dich spötteln und witzeln? Sollen sie die Köpfe zusammenstecken und flüstern: Fräulein von Sengern ist krank, weil — der stolze Graf Reggfield nichts nach ihr fragt?"

„Augustin!" rief Esther und schlug die Hände vor ihr todblasses Gesicht.

„Sie hätten recht, wenn sie so sagten", fuhr er fort. „Aber ich werde nicht dulden, daß meine einzige Schwester der Gegenstand solcher Reden wird, verstehst du mich? Auch der Graf Reggfield soll es noch einmal bereuen, die Veranlassung hierzu gegeben zu haben."

„Wie meinst du das?" fragte sie und sah ihn verstört an.

„Das kümmert dich vorläufig noch nichts", antwortete er. „Weine nicht. Wie kann man nur so wenig Selbstbeherrschung haben! Es ist jammervoll, Esther. Ich will warten, bis du deine Tränen getrocknet hast, und dann wirst du mit mir tanzen."

„Sei barmherzig, Augustin!" flehte die arme Esther.

„Nein", entgegnete er, „in der weiblichen Art, wie du es verlangst, werde ich es nicht sein. Aber ich habe Erbarmen mit dir, wenn ich mit meiner Willenskraft deiner Schwachheit zu Hilfe komme."

Esther schwieg. Wie eiserne Klammern hielten seine Finger ihr Handgelenk, als er sie ein wenig später in den Saal zurückführte. Sie leistete jetzt keinen Widerstand mehr. Obwohl sie bei kleinen Dingen einen großen Eigensinn an den Tag legte, verlor sie doch im entscheidenden Augenblick alle Festigkeit, sobald sie den stärkerem Willen eines anderen über sich erkannt hatte.

Augustin tanzte dreimal mit ihr durch den Saal, dann geleitete er sie zu einem Stuhl. Ehe er sie verließ, neigte er sich noch zu ihr herab und sagte leise: „Nimm dich zusammen; ich werde dich beobachten, auch wenn ich im Nebenzimmer bin."

Kaum hatte er sich entfernt, so erschien Elbeding. Er verbeugte sich vor Esther, und sie war genötigt, mit ihm von neuem unter die Tanzenden zu treten.

„Wo waren Sie vorhin, gnädiges Fräulein?" fragte er.

„Hier im Saal", antwortete sie einsilbig.

„Das ist nicht möglich", erwiderte er. „Ich habe Sie überall gesucht, und ich bin doch nicht kurzsichtig."

„Diesmal waren Sie es doch", sagte Esther wie vorher.

Elbeding schwieg. In der nächsten Pause begann er wieder:

„Das heutige Fest scheint einem allgemeinen Verlangen ent= sprochen zu haben; so lebhaft ist die Beteiligung. Finden Sie nicht auch?"

„Nein", antwortete sie.

„Dann liegt die Schuld an Ihnen, gnädiges Fräulein", sagte er; „ich für meinen Teil habe noch selten soviel vergnügte Ge= sichter gesehen."

„Das ist kein Beweis dafür, daß ich mich nicht langweilen dürfte", entgegnete Esther.

„Hm", sagte Elbeding, während ein Schatten über sein Gesicht flog, chacun à son goût. Ich stehe leider zwischen beiden Par= teien. Die Harmonie der einen zieht mich an, und zu der andern treibt mich die Sympathie — ein Schweben zwischen Himmel und Erde."

Esther erwiderte auf diese Rede nichts; sie fragte nicht einmal, was denn nun Himmel sei und was Erde.

Elbeding fand sie heute sehr wenig liebenswürdig. Er ver= suchte noch einigemal, sie in ein Gespräch zu ziehen, doch immer gleich erfolglos. Schließlich schützte er Ermüdung seiner Dame vor und führte sie zu ihrem Platze zurück.

Sie atmete erleichtert auf, als er gegangen war. Hätte nicht die Furcht vor Augustin sie zurückgehalten, so wäre sie abermals aus dem Saal geflohen. Die lustige Musik und das heitere, bunte Treiben schien sie verhöhnen zu wollen, und wenn zwei mit= einander leise sprachen, so fürchtete sie jetzt, der Gegenstand ihrer Rede zu sein. Auch körperlich litt sie. Sie hatte wirklich Kopf= schmerz; sie kannte das Bohren und Wühlen hinter der Stirn·

124

das mitunter bis zur Unerträglichkeit sich steigerte, nur zu gut, und sie fühlte mit Entsetzen, daß der heutige Anfall einer der stärksten zu werden versprach.

„Esther, wie blaß siehst du aus!" sagte Klara von Ehrenberg, indem sie an ihrer Seite Platz nahm. „Fehlt dir etwas?"

Esther wollte eben eine klagende Antwort geben, da verbeugte sich wieder jemand vor ihr, und erst, als sie in dem neuen Tänzer den Herrn von Darrnbek erkannte, verließ sie der Ärger über die abermalige Ruhestörung. Ihre Züge erhellten sich, und ohne weiteres stand sie auf, um ihm zu folgen.

Er führte sie nicht sogleich in den Reigen, sondern blieb eine kurze Zeit mit ihr außerhalb des Kreises stehen. Teilnehmend fragte er: „Es ist Ihnen nicht gut ergangen in letzter Zeit, gnädiges Fräulein? Sie sehen leidend aus."

Esther schwieg.

„Auch mein Freund", fuhr Darrnbek fort, als verstände sich diese Ideenverbindung von selbst, „befindet sich in leidendem Zustande. Wie ich schon Ihrem Herrn Bruder sagte, er macht mir Sorge."

„Ist er wirklich krank?" fragte Esther und schlug die Augen in banger Erwartung zu ihm auf.

„Krank?" wiederholte Darrnbek. „Darauf könnte man ja und nein antworten. Ich glaube, das Übel steckt bei ihm da, wo weder Doktor noch Medizin helfen kann, im Herzen nämlich."

Sie traten nun in die bunten Reihen ein und machten einmal die Runde.

Als Darrnbek sah, daß auf dem Antlitz seiner Tänzerin Röte und Blässe in rascher Reihenfolge wechselten, hielt er inne und fragte besorgt: „Fühlen Sie sich unwohl?"

„Nein", antwortete Esther mit mühsam bewahrter Fassung, „aber, bitte, lassen Sie uns einen Augenblick warten."

Er trat mit ihr zurück, und nach einigem Zögern sagte sie: „Sie sprachen vorhin von der Krankheit Ihres Freundes."

„Ja", erwiderte er, „ich nannte Ihnen den vermutlichen Sitz des Übels. Was nun das Herz anbelangt, so traut man uns Männern ja im allgemeinen nicht viel Gutes von diesem sonder=

baren Ding zu. Entweder es ist umgekommen, also gar nicht vorhanden, oder es leidet an zu großem Umfang, an Erweiterung, manchmal auch nur an Veränderlichkeit."

Esther lächelte, obwohl ihr ganz wunderbar bei dieser Sondierung zumute wurde und sie nicht recht wußte, wo das hinaus wollte.

„Bei meinem Freunde", begann Darrnbek wieder, „kommt nun noch seine Genialität hinzu — ich glaube nicht, daß man darauf ein Fundament bauen kann. Wenigstens würde ich es niemand raten, oder noch besser, ich würde ihn davor warnen." Er hatte die letzten Worte mit tief gesenkter Stimme gesprochen. Daß Esther sie aber verstanden und richtig verstanden hatte, zeigte das plötzliche Zittern ihrer Hand, welche er noch in der seinen hielt. „Sie sind erschöpft, gnädiges Fräulein", sagte er freundlich. „Ich fürchte, ich mute Ihnen zuviel zu, wenn ich mich noch einmal mit Ihnen in den Strudel stürze. Befehlen Sie, so werde ich meine Rechte an Sie aufgeben."

„Ich danke Ihnen", sagte sie leise. „Ja, ich möchte mich setzen; das Tanzen strengt mich heute an."

Darrnbek führte sie zu einem etwas versteckten Ruhesitz, und dann blieb er, gleichsam als Wächter, mehrere Schritte von ihr entfernt stehen. Er hatte inniges Mitleid mit dem jungen Herzen, das vergebens rang, seinen Schmerz vor den Blicken der neugierigen Welt zu verbergen.

Da kam Augustin quer durch den Saal auf ihn zu. „Sie stehen ja hier so allein", sagte er.

„Ja", erwiderte Darrnbek, „ich bewache die Ruhe Ihres Fräulein Schwester; sie bedarf der Erholung."

„O", sagte Augustin, „das wollen wir bald regeln. Kommen Sie." Er setzte sich neben Esther und forderte Darrnbek auf, ein gleiches zu tun. Dann begann er eine Unterhaltung. Fest und zwingend ruhte dabei sein Blick auf Esther, und wirklich erreichte er, daß sie sich an dem Gespräch beteiligte. Als die Musik zu neuem Tanz rief, stand er auf und sagte: „Ich denke, du hast dich jetzt erholt. Stehst du noch in Herrn von Darrnbeks Schuld? Sonst möchte ich Ansprüche auf dich erheben."

126

„Ich weiß nicht, wie Herr von Darrnbek darüber denkt", er=
widerte Esther, und ohne es selbst zu wissen, sah sie ihn bittend an.

Er kam sofort an ihre Seite.

„Gut", sagte Augustin, „es ist eine Française. Wollen Sie bitte
mein Gegenüber sein?"

Endlos schien dem armen Mädchen der Tanz. Als sie dann
in der nächsten Pause schweratmend auf ihrem Platz saß, gesellte
sich Doktor Berthold zu ihr.

Er erzählte ihr, wie gut das Befinden ihres Vaters an diesem
Tag gewesen sei, und wie er sogar bis vor kurzem bei den älteren
Herren in einem der Nebenzimmer verweilt habe. Es berührt
Esther in keiner Weise, daß sie, die Tochter, dies erst aus dem
Munde ihres Vetters erfahren mußte. Ganz von selbst war es
gekommen, daß Doktor Berthold seine freien Stunden bei dem
kranken Oheim zubrachte. Bald wußte niemand so gut mit dem
Kranken umzugehen wie der junge, ernste Gelehrte, und das
Lächeln, mit dem der alte Herr seinen Neffen willkommen hieß,
war nur noch ein wenig unterschieden von dem, welches er für
Esther hatte.

Mitten im Satz stockte Doktor Berthold plötzlich und fragte
dann: „Was fehlt dir, Esther? Du entfärbst dich ja vollständig."

„Ich kann es nicht mehr aushalten", antwortete sie und preßte
die Hände an die Schläfen; „der Kopf springt mir entzwei."

„Dann gehörst du nicht hierher in dies laute Treiben", er=
widerte er. „Geh auf dein Zimmer und lege dich nieder."

„Ach, wie gern würde ich das tun!" seufzte sie, „aber ich fürchte
mich vor Augustin. Er wird mir nachkommen und mich zurück=
holen; schon zweimal hat er mich zum Tanz gezwungen, und
er war so böse, weil ich nicht genug Selbstbeherrschung hatte."

„Er wird nicht verlangen, daß du die Selbstbeherrschung bis
zur Selbstquälerei ausdehnst", sagte Doktor Berthold. „Geh nur,
ich will deine Sache bei ihm führen. Laß mich noch deinen Puls
fühlen; du weißt, ich bin ein wenig Mediziner. Dann kann ich
deinen Rückzug wissenschaftlich rechtfertigen." Als sie ihm will=
fahrte, sahen seine ernsten Augen sie forschend an. „Woher diese
Aufregung?" fragte er leise. Doch als er bemerkte, wie sie mit

Tränen kämpfte, fragte er nicht weiter, sondern geleitete sie in ein Nebenzimmer, von wo aus sie unbemerkt die festlichen Räume verlassen konnte.

In ihrem Zimmer angelangt, warf sie sich, unbekümmert um ihr kostbares Ballkleid, auf den Diwan, drückte den Kopf in ein Kissen und brach in leidenschaftliches Weinen aus. Die ganze Pein der letzten Stunden, die Enttäuschung, das bittere Weh, das Darrnbeks Worte ihr bereitet hatten, dann die gewaltsame Anspannung ihrer Kräfte und der körperliche Schmerz, alles das machte sich jetzt in Tränen Luft. Ihr war zumute, als könne sie nie wieder aufhören zu weinen.

Lange mochte sie so gelegen haben, als ein Klopfen an der Tür sie aufschreckte. Da sie nicht in der Stimmung war, irgend jemand zu empfangen, unterließ sie das übliche „Herein!" Doch die Tür öffnete sich auch so, und zu ihrer großen Verwunderung erkannte Esther ihren Bruder Ernst.

„Was willst du hier?" fragte sie nicht in freundlichstem Ton; „ist es dir noch nicht genug, wenn du mich drüben bis zum Krankwerden ärgerst?"

„Beruhige dich", erwiderte Ernst, „deswegen komme ich jetzt nicht. Hast du noch Kopfschmerzen?"

„Natürlich", antwortete sie verdrießlich.

„Arme Effi", sagte er.

Ihre Verwunderung stieg. Sie fragte: „Hat Augustin dich geschickt?"

„Nein", antwortete Ernst, „der ist augenblicklich nicht gut auf dich zu sprechen, und du kannst dich für morgen auf eine tüchtige Standrede gefaßt machen. Anfänglich hielt ja auch ich deine Kopfschmerzen nur für Laune und Einbildung, bis ich von Vetter Franz hörte, wie du gelitten hast. Und als nun alle andern so fröhlich und vergnügt waren, da verfolgte mich der Gedanke, daß du hier allein und traurig wärst, und daß niemand sich um dich kümmerte. Darum bin ich gekommen."

„Ernst!" rief Esther voll ungläubigen Erstaunens.

„Laß gut sein", entgegnete er; „es ist kein so großes Opfer, wie du vielleicht denkst; die hübsche Helene von der Frau Geheim-

128

rat ift heute unausftehlich nafeweis." Er fetzte fich auf den Rand
des Ruhebettes und fuhr fort: „Was haft du denn bis jetzt getan,
um die Schmerzen loszuwerden? Geweint, wie ich fehe. Effi,
das ift mehr als unvernünftig, das ift kindifch."

„Ach, Ernft", fagte Efther, „mir wäre beffer, ich könnte mich
zu Tode weinen."

„Oho", erwiderte er, „fo weit bift du fchon? Mir will es vor=
läufig noch beffer erfcheinen, wenn ich dir ein weniger radikales
Heilmittel verfchaffe. Du mußt mich heute als Boten, Diener
und Jungfer benutzen. Die Leute haben drüben alle Hände voll
zu tun, ich konnte keinen Diener erlangen, und deine fchnippifche
Trina ift überhaupt von der Bildfläche verfchwunden. Was be=
fiehlft du nun?"

Sie bat um ein Glas frifches Waffer.

Nachdem er diefen befcheidenen Wunfch erfüllt hatte, fetzte er
fich wieder an ihre Seite, und Efther faßte nach feiner Hand.

„Ernft", fagte fie, „warum zeigft du fo felten, wie gut du im
Grunde bift?"

Er lachte und entgegnete: „Leider kann ich dir nicht ver=
fprechen, daß ich fo gut bleiben werde; du wirft deine Launen
und deinen Eigenfinn wiederfinden und ich meine ungalanten
Manieren. Dann aber wollen wir beide an diefe Viertelftunde
zurückdenken wie an eine Oafe in der Wüfte."

Er blieb noch eine Weile bei ihr und kam auf den glücklichen
Einfall, kalte, naffe Tücher auf ihre fchmerzende Stirn zu legen.
Zwar verfuhr er etwas ungefchickt bei diefen ungewohnten
Pflegerdienften. Efthers koftbares Kleid war bald durchtränkt.
Aber der gute Wille verfehlte doch feine wohltuende Wirkung
nicht. Schließlich entfernte er fich mit der Ermahnung, fie folle
nun auf der von ihm eingefchlagenen vernünftigen Bahn bleiben.

Jedoch Efther hätte nicht Efther fein müffen, wenn fie nicht
gleich nach feinem Fortgang in einen neuen Tränenftrom aus=
gebrochen wäre. Als Trina in nächtlicher Stunde leife das Zim=
mer betrat, fand fie ihre junge Herrin noch in der feuchten Ball=
toilette auf dem Diwan liegen. Sie hatte fich wie ein müdes,
krankes Kind in den Schlaf geweint.

IX

Es schien, als wäre mit den letzten Resten des sommerlichen Schmuckes, die der Novembersturm mit rauher Hand dem Wald entriß, auch der Frohsinn aus dem Forsthaus geschwunden. Verstummt war das melodische Lachen und das helle Singen, welches sonst seine Räume belebt hatte. Eine trübe Stille war statt dessen eingekehrt, und ein trüber Ernst lag auf allen Gesichtern.

Seit jenem stürmischen Tag war Reggfields Name nicht wieder über Serenas Lippen gekommen, und niemand nannte ihn in ihrer Gegenwart. Weder durch Bitten noch durch Trotzen suchte sie ihren Vater zu einem andern Entschluß zu bestimmen. Serena kannte keinen Trotz. Gehorsam und ohne Murren unterwarf sie sich dem väterlichen Willen. Aber auch die Macht der Bitte, die von mancher ihrer Leidensgefährtinnen und von ihr selbst früher in kleinen Dingen mit Erfolg angewendet worden war, erprobte sie jetzt nicht. Sie nahm es ernst mit ihrem Versprechen, vergessen zu wollen. Nur verloren ihre Wangen darüber die rosige Frische und Fülle, und ihre Füße, die sonst in so fröhlicher Hast treppauf, treppab gesprungen waren, wurden müde, daß sie ehrbar einherging wie eine Vierzigjährige. Der Oberförster umgab sie mit der zärtlichsten Sorge. Auf seinen Wanderungen und Fahrten durch den Wald mußte sie ihn, wo es irgend anging, begleiten. Er besuchte mit ihr ihre Vögel und vergrößerte ihren Hühnerhof durch mehrere seltene Exemplare. Dann versuchte Serena wohl, ihn dankbar anzulächeln, aber es war ein Lächeln, welches ihm ins Herz schnitt. Ach, er wußte nur zu gut, daß er mit aller seiner Liebe ihr nicht ersetzen konnte, was er ihr genommen und versagt hatte.

Oft, wenn er nach solchen Stunden in seiner Stube saß und trübe vor sich hinstarrte, kam Frau Charlotte und legte tröstend

130

ihren Arm um seinen Hals. Als das Unglück einmal geschehen war, hatte sie mit keinem Wort mehr daran erinnert, wie sie früher gewarnt und gebeten hatte. Mit sanftem Mut trat sie an des geliebten Mannes Seite, um ihm tragen zu helfen, was ihn so schwer bedrückte. Wohl tat ihr das Herz weh, wenn sie auf Serena blickte; aber da sie überzeugt war, daß der gegenwärtige Kummer von zwei Übeln das geringere sei, so versuchte sie nicht, durch Bitten oder Vorstellungen ihren Gemahl umzustimmen.

Maria endlich war vielleicht nicht weniger zu bedauern als ihre Schwester. Sie hatte durch die Mutter erfahren, was geschehen war, doch auch ohne das hätte die Veränderung der Ihrigen sie darüber belehrt. Niemand ahnte, welcher Sturm ihr Herz durch= tobte, und wie unter der stillen Oberfläche die Wogen und Wellen brandeten, daß sie oftmals hätte klagen mögen: „Die Wasser gehen mir bis an die Seele.“ Es war nicht nur der Schmerz des Verschmähtseins, der sie quälte, es war mehr als das. Wenn sie Serena so matt umhergehen sah, dann rief eine Stimme in ihr: „Recht so, recht so; nun sind wir wenigstens beide elend.“ Und wieder, wenn ihr Blick das liebliche Antlitz traf, das in seiner stummen Trauer etwas so unsäglich Rührendes hatte, dann verbarg sie ihr eigenes Gesicht in den Händen und stöhnte: „O Gott, wie wäre es möglich, sie zu hassen!“

Eines Abends zu später Stunde, als der Novembersturm um das Haus heulte, saß Maria noch auf dem Stuhl vor ihrem Bett und sah in das unruhig flackernde Licht. Daneben lagen ihre Bibel und das Büchlein mit Spittas Liedern. In den letzten Wochen waren ihr beide nicht das gewesen, was sie früher waren; es hatte mit dem Lesen und Beten nicht mehr recht gehen wollen, und das hatte die Seelenpein nicht verringert. So saß sie jetzt, lauschte dem wilden Wehen draußen und sah zu, wie das Licht bald in die Höhe flammte, bald klein und trübe sich neigte. Etwas ihr selbst Verwandtes schien ihr darin zu liegen, aber etwas, das sie mit Grauen erfüllte.

Da drang noch ein anderer Ton an ihr Ohr; es klang wie unterdrücktes Schluchzen, und es kam von dem Bett her, das zu Füßen des ihren stand. Maria regte sich nicht. „Nun sind wir wenigstens beide elend", sagte wieder die schreckliche Stimme in ihr. Eine Weile blieb es still, dann kam der Ton von neuem. Zögernd wandte Maria den Kopf, doch die weißen Vorhänge gestatteten ihr keinen Blick in das Innere des Bettes. Und wieder klang das leise Schluchzen, so bitterlich, so herzbrechend. Jetzt stand Maria auf, langsam, als zöge sie eine Hand, der sie widerstrebte, und ebenso langsam ging sie zu der Lagerstätte ihrer Schwester.

„Serena, warum weinst du?" fragte sie.

Erst nach einigen Sekunden kam die Antwort: „Es ist so schwer."

Die ältere Schwester schwieg.

Da streckte sich eine kleine Hand hervor, und aus den weißen Kissen klang es schüchtern: „Maria!"

„Hier bin ich", antwortete sie, „was willst du von mir?"

„Ach, laß mich nur einmal zu dir sprechen", flehte die schüchterne Stimme; „ich kann es allein nicht mehr tragen."

Maria sank auf den Rand des Bettes nieder. „Sprich", sagte sie.

Dem armen Kind mochte es wohl schwerfallen, auf diese kurze Aufforderung hin die Aussprache zu beginnen. Es folgten wieder einige Sekunden des Schweigens. Dann sagte Serena leise: „Ich hatte versprochen, ihn vergessen zu wollen; aber ich kann es nicht, nie werde ich es können."

„Das glaube ich dir", antwortete Maria.

„Ich wußte ja nicht, wie unaussprechlich lieb ich ihn habe", fuhr Serena fort. „Wohl war mir immer, als kehrte der schöne Frühling mit all seinen Freuden bei mir ein, wenn er kam, und wenn er gegangen war, so schien alles grau und öde. Aber erst, seit er selber es mir gesagt hat, weiß ich, daß das die Liebe war, und daß ich nun nicht mehr leben kann ohne ihn. Sieh, Maria, wie glücklich bin ich früher gewesen! Ich dachte nicht, daß ich irgend etwas auf der Welt mehr lieben könnte als Vater, Mutter, dich und unsern Wald. Und jetzt? Ach, es ist unrecht, es ist häßlich, aber ich denke manchmal, daß ich leichten Herzens euch alle verlassen und mit ihm ziehen könnte hinaus in die Fremde oder in eine Wildnis wenn es sein müßte, wohin immer er mich führen wollte. Bist du mir auch nicht böse, Maria, daß ich das sage?"

„Nein", erwiderte Maria, „ich verstehe dich."

„Zu denken, daß er meiner begehren konnte!" begann Serena wieder. „Er ist so herrlich, so wunderschön. Und ich? Wenn er dich gemeint hätte; du bist soviel klüger und auch soviel besser."

„Still!" rief Maria mit so herber Stimme, daß sie selbst davor erschrak und auch Serena zusammenzuckte. Darum legte sie nach einer Weile ihre Hand auf der Schwester lockiges Haupt und fügte hinzu: „Sprich weiter, Serena. Aber nie wieder sage etwas Ähnliches wie vorhin, wenn du mich nicht aufs tiefste kränken willst."

„Ich meinte ja nur", hub Serena zaghaft von neuem an, „daß mir nie in den Sinn gekommen wäre, ich könnte ihm so lieb und wert sein, oder wenn mir einmal ein solcher Gedanke kam, dann erschrak ich davor und wies ihn zurück. Nun aber hat er mir gesagt, wie sein Herz an mir hängt, und wie er erst glücklich und froh werden würde, wenn ich sein eigen wäre. Und siehst du, das macht es so schwer. Mein eigenes Leid würde ich ja wohl ertragen können; aber denken zu müssen, daß auch er unglücklich ist und sich nach mir sehnt, und doch nicht zu ihm zu dürfen — das ist zu schwer, Maria, und wenn Gott nicht des Vaters Sinn ändert, so muß ich daran vergehen."

Marias Kopf war allmählich immer tiefer herabgesunken, jetzt lag er auf Serenas Schulter. „Ja, du hast recht", sagte sie mit halb erstickter Stimme. „Sei ruhig, meine Schwester; Gott wird dir und uns allen helfen. Wir wollen auf ihn vertrauen."

Serena schlang den Arm um sie, und so ruhten sie Herz an Herz. Sie sprachen nichts mehr; wortlos hielten sie sich umschlungen.

Noch wehte draußen der Sturm; aber anders klang jetzt sein Rauschen. Das flackernde Licht war erloschen, und Maria suchte und fand die nächtliche Ruhe. Vor dem Einschlafen falteten sich ihre Hände zum Gebet. Leise sprachen Herz und Lippen:

> „Ich höre deine Stimme,
> mein Hirt, und allgemach,
> wenn auch in Schwachheit, klimme
> ich deinen Schritten nach."

Am nächsten Morgen, als der Oberförster an seinem Schreib=
tisch saß und Berechnungen über Holzverkäufe zusammenstellte,
öffnete sich die Tür, und seine älteste Tochter kam herein. „Hast
du ein wenig Zeit für mich?" fragte sie.

Der Oberförster schob die Papiere zurück. „Für meine Kinder
muß ich immer Zeit haben", antwortete er. „Was hast du für
ein Anliegen?"

„Es betrifft mich nicht direkt", sagte Maria; „für meine
Schwester wollte ich bitten. Vater, du mußt dich Serenas er=
barmen; sie ist so schwerem Leid nicht gewachsen."

Er antwortete nicht; aber seine Arme stützten sich auf den
Tisch, daß dieser leise bebte.

„Siehst du denn nicht, was schon aus unserer fröhlichen Serena
geworden ist?" fuhr Maria fort. „Und das wird mit der Zeit
nicht besser werden, sondern schlimmer."

„Ich kann ihr nicht helfen", murmelte der Oberförster, „ich
kann sie nicht diesem Mann geben, damit er sie einem unklaren
und drohenden Leben entgegenführt."

Maria kniete neben seinem Stuhl nieder und versuchte, ihm
in die Augen zu sehen. „O Vater", sagte sie, „ich würde ihm ver=
trauen."

„Kind, du bist jung und unerfahren", erwiderte er; „du kennst
die Welt nicht und weißt nicht, wie es darin zugeht."

„Nein, ich kenne die Welt nicht", antwortete Maria; „aber
ich weiß, daß in dem Grafen Reggfield nur wohnt, was gut
und edel ist."

Etwas überrascht blickte der Vater sie an. „Mich wundert,
daß du so sprichst", sagte er; „oft wollte mir scheinen, als ob
du in diesem Haus die einzige warst, die dem Grafen keine allzu
freundliche Gesinnung entgegenbrachte."

Sie schwieg einen Augenblick. Dann antwortete sie: „Und
wenn dem so gewesen wäre, dürfte mich das hindern, ihm
Gerechtigkeit widerfahren zu lassen?"

„Ja, da hast du recht", sprach der Oberförster mit einem
Seufzer.

134

Maria aber fuhr bittend fort: „Gib sie ihm, nach der er sich sehnt. Wenn er versprochen hat, sie zu schützen, so wird er es tun, was auch für Gefahren sich gegen ihn erheben mögen. Er wird Serena glücklich machen, wie niemand anders es könnte, selbst du nicht.“

Wieder seufzte der Oberförster tief.

„Serena ist zu zart und schwach, um solchem Ansturm stand=zuhalten“, sprach Maria weiter. „Wenn Gott nicht des Vaters Sinn ändert, dann muß ich an diesem Leid vergehen‘, so hat sie gestern zu mir gesagt, und ich fürchte, ihre Ahnung würde sie nicht betrügen. Serena ist —“, einen Augenblick stockte Maria, dann vollendete sie: „Serena ist ja das Sonnenkind, und wenn sie in die Finsternis gestellt wird, so welkt sie dahin.“

Es wurde still im Zimmer; man hörte nur die schweren Atem=züge des Mannes, der mit sich selbst im Kampf lag. Endlich wandte er sich zu der noch immer neben ihm knienden Tochter und sagte: „Noch kann ich dir nichts versprechen, mein Kind. Aber du bist ein gutes, braves Mädchen, daß du so mit aller Kraft für deine Schwester eintrittst.“ Dann stand er auf und ging hinaus, um Frau Charlotte zu suchen.

Am Nachmittag ward Maria wieder zu ihrem Vater gerufen. Er zeigte ihr einen Brief. Der Brief trug Reggfields Adresse. „Dir will ich ihn übergeben, daß er pünktlich und bald besorgt wird“, sagte der Oberförster. „Du bist ein geschickter Anwalt ge=wesen. Ich hätte dir soviel Beredsamkeit gar nicht zugetraut.“

Der folgende Tag brach still und geheimnisvoll an. Der Sturm hatte sich gelegt, nachdem er am Himmel dicke, schwere Wolken zusammengeballt hatte. Und nun öffneten sich die Wolken. Weiß=lich schimmernd kam es herab, zuerst in vereinzelten Flocken, dann in sanft fallendem Geriesel. Leise und kosend legte es sich über die Erde, die der wilde Sturm so gerüttelt und gepeinigt hatte, daß sie jetzt in starrer Ruhe lag wie ein sterbensmüder Mensch.

Gegen Mittag stand Maria am Fenster der Wohnstube und sah hinüber nach der Waldecke, die bereits ein leichtes Schnee=gewand trug. Wann würde er dort um die Ecke biegen, dessen

Kommen ihr so oft jauchzende Freude und schwindelnde Angst bereitet hatte, und der doch jetzt nur kommen sollte, um, was an Frühlingskeimen in ihrem Herzen sproßte, für ewig zu vernichten?

Eine Hand legte sich auf die Schulter der Träumenden. Sie wandte sich um. Ihre Mutter stand hinter ihr und sah sie an. „Maria", sagte sie, „mein gutes Kind."

Da sank sie in ihre Arme und barg ihr Haupt an der treuen Brust, in der schon lange, von der Mutter geahnt, ihr Geheimnis ruhte. Mit Schrecken und doch mit Dankbarkeit ward sie es inne. Der Seherblick der Mutterliebe war durch alle Schranken hindurchgedrungen und hatte das nagende Weh in der Seele des Kindes entdeckt. Kein Wort wurde weiter zwischen ihnen gesprochen; was während dieser Minuten in beiden vorging, das ließ sich überhaupt nicht in Worte kleiden. Nur, als Maria sich endlich aufrichtete, strich Frau Charlotte ihr über das blonde Haar und sagte mit mildem Vorwurf: „Denke nie wieder, daß niemand da ist, der teilnimmt an dem, was dich bewegt. Vergiß nicht, daß du eine Mutter hast."

Zwei Zimmer weiter saß indessen Serena bei ihrem Vater. Er hatte sie gerufen, damit sie ihm, wie schon öfter, beim Abschreiben und Ordnen von Papieren helfen sollte. Es war ihm wohl weniger um ihre Hilfe zu tun, als darum, das geliebte Kind in seiner Nähe zu haben und ihre Gedanken auf etwas zu lenken, das nicht in Verbindung mit ihrem Gram stand.

Auch Serenas Blicke schweiften zuweilen nach der weißlich schimmernden Waldecke, wohl nur, um etwas anderes zu sehen als das langweilige Papier. Verstohlen folgte ihr dann das Auge des Vaters. Aber jetzt entschlüpfte ein leiser Ruf ihren Lippen. War es Schmerz, war es Jubel, das ließ sich nicht entscheiden. Sie stand da, das Antlitz nach dem Fenster gerichtet und beide Hände gegen das Herz gepreßt.

Ja, dort stürmte er heran. In weiten Sätzen flog Fokki über die Lichtung. Schneeflocken hingen in seiner Mähne wie auch auf dem dunkeln Mantel und in dem blonden Bart seines Reiters.

Als er dann vor der Haustür hielt, wandte sich Serena langsam

um. Ein verlöschender, um Erbarmen flehender Blick irrte noch
zu dem Vater hin, dann schickte sie sich an, das Zimmer zu ver=
lassen.

„Bleibe hier", sagte der Oberförster nun.

Und jetzt trat Reggfield herein.

Der Oberförster ergriff Serenas Hand und führte das zitternde
Mädchen ihm entgegen. „So übergebe ich Ihnen mein Sonnen=
kind", sprach er mit stockender Stimme, und dann wandte er
sich ab.

Eine Stunde später stand das Brautpaar in der Wohnstube
auf der gleichen Stelle, wo zu Mittag Maria gestanden hatte. Die
hochgehenden Wogen ihres Glückes, das wie eine Springflut über
sie gekommen war, hatten sich etwas gelegt, aber nur, um ihnen
dies Glück tiefer und voller zum Bewußtsein zu bringen. An=
einandergelehnt standen sie jetzt in seligem Schweigen und suchten
den Übergang von der tiefsten Traurigkeit zur höchsten Freude,
von dem leidvollen Meiden zum wonnevollen Besitz zu fassen.

„'s is', 's is', 's is' noch viel zu früh", klang es da draußen
vor dem Fenster, dicht über ihren Häuptern. Ein Fink hatte
sich in die kahlen Weinranken gesetzt und sah von hier aus dem
Spiel der Schneeflocken zu. Grämlich wiederholte er seinen Sang:
„'s is', 's is', 's is' noch viel zu früh."

Reggfield fuhr aus der glückseligen Versunkenheit auf. „Wie
unartig!" sprach er; „siehst du, Lieb, ich hab' dir immer gesagt,
daß du deine Pfleglinge verziehst. Das ist der Glückwunsch, den
sie uns bringen. Nach so langem Harren und Sehnen singt er
draußen noch, daß es viel zu früh ist."

„Er weiß ja nur das eine Lied", entgegnete Serena, „und er
singt es, ob es paßt oder nicht. Man darf ihn darum nicht
schelten."

Da zog er sie wieder an sich und sagte ihr wohl zum zehnten=
mal, wie unbeschreiblich glücklich er sei. „Nun aber erzähle mir,
Geliebte", sprach er dann, „wie hast du den Vater bewogen,
daß er seinen Entschluß änderte?"

„Nicht ich habe es getan", antwortete Serena, „Maria hat
für uns gebetet."

„Maria?“ rief Reggfield aus. „Sie, meine Gegnerin?“
In diesem Augenblick kam sie herein.

Er eilte ihr entgegen und reichte ihr beide Hände. „Maria“,
sagte er, „wann werde ich Sie verstehen?“

„Immer von nun an, mit Gottes Hilfe“, antwortete sie freund=
lich; „denn wir werden jetzt Bruder und Schwester sein.“

Als dann am Abend das Lampenlicht die Räume mit Behagen
füllte, saß Maria am Familientisch und betrachtete gedankenvoll
das Brautpaar, welches sich ein wenig zurückgezogen hatte. Regg=
fields hohe Gestalt neigte sich zu Serena, er hatte den Arm um
die Lehne ihres Stuhles gelegt, und sie sah zu ihm auf mit dem
Ausdruck seliger, vertrauender Liebe. Das war das Bild, welches
Maria zuweilen im Geist gesehen und vor dem sie sich gefürchtet
hatte. Nun sie es leibhaftig erblickte, waren Furcht und Bitter=
keit von ihr gewichen. Mit inbrünstigem Dank erkannte sie das.
Ja, Gott war barmherzig und gnädig gewesen; er hatte ihre
irrende Seele von dem Abgrund errettet und sie auf die rechte
Bahn zurückgelenkt. Und dann dachte sie an die Worte des Dich=
ters, der wie kaum ein anderer das echte, edle Frauenherz erfaßt
und verstanden hat. Nur indem es sich selbst, alles eigene Wün=
schen und Begehren dahingibt, kann es Genüge finden; höher,
viel höher als das eigene Glück steht ihm das Glück des andern.

> „Nur die Würdigste von allen,
> soll beglücken deine Wahl,
> und ich will die Hohe segnen,
> segnen viele tausendmal.
> Freuen will ich mich und weinen;
> selig, selig bin ich dann.
> Mag auch mir das Herze brechen,
> brich, o Herz, was liegt daran?“

So hieß es im Liede des Dichters. Aber ihr Herz würde nicht
brechen, o nein; sie fühlte, daß es stark und lebenskräftig in ihr
pochte. Als sie den Kopf wieder wandte, begegnete sie dem Blick
ihrer Mutter, der mit liebender Sorge auf ihr ruhte. „Sie sind
glücklich“, sagte Maria, als hätte der Blick eine Frage enthalten.

„Auch du wirst glücklich werden, mein Kind", antwortete die
Mutter bewegt.

„Wie Gott will", sprach das Mädchen und konnte doch nicht
hindern, daß ihre Lippen dabei zitterten.

Als dieser bedeutungsvolle Tag sein Ende erreicht hatte, da
nahm Maria oben im Erkerstübchen wieder Spittas Lieder zur
Hand, die ihr während vieler Wochen ein toter Schatz gewesen
waren. Heute fand sie wieder das rechte Wort:

> „Drum, meine Seele, sei du still
> zu Gott, wie sich's gebühret,
> wenn er dich so, wie er es will,
> und nicht, wie du willst, führet.
> Kommt dann zum Ziel der dunkle Lauf,
> tust du den Mund mit Freuden auf,
> zu loben und zu danken."

X

Wir müssen den Schauplatz unserer Geschichte nunmehr nach der Stadt verlegen, in eines der großen, eleganten Häuser am Stadtgraben; dort finden wir Serena als junge Haus= frau wieder. Schon volle drei Wochen bekleidete sie diese Würde, und jetzt schrieb man Mitte Februar.

Reggfield hatte gewußt, daß ihn sein Oheim nicht so leichten Kaufes freigeben würde. Gleich nachdem er als Bräutigam aus dem Wald zurückgekehrt war, hatte er — es fehlten noch zwei Tage an den anberaumten vier Wochen — an seinen Onkel geschrieben. Folgendes war der Inhalt des kurzen Briefes ge= wesen:

„Deinem Rat, an eine baldige Verheiratung meinerseits zu denken, bin ich gefolgt und habe mich gestern mit Fräulein Serena Diriletti, der Tochter eines Oberförsters, verlobt. Ich bin mir der Tragweite dieses Schrittes vollkommen bewußt. Hoffe nicht, daß Du auf irgendeine Weise mich wirst bewegen können, ihn wieder rückgängig zu machen. Vergiß nicht, daß außer Dir noch ein Reggfield lebt, und gib das Erbe von Storrinek, wem Du willst.

Erich Graf zu Reggfield."

Hierauf war nach einigen Tagen eine Antwort erfolgt, die Reggfield ohne weiteres zerriß und ins Feuer warf. Außerdem aber lag dem Schreiben noch ein versiegelter Brief bei, der die Aufschrift trug: „An den Oberförster Herrn Diriletti." Den feh= lenden Ortsnamen, den Reggfield in seiner Verlobungsanzeige wohlweislich verschwiegen hatte, ergänzte er jetzt durch das Wort „unbestellbar". Dann siegelte er den Brief von neuem ein und schickte ihn an den Absender zurück. Noch einmal kam an ihn

140

ein Schreiben aus Storrinek, dem es jedoch nicht besser erging als dem ersten. Dann ward es still.

Reggfield aber traute dieser Stille nicht. Er konnte eine innere Sorge und Unruhe nicht überwinden, und darum drängte er ohne Aufhören zur Hochzeit. Nur der vollendeten Tatsache gegenüber, sagte er sich, würde Karl Sigismund seine Ansprüche an ihn aufgeben. Bei seiner Braut fand er eine willige Unterstützung seiner Bitten, und nachdem der Oberförster mit einigem Grollen und Frau Charlotte mit Seufzen eingewilligt hatte, ward am 19. Januar die Hochzeit in aller Stille gefeiert. Nur Varrnbek war dabei zugegen. Die vornehme Welt wurde eines Tages von der Ankunft der neuen Gräfin Reggfield unterrichtet, noch ehe sie sich vollständig von ihrem Erstaunen und Entsetzen über die unerhörte Verlobung erholt hatte.

Serena ahnte weder von diesen Gefühlen der Gesellschaft, noch von dem Zorn des Reichsgrafen auf Storrinek etwas. Dem Wunsche Reggfields zufolge hatte der Oberförster ihr verschwiegen, daß sein nunmehriger Schwiegersohn um ihretwillen einem glänzenden Erbe entsagt hatte. Auch Maria wußte nichts davon. Arglos und glückstrahlend war Serena ihrem Mann in die neue Heimat gefolgt. Sie brachte die nächsten Wochen damit zu, sich in ihre doppelte Würde als Gräfin und Hausfrau zu finden. Ganz mühelos war das für sie nicht; die Dienerschaft machte ihr Sorge. Die fürsorgliche Mutter hatte ihr die alte, treue Marianne mitgegeben; aber außer dieser Stütze im jungen Haushalt war noch der Bursche und eine Kammerjungfer vorhanden. Serena hatte mit inständigem Flehen gegen ihre Aufnahme Protest erhoben, doch Reggfield behauptete, es ginge nicht anders; nie wäre seine Schwester ohne Kammerjungfer gewesen, sogar als Mädchen nicht, und alle Damen seiner Bekanntschaft hätten eine. So fügte sich Serena, und von dem ersten Tag, an welchem die feine Susanne bei ihr einzog, hatte sie ihre liebe Not. Das Mädchen konnte sich weder mit Marianne, noch mit dem Burschen, einem etwas ungehobelten Landkind, vertragen. Täglich gab es Zank, und da die streitenden Parteien sich klüglich hüteten, die Autorität des strengen Hausherrn anzurufen, so suchten sie allesamt bei der sanften Gräfin Zuflucht und schiedsrichterliche Entscheidung.

An einem Vormittag im Februar finden wir Serena allein in ihrem Zimmer. Sie stand vor einem Tischchen und war damit beschäftigt, bunte Porzellanscherben aneinanderzupassen, wie diese früher gesessen haben mochten, als sie zusammen noch ein Ganzes bildeten. Bei dieser Arbeit überraschte sie Reggfield. Es erfolgte eine Begrüßungsszene und eine Freude des Wiedersehens, als habe die Trennung sechs Wochen gedauert.

„Hast du einen angenehmen Vormittag gehabt?" fragte Reggfield. „Was hast du getan und getrieben?"

„Nicht viel, Erich", antwortete sie; „es geht schlecht ohne dich."

Er lachte. Dann erblickte er die Scherben auf dem Tisch und fragte: „Was ist das?"

Verwirrt stammelte sie einige unverständliche Worte.

Reggfield ging auf den Tisch zu und untersuchte die Sache, die seine Neugier erregt hatte. „O", sagte er erschrocken, „mein Aschbecher." Er begann, wie vorher Serena, die einzelnen Stücke aneinanderzuhalten und machte dieselbe Entdeckung, daß sie durchaus nicht passen wollten.

„Es tut mir so leid", sagte Serena traurig.

„Ja", erwiderte er, „wenn das deine Beschäftigung von heute morgen gewesen ist, so muß ich wirklich gestehen, daß eine andere mir mehr Freude gemacht hätte. Wie hast du es angefangen, kleine Hexe?"

„Ich habe den Becher nicht selbst zerschlagen", antwortete Serena; „Susanne hat es getan. Sie hat sich mit dem Burschen gezankt, und als dieser sie eine dumme Suse nannte, warf sie ihm vor Ärger das erste beste vor die Füße, was ihr in die Hände kam, und das war unglücklicherweise dein Becher."

„Nun warte", sagte Reggfield, „das zornige Fräulein will ich kurieren. Von mir soll sie sich die ‚dumme Suse' wohl gefallen lassen."

Er wollte hinausgehen; aber Serena hielt ihn zurück. „Schilt sie nicht, Erich", bat sie; „das arme Mädchen ist sehr unglücklich

142

über den Vorfall und hat so bitterlich geweint, daß ich gar nicht wußte, wie ich sie beruhigen sollte."

Unschlüssig blieb Reggfield stehen und erwiderte: „Wäre es nur nicht gerade dieser Becher gewesen! Es ist das einzige greifbare Andenken an meinen Vater, das ich habe."

„O", sagte Serena kummervoll, „es tut mir leid, daß ich der Leute nicht Herr werden kann. Gewiß, wenn ich sie richtig zu behandeln verstände, dann würde so etwas nicht vorkommen."

Reggfield schob schnell die Trümmer seines kostbaren Bechers zurück und sprach begütigend: „So war es nicht gemeint, Liebchen. Wie kommst du dazu, dir die Schuld an diesem Unglück beizumessen?"

„Ja, es ist meine Schuld", antwortete Serena im gleichen, bekümmerten Ton; „ich müßte doch als Herrin gegen die Leute auftreten können; aber ich kann es nicht. Wenn sie sich alle drei so zanken und Susanne so schreit und weint, dann wird mir immer himmelangst. Oft ist alles, was ich tun kann, daß ich nicht mitweine."

Reggfield lachte. „Disziplin verstehst du nicht zu halten, das habe ich allerdings schon gemerkt", sagte er. „Aber beruhige dich; ich verlange es auch nicht. Du gefällst mir so weit besser. Nur einen Wunsch hätte ich: du mußt nicht auch mir mit deinen Bitten die Kraft lähmen, wenn durch meine Vermittlung einmal das wohlverdiente Strafgericht über die widerspenstige Bande hereinzubrechen droht. Und jetzt lache wieder, Liebchen, und denke nicht mehr an den Becher. Sieh, dieses große Stück will ich mir davon aufheben; dann kann ich mir lebhaft vorstellen, wie er aussah."

„Du bist so gut, Erich", sagte Serena und lehnte sich an ihn.

„Glaubst du das?" fragte er. „Nun höre, was ich dir noch zu erzählen habe. Ich bringe dir heute eine Einladung zu einer großen Gesellschaft, der ersten, die deiner wartet."

Diese Nachricht lenkte Serenas Sinn in eine andere Bahn, und die nächsten fünf Minuten vergingen unter Fragen und Ausrufen ihrerseits.

Während Reggfield ihre Wißbegier befriedigte, zuckte öfter

143

ein verstohlenes Lächeln um seinen Mund, als belustige ihn ein heimlicher Gedanke. „Serena", sagte er endlich, „weißt du auch, daß man diese Gesellschaft nur deinetwegen gibt?"

„Meinetwegen?" wiederholte sie erstaunt. „Wie ist das mög= lich?"

„Weil alle Welt vor Begierde brennt, dich kennenzulernen", antwortete er.

Ihr harmloser Sinn konnte das nicht ganz verstehen, und sie bat um eine Erklärung.

„Nun", sagte er und lächelte wieder, „die Leute möchten gern die kleine Hexe sehen, der es gelungen ist, den stolzen Reggfield zu bezwingen."

„Ich hätte dich bezwungen?" fragte sie und schüttelte leise mit dem Kopf.

Da schloß er sie fast stürmisch in seine Arme und küßte sie.

An dem Abend, an welchem die Gesellschaft stattfinden sollte, erschien Darrnbek bei dem jungen Paar. Er konnte von der alten, lieben Gewohnheit nicht lassen, seinen Freund abzuholen und mit ihm gemeinsam die Freuden der Gesellschaft zu genießen. Auch zwischen ihm und Serena bestand bereits ein freund= schaftliches Verhältnis; er war schon häufig ihr Gast gewesen, und sein munteres Wesen hatte ihre anfängliche Schüchternheit bald überwunden.

Jetzt standen die beiden Freunde in Reggfields Zimmer und verfolgten mit ihren Blicken die anmutige Gestalt der jungen Frau, die in den Nebenräumen voll hausmütterlichen Eifers noch ab und zu ging.

„Darrnbek", begann Reggfield plötzlich, „du hast mir einmal gesagt, du begriffest mich nicht, wie ich für ein paar Mädchen= augen und einen Liebestraum das Erbe meiner Väter opfern könnte. Begreifst du es nun?"

„Ja, ich begreife es", antwortete Darrnbek kurz, ergriff einen auf dem Schreibtisch liegenden Kalender und fing an, darin zu blättern.

„Ich habe eine Bitte an dich", sagte Reggfield nach einer Weile wieder. „Du weißt, es läßt sich nicht umgehen, daß ich meine

Frau in die Gesellschaft einführe; aber es wird bei diesem erstenmal bleiben, wenn man ihr nicht den Platz einräumt, den ich für sie beanspruche. Nun möchte ich jedoch nicht gern warten, bis ich selbst über die Absicht der Gesellschaft aufgeklärt werde; denn folgerichtig müßte dann auch meine Frau etwas merken von dem, was ihr verborgen bleiben soll. Du hast außer deinen scharfen Augen auch ein scharfes Ohr, und ich bitte dich, beides heute abend für mich zu gebrauchen. Hörst du ein Urteil, welches mich beleidigen müßte, so sage es mir."

"Ich werde auf dem Posten sein", antwortete Darrnbek, "du kannst dich auf mich verlassen."

Und er hielt Wort. Als das junge Paar spät nach Mitternacht die festlichen Räume wieder verließ, gab er ihnen das Geleit und blieb noch einen Augenblick am Wagenschlag stehen. "Alles in Ordnung, Reggfield", sagte er halblaut.

Ein Lächeln des Triumphes glitt über Reggfields Gesicht. Er wandte sich zu Serena und flüsterte: "Kleine Hexe."

Sie hörte nur die Liebkosung heraus. Ihr Gesicht glühte, und tief aufatmend lehnte sie sich in die Polster zurück.

"Erich", sagte sie, "jetzt bin ich so müde, als wäre ich mit dem Vater drei Meilen durch den Wald gegangen."

"Das wundert mich nicht", entgegnete Reggfield; "wenn man auf dem Wege ist, eine Ballkönigin zu werden, so kann es ohne einige Anstrengung nicht abgehen."

Serena lachte. "Nie hätte ich gedacht, daß es auf einem Ball so vergnüglich sein könnte", sagte sie. "Das Tanzen war schön, Erich, es war wunderschön." Sie schwieg eine Weile, dann plötzlich sagte sie: "Fräulein von Sengern tut mir recht leid."

"Warum?" fragte Reggfield etwas betroffen.

"Weil sie krank ist — und weil sie diesen Bruder hat."

"Gefällt dir der Baron Sengern nicht?"

"O ja", antwortete sie zögernd, "er war sehr unterhaltend. Aber, denke dir, er fragte mich unter Lachen, was Jesus für ein Mann wäre."

"Wie in aller Welt seid ihr auf dieses Thema gekommen?" rief Reggfield erstaunt.

Sie erzählte ihm den Zusammenhang.

Da lächelte er und wiederholte: „Was ist das für ein Mann?"

„Erich", sagte sie fast erschrocken, „du weißt es doch?"

„Vielleicht", antwortete er, „aber du könntest es mir noch einmal sagen."

Einen Augenblick sann sie nach, dann sprach sie: „Ich glaube an Jesum Christum, Gottes eingeborenen Sohn, unsern Herrn — der mich verlornen und verdammten Menschen erlöset hat, erworben, gewonnen von allen Sünden, vom Tode und von der Gewalt des Teufels. — Nicht wahr?" unterbrach sie sich, „das weißt du?"

„Ja", antwortete er, „das habe ich einmal gelernt; aber da ich schon viel länger von der Schulbank herunter bin als du, so habe ich es wieder vergessen."

Sie schüttelte leise mit dem Kopf. „Gelernt habe ich nur den Wortlaut", sagte sie, „doch ich weiß und glaube es, solange ich denken kann, auch Maria und Vater und Mutter und alle, die ich kenne."

„Nur dein Mann nicht", fügte Reggfield im stillen hinzu und versank in Nachdenken.

Serena weckte ihn daraus mit der Frage: „Kennst du Fräulein von Sengern?"

„Ja, gewiß kenne ich sie", antwortete er. „Aber warum kommst du noch einmal auf sie zurück?"

„Sie tut mir so leid", sagte sie wieder. „Wenn sie mich mit ihren großen Augen ansah, hatte ich das merkwürdige Gefühl, als müsse ich ihr etwas abbitten, vielleicht, daß ich so glücklich bin, und sie ist krank. Ihr Bruder sagte, er wollte nächste Woche mit ihr nach Italien reisen, weil sie sich hier nicht erholen könne."

Reggfield fühlte sich sonderbar bewegt. Er wollte etwas erwidern, fand aber das rechte Wort nicht. So beugte er sich nur zu ihr und drückte einen Kuß auf ihre unschuldige Stirn.

Nach einigen Tagen schlug das Wetter um. Der Schnee wurde grau und schmutzig und floß endlich als trübes Wasser die Gossen und Rinnen hinab. Dann kamen gewaltige Stürme. Sie peitschten das träge Wasser im Stadtgraben und rissen den Leuten die

146

Hüte von den Köpfen. Aber wohltätig waren sie doch; denn sie schafften den Unrat fort und fegten die Erde rein und glatt, damit der jugendschöne Herrscher, dessen Herolde sie waren, seinen Einzug halten könnte.

An einem Morgen zu Anfang März stand Serena am Fenster, obwohl nichts Weiteres zu sehen war. Die Sonnenstrahlen fielen in ihr Zimmer und füllten es mit goldigem Licht; sie umspielten den blinkenden Käfig und machten den kleinen Kanarienvogel darin springen und jauchzen, als wäre die ganze Welt sein eigen. Draußen beschien die Sonne trockene Pflastersteine und graue Dächer. Zu beiden Seiten des Stadtgrabens stand eine doppelte Reihe von Bäumen; aber dahinter sah man wieder Häuser, wunderschöne Häuser mit Spiegelscheiben und Balkons, doch graue Dächer hatten auch sie. Die Sonne kehrte sich nicht daran; wie sie über Böse und Gute scheint, so lacht sie auch über die kahlen Bäume und grauen Dächer. Auch der blaue Himmel lachte, und die kleinen weißen Wölkchen lachten, die wie Schwäne dort oben im Äthermeer schwammen. Recht leicht und lustig waren sie, diese Wölkchen, sie segelten und riefen: „Komm mit, komm mit", und wenn man ihnen nachsah, dann wachte im Herzen die Sehnsucht auf, unbeschreibliche Sehnsucht und Wanderlust. Die Wölkchen aber zogen weiter.

Ein kleiner Vogel kam an das Fenster geflogen. Es war nur ein Sperling, doch auch er hielt seine Person für wichtig und freute sich seines Lebens. Die Sonne hatte den bleiernen Fenstersims außen gar schön durchwärmt und machte ihn glänzen wie reines Silber. Der kleine Vogel setzte sich darauf, zog die Beinchen an, streckte die Flügel aus und drehte sich um sich selbst in ausgelassener Lust. „Wiet, wiet", sang er dazu. Dann schlug er mit den Flügeln. „Wiet, wiet", sang er noch einmal, und dann flog er weiter.

Serena hatte erst die Wölkchen und nun den Vogel so aufmerksam beobachtet, daß sie Zeit und Ort darüber vergaß. Sie hörte nicht, wie im Nebenzimmer die Tür ging und ein elastischer Schritt über den Teppich kam; sie wachte erst auf, als sich ein Arm um ihre Schulter legte und zwei lachende, fröhliche blaue Augen sie ansahen.

„So tief in Gedanken, Serena, daß du sogar mein Kommen nicht hörst?" fragte Reggfield. Sie antwortete nicht sogleich, und er setzte sich auf das breite Fensterbrett und erzählte ihr, wie herrlich es draußen sei, wie mild die Luft, und wie Foffi Frühlingslaunen bekommen und mit ihm habe durchgehen wollen. „Beinahe hätte ich es ihm erlaubt", schloß er; „daran war der verführerische Sonnenschein schuld."

„Und draußen im Wald werden jetzt die Schneeglöckchen blühen", murmelte Serena traumverloren.

Er sah sie prüfend an und erhob warnend den Zeigefinger. „Du, du, was ist das? Habe ich dir nicht verboten, Heimweh zu bekommen?"

Da schüttelte sie die Locken, wie um die Sehnsucht loszuwerden, und dann schmiegte sie sich an ihn. „Meine Heimat ist, wo du bist", sagte sie.

„Aber deine Gedanken sind bei den Schneeglöckchen, die bei mir nicht blühen", setzte er hinzu. „Du bist ein böses Kind." Er wollte noch mehr sagen, doch das Rollen eines Wagens, der vor dem Haus anhielt, ließ ihn verstummen.

Sie sahen beide hinunter. Dort stand eine glänzende Equipage. Die edlen Rosse schäumten ins Gebiß und warfen die Köpfe, daß weiße Flocken über sie hinflogen. Kutscher und Diener trugen eine dunkelgrüne, mit Gold verschnürte Livree, und auf dem Wagenschlag prangte ein großes Wappenschild mit einer Krone darüber.

Reggfields Miene verdüsterte sich merklich bei diesem Anblick. Er sah noch, wie der Diener den Schlag öffnete und eine Dame herausstieg. Dann eilte er vom Fenster hinweg. Als Serena ihm folgen wollte, winkte er heftig mit der Hand und rief: „Bleib, Kind; das ist nichts für dich."

Etwas befremdet blieb sie stehen.

Reggfield aber öffnete selbst die Entreetür und führte die Dame schweigend in sein Zimmer. „Alice", sagte er dann, „was bringt dich her?"

„Also so weit ist es schon gekommen, daß du dich wunderst und erschrickst, wenn deine einzige Schwester dich besucht", erwiderte

148

die Baronin. „Was mich herführt, fragst du? Ich reise meinem
Mann entgegen, der als Abgeordneter in Berlin ist. Der Onkel
wünschte, daß ich einige Tage bei ihm Station machte. Heute
reise ich weiter. Ich habe den Wagen eine Stunde früher bestellt, weil ich es nicht über mich zu bringen vermochte, die Stadt,
in der mein Bruder lebt, zu berühren, ohne ihn gesehen zu haben.
Das bringt mich her."

„Ich danke dir, Alice", sagte Reggfield und ergriff ihre Hand
mit warmem Druck. Dann nahmen sie beide Platz, und es entstand eine Pause.

Endlich brach die Baronin in die Worte aus: „Erich, was hast
du getan!"

„Ich habe das Glück gefunden", antwortete er.

Sie bewegte ungläubig den Kopf. „Das denkst du jetzt", sagte
sie, „wenn aber der Rausch verflogen ist und die Ernüchterung
eintritt, dann wird auch die Leere eintreten, und du wirst dich
unglücklich fühlen."

„Was für einen Rausch meinst du?" fragte Reggfield.

„Nun", antwortete sie, „es sieht dir ganz ähnlich, daß du
etwas Unerhörtes und Widersinniges tust, nur um zu beweisen,
wie du jeder Autorität spottest."

„Was willst du damit sagen?" fragte Reggfield wieder,
„denkst du, ich hätte Serena nur geheiratet, um dem Onkel zu
trotzen? O Alice, was für ein Ungeheuer müßte ich sein, wenn ich
ein unschuldiges und vertrauendes Kind meiner Rachsucht
opfern wollte!"

„Aus welchem Grund hast du sie denn geheiratet?" fragte
die Baronin.

„Ich fürchte, über diesen Punkt werden wir uns niemals
einigen", entgegnete er, „denn wenn ich dir sage, ich habe aus
Liebe um sie geworben, so verstehst du das nicht."

„Nein", erwiderte sie, „ich verstehe nicht, wie man sich ein
Gefühl derartig über den Kopf wachsen lassen kann, daß die
ganze Existenz darüber in Frage gestellt wird."

„Du siehst etwas zu schwarz", sagte Reggfield; „meine Existenz
wird nicht in Frage gestellt, wenn ich auch die Reichtümer von

Storrinek verscherzt habe. Mir bleibt das Vermögen, welches unsere Eltern hinterlassen haben, und da auch meine Frau nicht mittellos ist, so reicht es aus, um uns ein sorgenfreies Leben zu sichern."

„Du täuschest dich", erwiderte die Baronin; „du bist gewöhnt, nicht nur sorgenfrei, sondern großartig zu leben und das Geld gering zu achten. Denke an deine oft unsinnigen Wetten, an deine kostspieligen Liebhabereien und teuren Reisen."

„Das alles", entgegnete er, „sind Versuchungen, die für mich aufgehört haben, solche zu sein, seit ich weiß, daß mein Leben einen Inhalt und Zweck hat."

„Wo ist deine Frau?" fragte die Baronin. „Zeige sie mir, da sie nun doch deine Frau ist."

„Nein, ich werde sie dir nicht zeigen", erwiderte Reggfield; „sie soll durch meine Schuld nie erfahren, daß es Menschen gibt, denen ihr Dasein ein Dorn im Auge ist."

„Ob es dir immer gelingen wird, diese Erkenntnis von ihr fernzuhalten, bezweifle ich", sagte die Baronin. „Mir, deiner Schwester, war es möglich, zu vergessen, daß du in frevlem Mutwillen die Bande zerreißen wolltest, die dich an uns knüpfen, der Onkel aber kann das nicht. Was du ihm angetan hast, das kann er dir nie verzeihen, und Gott wolle verhüten, daß du ein= mal in die Lage kommst, seine Hilfe anrufen zu müssen. Er würde kein Erbarmen mit dir haben, selbst wenn du ihn auf den Knien bätest."

„Dieser Fall dürfte sich schwerlich jemals ereignen", antwor= tete Reggfield. „Ich auf meinen Knien vor Karl Sigismund!" Er lächelte. Doch mit tiefem Ernst fuhr er fort: „In den schweren Tagen und Wochen, die meinem jetzigen Glück vorangingen, habe ich Dankbarkeit gegen unsern Oheim empfunden, Dank= barkeit dafür, daß er mich nicht gelehrt hat, ihn zu lieben. Der Kampf, den ich mit mir selbst zu bestehen hatte, wäre mir sonst noch schwerer geworden."

Die Baronin antwortete hierauf nicht; sie sah schweigend vor sich nieder. Als sie dann wieder sprach, legte sie ihre Hand auf des Bruders Arm, wie um den weiteren Worten Nachdruck zu

150

geben. „Erich", sagte sie, „diese Frau muß eine listige Kokette sein, daß sie dich wilden Unband so ganz mit Leib und Seele fangen konnte."

Reggfield sprang von seinem Stuhl auf. Er öffnete die Lippen zu einer Entgegnung und schloß sie wieder, tat einige Schritte nach der Tür und blieb wieder stehen.

Die Baronin sah ihm in stummer Erwartung zu.

Jetzt schien sein Schwanken überwunden; mit raschem Entschluß öffnete er die Tür. „Serena", rief er laut, „komm her zu mir!"

Noch schneller, als sie für gewöhnlich schon seinem Ruf folgte, war sie zur Stelle.

Er legte schützend den Arm um sie, und so führte er sie zu der Baronin, die sich langsam erhob. „Serena", sagte er, „dies ist meine Schwester."

Die Überraschung färbte ihr Stirn und Wangen mit fliegender Röte. Vergebens suchte sie nach einem Worte, nur ihre schönen, glänzenden Augen sprachen, und die Baronin wurde von der Wahrheit dieser Sprache ergriffen. Sie neigte sich der Lieblichen entgegen und berührte ihre Lippen mit einem Kuß. Dann wandte sie sich zum Gehen. „Meine Zeit ist abgelaufen", sagte sie, „ich möchte den Zug nicht versäumen."

Nun aber begann Serena Einwendungen zu erheben. Voll kindlichen Eifers bat sie, die liebe Schwägerin solle doch wenigstens ihre Häuslichkeit in Augenschein nehmen. Diese Art von Besuch einer so nahen Verwandten ging über ihr Begriffsvermögen.

Reggfield beschwichtigte sie mit einigen scherzenden Worten. Er selbst nahm seinen Hut und begleitete seine Schwester zur Bahn. Unterwegs blieb das Gespräch auf neutralem Gebiet. Reggfield fragte nach den Kindern und nach seinem Schwager, und die Baronin fragte nach Darrnbek. Storrinek und Serena wurden nicht mehr erwähnt. Nur, als die Geschwister voneinander Abschied nahmen, fragte Reggfield: „Alice, hast du kein Wort mehr für mich?"

„Ja", antwortete sie ernst, „du hast unrecht getan, Erich, sie aber hat keine Schuld."

„Ich danke dir", sagte er herzlich, und dann wurden die Abteiltüren zugeschlagen, und der Zug rollte fort.

Als Reggfield wieder seine Wohnung betrat, fand er Serena in seinem Zimmer auf dem Platz, den vorher die Baronin innegehabt hatte. Sie eilte ihm nicht entgegen wie sonst, nur ihre Augen begrüßten ihn sehnsüchtig.

Er setzte sich neben sie und nahm ihre Hand. „Woran hast du denn gedacht, mein Liebling?" fragte er. „Du siehst so ernst aus."

Sie antwortete nicht sogleich; erst nach einer Weile sagte sie ganz unvermittelt: „Erich, deine Schwester mag mich nicht."

Er fuhr betroffen zurück, dann lächelte er und erwiderte: „Du irrst dich, Serena. Ihr wart euch fremd, und Alice ist keine Natur, die leicht aus sich herausgeht. Doch ihr Herz hast du gewonnen, wie du alle Herzen gewinnst."

„Aber sie denkt", fuhr Serena fort, „daß ich nicht für dich passe, und daß du mich lieber nicht hättest heiraten sollen. Und sie hat wohl auch recht; ich bin so klein, so unbedeutend, so unwissend —"

„Nicht weiter", unterbrach sie Reggfield und schloß ihr den Mund mit einem Kuß. „Wie kannst du solche Schmähungen gegen meine Frau aussprechen!"

Sie machte sich sanft von ihm los. „Erich, wenn ich nun wirklich nicht für dich passe?" fragte sie, und Tränen zitterten an ihren Wimpern.

„Habe ich dir das schon einmal gesagt?" fragte er. „Wie oft soll ich dir noch versichern, daß ich ein Herz brauche wie das deinige, rein, unschuldig und voll hingebender Liebe? Wem glaubst du mehr: einer unklaren Ahnung, die deinem allzu bescheidenen Sinn entspringt, oder meinen klaren, bestimmten Worten?"

„Deinen Worten", antwortete sie und sah durch Tränen lächelnd zu ihm auf.

„So ist es recht", sagte er. Dann begann er ihr zu erzählen von seiner Schwester, seinem Schwager und den Kindern, die mit solcher Begeisterung an ihm hingen. Auch den Grund, warum seine Schwester ihren Besuch nur so knapp bemessen konnte, erklärte er ihr.

Das Rollen eines Wagens, welcher vor dem Hause anhielt, machte auch diesmal der Unterhaltung ein Ende. Über Serenas Gesicht glitt ein leiser Schreck. Reggfield aber stand auf und führte sie mit sich zum Fenster. Wieder hielt unten auf der Straße eine Kutsche. Ein kleiner, zierlicher Wagen war es jetzt; zwei Scheckenponys schüttelten ihre buschigen Mähnen, und ein kleiner Kutscher in grüngoldner Livree hielt ihre Zügel.

„Sieh", sagte Reggfield, „ich habe längst bemerkt, daß die einsamen Stunden, in denen mich das Amt fesselt, nicht für dich taugen. Da fehlen dir die Schneeglöckchen und deine zahllosen gefiederten Pfleglinge. Eine Menagerie kann ich dir leider nicht halten; aber versuche es einmal mit Pferden. Diese Ponys sind fromm; du wirst sie bald lenken lernen, und dann, wenn das Heimweh über dich kommt, läßt du dich von ihnen in die Weite führen. Die Probefahrt machen wir heute. Wir wollen sehen, ob draußen im Wald die Schneeglöckchen blühen, und morgen nehmen wir Maria mit hierher, wenn die Eltern sie uns geben. Was meinst du dazu?"

Sie flog ihm jubelnd in die Arme und rief: „O Erich, Erich, du bist zu gut!"

„Bin ich das?" fragte er, während es wie Rührung durch sein Herz schlich. Er preßte sie an sich und fügte leise hinzu: „Gott wolle mir helfen, daß ich dich allezeit glücklich mache, du lichtes, liebes Sonnenkind!"

s ist jetzt der Herbst des fünften Jahres seit Reggfields Ver=
heiratung mit Serena, da wir den Faden unserer Erzählung
wieder aufnehmen.

Dieselbe Wohnung, die das erste, sonnige Glück des jungen
Paares gesehen hatte, ist auch jetzt der Schauplatz der Ereignisse.
Wir finden Serena in dem nämlichen Zimmer, in welchem sie
damals stand, als unten die gräfliche Kutsche vorfuhr. Die vier
Jahre waren nicht spurlos an ihr vorübergegangen; aber sie wa=
ren freundlich mit ihr verfahren; sie hatten, was noch knospen=
haft an ihr gewesen, zu voller, blühender Schönheit entfaltet.
Mit Entzücken ruhte das Auge auf ihr.

Neben ihr saß Maria. Auch sie hatte sich verändert. Der träu=
merisch verschleierte Blick war dem klaren Blick eines zielbewußten
Geistes gewichen. Sie hatte jetzt keine Zeit mehr zum Träumen.
Seit Frau Charlottes Tode lagen die Zügel der Haushaltung in
ihrer Hand, und sie regierte sie mit demselben freundlichen Ernst
und der edlen Ruhe, die über ihre ganze Erscheinung ausgegossen
war. Zuweilen noch nannte der Oberförster sie „Vergißmein=
nicht"; aber es lag jetzt ein anderer Klang in dem Wort, und
Maria zuckte nicht mehr schmerzlich zusammen, wenn der Name
ihr Ohr traf. Erst vor kurzem, als sie zu einem mehrwöchigen
Besuch bei den Geschwistern aufgebrochen war und ihren Vater
unter der Obhut einer ältlichen Verwandten zurückgelassen hatte,
rief er ihr noch nach: „Vergiß mein nicht!" Sie lächelte, wenn sie
daran dachte. Und nun befand sie sich bei „Reggfields". Das
Verhältnis, in welchem sie zu den Geschwistern stand, war eigen=
tümlich. Alle selbstsüchtigen Wünsche, alle Eifersucht und Bitter=
keit waren längst verstummt; unlösbar vereint erschienen und
lebten für sie Reggfield und Serena, aber ebenso unlösbar war

154

auch sie an jene beiden geknüpft, und was auch immer in dem Hause am Stadtgraben sich ereignen mochte, in ihrem Herzen fand es ein Echo.

„Horch, Erich kommt", sagte Serena jetzt und ließ ihre Hand= arbeit in den Schoß sinken. „Ich höre seinen Schritt auf der Treppe."

Gleich darauf tönte der schrille Klang der Türglocke, und dann flogen die Türen auf und herein flatterte ein kleines Wesen in lichten Kleidern mit wehenden blonden Locken. Ihm auf dem Fuß folgte Reggfield. „Maria Agnes Gräfin zu Reggfield be= lieben sich auf der Straße herumzutreiben", sagte er heiter. „Ich habe die wilde Hummel eingefangen."

„Nein, ich habe dich gefangen, Papa", antwortete das Töch= terchen mehr drollig als respektvoll. Darauf flatterte sie weiter zu den beiden Damen, um diesen die merkwürdige Geschichte zu erzählen, wie sie der Marianne entwischt und auf die Straße heruntergelangt sei, wie dann der Papa gekommen und sie ihn durch den Hausflur und die Treppe hinauf gejagt habe bis vor die Tür.

Maria Agnes war nach ihrer Patentante so benannt worden. Um aber Verwechslungen zu vermeiden, wurde sie nur mit dem zweiten der beiden Namen gerufen, wie Maria mit dem ersten. Sie vereinte die schlanke Gestalt des Vaters mit der leichten An= mut der Mutter, hatte Reggfields blondes Haar geerbt und Se= renas dunkle Augen. So war sie, lebhaft und klug zugleich, ein liebreizendes Geschöpf, wohlgeeignet, um zärtliche Elternherzen zur Nachsicht mit ihren gelegentlichen Unarten zu verleiten.

Reggfield hatte sich unterdessen in einen bequemen Stuhl ge= worfen, reckte und streckte die Glieder und seufzte dazu. „Es ist eine schwelende Hitze heute", sprach er, „schier zum Ersticken."

„Wir werden ein Gewitter bekommen", sagte Maria, indem sie nach dem Himmel blickte.

„Hm", entgegnete Reggfield, und um seinen Mund zuckte es wie unterdrücktes Lächeln, „es wäre ein schöner Tag, um so fünf bis sechs Stunden durchs Land zu reiten, wie?"

Die beiden Damen sahen ihn aufmerksam an, und Serena fragte: „Was hast du vor, Erich?"

„Nun", erwiderte er, „ich werde wirklich fünf Stunden reiten. Es handelt sich um einen wichtigen Fall, den ich bearbeiten soll!"

„Erich", sagte Serena etwas unwillig, „ich weiß nicht, warum man gerade dich immer zu außergewöhnlichen Diensten nimmt. Das ist nicht hübsch."

Wieder zuckte es um Reggfields Lippen. „Stelle den Präsiden= ten darüber zur Rede, kleine Hexe, wenn du ihn das nächstemal siehst", sagte er; „aber für jetzt bleibt dir nichts anderes übrig, als mich reiten zu lassen. Und wenn Marias Gewitter nicht einen Querstrich macht, so könnt ihr mir ja am Abend mit den Ponys entgegenkommen."

So ritt er nach dem Mittagsmahl wirklich von dannen. Aber kaum war er fort, als Darrnbek erschien. „Ist Reggfield noch hier?" fragte er. „Ich bringe neue Ordre für ihn. Es hat mit der Meldung Zeit bis morgen."

Serena war über diese Nachricht sehr betrübt. „Wären Sie doch eine Viertelstunde eher gekommen", sagte sie. „Nun muß mein Mann in so drückender Hitze umsonst reiten." Und dann wiederholte sie ihre Klage, warum man gerade immer ihn zu solchen Aufträgen verwendete.

Bestürzt fragte Darrnbek: „Hat Ihnen Reggfield denn das nicht gesagt? Er reitet ja nur statt meiner. Ich sollte den Fall übernehmen. Aber weil ich mit meiner Gesundheit doch immer noch etwas auf gespanntem Fuß lebe und sie eine derartige An= strengung sehr übelnehmen würde, hat mein guter Reggfield sich zum Stellvertreter erboten. Er ist eben ein opferwilliger Freund, wie man keinen zweiten findet."

„Wenn Sie sich selbst zu nennen vergessen, Herr von Darrnbek", sagte Maria.

Währenddessen trabte Reggfield munter vorwärts. Am Him= mel zog es sich zusammen, erst hellgrau, dann dunkelgrau und zuletzt beinahe schwarz. Eine unheimliche Stille lag über der Natur. Ungefähr eine Meile hinter der Stadt bog der Weg in ein Gehölz ein, und Reggfield hinderte sein Pferd nicht, als es jetzt die schnelle Gangart in eine langsame umwandelte. Die Hitze war fast unerträglich und legte sich lähmend auf Mensch und Tier. Behutsam schritt der Rappe dahin; seine Tritte verhallten auf dem weichen, mit Fichtennadeln bestreuten Boden.

Der Reiter war nachdenklich geworden. „Sechs Jahre", murmelte er, „beinahe sechs Jahre schon sind es her, als ein Gewitter mir den Weg zum Glück wies. Warum spitzest du die Ohren, Rappe? Nicht du warst es, der mich damals durch Sturm und Regen trug; das war mein alter, treuer Hoffi; mit dem kannst du dich nicht messen."

Nun brach der Sturm los. Mit furchtbarer Gewalt raste er daher und bog die Bäume wie schwanke Gräser. Ein Krachen, Sausen und Rauschen ging durch die Lüfte; Blätter und Zweige flogen in tollem Tanz und wirbelten vor den Augen des Pferdes, das ängstlich die Nüstern blähte.

Reggfield faßte die Zügel fester; er kannte das schreckhafte Tier. Es begann zu steigen, es schnaubte und schlug aus und versuchte auf alle Weise den Reiter abzuwerfen. Als ihm das nicht gelang, sondern ihm nur empfindlichen Druck der Sporen eintrug, drehte es sich im Kreise herum. Der Reiter hieb auf den störrischen Rappen ein. Da schoß er vorwärts, plötzlich und unaufhaltsam mit dem Sturm um die Wette.

In einiger Entfernung blinkte ein Bach; eine Brücke führte darüber hin. Kurz, ehe Reggfield sie erreichte, lenkte er mit aller Kraft zur Seite, und in mächtigem Sprung setzte das Pferd mitten in den Bach hinein. Nun stand es, keuchend und am ganzen Leibe zitternd; das hoch aufspritzende Wasser hatte seine Hitze abgekühlt.

Er ritt einigemal in dem seichten Wasser auf und ab, dann lenkte er den Uferrand hinauf und setzte die unterbrochene Reise fort.

Als er das Ende des Gehölzes erreicht hatte, konnte der Blick wieder frei Umschau halten. Ringsum starrten Wolkenmassen in bleigrauer Färbung. Leise grollte schon der Donner, und einer feurigen Schlange gleich zuckte zuweilen ein Blitz zur Erde nieder.

Aber was war das? Durch das Geheul des Sturmes drang noch ein anderer Laut an das Ohr des Reiters. Es klang wie der

Hufschlag wilder Rosse und wie der angstvolle Hilferuf menschlicher Stimmen. Reggfield hielt an und spähte in die Dämmerung hinaus. Deutlicher wurde der Ton, und jetzt flog eine Kutsche um die Biegung der Landstraße. Was für ein Anblick! Zügellos, ohne Kutscher, rasten zwei Schimmel daher, und hinter sich her rissen sie einen Wagen, dessen Räder kaum noch den Erdboden zu berühren schienen.

Ohne zu zaudern, schwang Reggfield sich aus dem Sattel, band seinen Rappen an den nächsten Baum und eilte vorwärts. Er fürchtete, mit der Rettung zu spät zu kommen; denn jede Sekunde erwartete er, den Wagen umstürzen und zerschellen zu sehen. Näher und näher sauste das Gefährt. Jetzt trat er ein wenig zurück, und in dem Augenblick, als die rasenden Tiere an ihm vorüberstürmen wollten, warf er sich ihnen entgegen und erfaßte glücklich die schleppenden Zügel. Er wurde zu Boden gerissen und eine kurze Strecke weit geschleift. Dann noch ein Ruck, und die Rosse standen.

Der Aufschrei eines von Todesfurcht befreiten Menschen schlug an sein Ohr. Er sprang auf seine Füße und sah zurück, um zu erfahren, wen er gerettet habe. Zwei Insassen nahm er in dem offenen Wagen wahr. Der eine, ein Herr, stand in vorgebeugter Haltung, als wäre er im Begriff gewesen, sich über die Wagentür zu stürzen, der andere, eine Dame, lehnte aschfarben und mit geschlossenen Augen in den Polstern. Es waren Augustin und Esther von Sengern.

Sprachlos starrten die beiden Männer einander an. Sie hatten sich nicht gesehen seit jenem Ballfest bei dem alten Präsidenten; Sengerns Reise nach dem Süden und Reggfields Versetzung hatten ihre Wege getrennt. Und nun ein Wiedersehen unter solchen Umständen.

Endlich rief Augustin überwältigt: „Herr Graf, welcher Engel hat sie hierhergeführt, um uns das Leben zu retten?"

„Vielleicht Gott im Himmel selbst", antwortete Reggfield nach oben deutend. Er brachte hierauf das teilweise zerrissene Geschirr in Ordnung, so gut es gehen wollte, und übergab die Zügel dem inzwischen abgestiegenen Augustin. Dann trat er an den Wagen-

schlag. Noch immer lehnte Esther in den Kissen, still und regungs=
los. Es mochten eigene Gedanken sein, die Reggfield beim An=
blick des bleichen Mädchens bewegten. „Fräulein Esther!" sagte er.

Der Klang seiner Stimme gab ihr das Bewußtsein wieder.
Mühsam richtete sie sich auf und öffnete die Augen. Als sie den
Retter erkannte, entfloh ein seltsamer Laut ihren Lippen.

Er sprach nichts, er streckte ihr nur die Hand entgegen, und sie
reichte ihm die ihre. Aber in dem Augenblick, als sich beide Hände
berührten, flammte ein Blitz auf, und unmittelbar darauf folgte
ein knatternder Donnerschlag. Die Schimmel wurden von neuem
unruhig.

„Raten Sie mir, lieber Graf, was ich tun soll", sagte Augustin
leise.

Reggfield kehrte zu ihm zurück. „Wie kam es überhaupt zu
dieser Katastrophe", fragte er, „wo ist der Kutscher?"

„Ich glaubte sie allein regieren zu können", antwortete Augu=
stin etwas beschämt. „Aber die Bestien wurden gleich beim Be=
ginn des Unwetters scheu, und so wird es mir jetzt wieder gehen."

„Nein", sagte Reggfield, „jede Minute muß der Regen kom=
men, und wenn die Tiere nur erst naß sind, dann legt sich auch
ihre Wildheit."

„Aber meine Schwester", wandte Augustin ein, „wie soll ich
sie vor dem Regen schützen?"

Reggfield stand einen Augenblick unschlüssig und überlegte.
Dann rief er: „Erlauben Sie", sprang auf den Wagen und er=
griff die Zügel. Hoch erfreut folgte ihm Augustin; er schien das
erwartet zu haben. In schlankem Trabe ging es die Straße hin.
Als sie den Rappen erreichten, der laut wiehernd die lichtfar=
bigen Gefährten begrüßte, hielt Reggfield an und sagte zu Augu=
stin: „Einer von uns beiden muß ihn reiten. Wollen Sie es tun?
Er ist gezähmt für heute."

Mit sauersüßer Miene fügte sich Augustin den Worten. Er
bestieg den ungeduldig scharrenden Rappen und sprengte neben
dem Wagen her.

Mehr und mehr trieb Reggfield zur Eile an. Wieder jagten
die Schimmel, daß ihre Mähnen und Schweife wie Schleier

wallten. Aber Esther saß jetzt völlig aufrecht da, die Lebensfarbe
kehrte auf ihre Wangen zurück, und ein Gefühl von Ruhe und
Sicherheit zog in ihr geängstigtes Herz. Wie konnte sie sich auch
ferner fürchten, da sie an dem Rollen der Räder verspürte, wie
ganz und gar abhängig die Rosse von Reggfields Willen waren.

Längst schon fuhren sie im Gehölz. Jetzt rauschte und klopfte
es auf den Blättern; der Regen kam, und einzelne schwere
Tropfen fielen bereits durch das Laubdach. Fröstelnd zog Esther
ihren Schal um die Schultern. Da lenkte Reggfield plötzlich vom
Weg ab und fuhr eine Strecke quer durch das Holz. Nach un=
gefähr fünf Minuten erblickten sie vor sich eine Art Schuppen,
rohes Mauerwerk mit einem Dach von Baumstämmen. Eine
Seite war offen, und der Wagen fuhr in das romantische Asyl
hinein.

„So!" rief Reggfield herabspringend, „hier, mein gnädiges
Fräulein, sind Sie geborgen und sicher, auch vor dem Ein=
schlagen." Dann schritt er auf Augustin zu. „Ich würde Ihnen
aber doch raten, hier nur das Ärgste abzuwarten; das nächste
Dorf ist nur eine Viertelmeile entfernt. Und nun erbitte ich mei=
nen Gaul zurück."

„Wollen Sie uns verlassen, Herr Graf?" riefen Augustin und
Esther zugleich.

„Ich muß", erwiderte er; „ich habe ohnehin schon Zeit ver=
loren, und wenn es sich um einen Auftrag handelt, gelten keine
Rücksichten, auch wenn man sie nehmen möchte."

„Bleiben Sie hier, Herr Graf", bat Esther. „Uns haben Sie
gerettet, und Sie wollen nun hinaus in das schreckliche Wetter.
Sehen Sie doch, wie es regnet. Sie werden ja durch und durch naß."

„Nur bis auf die Haut", gab er gutgelaunt zur Antwort.

„Bleiben Sie hier", bat Esther wieder. „Wenn Sie uns ver=
lassen — ich werde zittern um unsern Retter."

„Tun Sie es nicht", sagte er freundlich und reichte ihr die Hand
zum Abschied. Dann schwang er sich in den Sattel, verneigte sich
noch einmal und sprengte hinaus in den plätschernden Regen.
Durch beschleunigtes Tempo suchte er die verlorene Zeit wieder
einzubringen.

160

Das Gewitter wogte hin und her; bald war es ferner, bald
näher, und jedesmal, wenn der Donner stärker rollte, stutzte der
Rappe und machte einen neuen Versuch, seine Gangart nach
eigenem Gefallen zu gestalten. Aber jetzt knickte er mit dem rech=
ten Hinterfuß plötzlich ein, und gleich darauf ertönte ein ver=
dächtiges Klappern. Die Untersuchung, welche Reggfield sofort
anstellte, ergab kein erfreuliches Resultat, es war kein Zweifel,
das Pferd verlor ein Eisen. Nun mußte er langsam bis ins nächste
Dorf reiten, um dort den Schaden beseitigen zu lassen.

Die Schmiede, vor der er hielt, war zugleich ein Wirtshaus.
In dem offenen Torweg stand ein Wagen, und aus dem Stall
klang Rossegewieher. Von der Werkstatt her tönte gedämpftes
Hämmern. Reggfield führte sein Pferd dorthin und brachte sein
Begehren vor. Der Meister selbst, mit rußigem Schurzfell und
rußigen Armen, trat heraus und prüfte den Fall.

„Es darf nicht lange dauern, Meister", sagte Reggfield; „ich
habe Eile."

„Nicht länger, als nötig ist", antwortete der ehrsame Schmied.
„Gehen der Herr nur in die Wirtsstube; ist schon ein Herr drinnen,
der das Wetter abwarten will."

Reggfield sah ein, daß es angenehmer sein würde, im Trockenen
zu warten als hier draußen im Regen; darum ging er. Aber
kaum waren seine Blicke auf den Mann gefallen, der in der Mitte
der Stube stand, als er sich auch schon wieder zur Umkehr wandte.
Da wurde sein Name gerufen. Steif und stramm blieb er stehen.

„Weißt du nicht, wer es ist, der dich rief?" fragte der Fremde.

„Es ist der Herr Reichsgraf von Storrinek", antwortete Regg=
field.

„Es ist deines Vaters Bruder", sagte Karl Sigismund.

Eine Änderung ging in Reggfields Mienen vor. Er kam einige
Schritte näher und fragte: „Was hat meines Vaters Bruder mir
zu sagen?"

„Der Reichsgraf, den du eben nanntest, würde anders mit
dir reden, Erich Reggfield", sprach Karl Sigismund; „ihn hast
du tödlich beleidigt. Dein Oheim aber, unter dessen Augen du
aufgewachsen bist, hat die Überzeugung behalten, daß andere

161

sich deinen augenblicklichen Trotz zunutze gemacht haben, und daß du vielleicht der weniger strafbare Teil bist. Darum habe ich gewartet."

„Gewartet?" wiederholte Reggfield, „auf was?"

„Auf die Wiederkehr deiner Besinnung. Nur in einem unzurechnungsfähigen Zustande konntest du tun, was du getan hast. Du kannst nicht so ganz vergessen haben, was du dir selbst und unserm Hause schuldig bist."

„Ich habe nichts getan, was meine Selbstachtung geschädigt hätte", antwortete Reggfield, „und da ich mit dem, was du unser Haus nennst, gebrochen habe, so bitte ich, dieses unerquickliche Gespräch aufzugeben. Ich dulde nicht, daß verächtlich von Menschen gesprochen wird, die mir teuer sind."

„Wer trägt die Schuld, daß ich sie nicht so achten kann, wie sie's vielleicht verdienen?" fragte Karl Sigismund. „Wer hat sie auf einen Platz gezerrt, wo sie mir verhaßt und im Wege sein müssen?"

Finster entgegnete Reggfield: „Ich gebe zu, daß ich deinen Zorn verdient habe, du magst von deinem Standpunkt aus recht haben. Aber niemals werde ich diesen Standpunkt gutheißen und noch viel weniger ihn zu dem meinen machen."

„Geh in dich, Erich", antwortete Sigismund warnend; „kehre um, solange es noch Zeit ist. Denke, daß statt meiner dein Vater hier vor dir stände. Auch er würde von dir verlangen, daß du die Fesseln, die du selbst dir geschmiedet hast, zerbrichst und dahin zurückkehrst, wohin du von Gottes und Rechts wegen gehörst. Soll unser Geschlecht untergehen?"

„Vergebens lockst du mich", erwiderte Reggfield. „Selbst wenn ich nicht halb so glücklich wäre, wie ich es bin, würde ich doch nimmermehr mein Wort brechen, mit dem ich am Altar mich verpflichtet habe."

„So muß ich dich zwingen", sagte der Graf ruhig. „Eine Ehe, die ohne die Zustimmung, ja, sogar gegen den ausdrücklichen Willen des Familienoberhauptes geschlossen wurde, ist ungültig, und ich werde nicht rasten und ruhen, bis diese unsere Familienbestimmungen auch die öffentliche, gesetzliche Anerkennung gefunden haben."

162

„Und weißt du, was meine Antwort hierauf sein wird?" fragte Reggfield. Er war dicht vor ihn hingetreten, und seine Augen sprühten. „An dem Tage, wo du es wagst, meine Ehre anzutasten, werde ich das Letzte von mir werfen, was mich noch an dich kettet: Stand und Namen. Ja — ich kann mir allenfalls als Musikant mein Brot verdienen. Als schlichter Bürger werde ich hinauswandern mit Weib und Kind, aber als ein freier, ehrlicher Mann."

„Als ein Abenteurer", sprach Karl Sigismund.

„Immer noch besser ein Abenteurer als ein ehrloser Graf", antwortete Reggfield. Doch das Maß seiner Selbstbeherrschung war nunmehr erschöpft. Bebend vor Zorn und Erregung verließ er das Zimmer, ohne seinen Oheim noch eines Abschieds= wortes zu würdigen.

„Bleibe hier, Erich", rief Karl Sigismund mit dröhnender Stimme.

Er war schon draußen. Vor der Werkstatt ging er auf und ab, unablässig den Meister zur Eile treibend. Und als der letzte Ham= merschlag getan war, schwang er sich in den Sattel. Und zum zweitenmal an diesem Tag sprengte er ungestüm hinaus in Donner und Blitz.

Karl Sigismund stand am Fenster und sah ihm nach. „Ein echter Reggfield!" murmelte er. „Und sollte es sein halbes Leben kosten, er muß zurück."

XII

Hell und golden schien am andern Tag die Sonne, und unter ihren Strahlen verschwanden die Spuren des gestrigen Unwetters; die Wege trockneten, und die Blumen richteten ihre gesenkten Köpflein wieder in die Höhe. Aber es schien, als wäre der Herbst jetzt zum Durchbruch gekommen, so rein und klar, fast scharf, war die Luft und erfüllt von jenem unbestimmbaren Duft, der der früchtetragenden Jahreszeit eigen ist.

Die schöne reine Luft wehte auch zu den geöffneten Fenstern der Reggfieldschen Wohnung herein und umspielte mit erquickendem Hauch die junge Gräfin, die etwas blaß und matt in einem Lehnstuhl saß. Sie hatte eine sorgenvolle Nacht durchlebt. Ihr Mann war nicht heimgekehrt, denn sein Chef hatte ihm, der ziemlich erschöpft bei ihm angelangt war, geraten, bis zum nächsten Morgen zu bleiben. Ängstlich warteten Maria und Serena Stunde um Stunde, während draußen das schier endlose Gewitter tobte. Öfter als einmal war Serenas Blick von Tränen verdunkelt worden. Darrnbek, der am Abend noch einmal vorsprach, war untröstlich über den Kummer, dessen unschuldige Veranlassung er gewesen. Er wollte sich sogleich aufs Pferd werfen und dem Vermißten nachreiten; nur die dringenden Vorstellungen der beiden Frauen, daß sie ja dann um zwei zu sorgen hätten, hielten ihn zurück.

Doch jetzt war alles wieder gut. Die achte Morgenstunde hatte Reggfield zurückgebracht, und er war so liebevoll gewesen, so reumütig über die Angst, die er verursacht hatte; eine eigentümlich weiche Stimmung schien ihn zu beherrschen. Nun saß er da, das Cello zwischen den Knien, und spielte, von Maria begleitet, eine Symphonie, die er selber komponiert hatte. Mit glückseligem Lächeln lauschte Serena den Melodien, die des ge-

164

liebten Mannes Seele entstiegen waren, und die seine Hand so zaubervoll den Saiten zu entlocken wußte. Zu ihren Füßen saß die kleine Agnes, ebenso andächtig lauschend. Das Kind hatte einen regen Sinn für Musik. Sie war fast das einzige, was den Wildfang zum Stillsitzen bewegen konnte.

Die friedliche Familienszene wurde durch den Besuch von Herrn und Fräulein von Sengern gestört. Etwas unzufrieden legte Reggfield sein Instrument beiseite, und Maria schloß das Klavier. Da traten auch schon die Gäste herein. Esther begrüßte die Damen nur mit einer Verneigung, dann eilte sie auf Reggfield zu und rief: „Herr Graf, heute müssen Sie annehmen, was Sie gestern durch Ihr eiliges Entrinnen vereitelten, den Dank für die Rettung unseres Lebens."

„Ich bitte Sie, gnädiges Fräulein, legen Sie der Sache nicht solche Wichtigkeit bei", erwiderte Reggfield. „Es war ja nur einfache Menschenpflicht, die ich erfüllt habe."

„Nun", sagte Esther mit feinem Lächeln, „da sie mich abweisen, so muß ich mich an die nächste Instanz wenden; denn Sie können nicht verlangen, daß der Dank mir das Herz abdrücken soll." Und sie näherte sich Serena. „Frau Gräfin, Sie werden es gern hören, wenn ich Ihnen Glück wünsche zu dem edlen, ritterlichen Gemahl, den Sie Ihr eigen nennen."

Da Serena um das Vorgefallene nicht wußte, klang aus der Antwort, die sie gab, Verwunderung und Frage. Es schien Esther nicht unangenehm, daß sie hierdurch Gelegenheit fand, ausführlich von dem zu erzählen, was seit gestern ihre Gedanken beschäftigte. Als sie geendet hatte, streckte ihr die junge Gräfin in aufwallender Empfindung die Hände hin und rief: „O Fräulein von Sengern, wenn mein Mann Ihnen das Leben gerettet hat, dann müssen wir beide uns ja liebhaben."

„Können Sie mich denn liebhaben?" fragte Esther leise.

Serena sah ihr freundlich in die Augen und erwiderte: „Erinnern Sie sich noch des Abends, an dem wir uns zuerst begegneten, und wie sie mir damals sagten, ich wäre glücklich, Sie aber wären krank? Sie sahen recht düster aus, als Sie das sagten, und doch fühlte ich mich da schon zu Ihnen hingezogen. Mir war, als ob zwischen uns eine geheime Verbindung bestehe."

Ein langer, forschender Blick war Esthers Antwort, und da jetzt Augustin herantrat, der inzwischen mit Reggfield und Maria gesprochen hatte, so wurde ein weiteres Zwiegespräch vereitelt.

Der Baron von Sengern brachte bald eine jener glänzenden Unterhaltungen in Gang, in deren Führung er Meister war. Er erzählte von der Pracht des Südens und streifte nur leicht die Erinnerung an das Gestern.

Serena war es, die von neuem darauf zurückkam. „Wieviel ist in den vier Jahren geschehen, da wir uns nicht gesehen haben!" sagte sie.

„Ja", erwiderte er, „vier Jahre sind keine lange Frist, und doch haben sie Wunderbares geschaffen. Sie haben Throne gestürzt und aufgerichtet, blühende Menschenleben ins Grab gezogen und unscheinbare Knospen in bezaubernde Blüten verwandelt."

Esther war unterdessen bei der kleinen Agnes niedergekniet und hatte versucht, ihre Freundschaft zu gewinnen. Als sie sich wieder aufrichtete, waren ihre Augen feucht. Und dann beim Abschied wandte sie sich an die beiden Schwestern und sagte ganz gegen alles Zeremoniell: „Wenn Sie einem Menschen eine Freude machen wollen, so erwidern Sie meinen Besuch bald." Hätte Reggfields Schwester sie gesehen, sie würde gesagt haben: „Noch zu lebhaft, zu ursprünglich in ihren Äußerungen." Aber es war eine warmherzige Art, sich zu geben, der man die Teilnahme nicht verweigern konnte.

„Was für ein liebenswürdiges Mädchen ist Fräulein von Sengern!" sagte Maria, als die Tür sich hinter dem Besuch geschlossen hatte.

Reggfield begleitete die Gäste noch bis an die Treppe. Sie waren schon die ersten Stufen hinuntergestiegen, da fragte er, wie denn den Schimmeln das gestrige Abenteuer bekommen sei. „Prächtige Tiere", fügte er hinzu; „ich habe selten ein solches Gespann gesehen."

166

„Darf ich sie Ihnen zum Geschenk machen?" fragte Augustin schnell. „Sie haben gestern ihren Herrn gefunden. Es sind echte Araber, wilde Wüstenkinder, die eine feste Hand brauchen."

Betroffen war Reggfield zurückgewichen. „Nein, nein", rief er, „das nehme ich nicht an, nimmermehr; Sie wollen mich ablohnen!"

„Wir können Sie niemals ablohnen", entgegnete Augustin.

Und Esther fragte: „Sind nicht zwei Menschenleben ein paar Pferde wert? Sie müssen Sie annehmen, Herr Graf, wenn Sie uns nicht kränken wollen." Und um alle weiteren Einwendungen abzuschneiden, eilten die Geschwister fort. Reggfield kehrte nach= denklich in die Wohnung zurück.

Serena kam ihm entgegen. Sie schmiegte sich an ihn und fragte: „Erich, warum erzählst du mir nie, wenn du eine edle Tat getan hast? Auch daß du gestern nur an Herrn von Darrn= beks Stelle geritten bist, hast du mir verschwiegen."

„Soll ich prahlen?" fragte er. „Du siehst ja, Liebchen, die edlen Taten gelangen auch ohne mein Zutun zu deiner Kenntnis."

Noch am selben Tag trafen die Schimmel ein. Zwar run= zelte der junge Graf die Stirn; aber er konnte doch Bewun= derung und Freude nicht unterdrücken, als er nun vor den schönen jungen Rossen stand. Wie sie die Köpfe warfen und mit den feinen Hufen stampften! Feuer lag in jeder Bewegung, und doch gehorchten sie heute der liebkosenden Hand ebenso willig, wie gestern der eisernen. „Blitz und Donner sollt ihr heißen", sagte Reggfield, indem er sie streichelte.

„Erich", sagte da Maria, die mit Serena und der kleinen Agnes ebenfalls in den Hof gekommen war, „was wirst du jetzt tun? Fünf Pferde kannst du nicht unterhalten."

„Frage mich nicht", antwortete er etwas verstimmt; „ich kann die Sache nicht ändern. Ein Geschenk, in dieser Weise gegeben, darf man nicht zurückweisen noch verkaufen."

Maria schwieg, doch sie erhielt unerwarteten Beistand durch Darrnbek. „Was ist das?" rief er, „hat sich des Phöbus Götter= gespann hierher verirrt?" Als er den Zusammenhang erfuhr, war er entzückt. „Ei, der Tausend, das nenne ich einmal artig von unserm langen Laban. Weiß sich immer musterhaft zu benehmen; das muß der Neid ihm lassen. Aber du, Reggfield, du bist doch ein Prachtkerl; nimmst einem invaliden Freund die Arbeit ab und rettest dann so nebenbei noch ein paar Menschenleben. Ich freue mich, daß deine Aufopferung so anständig belohnt worden ist. Sieh nur, sieh" — und nun betrachtete der Reiter in ihm die beiden Pferde — „wie sie sich tragen! Und der Fuß — wie fein gefesselt! Das ist Rasse. Dagegen nehmen sich dein Rappe und auch mein Ali aus wie ein paar Klepper." Dann rief er plötzlich: „Höre, Reggfield, das ist aber zuviel; du hast ja jetzt fünf Pferde im Stall."

„Nicht mit meinem Willen", sagte Reggfield.

„Da muß Rat geschafft werden", fuhr Darrnbek fort. „Dein Reitpferd kannst du nicht entbehren, denn die Schimmel sind ein paar Wagenpferde, und sie zu trennen, wäre einfach Frevel. Also die Ponys müssen fort."

„Nein", sagte Reggfield, „das geht nicht; die Ponys müssen bleiben."

„Hm, hm. Fünf Pferde kannst du nicht ernähren, wenn sie dich nicht selber auffressen sollen."

„Die Ponys gehören meiner Frau", antwortete Reggfield.

„Um so besser", sagte Darrnbek; „da komme ich noch eher zum Ziel."

„Aber ich wünsche es nicht", entgegnete Reggfield; „ich will nicht gewinnen, wo sie verliert."

Doch Darrnbek blieb unbeirrt. „Nobel sein ist ganz gut", sprach er, „aber sich ins eigene Antlitz schlagen ist nicht gut. Laß mich nur machen." Er ging auf Serena zu und fragte: „Nicht wahr, Frau Gräfin, ich habe recht?"

„Ich glaube, Sie haben immer recht", antwortete sie etwas kleinlaut.

„Einverstanden", sagte er. „Wollen Sie nur gnädigst geruhen, mich zu Ihrem Geschäftsführer zu ernennen und mir Vollmacht zu geben, dann besorge ich binnen acht Tagen einen tadellosen Käufer."

168

Serena warf einen Blick nach dem Stall, wo die Tierchen standen, die ihr so liebgeworden waren. Sie schwieg.

Darrnbek verstand, was der Blick zu bedeuten hatte. Er sagte: „Lassen Sie uns hineingehen und die Ponys taxieren." Aber als sie nun beide allein waren, stellte er sich vor sie hin und sprach mit freundlichem Ernst: „Nicht traurig sein, Frau Gräfin! Sollen wir nachher unter Gewissensbissen leiden, wenn Ihr Herr Gemahl sich verrechnet hat?"

Da war das Schicksal der kleinen, kurzbeinigen Gesellen entschieden. Ihre Herrin strich ihnen über die buschigen Mähnen und fragte nur noch: „Aber Sie werden dafür sorgen, daß sie's gut haben?"

Nach einer Woche, wie er versprochen hatte, ließ sich Darrnbek wieder bei der Frau Gräfin melden, um ihr die Kaufsumme einzuhändigen. Es waren hundertundfünfzig Taler. Er erzählte noch, daß der nunmehrige Besitzer der Ponys ein kleiner Prinz sei, dem sie zu seinem zehnten Geburtstag beschert werden sollten. Dann ging er, ohne seinen Freund gesprochen zu haben; er hielt es für besser, wenn Serena ihm die Mitteilung vom Verkauf überbrachte.

Die Geldrollen in der Hand, betrat Serena das Zimmer ihres Mannes. „Erich, hier bringe ich das Geld", sagte sie.

Reggfield aber bewegte abwehrend die Hand. „Ich will nichts davon wissen", antwortete er. „Was du ohne meinen Willen angefangen hast, das bringe nun auch zu Ende." Und als sie betrübt und unschlüssig stehenblieb, fuhr er fort: „Es war nicht nötig, die Sache so zu übereilen; die Ponys hätten gut nebenbei bestehen können."

„Herr von Darrnbek meinte —" begann Serena schüchtern.

Er fiel ihr ins Wort und sagte: „Darrnbek dehnt zuweilen seine Privilegien zu weit aus; er bevormundet jetzt nicht nur mich, sondern auch dich."

„Was soll ich denn nun mit dem Geld machen?" fragte sie.

„Was du willst", antwortete er. „Gib es deinem Vormund und Geschäftsführer oder verwalte es selbst; nur laß mich damit in Ruhe."

Sie unterdrückte einen Seufzer und ging mit ihren gewich=

tigen Rollen wieder hinaus, um sie einstweilen in ihren Schreibtisch zu verschließen.

Der Besuch, den sie und Maria in den nächsten Tagen bei Esther machte, hatte wieder gegen alles Zeremoniell eine baldige Einladung zur Folge. Esther selbst überbrachte sie und ließ mit Bitten nicht nach, bis auch das Kommen der kleinen Agnes bewilligt wurde. So wanderten sie an einem schönen Septembertag alle drei nach dem Sengernschen Haus und bewunderten die Pracht, die hier innen wie außen entfaltet war.

Esther führte ihre Gäste umher. Sie standen jetzt in ihrem Zimmer vor dem lebensgroßen Porträt eines Jünglings, das mit einem Lorbeerkranz umwunden war.

Serena, die sich des munteren Studenten erinnerte und von ihrem Mann die Geschichte seines Todes erfahren hatte, betrachtete das Bild mit lebhafter Teilnahme.

„Ob es wohl immer so geht, daß man den Wert der Menschen erst dann erkennt, wenn sie selbst nicht mehr sind?" fragte Esther, indem sie auf das Bild deutete. „Als er lebte, konnten wir uns nicht vertragen, und jetzt —" sie stockte, und eine Träne erglänzte in ihrem Auge.

„Ja", sagte Serena, „wenn unsere Lieben uns genommen sind, dann erst erkennen wir, was wir an ihnen gefehlt und versäumt haben, und das ist schmerzlich. Auch ich habe das erfahren, als meine Mutter starb."

„Sie, Frau Gräfin?" fragte Esther. „Ich kann mir nicht denken, daß Sie wegen Fehler und Versäumnisse sich anklagen müßten."

„Wir alle irren und sündigen", antwortete Serena, „und Gott weiß, wie sehr ich seiner Gnade bedarf."

Esther sah sich um; sie waren beide allein. Die kleine Agnes, die an dem Bild nichts Besonderes sehen konnte, und der das Stillstehen beschwerlich deuchte, hatte ihre Tante mit sich fortgezogen.

„Nicht wahr, Frau Gräfin, Sie sind glücklich?" fragte Esther.

„Ja", antwortete Serena, „sehr glücklich." Und nach einer Pause fügte sie hinzu: „So glücklich, wie ich wünsche, daß auch Sie es werden möchten."

170

Wehmütig schüttelte Esther den Kopf. Sie standen eine Weile schweigend nebeneinander, und dann fragte sie noch einmal: „Frau Gräfin, glauben Sie wohl, daß es Menschen geben kann, die das Gefühl, überflüssig zu sein, bis zum Verzweiflen drückt?"

Serenas Herz wallte über von Mitleid. Sie wünschte Maria herbei, die auf dem Gebiet des Tröstens besser zu Hause war als sie, und doch war die einfache Antwort, die sie gab, gerade das, was Esther brauchen konnte. „Gott würde Sie ja nicht erschaffen haben, wenn Sie überflüssig wären", sagte sie.

Während vor dem Bild des früh Vollendeten diese Wechselreden geführt wurden, wanderten Maria und Agnes von Zimmer zu Zimmer, staunend, bewundernd und plaudernd. Sie gelangten zuletzt in einen großen Saal, in den nicht weniger als fünf Türen mündeten. Hier hielten sie sich eine geraume Zeit auf; es gab gar so viel zu sehen. Da waren Bilder und Figuren, seltsame Geräte und fremde, wunderbare Pflanzen. Aber als sie nun den Rückzug antreten wollten, ergab sich eine große Verlegenheit; sie wußten nicht, durch welche Tür sie gehen mußten. Ratlos standen sie bald vor dieser, bald vor jener und wagten nicht, sie zu öffnen, aus Furcht, an einen unrechten Ort zu gelangen.

Endlich hüpfte Agnes kühn entschlossen auf eine beliebige Tür zu und sagte: „Die war's."

„Nein", sagte Maria, „die war es nicht."

„Ja, ja, Tante", widersprach die Kleine, „du kannst es glauben, ich weiß es ganz genau."

Zwar gebot ihr Maria, zu bleiben; aber Agnes war keine Freundin von unbedingtem Gehorsam. Sie erhob sich auf die Fußspitzen, streckte die Hand aus und drückte die Klinke herab. Mit lautem Geräusch sprang die Tür auf gerade in dem Augenblick, als Maria die kleine Unfolgsame erreicht hatte und zurückziehen wollte.

Ein großes, sonniges Zimmer bot sich ihrem Blick dar. Die eine Wand war ganz bedeckt mit hohen Regalen voll Bücher. Auf dem Tisch in der Mitte stand ein mächtiger Globus, und an dem Schreibtisch von Eichenholz saß ein Herr in schwarzem Anzug, mit schwarzem Haar und Bart, und schrieb.

Ganz verblüfft starrte Agnes auf das unerwartete Bild. Aber als jetzt der schwarze Herr ihr sein Antlitz zuwandte, war es mit ihrer Fassung zu Ende. „Das ist ja der schwarze Mann, Tante!" rief sie und verbarg, laut aufschluchzend, ihren Kopf in die Falten von Marias Kleid.

Der schreibende Herr hatte sich erhoben. Das Komische der Situation drängte sich ihm auf und entriß ihn seinen tiefen Gedanken. Es zuckte um seinen Mund, als er fragte: „Kann ich der Tante irgendwie behilflich sein?"

„Ich heiße Maria Diriletti", antwortete sie, „und das hier ist meine kleine Nichte, Agnes Reggfield. Entschuldigen Sie, mein Herr, daß wir Sie gestört haben." Mit diesen hastig gesprochenen Worten hob sie das weinende Kind empor und wollte sich ent= fernen.

Doch der Bewohner des Zimmers kam ihr nach. „Erlauben Sie, daß ich Ihnen den Weg zeige", sagte er. „Vermutlich sind die vielen Türen schuld an dem Schrecken, den Sie gehabt haben."

Sie dankte und eilte auf dem bezeichneten Weg davon. Ganz bestürzt und außer Atem langte sie mit ihrer jammernden Bürde bei den beiden anderen an.

Als Esther die Geschichte hörte, lachte sie, lachte so herzlich, daß sie sich auf einen Stuhl setzen mußte. „Sie sind bei meinem Vetter gewesen", rief sie. „O kleine Agnes, was machst du für Streiche!"

„Wohnt Ihr Herr Vetter immer in Ihrem Hause?" fragte Serena.

„Ja, schon seit Jahren, und wir lassen ihn nicht wieder fort. Er ist der einzige, der den Schlüssel hat zu meines Vaters Innerm und der ihn zu beglücken versteht. Ich wüßte nicht, wie es ohne ihn gehen sollte."

Das schöne Wetter lockte ins Freie. In einer ganz von Glyzinen umrankten Laube ward ein Imbiß aufgetragen, der die ganze Sengernsche Familie vereinte. Fräulein Cäcilie kam mit flat= ternden Haubenbändern und klapperndem Schlüsselbund; Augu=

ſtin erſchien, elegant und liebenswürdig wie immer. Zuletzt
knirſchten auf dem Kiesweg die Räder eines Fahrſtuhls. Der
alte Baron ſaß darin mit einem müden Lächeln auf den Lippen,
und der den Fahrſtuhl ſchob, war Doktor Berthold. Eſther, die
ihn vorſtellte, konnte nicht umhin, einen neckenden Seitenblick
auf Maria zu werfen, ſo daß ſie errötete. Der Doktor ſelbſt
blieb vollkommen ruhig und erwähnte den Vorfall mit keiner
Silbe.

Während das Geſpräch ſich um die verſchiedenartigſten Dinge
drehte, betrachtete Maria einmal die ſilberne Zuckerdoſe, die ein
kleines Kunſtwerk darſtellte. In getriebener Arbeit war auf dem
Deckel ein Stück altgriechiſcher Geſchichte zu ſehen, der Einzug
des verbannt geweſenen Alcibiades in ſeine Vaterſtadt Athen.

Eſther, welche den Bewegungen Marias gefolgt war, deutete
mit dem Finger auf die ſchöne Figur des Alcibiades und ſagte:
„Mein Ideal.“

„Oh“, erwiderte Maria lächelnd, „dann bedaure ich Ihren
Geſchmack.“

„Warum?“

„Wie kann man einen Landesverräter zu ſeinem Ideal wäh=
len!“

„Nun“, ſagte Eſther, „er war klug, ſchön, tapfer und fürchtete
ſich vor nichts. Was wollen Sie mehr?“ Und als Maria noch
immer lächelte, fuhr ſie fort: „Ich gebe allerdings zu, daß mit
dem Wort ‚Ideal‘ viel Mißbrauch getrieben wird.“

„Ja“, antwortete Maria; „wenn man der Sache auf den
Grund geht, ſo hat es für alle Zeiten nur ein einziges Ideal
gegeben, ein Weſen, das alle Vollkommenheiten in ſich ver=
einigte. Was von andern Menſchen Großes und Edles erſtrebt
wird, iſt doch immer nur ein ſchwaches Nachbilden dieſes ein=
zigen Ideals.“

„Tiefſinnig klingt, was Sie ſagen, mein Fräulein“, bemerkte
Auguſtin. „Und wie nennt ſich das einzigartige Weſen?“

„Sie ſollten lieber nicht danach fragen, Herr von Sengern“,
erwiderte Maria, der es unangenehm war, nun zum Mittel=
punkt der Unterhaltung zu werden.

„Jetzt machen Sie mich neugierig", entgegnete Augustin. „Ich bitte doch untertänigst, uns nicht in Unwissenheit zu lassen. Wie heißt das Ideal?"

„Jesus Christus", sagte Maria ruhig.

„Ah so", erwiderte Augustin, lehnte sich in seinen Stuhl zu= rück und sah gen Himmel.

Der unbehaglichen Pause, die dadurch entstand, machte Doktor Berthold ein Ende. Er nickte leicht mit dem Kopf und sagte, zu Maria gewendet: „Sie haben Mut, Fräulein Viriletti."

„Tadeln sie mich?" fragte sie etwas beklommen und sah zu ihm auf.

„Durchaus nicht", antwortete er; „ich bin Ihr Bundesgenosse, wenn Sie mich dafür nehmen wollen."

Ehe die sinkende Sonne zur Rückkehr in das Haus nötigte, wurde ein Rundgang durch den kleinen, wohlgepflegten Garten unternommen. Anfangs blieben alle beisammen, doch bald lösten sich einzelne Gruppen von der Gesamtheit und suchten auf eigenen Wegen Unterhaltung. Maria mußte dem Fräulein Cä= cilie Rede stehen, wie sie im Forsthaus, so fernab von aller Zivilisation, die Wirtschaft führe. Die kleine Agnes ging zuerst sittsam neben den Damen her; aber die Nähe Doktor Bertholds, der wieder den Fahrstuhl lenkte, war ihr unheimlich; sie konnte ihm den erlittenen Schrecken nicht verzeihen. Darum hängte sie sich an Esther, die diese Gunstbezeugung des verwöhnten Kom= teßchens sehr freundlich aufnahm. Sie lief mit dem Kind die Gartenwege hinauf und herab, suchte Steinchen und pflückte Blumen. Wie zwei Schmetterlinge gaukelten die beiden um die Beete; man sah ihre hellen Kleider bald hier, bald da.

Augustin blieb an Serenas Seite und begleitete mit ihr den Wagen des alten Herrn. Allein der schmale Weg verbot das bald, auch schien den jungen Baron ein Gespräch zu vieren nicht sehr zu locken. Er mäßigte seinen Schritt und machte seine Begleiterin auf einen Springbrunnen aufmerksam, der, munter plätschernd, ein marmornes Becken füllte. Es war nichts Außer= gewöhnliches daran zu sehen, Nymphen und wasserspeiende Löwenmäuler, wie sie so manchen Brunnenrand schmücken. Au=

174

gustin benutzte den Brunnen auch nur dazu, zu einem andern Thema überzugehen; er sprach von der sich selbst vernichtenden und ewig wieder erneuernden Natur.

Serena begnügte sich meist mit dem Zuhören; es war ihr vieles von dem, was er sagte, unverständlich. Zuletzt glaubte sie, eine Anspielung auf den frühen Tod seines Bruders herauszu= hören.

„Wunderbar waltet oft das Schicksal", sagte er; „es rafft frische, hoffnungsvolle Jünglinge dahin, und lebensmüde Greise läßt es stehen."

„Das können wir nicht begreifen", antwortete sie. „Aber Gott der Herr weiß wohl, warum er es so fügt."

Augustin lächelte. „Frau Gräfin haben noch eine recht kind= liche Weltanschauung", sagte er, „noch ebenso kindlich wie da= mals vor vier Jahren." Und als sie hierauf schwieg, fuhr er fort: „In jungen Jahren sieht das Leben so rosig und viel= versprechend aus; darum ist es schließlich das Schlimmste nicht, jung zu sterben und die schöne Illusion ins Grab mitzunehmen. Wenn man älter wird, lernt man nur zu bald die Kehrseite der sogenannten Ideale kennen. Auch ich habe mein Ideal, dem ich nachstrebe — wie vorhin Fräulein Diriletti sagte —; alles, was schön ist unter der Sonne, wie z. B. die Blume, die Frau Gräfin in der Hand halten."

Betroffen sah sie auf ihre Blume. Es war die leuchtende Blüte einer Canna indica. Esther hatte sie gepflückt und ihr gegeben. Sie drehte sie jetzt zwischen den Fingern hin und her und sann einer Antwort nach, während Augustin sie unverwandt betrachtete. Das Hinzukommen der anderen überhob sie endlich des weiteren Sinnens.

„Ich möchte wohl wissen", sagte am Abend die junge Gräfin zu ihrer Schwester, „ob es dir ebenso gehen würde wie mir, wenn Herr von Sengern mit dir spräche."

„Wie geht es dir denn?" fragte Maria.

„Ich weiß nie, was er eigentlich meint, und es wird mir dabei so seltsam zumute, so —"

„Nun wie?"

„Ich kann es nicht recht ausdrücken, ich glaube, ich fürchte mich vor ihm."

Zu derselben Stunde schritt Esther noch einmal durch den dämmrigen Garten. Der Schein der Gaslaternen fiel über die Mauer und dehnte die Schatten der Bäume und Pflanzen zu phantastischen Figuren. Verworrener Lärm schallte von draußen her. Ein Leiermann zog mit seiner Orgel vorüber. „Ich weiß nicht, was soll es bedeuten, daß ich so traurig bin", klang es wehmütig schnarrend. Dann kamen die Töne leiser und ferner, immer ferner, bis der Straßenlärm sie ganz verschlang.

Esther ging mit gesenktem Haupt auf und ab. Einmal fiel ihr Blick auf einen matt erleuchteten Gegenstand, der am Weg lag. Sie bückte sich und hob ihn auf. Es war die Canna indica, die Serenas Hand entfallen sein mochte, als sie den Garten verließ. Nun lag sie hier und verwelkte. Sanft strich Esther über die zusammengerollten Blätter und versuchte sie zu glätten. „Serena", flüsterte sie, „ja, ich muß dich lieben, ich will dich lieben; vielleicht macht mich das noch einmal besser."

XIII

An einem Fenster des Wohnzimmers stand Maria und sah auf die Straße hinunter, wo soeben das prächtige Schim= melpaar davonstürmte. Sie zogen den kleinen, offenen Pony= wagen, der für die kraftvollen Pferde viel zu leicht war. Wie eine Feder rissen sie das zierliche Fahrzeug hinter sich her. Regg= field führte die Zügel und neben ihm saß Serena.

Als die Spazierfahrt geplant worden war, hatte es Reggfield in Verlegenheit versetzt, daß er nur eine seiner beiden Damen dazu auffordern konnte; mehr als zwei Personen faßte der Wagen nicht. „Erst die Frau, dann die Schwägerin", sagte er, „oder — muß es, da Maria unser Gast ist, umgekehrt sein?"

„Nein, laß es nicht umgekehrt sein", antwortete Maria; „ich warte gern, und wenn erst der neue Wagen fertig ist, kannst du deine ganze Familie aufladen."

Und nun stand sie hier und sah den beiden nach. Die kleine Agnes entriß sie ihren Gedanken. Sie kam herein, beide Arme mit Puppen beladen, und sagte: „Tante, ich will mir eine Eisen= bahn bauen; wir reisen weg."

„Wohin denn?" fragte Maria.

„In den Wald, zum Großpapa." Sie legte ihre Bürde der Tante in den Schoß und sagte dabei in mütterlichem Ton: „Habe gut acht auf sie, Tante, besonders auf Esther." Seit dem Besuch im Sengernschen Hause hieß ihre Lieblingspuppe Esther. Mit großer Anstrengung schleppte sie dann Stühle herbei und stellte sie in Reih und Glied. Auf jedem Stuhl nahm eine Puppe Platz, Agnes in der Mitte, in einen rotkarierten Schal gehüllt. Nun mußte Maria pfeifen, und Agnes versuchte, durch das Schnarren eines zwanzigfachen „Rr" das Rollen der Räder nachzuahmen. Der Zug ging ab.

177

Da ertönte die Flurglocke. „Es kommt jemand!" rief Agnes, sprang aus dem rollenden Zug heraus und lief, den roten Schal hinter sich herschleppend, durch die offene Tür. Bald kehrte sie wieder, ganz ängstlich und bestürzt, und berichtete: „Tante, der schwarze Mann."

„Der Schornsteinfeger?" fragte Maria. „Seit wann kommt er durch den Haupteingang?"

„Nein, der nicht", sagte Agnes, „der andere mit den vielen Büchern."

„Wen meinst du?" fragte Maria und wollte hinausgehen. Doch Agnes hielt sie mit einem Ausdruck des Entsetzens fest und flüsterte: „Geh nicht, Tante; er kommt ja schon, und wir sind ja bei ihm gewesen."

Nun wurden im Nebenzimmer Schritte hörbar, dann fiel ein Schatten durch die Tür, und auf der Schwelle erschien Doktor Berthold.

Maria stand zuerst sprachlos. War es denn die Bestimmung dieses Mannes, sie jedesmal zu erschrecken?

„Verzeihen Sie", sagte jetzt seine tiefe Stimme, „ein so dreister Überfall lag nicht in meiner Absicht. Der kleine Bote hier" — er deutete auf Agnes — „war aber durchaus stumm und ließ nur alle Türen hinter sich offen, da glaubte ich eben, ich solle folgen."

„Sie suchen vermutlich meinen Schwager", sagte Maria, die sich inzwischen gefaßt hatte.

„Nein, eigentlich suche ich Sie", antwortete er.

Das neue Erstaunen, welches diese Antwort in ihr hervorrief, verbarg Maria, indem sie den Gast bat, ihr in ein anderes Zimmer zu folgen. Sie wandte sich nach ihrer Nichte um und sagte: „Komm mit, Agnes."

Aber Agnes rührte sich nicht.

„Komm", sagte Maria noch einmal und hielt ihr die Hand hin.

„Ich mag nicht", erwiderte Agnes, „ich mag nicht zu dem schwarzen Mann."

Erschrocken legte Maria ihr die Finger auf den Mund, doch die unartige Kleine befreite sich, schlang die Hände trotzig in= einander und kehrte dem Gast den Rücken.

Nun griff Maria energisch zu. Sie zog sie nach der angren=
zenden Kinderstube, und obwohl Agnes sich sträubte und heftig
zu weinen anhub, ward sie dennoch hineingeschoben und die
Tür hinter ihr geschlossen. Dann kehrte Maria zu dem harrenden
Besucher zurück. „Sie werden einen guten Begriff von uns
beiden bekommen", sagte sie zu ihm, „von der Tante sowohl
wie von der Nichte."

„Es tut mir herzlich leid", antwortete er, „daß ich zum zwei=
tenmal Kummer über das arme Kind gebracht habe und Ver=
legenheit über Sie, Fräulein Diriletti."

Sie errötete bei der Anspielung auf die seltsame Art ihrer ersten
Bekanntschaft und erwiderte mit einem Versuch zu scherzen: „Das
war heute die Vergeltung. Unsere Rechnung ist nun ausge=
glichen."

Als sie im Staatszimmer einander gegenübersaßen, hatte sie
die Frage auf den Lippen, welches sein Begehren an sie wäre.
Doch er kam ihr zuvor. „Mein Hiersein bedarf der Entschul=
digung", sprach er. „Ich suche nämlich nach einem musikgeschicht=
lichen Werk. Nicht daß ich selbst ein großer Musiker wäre, aber
ich soll einen Vortrag über Gluck halten und muß da bedenkliche
Lücken in meinem Wissen ausfüllen. Der Buchhändler, bei dem
ich nach dem Werk fragte, konnte mir nicht helfen; er sagte mir,
wenn ich über Musik belehrt sein wollte, sollte ich nur zum Grafen
Reggfield gehen; dort würde ich finden, was ich brauche. Ich
traf Ihren Herrn Schwager auf meinem Weg hierher, wie er
mit seiner Frau Gemahlin spazierenfuhr. Er hielt an, und lie=
benswürdig, wie er immer ist, stellte er mir seine Bibliothek
und seine Kenntnisse zur Verfügung. Einstweilen hat er mir
den Titel eines Buches genannt und mich damit an Ihre Güte
gewiesen."

Nachdem auch Maria den Titel erfahren hatte, stand sie auf
und ging nach Reggfields Zimmer, das mit dem, in welchem sie
sich befanden, durch eine große Flügeltür verbunden war. Der
Gelehrte konnte ihr mit den Blicken folgen, wie sie den Bücher=
schrank öffnete und ohne langes Suchen oder Zögern einen
Band herauszog.

„Gut bewandert", sagte er lächelnd, als sie ihm das gewünschte
Buch überreichte. Eigentlich hätte er sich nun empfehlen können;
aber er blieb noch, er fragte, wie ihr der Besuch im Hause seiner
Verwandten bekommen sei.

Maria antwortete mit einer freundlichen Bemerkung über
Esther.

„Ich möchte es meiner Kusine gönnen", sprach er, „wenn sie
Ihre Freundschaft gewinnen könnte."

„Hat sie keine Freundin?" fragte Maria.

„Oh, ein halbes Dutzend, glaube ich", erwiderte er, „aber doch
keine, an die sie sich halten kann."

„Ob ich eine solche abgeben würde?" entgegnete Maria. „Ich
bin still und einsam im Walde aufgewachsen und unbekannt mit
dem, was das Leben in der Welt erfordert."

„Aber der Grund, auf dem Sie stehen, ist ewig und einzig blei-
bend", antwortete er; „darum werden Sie feststehen, wenn
andere wanken."

„Wer sagt Ihnen das?" fragte sie und sah ihn an.

„Wer?" wiederholte er. „Das sagt mir das Nationalgefühl,
das die Untertanen des himmlischen Königs verbindet. Sie
brauchen nur ein einziges Wort, um sich zu erkennen, und dies
Wort haben Sie neulich gesprochen. Oder sollte ich mich getäuscht
haben?"

„Nein", sagte sie, „Sie haben sich nicht getäuscht."

„Also keine Fremden mehr", sprach er und reichte ihr die Hand.
Als sie die ihre hineinlegte, fuhr er fort: „Seien Sie freundlich
mit meiner Kusine; sie ist ein armes, reiches Mädchen, das keinen
Frieden hat."

„Es ist nicht schwer, freundlich zu sein gegen jemand, der so
liebenswert ist wie Fräulein Esther", antwortete Maria.

„Ja", sagte er, „sie ist ein herzensgutes Kind, nur schlecht geleitet. Eigentlich hat sie gar keine Erziehung gehabt."

„Und warum?" fragte Maria fast ein wenig schalkhaft, „holen
Sie nicht das Versäumte nach? Sie sind ja Pädagoge."

„Was deines Amtes nicht ist, da laß deinen Fürwitz", erwiderte
er fein und stand auf, um sich zu verabschieden.

Auf dem Heimweg begegnete Doktor Berthold wieder einem bekannten Wagen, dem seines Vetters Augustin, welcher sogleich anhielt und höflich fragte, ob er ihn auf der Fahrt nach seinem Gut begleiten wolle. Der Gelehrte verneinte, indem er auf seine Arbeit hinwies, und Augustin setzte seine Reise fort. Mit nachlässiger Eleganz lehnte er sich in die Wagenecke zurück, während ein betreßter Kutscher die Zügel der beiden Renner führte.

Nach kaum einer halben Stunde kam ihm ein anderes Gefährt entgegengerollt, und als Augustin sich aufrichtete, erkannte er sein ehemaliges Schimmelgespann. Wenn ihn vielleicht ein Gefühl von Wehmut beschlich, als die herrlichen Tiere jetzt an ihm, gleich einem Fremden, vorüberbrausten, so wurde dies doch bald unterdrückt durch das freundliche Lächeln, mit dem die Gräfin Reggfield seinen Gruß beantwortete.

„Prächtig!" rief Reggfield ihm im Vorüberfliegen zu, und Augustin erhob sich und sah dem Wagen nach, bis er um eine Ecke bog.

Der Weg nach dem Gut war lang, wenn nicht langweilig, über eine Meile weit führte er auf der glatten Landstraße dahin und bot rechts und links dem Auge keine andere Aussicht als Kartoffel= und Getreidefelder. Auf die Dauer wird ein solcher Anblick selbst für einen praktischen Landwirt ermüdend. Augustin schloß seine Augen und langte so im Halbschlummer an. Nachdem er in den von etwas dumpfer Luft erfüllten Räumen des Hauses ein Glas Wein genossen hatte, bestieg er ein Pferd, um in Begleitung des Inspektors einen Ritt durch die Felder zu machen. Das war just kein freudiges Ereignis, so wenig für den Beamten wie für die Arbeiter; denn Augustin von Sengern war ein gestrenger Herr, der unbedingten Gehorsam forderte, oft auch in Dingen, die der altgewohnten Art der Leute widerstrebten. Am heutigen Tag jedoch fiel die Besichtigung günstig aus, nur ordnete der Herr an, daß drei Morgen Brachland, wo vordem nie ein Halm gewachsen war, urbar gemacht werden sollten. „Man kann zunächst Futtergemenge darauf säen", sagte er, „und im nächsten Jahr denke ich den Boden durch künstlichen Dünger zu verbessern."

Schweigend fügte sich der Inspektor dieser Anordnung. Er begleitete dann den jungen Gutsherrn zurück, und so gewahrten beide nicht, wie ein alter Arbeiter, der in der Nähe gestanden hatte, sich in die Haare fuhr und sagte: „Schön, sehr schön; an diesem Knochenland können sich unsere besten Ochsen zuschanden racksen. Das wird ein teures Bißchen Futtergemenge geben."

In das Haus zurückgekehrt, setzte sich Augustin vor einer einsamen Tasse Kaffee nieder. Das Zimmer kam ihm öde vor, und er dachte daran, wie vor kurzem noch seine Angehörigen ihm hier Gesellschaft geleistet hatten. Vielleicht malte er sich aus, wie es sein könnte, wenn einmal eine junge Gutsherrin hier schalten und die öden Räume durch ihre Gegenwart schmücken würde. Mitten in seine Träumereien herein klang das Rollen eines Wagens, der die Dorfstraße heraufkam und vor dem Hause anhielt. Wie angenehm! Da kam Gesellschaft. Wer mochte es sein? Die Fenster des Zimmers lagen nach dem Garten hinaus und gestatteten ihm keinen Blick nach dem Portal. Darum blieb er bei seiner Tasse sitzen und wartete der Dinge, die da kommen würden.

Sie kamen bald in der Gestalt des betreßten Kutschers, der eine Karte mit dem Namen „Graf Reggfield" zu seinem Herrn hereintrug.

Im ersten Augenblick wußte Augustin nicht, was er sagen sollte; denn was in aller Welt konnte Reggfield ihm mitzuteilen haben, daß er ihm hierher gefolgt war? Warum hatte er nicht angehalten, als sie sich vorhin auf der Straße begegneten? Oder sollte er es für eine liebenswürdige Aufmerksamkeit halten, wie sie Reggfield allerdings nicht unähnlich sah? „Ist auch Frau Gräfin mitgekommen?"

„Frau Gräfin?" wiederholte der Kutscher mit großen Augen. „Nein, der Herr Graf sind ganz allein."

„So führe ihn herein", gebot Augustin, trank schnell den Rest seines Kaffees und wartete dann abermals.

Bald ließen sich draußen Schritte hören, die Tür ging auf, und der erwartete Reggfield kam. Aber Augustin sah sehr überrascht aus und machte eine tiefe, ehrfurchtsvolle Verbeugung;

denn nicht der junge Graf war es, welcher jetzt ihm gegenüberstand, sondern Karl Sigismund, der Majoratsherr von Storrinet.

„Eine seltene, unverhoffte Ehre, daß Sie meine Schwelle betreten", sprach der Baron von Sengern.

„Ich bin ein ungeselliger Kauz", sagte der Graf; „sonst müßte
der Verkehr zwischen Gutsnachbarn, wie wir es sind, wohl etwas
reger sein."

Er nahm einen Stuhl und ließ sich darauf nieder. Augustin
tat ein Gleiches, nachdem er zuvor die Überreste seines Jung-
gesellenimbisses beiseitegeschoben hatte. Sie sprachen über dieses
und jenes, von der Ernte, von Pferden und Hunden. Aber der
Herr des Hauses sagte sich im stillen, daß alles das nur eine Einleitung sei, und daß der seltene Besuch irgendwelche Bedeutung
haben müsse. Das Haupt seines Gastes, wie er da vor ihm saß,
war verhüllt von einem unsichtbaren Helm mit herabgelassenem
Visier, und Augustin wartete auf den Augenblick, da es sich öffnen
würde.

Karl Sigismund blickte im Zimmer umher und sagte: „Als ich
das letztemal hier saß, dachten wir, daß bald noch nähere Beziehungen uns miteinander verknüpfen würden als die der Guts-
nachbarschaft."

Aha, dachte Augustin, die erste Spalte im Visier. „Ja, Herr
Graf", sagte er, „aber Ihr Herr Neffe befand für gut, vor diese
Beziehungen einen Riegel zu schieben. "

„Ich habe meinen Neffen seitdem nur einmal flüchtig gesehen",
fuhr der Graf fort. „Ich weiß wenig oder nichts von ihm."

„Die zweite Spalte", sagte sich Augustin, „ich soll Auskunft
geben." Und er gab sie; er berichtete, was er wußte.

„Es scheint, daß Sie wie früher mit ihm verkehren", bemerkte
Karl Sigismund. „Ich glaubte, Sie wären berechtigt, ihm zu
zürnen."

„Allerdings war ich das", erwiderte Augustin; „aber die Zeit
gleicht manches aus, und seit Ihr Herr Neffe meiner Schwester das
Leben gerettet hat, ist der letzte Groll aus meinem Herzen geschwunden."

„Wann und wie hat er das getan?" fragte Karl Sigismund.
Augustin erzählte es.

„Er ist ein Reggfield", sagte der Graf, als er die Geschichte ge=
hört hatte. „Sie werden begreifen, herr Baron" — und jetzt
schob sich das Visier um ein ganzes Stück hinauf — „daß für
mich jene Angelegenheit noch nicht erledigt sein kann, wenn auch
mein Neffe das glaubt."

„Was wollen Sie tun, herr Graf?" fragte Augustin. „Soviel
ich gehört habe, hat Graf Reggfield auf alle Rechte an den
Güterbesitz und das Majorat freiwillig verzichtet."

„Wohl hat er das getan", antwortete Karl Sigismund; „aber
ich verzichte nicht auf ihn. Ich will nicht, daß unser Geschlecht
untergeht. Es bestehen in unserer Familie Gesetze und Bestim=
mungen, die, wenn sie in Kraft treten, seine Ehe lösen müssen."

„herr Graf", sagte Augustin ein wenig lächelnd, „ich be=
zweifle, daß Sie in unserer aufgeklärten und demokratisch an=
gehauchten Zeit mit Ihren Familiengesetzen Glück haben werden."

„Es kommt auf einen Versuch an", erwiderte der Graf ruhig.
„Sie sind in die Form eines Testamentes gekleidet, und Testa=
mente gelten doch auch in unserer aufgeklärten Zeit noch für un=
antastbar. Aber ich gestehe, daß ich nur im äußersten Fall diesen
Weg betreten würde, der das Ansehen unseres hauses öffentlich
preisgibt. Vorerst will ich noch ein anderes Mittel versuchen; ich
will mich an die Frau wenden."

Augustin fuhr zusammen. „An die Frau?" wiederholte er, „an
Serena? Sie ist das holdseligste Geschöpf unter der Sonne, und
soviel ich beurteilen kann, liebt sie ihren Mann mit großer
Innigkeit."

„Um so besser", sagte Karl Sigismund „gibt es auf Erden
eine uneigennützige Liebe, und findet sie sich bei einer Frau,
dann wird ihr das Opfer erleichtert werden. Sie wird dem
Glück ihres Mannes nicht im Wege stehen wollen."

„Wie aber", fragte Augustin, „wenn sie nicht glaubt, daß das
Glück des Grafen Reggfield in dem Besitz von Storrinek liegt?"

„Die Frauen sind im allgemeinen beschränkt", antwortete Karl
Sigismund. „Eine selbständige Meinung haben sie selten, meist

184

glauben sie das, was ein klügrer Kopf ihnen als Meinung auf=
drängt. Man muß ihnen zu imponieren verstehen. Kurz und
gut" — und hier klappte das Visier vollends auf — „ein Mann
wie Sie, Herr Baron, würde erreichen, was ich wünsche, und ich
frage sie, ob Sie die Mission übernehmen wollen?"

„Herr Graf", sagte Augustin aufstehend, „das ist ein Henkers=
dienst. Wählen Sie andere Schergen."

„Wie Sie belieben", entgegnete der Graf kühl und erhob sich
gleichfalls. „Ich finde wohl noch einen andern Träger für meine
Botschaft. Nur glaubte ich, Sie würden um Ihres Fräulein
Schwester willen ein Interesse an der Sache nehmen."

Tiefes Schweigen folgte diesen Worten. Ach, es war kein guter
Engel, der jetzt durch das Zimmer flog. Man konnte den Schatten
seiner dunklen Fittiche deutlich auf dem Antlitz des jüngeren
Mannes sehen, der, von dem andern abgewendet, mit sich selber
kämpfte. Wohl eine Minute verging. Dann wandte sich Augustin
seinem Gast wieder zu. Er war bleich geworden, und mit einer
Stimme, die ihm selbst wie die eines Fremden klang, sagte er:
„Sie haben recht; ich werde Ihren Auftrag übernehmen."

Eine Viertelstunde später rollte die vierspännige Karosse des
Reichsgrafen wieder zum Hoftor hinaus. Bald darauf bestieg auch
Augustin seinen Wagen, um nach der Stadt zurückzukehren.
Als er an dem bekannten Hause am Stadtgraben vorüberkam,
beugte er sich vor, und sein Blick haftete an den erleuchteten Fen=
stern. „Er hat den Dämon in mir geweckt", murmelte er dabei,
„mag sein Haupt die Verantwortung treffen, wenn ich mich
nicht mehr beherrschen kann."

XIV

Der Oktober brachte in seiner ersten Hälfte noch schöne, sonnige Tage, die an den Sommer erinnerten. An einem solchen Tag hielt die Kutsche des jungen Grafen Reggfield vor dem Sengernschen Hause. Es war ein schöner, neuer Wagen, der vier Personen faßte, und Reggfield hatte wirklich, wie Maria ihm geraten, seine ganze Familie aufgeladen, Frau, Tochter und Schwägerin. Er selbst führte die Zügel.

Hinter diesem Wagen hielt noch ein zweiter, der des Barons von Sengern. Er und seine Schwester kamen soeben die Freitreppe herab, und Augustin fragte höflich, ob er etwa habe warten lassen.

„Nur eine halbe Minute", antwortete Reggfield. „Mein gnädiges Fräulein", fuhr er, zu Esther gewendet, fort, „wollen Sie mir nicht noch einmal gestatten, Sie mit den gefährlichem Schimmeln zu fahren? Wie Sie sehen, haben wir noch Platz."

Esther folgte der Aufforderung gern; aber Augustin protestierte, er wollte nicht allein und ohne Dame fahren.

„Serena, dann muß ich dich ausliefern", sagte Reggfield.

Sie unterdrückte das Bedauern, das diese Anordnung in ihr erweckte. Gehorsam stieg sie aus und ließ sich von Augustin zu dessen Wagen geleiten.

Schon wollten die Pferde anziehen, als Esther rief: „Augustin, du vergißt ja Vetter Franz! Wir müssen auf ihn warten."

Die Mahnung schien dem Baron unlieb; er brummte vor sich hin: „Gelehrte sind immer zerstreut und unpünktlich."

Doch da kam der Gescholtene schon. Reggfield rief ihm heiter zu: „Sie haben die Wahl, Herr Doktor; in jedem Wagen ist noch ein Platz frei."

Doktor Berthold überflog mit prüfendem Auge die beiden Kutschen, und schon machte er eine halbe Wendung der Regg=

fieldſchen entgegen, da fing er einen Blick der jungen Gräfin auf, der ſich ſchüchtern ihm nachſtahl. Der Gelehrte verſtand die ſtumme Bitte. Er hob den Hut gegen Maria und Eſther und ſtieg in den Sengernſchen Wagen.

Obwohl mit einer Wolke auf der Stirn, erhob ſich Auguſtin doch ſofort und bot ſeinem Vetter den Platz an Serenas Seite an. Aber Doktor Berthold nahm, ohne ein Wort zu verlieren, den Rückſitz ein; hierauf fuhren die Wagen ab.

Das Ziel der Fahrt war Auguſtins Gut. Als der freiherrliche Diener die Einladung zu der Partie überbracht hatte, war eben Darrnbek bei ſeinem Freund. Er drehte die Karte hin und her und ſagte endlich: „Reggfield, dieſer lebhafte Verkehr zwiſchen euch und Sengerns grenzt mir etwas ans Unverſtändliche."

„Inwiefern?" fragte Reggfield.

„Nun, wenn man an vergangene Zeiten denkt."

„Die Zeiten ändern ſich! Und wenn man ehrlich ſein will, muß man zugeben, daß die Berechtigung zum Grollen zumeiſt auf Sengerns Seite lag. Da ſie von dieſem Recht keinen Gebrauch machen, ſondern mir aufs freundlichſte entgegenkommen, wäre ich ein Tor, wenn ich nicht darauf einginge. Unnötige Spannungen oder gar Feindſeligkeiten ſind mir zuwider."

„Aber", wandte Darrnbek ein, „du hatteſt doch früher wenig Sympathie für alle Sengerns."

„Da haſt du recht und unrecht", erwiderte Reggfield. „Um= ſtände verändern den Fall', ſagt ein engliſches Sprichwort. Der Grund, der mich damals aus dem Sengernſchen Hauſe ver= trieb, iſt hinfällig geworden. Was die Perſonen anbetrifft, ſo habe ich immer geſagt, daß ſie in ihrer Art ſehr liebenswürdig ſind. Der Baron verſteht von allem ſo viel, daß man ſich in an= regendſter Weiſe mit ihm unterhalten kann. Und da meine Frau und Schwägerin an den Sengernſchen Damen großes Gefallen finden, ſo frage ich dich, weshalb ich wohl den Verkehr hindern ſollte?"

Darrnbek ſchwieg, aber er ſah nicht überzeugt aus. Und nun mußte er am Nachmittag auch noch den beiden Wagen begegnen, als ſie im ſchnellſten Tempo durch die Straßen fuhren. Die

Schimmel hatten dem andern Wagen bald einen Vorsprung ab=
gewonnen, doch Augustin sorgte dafür, daß seinen Begleitern der
Weg nicht lang wurde. Mit spielender Leichtigkeit lenkte er das
Gespräch von einem Gegenstand zum andern, und als sie zehn
Minuten später als der Reggfieldsche Wagen vor dem Guts=
hause anhielten, hatte Serena die Scheu vor dem langen Baron
gegen eine günstigere Meinung vertauscht. Ihr gutes Herz freute
sich darüber schon um Esthers willen.

Zunächst wurden nun Haus und Garten besichtigt und dann
eine Erfrischung eingenommen. Hierauf schlug Augustin vor,
einen Spaziergang nach dem Fluß zu machen, der seinen Lauf
längs des Gutes nahm. Der Weg führte durch die Parkanlagen
und von da in die Wiesen. Jubelnd lief die kleine Agnes über
die grüne Trift und pflückte Glockenblumen und Maßliebchen,
bis ihre Hand den Strauß kaum noch umspannen konnte. Des
Kindes Lust steckte auch die Erwachsenen an. Esther und Serena
nahmen die Blumen in Empfang und wanden im Weiterschreiten
Kränze daraus, mit denen sie sich gegenseitig schmückten.

Lächelnd sah Reggfield auf das anmutige Bild. Er ging an
Augustins Seite, der, schweigsamer als sonst, nur hin und wieder
eine geistreiche Bemerkung fallen ließ. Auch er war in den An=
blick der lieblichen Gruppe versunken, und wenn die Gedanken,
die ihn dabei bewegten, auch denselben Ausgangspunkt haben
mochten wie die seines Begleiters, so nahmen sie doch eine Rich=
tung, von der jener keine Ahnung hatte.

Doktor Berthold hatte sich jetzt zu Maria gesellt. Sie fragte ihn,
wie sein Vortrag über Gluck ausgefallen sei.

„Das kann ich Ihnen nicht sagen", antwortete er; „ich gehöre
zu den unglücklichen Menschen, die über ihre eigenen Leistungen
kein Urteil haben, weil diese nie das werden, was sie nach dem
Willen des Urhebers werden sollten."

„Wie schade, daß ich den Vortrag nicht gehört habe!" sagte
Maria; „dann könnte ich Ihr unsicheres Urteil mit meinem noch
schwächeren unterstützen."

„Das würde mir sehr lieb sein", erwiderte er; „eine solche Unter=
stützung würde mich vielleicht vor der Entmutigung bewahren."

188

„Sind Sie entmutigt?" fragte Maria teilnehmend.

„Ich weiß nicht, ob dies das richtige Wort für den Zustand ist, in dem ich mich nach Vollendung fast jeder Arbeit befinde", antwortete er. „Es ist eine tiefe Niedergeschlagenheit und zugleich ein rastloses Drängen, Neues und Besseres zu schaffen. Kaum war ich mit Ritter Gluck fertig, bin ich auch schon an eine neue Arbeit gegangen, an eine Geschichte Gustav Adolfs."

„Er ist einer meiner besondern Lieblinge in der Weltgeschichte", sagte Maria. „Er erscheint mir immer wie —" sie stockte, lächelte ein wenig und fuhr dann fort: „Ich habe mir da eine eigene Theorie zurechtgelegt; aber ich fürchte mich, sie vor den Ohren eines Geschichtsforschers laut werden zu lassen."

„Fürchten Sie sich nicht", erwiderte er; „der Geschichtsforscher, zu dem Sie sprechen, weiß, daß alles Wissen nur Stückwerk ist."

„In der Bibel", begann nun Maria, „lesen wir so oft, daß die Engel tätig in das Leben der Menschen eingegriffen haben. Das hat später aufgehört, nur scheinbar, meine ich. Wenn auch die Boten des Lichtes nicht mehr sichtbar unter uns treten, so begegnen wir doch oft noch den Spuren ihrer Tätigkeit. Ich denke mir eben, daß Gott der Herr jetzt Menschen aussucht, denen er Engeldienste anvertraut."

„Und Gustav Adolf war ein solcher Engel in Menschengestalt, wollten Sie sagen?" fragte Doktor Berthold.

„Ja", antwortete sie. „Lachen Sie mich jetzt aus?"

„Durchaus nicht", entgegnete er. „Ich werde von nun an nach den Vertretern Ihrer Theorie suchen."

Unwillkürlich hob Maria den Blick und richtete ihn auf die hellen Gestalten, die ihnen vorausschritten. Die lebhafte Esther hatte ihren Arm um Serenas Nacken gelegt, und so zutraulich aneinandergeschmiegt wandelten sie über die blumige Au, während die kleine Agnes wie eine Elfe vor ihnen herflatterte.

„Meine Schwester hat mehr Glück bei Fräulein Esther als ich", sagte Maria und deutete auf die beiden. „So ist es immer gewesen; die Herzen flogen ihr zu. Es gab eine Zeit, wo ich das nicht verstehen konnte und wo es mich schmerzte. Jetzt wundere ich mich nicht mehr darüber. Auch Serena gehört zu denen, die mit Engeldiensten beauftragt sind. Wenn ich an den Einfluß denke, den sie auf uns alle, besonders auf meinen Schwager aus= übt, so rein, so ungetrübt und so unbewußt! Er gleicht dem Sonnenlicht, das hell und warm durch alle Fugen dringt. Mein Vater hatte recht, als er sie das Sonnenkind nannte." Hier hielt Maria betroffen inne. Wie kam sie dazu, dem Mann, den sie heute zum drittenmal sah, Dinge aus ihrem tiefinnersten Leben zu erzählen? War es so, wie er sagte, daß das Nationalgefühl der himmlischen Untertanen sie schon nach so kurzer Bekanntschaft zu Freunden gemacht hatte? Zagend sah sie ihn an. Sein tief= schauender Blick ruhte voll auf ihr und sagte, daß er sie verstand. Es überkam sie ein Gefühl der Beruhigung und des Vertrauens. Nein, sie waren einander nicht fremd.

Der Fluß war jetzt erreicht. An der Stelle, wo der Fußweg mündete, war ein Pfahl eingeschlagen, und zwei daran befestigte Gondeln schaukelten auf dem Wasser. Augustin löste die Ketten und trat in die kleinere der beiden Gondeln. "Wollen Sie mir die Ehre erweisen, Frau Gräfin, Ihr Fährmann sein zu dürfen?" sagte er zu Serena.

Sie sah auf ihren Gemahl, der sich bereits mit dem zweiten Schifflein zu schaffen machte. Er nickte ihr zu, und mit leichterem Herzen als vor zwei Stunden in den Wagen stieg sie nun in das schwimmende Fahrzeug. Ihre Hoffnung, es würde sich wie vor= hin wieder jemand zu ihnen gesellen, schlug jedoch fehl; Maria, Esther und Doktor Berthold waren schon zu Reggfield in das größere Boot gestiegen. Nur die kleine Agnes stand noch am Ufer; die Furcht vor ihrem „schwarzen Mann" hielt sie dem einen Boot fern. Serena rief sie, und Augustin hob das Kind herein.

Mit kräftigen Ruderschlägen trieben die Herren die Boote stromauf. Diesmal war es umgekehrt. Augustin gewann den Vorsprung. Wie ein Pfeil schoß der kleine Nachen durch die Flut.

Agnes ließ ihre Fingerspitzen nebenher durch das Wasser streichen und lehnte sich über den Rand des Bootes. „Wie das blau ist da unten, Mama!" sagte sie. „Ist denn der Himmel in das Wasser gefallen?"

„Nein", antwortete Serena, „das da unten ist nur sein Wider=
schein; der wahre Himmel ist immer über uns."

„Der wahre Himmel", sagte Augustin, „ist allein in der Brust
des Menschen."

„Wie wäre das möglich!" entgegnete Serena. „Wenn wir den
Himmel in uns trügen, dann brauchten wir ja keine Hoffnung
auf ein ewiges Leben."

„Ganz recht, Frau Gräfin", erwiderte er, „ich brauche keine
solche Hoffnung. Es ist aber auch ebenso leicht denkbar, daß der
Mensch eine Hölle in sich trägt; denn Himmel und Hölle sind
nahe miteinander verwandt."

Serena schwieg. Nun fing er wieder an, unverständlich zu
werden, und die günstige Meinung, die sie doch so gern fest=
gehalten hätte, bekam einen Stoß.

Der Kahn glitt jetzt nahe dem Ufer hin, wo schlanke Binsen
wuchsen. Sie wandte ihre Aufmerksamkeit diesem grünen Gewirr
zu und versuchte zuweilen, spielend einen der biegsamen Halme
zu erhaschen. Graue alte Weiden mit lang herabhängenden
Zweigen faßten den Uferrand ein und warfen einen tiefen
Schatten auf den Wasserspiegel, so daß das reine Weiß einer ein=
samen Seerose um so leuchtender hervortrat. Ein Schmetterling
umgaukelte die stille Blüte des Wassers, die das Bild der Rose
und Lilie in ihrem Kelch vereint. Als der Nachen näherkam, er=
zitterte das Wasser von den Ruderschlägen, und die Blume
schwankte leise auf ihrem unsichtbaren Stengel. Die kleine Agnes
schöpfte im Vorüberfahren mit der hohlen Hand und schleuderte
den Inhalt in kindlichem Mutwillen gegen die Blume. Wie
schwere Diamanten blieben die Tropfen an den Blättern hängen.
Der Schmetterling aber hatte sich erschreckt in die Höhe gehoben,
und seine leichten Flügel trugen ihn rasch davon über die Wiese
hin.

Serenas Blick blieb an der Blume haften, wie sie in unver=
änderter, stiller Schönheit auf dem matten Spiegel ruhte, und
erst, als die Sonne ihr wieder voll ins Gesicht schien, merkte sie,
daß ihr kleines Fahrzeug unterdessen weitergetrieben war. Der
Fluß machte hier eine Biegung, und ein ganz neues, unerwartetes

Bild zeigte sich dem überraschten Auge. In sanfter grüner Wellen=
form stieg dort in der Ferne ein Hügel auf, und seinen Gipfel
krönte eine mächtige Burg, deren altersgraue Zinnen ernst in
das Land herniedersahen.

„Oh, wie schön!" rief Serena aus. „Was ist das für ein Schloß?"

„Wie?" fragte Augustin, „sollten Frau Gräfin diesen Ort nicht
kennen?"

„Nein", antwortete sie, „ich sehe ihn heute zum erstenmal.
Woher sollte ich ihn kennen?"

„Es ist die Ahnenburg des Reichsgrafen zu Reggfield", er=
widerte Augustin, „das Stammschloß Ihres Herrn Gemahls und
sein einstmaliges Erbe."

Eine feine Röte überzog Serenas Wangen. Sie hatte sich er=
hoben und ihr Auge jenen ernsten Zinnen zugewandt. „O bitte
nicht so schnell!" sagte sie, als Augustin fortfuhr zu rudern.

Er willfahrte ihrer Bitte, indem er die Ruder einzog, so daß
das Boot jetzt völlig frei auf dem Wasser schaukelte. „Es ist doch
seltsam", sagte er, „sollte Graf Reggfield wirklich niemals diesen
Ort erwähnt haben, zu dem er in so nahen Beziehungen steht?"

Serena antwortete nicht; aber man konnte sehen, daß irgendein
unbestimmtes Schmerzgefühl sie bewegte.

Um die Lippen ihres Führers zuckte ein ganz eigenes Lächeln,
als er sie betrachtete. „Es ist kaum glaublich", fuhr er fort, „wäre
es nicht seine Pflicht gewesen, der einstigen Besitzerin das Schloß
und den Leuten die künftige Herrin zu zeigen? Hat er denn auch
niemals von dem jetzigen Besitzer, seinem Onkel, gesprochen?"

„Ja, er hat mir erzählt, daß er einen alten Onkel hat", sagte
Serena; „aber ich wußte nicht, daß er hier in der Nähe wohnt."

„Seltsam", murmelte Augustin, „so seltsam, daß ich wohl wissen
möchte, welche Gründe Graf Reggfield gehabt hat, das Weitere
zu verschweigen."

„Sicherlich hat er seine Gründe gehabt", antwortete Serena,
indem sie sich wieder niedersetzte. „Noch immer, wenn er mir
etwas verschwiegen hat, geschah es in einer edlen Absicht."

Augustin schwieg und lenkte das Boot zur Rückfahrt. Wieder
kamen sie an der Wasserrose vorüber; aber sie erfuhr nicht mehr

die vorige Beachtung. Das arme Sonnenkind mußte am heutigen Tage recht verschiedenartige Stimmungen durchmachen, und sie litt darunter unbewußt. Wie in vielen Stücken war sie auch darin ein Kind geblieben, daß sie sich nie recht klar dessen bewußt wurde, was eigentlich in ihrem Innern vorging.

Als sie einer abermaligen Krümmung des Flusses folgten, sahen sie das große Boot, das sie zuvor aus dem Gesicht verloren hatten, dem ihren entgegensteuern.

„Wo bist du gewesen, Augustin!" rief Esther ihrem Bruder zu. „Bist du den Seitenarm hinaufgerudert?"

Der Gefragte nickte. „Man hat dort eine besonders schöne Aussicht, die ich Frau Gräfin zeigen wollte", sagte er.

Auf allgemeines Verlangen nahm man jetzt die Richtung nach einem kleinen Laubwäldchen, das in einiger Entfernung winkte. Dort wurde gelandet, und die kleine Gesellschaft zerstreute sich lustwandelnd zwischen den Bäumen.

„Komm mit, Mama!" rief die kleine Agnes in kameradschaftlichem Ton. „Die Blumen, die wir vorhin gepflückt haben, sind auf dem Wasser alle verlorengegangen. Wir müssen neue suchen."

Serena nahm die dargebotene kleine Hand und ließ sich von dem Kind in fröhlichem Lauf fortziehen. Bald suchten sie nach den spärlichen Herbstblumen, oder sie trieben ein munteres Versteckspiel; bei diesem Vergnügen verlor Agnes jedesmal ihren Strauß. Dann wurde unter Klagen ein neuer gesammelt. So gerieten sie immer weiter in das Gehölz hinein und kamen zuletzt an einen Platz, wo reife Brombeeren standen. Hier wurde Ernte gehalten. Sie pflückten die Beeren und zerkratzten sich die Hände an dem dornigen Gesträuch. Endlich sagte das Kind: „Jetzt bin ich satt, Mama, ich kann nicht mehr; jetzt wollen wir nach Hause gehen."

„Ja, du hast recht", antwortete Serena; „es ist Zeit, daß wir umkehren."

Mit Blumen und Beeren beladen, traten sie den Rückweg an. Doch nach einer Weile blieb Serena stehen und sah sich um. „Was ist das?" sagte sie. „Auf diesem Weg sind wir nicht gekommen." Sie schlug eine andere Richtung ein und nach wenigen Minuten

wieder eine andere, sie wurde ängstlich, und Agnes begann zu
klagen: „Der Weg ist so lang, Mama. Vorhin war er viel kürzer."

„Ich fürchte", sagte Serena, stockte und fuhr dann kummervoll
fort: „Siehst du, Agnes, wenn Papa und Tante Maria nicht bei
uns sind, machen wir Dummheiten."

„Weißt du nicht mehr weiter, Mama?" fragte die Kleine.

„Nein", sagte Serena seufzend.

„Einmal habe ich mich auch mit Tante Maria verlaufen", gab
das Kind zur trostreichen Antwort, „da kamen wir dann zum
schwarzen Mann."

Sie wanderten weiter und weiter. Ihr Fußpfad mündete in
einen breiten Weg, und plötzlich rief Agnes: „Sieh, Mama, da
sitzt jemand."

Indem sie der Richtung des ausgestreckten Fingerchens folgte,
gewahrte Serena auf einem Baumstumpf eine menschliche Ge=
stalt, die in tiefe Ruhe versunken schien. Beim Näherkommen er=
kannte sie einen Mann in vornehmer Kleidung. Er saß, die Hände
über den Stock gefaltet und den Kopf auf die Hände gestützt.

Serena gehörte nicht zu den mutigsten der Erdenbewohner,
und so brauchte sie auch jetzt geraume Zeit, ehe sie sich entschloß,
den Fremden in seiner Ruhe zu stören. Zögernd schritt sie vor=
wärts, während die kleine Agnes eine Falte des Kleides der
Mutter erfaßt hatte und sich ebenso zögernd nachschleppen ließ.

Der Fremde richtete den Kopf auf und betrachtete die heran=
nahenden mit einer Art ruhigen Staunens. Als er jedoch merkte,
daß dies schüchterne Näherkommen seiner Person galt, erhob er
sich von seinem Sitz, und Serena stand nun einem Mann gegen=
über, dessen ungewöhnliche Erscheinung sie mit Ehrfurcht er=
füllte. Die Natur hatte ihm das Siegel der Hoheit auf die Stirn
gedrückt. „Wünschen Sie etwas von mir!" fragte er.

„Wir haben uns verirrt", antwortete sie zagend.

„Wohin wollen Sie denn?" fuhr der Fremde fort.

„Wir sind auf dem Gut des Herrn von Sengern gewesen",
sagte Serena. „Dann fuhren wir auf dem Fluß bis zu diesem
Wald, und nun kann ich den Rückweg nicht mehr finden."

„Folgen Sie mir", erwiderte der Fremde und schlug einen Weg

194

ein, der entgegengesetzt führte von der Richtung, die die Ver=
irrten bisher innegehalten hatten.

Scheu und ehrerbietig ging Serena neben dem wunderbaren
Führer. Da er tiefes Schweigen beobachtete, wagte auch sie nicht
zu sprechen. Nur bemerkte sie, daß er zuweilen von der Seite her
einen Blick auf sie warf, wie um in ihren Zügen zu forschen. Als
sie wieder einmal einem solchen Blick begegnet war, schien er sich
dessen bewußt zu werden. Er lüftete leicht den Hut und sagte:
„Entschuldigen Sie, ich sann über eine merkwürdige Ähnlichkeit
nach."

„Mit wem?" fragte sie in kindlicher Neugier.

„Mit einer italienischen Gräfin", antwortete er.

„Ich habe sie wohl nicht gekannt", sagte Serena.

„Kaum", entgegnete er trocken, „es mögen jetzt nahezu fünfzig
Jahre her sein, seit ich sie sah."

Etwas überrascht blickte Serena den Sprecher an. Seine feine,
schlanke Gestalt war noch ungebeugt, und wenn auch die Haare,
die unter dem Hut hervordrangen, bereits weißlich schimmerten,
so zeigte doch das Antlitz nur wenige Falten, der Blick der stahl=
grauen Augen war fest und gebietend, als wollte er noch einmal
ein halbes Jahrhundert an sich vorüberziehen lassen.

„Also hat Baron Sengern heute Besuch?" fragte er nach einer
Pause.

„Ja, wir sind dort", antwortete Serena. „Soll ich ihm etwas
ausrichten?"

Er bewegte verneinend das Haupt. „Es hat Zeit bis ein ander=
mal", sagte er. „Vergnügen und Geschäfte passen schlecht zu=
sammen."

Wieder gingen sie schweigend weiter. Die Schritte der kleinen
Agnes wurden immer müder und schleppender. Endlich löste
sich ihre Zunge. Sie zupfte an Serenas Kleid und flüsterte: „Ist
es noch sehr weit? Mir tun die Füße weh."

„Nur noch ein wenig halte aus, Liebling", sagte Serena; „gleich
kommen wir zu Papa."

Bei diesen Worten wandte der Fremde sich um, und, auf das
Kind deutend, fragte er: „Noch eine so kleine Schwester?"

„Nicht meine Schwester", antwortete sie; „es ist meine kleine Tochter."

In den Zügen ihres Führers machte ungeheucheltes Erstaunen dem strengen Ernst Platz. Er erwiderte: „Dann hat Ihr Herr Gemahl zwei Kinder zu bewachen. Ich wünsche ihm, daß er Freude daran erleben möge."

Nach ungefähr fünf Minuten drangen Laute an ihr Ohr wie der Ruf entfernter Stimmen. Der Fremde blieb stehen und sagte: „Ich vermute, daß Ihre Freunde in der Nähe sind und Sie suchen, gehen Sie auf diesem Wege weiter, so werden Sie in kurzer Zeit bei Ihnen sein." Er grüßte und wollte sie verlassen.

Serena fühlte den lebhaften Wunsch, ihm für sein Geleit zu danken; aber kein passendes Wort fiel ihr ein. Schon hatte er sich zum Gehen gewendet, da ergriff sie rasch die Hand der kleinen Agnes, die noch die letzten Reste der Blumenlese trug, und reichte beides, Hand und Blumen, dem Fremden dar.

Er schien überrascht; es mochte ihm wohl nie oder selten in dieser Weise gedankt worden sein. Doch als er in die großen Augen sah, die bittend und dankend zugleich auf ihn gerichtet waren, da ging auf seinem ernsten Angesicht eine Veränderung vor, ähnlich dem Widerschein, den liebliches Abendrot auf eine starre, finstere Felsenwand lockt. Er streckte die Hand aus, um den stummen Dank in Empfang zu nehmen, verneigte sich dann und schritt davon.

Die Hoffnung, bald bei den Ihrigen zu sein, verlieh nun den beiden müden Wanderern neue Kraft. Deutlicher klangen die Rufe, und Serena erwiderte sie, bis auf einer kleinen Lichtung das Zusammentreffen der sich Suchenden erfolgte. Es dauerte dann eine Weile, bis aus dem Durcheinander von Fragen und Antworten eine Verständigung erzielt wurde, und als das geschehen war, konnte Reggfield nicht umhin, ernstlich ungehalten zu werden. Er wie auch die andern waren in großer Aufregung gewesen. Wieder und wieder hatten sie das Flußufer durchforscht, und keiner hatte gewagt, seine Befürchtungen laut werden zu lassen, obwohl sie jedem im Gesicht geschrieben standen.

196

In gedrückter Stimmung ging Serena neben ihm her, während er jetzt dem Landungsplatz zuschritt. „Laß mich bei dir bleiben, Erich", bat sie leise, als der Augenblick des Einsteigens kam.

„Ja, natürlich sollst du bei mir bleiben", antwortete er; „glaubst du, ich hätte Lust, noch einmal eine solche Angst durchzumachen? Ich muß dich wohl festbinden, damit du nicht verlorengehst, oder ich muß eine Bonne engagieren, und zwar nicht nur für Agnes, sondern auch für dich."|

Wohl fühlte Serena, daß nur die liebevollste Sorge um sie ihm die bittern Worte auf die Lippen legte; aber doch stieg es ihr heiß in die Kehle. Sie setzte sich still an Esthers Seite, während Maria mit der kleinen Agnes in Augustins Boot stieg.

Die Abendmahlzeit, die sie im Gutshaus um den gastlichen Tisch versammelte, stellte die gute Laune wieder her. Augustin war es, der das Abenteuer von der heitern Seite zu zeigen bemüht war. „Gern wüßte ich, wen ich um die Ehre beneiden muß, Ihnen, Frau Gräfin, Führerdienste in meinem Revier geleistet zu haben", sagte er.

„Es war ein fremder Herr", antwortete Serena, „anders als alle Männer, die ich bis jetzt gesehen habe. Er sah noch nicht sehr alt aus, und doch sprach er so ruhig von Leuten, die er vor fünfzig Jahren gekannt hat!"

„Ihr scheint euch recht eingehend unterhalten zu haben, während wir hier nach dir suchten", sagte Reggfield; aber er sagte es schon mit Lachen. „Was waren es denn für Leute, die er vor fünfzig Jahren gekannt hat?"

„Italienische Grafen", erwiderte sie.

„Wie geheimnisvoll!" bemerkte Augustin. „Wenn unser Land hier nicht zu entfernt vom Riesengebirge läge, würde ich glauben, daß der alte Rübezahl der Führer gewesen ist."

Bald darauf wurde gemeldet, die Wagen seien vorgefahren. Jetzt fuhr Esther mit ihrem Bruder, auch Doktor Berthold schloß sich seinen Verwandten an. Der junge Gutsherr begleitete die Gäste bis an die Wagen, und beim Abschied sagte er zu Reggfield: „Wollen Sie mir erlauben, Herr Graf, Sie nächstens einmal zum

Frühschoppen abzuholen? Die lange Abwesenheit hat mich meinen frühern Bekannten fast entfremdet."

„Ich will Ihnen gern Gesellschaft leisten", antwortete Reggfield, „doch meine ich, Sie, Herr Baron, brauchen nur zu winken, um aus jeder Himmelsgegend sofort zehn gute Freunde herbeistürzen zu sehen."

„Möglich", erwiderte Augustin. „Aber ich schätze nur solche Freunde, bei denen ich um Freundschaft werben muß."

Gegen zehn Uhr langten die Ausflügler daheim an. Agnes, des langen Aufbleibens ungewohnt, war verdrießlich und weinerlich gestimmt, und Maria trug Sorge, sie bald aus den Augen ihres Vaters zu entfernen. Wie den meisten jungen und alten Vätern, war Kindergeschrei ihm in der Seele zuwider und reizte den sonst so Liebreichen zum Zorn. Er blieb währenddessen in seinem Zimmer, rauchte noch eine letzte Zigarre, und Serena mußte ihm, alter Gewohnheit gemäß, dabei Gesellschaft leisten.

Nachdem sie eine Weile schweigend den bläulichen Dampfwölkchen zugesehen hatte, sagte sie plötzlich: „Weißt du auch, Erich, daß ich heute das Schloß gesehen habe, welches dir gehört?"

„Du träumst wohl schon, kleine Hexe?" fragte er. „Liegt das Schloß, welches mir gehört, in der Sonne oder auf dem Mond?"

„Nein, es liegt auf unserer Erde", antwortete sie, „auf einem Hügel, und es ist eine wunderschöne große Burg. Herr von Sengern hat sie mir heute gezeigt."

Die Zigarre fand sich jetzt in den Ruhestand versetzt, und ein Häufchen Asche fiel statt in den dazu bestimmten Becher auf den Teppich nieder. „Wann hat er dir diese schöne Burg gezeigt?" fragte Reggfield in eben nicht freundlichem Ton.

„Heute auf dem Wasser, als wir von euch getrennt waren", sagte sie erschreckt über den Eindruck, den ihre Worte gemacht hatten. „Warum hast du mir nie erzählt, Erich, daß dein Onkel hier in der Nähe wohnt?"

„Was ich dir sagen oder nicht sagen will, ist meine Sache", erwiderte er. „Du kannst überzeugt sein, daß es nur gute Gründe waren, die mir über diesen Punkt Schweigen auferlegten."

198

„Das habe ich mir wohl gedacht", sagte sie. „Aber darf ich denn nicht einmal in das Schloß gehen? Ich würde so gern den Ort sehen, wo du aufgewachsen bist, und der einmal dein Eigentum wird, wie Herr von Sengern sagte."

„Serena", sagte Reggfield streng, „ich wünsche nicht, daß du auf allen Unsinn hörst, den Baron Sengern dir vorschwatzt."

„Wie soll ich es aber anfangen, daß ich nicht auf ihn höre, wenn er doch mit mir spricht?" fragte sie.

„Tu nicht so kindliche Fragen", antwortete er ungeduldig; „ich meine, du sollst nicht alles glauben. Jenes Schloß wird nie mein Eigentum."

„Ich habe Herrn von Sengern gesagt", begann Serena schüch= tern noch einmal, „daß ich wüßte, du hättest deine Gründe, warum du geschwiegen hast. Sei nicht böse, Erich. Ich will nie wieder von dem Schloß reden, wenn du es ungern hörst. Aber ich wollte dir doch erzählen, was ich erlebt habe."

Reggfield war aufgestanden und an das andere Ende des Zimmers gegangen, so daß sie sein Gesicht nicht sehen konnte. Sie wartete geduldig, was er antworten würde, konnte es aber nicht hindern, daß zwei helle Tropfen verstohlen über ihre Wangen schlichen.

Nach einer Weile kehrte Reggfield zurück. Er beugte sich über sie und sah sie forschend an. Dann schlang er den Arm um sie und sagte mit weicher, bewegter Stimme: „Gott wird mich schützen um deinetwillen, du mein liebes Sonnenkind."

XV

Aber ist denn Reggfield wieder nicht hier? Das ist ja doch unausstehlich; nun treffe ich ihn schon zum vierten= oder fünftenmal nicht zu Hause an." Mit diesen Worten trat Darrn=bek eines Morgens, ungefähr zwei Wochen nach den letzterzählten Begebenheiten, in das Zimmer seines Freundes und sah sich darin um. „Kein Mensch ist da", fuhr er in seinem Selbstgespräch fort, „ich könnte die ganze Wohnung ausräumen. Warte, Freund Reggfield, zur Strafe für dich will ich mir eine deiner Kostbar=keiten einstecken."

An diesem Vorhaben wurde er jedoch durch das Erscheinen der Gräfin Reggfield gehindert. Sie kam aus der Nebenstube herein und sagte freundlich: „Guten Morgen, Herr von Darrnbek. Sie finden meinen Mann nicht hier."

„Ja, das sehe ich", bemerkte Darrnbek. „Ich wollte soeben eine straffällige Handlung begehen, die ihn an meine Existenz er=innern sollte; er scheint ganz vergessen zu haben, daß ich noch lebe. Wo steckt er denn?"

„Herr von Sengern hat ihn abgeholt", antwortete Serena. „Vielleicht warten Sie ein wenig; ich glaube, er wird bald zurück=kommen. Auch Maria ist nicht hier", fügte sie hinzu, „mein Vater ließ sie heute für einen oder zwei Tage holen."

„Sehr begreiflich", sagte Darrnbek. „Da komme ich ja eben recht als Tröster in der Einsamkeit. Ja, Frau Gräfin, wenn Sie erlauben, möchte ich hier auf Reggfield warten."

„Nur müssen Sie mir verzeihen, wenn ich ab und zu in die Küche gehe, um nach dem Essen zu sehen", erwiderte Serena. „Ich bin heute nämlich ganz allein; auch Marianne und der Diener sind nicht hier, sondern auf der Rolle."

200

„Ach so", sagte Darrnbek verständnisvoll, „ich kenne das von meiner Schwester Grete her; auch da gab's immer was zu rollen. Lassen Sie sich durch mich ja nicht stören. Wenn es not tut, komme ich mit in die Küche. Doch da erscheint, wie ich sehe, Komteß Reggfield. Komm her, Agnes, du kannst mir Gesellschaft leisten."

Die Aufforderung kam Agnes eben gelegen; denn niemand stand so hoch in ihrer Gunst wie dieser allzeit lustige Onkel. Während somit Serena in die Küche ging, hüpfte ihr Töchterchen an Darrnbeks Hand durch die verschiedenen Zimmer, um irgend= welche Beschäftigung zu suchen.

„Ich hab's!" rief Darrnbek, als er, in Serenas Stube an= gelangt, das offenstehende Klavier bemerkte, „wir wollen singen." Er setzte sich und begann mit einem Finger die Töne zu der Melo= die: „Ach, du lieber Augustin" zusammenzusuchen.

Agnes lehnte sich gegen den zweiten Sessel und hörte achtsam zu. Nicht lange währte es, so versuchte sie, die „schöne" Melodie zu singen, und nach einigen solchen Versuchen rief sie verwundert: „Kannst du's denn noch immer nicht, Onkel? Ich kann es ja schon."

„Weil du eine Krabbe bist", antwortete Darrnbek.

„Ich bin keine Krabbe", sagte Agnes beleidigt. „Papa nennt mich immer seine Goldtochter."

„Er hat sich nur versprochen", lautete die flinke Antwort, „er wollte auch Krabbe sagen."

„Aber ich will keine Krabbe sein", sprach Agnes, und ihr Ge= sicht verlängerte sich sehr bedenklich. „So sollst du mich nicht nennen."

„Wie dero Gnaden befehlen", entgegnete Darrnbek lachend. „Doch geweint wird hier nicht; sonst bist du weder Goldtochter noch sonst etwas. Jetzt höre einmal, wie schön ich das Lied schon singen kann."

Agnes hörte zu. Aber als er kaum zur Hälfte war, unterbrach sie ihn und sagte: „Onkel, du singst nicht schön. Mama singt viel schöner als du."

„Kind", erwiderte er, „wie kannst du mir so etwas ins Gesicht sagen? Jetzt bekommst du auch keinen Ton mehr zu hören!" Er

ließ den Klavierdeckel herunter und stand auf, um anderweitige
Belustigung zu suchen. „Was sitzt denn da?" fragte er und deutete
auf ein unklares Etwas im Sofawinkel.

„Laß sie sitzen, Onkel, das ist Esther", rief Agnes, herbeilau=
fend. „Sie hat nur noch einen Arm und keinen Kopf."

„Schadet nichts", antwortete er; „wir werden mit der kopflosen
Esther Ball spielen."

Das war ein Vergnügen! Die verstümmelte Puppe flog in
der Stube umher, an die Decke, auf den Ofen, hinter die Schränke,
und Darrnbek und Agnes flogen hinterdrein, wobei sie um die
Wette lachten und jubelten. Sie hielten erst inne, als sie ganz
erhitzt und außer Atem waren und das Kind wie eine kleine Wilde
aussah.

„Komm her, ich will dich frisieren", sagte Darrnbek; „wenn
Mama dich so sieht, kriege ich Schelte."

Während Agnes bereitwillig ihre wehenden Locken in ein
Bündel zusammenschnüren ließ, äußerte sie: „Warum kommst
du nicht alle Tage zu mir, Onkel Darrnbek? Der andere Onkel
ist ja zu langweilig."

„Welcher denn, du glückliche Nichte, die die ganze Welt voll
Onkels hat?" fragte er.

„Der andere, der Papa immer zum Frühstück abholt", ant=
wortete das Kind. „Ich mag ihn nicht, und Mama mag ihn auch
nicht, und er hat noch kein einziges Mal mit mir gespielt wie du."

Der lustige Onkel nahm ihre Mitteilung viel ernster auf, als
die kleine Agnes verstehen konnte. Er setzte sich auf den nächsten
Stuhl und murmelte vor sich hin: „Diese neugebackene Freund=
schaft mit dem langen Sengern will mir gar nicht in den Kopf.
Und Reggfield kommt wirklich nicht; ich bin schon beinahe eine
Stunde hier. Weißt du, Agnes", sagte er dann zu seiner kleinen
Gefährtin, „jetzt wollen wir einmal in die Küche gehen und nach=
sehen, was Mama gekocht hat."

Sie fanden Serena am Kochherd. Ihr zartes Gesicht war von
den aufsteigenden Dämpfen leicht gerötet, und als sie es jetzt den
Eintretenden zuwandte, war Selbstlosigkeit und Herzensgüte so
deutlich darin zu lesen, daß sie unbeschreiblich reizend aussah.

„Wie leid tut es mir, daß Sie so lange warten müssen!" sagte sie. „Ich hatte gehofft, mein Mann würde heute früher nach Hause kommen."

„Also bleibt er für gewöhnlich immer so lange?" fragte Darrnbek.

„Nicht immer, nur zuweilen", antwortete sie. „Herr von Sengern weiß ihn so gut zu unterhalten, daß er wohl manchmal vergißt, wie spät es ist."

„So", sagte Darrnbek. „Nun, ich habe mich jetzt eines Besseren besonnen; ich werde der Reihe nach alle Frühstückslokale unserer ehrsamen Stadt durchsuchen, und wenn ich Reggfield finde, dann wird er nach Hause besorgt, aber mit Dampf. Empfehle mich gehorsamst, Frau Gräfin." Und ehe sie noch Einwendungen erheben konnte, war seine behende Figur in der Tür verschwunden.

Mit eiligen Schritten wanderte er durch die Straßen. Die erste Einkehr hielt er in einer gern besuchten Weinstube. Er hoffte, seinen Freund hier zu finden, doch traf er nur mehrere Bekannte, die gemütlich beim Frühschoppen saßen. Darrnbek sollte sich zu ihnen gesellen; aber treu seinem Vorhaben riß er sich los und wanderte weiter. Das zweite Lokal, das er einer Musterung unterwarf, war eine große Konditorei, die nach der Straße zu einen offenen Vorbau hatte. Hier sonnten sich in der milden Spätherbstluft allerhand Müßiggänger. Reggfield war nicht unter ihnen, und schon wollte Darrnbek sich wieder entfernen, als eine bekannte Stimme seinen Namen rief. Es war der Präsident, der allein an einem Tischchen saß und ihn nun zu sich heranwinkte.

„Sie sind der erste vernünftige Mensch, der mir an diesem Sammelplatz von Unvernunft begegnet", sagte er. „Wen suchen Sie denn?"

„Einen Unvernünftigen", antwortete Darrnbek. „Und da dieser Sammelplatz noch zu vernünftig für ihn zu sein scheint, so habe ich allen Grund, mich ergebenst zu empfehlen."

„Nein, nicht so eilig", erhielt er zur Antwort. „Sie suchen ohne Zweifel den Reggfield. Der ist, wie ich aus zuverlässiger Quelle weiß, gut aufgehoben beim Baron von Sengern. Ich aber sitze hier bereits seit einer Stunde, sehe zu, wie der eine Mensch Pastet=

chen ißt und der andere Schokolade trinkt, und finde keinen einzigen, mit dem es sich der Mühe verlohnte, ein Gespräch anzufangen. Sie sind, wie gesagt, der erste, und nun bleiben Sie hübsch ein Weilchen hier und leisten Sie mir Gesellschaft."

Einem so bestimmt ausgesprochenen Wunsche seines Vorgesetzten durfte Darrnbek keine Weigerung entgegensetzen. Mit einem unterdrückten Seufzer nahm er an dem Tisch Platz und hörte zu, wie der Präsident ihm erzählte, daß er Strohwitwer sei, und daß er sich deshalb an diesen Ort der Zerstreuung geflüchtet habe. Der Humor, mit dem von Darrnbek gelegentlich die Erzählungen des Redseligen unterbrach, war etwas beißender Natur, ohne doch den schuldigen Respekt zu verletzen. Er glich dem Rettich, der uns zwar den Mund verzieht, aber doch den Appetit reizt.

Ein derartiges Vergnügungslokal ist sozusagen ein Theater mit beständigem Szenenwechsel, nur daß Zuschauer und Schauspieler nicht voneinander zu unterscheiden sind. Mancher sitzt da vor seiner Portion Kuchen oder sonstigen Erfrischung, die er gedankenvoll hinunterstopft, und ahnt nicht, daß die mitleidlose Natur ihn als einen lächerlichen Komödianten benutzt. Und der, welcher diese Bemerkung macht, weiß nicht, daß er selbst eine ernste Kulisse der ganzen Szene bildet. Auch das Kind, das da so schüchtern hereintritt und sich mit verlangenden Blicken dem Verkaufstisch nähert, weiß nicht, daß es eine sinnvolle Rolle spielt. In der Hand hält es einige Pfennige und gedenkt sich dafür die helle Freude zu kaufen. Mit frohen Sprüngen mag es hierhergeeilt sein, überlegend, was alles erreichbar sei! Nun steht es da, betrachtet mit verwirrten Blicken die Herrlichkeit, und je mehr Schätze der Verkäufer ihm zeigt, je mehr steigert sich seine Unentschlossenheit, was von allem das Begehrenswerteste sei. Schließlich ist es nur ein weniges, das ihm in die Hand gelegt wird, und dies wenige ist draußen auf der Straße rasch verzehrt. Wenn es dann nach Hause kommt, so ist ihm von seinem Geld und von seiner Herrlichkeit nichts geblieben, nichts, kaum ein Nachgeschmack, der sich nach dem Genuß von Süßem bekanntlich leicht in einen bittern Geschmack verwandelt.

204

„Ja, es ist kaum zu glauben", sagte der alte Herr soeben, „der Minister war, solange er lebte, eine glänzende Persönlichkeit, ein leuchtendes Gestirn, in dessen Strahlenglanz sich ein Dutzend Schmarotzer ebenso leuchtend vorkamen. Nun er tot ist, befindet sich seine Frau mit den Kindern in ganz einfachen Verhältnissen, und die leuchtenden Freunde gehen daran vorüber und zucken die Achseln. Was soll man dazu sagen?"

„Daß man von den Mücken, die unser Blut saugen, keine Dankbarkeit erwarten darf", erwiderte Darrnbek. „Warum sich über etwas so Natürliches wundern? Und da Sie den Verstorbenen mit einem Gestirn zu vergleichen beliebten, so läßt sich die Sache noch leichter erklären. Auch unsere Erde empfängt ihr Licht von einem glänzenden Gestirn und wird finster, wenn seine Strahlen sie nicht mehr treffen. Aber darum fällt es doch keinem denkenden Menschen ein, sich zu beklagen, daß er in der Nacht nicht bei Sonnenschein spazierengehen kann. Es ist eben" — hier brach Darrnbek plötzlich ab, sprang von seinem Sitz empor und starrte auf die Straße hinunter.

„Was ficht Sie an?" fragte der Präsident, „sehen Sie Gespenster?" Doch auch er gewahrte in der Ferne zwei hohe Gestalten, die langsam näherkamen.

„Er ist's", sagte Darrnbek halblaut. „Ich bitte um Verzeihung, aber ich muß meinen Freund um jeden Preis sprechen."

„So gehen Sie", erwiderte der Angeredete ärgerlich. „Taucht der Reggfield am Horizont auf, taucht bei Ihnen die Genießbarkeit unter. Wenn Sie ein schwärmerisches junges Mädchen wären, könnte es nicht schlimmer sein."

Darrnbek nahm die Vorwürfe schweigend hin, grüßte und eilte dann hinaus, den Kommenden entgegen. Nicht weit von der Konditorei traf er mit ihnen zusammen. „Endlich, Reggfield!" sagte er nach flüchtiger Begrüßung. „Seit zwei Stunden erwarte und suche ich dich."

„Ist etwas geschehen?" fragte Reggfield.

„Geschehen? Nein", antwortete Darrnbek. „Habe ich nur dann noch das Recht, dich zu sprechen, wenn ich von einem Unglück berichten kann?"

„Sie sind ein scharfer Freund, Herr von Darrnbek", entgegnete der Baron von Sengern statt des Gefragten. „Warum dürfen nicht auch andere sich der Gesellschaft des Grafen Reggfield erfreuen?"

„Was das betrifft, Herr Baron, so sind Sie jetzt entschieden im Vorteil mir gegenüber", sagte Darrnbek.

„Eifersucht", lachte Augustin; „nun, ich weiß die Ehre zu schätzen, die Eifersucht eines solchen Nebenbuhlers erregt zu haben." Und zu Reggfield gewendet fuhr er fort: „Ich werde Sie jetzt diesem egoistischen Freund ungestört überlassen, Herr Graf; schilt er gar zu viel, dann flüchten Sie zu mir. Ich gehe nicht mit Ihnen ins Gericht, selbst wenn ich sechsmal zu Ihnen kommen müßte, ohne Sie zu treffen." Also sprechend, verließ er sie, und die beiden gingen allein weiter.

„Seit wann findest du denn gar so großen Gefallen an der Unterhaltung dieses langen glatten Aals?" fragte Darrnbek nach einer Pause.

„Du könntest dich wohl etwas achtungsvoller ausdrücken", sagte Reggfield.

„Oh, mit dem größten Vergnügen", erwiderte Darrnbek. „Sperre mich nur einmal vierundzwanzig Stunden mit dem höflichen Freiherrn zusammen ein, dann sollst du sehen, daß ich nicht ungelehrig bin."

„Du scheinst heute in recht angenehmer Laune zu sein", bemerkte Reggfield. „Fast möchte ich Sengern recht geben und glauben, daß du eifersüchtig bist."

„Hm", sagte Darrnbek und konnte sich fürs erste auf keine bessere Antwort besinnen, vermutlich, weil er sich getroffen fühlte. Nach einer Weile jedoch hob er an: „Reggfield, du bist Inhaber verschiedenartigster, hervorragender Eigenschaften; aber die Menschenkenntnis zählt nicht dazu."

„Und wobei hätte ich denn diesen Mangel bewiesen?" fragte Reggfield.

„Ich fürchte, du wirst es mir wieder als Eifersucht auslegen", antwortete Darrnbek. „Sieh, auch ich habe gelegentlich mal ganz gern mit dem langen Laban — Pardon! — mit dem geistreichen Herrn von Sengern geplaudert, aber immer mit dem Vorbehalt:

drei Schritte vom Leib! Denn — ich halte ihn nicht für auf=
richtig."

„Nun", sagte Reggfield, „wenn das letztere wahr wäre, dann
fände er ja an dir ein wirksames Gegengewicht; denn du bist
allerdings manchmal noch mehr als aufrichtig."

„Grob", verbesserte Darrnbek mit ingrimmiger Ruhe.

„Nicht doch", erwiderte Reggfield. „Sage mir jetzt lieber, wes=
halb du mich gesucht hast."

„Weshalb?" wiederholte Darrnbek; „Reggfield, ist es denn
schon etwas so Unerhörtes geworden, daß ich einmal Verlangen
habe, dich zu sehen und zu sprechen? Es sind schon zwei Wochen,
seit ich das letztemal mit dir zusammen war. Immer, wenn ich
jetzt nach dir fragte, hieß es: „Er ist ausgegangen." Heute aller=
dings wollte ich dir noch mitteilen, daß deine Frau mit der
Kleinen mutterseelenallein zu Hause ist. Es kann jeder Böse=
wicht über sie herfallen."

„Sie hat ja das Personal bei sich", sagte Reggfield.

„Nein, sie hat niemand bei sich", entgegnete Darrnbek. „Als
ich sie verließ, stand sie am Herd und kochte. Die Dienstboten sind
auf der Rolle, und auch deine Schwägerin ist heute nicht da, wie
du wohl wissen wirst."

„Darrnbek", sagte Reggfield stehenbleibend, „du tust wirklich,
als wäre es eine Todsünde, wenn ich einmal eine Stunde außer
Hause zubringe. Meines Wissens bin ich der Mann meiner Frau
und nicht ihre Kindsmagd."

„Wenn jemand ein Kind heiratet, muß er das Kind auch
hüten", brummte Darrnbek vor sich hin, zum Glück so undeut=
lich, daß sein Freund die Worte nicht verstehen konnte.

„Wir wollen von etwas anderm reden", sagte Reggfield. „Ich
habe heute schon Verdruß gehabt und spüre keine Lust, mich mit
dir zu zanken."

„Was hast du denn für Verdruß gehabt?" fragte Darrnbek.

„Oh, nichts von Bedeutung", antwortete Reggfield aus=
weichend. „Wenn der Mensch einmal ärgerlich ist, dann ärgert er
sich über alles. Doch weißt du, Darrnbek, daß wir ein Meisterstück
fertiggebracht und meine Schwägerin überredet haben, morgen

die große Gesellschaft zu besuchen? Wirklich, ich freue mich darauf, und ich bin neugierig, wie unsere schlanke Edeltanne sich im Ballsaal ausnehmen wird."

Sie hatten während der letzten Worte das Haus erreicht, und Darrnbek machte Miene, sich zu entfernen. Aber Reggfield hielt ihn zurück. „Komm mit, du unverbesserlicher Moralprediger", sagte er. „Du hast mir so genau angegeben, was heute in meinem Haushalt geschehen ist, daß ich vermute, du hast auch noch den Küchenzettel studiert. Und da ist es doch wohl nicht mehr als recht und billig, daß du ihn nun durch tätliches Eingreifen noch gründlicher kennenlernst."

Unschlüssig sah Darrnbek auf, und dabei begegneten sich ihre Blicke. Der eine las in dem Auge des andern, und fast zu gleicher Zeit brach auf beiden Gesichtern ein Lächeln durch. In der nächsten Sekunde hatten ihre Arme sich ineinandergeschlungen, und die hohe Haustür schloß sich hinter einem völlig geeinten Freundespaar.

Der nächste Morgen brachte Maria zurück. Ungern hatte der Oberförster sie noch einmal ziehen lassen. Es war ihm gar zu einsam in Haus und Wald, und nur das Versprechen, nach drei Tagen ganz heimzukehren, verschaffte Maria das Vergnügen, den Ball zu besuchen.

Als sie am Abend, in lichtfarbige Seide gekleidet, zu ihren Geschwistern trat, sagte Reggfield mit unverhohlener Bewunderung zu Serena: „Wir werden Staat mit ihr machen, nicht wahr, kleine Here?"

*

Auf dem Ball ereignete sich für Maria etwas Überraschendes.

„Haben Sie Ihre Großeltern gekannt, Fräulein Viriletti?" fragte Elbeding sie in einer Tanzpause.

Maria verneinte. „Mein Vater hat als sechsjähriges Kind sie zum letztenmal gesehen. Er fand seine Heimat bei den Eltern meiner Mutter."

208

„Hat denn Ihr Herr Vater niemals erwähnt, daß er mit meiner Familie in irgendwelcher Verbindung stand?"

„Nein, niemals", sagte Maria kopfschüttelnd.

„Aber er ist kein Deutscher?" fragte Elbeding wieder.

„Er rechnet sich zu den Deutschen", antwortete sie, „doch seine Eltern kamen aus Italien."

„Aus Italien", wiederholte Elbeding und legte sinnend die Hand an die Stirn. „Wo werde ich da einen Zusammenhang finden? Aber der Name Ihrer Frau Mutter?" fuhr er fort, „das soll meine letzte zudringliche Frage sein."

„Meine Mutter hieß als Mädchen Charlotte von Werder", erwiderte Maria. „Auch ihr Vater war ein Jägersmann."

„Ich danke Ihnen", sagte Elbeding. „Wenigstens habe ich nun einen Ariadnefaden, an dem ich weitersuchen kann. Unsere Familie besitzt eine alte Chronik, die in dem Archiv des Majorats= gutes aufbewahrt wird. Als halbwüchsiger Knabe habe ich ein= mal darin gelesen, und mir ist, als wäre mir da Ihr Name begegnet. In nächster Zeit reise ich zu meinem Bruder, der gegenwärtig Besitzer des Majorats ist, und dann werde ich nicht verfehlen, die Chronik von Anfang bis zu Ende zu durchforschen. Es sollte mir ein Vergnügen sein", schloß er, sich höflich ver= neigend, „wenn ich einen Zusammenhang zwischen Ihrer und meiner Familie ausfindig machen könnte." Da eben jetzt die ersten Klänge eines Walzers durch den Saal hallten, erbat er sich eine Extratour und führte sie in den bunten Reigen.

Es war in den ersten Morgenstunden, als die Tanzmüden sich trennten. Das Ehepaar stand allein im Wohnzimmer, und Reggfield sah nach der Tür, durch die Maria soeben hinaus= gegangen war. Sein Gesicht zeigte dabei einen so eigenartigen Ausdruck, daß Serena ihn nach der Ursache fragte.

„Ich dachte an eine gescheiterte Hoffnung", sagte er. „Wäre es nicht hübsch, wenn aus Darrnbek und Maria ein Paar würde?"

„Oh", rief sie, vor Freuden errötend, „also denkst auch du daran? Ich wünsche es schon lange."

„Ja, kleine Hexe, aber das Wünschen hilft uns nichts", er= widerte er; „die beiden fangen nicht Feuer. Darrnbek, der när=

rische Kerl, hat alles, was er an Gefühl besitzt, für die Freund=
schaft verausgabt, nun ist für die Liebe nichts mehr übrig=
geblieben. Und nun Maria gar! Ich hatte heute abend manchen be=
wundernden Blick bemerkt, der ihr galt, doch sie steht den liebens=
würdigsten Männern gegenüber ruhig, freundlich, unberührt wie
eine schöne Statue."

„Weißt du, Erich, was ich manchmal denken muß?" sagte
Serena. „Wenn du einen Doppelgänger hättest, den würde Maria
lieben."

„O du Närrchen!" lachte er. „Da sieht man, die Liebe macht
blind. So hast du nie gemerkt, daß ich von Anfang an mir
Marias Mißfallen zugezogen habe, und daß sie mich jetzt nur
erträgt, weil ich eben dein Mann bin? Nein, kleine Heze, auch
mein Doppelgänger würde bei unserer lieben Heiligen Fiasko
machen."

Er nannte sie oft so, Maria wußte es wohl, und sie wußte
auch, daß es nur zur Hälfte Hochachtung war; die andere Hälfte
war Ironie, wenn auch nicht bösgemeinte.

Nach zwei Tagen kehrte die „liebe Heilige" in ihr väterliches
Haus zurück. Man könnte sich manchmal versucht fühlen, an
das Walten kleiner, tückischer Kobolde zu glauben, wenn durch
scheinbare geringfügige Umstände große Widerwärtigkeiten über
uns hereinbrechen. Eine ähnliche Erfahrung sollte Serena am
Abend des Tages machen, der ihr die verständige Schwester ent=
führt hatte. Reggfield war zufolge einer Aufforderung des
Herrn von Sengern schon gegen fünf Uhr ausgegangen, ohne
die Zeit seines Wiederkommens bestimmt zu haben. Und nun
saß seine junge Frau an ihrem Arbeitstischchen, etwas betrübt
und einsam, wie man sich denken kann, als das Läuten der
Flurglocke sie aufschreckte. Es währte nicht lange, so erschien der
Diener mit der Meldung, daß ein fremder Herr die Frau Gräfin
zu sprechen wünsche. Auf die gewährende Antwort führte er
einen jungen Menschen herein, der geschniegelt und gebügelt wie
ein Gentleman war und ein großes versiegeltes Schreiben in der
Hand trug.

„Was wünschen Sie von mir?" fragte Serena.

210

„Ich bin der erste Buchhalter der Firma Wichelhausen", er=
widerte er, „und bringe diesen Brief von meinem Prinzipal mit
der Bitte um sofortige Berichtigung."

Serena nahm den Brief und betrachtete ihn. „Er ist an den
Herrn Grafen adressiert", sagte sie; „aber der ist augenblicklich
nicht hier."

„In dem Fall", entgegnete der erste Buchhalter, „bin ich
beauftragt, den Brief der Frau Gräfin auszuhändigen, das heißt
— nur gegen bare Bezahlung."

„Gegen bare Bezahlung?" wiederholte Serena; „wofür?"
„Der Brief enthält einen Wechsel, der auf diese Stunde fällig
ist", antwortete der junge Mann.

„Einen Wechsel?" fragte die unerfahrene Gräfin; „was ist
das?"

Der Buchhalter maß sie mit einem erstaunten Blick; dann er=
widerte er: „Ein Wechsel ist eine Geldforderung."

„Also eine Rechnung", sagte Serena. „Was aber kann mein
Mann bei Ihrem Herrn gekauft haben, daß er nicht sofort be=
zahlt hat?"

Mit ungläubigem Lächeln antwortete der Bote: „Es handelt
sich nicht um eine Rechnung, sondern um ein Darlehn, das
der Herr Graf von unserer Firma empfing."

Serena erschrak. Schon wollte sie das Siegel erbrechen, da fragte
sie noch einmal: „Hat der Herr Graf befohlen, daß dieser Brief
mir übergeben werden soll?"

„Der Herr Graf?" wiederholte der junge Mann, „o nein."
„Wer sonst?"

„Ei — nun — mein Prinzipal."

Sehr bestürzt zog Serena sich mit dem verhängnisvollen Brief
in den Hintergrund des Zimmers zurück und betrachtete ihn
dort, als wollte sie den Inhalt durch den verhüllenden Um=
schlag entziffern. „Warum mußte Maria gerade heute fort!"
seufzte sie im stillen. „Sie hätte Rat geschafft. Ich weiß ja gar
nicht, ob ich den Brief öffnen soll, da er an Erich gerichtet ist.
Aber der Mann dort macht mir angst, wie er so lauernd hier=
hersieht. Vielleicht ist der Wechsel nicht so groß, vielleicht kann

ich ihn bezahlen und es Erich nachher sagen." Mit bebenden
Fingern begann sie das Siegel zu brechen, und während dieser
zögernden Tat klopfte ihr das Herz, als beginge sie ein Verbrechen. Nun war es aber geschehen, das Kuvert fiel herab, und
in der Hand hielt sie einen Zettel mit der Unterschrift ihres
Mannes, von dem sie weiter nichts verstand, als daß die Zahl
200 wohl die geforderte Geldsumme sein müsse. Zweihundert
Taler — das war doch mehr, als sie erwartet hatte. Woher
sollte sie im Augenblick eine solche Summe nehmen? Ängstlich
sah sie nach dem fremden Mann; da stand er mit demselben
lauernden Blick und schien nicht willens, ohne Bezahlung fort-
zugehen. Was tun? Wie ein Retter in der Not kam ihr da
plötzlich die Erinnerung an die Geldrolle, die Darrnbek ihr für
die Ponys gebracht hatte. Haftig ging sie an ihren Schreibtisch
und nahm sie heraus. Was noch an den zweihundert Talern
fehlte, raffte sie aus allerlei kleinen Kassen zusammen. Das letzte
Geburtstagsgeschenk ihres Vaters, sogar die Sparbüchse der
kleinen Agnes mußte herhalten, und nun war die Summe voll-
zählig. Aufatmend händigte sie sie dem Buchhalter ein. Er
dankte und entfernte sich viel bescheidener, als er gekommen war.

Jetzt stand Serena da, den bezahlten Wechsel in der Hand.
Zunächst hatte sie nur das Gefühl unsäglicher Erleichterung.
Aber als sie das wichtige Stück Papier nun an Stelle der Geldrolle in ihren Schreibtisch verschloß und dann an ihr Arbeitstischchen zurückkehrte, da kamen ihr allmählich allerhand Bedenken. Wozu hatte ihr Mann das Geld gebraucht? Und warum
hatte er ihr nichts davon gesagt? Die Worte fielen ihr ein, die
sie selbst zu Augustin gesprochen hatte: „Immer noch, wenn er
mir etwas verschwieg, geschah es in einer edlen Absicht." Gewiß,
es konnte auch hier nicht anders sein. Vielleicht hatte er einem
Kameraden aus der Not geholfen. Und dennoch: damals, als
sie ihn nach dem Schloß fragte, war er böse geworden; was
würde er jetzt erst sagen, wenn er erfuhr, daß sie einen an ihn
gerichteten Brief geöffnet und sich zur Mitwisserin einer Sache
gemacht hatte, die nach seinem Willen vielleicht ihr verborgen
bleiben sollte! Dieser letzte Gedanke begann vor ihren Augen zu

wachsen, bis er zu einer Drohung wurde, die sie mit Angst und Bangen erfüllte.

Langsam schlich die Zeit. Wenn unten die Haustür ging und Schritte hörbar wurden, schrak sie zusammen, und wenn die Schritte verhallten, ohne den Erwarteten zu bringen, seufzte sie leise. Sie ersehnte und fürchtete zugleich sein Kommen. Aber es wurde sieben, es wurde acht Uhr, und Reggfield kam nicht.

Das Abendessen stand wartend auf dem Tisch. Die kleine Agnes war verdrießlich, weil sie zu Bett gehen sollte und Marias Autorität dabei fehlte. Umsonst versuchte die treue Marianne ihre Überredungskunst, um Serena zum Essen und Agnes zum Schlafen zu bewegen. Hier endete die Szene in einem eigensinnigen Weinen, dort ging Serena in quälender Unruhe auf und ab, während zwei rote Flecke auf ihren Wangen brannten.

Endlich gegen zehn Uhr wurde die Flurtür aufgeschlossen. Türen klappten, Schritte näherten sich — Serena wollte dem Kommenden entgegengehen, doch die Aufregung machte ihre Knie zittern, so daß sie sich an einem Stuhl festhalten mußte.

Jetzt trat Reggfield ein. Er sah nicht sehr glücklich aus und setzte sich nach kurzer Begrüßung in die Sofaecke. „Warum steht denn noch das Gerät hier?" fragte er, indem er mißmutig den gedeckten Tisch übersah. „Ich dächte, um zehn Uhr könnte alles fortgeräumt sein."

„Ich habe noch nicht gegessen, Erich", antwortete Serena; „ich habe auf dich gewartet."

„Das war sehr töricht", entgegnete er. „Ein andermal iß, wenn es Zeit ist, und warte nicht auf mich."

„Willst du denn jetzt nicht essen?" fragte sie.

„Ich danke, ich habe keinen Hunger. Aber du hole das Versäumte nach!"

„Auch ich habe keinen Hunger."

„Torheit", sagte er. „Ich habe mit Sengern zusammen eine Flasche Wein getrunken; das hast du nicht getan. Hier" — er füllte hastig eine Tasse mit Tee und schob ihr verschiedene Teller hin — „das nimm." — „Ich wünsche es", fügte er hinzu, als sie zögerte.

Schweigend gehorchte sie, obgleich ihr die Bissen im Hals stecenzubleiben drohten. Dann deckte der Diener den Tisch ab und sie blieben wieder allein.

„Jetzt muß ich es sagen", dachte Serena, und von neuem fing ihr Herz stürmisch an zu klopfen. „Nur noch ein wenig will ich warten, bis er seine Zigarre raucht."

Doch Reggfield schien heute die Zigarre zu vergessen. Schweigsam saß er da, strich zuweilen mit der Hand über die Stirn oder stellte zerstreut eine Frage. Endlich sagte er: „Laß uns schlafen gehen; ich bin müde."

„Fehlt dir etwas, Erich?" fragte sie.

„Ich bin ganz gesund", erwiderte er. „Aber warum sollen wir denn bis in die Nacht hinein aufsitzen?"

So gingen sie miteinander hinaus. Als dann das Licht gelöscht und alles dunkel und still war, begann Serena leise: „Erich, ich möchte dir noch etwas sagen."

„Nun?"

„Ich fürchte mich", fuhr sie stockend fort; „ich glaube nicht, daß du dich darüber freuen wirst."

„Ach", sagte er, „wenn es keine gute Nachricht ist, dann spare sie lieber für morgen auf; ich habe heute schon genug Ärger gehabt."

So schwieg Serena. Aber als Reggfield bereits ruhig atmend schlief, lag sie noch wach mit schwerem Herzen, und ihr Kissen wurde von mancher heimlichen Träne feucht.

Am andern Morgen begann die Pein von neuem. Immer, wenn die arme Serena allen Mut zusammengerafft hatte, um die gefürchtete Mitteilung zu machen, kam ein kleiner Zwischenfall, der es verhinderte. Und so blieb der Wechsel im Schreibtisch liegen und die Last auf ihrem Herzen. Dieses erste Geheimnis schwebte wie ein unsichtbares Wölkchen zwischen den beiden Gatten. Es war nur erst ein Wölkchen wie die luftigen weißen Gebilde, die wir zuweilen an heißen Sommertagen am blauen Himmel aufsteigen sehen. Oft sind sie die Vorboten eines nahenden Unwetters, oft aber auch kommt die siegende Sonne und nimmt die Wölkchen in ihre Strahlenarme, bis sie unter dieser Umarmung zu lichten Atomen zerstäuben.

214

XVI

nterdessen zog der Herbst mit langsamen Schritten durchs Land, mild und freundlich, als sei er bemüht, die mancherlei Unbill vergessen zu machen, die er in früheren Jahren verübt hatte. Aber dennoch durfte er nicht versäumen, was seines Amtes ist, und so streifte er mit zögernder Hand das Laub von den Bäumen, daß die Füße der Lustwandelnden von den welken Kindern des Sommers umrauscht wurden.

Es war an einem hellen Nachmittag Anfang November, als Darrnbek zu seinem Freund ins Zimmer trat und ihn bei einer recht sonderbaren Beschäftigung antraf. Er hatte rings auf den Tisch einen Kranz von Karten gelegt und stand nun davor mit gekreuzten Armen und düsteren Blicken.

„Was machst du denn da?" fragte Darrnbek voller Erstaunen.

Bei der unerwarteten Anrede fuhr Reggfield zusammen und warf mit der Hand die Karten schnell durcheinander. „Ich habe dich nicht kommen hören", sagte er entschuldigend.

„Ich habe angeklopft", erwiderte Darrnbek; „aber du warst zu vertieft. Was sollen denn die Karten, Reggfield? Es sah aus wie eine Patience, oder wolltest du das Orakel befragen?"

„Keins von beiden", antwortete Reggfield; „es war nur ein müßiger Zeitvertreib."

„So wollen wir uns doch weiter damit die Zeit vertreiben", schlug Darrnbek vor. „Komm, laß uns eine regelrechte Patience legen. Ich denke, es wird gehen; denn durch deine Güte bin ich jetzt reichlich in der Patience geübt worden."

„Wie meinst du das?" fragte Reggfield.

„Je nun", sagte Darrnbek, sich umwendend, „ich meine bloß, daß ich mich bald mit der Erinnerung an dich und an vergangene Zeiten werde begnügen müſſen; denn die Gegenwart ſpeiſt mich leider ſehr dürftig ab."

„Und inwiefern ſoll ich daran ſchuld ſein?" fragte Reggfield etwas gereizt.

„Still", antwortete Darrnbek, „keinen Streit, Freund." Er ſetzte ſich und nahm ein Häuflein Karten in die Hand, um ſie aufmerkſam zu betrachten. „Sonderbare Dinger ſind es", ſprach er. „Man ſagt, ſie ſeien erfunden worden, um einen wahnſin=nigen König zu zerſtreuen. Darin liegt ein Widerſpruch, aber etwas von beidem, von Wahnſinn und Zerſtreuung, iſt an dieſen Blättchen haftengeblieben. In der Hand des einen ſind ſie ein harmloſer, müßiger Zeitvertreib, und in der des andern, die von Leidenſchaft glüht, werden ſie zum Dämon, der zuletzt dem Irrſinn in die Arme treibt." Er warf die Karten wieder auf den Tiſch und heftete ſeine klugen Augen auf den Freund. „Auch dir wären ſie einmal faſt zum Verderben geworden", fuhr er fort, „weißt du noch? Ich habe damals um dich gezittert, Regg=field, aber Gott ſei Dank, du fandeſt die Kraft, den Spielteufel von dir abzuſchütteln."

„Laß das", ſagte Reggfield mit abgewandtem Geſicht. „Warum ſo dunkle Erinnerungen heraufbeſchwören? Komm lieber zu meiner Frau; ſie wird ſich freuen, dich zu ſehen."

Sie fanden Serena am Schreibtiſch, damit beſchäftigt, einen Brief zu ſchreiben. „An Maria", erklärte ſie auf Befragen.

„Wohl lauter Seufzer, nicht wahr?" ſcherzte Darrnbek. Aber er erſchrak, als hätte er etwas Ungehöriges geſagt; denn Serena war blaß geworden und atmete raſch und gepreßt wie im Kampfe mit Tränen. „Wird die ſchweſterliche Mama ſo ſehr vermißt?" fragte er teilnehmend. „Dann muß Reggfield ſie am Ende wieder holen."

„Kaum", ſagte Reggfield; „Maria kann ja doch nicht immer hierbleiben; ſie iſt dem Vater unentbehrlich. Geh, Serena, be=ſorge uns etwas zu trinken; Darrnbek wird hierbleiben."

Die junge Hausfrau eilte geſchäftig hinaus, und als ſie wieder allein waren, fragte Darrnbek: „Iſt deine Frau ganz geſund? Sie ſieht ſo blaß und ſo ſchmal aus."

216

Reggfield machte ein überraschtes Gesicht. „Zart sieht sie ja immer aus", antwortete er. „Sie hat noch niemals geklagt."

„Das wird sie überhaupt nicht tun", bemerkte Darrnbek.

„Aber mir ist es noch nicht aufgefallen, daß sie verändert aussieht", sagte Reggfield etwas beunruhigt, „und ich habe sie doch immer um mich."

„Eben darum", erwiderte Darrnbek; „die Gewohnheit stumpft ab, und du hattest nie sehr scharfe Augen, Reggfield."

Serenas Rückkehr machte dem Gespräch ein Ende. Reggfield maß seine Gemahlin mit einem prüfenden Blick und schüttelte dann gegen seinen Freund lächelnd den Kopf, als wollte er sagen: „Du siehst Gespenster am hellen Tage." Allerdings bot Serena jetzt einen rosigen blühenden Anblick; die vorige Blässe war ganz verschwunden.

Als sie dann um den Kaffeetisch saßen, zog Reggfield mehrmals seine Uhr; er schien etwas auf dem Herzen zu haben. „Darrnbek", sagte er endlich, „ich hoffe, du wirst es mir nicht übelnehmen, wenn ich euch verlasse; eine getroffene Verabredung zwingt mich jetzt aufzubrechen.

„Was hast du vor?" fragte Darrnbek, „kann ich dich nicht begleiten?"

„Leider nein. Es ist eine Spazierfahrt. Ich habe bereits den Befehl zum Anspannen gegeben."

„Recht so", sagte Darrnbek, „eine Fahrt bei diesem milden Wetter wird für Frau Gräfin die beste Erfrischung sein."

Reggfield wandte sich seiner Frau zu mit einem Ausdruck, der fast an Verlegenheit grenzte. „Ich kann dich heute nicht mitnehmen, Serena, so leid es mir tut", sprach er, „es ist kein Platz im Wagen. Ich habe den beiden Fräulein von Sengern versprochen, sie abzuholen, und der Baron wird sie begleiten."

„Gewiß, Erich, ich bleibe zu Hause", antwortete sie, „du fährst mich dann ein andermal."

Darrnbek war aufgesprungen und starrte seinen Freund sekundenlang in sprachloser Verwunderung an. „Aber, Reggfield, ist es denn möglich?" brachte er endlich hervor. „Wenn die Fräulein von Sengern ausfahren wollen, warum benutzen sie dann

nicht ihren eigenen Wagen, anstatt hier die rechtmäßige Be=
sitzerin zu verdrängen?"

„Nimm es doch nicht gleich wieder so ernsthaft", sagte Regg=
field. „Sengern deutete mir an, daß es seiner Schwester eine
Freude sein würde, mit den Schimmeln zu fahren, und da ich viel
Aufmerksamkeiten von ihnen erfahre, kann ich wohl auch einmal
eine für sie haben."

„Du bist nicht klug, Reggfield", entgegnete Darrnbek. „Die
Sengernsche Sippschaft war mir zwar nie ans Herz gewachsen,
nun wächst sie mir aber zum Hals heraus."

„Oh, Herr von Darrnbek!" rief Serena entsetzt. „Ich kann es
nicht hören, wenn Sie so böse Worte sprechen."

„Ja, Frau Gräfin haben recht", sagte er, „ich bin heute ein
bitterböser Mensch, und es ist besser, ich mache mich aus dem
Staub, sonst stecke ich Sie noch mit meiner Bosheit an."

Reggfield hatte während dieses Zornausbruches schweigend
am Ofen gestanden, ohne seinen Freund anzusehen. Als dieser
jetzt ohne Abschied hinausgehen wollte, sprang eben die kleine
Agnes ins Zimmer und rief: „Papa, die Schimmel stehen vor der
Tür, du möchtest herunterkommen." Dann gewahrte sie den
Gast, hüpfte auf ihn zu und erfaßte zutraulich seine Hand. „Onkel
Darrnbek, nicht wahr, du spielst heute wieder mit mir?" fragte sie.

„Nein, Kind, heute nicht", antwortete der Erregte und be=
freite sich.

Reggfield folgte ihm nach und sagte, während Darrnbek
draußen seinen Mantel anzog, vorwurfsvoll zu ihm: „Wie
kannst du nur so unvernünftig sein?"

„Kein Platz für deine Frau in eurem eigenen Wagen!" er=
widerte Darrnbek. „Da möchte ja ein — der Teufel bleibe dabei
sanftmütig, ich kann es nicht." Und wirklich ging der lustige Darrn=
bek so bitterböse davon, daß sein Stock klirrend auf jeder Treppen=
stufe aufschlug.

„Das war schrecklich, Erich", sagte Serena, als Reggfield zur
Abfahrt gerüstet wieder bei ihr eintrat. „Warum wurde denn
Herr von Darrnbek so böse?"

„Er ist eifersüchtig", antwortete Reggfield; „er will nicht, daß ich mit Sengern verkehre. Du bist verständiger, Serena, nicht wahr? Du glaubst mir, daß ich lieber mit dir fahre als mit irgend jemand auf der Welt. Aber es gibt leider Verpflichtungen, denen man sich nicht entziehen kann. Glaubst du mir das?"

„Ja, Erich, ich glaube dir alles", sagte sie. Doch als er sich beugte, um sie zum Abschied zu küssen, wollte es ihm scheinen, als hätten die schönen dunklen Augensterne heute noch einen anderen Glanz als gewöhnlich, einen feuchten Glanz. Diese Wahrneh= mung trug nicht dazu bei, seine Stimmung zu verbessern. Nach= denklich ging er hinaus, während Serena sich anschickte, ihren Brief zu vollenden.

Es mochte eine halbe Stunde vergangen sein, da verkündete die Glocke einen Besuch. „Herr von Sengern", meldete der Diener.

Bestürzt eilte Serena dem Kommenden entgegen und rief schon auf der Schwelle: „Ist ein Unglück geschehen? Wo ist mein Mann?"

„Verzeihen, Frau Gräfin", sagte Augustin, „es war ein Miß= verständnis; ich habe mich der Partie gar nicht angeschlossen."

„Aber dann wußten Sie ja, daß Sie meinen Mann nicht hier finden würden", sagte sie.

„Mein Besuch gilt Ihnen, Frau Gräfin", antwortete Augustin, sich tief verneigend.

„Mir?" fragte sie betroffen und behielt knapp soviel Geistes= gegenwart, um den Gast zum Niedersetzen einzuladen.

„Ja", erwiderte er; „ich weiß nicht, ob ich die Bitte wagen darf, mich als ihren Freund zu betrachten."

Die Frage war peinlich. Serena sann und sann und sagte end= lich: „Sie wissen, daß ich Fräulein Esther in aufrichtiger Freund= schaft zugetan bin."

„Es handelt sich nicht um meine Schwester, sondern um Ihren Herrn Gemahl, Frau Gräfin", erwiderte Augustin.

„Mein Mann!" rief sie aus. „Also ist doch ein Unglück ge= schehen? O warum sagten Sie es nicht gleich?"

„Kein Unglück im gewöhnlichen Sinn", entgegnete Augustin; „vorläufig ist es nur eine Drohung; aber sie kann zum Unglück werden, wenn nicht Einhalt getan wird."

„Was ist geschehen?" fragte sie.

„Ich glaubte, Frau Gräfin einigermaßen vorbereitet zu fin=
den", bemerkte er; „wie mir gesagt wurde, hat man irrtüm=
licherweise einen Wechsel hierher gesandt, und er ist von Ihrer
Hand eingelöst worden."

„Der Wechsel —" murmelte Serena, „woher wissen Sie
davon?"

„Ich erfuhr es von dem Bankier", antwortete Augustin ge=
lassen. „Es tut mir leid, daß durch seine Ungeschicklichkeit Ihnen
ein Schrecken bereitet wurde, Frau Gräfin."

„Ja", sagte sie, „ich habe viel Angst um diesen Wechsel aus=
gestanden; ich — ich habe es meinem Mann noch nicht gesagt."

„Das war klug getan", erwiderte er.

„Nein", sagte sie und richtete sich aus ihrer zusammengesun=
kenen Stellung auf, „es war unrecht getan, unrecht und schwach,
ich weiß es wohl. Aber ich bin schwach, und ich habe heute an
meine Schwester geschrieben; sie wird mir helfen."

„Haben Sie den Brief schon abgeschickt?" fragte Augustin.
Sie verneinte.

„Dann, wenn Sie meinen Rat annehmen wollen, übergeben
Sie ihn dem Feuer", fuhr er fort. „Das drohende Unglück, von
dem ich vorhin sprach, betrifft nicht jenen einzelnen Wechsel; er
ist wie ein verschwindender Tropfen im Vergleich zu den übrigen
Wechselschulden, die Graf Reggfield bereits gemacht hat."

Ihre Augen öffneten sich weit, und auch ihre Lippen öffneten
sich, ohne doch ein Wörtlein hervordringen zu lassen.

„Wie schmerzlich ist es mir, der Überbringer so peinlicher Nach=
richten sein zu müssen!" sagte Augustin. „Aber als Graf Regg=
fields Freund hielt ich es für meine Pflicht, die Gefahr, in der
er schwebt, zur Kenntnis desjenigen Wesens zu bringen, das mit
seinem Schicksal am innigsten verknüpft ist."

„Wozu hat mein Mann soviel Geld gebraucht?" fragte Serena.

„Gnädigste Gräfin", erwiderte Augustin, „ich kenne und be=
wundere Ihren kindlich unschuldigen Sinn. Warum soll ich ihn
trüben durch Auseinandersetzungen, die Sie doch nicht verstehen
würden? Wozu das Geld gebraucht wurde, bleibt sich im Grund

220

ziemlich gleich; die Tatsache einer großen Schuldensumme läßt sich darum nicht fortleugnen. Noch ist es möglich, Ihren Herrn Gemahl vor dem Abgrund zu retten, dem er entgegentaumelt; ich hoffe es. Ich habe mich vorläufig bemüht, in den Besitz der Wechsel zu gelangen, denn es scheint mir besser, sein Schicksal in die Hand eines Freundes zu legen statt in die des kalt berechnenden Börsenmannes."

Er zog bei den letzten Worten eine Brieftasche hervor und breitete ihren Inhalt vor Serena aus. Da lag Zettel an Zettel, dem ähnlich, den sie in ihrem Schreibtisch verwahrte. Es mochten wohl zehn an der Zahl sein oder mehr. Ihr schwindelte. „Wenn Sie sein Freund sind, Herr Baron", sagte sie nach einer Weile, „dann müssen Sie ihn warnen und ihm die Wahrheit sagen, wie Herr von Darrnbek es tut."

„Verzeihen Sie, Frau Gräfin, das werde ich nicht tun", antwortete Augustin. „Graf Reggfield hat keine Ahnung von der Höhe seiner Schulden, und sie ihm jetzt plötzlich vor die Augen rücken, das wäre eine unverzeihliche Torheit."

„Ich verstehe Sie nicht", entgegnete Serena. „Wie kann mein Mann, wie sie sagen, vor dem Abgrund gerettet werden, wenn er die Gefahr nicht kennt?"

„Wissen Sie, Frau Gräfin, weshalb man einen Mondsüchtigen, der auf dem Dachrand nachtwandelt, nicht anrufen darf?" fragte Augustin. „Er würde erwachen und — herunterstürzen."

Sie zuckte zusammen. Dann aber raffte sie sich mit plötzlichem Entschlusse auf und sagte: „Lassen Sie mir die Papiere, Herr von Sengern; wenn Sie ihn nicht warnen wollen, so muß ich es tun."

„Wirklich?" fragte Augustin mit mitleidigem Lächeln. „Warum haben Sie dann gezögert, jenen ersten Wechsel Ihrem Herrn Gemahl zu übergeben? Sie fürchten seinen Zorn, und mit Recht. Und dennoch kommen Ihnen gegenüber nur die sanften Seiten seines Charakters zur Geltung. Daß er auffahren kann wie ein gereizter Löwe, haben Sie noch niemals erfahren."

„Lassen Sie mir die Papiere", wiederholte Serena mit zitternden Lippen. „Ich will sie meinem Vater geben; er wird mit meinem Mann sprechen und ihm helfen."

„Ich kann nicht", sagte Augustin. „Die Wechsel darf ich nicht aus den Händen lassen, und ich muß auch Sie bitten, Frau Gräfin, über die Angelegenheit tiefes Schweigen zu beobachten, selbst gegen Ihre nächsten Verwandten."

„Warum?" fragte sie.

„Gilt Ihnen die Ehre Ihres Gemahls so wenig?" fragte er dagegen. „Ihr Herr Vater urteilt nicht mit der gleichen Liebe wie Sie. Er würde den Grafen verdammen schon um des Kummers willen, den er Ihnen macht. Oder zweifeln Sie daran?"

Serena seufzte und schwieg.

„Die Sache muß ein Geheimnis bleiben zwischen uns beiden", fuhr er fort, „bis sie zum guten Ende gebracht ist."

„Oh, ein Geheimnis", sagte sie schaudernd. „Das Geheimnis mit dem ersten Wechsel hat mich so unglücklich gemacht. Wie soll ich nun dies aushalten, und auf so unbestimmte Zeit!"

„Nur Mut!" erwiderte Augustin. „Was in meinen Kräften steht, um Ihnen zu raten und zu helfen, das will ich tun." Was er sonst noch sagen wollte, drängte er zurück, da er ihre Erschöpfung gewahrte.

Als er gegangen war, saß sie lange still, mit gesenktem Kopf, die Hände ineinander verschlungen. Sie war unfähig, etwas zu tun, ja, nur einen Gedanken oder Vorsatz zu fassen. So fand sie Marianne, die mit Agnes hereinkam. Vergeblich bestürmte sie ihre junge Herrin mit Fragen, was ihr fehle, und riet endlich dringend, Serena solle sich niederlegen. Sie kannte sie von ihren ersten Lebensjahren an, und in Augenblicken der Gemüts=bewegung passierte es dem redlichen Mädchen wohl, daß sie die respektvolle Anrede durch andere ersetzte, die noch der Kinderstube im Forsthaus entstammten. „Mein Herzenskindchen, Sie haben ja ganz heiße Hände", sagte sie, „und der Kopf sieht aus wie eine Päonie. Ich will Zuckerwasser holen, das trinken Sie, herzgoldiges Kind, und dann legen Sie sich hin und schlafen. Komm, Agnes=maus, wir wollen die liebe Mama nicht stören."

Sobald Serena wieder allein war, stand sie auf und ging an ihren Schreibtisch. Sie nahm den fast vollendeten Brief an Maria, betrachtete ihn noch einmal und riß ihn mitten durch. Dann zündete sie ein Licht an, hielt die einzelnen Stücke darüber und sah zu, wie die Flamme das verzehrte, wovon sie sich Rat und Hilfe versprochen hatte.

Wieder klingelte es draußen. Serena hörte, wie Marianne vorsichtig öffnete und flüsternd mit jemand sprach, der Einlaß begehrte. Dann hörte sie Darrnbeks Stimme mit unterdrückter Ungeduld: „Schläft sie denn wirklich? Nur eine Minute möchte ich sie sprechen."

Sie ging hinaus und erschien auf der Schwelle, gerade in dem Augenblick, als die hartnäckige Marianne die Flurtür schließen wollte. „Ich schlafe nicht, Herr von Darrnbek", sagte sie, „ich bin für Sie jederzeit zu sprechen."

Er murmelte etwas und folgte ihr in das Zimmer. „Frau Gräfin", sagte er hier, „ich bin nur gekommen, um Ihre Verzeihung zu erbitten. Ich habe Sie erschreckt und Reggfield beleidigt. Das bereue ich jetzt; denn ich sehe ein, daß ich mehr gesagt habe, als ich zu sagen das Recht hatte. Wollen Sie die Güte haben und das meinem Reggfield ausrichten?"

„O wie gern!" antwortete sie, „ich freue mich, daß ich ihm eine solche Botschaft bringen kann."

„So will ich wieder gehen", sagte Darrnbek. „Aber, Frau Gräfin, wie unglücklich sehen Sie aus! Fehlt Ihnen etwas?"

„Ich kann es Ihnen nicht sagen", erwiderte sie. „Nur, nicht wahr, Herr von Darrnbek, Sie werden meinen Mann nie verlassen?"

„Fürchten Sie nichts", entgegnete er, „eine Freundschaft, die nun schon zwanzig Jahre gehalten hat, die reißt ein kleiner Sturmwind nicht gleich auseinander." Er nahm ihre Hand und führte sie an seine Lippen. „Und nun Adieu, sonst tut Ihre Marianne mir ein Leid an. Schlafen Sie, Frau Gräfin, Ruhe tut Ihnen not!"

Wirklich machte ihr zarter Körper jetzt seine Rechte geltend. Der heimkehrende Reggfield fand sie in den Armen des Schlummers. Er war, von Marianne benachrichtigt, leise eingetreten und stand nun vor dem Diwan, auf dem sie ruhte. Wie lieblich sah sie aus, wie holdselig! Es zog ihn zu ihr nieder. Als sein Hauch ihre Stirn berührte, öffnete sie die Lippen und flüsterte zweimal seinen Namen, innig und traurig. Da vergaß er, daß er sie nicht hatte wecken wollen; er drückte einen Kuß auf ihren Mund.

Sie erwachte und richtete sich auf. „Ich träumte von dir", sagte sie. „Wie gut ist es, daß du schon wieder da bist!"

Er setzte sich an ihre Seite. „Es war ein verdrießlicher Nach=mittag", sprach er. „Denke, als ich zu Sengerns kam, stiegen nur die beiden Damen ein; der Baron sagte, er könne nicht mit=fahren, er sei verhindert. Nun war Platz genug. Wie gut hättest du uns da begleiten können! Und der ärgerliche Zank mit Darrn=bek wäre unterblieben."

„Er zürnt dir nicht mehr", erwiderte sie und richtete ihre Bot=schaft aus. „Nicht wahr, Erich, er ist ein guter Freund?"

„Der beste, den es gibt", entgegnete er. „Aber ich kann seinet=wegen nicht mit Sengern brechen, ich darf es nicht. Früher konnte ich es wohl, aber jetzt nicht mehr." Das letzte sprach er wie für sich und versank dann in ein trübes Sinnen.

Serena betrachtete ihn aufmerksam. Nach einer Weile legte sie ihre Hand auf seinen Arm. „Erich", sagte sie, „du hast mich heute gefragt, ob ich dir glaube. Ja, ich glaube dir, selbst, wenn — wenn jemand kommen sollte, der anders von dir spräche. Und wenn ich dich einmal nicht verstehen kann, dann denke ich an den Ritt, den du für Darrnbek tatest, an Sengerns Rettung und an vieles andere, und dann weiß ich, daß du mir nichts verschweigst, wenn nicht ehrende Gründe dich zwingen." Es war die Sprache eines vertrauenden Kindes, einfach und ungekünstelt, aber eben deswegen um so ergreifender.

Reggfield sprang auf und durchmaß das Zimmer mit stür=mischem Schritt. Dann kehrte er zurück, kniete vor dem Diwan nieder und neigte sein blondlockiges Haar auf ihre Hand. „Se=rena", sagte er, „das Leben ist nicht immer leicht. Bisher hat es uns sanft angefaßt, vielleicht sollen wir es nun auch von einer ernsteren Seite kennenlernen. Aber mögen Wogen und Wolken kommen, sie können uns nicht auseinanderreißen. Noch der letzte Schlag meines Herzens wird dir gelten."

224

XVII

Mit dem alten Jahr ging es zu Ende. Die ältesten Leute konnten sich eines so sanften Absterbens nicht erinnern. Die Stürme schienen gefesselt in einer Höhle zu liegen, und auch der Winter verschob seine Ankunft von Woche zu Woche. Gegen Mitte Dezember machten sich noch kaum einige Nachtfröste geltend. Am Tag schien die Sonne mild und freundlich und wußte manchen grünen Halm zu verlocken, daß er sein müdes Köpflein noch aufrecht hielt, anstatt es zum langen Winterschlaf auf die mütterliche Erde zu betten. Aber dennoch ging es bergab, und die alten Leute sagten: „Je milder der Dezember, desto schärfer der Januar."

Der laue Sonnenschein fiel auch auf das Sengernsche Palais und drang durch die dunkelroten Fenstervorhänge in das Gemach des jungen Edelmanns, um dort die braune Holzbekleidung der Wände etwas zu erhellen. Er huschte von einem wertvollen Gemälde zum andern, er koste mit den alten, wunderlich geformten Urnen und den Götterbildern, die Zeugnis ablegten von der Verehrung, die der klassischen Vorzeit hier gezollt wurde, und er spielte mit den Kugelbüchsen und Hirschgeweihen, die den Jagdliebhaber verrieten. Zuletzt sprangen die Sonnenstrahlen neugierig auf die Köpfe des Geschwisterpaars und blieben dort haften, als seien sie willens, das Gespräch zu belauschen, welches die beiden führten.

Esther hatte ihren Kopf in die Hand gestützt. Sie sah aus wie jemand, der über eine unklare Sache sich klar zu werden wünscht. „Du weißt, Augustin", sagte sie, „seit du mein einziger Bruder bist, habe ich mich ganz an dich angeschlossen. Du beherrscht mich; ich kann deinen Einfluß nicht leugnen; aber ich bin manchmal ungewiß, ob das mich besser macht oder schlechter."

„Nun, ich wenigstens bin mit dir zufrieden, Esti", erwiderte der Bruder lachend. „Diese Redensarten vom Besserwerden hast du wohl dem frommen Fräulein Maria abgelernt?"

„Fräulein Diriletti ist ein edles Mädchen", sagte Esther, „du mußt sie nicht verspotten, Augustin."

„Ich verspotte keine Heilige", entgegnete er und zog aus seiner Zigarre eine Dampfwolke, die sich in zierlichen Ringeln durch den weiten Raum verbreitete. „Du hättest sie zu deinem geistlichen Ratgeber ernennen sollen", fügte er hinzu.

„Einen solchen brauche ich nicht", erwiderte sie, „oder", fuhr sie zögernd fort, „es wäre vielleicht besser für mich, wenn ich meine natürliche Ratgeberin nicht verloren hätte."

„Bedarfst du guten Rates?" fragte Augustin.

Esther schwieg und beobachtete die Sonnenstrahlen, wie sie schräg durch das Fenster hereinhuschten. „Augustin", begann sie dann, „du weißt recht gut, weshalb Herr von Elbeding hierher gekommen ist."

„Und du weißt es nicht?" bemerkte er mit neckendem Seitenblick.

„Ja, auch ich weiß es", sagte Esther; „aber ich weiß nicht, was ich ihm antworten soll, wenn er wirklich eine Frage wagt."

Augustin legte seine Zigarre beiseite und nahm eine ernste Miene an. „Nun sieh, Esther", sprach er, „ich habe längst darauf gewartet, einmal dies Thema berührt zu sehen, und ich glaube, ich kann dir hier besser zur Klarheit verhelfen als irgend jemand anders."

„Wieso?" fragte Esther, „kannst du mir sagen, was ich ihm antworten soll?"

„Nein mußt du antworten, wenn du ehrlich sein willst."

„Nein", wiederholte sie, „und warum?"

„Weil deine Liebe einem andern gehört", entgegnete Augustin; „der Grund ist einfach und durchschlagend. — Glaube doch nicht", fuhr er fort, als er Esthers heftiges Erröten bemerkte, „daß du mich jemals hättest täuschen können. Ich habe vor fünf Jahren gewußt, wessen Bild dein Herz erfüllte, und ich weiß es heute. Aber ich muß dir gestehen, daß ich diese Beständigkeit in deinem Charakter nicht vermutet hätte."

Esther hatte sich abgewandt und ihr Gesicht mit beiden Händen bedeckt. „O Augustin!" murmelte sie, „wie kannst du so schonungs= los bloßlegen, was ewig begraben sein sollte!"

„Warum ewig?" äußerte Augustin. „Es ist ja noch nicht aller Tage Abend."

„Ich verstehe dich nicht", erwiderte sie. „Willst du dich über mich lustig machen, dann wähle einen anderen Gegenstand als diesen."

„Das liegt mir sehr fern", antwortete er. „Wie könnte ich das Leid meiner einzigen Schwester zum Gegenstand frivolen Scherzes machen! Nein, Esther, ich wünsche nichts sehnlicher, als dich noch einmal glücklich zu sehen."

„Das kann ich niemals werden", sagte sie. „Und wenn du denkst, mich dadurch glücklich zu machen, daß du mich immer wieder mit ihm zusammenführst, dann irrst du, Augustin; seine Nähe ist das süße Gift, das mein Leben noch ganz verderben wird."

„Du bist ein unerfahrenes Kind", entgegnete er. „Nicht immer sind die Bande unlösbar, mit denen die Kirche zwei Menschen an= einandergekettet hat. Es gibt Fälle und Verhältnisse, die eine Lösung nicht nur gestatten, sondern gebieten, und bei allem Lieb= reiz der jungen Gräfin glaube ich doch nicht, daß sie Geist genug besitzt, um einem Manne wie Reggfield auf die Dauer zu ge= nügen."

„Augustin, du wirst mir unheimlich", sagte Esther.

„Warum?" fragte er. „Zwei gute Augen haben die Bemer= kung gemacht, daß Graf Reggfield die Nähe meiner klugen Schwester aufsucht. Was ist daran Unheimliches?"

Es geschah ihr selbst unbewußt, daß sie ein wenig von ihm hinwegrückte und daß auf ihrem Gesichte sich etwas wie Grauen spiegelte. „Mephisto", kam es leise und scheu von ihren Lippen.

„Die Vergleichung ist nicht sehr schmeichelhaft, Schwesterchen", entgegnete er lachend. „Immerhin, Mephisto ist ein gemütlicher Teufel. Aber sage mir, Esther, glaubst du nicht, daß ich es gut mit dir meine?"

„Ich wollte dir nicht wehe tun", erwiderte sie, „und ich will dich auch jetzt nicht kränken; doch, Augustin, nicht Graf Regg=

field sucht uns auf, sondern du suchst ihn auf, und es will mir scheinen, er ist nicht glücklicher geworden, seit du sein Freund bist."

„Ja", sagte Augustin, „das hat seinen guten Grund, und wenn du weniger aufgeregt wärst, könnte ich dir vielleicht einen Einblick gestatten."

„Ich bin nicht aufgeregt", sprach sie, indem sie sich empor= richtete.

„Nein, gar nicht", antwortete Augustin, und in diesem Augen= blick wurde ihr Gespräch durch einen Diener unterbrochen. „Graf Reggfield", meldete er.

Augustin warf seiner Schwester einen bedeutsamen Blick zu, der zu fragen schien: „Glaubst du mir noch nicht?" Dann sagte er laut: „Sehr angenehm", und hierauf wurde Reggfield ein= geführt.

Bei seinem Erscheinen überzog Esthers Gesicht eine glühende Röte. Sie stand auf und wollte aus dem Zimmer gehen.

Reggfield grüßte sie artig und sagte: „Es lag nicht in meiner Absicht, Sie zu vertreiben, gnädiges Fräulein."

„Bleib doch hier, Esther", sagte Augustin, „warum willst du uns verlassen?"

Allein in Esther war durch das vorangegangene Gespräch aller edle Stolz geweckt worden, den Gott in das weibliche Herz, selbst in das schwache, gelegt hat und der seiner Eigentümerin oft das zu tun verbietet, wozu die Neigung sie verlocken möchte. Darum erwiderte sie nur: „Ich muß dem Vater die Zeitung bringen", verneigte sich flüchtig und ging hinaus.

„Nun, mein lieber Herr Graf", sagte Augustin, „was fangen wir heute an? Wollen wir das schöne Wetter benutzen, oder wollen wir hier bei einer Flasche Wein das historische Werk durchsehen, das Sie neulich so sehr interessierte?"

„Nein", erwiderte Reggfield, „ich habe mir für heute einen schweren Gang vorgenommen, und ich wollte Sie bitten, mich dabei zu begleiten. Sie wissen ja, die Ruhe hat nicht lange ge= dauert, obwohl ich schon hoffte, gesiegt zu haben. Es ist mir un= begreiflich, wie die Versuchung so schrecklich nahe, mit so zwingen= der Gewalt mir auf den Hals rücken konnte; aber ich glaube,

228

auch ein Stärkerer als ich wäre ihr unterlegen. Seitdem habe ich Unglück gehabt, immer nur Unglück, und nun wollte ich heute einmal anfragen, wie hoch meine — meine Schulden sich schon belaufen. Es müssen mehrere Wechsel fällig sein, und doch kann ich mir nicht helfen, ich muß noch eine neue Summe aufnehmen."

„Das wird sich schon machen lassen", sagte Augustin; „die Wechsel werden verlängert, und was die neue Summe anbetrifft, so leiste ich eben wieder Bürgschaft."

„Wollen Sie das wirklich noch einmal tun?" fragte Reggfield sorgenvoll und dankbar zugleich.

„Selbstverständlich", antwortete der Baron. „Mein Gut hält schon noch andere Bürgschaften aus als die paar kleinen Gefälligkeiten, die ich Ihnen erwiesen habe. Ich werde Sie doch nicht im Stich lassen. Und nun kommen Sie, Herr Graf. Erst das Geschäft, und dann sehen wir uns nach ein paar lustigen Kumpanen um."

„Nein, nein", sagte Reggfield hastig und abwehrend, „heute nicht. Ich will nur auf die Bank gehen und dann wieder nach Hause."

Augustin betrachtete ihn mit lächelndem Blick und erwiderte: „So melancholisch, Herr Graf? Ich möchte fast glauben, daß Freund Darrnbek Ihnen einmal wieder den Text gelesen hat."

Reggfield schüttelte den Kopf. „Sie werden es vielleicht gering anschlagen, Herr Baron", sagte er; „aber mir macht die Sache viel Kummer. Die neue Freundschaft mit Ihnen bringt mich fast um meine alte. Ich schäme mich vor Darrnbek; ich kann ihm nicht mehr ehrlich in die Augen sehen."

„Ja, ja, er ist streng, der Herr Tugendritter", bemerkte Augustin; „ich selbst habe gewaltigen Respekt vor ihm. Aber seien Sie unbesorgt; es wird Ihrem Namen auch in meiner Gesellschaft kein Unglimpf widerfahren. Wir beide ergänzen einander vortrefflich; denn ich bin ebenso kühl, wie Sie leidenschaftlich sind."

„So wollen wir denn gehen", sagte Reggfield, und gemeinsam verließen sie das Haus. Ungefähr fünf Minuten mochten sie gegangen sein, da machte der junge Graf seinen Begleiter auf eine männliche Gestalt aufmerksam, die ihnen entgegenkam. „Das ist Darrnbek", sagte er leise. „Er darf nicht erraten, wohin wir gehen."

„Überlassen Sie es mir, ihm Auskunft zu geben", antwortete Augustin sorglos, und als sie bald darauf mit Darrnbek zusammentrafen, rief er ihm munter zu: „Nun, wohin des Weges?"

„So könnte eher ich fragen", erwiderte Darrnbek.

„Da haben Sie's, Herr Graf", lachte Augustin; „ich behaupte doch nicht mit Unrecht, daß Herr von Darrnbek der gestrengste Freund ist, den die Sonne bescheint. Es könnte mancher ratlose Dater von ihm lernen, wie er seine Autorität einem widerspenstigen Sohne gegenüber ausüben muß."

„Ich mache keinen Anspruch auf Autorität", antwortete Darrnbek mit Stirnrunzeln. „Sparen Sie Ihre Gleichnisse für einen, Herr Baron, der mehr Fassungsgabe hat als ich."

„Oho!" sagte Augustin, „das bedeutet schlecht Wetter. Nehmen wir uns in acht, Herr Graf."

„Darrnbek", begann Reggfield mit sichtlicher Verlegenheit, „es tut mir leid, daß ich dich nicht bitten kann, mit uns zu kommen. Ich fürchte aber, du würdest wenig Dergnügen davon haben; denn es ist ein Geschäftsgang und da —"

„Da bist du überflüssig", vollendete Darrnbek. „Scheue dich nicht, Reggfield, mir die unverblümte Wahrheit zu sagen; sie ist zwar manchmal bitter, aber heilsam."

„Sei nicht wieder empfindlich", bat Reggfield.

Doch Augustin beugte einem weitern Wortwechsel vor, indem er sagte: „Kommen Sie, lieber Graf; wir richten mit dem Gestrengen da doch nichts aus. Auf Wiedersehen, Herr von Darrnbek und dann hoffentlich in besserer Stimmung." Er lüftete mit etwas spöttischer Derbindlichkeit den Hut und zog seinen Begleiter mit sich fort.

Darrnbek blieb zurück und sah den beiden nach. Aber als sie etwa vierzig Schritte von ihm entfernt waren, sagte er halblaut: „Halt, langer Laban, so lasse ich mich doch nicht betrügen. Jetzt will ich mich einmal überzeugen, wohin du meinen Reggfield führst und was du mit ihm vorhast." Und so setzte er sich in Bewegung, immer in einiger Entfernung hinter den beiden her, die an eine derartige Verfolgung gar nicht zu denken schienen. Sie gingen durch mehrere Straßen, bis die Wanderung ihr Ende erreichte vor einem Gebäude, das die goldene Inschrift trug: „Bankgeschäft Wichelhausen." Als die beiden hohen Gestalten hinter der Glastür verschwanden, entstieg ein tiefer Seufzer Darrnbeks Brust. „Ich dachte es mir", sagte er vor sich hin, und dann wandte er um und ging langsam zurück. Die freund= liche Sonne am Himmel hätte alle ihre Strahlen vergeuden kön= nen, es wäre ihr nicht mehr gelungen, den Ausdruck des Wohl= behagens auf das Antlitz des Mannes zu locken, der sonst so frohgemut der Welt und dem Leben ins Auge geblickt hatte.

Auf der Brücke, die über den Fluß führt, traf er mit Elbeding zusammen. Erstaunt redete der Ulan ihn an. „Warum so grim= mig, Herr Kamerad?"

„Ich ärgere mich", erwiderte Darrnbek, „ärgere mich darüber, daß das alte Jahr zu Ende geht und ich es nicht halten kann."

„Sonderbarer Grund zum Ärger und wenig Aussicht auf Hilfe", lachte Elbeding. „Da hätte ich noch eher Ursache zum Verdrießlichsein. Eben gedachte ich, meine Geschäfte in hiesiger Stadt recht in Muße abzuwickeln, und nun erhalte ich heute früh die Nachricht, in einer dringenden Familienangelegenheit sofort nach Hause zu kommen. Jetzt heißt es: was du heute kannst be= sorgen, das verschiebe nicht auf morgen."

„Dann will ich Sie nicht aufhalten, wenn Sie's so eilig haben", sagte Darrnbek.

„O bitte", antwortete Elbeding. „Aber können Sie mir viel= leicht sagen, ob ich den Baron von Sengern zu Hause treffen werde?"

„Den werden Sie nicht treffen", erwiderte Darrnbek grollend; „er hat wichtige Dinge zu besorgen, bei denen Sie und ich über= flüssig sind."

„Hm", sagte Elbeding, „nun, wollen sehen. Adieu, Kamerad." Als sie jedoch schon eine Strecke voneinander entfernt waren, wandte er sich noch einmal um und rief: „Herr von Darrnbek, noch einen Augenblick!" Aber der Gerufene hörte nicht mehr und Elbeding sprach zu sich selbst: „Tut nichts; ich kann die Ab=

schrift Sengern geben, wenn ich Reggfield selbst nicht mehr sehen sollte." Dann schritt er weiter, dem Sengerschen Hause zu. Er fragte den bereitstehenden Diener nach dem gnädigen Fräulein und wurde die Marmortreppe hinan in ein Zimmer geführt, wo Esther noch bei ihrem Vater saß. Nach Verlauf einer halben Stunde verließ er das Haus wieder, düster, niedergeschlagen und mit dem Bewußtsein, er werde es nie wieder betreten.

Auf derselben Brücke, wo er vorher mit Darrnbek gesprochen hatte, begegnete er jetzt Augustin, der allein daherkam. „Glücklich zurückgekehrt von Ihrer Reise?" fragte er.

„Ja", antwortete Elbeding, „und ich gehe jetzt, um in der elendesten kleinen Stadt für einen Irrtum zu büßen."

Augustin sah ihn aufmerksam an. „Was hat's gegeben?" fragte er.

„Nichts hat's gegeben", erwiderte Elbeding etwas beißend. „Ich komme aus Ihrem Hause, Herr Baron — nun — das Weitere werden Sie sich denken können."

„Sie tun mir leid", antwortete Augustin. „Ja, meine Schwester ist ein unberechenbares Mädchen, und doch kann ich nicht sagen, daß sie Ihrer treuen Zuneigung unwert sei."

Elbeding schwieg. Er griff in seine Tasche und zog ein Schreiben hervor, das er Augustin reichte. „Wollen Sie die Güte haben, dies dem Grafen Reggfield zu übergeben", sagte er. „Ich gedachte ihn aufzusuchen; aber nun werde ich nicht mehr die Zeit dazu haben, da ich noch heute abend abreisen will."

Augustin betrachtete den Brief.

„Es ist nichts Dienstliches", fuhr Elbeding fort; „es sind einige Aufklärungen über die Herkunft seiner Frau, die Reggfield dem alten Grafen gegenüber vielleicht von Nutzen sein können."

„Ich werde es besorgen", erwiderte Augustin, und dann trennten sich die beiden; jeder ging seinen eigenen Weg.

Der kommende Tag brachte für Reggfield den unerwarteten Besuch seines alten Freundes. „Reggfield", sagte Darrnbek, „ich bitte dich — wenn eine Bitte von mir dir noch etwas gilt —, mich heute einmal zu begleiten."

„Wohin?" fragte Reggfield, „hast du Geschäfte?"

232

„Wie man's nehmen will. Mein Hauptzweck ist aber, dich bei mir zu haben.“

„Wenn du bloß meine Gesellschaft suchst“, sagte Reggfield, „dann können wir ja ebensogut hierbleiben.“

„Nein, nicht hier“, erwiderte Darrnbek, „komm hinaus an die frische Luft; hier muß ich ersticken.“

Mit einigem Befremden willfahrte Reggfield dem dringenden Begehr. Unten angelangt, schlug Darrnbek einen Weg ein, der einsam und wenig besucht war, und dann gingen die beiden Freunde schweigend nebeneinander her; denn jeder erwartete vom andern, daß er das erste Wort sprechen werde. Vielleicht stellten sie im stillen auch Vergleiche an, wie es früher gewesen war, da sie keine Handlung, kaum einen Gedanken voreinander verborgen hielten. Solche Wandlungen im Menschenleben sind aber nicht geeignet, das Herz froh und leicht zu machen, und die milde Dezembersonne strengte sich wieder vergeblich an, ein Lächeln auf die Gesichter der schweigsamen Wandrer zu locken.

„Reggfield“, begann Darrnbek endlich, „was soll das lange Zerren und Warten? Besser, du erfährst es sogleich, was ich dir zu sagen habe: ich weiß, wo du gestern gewesen bist; ich bin dir gefolgt.“

Diese kurze Erklärung hatte eine schreckliche Wirkung. Reggfield wurde leichenblaß und ballte die Faust. „Darrnbek“, stieß er dann hervor, „stünde jetzt ein anderer hier an deiner Stelle —“

„So würdest du Satisfaktion fordern“, vollendete Darrnbek in bitterer Gelassenheit. „Ich schlage mich nicht mit dir, Reggfield; aber ich stelle dir frei, mich nun auch physisch zu verwunden, nachdem du es moralisch bereits getan ist.“

Es folgte wieder eine Pause, in der Reggfields Fassung und Selbstbeherrschung so weit zurückkehrte, daß er imstande war, zuzuhören, als Darrnbek weitersprach: „Seit länger als zwei Monaten habe ich nun schweigend zugesehen, wie du dich von dem schlauen Baron betrügen läßt. Weiß Gott, was er für eine Absicht dabei hat, gut kann sie nicht sein, da er dich zum Schuldenmachen verleitet hat.“

„Du bist ungerecht“, sagte Reggfield; „der Baron betrügt mich nicht, im Gegenteil, ich bin ihm zu vielem Dank verpflichtet.“

„So hätteſt du keine Schulden?" fragte Darrnbek. „Es iſt mir gleich, ob du mich für ungerecht oder eiferſüchtig hältſt, ich verlange nur zu wiſſen, ob du jenes Lokal in anderer Abſicht betreten haſt, als um Geld zu leihen?"

„Jeder Ehrenmann kann einmal in Geldverlegenheit geraten", antwortete Reggfield ausweichend.

„Ja, das kann er", ſagte Darrnbek; „aber ein Ehrenmann braucht ſich auch nicht zu ſchämen, ſolche Verlegenheiten einzugeſtehen. Reggfield, ich habe eine ſchreckliche Ahnung. Ich will ſie nicht in Worte kleiden, denn ich denke und hoffe, die Kraft, die du einmal fandeſt, wird ſich dir doch beim zweitenmal nicht verſagen." Er hielt inne, um ſeiner Bewegung Herr zu werden. Dann fuhr er fort: „Denke an unſere gemeinſame Jugendzeit, Reggfield, wo wir nie ein Geheimnis voreinander hatten, denke an die Szene, wo du zwei Stunden vor der Tür meines Gefängniſſes lagſt, und dann ſage mir, ob du denn gar kein Vertrauen mehr zu mir haſt!"

„Ich habe immer Vertrauen zu dir gehabt", antwortete Reggfield, unfähig, der Bewegung ſeines Gemüts zu widerſtehen.

„Nun denn", ſagte Darrnbek, „ſo darfſt du mir jetzt die Antwort nicht ſchuldig bleiben. Ich frage dich nicht, wozu du das Geld gebraucht haſt, nur wieviel du gebraucht haſt, das will ich wiſſen. Sieh", fuhr er fort, als Reggfield ſchwieg, „ich bin, was man ſo ſagt, ein armer Schlucker; aber vielleicht wäre es doch möglich, ich könnte dir helfen."

„Niemals!" entgegnete Reggfield mit Ungeſtüm. „Eher verſetze ich mein ganzes Hab und Gut und mich dazu."

„Du willſt es nicht?" fragte Darrnbek traurig, „wenn es, Sengern wäre ſtatt meiner, nicht wahr, dann würdeſt du es annehmen?"

„Schon wieder dieſe unleidliche Eiferſucht!" rief Reggfield. „Du machſt mich noch raſend, Darrnbek."

„Willſt du mich los ſein, ſo ſprich es aus und mache der Marter ein Ende", ſagte Darrnbek.

„Du biſt ein Tor", erwiderte Reggfield. „Iſt es denn ganz unmöglich, daß ein Mann zwei Freunde haben kann?"

234

„Oh, ein ganzes Dutzend, wenn es dir beliebt, besonders, wenn sie alle so leicht und falsch sind wie dieser Baron."

Reggfield stampfte mit dem Fuß; er hatte eine zornige Antwort auf den Lippen; aber er bezwang sich noch einmal und sagte: „Ich kann nur denken, daß der unsinnigste Neid dir den Kopf verdreht hat."

„Denke, was du willst", entgegnete Darrnbek. „Ich sehe, die Zeiten sind vorüber, wo mein Wohl und Weh noch Wert für dich hatte. Sprechen wir nicht mehr davon. Aber denke an deine Frau und an die Stunde, in der ich dir sagte, du führest sie Kämpfen entgegen, denen sie nicht gewachsen sei. Gott verzeihe dir, Reggfield; mich dünkt, diese Zeit ist gekommen."

Vergeblich suchte Reggfield nach einer Antwort, und während er noch suchte, tauchte jenseits der Straße ein Bekannter auf, bei dessen Erscheinen sich Darrnbeks Gesicht in bedrohlicher Weise verfinsterte. Reggfield jedoch sprach halblaut: „Er hat auf mich gewartet."

Sie gingen einige Schritte weiter. Da legte Darrnbek seine Hand mit eiserner Schwere auf des Freundes Arm und sagte langsam und gepreßt: „Reggfield, so lange ich dich kenne, ist dein Weg der meine gewesen; aber läßt du von jenem Schurken nicht ab, so wird diese Stunde uns trennen."

„Du bist ein Tor", antwortete Reggfield wieder, doch ohne ihn anzusehen oder seinen Arm von der umklammernden Hand zu befreien.

Unterdessen war Augustin näher herangekommen. Er schwenkte grüßend den Hut und rief schon von weitem: „Ein günstiges Zusammentreffen, Herr Graf; ich glaubte, Sie noch lange suchen zu müssen." Dann, als er vor ihnen stand, fuhr er fort: „Ei, sieh da, auch der Herr von Darrnbek! Nun, wie steht heute das Wetterglas?"

Darrnbeks Finger lösten sich langsam von Reggfields Arm, und seine Hand sank schlaff herab. So blieb er stehen, steif und stumm, nur den Blick voll schmerzlicher Erwartung auf den Freund gerichtet, der seinerseits ein Bild des unglücklichen Zwiespalts bot.

Auguſtin betrachtete die Gruppe mit einem feinen, ironiſchen Lächeln. „Nun, Herr Graf", ſagte er, „wie lange wollen wir hier ſtehen und warten, ob man die Erlaubnis erteilen wird, uns von der Stelle zu bewegen?"

Die leiſe Anſpielung auf die Abhängigkeit von ſeinem Freund, die ihm früher ſchon manche Neckerei eingetragen hatte, blieb nicht wirkungslos, ſondern weckte Reggfields Trotz. Finſter ent= gegnete er: „Ich brauche nicht zu warten."

„So können wir ja gehen", ſagte Auguſtin. „Es wehen keine Mailüfte heute. Kommen Sie, Herr Graf, vielleicht findet Herr von Darrnbek es dann für gut, unſerm Beiſpiel zu folgen."

Nur einen einzigen, flüchtigen Blick noch warf Reggfield auf den regungsloſen Mann an ſeiner Seite, der der treue Gefährte ſeiner Kindheit und Jugend geweſen war; dann ließ er es zögernd geſchehen, daß Auguſtin ihn mit ſich hinwegführte.

Wie am Tage vorher blieb Darrnbek zurück und ſah den beiden nach. Weiter und weiter entfernten ſie ſich, und als jetzt die hohe, edle Geſtalt des Grafen Reggfield an der Seite des langen Barons um eine Ecke bog, da war es dem lebensfrohen Darrnbek, als ob ein Fieberſchauer ihn erfaſſe und ſchüttele. „Mein Reggfield", murmelte er, „hol der Geier die ganze Menſchheit!"

Auguſtin indeſſen ſtrengte ſich vergebens an, die Gedanken ſeines Begleiters von dem Vorgefallenen abzulenken und auf etwas anderes zu richten. Weder die geiſtreichen Witze noch die boshafteſten Spötteleien vermochten Reggfields Aufmerkſamkeit zu feſſeln; er blieb ſtill und in ſich gekehrt, bis der Baron endlich ſagte: „Ich hatte Ihnen eine Mitteilung zu machen, lieber Graf; Sie haben in Ihrer Abweſenheit Beſuch bekommen, und zwar von Ihrem Schwiegervater."

„So", ſagte Reggfield. „Haben Sie ihn kommen ſehen?"

„Ich war in Ihrer Wohnung, als er ankam", antwortete Auguſtin.

„Bei meiner Frau waren Sie?" fragte Reggfield zerſtreut.

„Ja, um nach Ihnen zu fragen", erwiderte Auguſtin. „Mir ſchien es, als wäre der Herr Oberförſter in der Abſicht gekommen, Ihre Frau Gemahlin mit fortzunehmen."

236

„Dann muß ich nach Hause", sagte Reggfield, wie aus einem Traum erwachend. „Entschuldigen Sie, Herr Baron, ich komme heute nachmittag wieder."

„Wenn Sie gestatten, begleite ich Sie jetzt", erwiderte der gefällige Baron, und da Reggfield nichts dagegen einzuwenden hatte, gingen sie zusammen bis vor die Haustür, wo Augustin sich verabschiedete.

Als Reggfield den ersten Treppenabsatz hinaufgestiegen war, blieb er stehen und seufzte tief und schwer. „Harry Darrnbek", flüsterte er vor sich hin und deckte die Hand über die Augen. Aber dann strich er schnell weiter, über die Stirn und durch sein Haar, als wollte er sich selbst glauben machen, daß die erste Handbewegung nur zufällig gewesen sei.

Drinnen bei Serena fand er wirklich, wie Augustin ihm gesagt hatte, seinen Schwiegervater. „Grüß dich Gott, mein Sohn!" sagte der Oberförster. „Ich habe dir mehrere Neuigkeiten zu erzählen. Komm, setze dich zu mir. Du siehst nicht glücklich aus. Was fehlt dir?"

„Kleine Verdrießlichkeiten", antwortete Reggfield. „Laß deine Neuigkeiten hören, dann vergesse ich sie."

„Nun, die erste Neuigkeit ist, daß ich ernstlich daran denke, mich pensionieren zu lassen. Mit siebzig Jahren will das Weidwerk nicht mehr gehen, ich muß es einer jüngeren Kraft überlassen, wenn auch der Abschied von meiner alten, grünen Heimat mir schwer werden wird."

„So denkst du daran, deinen Wald zu verlassen?" fragte Reggfield.

„Ja", antwortete der Oberförster, „das ist die zweite Neuigkeit. Es ist so still draußen geworden, Maria und mir will's manchmal bange werden; es fehlt uns etwas. Und da ihr, meine lieben Kinder, nicht zu uns kommen könnt, so sind wir eins geworden, daß es besser sei, wenn wir zu euch kämen. Wir wollen hierher in die Stadt ziehen."

„Vater!" rief Serena aufjubelnd und flog ihm an den Hals.

„Nicht wahr, kleine Here, das war eine Überraschung?" fragte der alte Herr, während er sie an sich drückte und streichelte.

„Nun höre die dritte Neuigkeit. Es werden also dies Jahr die
letzten Weihnachten im Walde sein, und da dachten wir, ihr
müßtet sie mit uns feiern, und weil's jetzt noch so wunderschön
draußen ist, so — ja — eigentlich wollte ich dich und die Kleine
heute schon mitnehmen. Was meint ihr dazu?"

Serena sah Reggfield an.

„Erich kommt nach, selbstverständlich, sobald es geht", sagte
der Oberförster, der den Blick verstand. „Bis dahin muß er freilich eine kurze Zeit allein bleiben."

Aber der helle Freudenschein, der vorher Serenas Gesicht verklärt hatte, war erloschen. „Es geht nicht", sagte sie traurig, „ich
muß bei dir bleiben, Erich."

„Warum mußt du das?" fragte er. „Ich sehe die Notwendigkeit des Opfers nicht ein; Marianne wird mich versorgen, wenn
auch nicht so gut wie du, so doch immerhin noch gut genug."

„Erich —", sagte sie, sonst nichts. Aber es lag eine angstvolle,
zitternde Frage in dem einen Wort.

„Mir wird nichts geschehen", antwortete er hastig. „Sei nicht
kindisch, Serena. Der Vater hat ganz recht, ein paar Wochen in
der guten Waldluft werden dir wohltun und dich wieder frisch
machen; es ist wahr, du siehst jetzt manchmal blaß aus. Kurz
und gut, ich wünsche es, daß du mit dem Vater gehst."

Da schwieg sie, und der hereinbrechende Abend fand sie und
Agnes auf dem Wege zum heimatlichen Wald. Die guten,
rundlichen Braunen trabten, vom alten Franz geleitet, bedächtig
dahin. Agnes plauderte, und der Oberförster scherzte mit ihr
und Serena, obwohl er die letztere stiller fand als sonst. Er schob
das auf den Trennungsschmerz.

Mond und Sterne standen längst am Himmel, als der Wagen
vor dem Forsthaus hielt. Es sind zumeist wehmütige Gefühle,
die uns bestürmen, wenn wir unter gänzlich veränderten Verhältnissen eine alte Heimat wieder betreten; jeder Schritt weckt
Erinnerungen an Zeiten, die uns um so ferner dünken, je glücklicher sie gewesen sind, und doch sind es oft nur wir selbst, die
die schmerzliche Veränderung im Herzen tragen. Eine derartige
Empfindung beschlich auch Serena, als sie mit Maria die Treppe

238

hinaufstieg, die zu dem Erkerstübchen führte. Wie früher standen hier zwei schneeweiße Gardinenbetten, und die ältere Schwester sagte: „Serena, mir war's, als könnte es nicht anders sein, als müßtest du noch einmal das Zimmer mit mir teilen wie in alten Zeiten."

„Ach ja", antwortete Serena, indem sie auf den Stuhl vor ihrem Bette niedersank, „sie waren glücklich, die alten Zeiten."

„So sei nun wieder unser Sonnenkind", sagte Maria. „Dies Haus ist öde geworden, als du hinauszogst. Aber du sollst jetzt nichts tun, Serena, nur ausruhen und dich pflegen lassen."

Und es schien, als wollte Serena den Wunsch ihrer Schwester treulich erfüllen; sie ließ sich pflegen und hüten wie ein Kind. Doch auch mit dem Ausruhen konnte Maria zufrieden sein; stundenlang saß sie oft am Fenster und sah müßig hinaus in den stillen Wald, und wenn sie auf des Oberförsters Wunsch ihn bei seinen Wanderungen begleitete, dann mußte der alte Herr seine Schritte mäßigen, und zuweilen sagte er halb betrübt, halb zweifelnd: „Kleine Hexe, mich dünkt, du hattest früher flinkere Füße."

Eines Tages, als die Dezembersonne ganz besonders freundlich schien und die kleine Agnes beim Großpapa saß, um ihn mit ihrem Geplauder zu unterhalten, schlug Maria ihrer Schwester einen Spaziergang vor. Sie gingen Arm in Arm über den weichen Waldboden, der von den verschiedensten Moosen und Flechten überwuchert war. Bald grau, bald dunkelgrün, bald hell und leuchtend breiteten die zarten Pflänzchen ihre Zweiglein aus. Mutig kletterten sie an den starken Bäumen hinauf und umgaben deren Stamm an der Wetterseite wie mit einem Pelz, unbekümmert um Frost und Hitze.

Der Pfad, welchen die beiden Schwestern verfolgten, führte durch ein dichtverschlungenes Dickicht von Wacholdersträuchern und niedrigem Nadelholz, bis er auf eine Wiese hinauslief und sein Ende am Fuß einer kleinen Anhöhe erreichte.

„Sieh da, unser lieber Hügel!" sagte Serena. „Wie oft habe ich Heimweh nach ihm gehabt! Komm, laß uns hinaufsteigen und oben ein wenig ruhen."

Maria willfahrte der Bitte. Sorglich deckte sie ein Tuch über den Boden, und dann ließen sie sich darauf nieder. Die Wiese zu ihren Füßen war nicht mehr grün, sie hatte einen gelblichen Schein, es blühten auch keine Blumen mehr, und die Farnkräuter am Rand des Baches waren welk und vertrocknet. Aber der Kranz von Bäumen, der die Wiese umrahmte, prangte in unverändertem ernstem Grün, und dahinter lugte wie ehedem der Giebel des Forst= hauses hervor, mit einer einzigen, letzten Weinranke geschmückt, die rot und gelb schillernd das Erkerfenster umflatterte.

„Maria", begann Serena nach einer Weile, „erinnerst du dich jenes Nachmittags im Herbst vor fünf Jahren, wo wir auch hier saßen?"

„Wir haben ja oft hier gesessen", antwortete Maria.

„Aber jenes eine Mal", fuhr Serena fort, „weißt du nicht mehr? Es war im September, und ich flocht einen Kranz."

„Ich erinnere mich", sagte Maria, „es war der Tag, an dem Erich zum zweiten Male zu uns kam."

„Ja", erwiderte Serena, „er kam durch den Wald geritten, als wir nach Hause gehen wollten. Er kam noch auf dem Fokki, und sein Rock leuchtete hell durch die Bäume."

„Und du liefst fort, als du ihn sahst", ergänzte die Schwester, „ich weiß es noch."

„Ich mußte", entgegnete Serena; „die Freude, ihn wieder= zusehen, drängte mir beklemmend zum Herzen, und doch war mir's unmöglich zu warten, bis er herankam. Warum nur? Ich war ein törichtes Mädchen. Aber weißt du auch noch, wor= über wir an dem Tag hier gesprochen hatten? Wir sprachen vom Sterben. Du dachtest es dir so schön und wünschtest dir ein Grab hier im Wald, gerade an dieser Stelle —"

„Und du wolltest lieber oben auf dem Grabe sitzen als unten darunterliegen", sagte Maria.

„Ja", sagte Serena, „das war damals; da wußte ich noch nicht, daß es in der Welt oft so laut und wild ist, und daß einen das sehr müde machen kann."

„Bist du so müde, Serena?"

„Ach ja."

Es trat eine Pause ein nach diesen Worten, und dann war es abermals Serena, die das Schweigen brach. „Nun habe ich dich traurig gemacht", sagte sie zu ihrer verstummten Schwester. „Das wollte ich nicht, Maria. Vergiß, was ich gesagt habe; du weißt, ich habe schon viele kindische Worte gesprochen. Wie oft hast du mich früher deswegen gescholten!" Und wieder nach einer Pause sagte sie: „Laß uns heimgehen, Maria; es wird kühl."

Als die Sonne glutrot hinter dem Wald versank, stand Maria in dem traulichen Familienzimmer und sah nach dem Lehnstuhl, wo Serena, erschöpft von dem Gang, ruhte. Der Oberförster saß ihr gegenüber. Er beugte sich vor und blickte voll Besorgnis in das zarte, schmale Gesicht seines Lieblings, während sie versuchte, ihn froh und dankbar anzulächeln. Ihre Hand lag in der seinen, und Maria hörte, wie er bekümmert fragte: „Was hast du denn auf dem Herzen, mein Kind, was du deinem alten Vater nicht anvertrauen könntest?"

Serenas Antwort konnte Maria nicht verstehen; aber der Anblick tat ihr weh, sie wandte sich ab und sah zum Fenster hinaus.

XVIII

$\mathcal{E}$s kam so, wie die alten Leute gesagt hatten: „Je milder der Dezember, desto schärfer der Januar." Mit grimmiger Kälte war er hereingezogen mit Eis und Schnee, so daß die Bäume sich unter ihrer Last bogen und die Schritte der Fuß= gänger knirschten.

Im Flur des Forsthauses stand noch ein dunkler Tannenbaum, eine wehmütige Erinnerung an das vor drei Wochen gefeierte Weihnachtsfest, wo der Jubel der kleinen Agnes die stillen Räume durchschallt hatte. Diese Erinnerung mochte es wohl sein, die Maria am Nachmittag des 18. Januar auf dem Hausflur fest= hielt und ihren Blick zu dem schweigsamen Zeugen so lauter Festesfreude zog. Sie durchlebte die vergangenen Tage im Geist noch einmal, und dabei mußte sie sich gestehen, daß die Freude des Kindes diesmal die einzige aufrichtige und ungetrübte ge= wesen war. Warum auch mußte Reggfield seinen Besuch so sehr abkürzen und schon unmittelbar nach den Feiertagen in die Stadt zurückkehren? Warum mußten sie alle nach seiner Abreise eine Leere empfinden und dennoch erleichtert aufatmen, daß der unruhige Gast gegangen war? Warum besonders wurde Serena immer weicher und anschmiegender, je stiller und ängst= licher sie wurde? Warum war sie ebenso bleich und müde nach der Stadt zurückgekehrt, nachdem es doch während ihres Besuches eine Zeit gegeben hatte, wo Vater und Schwester mit heimlicher Freude eine Wiederkehr der verlorenen Kräfte bemerkten?

Alle diese Erinnerungen und Fragen begannen Marias Augen zu trüben, als sie von ihrem Vater überrascht wurde. „Warum stehst du hier in dem kalten Flur, meine Tochter?" fragte er. „Ich glaubte, du wolltest spazierengehen."

„Das will ich auch", antwortete Maria und schickte sich zum Gehen an. Sie hatte schon das Haus verlassen, da rief der Ober= förster noch einmal ihren Namen.

„Mein Kind", sagte er, als sie zurückkehrte, „du meinst also wirklich, es ist besser, wenn wir morgen zu Hause bleiben?"

„Ja, Vater", erwiderte Maria; „wenn ich an unsern letzten Besuch denke, so meine ich, es ist ratsamer, wir fahren nicht. Ich glaube, es ist Erich lieber so."

„Gut, gut, ja, ja, du hast recht", entgegnete der alte Herr mit einer gewissen Hastigkeit, dann ging er in sein Zimmer und Maria in den Wald.

Gegen ihre sonstige Gewohnheit wählte sie diesmal die große Fahrstraße zu ihrem Spaziergang; denn auf dieser Straße war heute vor fünf Jahren der Graf Reggfield gekommen, fröhlich und glücklich, um am folgenden Tage sein junges Weib mit sich heimzunehmen.

An Erinnerungstagen ist es uns Menschen natürlich, Vergleiche zwischen dem Damals und Heute anzustellen. Auch Maria folgte diesem Trieb und ließ die vergangenen fünf Jahre vor ihrem geistigen Auge vorüberziehen. Die ersten vier kamen als freund= liche Bilder, deren friedliches Glück einen Widerschein auf das einsam gewordene Vaterhaus warf. Aber beim letzten Jahr, da wandelte sich das Bild und wurde trüber und trüber, je näher es dem unmittelbaren Jetzt kam. Was war es für eine Wolke, die sich so unheimlich zwischen die beiden Ehegatten gedrängt hatte, daß jedes schweigend und allein litt? Maria hatte dieses störende Etwas bemerkt, als es kaum noch mehr war als ein Schatten, und hatte vergebens nach der Ursache gesucht. Sie sah es wachsen und litt darunter, niemand wußte wie sehr. Es war ja verzeihlich, daß sie sich gewissermaßen für die Gründerin des Ehebundes zwischen Reggfield und Serena hielt, daß sie glaubte, ohne ihre Fürsprache hätte der Oberförster nie seine Einwilli= gung gegeben. Aber nun hielt sie sich auch für das Glück der beiden für verantwortlich, und was dieses Glück bedrohte, das lastete wie eine Schuld schwer auf ihrem Herzen.

Wie damals glänzte und glitzerte heute der Wald in eisiger Pracht. Haarscharf stieg jede kleine Einzelheit jenes Tages in ihrer Erinnerung auf; fast meinte sie noch das Schellengeläut zu hören, als der Schlitten um die Ecke flog und die Hunde ihm bellend entgegensprangen. Ihre Phantasie mußte heute wohl sehr rege sein; sie hörte jetzt wirklich das Schellengeläut; ganz aus der Ferne kam es wie ein klingender Traum. Um ihrer erregten Sinne Herr zu werden, blieb Maria stehen und schloß die Augen, sie kamen und gingen, wie es ihnen gefiel. Und das Schellengeläut tönte fort, weither grüßend, bis der Gruß allmählich lauter und deutlicher wurde. Da schüttelte sie den Kopf und ließ ihren Blick wieder frei hinausstreifen in den schneeweißen Wald. „Wenn meine Ohren mich täuschen, so müssen's doch nicht die Augen tun", dachte sie. „Ich erwarte jetzt, den Schlitten kommen zu sehen."

Und siehe, da kam er. Dort hinten von der Biegung her bewegte sich ein dunkler Punkt auf sie zu, der nichts anders sein konnte als das erwartete, klingelnde Fahrzeug.

Marias Herz begann zu klopfen. Waren es wirklich ihre Geschwister, die dort kamen? Sie ging dem Schlitten eine Strecke weit entgegen, eilig, mit der Hast der Freude. Dann blieb sie wieder stehen. Nein, Erich Reggfield konnte es nicht sein; er fuhr nicht in einem Mietschlitten und mit einem Kutscher, der die Leine in beiden Fäusten hielt. Wer aber war es sonst? Diese Straße führte in die Oberförsterei, und wer sie zog, mußte dort einkehren. Doch Gäste um diese Jahreszeit waren etwas Ungewöhnliches.

Das Gefährt kam näher. Ein Männerkopf bog sich jetzt heraus, und Maria erkannte — Doktor Berthold. Das Gesicht des Gelehrten erhellte sich merklich, als er das schlanke Mädchen begrüßte, das staunend am Weg stand. Er ließ den Schlitten halten und sprang heraus.

„Herr Doktor", sagte Maria, „Ihnen scheint es bestimmt zu sein, mich aus dem Gleichmaß des Alltagslebens aufzurütteln; fast jedesmal, sooft Sie meinen Weg gekreuzt haben, geschah es in überraschender Weise."

244

„Überrascht es Sie wirklich, daß ich meiner Bundesgenossin
bis in ihren Eispalast nachdringe?" fragte er. „Da Sie sich in der
Stadt gar so selten zeigen, lassen Sie mir ja keine andere Wahl.
Oder werden Sie es für sehr zudringlich halten, wenn ich Sie
bitte, mich Ihrem Herrn Vater vorzustellen?"

„Nein", antwortete Maria, „ich will es gern tun, und mein
Vater wird sich freuen. Auch ihm werden Sie, dank des National=
gefühls der himmlischen Untertanen, nicht lange ein Fremder
sein."

Doktor Berthold lächelte ein wenig. Dann fragte er, ob das
Fräulein gestatte, daß er sie begleite, und ob sein Schlitten unter=
dessen in das Forsthaus fahren und dort einkehren dürfe.

Maria gab dem Kutscher Anweisung und hierauf klingelte der
Schlitten weiter. Die beiden Fußgänger aber schlugen einen Seiten=
weg ein, der sie in kürzerer Zeit zum Ziele bringen sollte. Als sie
jedoch die Oberförsterei vor sich liegen sahen, blieb Doktor Ber=
thold stehen und sagte: „Mich dünkt, wir haben unser Ziel zu
schnell erreicht. Wenn Sie eines Sinnes mit mir sind, Fräulein
Maria, dann wenden wir noch einmal um und gehen eine Strecke
durch den Wald."

Ohne Bedenken nahm Maria den Vorschlag an und wählte
den Weg, der nach Serenas Lieblingsplatz, dem kleinen Hügel
bei der Waldwiese, führte.

Doch der Doktor folgte ihr nicht sogleich, er stand noch und
sah hinüber nach dem beschneiten Hause. „Also dies ist Ihre
Heimat", sprach er, mehr zu sich selbst als zu seiner Begleiterin,
„die Heimat des Kindes und der heranwachsenden Jungfrau.
Wie still und lieblich ist sie anzusehen, recht wie die schützende
Muschel, die die verborgene Perle umschließt!"

„Ja, sie ist schön, meine Heimat", sagte Maria, „und jetzt,
wo ich bald von ihr scheiden muß, weiß ich erst, eine wie glückliche,
sorgenlose Kindheit ich hier verlebt habe."

„Ist denn die Gegenwart minder glücklich?" fragte der Dok=
tor, während er an ihre Seite zurückkehrte.

„Glücklich", wiederholte sie, „welcher Mensch kann sagen, daß
er glücklich ist? Irgendeine wunde Stelle gibt es in jedem Leben,

und je älter wir werden, um so empfänglicher wird unser Gemüt für den Kontrast von Licht und Schatten."

„Aber eins hebt das andere", erwiderte er, „und unser gereiftes Auge erkennt auch den Ausgleich, den Friedensbogen, der in den Wolken steht."

Sie gingen schweigend weiter; denn ihr Weg fing an, ziemlich beschwerlich zu werden. Die vorspringenden und niederhängenden Zweige der Bäume, die im Sommer die Köpfe der Wanderer sanft berührten, waren jetzt von gefrorenem Schnee wie gepanzert, und nicht selten drangen Eisstückchen gleich scharfen Nadelspitzen den darunter Schreitenden ins Gesicht. Doktor Berthold ging voraus und bog die vorwitzigen Äste zur Seite, um so seiner Gefährtin das Nachkommen zu erleichtern. Auch als sie die Anhöhe hinaufstiegen, schritt er voran und reichte Maria die Hand, um sie vor dem Ausgleiten zu bewahren. Mühsam klommen sie hinauf; aber, oben angelangt, wurden sie durch den Anblick eines herrlichen Schauspiels belohnt. Der Himmel, welcher den Tag über mit lichtgrauen Wolken bedeckt gewesen war, veränderte jetzt gegen Abend sein Aussehen und ließ die scheidende Sonne hervortreten. Wie ein glutroter Feuerball schwebte sie über dem Waldrand, rote und gelbe Streiflichter flogen über die Erde hin und tauchten den weißen Schnee in die zartesten Farbentöne, während die Kronen der Bäume in tiefem Karmesin leuchteten. Außer diesem mächtigen Farbenspiel regte sich nichts in der Natur, kaum daß ein verspäteter Sperling noch eilig in seinen Schlupfwinkel kroch. Es war Feierabend ringsumher.

Die beiden Wanderer auf dem Hügel blickten schweigend in die bunte, blendende Pracht, die der Schöpfer dem kalten Winter verliehen hatte. Sie fühlten, daß, wo der Herrgott redet, die Menschen verstummen müssen.

Jetzt aber wechselte die Szene. Aus einer dunklen Schlucht, durch die sich der Weg nach dem Dorf wand, kamen zuerst zwei Pferdeköpfe hervor, denen alsdann ein Lastwagen folgte, bis zum Brechen schwer mit Holz beladen. Die Räder durchbrachen die obere harte Kruste und sanken tief in den Schnee ein, unwillig, bei solchen Hindernissen sich weiterzubewegen. Keu-

chend schleppten die beiden Pferde an ihrer Last. Auch ihre Füße
brachen durch die Eisrinde und versanken in dem lockeren Schnee.
Man konnte vom Hügel aus sehen, wie jeder Muskel und jede
Sehne gespannt war von ungeheurer Anstrengung. Doch nicht
genug damit, daß die armen Tiere durch die Unvernunft der
Menschen zu leiden hatten, die das Fahrzeug des Sommers auch
für den Winter beibehielt, so sauste auch noch die lange Peitsche
des Fuhrmanns unablässig durch die Luft, und die beiden auf
dem Hügel konnten hören, wie sie mit grausamer Kraft auf die
Rücken der gequälten Pferde aufschlug.

Maria wurde von diesem schneidenden Gegensatz zur vorigen
Feierabendruhe tief erschüttert. Sie wandte sich ab.

„Die Welt ist vollkommen überall,
wo der Mensch nicht hinkommt mit seiner Qual."

Wie die Worte des Dichters ihr einfielen, kamen sie über ihre
Lippen.

„Es ist die Sünde", sagte Doktor Berthold, „der Fluch der
Sünde, unter dem selbst die arme Kreatur seufzen muß."

„Ja", erwiderte Maria, „und alles Unglück und Elend, das
auf uns lastet, ist im Grund weiter nichts als dieser Fluch der
Sünde. O es ist schwer!"

„Aber nicht verzweifelt", entgegnete er. „Es kommt ein Tag
der Erlösung, an dem der Fluch von uns genommen und in
Segen verwandelt wird. Der Inbegriff der Seligkeit wird sein,
daß wir frei von der Sünde den heiligen Gott schauen dürfen."

Maria schwieg und sah in die verlöschende Glut des Himmels.
Schon stiegen dort hinter dem Wald die Schatten der Nacht
herauf und haschten mit den Nebelarmen nach dem fliehenden
Tageslicht, um es zu verschlingen. Es wogte und wallte weißlich, gespenstig, es kämpfte und wurde besiegt und kam wieder
und kämpfte von neuem. Auch über die beiden Pferde, die
immer noch langsam mit ihrer Last weiterkeuchten, breiteten sich
die wallenden Nebel und entzogen sie schließlich den mitleidigen
Blicken.

„Herr Doktor", sagte Maria, als sie sich ihrem Begleiter wieder zuwandte, „warum sind Sie nicht Geistlicher geworden?"

„Predige ich zuviel?" fragte er lächelnd.

„Das nicht", antwortete sie, „aber ich meine, Sie müßten sich in diesem Beruf am glücklichsten fühlen."

„Vielleicht haben Sie recht", erwiderte er. „Doch als ich meinen Lebensberuf wählte, war der Glaube in mir noch ein totes Besitztum, das ich aus Pietät für meine frommen Eltern mit mir herumtrug. Erst später, nach ihrem Tod, wurde er mir Überzeugung. Und heute denke ich, es ist gut, wenn auch auf andern Posten Christen stehen; das Christentum ist doch nicht ein Privilegium der Pastoren. Auch in der Weltgeschichte, die mich von jeher mächtig anzog, waltet Gottes Hand, und sie dem heranwachsenden Geschlecht zeigen zu dürfen, das ist meine Freude."

Unterdessen wogten die weißlichen Gebilde näher und näher; bald mußten sie den Fuß des Hügels erreichen. „Es ist Zeit, an die Heimkehr zu denken", sagte Maria.

Sie stiegen hinab und gingen dann den Weg, der in die Fahrstraße mündete. Als sie die Stelle erreichten, wo Maria vorher den Schlitten hatte kommen sehen, blieb sie stehen und sagte: „Vor einer Stunde ging ich hier mit sehr schwerem Herzen. Jetzt ist mir wohler, und das danke ich Ihnen, Herr Doktor. Es wandert sich doch besser zu zweien als allein."

„Ja", erwiderte er mit einem tiefen Atemzug, „diese Überzeugung lebt in mir schon seit Wochen und Monaten, seit — seit ich sie kennenlernte, Fräulein Viriletti. Sie wurde stärker und stärker, bis sie zuletzt alle meine Gedanken beherrschte. Und heute hat sie mich hierher getrieben. O Maria, wollen Sie mit mir meine Straße wandern, die bisher so einsam war?"

„Wie meinen Sie das?" fragte sie verwirrt und erschrocken.

„Wie?" entgegnete er. „Sollte dies das erstemal sein, daß wir uns nicht verstehen?"

Maria öffnete die Lippen zu einer Antwort und schloß sie wieder. Aber ihr jähes Erröten sagte auch ohne Worte, daß ihr Verständnis auf der rechten Spur war.

248

„Wenn", fuhr Doktor Berthold fort, „hier einer ftünde, der Ihnen von hoher Leidenfchaft fpräche, dann könnten Sie wohl fagen: ich verftehe folche Sprache nicht. Aber wenn ich Ihnen fage, daß ich Sie liebe mit der vollen, tiefen und ftarken Liebe eines ernften Mannes, follten Sie hierfür wirklich kein Verftändnis haben?"

„Vergeben Sie mir", ftammelte Maria. „Habe ich jemals durch Wort oder Blick Sie in einem Irrtum beftärkt, fo gefchah es, weil ich glaubte, daß nie ein Mann in die Gefahr kommen könnte, mich zu lieben."

„Maria!" rief er faft erfchrocken aus. „Wer wäre denn zu lieben, wenn nicht Sie? Ich habe Sie überrafcht, wohlan, ich will ja warten und Geduld haben, nur laffen Sie mir die Hoff= nung, daß dann die Stimme in Ihrem Herzen erwachen wird, die für mich fpricht."

„Nein", antwortete Maria, die fich inzwifchen gefaßt hatte, „ich darf Sie nicht täufchen. Nicht die Liebe würde es fein, die mich ruft. Täte ich, was Sie von mir begehren, fo würde ich nur der inneren Stimme folgen, die es dem Weib zur Pflicht macht, für das Wohl eines andern Wefens zu forgen und zu leben. Eine folche Pflicht aber habe ich auch an meinem Vater zu erfüllen. Sein Recht ift das ältere, und darum, Herr Doktor, müffen Sie zurückftehen."

„Ich muß zurückftehen", wiederholte er tonlos. „Ich müßte es nicht, wenn Sie fühlen könnten wie ich. Aber Sie find reiner als ich, und darum gewinnt die irdifche Liebe keine Macht über Sie."

„Sie irren", fagte Maria noch ernfter als zuvor; „auch ich habe einmal erfahren müffen, wie die irdifche Liebe tut. Es war eine fchwere, dunkle Zeit, doch fie ging vorüber. Längft ift Friede geworden in meinem Herzen; Gott fei Dank dafür."

Jetzt war es der Doktor, der vergeblich nach einer Antwort fuchte. Er war bleich geworden bis in die Lippen.

„Vergeben Sie mir", bat Maria noch einmal und ftreckte ihm die Hand hin.

„Was soll ich Ihnen vergeben?" fragte er mit einem schwachen, wehmütigen Lächeln. „Daß Sie meinen Lebensweg für eine kurze Zeit erhellt und meine Erinnerung um ein lichtes Bild reicher gemacht haben? Nein, nein", fuhr er hastig fort, „keine Träne soll um meinetwillen Ihr Auge trüben. Sorgen Sie nicht um mich; ich werde die Kraft erlangen, meinen Schmerz zu überwinden. Und jetzt müssen wir scheiden, aber nur für dieses Leben, nicht auf ewig."

Während er noch sprach, erhob sich ein leises Wehen, und auf den Schwingen des Windes schwebten Töne heran, ferne Glockentöne. Im Dorf jenseits des Waldes wurde Feierabend geläutet.

Doktor Berthold nahm den Hut ab und verneigte sich vor dem stillen Mädchen. „Ave, Maria", sagte er leise, und dann ging er. Die flatternden Nebel, die inzwischen das Licht besiegt hatten, wanden ihre Schleier auch um seine Gestalt, und seine Schritte verhallten im Schweigen der sinkenden Nacht.

Nun ging auch Maria. Langsam wandelte sie wie im Traum, und als sie ihr Erkerstübchen erreicht hatte und dort niedersank, da drang an ihr Ohr das Schellengeläut des abfahrenden Schlittens. Weiter und weiter entfernte es sich, bis es zuletzt nur noch ein melodisch verklingender Gruß war.

„Ave, Maria!"

Unterdessen ging der Oberförster in seinem Zimmer voll Unruhe auf und ab. Er war ärgerlich und hatte doch keinen Gegenstand, an dem er seinen Unmut auslassen konnte. Die Lampe hatte er sich, als es immer dunkler wurde, selbst angezündet, aber sonst war er ganz allein, und das ist, wenn wir ärgerlich sind, zwar oftmals gut, doch selten angenehm. Da kam endlich seine Tochter herein. „Nun bitte ich dich, Maria", sagte der alte Herr, vor sie hintretend, „was soll ich eigentlich von dem allen denken? Du gehst vor länger als einer Stunde in den Wald — nun ja, das war ja gut —, aber dann kommt hier auf den Hof ein wildfremder Schlitten gefahren, und der Kutscher sagt, er hätte einen Doktor gebracht, der wäre bei dir im Wald geblieben und würde nachher zu mir kommen. Nun sitze ich hier und warte und warte — weder du noch ein Doktor lassen sich blicken, und vor etwa zehn

250

Minuten fährt der Schlitten wieder zum Hof hinaus, wie er gekommen ist. Was bedeutet das alles?"

„Doktor Berthold war hier", antwortete Maria.

„Doktor Berthold?" wiederholte der Oberförster, „der Verwandte von Baron Sengern? Warum ist er denn nicht hereingekommen?"

„Er wollte kommen", sagte sie.

„Er wollte kommen! Warum kam er nicht? Etwas Gesellschaft wäre mir nicht unlieb gewesen in dieser trübseligen Zeit."

„Er ist schon wieder fortgefahren", antwortete Maria.

„Ja, das habe ich gehört", sagte der alte Herr verdrießlich. „Ich muß gestehen, dieser Doktor besitzt nicht viel Lebensart, wenn er nicht einmal weiß, daß er mir einen Besuch schuldig ist, wenn er mit meiner Tochter im Wald spazierengeht und seinen Schlitten auf meinen Hof schickt. Hat er denn wenigstens gesagt, ob er wiederkommen wird?"

„Er kann nicht wiederkommen, Vater."

Der Ton, in dem diese letzte Antwort gegeben wurde, veranlaßte den Oberförster, seine Tochter genauer anzusehen. „Maria", sprach er kopfschüttelnd, „du kommst mir heute merkwürdig vor. Was wollte denn der Doktor eigentlich?"

„Deine Tochter wollte er", erwiderte sie halblaut und suchte seinem forschenden Blicke auszuweichen.

„Dich, Maria — dich?" rief der Oberförster erschrocken.

Maria ging auf ihn zu und schlang ihre Arme um seinen Hals. „Fürchte nichts, mein lieber Vater", sagte sie. „Nicht umsonst hast du mich so oft Vergißmeinnicht genannt; ich werde dich nie verlassen."

„Gott sei Dank!" sprach er im ersten Gefühl der Erleichterung. „Was sollte ich nur anfangen ohne dich? Ich wäre ja ganz unglücklich und verlassen." Er strich liebkosend über ihr blondes Haar und drückte einen Kuß auf ihren Mund. Als sie aber dann ihren hausmütterlichen Pflichten nachging und er wieder allein seinen Gedanken überlassen blieb, nahmen diese eine andere Richtung. Immer zweifelhafter und bedenklicher wurde mit der Zeit seine Miene, und als Maria zurückkehrte und sich mit einer Hand-

arbeit ihm gegenüber setzte, sprach er aus, was sein Gemüt be=
drückte. „Ich habe mir das überlegt, mein Kind; du hast doch nicht
recht getan, den Doktor so ohne weiteres fortzuschicken, und von
mir war es sehr unrecht, zuerst an mein Behagen zu denken
statt an dein Glück."

„Mein Glück liegt nicht in Doktor Bertholds Hand", antwortete
Maria.

Der Oberförster ließ diesen Einwurf unbeachtet und fuhr fort:
„Sieh, ich werde immer älter und gebrechlicher, wer weiß, ob
meine Erdenzeit nicht bald abgelaufen ist, und dann würdest
du ganz allein dastehen in der Welt."

„Ich habe ja Geschwister", sagte sie.

„Freilich wohl", entgegnete er, „Serena, das liebe Kind,
würde glücklich sein, dich immer bei sich zu haben, und Erich —
er neckt dich gern; mitunter gefällt mir der Ton nicht, in dem er's
tut; aber dennoch glaube ich, daß er es treu mit dir meint wie
ein Bruder."

„Er hat uns noch niemals Veranlassung gegeben, das zu be=
zweifeln", erwiderte Maria. „Warum willst du dir und mir das
Herz so schwer machen mit trüben Zukunftsbildern, Vater?
Noch habe ich ja dich, und ich bitte Gott täglich, daß er dich mir
noch lange erhält."

Aber der Oberförster war von seinem Gedankengang nicht
abzubringen. „Die Liebe und der Schutz eines Gatten sind besser
als eines Bruders Schutz", sagte er. „Du bist jetzt vierundzwanzig
Jahre, Maria, und wenn du immer älter wirst — du wirst ja
mit der Zeit — eine alte Jungfer."

„Was schadet das?" fragte sie. „Der Gedanke hat für mich
nichts Schreckliches."

„Hm, nun ja", sagte der Oberförster und rückte an seinem
Samtkäppchen, „eine alte Jungfer — eine Schande ist's freilich
nicht; aber es ist doch auch nichts Hübsches. Man sieht die armen
Dinger doch immer ein bißchen über die Achsel an. Nein, nein,
Maria, ich bin unzufrieden mit dir; du handelst manchmal zu
selbständig. Du hättest den Doktor zu mir bringen sollen, damit
ich sehen konnte, ob er deiner würdig ist."

„O Vater", sagte Maria, „Doktor Berthold verdiente wohl noch eine andere Frau als mich; er ist ein frommer, edler Mann."

„So", entgegnete der alte Herr. „Warum hast du ihn denn abgewiesen? Ich habe mir immer gedacht, wenn du einmal lieben würdest, dann müßte es ein frommer und edler Mann sein."

„Bester Vater, höre auf", bat Maria; „ich muß ja schließlich denken, daß du mich gern loswerden möchtest."

Wieder rückte der Oberförster an seinem Käppchen und betrachtete eine Weile seine erloschene Pfeife. Dann fing er noch einmal an: „Da war vor zwei Jahren der Forstassessor; er gefiel mir gut, und ich weiß, er wäre wiedergekommen, wenn du nicht so marmorkalt gewesen wärest. Und nun dieser Doktor! Du bist doch sonst nicht anspruchsvoll, warum willst du gerade in diesem Punkt so hoch hinaus? Das ist nicht recht, Maria. Wir Männer sind auch nur sterbliche Menschen, es gibt keine Engel unter uns."

„Ich suche ja keinen Engel", antwortete sie.

„Was suchst du denn?"

„Gar nichts."

„Wunderliches Mädchen!" sagte er, und dann ließ er endlich das Thema fallen. Erst spät am Abend kam er noch einmal darauf zurück. Als Maria ihm zum Gutenachtgruß die Hand reichte, hielt er sie fest und zog seine Tochter an sich. „Böses Kind", sprach er, „ich bleibe dabei, es war unrecht; aber — ich bin doch froh, daß du mich vor dem Doktor bewahrt hast."

XIX

Wieder flutete blendendes Licht durch die Räume des Sengernschen Hauses wie schon so manches Mal, und auf seinen Wellen schaukelte die Lust und die Freude und hatte den Leichtsinn als Steuermann an Bord. Wenig fragte der danach, was unter den schimmernden Wellen, über die er sein Fahrzeug lenkte, verborgen war, wie manche Klippe heimlich lauerte und wie manches Opfer still und bleich tief unten auf dem Grunde lag.

In einer Fensternische stand die junge Gräfin Reggfield. Das helle Gewand, das sie trug, entsprach der festlichen Umgebung; aber die Rosen, die es schmückten, ersetzten nicht diejenigen, welche sonst auf ihren Wangen geblüht hatten; dort waren sie erloschen. Traurig blickten ihre großen Augen zu dem Gastgeber hinauf, der vor ihr stand.

„Frau Gräfin scheinen mir heute so betrübt und verlassen", sagte Augustin.

„Wo ist mein Mann?" fragte Serena als Antwort hierauf.

„Ihr Herr Gemahl", erwiderte Augustin mit leichtem Achsel=zucken, „vergißt über seinen Freunden wie gewöhnlich alles, selbst seine liebreizende Frau."

„Was sind das für Freunde?" fragte sie. „Es können keine guten sein."

„Wie man's nehmen will, Frau Gräfin", antwortete er; „sie treiben dieselbe harmlose Beschäftigung wie Graf Reggfield."

„Eine harmlose Beschäftigung", wiederholte Serena, „was für eine?"

„Nichts weiter als ein Spiel", entgegnete er. „Es sind nicht nur die Kinder, welche das Spiel lieben."

„O bitte, Herr von Sengern", sagte sie, „sprechen Sie deutlich zu mir, ich kann Sie so schwer verstehen."

„Frau Gräfin sind noch so kindlich", erwiderte Augustin. „Ich wage es nicht immer, die nackte Wahrheit zu sagen."

„Ich fürchte mich nicht vor ihr", antwortete sie, „ich möchte die Wahrheit wissen."

„Nicht heute, nicht jetzt", entgegnete er.

„Lange halte ich es nicht mehr aus", sagte sie mit einem schmerzlichen Lächeln. „Wie lange soll ich noch warten?"

Augustin ließ seinen Blick sekundenlang auf ihr ruhen, prüfend und überlegend. „Nur bis morgen", sagte er dann; „ich sehe selbst ein, daß es nicht länger so weitergehen darf." Und nun begann er das Gespräch auf andere Gegenstände zu bringen. Aber trotz aller seiner Gewandtheit und Liebenswürdigkeit wollte es ihm nicht gelingen, Serenas Züge zu erheitern. Da rief er Esther herbei und übergab ihr die Gräfin mit dem Bemerken, sie möge für deren Unterhaltung Sorge tragen.

Esther führte Serena in den Saal zurück und gab sich redliche Mühe, ihre Aufgabe zu erfüllen. Aber sie war befangen und nicht natürlich, und Serena war, trotz ihrer Vorliebe für das Fräulein von Sengern, zu müde an Leib und Seele, um auch ihrerseits zur Unterhaltung beizutragen. So tat auch Esther, wie Augustin getan hatte; als sich ein schicklicher Vorwand finden ließ, sprach sie von nötigem Ausruhen und ließ ihre Pflege= befohlene wieder allein.

Es war in der Passionszeit, und das Vergnügen des Tanzes somit ausgeschlossen. Man suchte sich auf andere Weise die Zeit zu vertreiben, durch Geplauder, heitere Spiele und Musik. Se= rena sah und hörte das alles wie durch einen Schleier. Wenn man sie anredete, gab sie fast mechanisch Antwort, und dann wollte es ihr scheinen, als betrachte man sie mit andern Blicken als früher. Sie bemerkte auch, daß einzelne Damen zuweilen die Köpfe zusammensteckten, und einmal hörte sie sogar flüsternd ihren Namen nennen. Aber alles verschwand gegen die furchtbare Sorge, die jetzt Tag und Nacht auf ihr lastete. Sie wußte ja auch nicht, daß man sich über die Schulden ihres Mannes unterhielt, und daß sie selbst ein Gegenstand des Mitleids geworden war.

Soeben hatte eine junge Dame unter dem Beifall der Höflich=
keit ein Lied gesungen. Da erinnerte sich jemand, daß ja auch die
Gräfin Reggfield eine schöne Stimme habe, und nun wurde
Serena mit Bitten bestürmt, sie möchte die andächtige Zuhörer=
schaft mit ihrem Gesang beglücken. Vergebens wehrte sie ab und
bat, man solle andere Sängerinnen auffordern. Das wurde ihr
nur als Bescheidenheit ausgelegt. Man reichte ihr mit artiger
Verbeugung den Arm, um sie an das Klavier zu führen.

„O wenn Sie mir doch glauben wollten!" sagte Serena halb
verzweifelt! „Ich kann nicht singen."

„Nur Mut, nur Mut, und es geht schon gut", war die scher=
zende Antwort.

Da wurde er von einer andern Stimme unterbrochen, die
ernst und fast verweisend sprach: „Lassen Sie die Gräfin Regg=
field; sie würde singen, wenn es ihr möglich wäre."

Während die höflichen Bittsteller etwas erstaunt zurückwichen,
sah Serena sich nach ihrem Befreier um und erkannte Doktor
Berthold, der nun einen Stuhl herbeizog und sich an ihre Seite
setzte. „Ich kam wohl gerade zu rechter Zeit?" fragte er freund=
lich, als er in ihr erregtes Gesicht blickte. „Es ist heute das erste=
mal, daß ich diese Gesellschaftsräume wieder betrete."

„O, ich wollte, ich hätte diese Räume nie gesehen!" rief Se=
rena mit ausbrechendem Schmerz und preßte die Hände auf ihre
Augen.

„Sind Sie krank?" fragte er besorgt.

„Ich weiß es nicht", antwortete sie; „mir ist so angst und weh."

Doktor Berthold schwieg. Marias Schwester war es, die da
neben ihm saß, so unglücklich und so verändert in den wenigen
Monden, die er mit seinem Gram allein verbracht hatte. Von
allem, was seinen Mitmenschen in dieser Zeit begegnet war,
Gutes oder Böses, war keine Kunde zu ihm gedrungen; er hatte
sich gegen alles verschlossen. Sogar seine Wohnung hatte er aus
dem Hause seiner Verwandten in eine entfernte Straße verlegt,
um ungestört zu bleiben. Nun klagte er sich an, daß er in selbst=
süchtiger Trauer diese Zeit verträumt hatte, anstatt die Augen
offen zu halten; denn was mußte alles geschehen sein, um aus

256

dem lieblichen, frischen Sonnenkind dies bleiche, müde Wesen
zu machen, das er jetzt wiedersah! „Aber es soll anders werden",
gelobte er sich im stillen; „ich will über Marias Schwester wachen
wie über mein Leben."

Und als Serena noch einmal leise seufzte: „Mir ist so angst",
da legte er seine Hand auf die ihre und sprach: „Klagen Sie es
dem, der gesagt hat: ‚In der Welt habt ihr Angst; aber seid ge-
trost, ich habe die Welt überwunden.'"

„Ja, das ist schön, das tut gut", antwortete sie. „Ich danke
Ihnen. Auch Maria würde mir das gesagt haben."

Der Doktor nickte nur; zu einer anderen Antwort blieb ihm
keine Zeit. Ein Bekannter war an ihn herangetreten, der ihn
scherzend fragte, ob er von den Toten auferstanden sei, und an
diese Frage knüpfte sich ein längeres Gespräch.

Serena hörte die Worte bald nur noch wie ein entferntes
Murmeln. Es pochte in ihrem Kopf und in ihrem Herzen; sie
gab dem heftigen Verlangen nach, lehnte sich zurück und schloß
die Augen.

Was waren das für laute, zornerregte Stimmen, die da
plötzlich an ihr Ohr schlugen, so laut, daß sie sogar die Musik
übertönten? Sie fuhr auf und sah erschrocken umher. Dort
drüben wurde soeben eine Tür geöffnet, man erblickte Augustin,
wie er winkend und Ruhe gebietend auf der Schwelle stand.
Dahinter aber wurden mehrere Gestalten sichtbar, die Karten
in den Händen hielten und mit zornerregten Gesichtern miteinander stritten. Der aber am deutlichsten zu sehen war und am
zornigsten sich gebärdete, das war Reggfield.

Die Gäste hatten sich sämtlich erhoben, um neugierige Blicke
in das kleine Zimmer zu werfen. Auf Serena achtete in diesem
Augenblick niemand. Sie stand an ihrem Stuhl geklammert und
betrachtete das schreckliche Schauspiel mit weit geöffneten, starren
Augen. Dann begann sie vorwärts zu schreiten, mechanisch,
Schritt für Schritt, um gleich darauf wieder stehenzubleiben und
hilfesuchend sich umzusehen. Die in ihrer Nähe gestanden hatten,
waren scheu zurückgewichen. Keiner war da, den sie um Beistand hätte bitten mögen. Doch ja, einer war da, ein einziger.

Doktor Berthold hatte, durch das Gespräch mit seinem Bekannten gefesselt, den traurigen Zwischenfall nicht bemerkt. Jetzt aber
vermißte er seine Nachbarin, sah sie mitten im Saale mit allen
Zeichen der Ratlosigkeit und des Entsetzens stehen und kam
rasch auf sie zu.

Sie ging ihm entgegen. In ihrer Aufregung vergaß sie alle
Etikette; sie umfaßte seinen Arm. „Bitte, Herr Doktor, holen Sie
meinen Mann", sagte sie mit bebender Stimme.

„Wo ist Ihr Herr Gemahl?" fragte er.

„Da drinnen", antwortete sie zusammenschauernd. „Um Got=
tes willen, holen Sie ihn heraus!"

Ohne noch weiter zu fragen, ging er quer durch den Saal auf
das kleine Zimmer zu und öffnete die Tür, die man inzwischen
wieder geschlossen hatte. Drinnen herrschte jetzt Ruhe und Ein=
tracht. Der Streit war vergessen, und völlig vertieft saßen die
Spieler bei ihren unseligen Karten, so daß sie den Eintritt des
Gelehrten gar nicht beachteten.

„Wollen Sie die Güte haben, mir zu folgen, Graf Reggfield",
sagte der Doktor ernst und streng; „Ihre Frau Gemahlin be=
findet sich nicht wohl."

Reggfield wandte den Kopf zurück und sah den Sprecher ver=
stört an, so daß dieser genötigt war, seine Worte zu wiederholen.
Da antwortete er hastig: „Ja, ich komme", warf die Karten auf
den Tisch und verließ mit dem Doktor das Zimmer. Die hellen
Schweißtropfen standen auf seiner Stirn.

Serena war jetzt wieder ein Gegenstand allgemeiner Be=
achtung geworden, als sie, einer Ohnmacht nahe, auf den Stuhl
niedergesunken war, den ein herbeistürzender Kavalier ihr noch
zur rechten Zeit gebracht hatte. Reggfield fand sie, wie Esther vor
ihr kniete und ihre Stirn und Hände mit wohlriechendem Wasser
benetzte. Um sie herum drängten sich die Damen, die ihre Hilfe an=
boten. Es war immer eine der andern im Weg. Als Reggfield
kam, entwirrte sich der Knäuel; man machte ihm eilig Platz.

„Was ist, Serena?" sagte er, indem er sich erschreckt über sie
beugte, „was fehlt dir?"

258

„Nach Hause!" bat sie mit matter Stimme, „laß uns nach Hause gehen."

Ein in der Nähe stehender Herr lief diensteifrig hinaus, um einen Wagen herbeizuschaffen. Währenddessen gelang es Esthers Bemühungen, Serena so weit zu bringen, daß sie sich aufrichten und ihren Mantel anziehen konnte. Als dann der Wagen gemeldet wurde, fanden sich so viele Arme bereit, die die leidende Gräfin stützen und führen wollten, daß Reggfield abweisend sagte: „Ich danke Ihnen, meine Herren, ich kann meine Frau allein unterstützen." Er umschlang sie und ging langsam mit ihr der Ausgangstür zu.

Hier trafen sie mit Augustin zusammen. Aufrichtiger Schrecken malte sich in seinen Zügen. „Meine teure Frau Gräfin", sagte er, „wie unendlich beklage ich, daß dieser Unfall Sie in meinem Hause treffen mußte!"

Sie wandte das Gesicht zur Seite und gab keine Antwort. Augustin mußte, was er sonst noch sagen wollte, an Reggfield richten. „Ich werde mit Ihnen fahren, für den Fall, daß Sie irgendwelche Hilfe brauchen", sprach er.

„Bemühen Sie sich nicht, Herr von Sengern", sagte jetzt Serena; „ich bin noch so stark, daß mein Mann keine weitere Hilfe braucht."

Augustin verbeugte sich und trat zurück.

Sie gingen nun allein, nur von einem Diener begleitet, die Treppe hinunter. Der Wagen hielt dicht vor den Stufen, und als der Diener auf die Straße hinaustrat, fiel ein Strahl seiner Blendlaterne auf die Gestalt eines Mannes, die, bis an das Kinn in einen dunkeln Mantel gehüllt, sich dicht an die Mauer gedrückt hatte. In dem Augenblick, wo Reggfield mit dem Kutscher sprach, um ihm das Ziel der Fahrt zu nennen, glitt Serenas Fuß aus. Sie taumelte und wäre beinahe gefallen. Da war plötzlich die dunkle Gestalt an ihrer Seite, zwei kräftige Arme umfaßten sie und hoben sie in den Wagen. Bei den schnellen Bewegungen war aber dem Fremden der Mantel von den Schultern geglitten, und während er sich bemühte, ihn wieder heraufzuziehen, trat der Diener mit der Laterne herzu, so daß ein heller Schein dem Unbekannten ins Gesicht fiel.

„Herr von Darrnbek!" rief Serena leise.

Bei dem Klang des Namens wandte Reggfield sich hastig um, doch er sah nur noch einen Schatten zur Seite des Wagens, der gleich darauf im Dunkel der Nacht ganz verschwand.

Die Pferde zogen an. Polternd rollte die schwerfällige Droschke durch die menschenleeren Straßen. Serena hatte sich zurückgelehnt und beide Hände auf ihr wildklopfendes Herz gepreßt. Ihr war zumute, als müsse sie laut aufschreien, um sich Luft zu schaffen.

„Wie konntest du nur ausgehen, wenn du dich so unwohl fühltest!" sagte Reggfield nach einer Weile. „Du weißt, ich liebe es nicht, unnötiges Aufsehen zu erregen. Morgen wird man die interessante Geschichte in der ganzen Stadt besprechen."

„Ich sagte dir heute morgen, daß ich sehr müde sei; aber du meintest ja, ich sollte mich aufraffen."

„Törichtes Kind", erwiderte er, „wenn du mir über Müdigkeit klagtest, so dachte ich natürlich, einige Stunden Schlaf würden dich wiederherstellen. Wie soll ich wissen, was dir fehlt, wenn du es mir nicht sagst? Ein andermal wehre dich energisch und sage: ich kann und will nicht."

„Das kann ich nicht", entgegnete sie, „ich kann so nicht mit dir sprechen."

Reggfield schlang den Arm um sie und zog ihren Kopf an seine Brust. „Dachtest du wirklich, ich würde dich zu etwas zwingen, das dir so große Pein verursacht?" fragte er weich. „Du hast kein gutes Zutrauen zu mir, Serena."

Eine Antwort zu geben war sie nicht imstande, sie fürchtete, im nächsten Moment würden die Tränen hervorbrechen. „Nicht weinen, nur jetzt nicht weinen!" dachte sie immer wieder. Und mit einer Selbstbeherrschung, die niemand in ihr gesucht hätte, drängte sie wirklich die heißen Tropfen zurück, in denen sich das bedrängte Herz so gern erleichtert. Als jedoch der Wagen vor ihrem Haus hielt, war es mit ihrer Kraft zu Ende. Sie zitterte so heftig, daß sie nicht fähig war, sich zu rühren. Reggfield mußte sie herausheben und die Treppe hinauftragen. Er wunderte sich, daß er so leicht zu tragen hatte.

Auf halbem Weg begegnete ihnen Marianne. Entsetzt schlug sie die Hände zusammen und rief: „Ach, meine Frau Gräfin!"

„Still!" sagte Reggfield. „Machen Sie kein Geschrei. Sorgen Sie lieber, daß Frau Gräfin gleich zu Bett gehen kann."

„Ich weiß wohl, wofür ich zu sorgen habe", antwortete das Mädchen, „ich weiß es besser als mancher andere." Da sie aber doch ungewiß war, welche Wirkung diese anzüglichen Worte haben könnten, so stieg sie eilig wieder die Treppe hinauf und machte sich oben im Schlafzimmer zu schaffen.

Als dann Serena sorglich gebettet in den Kissen lag, zog die treue Dienerin einen Fußschemel an das Bett und setzte sich darauf, bereit, ihrer Herrin auch den leisesten Wunsch von den Augen abzulesen. Reggfield hingegen ging unruhig im Zimmer auf und ab.

„Das ist nicht gut für Frau Gräfin, wenn Herr Graf hier immerfort herumlaufen", sagte Marianne nach einer Weile.

Er biß die Zähne zusammen und warf sich in einen Stuhl, daß dieser in allen Fugen krachte.

Wieder verging eine Weile. Da bat Serena um etwas Wasser. Sofort sprang Reggfield auf und füllte ein Glas. Doch ehe er es ihr reichen konnte, war Marianne ihm zuvorgekommen und stand nun vor dem Bett, als wollte sie sagen: „Hier stehe ich, und hier ist kein Platz mehr für einen andern."

„Hören Sie, Marianne", sagte Reggfield mit gedämpfter Stimme, „Sie können jetzt hinausgehen; ich werde bei meiner Frau wachen."

Das Mädchen rührte sich nicht.

„Haben Sie nicht gehört?" fragte er. „Ich will allein hier bleiben."

„So?" murmelte Marianne mit feindseligem Blick, „hier wollen der Herr Graf bleiben? Ist ja was ganz Neues. Hätten's Herr Graf nur schon früher getan, dann sähe es heute vielleicht anders hier aus."

Da stieg ihm der Ärger bis in die Kehle. „Hinaus!" rief er und wies nach der Tür.

Serena richtete sich mühsam auf. „Geh hinaus, Marianne", sagte sie, „laß uns allein."

„Ja, ja, ich gehe schon", antwortete das alte Mädchen. „Aber um Gottes willen, bleiben Sie fein ruhig liegen, Frau Gräfin. Wenn Sie krank würden, mein herzgoldiges Kind! An meiner Hand haben Sie die ersten Schritte getan." Und, die Schürze vor die Augen drückend, verließ sie das Zimmer.

„Vergib ihr", bat Serena, als die Tür sich geschlossen hatte.

„Ein unverschämtes Frauenzimmer!" stieß Reggfield heftig hervor. „Sie haßt mich. Um deinetwillen habe ich zu vielem geschwiegen; aber alles kann ich mir doch nicht gefallen lassen."

„Es soll nicht wieder vorkommen", erwiderte Serena; „ich werde mit ihr reden."

Reggfield setzte sich nun auf den Rand des Bettes. „Warum machst auch du noch mir Kummer und Sorgen?" sprach er, „du wirst doch nicht wirklich krank werden? Ich will zum Doktor schicken."

Sie schüttelte den Kopf. „Der Doktor kann mir nicht helfen", sagte sie halblaut.

„Was fehlt dir, Serena?"

Sie schwieg zuerst. Dann fragte sie: „Und du wirst bei mir bleiben, Erich? Nicht zurückkehren zu Sengerns?"

„Kannst du fragen?" Er strich liebkosend über ihr Haar, sie aber hielt seine Hand fest und drückte sie an ihre Lippen.

„Was fällt dir ein?" sprach er mit einem Anflug von Lächeln.

Es wurde hierauf still im Zimmer. Serena hatte die Augen geschlossen, und Reggfield saß und starrte vor sich hin. Eine tiefe Sorgenfalte hatte sich in seine Stirn gegraben, und zuweilen drängte sich ein Seufzer über seine Lippen.

„Erich", begann Serena plötzlich und berührte sanft seinen Arm, „willst du mir denn nicht sagen, was dich quält?" Als er stumm blieb, fuhr sie fort: „Bin ich nicht dazu da, um dir tragen zu helfen, wenn Sorgen über dich kommen?"

„Du?" fragte er. „Welche Last dürfte ich wohl auf deine Schultern legen, du schwaches Kind?"

„Erich", sagte sie mit leise bebender Stimme, „ich bin dein Weib."

„Du bist ein Kind", wiederholte er. „Alles, womit du meine Sorgen verringern kannst, ist, daß du bald wieder gesund und frisch wirst."

„Ich werde morgen wieder gesund sein", antwortete sie tonlos. „Lege dich schlafen, Erich, durchwache nicht die Nacht um meinetwillen; es ist nicht nötig."

Nach einigem Zögern gab er ihrer Bitte nach. Die dunkle Stille der Nacht hielt ihre Einkehr und wurde nur von den tiefen Atemzügen der Schlafenden unterbrochen, und die Tränen, welche lange unaufhaltsam über Serenas Wangen flossen, störten die Ruhe nicht.

Aber die Jugend ist elastisch. Am nächsten Morgen erhob sich Serena wie gewöhnlich, und nur die Blässe des Gesichts und die tiefen Schatten unter den Augen zeugten noch von dem gestrigen Anfall.

„Du hast dein Versprechen gehalten", sagte Reggfield, „du bist eben eine kleine Hexe. Nun ruhe und schone dich noch heute vormittag, und wenn ich zurückkomme, wollen wir spazieren= fahren." Völlig getröstet und beruhigt ihretwegen verließ er das Haus. Aber die Stunde, die er für seine Rückkehr angegeben hatte, ging vorüber und — er kam nicht.

Die Sonne stand schon hoch im Mittag, da erst ließen sich Schritte auf der Treppe hören, und die Glocke verkündete einen Kommenden. Doch nicht Reggfield war es, der nach dieser An= kündigung ins Zimmer trat; es war der Diener, welcher das Fräulein von Sengern meldete, und Esther, die der Meldung fast auf dem Fuße folgte.

„Meine liebe Frau Gräfin", sagte sie, indem sie auf Serena zueilte, „das ist eine ganz unverhoffte Freude, Sie heute wieder so munter zu sehen, nachdem Sie uns gestern so erschreckt haben. Zwar hörte ich schon von Ihrem Herrn Gemahl, daß es Ihnen

wieder gut geht; aber ich wollte mich doch gern perſönlich über=
zeugen."

„Haben Sie meinen Mann geſehen?" fragte Serena.

„Ja, ich habe ihn geſehen", antwortete Eſther; „er iſt mit mei=
nem Bruder über Land geritten und trug mir auf, Ihnen dies
zu ſagen, damit Sie ſich nicht beunruhigten. Es könnte Abend
werden, ehe er wiederkomme."

Serena ſah ſtumm vor ſich nieder.

„Wie wäre es nun", fuhr Eſther fort, „wenn Sie, ſtatt mit
Ihrem Herrn Gemahl, mit mir ſpazierenführen? Unſer Wagen
ſteht jeden Augenblick zu Ihrer Verfügung. Sie dürfen nur die
Zeit beſtimmen."

„Ich danke Ihnen", ſagte Serena, „Sie ſind ſehr freundlich,
Fräulein Eſther, aber ich möchte lieber zu Hauſe bleiben."

„Warum?" fragte Eſther. „Eine Ausfahrt würde Ihnen ſo
gut ſein."

„Ich bin ſehr müde", antwortete Serena.

Eine Weile ſchwiegen ſie beide. Dann fragte Eſther plötzlich:
„Sind Sie mir böſe, Frau Gräfin?"

„Nein", ſagte Serena, „weshalb ſollte ich Ihnen böſe ſein?
Sie wiſſen ja, wie gern ich Sie immer gehabt habe, ſchon ſeit
unſerer erſten Bekanntſchaft, und das wird ſtets ſo bleiben. Sie
tragen ja keine Schuld —" ſie brach ab und wandte den Blick
zur Seite.

Eſthers Geſicht hatte ſich, während ſie ſprach, dunkler und
dunkler gefärbt. Jetzt glitt ſie von ihrem Sitz herab, ſo daß ſie
neben Serena auf den Knien lag. Tränen entſtürzten ihren
Augen.

„Eſther, liebe Eſther, was tun Sie?" rief Serena erſchrocken.
„O nicht doch! Das kann ich nicht ſehen."

„Laſſen Sie mich", ſagte Eſther weinend. „Hier iſt mein Platz,
im Staub vor Ihnen."

„Nein, ſtehen Sie auf", erwiderte Serena. „Wenn es mir jetzt
auch nicht ſo gut geht wie früher, das iſt doch kein Grund für
Sie, um ſich derartig aufzuregen. Stehen Sie auf, liebe Eſther!"
Sie reichte ihr die Hand, um ſie zu ſich emporzuziehen.

Esther ergriff die dargebotene Rechte und küßte sie. Dann sprang sie auf, zog den Schleier über ihr Gesicht und eilte fort.

Betroffen blieb Serena zurück. Was hatte diese Szene zu bedeuten? Ahnte Esther, wieviel Kummer ihr Bruder über sie gebracht hatte? Und leise seufzte sie: „Soll wieder noch ein Tag vergehen, ehe ich aus der quälenden Ungewißheit erlöst werde?"

Nach der einsamen Mittagsmahlzeit, die sie mit der kleinen Agnes hielt, schickte sie das Kind hinunter in das Gärtchen vor dem Hause mit der Weisung, drunten zu spielen. Sie selbst ging in ihr Zimmer und setzte sich auf den Stuhl am Fenster, um hinaus auf die Straße zu sehen. Sie sah aber alles nur sehr trübe, und bald sah sie gar nichts mehr; denn die Augen waren ihr zugefallen.

Eine halbe Stunde mochte vergangen sein, da erwachte Serena von unbestimmtem Geräusch in den Nebenzimmern. Es klang wie Türenschlagen und Fußtritte. Sie schüttelte den Schlaf ab und lauschte. Näher kam's. Die kleine Agnes huschte herein, flog auf sie zu und sagte geheimnisvoll: „Mama, der Onkel ist wieder da."

„Welcher Onkel?" fragte Serena beklommen.

„Der, den wir beide nicht mögen", flüsterte die Kleine. „Er kam hinter mir die Treppe herauf, und ich konnte die Türen nicht ordentlich zumachen, darum hat alles so geknallt. Guck, da ist er schon."

Serena sah nach der Tür und gewahrte auf der halb von Vorhängen verdeckten Schwelle die große Gestalt eines Mannes, die sie trotz ihres heftigen Erschreckens als die des Barons von Sengern erkennen mußte. Sie ging ihm nicht entgegen und brachte auch kein Wort über die Lippen, das ihn zum Näherkommen einlud, so daß Augustin schließlich auf sie zutrat.

„Ich habe Sie erschreckt, Frau Gräfin", sagte er hervortretend. „Verzeihen Sie mir! Die kleine Komteß wollte aber meinen Auftrag durchaus nicht anhören, und so war ich genötigt, eigenmächtig zu handeln."

Noch immer schwieg Serena. Wenn sie auch vor wenigen Stunden den Baron fast herbeigesehnt hatte, um endlich von dem Bann des Geheimnisses befreit zu werden, jetzt erfüllte sein plötzliches Erscheinen sie mit Angst und mit einem furchtsamen Beben vor seiner Nähe. In dem ungewissen Verlangen, noch ein drittes lebendes Wesen zwischen ihn und sich zu stellen, schlang sie ihren Arm um die kleine Agnes und zog das Kind dicht zu sich heran, als Augustin ihr gegenüber Platz nahm.

„Ich freue mich, Sie so wohl zu finden, Frau Gräfin", begann er die Unterhaltung. „Das wagte ich gestern kaum zu hoffen, und selbst heute früh noch nicht, obwohl mir Ihr Herr Gemahl schon die Kunde brachte."

„Fräulein Esther sagte mir", antwortete Serena, ohne ihn anzusehen, „daß Sie heute mit meinem Mann über Land geritten wären, deshalb erwartete ich Sie nicht mehr."

„Ganz recht", erwiderte er. „Ich habe Ihren Herrn Gemahl begleitet, doch nur eine kurze Strecke, dann kehrte ich zurück; denn ich habe nicht vergessen, was ich gestern versprach."

„Sie wollten mir heute die Wahrheit mitteilen", sagte Serena.

„Das will ich", erwiderte er; „aber ich glaube, unsere Worte gehören nicht vor dieses Kindes Ohren. Sieh einmal", wandte er sich an Agnes, „wie schön da draußen die Sonne scheint. Bei schönem Wetter pflegen kleine Mädchen wie du doch weit lieber im Garten umherzuspringen, als in der Stube zu sitzen. Meinst du nicht auch?"

„Ich lasse mich von niemand fortschicken, nur von Mama", antwortete Agnes trotzig, „und du schickst mich nicht fort, Mama, oder — doch?"

„Ja, mein Kind", sagte Serena seufzend, „es ist besser, wenn du hinausgehst und erst dann wiederkommst, wenn du gerufen wirst."

„Ich gehe nicht gern, Mama", versicherte Agnes und bewegte sich zögernd und unwillig nach der Tür.

Serena winkte ihr zu gehen; aber als die Tür sich hinter der elfenartigen Gestalt des Kindes schloß, da beschlich sie ein Gefühl so gänzlicher Verlassenheit, als wäre der letzte Trost und die letzte Hoffnung von ihr gewichen. Sie wagte nicht, eine Frage an den Baron zu richten noch ihn anzusehen, aus Furcht vor dem nächsten Wort, das er sprechen würde.

Doch auch Augustin schwieg und betrachtete die schöne junge Frau lange und nachdenklich.

„Was ist es nun?" fragte Serena endlich kaum hörbar, als die Pause sich doch gar zu lange ausdehnte.

„Frau Gräfin haben gestern abend leider ohne mein Zutun schon einen Einblick gewonnen", antwortete Augustin. „Sie wissen nun wohl, daß Graf Reggfield ein leidenschaftlicher Kartenspieler ist, und können sich erklären, wohin alle die Summen gegangen sind, die er nach und nach aufgenommen hat."

„Er war es doch früher nicht", sagte Serena mit einem scheuen Blick auf ihren Gast. „Und was weiter? Wie lange wollen Sie die Wechsel noch geheimhalten?"

„Ich kann sie nicht länger geheimhalten", erwiderte er; „ich würde mein und meiner Schwester Vermögen riskieren, wollte ich die letzten Wechsel aufkaufen. Denn — das ist die traurige Wahrheit — alles, was Sie besitzen, Frau Gräfin, und alles, was Ihr Herr Gemahl besitzt, würde nicht hinreichen, auch nur den vierten Teil seiner ungeheuren Schuld zu decken."

Wie geistesabwesend starrte Serena vor sich hin, und ebenso klang ihre nächste Frage: „Was wollen Sie nun tun?"

„Ich?" entgegnete er. „Ich bin mit meiner Kunst zu Ende."

„Sie haben mir doch sooft versprochen, Sie wollten meinen Mann retten", sagte sie, „und unzähligemal haben Sie versichert, Sie wären sein Freund."

„Habe ich nicht getan, was ich konnte?" fragte er.

„Das weiß ich nicht", antwortete sie, „ich weiß nur eins: Herr von Varrnbek hätte anders gehandelt. Er würde meinen Mann auf die Gefahr aufmerksam gemacht haben, noch ehe sie so riesengroß wurde."

„Möglich", sagte Augustin, „ich glaube aber, man würde am Morgen nach solchem Freundschaftsdienst Ihren Herrn Gemahl gefunden haben, wie er sich eine — Kugel durch den Kopf gejagt hätte. Und diese Schuld möchte ich doch nicht gern auf mich laden."

„Mein Gott, mein Gott!" rief Serena schaudernd, „gibt es denn keine Hilfe mehr?"

„Ja", antwortete Auguſtin, „es gibt eine Hilfe, in Storrinek iſt ſie zu finden."

„Storrinek", wiederholte ſie, „was iſt das?"

„Die Ahnenburg", ergänzte er, „ich habe ſie Frau Gräfin ja einmal gezeigt. Dem Reichsgrafen von Storrinek würde es ein leichtes ſein, die Schulden ſeines Neffen zu bezahlen, zumal er der letzte Reggfield und ſein direkter Erbe iſt."

„Mein Mann hat mir geſagt, daß er nicht der Erbe ſeines On= kels iſt", erwiderte ſie.

„Er hatte recht, das heißt — in gewiſſem Sinn", ſagte Auguſ= ſtin. „Es trat ein Ereignis ein, das den heftigen Zorn des alten Grafen heraufbeſchwor und ihn zwang, ſeinen Neffen wenig= ſtens vorläufig zu enterben. Es war dies vor ungefähr ſechs Jahren. Frau Gräfin werden es vielleicht erraten können."

„Ich kann es nicht erraten", antwortete die arme Serena, „ach bitte, Herr von Sengern, reden Sie deutlicher."

„Sie ſtellen eine harte Forderung", ſagte der Baron. „Nun denn, dem Grafen Reggfield ſteht Storrinek zu jeder Stunde offen, der Frau Serena, geborenen Diriletti, aber nicht."

„O, um der Barmherzigkeit willen", rief die unglückliche Frau, der eine Ahnung aufzudämmern begann, „Sie wollen doch nicht ſagen, daß ich ſchuld daran ſei?"

„Wollte Gott, ich könnte es leugnen", entgegnete mit erheuchel= ter Betrübnis der Baron; „aber es iſt, wie Sie ſagen; die vor= ſchnelle Heirat Ihres Herrn Gemahls iſt jetzt das Hindernis, das zwiſchen ihm und der erſehnten Hilfe liegt."

„Ich bin ſchuld daran", murmelte Serena.

„Doch Sie können ihn retten", fuhr Auguſtin fort, „ſein Schickſal ruht jetzt ganz allein in Ihrer Hand."

„Was kann ich tun?" fragte ſie, „wie kann ich ihn retten?"

„Die Kirche bindet, aber ſie löſt auch", ſagte Auguſtin. „Es ſcheint freilich ſchwer, was von Ihnen verlangt wird, doch bei Ihrer großen Jugend braucht darum noch von keinem Opfer des Lebensglücks die Rede zu ſein. Wie oft hört man nicht von — Eheſcheidungen!"

268

Es war gesprochen, das verhängnisvolle Wort, und Augustin hielt inne. Aber selbst er war nicht imstande, gefühllos die Qual mit anzusehen, deren Urheber er war. Er beschattete seine Augen mit der Hand und wartete, bis Serena sprechen würde.

„Ja, ich will gehen", sagte sie endlich, „weit und für immer will ich gehen, aber nur, wenn er mich schickt."

„Frau Gräfin —", begann Augustin.

Sie schüttelte mit dem Kopf und wiederholte: „Nur wenn er mich schickt."

Nach diesen Worten wurde es still. Serena verblieb regungslos, wie sie war, und Augustin war an das Fenster getreten. Jetzt schien er nicht mehr kühl und besonnen, wie die Welt ihn kannte; eine leidenschaftliche Erregtheit malte sich in seinen Zügen. Er ballte die Hände und knirschte mit den Zähnen. „Den Teufel!" sprach er bei sich, „eher könnte man ja einen Felsen von der Stelle rücken als dies furchtsame Kind in seiner Treue erschüttern."

Viele Minuten mochten so vergangen sein, da erhob Serena den Kopf, sah sich nach ihrem Peiniger um und fragte: „Was wollen Sie jetzt von mir?"

„Gnädigste Gräfin", sprach Augustin, indem er wieder näher kam, „Ihre Antwort ist keine entscheidende; sie läßt die Sache, wie sie war."

„Ich habe keine andre Antwort", sagte sie. „Bitte, verlassen Sie mich jetzt, Herr von Sengern. Ehe ich Sie kannte, habe ich nicht gewußt, was es heißt, den Menschen grollen. Hätten Sie sich nicht zwischen meinen Mann und mich gedrängt, hätten Sie mich nicht gehindert, meinem Vater von den Schulden zu sagen, als sie noch gering waren, dann wäre diese Stunde nie über mich gekommen."

„Nicht?" entgegnete Augustin. „Wie aber, wenn Graf Reggfield an der rührenden Treue seiner Gemahlin gar nichts gelegen wäre, wenn er sie als drückende Fessel empfände, von der er vielleicht gern befreit sein möchte?"

„Ich verstehe Sie nicht", erwiderte sie.

„Nun", fuhr Augustin fort, „ehe Graf Reggfield in das Haus Ihres Herrn Vaters kam, war ihm von seinem Onkel ein Mädchen zur Braut bestimmt, das ihm auch keineswegs gleichgültig gewesen ist. Dann sah er Sie, und jenes Mädchen ward vergessen. Jetzt aber — das menschliche Herz ist wandelbar."

Serena war zurückgewichen. Um nur nicht mehr die blitzenden Augen ihres Gastes sehen zu müssen, wandte sie den Blick zum Fenster hinaus. Da kam, wie in höllischem Einverständnis mit Augustins Plan, die Sengernsche Equipage die Straße entlang gefahren, und die beiden, die fröhlich plaudernd darinnen saßen, waren Reggfield und Esther.

„Dies ist das Mädchen", flüsterte Augustin, der neben sie getreten war.

„Esther!" schrie sie auf, und dann schlug sie die Hände vor das Gesicht, um nichts mehr zu sehen.

„Serena", sagte Augustin da und beugte seine Knie vor ihr, „wenn alles dich verläßt, komm zu mir! Wie ich hat keiner dich geliebt, schrankenlos und über alles in der Welt."

Doch als er nun zum erstenmal seit vielen Wochen die Wahrheit sprach, da traf ihn ein Blick, so zornig und so majestätisch, wie er es dem „furchtsamen Kinde" niemals zugetraut hätte. Dann hörte er das Rauschen eines Gewandes, das Öffnen und Schließen einer Tür, und dann war er allein.

XX

Als Reggfield am Morgen desselben Tages sein Pferd bestiegen hatte und soeben fortreiten wollte, war eine Person an ihn herangetreten, deren Anblick noch niemals freudige Gefühle in ihm geweckt hatte. Es war der erste Buchhalter der Bank. Mit tiefer Verneigung überreichte er dem Herrn Grafen einen Brief seines Prinzipals.

„Es ist gut", sagte Reggfield und steckte das Schreiben in die Tasche.

„Ich bitte, Herr Graf, die Sache ist dringend", bemerkte der Buchhalter.

„Schon gut", entgegnete Reggfield und winkte mit der Hand Entlassung.

„Sehr dringend", fuhr der junge Mann fort, „sie muß heute noch erledigt werden."

„Kenne das", erwiderte Reggfield, „muß prolongiert werden, damit noch haarsträubendere Prozente herauskommen. Adieu, mein Herr!" Und damit sprengte er von dannen. Erst als ihm während des Dienstes einige Minuten blieben, zog er den Brief wieder hervor und las ihn. Nun stockte ihm doch für Sekunden der Atem, er war auf Schlimmes gefaßt gewesen, aber die Ziffern, die da vor seinen Augen tanzten, überstiegen denn doch fast das Glaubliche. Still steckte er das Papier wieder ein, und trübsinnig ritt er später vor das Haus des Barons von Sengern.

„Sie sehen aus wie ein Überbringer schlechter Nachrichten", sagte Augustin, als er ihn begrüßte. „Ich will nicht hoffen, daß Ihre Frau Gemahlin erkrankt ist."

„Meine Frau ist gesund", erwiderte Reggfield. „Heute sind es andere Sorgen, die mich drücken."

„Ich kann mir's denken", gab Augustin zur Antwort. „Und was wollen Sie tun?"

„Nach Storrinek reiten", sagte Reggfield.

„Hm", erwiderte Augustin, „also doch? Nun, hoffen wir das beste."

„Ich werde einen harten Richter finden", sagte Reggfield, als spräche er mit sich selbst, „aber doch einen, der noch nicht vergessen will, daß ich seinen Namen trage. Weshalb hätte er mich sonst gerufen?"

„Hoffen wir das beste", wiederholte Augustin.

„Ich habe eine Bitte", fuhr Reggfield fort, „eine Bitte an Fräulein Esther. Sie würde mich sehr zu Dank verpflichten, wenn sie meiner Frau die Nachricht brächte, daß ich einen notwendigen Ritt vorhabe und sie mich erst gegen Abend zurückerwarten dürfe. Wenn ich um diese Zeit wieder hier sein will, muß ich ohne Säumen aufbrechen und darf nicht erst den Umweg nach meiner Wohnung machen. Meine Frau wird nun leider den ganzen Tag allein sein, und ein Besuch von Fräulein Esther würde sie sehr erfreuen."

Esther wurde gerufen und übernahm den Auftrag.

Dann sagte Augustin: „Wenn Sie jetzt noch fünf Minuten warten wollen, gerade so lange, um stehenden Fußes einen Imbiß zu nehmen, dann werde ich Sie ein Stück begleiten, ich wollte heute ohnehin einmal auf meinem Gute nachsehen."

Reggfield konnte nichts dagegen sagen, und so ritten die beiden Herren zusammen fort. Noch in der Stadt kamen sie an einer Gruppe von Herren vorüber, die nachlässig grüßten, dann aber stehenblieben, um den Reitern nachzusehen.

„Ein sonderbares Gespann", sagte einer.

„Mit jedem allein läßt sich allenfalls verkehren; aber beide zusammen sind unausstehlich."

„Was ist aus dem einst so bewunderten Reggfield geworden? Früher der liebenswürdigste, leutseligste Freund, und jetzt schroff und unangenehm, daß er mehr Feinde als Freunde hat."

„Der Sengern hat ihn auf dem Gewissen", erwiderte ein zweiter; „er hat ihn zum Spielen verführt."

„Verführt?" wiederholte der eine Herr. „Ist Reggfield denn ein Kind? Ein Mann muß wissen, was er tut."

„Seine Schulden sollen enorm sein", bemerkte ein dritter.

„Nun, einmal Schulden zu haben, halte ich für kein so großes Verbrechen; wir alle haben's wohl auch fertiggebracht. Aber wie's Reggfield jetzt treibt, das ist denn doch nicht mehr zu entschuldigen; er soll ja fast keinen Abend mehr zu Hause sein, und dabei hat er Weib und Kind."

„Es ist ein Jammer", sagte der erste wieder, „und ich meine doch, wir anderen dürften es nicht ruhig mit ansehen, daß ein Kamerad sich zugrunde richtet. Wir sollten ihn warnen."

„Wenn Sie es übernehmen wollen, immerhin", lachte jemand. „Aber machen Sie sich darauf gefaßt, daß Ihre Warnung taube Ohren findet; denn wie Reggfield diejenigen lohnt, die es treu mit ihm meinen, das können Sie an Darrnbek sehen."

„Ja, bisher habe ich Reggfield immer noch die Stange gehalten; aber seit dem Bruch mit Darrnbek gebe ich ihn verloren. Er kann die Welt durchwandern von Nord nach Süd und von Ost nach West, er wird keinen zweiten finden, wie der war. Es erscheint mir wirklich unfaßlich, was die beiden Freunde jetzt entzweien konnte, und wie Reggfield sich an den langen Baron hängen mag, der doch nicht wert ist, Darrnbek die Schuhriemen zu lösen."

„Man munkelt da allerlei von Bürgschaft und Vorschüssen", sagte einer aus der Gruppe. „Wissen möchte ich wohl, was den Sengern dazu treibt, sein Geld auf diese Weise zu riskieren. Freundschaft? Pah, das mache mir einer weis!"

„Der Baron ist schlau, schlauer als wir alle", meinte einer. „Daß er einen Zweck verfolgt, darauf könnte ich ein Glied verwetten."

„Und das arme Ding, die junge Gräfin. Das Herz im Leibe möchte sich einem vor Mitleid umdrehen."

„Lirum, larum, die Welt ist groß genug, und viel Jammer hat darin Platz. Wollte man sich um jedes Unglück grämen, das der liebe Nächste sich selber eingebrockt hat, wahrhaftig, das wäre eine große Torheit. Ihre rührende Geschichte hat mich durstig gemacht, und ich schlage vor, daß wir zum Frühschoppen gehen. Wer weiß, wie bald die Reihe des Unglückes auch an uns kommt."

Das war ein Grund, dem die andern nicht widersprechen konnten, und so bogen sie alle von ihrem bisherigen Weg ab, um in dem nächsten Weinlokal Einkehr zu halten.

Reggfield und Augustin hingegen zogen ihre Straße weiter. Über ihnen wölbte sich ein klarer, wolkenloser Himmel, und um sie herum regte sich Frühlingsleben. Aber nur Augustin achtete darauf und ließ hin und wieder eine Bemerkung fallen, die das Interesse des Landwirts an den Vorgängen in der Natur bekundete. Reggfield war in seine Gedanken versunken und ritt schweigend neben dem Mann her, mit dem ihn keinerlei Sympathie, sondern nur das drückende Gefühl der Verpflichtung und eine Verkettung von Umständen verband.

Endlich sagte Augustin: „Hier müssen wir uns trennen, Herr Graf. Ich wünsche Ihnen nochmals alles Glück und bitte Sie, mich heute nach Ihrer Rückkehr bald von dem Erfolg Ihrer Reise zu unterrichten."

Reggfield versprach es, und dann schieden sie voneinander. Nun, nachdem er des Begleiters ledig geworden, mäßigte Reggfield das Tempo und ritt in langsamem Trab weiter. Doch war es auch jetzt nicht der geheimnisvolle Reiz des Dorfrühlings, der seine Sinne gefangennahm; er sah nicht die keimenden Gräser am Boden, noch die Sperlinge, die emsig Halme und Flocken suchten zum voreiligen Nesterbau, er sah immer nur geradeaus auf das Kopfzeug seines Pferdes oder auf die leichten Staubwölkchen, die der Wind zuweilen in die Höhe wirbelte und von denen die Landleute sagen: „Ein Scheffel Märzenstaub ist eine Krone wert." Als er dann in eine Gegend kam, wo es tags zuvor geregnet hatte, sah er mit derselben Beharrlichkeit geradeaus auf die kleinen Pfützen, die seinen Weg unterbrachen. Und als endlich vor ihm der Hügel mit der alten Ritterburg auftauchte, hielt er und deckte die Hand über die Augen.

„Gott wolle verhüten, daß du jemals in die Lage kommst, beim Onkel Hilfe suchen zu müssen; er würde kein Erbarmen mit dir haben, selbst wenn du ihn auf deinen Knien darum

274

bäteſt", ſo hatte vor Jahren ſeine Schweſter geſprochen. Wie ſtolz
hatte er damals den Gedanken an eine ſolche Möglichkeit zurück=
gewieſen! Und jetzt? Er zog einen Brief aus der Taſche und las
ihn noch einmal, obwohl er den kurzen Inhalt beinahe aus=
wendig konnte. „Lieber Neffe, allerhand dunkle Gerüchte ſind
zu mir gedrungen, aus denen ich nur ſoviel entnahm, daß du
dich in großer Verlegenheit befindeſt. Komm zu mir und laß
uns ſehen, ob wir deine Angelegenheiten ordnen können. Karl
Sigismund."

Nein, er kam nicht als Hilfeſuchender, ſondern einfach als
Gerufener. Und doch, und doch! Ein Seufzer entrang ſich ſeiner
Bruſt, als er den Brief wieder einſteckte. Dann langte er faſt im
Schritt vor dem Burgtor an, das halb offenſtand.

Der Hufſchlag ſeines Pferdes rief alsbald zwei Diener unter
das Schloßportal. Einer von ihnen war der alte, graubärtige
Johann, über deſſen faltiges Antlitz ein heller Schein flog, als
er den Reiter erkannte. „O Graf Erich, mein lieber junger Herr
Graf!" rief er, „nein, die Freude! So lange iſt es her, ſeit ich Euer
Gnaden zum letztenmal ſah, daß ich ſchon dachte, der Herr Graf
hätte den Weg zu ſeinem Schloß vergeſſen."

„Zu meinem Schloß", wiederholte Reggfield wie im Traum,
und während der andere Diener den Rappen in den Stall brachte,
ließ er ſich von dem Alten durch die Gänge und Säle führen,
als betrete er ſie zum erſtenmal. Dann ging Johannes voraus, um
den ſeltenen Gaſt beim Schloßherrn zu melden. Unterdeſſen legte
Reggfield Mantel und Mütze ab.

Er wurde bei dieſem Geſchäft unterbrochen durch den Eintritt
eines ſchlanken, etwa fünfzehnjährigen Knaben, der zuerſt vor=
ſichtig durch die Türſpalte lugte und dann mit lautem Jubel
auf ihn zuſtürzte. „Onkel Erich, du biſt es!" rief er aus. „Ich
habe dich gleich erkannt." Als Reggfield ihn hierauf ſtaunend
betrachtete wie ein vom Schlaf Erwachender, fuhr der Knabe
enttäuſcht fort: „Aber du ſcheinſt mich nicht mehr zu kennen,
Onkel. Ich bin Karlis, Karl Sigismund von Oſten."

„Du biſt Karlis", wiederholte Reggfield und begrüßte nun
ſeinen ſchlanken Neffen mit einer Umarmung. „Laß dich's nicht

wundernehmen, daß ich dich nicht erkannte; denn du bist groß geworden, und ich wußte nicht, daß du hier bist. Ist deine Mutter bei dir?"

„Nein, ich bin allein", antwortete Karlis. „Mama schickt mich in den Ferien immer hierher, damit ich den Onkel erheitere, und der Onkel kümmert sich nur dann um mich, wenn er mich schelten will. Er kann vortrefflich schelten, weißt du's noch, Onkel Erich? Jetzt mache ich mir gar nichts mehr draus, ich habe einen logischen Schluß gefunden, der mich darüber erhebt."

„Einen logischen Schluß?" fragte Reggfield einigermaßen verwundert.

„Der Onkel kann mich nicht leiden, und ich kann den Onkel nicht leiden, basta", erwiderte Karlis, indem er mit den Fingern schnippte.

„Knabe", sagte Reggfield ernst, „eine solche Sprache schickt sich nicht für dich."

„Aber Onkel Erich", rief Karlis, „du redest wie Mama; geh, das kommt dir doch nicht von Herzen. Ich studiere mit meinen Freunden mancherlei und bin nicht mehr so dumm, wie du vielleicht denkst; ich weiß, daß es eine Torheit wäre, sich wegen der Grillen eines alten Mannes die schöne Jugendzeit zu verderben. Wir sind nur einmal jung, und der Onkel würde seine Grillen behalten, selbst wenn ich mich darüber grämen wollte."

Die Rückkehr des alten Johann machte dem logischen Gespräch ein Ende. Er meldete Reggfield, daß der Schloßherr ihn erwarte.

„Mach's wie ich, wenn er dir fatale Dinge sagt", flüsterte Karlis dem Hinausgehenden zu.

Karl Sigismund stand in der Mitte des Zimmers, als sein Neffe bei ihm eintrat. Er ging ihm einige Schritte entgegen und reichte ihm die Hand. „Sei willkommen, Erich", sagte er.

Schweigend verneigte sich Reggfield; die Antwort blieb ihm in der Kehle stecken.

„Nimm Platz", fuhr der Graf fort, „wir haben einander viel zu sagen." Und als sie sich gegenüber saßen, begann er: „Ein Besuch von dir ist etwas Außergewöhnliches hier geworden. Wir

dürfen uns darum beide nicht verhehlen, daß er auch eine außer=
gewöhnliche Ursache hat."

„Ja, eine sehr außergewöhnliche", erwiderte Reggfield mit
dumpfer Stimme.

„Und welche?" fragte der Graf.

„Onkel", sagte Reggfield, bleich nach Fassung ringend, „er=
spare es mir, eine Mitteilung zu machen, die dir, nach deinem
Brief zu urteilen, schon bekannt sein muß."

„Du hast recht", entgegnete Sigismund; „ich weiß, weshalb
du gekommen bist. Du hast Schulden."

„Ja", stammelte Reggfield, „ich habe Schulden."

„Und weshalb?"

Reggfield biß die Zähne zusammen und schwieg.

„Erich, Erich", sagte Karl Sigismund und erhob warnend die
Hand, „du bist der letzte Reggfield, willst du der erste sein, der
in Schande und Unehre versinkt?"

„Ich hab's verdient", murmelte Reggfield. „Du bist nur
gerecht."

„Wie oft", fuhr der Graf fort, „hast du mit deiner männlichen
Kraft, deinem Stolz und deiner Energie geprahlt, wenn es galt,
mir zu trotzen! Warum haben sie dich im Stich gelassen, jetzt,
wo du ihrer am nötigsten bedurft hättest? Was hast du zu deiner
Entschuldigung vorzubringen?"

„Nichts", antwortete Reggfield, „es gibt keine Entschuldigung."

„Und nun erwartest du von mir", sagte der Graf, „ich solle
dir helfen, ich solle deine Spielschulden bezahlen, und denkst nicht
an das, was zwischen uns vorgefallen ist und was uns trennt?"

„Nein", entgegnete Reggfield, „ich erwarte nichts und bitte
um nichts, ich weiß, daß ich weder zum einen noch zum andern
ein Recht habe. Du hast mich gerufen, und ich bin gekommen."

„Du wärst nicht gekommen, wenn nicht die Not dich ge=
zwungen hätte", sagte Karl Sigismund ruhig. „Höre mich an,
Erich; wohl kann ich deine Schulden bezahlen, und ich will sie
bezahlen, selbst wenn es viele Tausende wären; aber — du wirst
dir selber sagen können, welche Bedingung ich daran knüpfe."

„Sprich sie aus", bat Reggfield beklommen.

„Wenn du reumütig umkehrst, steht das Haus deiner Väter dir offen", antwortete der Graf, „aber, wohlgemerkt, nur dir allein. Mit deiner jetzigen Umgebung mußt du brechen für alle Zeit."

„Das kann ich nicht", sagte Reggfield.

„Du mußt, du hast die Wahl zwischen Rettung und Untergang, zwischen Leben und Tod; entweder oder, einen Mittelweg gibt es nicht."

„Ich kann nicht", wiederholte Reggfield. „Das Leben auf diese Weise erkauft, wäre ein siebenfacher Tod. Soll ich mein Weib von mir stoßen, jetzt, nachdem ich Jammer und Elend über sie gebracht habe?"

„Der Jammer wird größer werden, wenn du meine Bedingung nicht annimmst", erwiderte der Graf.

„Ich bin von deinem Fleisch und Blut", sagte Reggfield, „wenn du mir helfen willst, warum dann eine Bedingung stellen, die zu erfüllen mir unmöglich ist? Könntest du wirklich mit kaltem Blut eine Unschuldige büßen sehen, was ich verbrochen habe?"

„Sie ist nicht unschuldig", entgegnete der Graf. „Warum mußte sie sich in dein Leben eindrängen?"

„Nicht sie hat sich an mich gedrängt, sondern ich habe sie an mein Leben gekettet", erwiderte Reggfield, „und sie hat mir das Leben erst lieb und wert gemacht. Und nun verlangst du von mir, ich solle sie verstoßen, um hierher zurückzukehren, wo ich noch nie eine glückliche Stunde verlebt habe? Wer ist schuld, daß mir Storrinek verhaßt ist? Wer trägt die Schuld, daß ich nur mit Grauen an meine Kindheit denken kann? Gott weiß, wie ich hinter diesen Mauern manchmal nach Liebe und Teilnahme geschrien habe. Fremde Menschen haben mir gegeben, was ich brauchte, und wenn ich vor Stumpfsinn bewahrt geblieben bin — dein Verdienst ist es nicht."

„Nur weiter", sagte der Graf, „jetzt bist du im richtigen Fahrwasser, du Phantast."

Dieser Hohn auf seine erbitterten Worte brachte Reggfield vollends aus der Fassung. „Gott im Himmel", rief er, „wo war mein Verstand, als ich hier herkam und Hilfe zu finden dachte!"

Karl Sigismund nickte. „Wo dein Verstand geblieben ist, möchte auch ich dich fragen."

Reggfield sprang auf und schleuderte seinen Stuhl zurück, daß er mit lautem Knall zu Boden fiel. Dann ging er in den entferntesten Teil des Zimmers, um seiner schrecklichen Aufregung Herr zu werden. Als er wiederkam, war er totenbleich, und eine starre Ruhe lag über seiner ganzen Gestalt.

„Was hast du beschlossen?" fragte Karl Sigismund. „In meiner Hand liegt für dich die ersehnte Hilfe, und sie soll dir werden, doch nur gegen bedingungslose Unterwerfung."

„Ich unterwerfe mich nicht", antwortete Reggfield. „Wenn ich meine Frau nicht retten kann, so will ich mit ihr zugrunde gehen."

„Besinne dich, Erich", sagte der Graf und erhob sich nun gleichfalls. „Du weißt noch nicht, was es heißt, zugrunde gehen."

„Ich darf mich nicht besinnen", erwiderte Reggfield. „Ein Schurke, ja, ein Mörder wäre ich, wollte ich mich anders entscheiden. Lebe wohl, du harter Mann, und möge nie die Stunde kommen, in der Gott mein Blut von deinen Händen fordert." Nach diesen Worten ging er hinaus.

Als er durch den langgestreckten Saal eilte, nach dem Vorzimmer, in dem er seine Sachen abgelegt hatte, schien es ihm, als husche jemand ihm nach. Allein er hatte nur die dumpfe Empfindung und dachte nicht daran, sich umzusehen. Als er jedoch den Mantel umwerfen wollte, wurde er plötzlich von rückwärts umfaßt, und über seinen Arm beugte sich ein Kopf, der mit funkelnden Augen zu ihm aufsah. „Onkel Erich", rief Karlis' Stimme, „das war schön, das war prächtig! Ich habe alles mit angesehen; denn ich saß draußen auf dem großen Birnbaum, und jetzt bin ich durchs Fenster hereingesprungen. O wie du da standest, so stolz und schön wie ein König!"

„Laß mich gehen", sagte Reggfield und versuchte, ihn von sich abzuschütteln.

Aber Karlis blieb ihm zur Seite wie sein Schatten. Mit der Begeisterung einer feurigen Knabenseele hing er an dem jungen Oheim, der ihm seit seiner frühesten Kindheit als das Urbild aller Ritterlichkeit erschienen war. „Nimm mich mit, Onkel Erich", bat er, als Reggfield das Zimmer verließ, „nimm mich mit! Dir will ich immer gehorchen, ich will alles tun, was du mir befiehlst."

Reggfield schritt, ohne Antwort zu geben, weiter, ja, seine Schritte wurden immer hastiger, und als er die Treppe erreichte, stieg er sie in fliegender Eile hinunter, immer zwei bis drei Stufen auf einmal.

Ebenso schnell Karlis, der noch eher im Erdgeschoß ankam als Reggfield. „Nimm mich mit", bat er wieder, „auch der Tante Serena will ich gehorchen und will ihr keinen Ärger machen. Ich weiß wohl, wir sollten ihren Namen gar nicht erfahren; aber ich habe ihn doch ausgekundschaftet, und ich liebe Tante Serena, weil sie deine Frau ist."

„Laß mich, Knabe!" sagte Reggfield und rief dann mit lauter Stimme über den Hof nach seinem Pferd.

Ein Stallknecht stürzte herbei. „Das Pferd frißt", sagte er, „ich kann es jetzt nicht satteln."

„Sofort soll es gesattelt werden", entgegnete Reggfield.

„Gnädigster Herr", wandte der besorgte Stallknecht ein, „der Rappe ist müde, er muß ein wenig ausruhen."

„Er soll gesattelt werden, sofort!" rief Reggfield mit dem Fuße stampfend.

Erschreckt zog sich der Gescholtene zurück. „Ich beneide dich nicht um deinen Herrn", sprach er beim Aufzäumen. „Wäre ich du, so würfe ich ihn in den Graben. Die Reggfields sind alle= samt nicht bei Trost, die alten wie die jungen nicht."

Nach kaum zwei Minuten stand das Pferd im Hof. Reggfield schwang sich hinauf und sprengte davon im wildesten Galopp.

„Leb wohl, leb wohl, Onkel Erich!" rief Karlis ihm nach.

Er erhielt keine Antwort, der dröhnende Hufschlag verschlang jeden andern Laut. Wie gehetzt flog der Reiter die Allee hinunter. Eine Strecke, zu der er vorhin eine halbe Stunde gebraucht hatte, legte er jetzt in fünf Minuten zurück. Aber am Fuß des Hügels, wo ein Grenzhügel das Ende des Schloßgebiets bezeichnete, hielt

er noch einmal an und sah zurück. Die stolze Burg mit ihren
Zinnen und Türmen wurde vom Frühlingssonnenschein um=
spielt. Die grauen Mauern schimmerten und blinkten, als träum=
ten sie von ihrer Jugendzeit, und hoch oben auf der äußersten
Umfassungsmauer stand die schlanke Knabengestalt des jungen
Karl Sigismund. Er wehte mit einem Tuch dem wilden Reiter
einen Scheidegruß nach. Das war das letzte Bild, das der letzte
Reggfield von seinem Erbe mit hinwegnahm, und also schied
er von der Heimaterde seiner Väter, um sie nie mehr zu betreten.

XXI

Wohl eine Stunde lang war Reggfield so weitergejagt, da strauchelte sein Pferd und brach zusammen. Im Sturz riß es auch den Reiter zu Boden. Er lag mit einem Fuß unter dem Tier und konnte sich nur mit Mühe hervorarbeiten. Die Untersuchung, welche er dann anstellte, hatte ein trauriges Ergebnis: der Schaden, den der arme Rappe erlitten hatte, war unheilbar. Keuchend und zitternd lag er da, und seine ausdrucksvollen Augen flehten um Erbarmen. Dann zog er die Pistole und gab dem treuen Gefährten den Gnadenschuß. Trübsinnig stand der Reiter da. „Das erste Opfer", sprach er, und dann setzte er seine Reise zu Fuß fort.

Warum war er so unsinnig geritten, als wäre das wilde Heer ihm im Nacken? Wovor war er geflohen? Vor dem harten Mann dort oben auf der Burg? Der verfolgte ihn ja nicht; er rief ihn nicht einmal zurück. Und wenn er auch noch so hart und unbarmherzig gewesen war, er war in seinem Recht; selbst Reggfield in aller seiner Erbitterung wagte das nicht zu bestreiten. Nein, was er hatte fliehen wollen, das saß in ihm, es war die Reue, das Erwachen jenes furchtbaren Etwas, dessen Wurm nicht stirbt und dessen Feuer nicht erlischt. Es zog jetzt mit ihm, es verdunkelte den leuchtenden Himmel, es trübte seinen Blick, wenn er vorwärtsschauen wollte, es ließ ihn schaudern, wenn er zurücksah, und er fühlte, daß dies erst der Anfang war.

Ein Wagen kam ihm entgegen. Als er dicht bei ihm war, hielt er an, ein Damenkopf beugte sich heraus, und Esthers Stimme fragte: „Herr Graf, wie kommen Sie hierher, bestaubt und ohne Pferd?"

„Mein Pferd ist tot", antwortete Reggfield; „ich habe es zuschanden geritten."

„Bitte steigen Sie ein", bat Esther. „Ich bin planlos diesen Weg gefahren. Nun freue ich mich des Zufalls, da er mir Gelegenheit gibt, Ihnen gefällig zu sein."

Reggfield stieg ein, der Wagen wandte um und fuhr nach der Stadt zurück. Lind wehten die Lüfte und flüsterten schmeichelnd von den kommenden Freuden des Frühlings. Aber Esther hatte kein Ohr mehr für sie und kein Auge für das geheimnisvolle Regen der Natur, wie sie es noch vor einer Viertelstunde gehabt hatte. Sie sah jetzt nur noch den Begleiter, der ihr so unerwartet geworden war. Das war nicht der strahlende Reggfield von vor sechs Jahren, der alle andern in den Schatten gestellt und dem die Herzen sich widerstandslos ergeben hatten. Das war auch nicht mehr der edelmütige, ritterliche Mann, der ohne Besinnen sein Leben gewagt hatte, um ein anderes Leben zu retten. Wortkarg und mit umwölkter Stirn saß er neben ihr, den Rock mit Staub bedeckt, und doch fühlte Esther, daß ihre Teilnahme für ihn niemals größer war als jetzt. Sie fragte nicht nach den näheren Umständen, die den Verlust seines Pferdes begleitet hatten; denn ihr rascher Verstand begriff, daß ihm dies peinlich sein mußte. Statt dessen erzählte sie, daß sie seine Botschaft vom heutigen Morgen ausgerichtet und Serena so wohl angetroffen habe, wie man es nach dem gestrigen Anfall nur immer wünschen könnte. Er gab einsilbige und zerstreute Antworten, doch sie ließ nicht nach; etwas von der liebenswürdigen Gewandtheit ihres Bruders war auch ihr eigen. Unmerklich lenkte sie das Gespräch Gegenständen zu, von denen sie wußte, daß sie seine Teilnahme hatten. Und als sie die Stadt erreichten, war es ihr wirklich gelungen, seine Schwermut zu überwinden; er hörte und sprach. So kam es, daß der Eindruck, den die an Serenas Fenstern vorüberfahrende Equipage machte, so furchtbar war.

Eingedenk seines Versprechens, Augustin von dem Erfolg des Besuchs in Storrinek zu benachrichtigen, stieg Reggfield in dem Sengernschen Hause ab. Und als er erfuhr, daß der Baron hinterlassen habe, er werde in einer halben Stunde zurückkehren, nahm er Esthers Vorschlag an, so lange bei ihr zu warten. Sie ließ Wein und andere Erfrischungen bringen, um ihn nach der anstrengenden Fahrt zu stärken, und er empfand diese Fürsorge mit einer Art Wohlbehagen.

Dann kam Augustin. Beim Anblick des Grafen glitt ein Zug über sein Gesicht, ähnlich dem Lauern des Tigers, der sich zum Sprung bereitet. „Wie stehen die Sachen?" fragte er ohne weitere Umschweife.

Reggfield zögerte und sein Gesicht färbte sich dunkel. Daß Augustin auch rücksichtslos und unzart sein konnte, erfuhr er jetzt zum erstenmal.

Esther aber, der die liebevollste Zuneigung das Zartgefühl geschärft hatte, stand geräuschlos auf und ging hinaus.

„Ist mir recht", sagte Augustin, warf sich in einen Stuhl und zündete eine Zigarre an. Dann wiederholte er seine Frage: „Nun, wie stehen die Sachen?"

„Schlecht", antwortete Reggfield; „mein Onkel stellte mir eine Bedingung, die ich nicht annehmen kann."

„Hm", sagte Augustin. „Sie werden sie doch annehmen müssen, mag sie sein, wie sie will."

„Warum?" fragte Reggfield schroff.

„Weil Ihnen das Messer an der Kehle sitzt und Ihr Kredit zu Ende ist. Vielleicht haben Sie unterwegs gute Vorsätze gefaßt und wollen von jetzt an dem Spiel abschwören. Selbst dann ist Ihre Lage verzweifelt, wenn es Ihnen nicht gelingt, irgendwo eine Goldmine zu entdecken. Und — nebenbei bemerkt — ich halte nicht viel von guten Vorsätzen; das Spiel ist ein Dämon, der keinen wieder losläßt, den er einmal in den Krallen hat."

„Aber Sie haben mir diesen Dämon auf den Hals gehetzt", sagte Reggfield mit plötzlich ausbrechender Bitterkeit.

„Ich, Herr Graf? Das ist denn doch eine seltsame Beschuldigung. Ich spiele selten und dann nur zum Zeitvertreib und mit kühlem Blut, nie aus Leidenschaft. Daß ich Ihre erste Bekanntschaft am Spieltisch machte, scheinen Sie vergessen zu haben; es ist allerdings schon lange her. Und ebenso haben Sie wohl vergessen, wie oft ich in jüngster Zeit zum Aufhören mahnte, weil ich sah, daß die Leidenschaft mit Ihnen durchging. Aber ich kann ja auch, wenn Sie befehlen, die Zahl der abgedankten

Freunde vermehren, die Sie, Darrnbek an der Spitze, bereits von sich gestoßen haben."

„Das wagen Sie mir zu sagen?" rief Reggfield aus. „Wer anders hat mich mit Darrnbek entzweit, als Sie? Und Sie haben nicht einmal eine Ahnung davon, was er mir gewesen ist."

„Gemach, Herr Graf", erwiderte Augustin, „Sie sind sehr kampflustig aus Storrinek zurückgekehrt. Aber es ist unklug von Ihnen, Streit mit mir zu suchen; Sie haben nicht viele Freunde mehr. Und nochmals rate ich Ihnen, nehmen Sie die Bedingung Ihres Oheims an, es bleibt Ihnen keine andere Wahl."

„Ich sehe nicht ein, was für einen Vorteil Sie dabei haben, mir einen solchen Rat zu geben", antwortete Reggfield. „Und wenn ich lieber sterben als jene Bedingung annehmen will, so kann Ihnen das einerlei sein."

Augustin strich langsam die Asche seiner Zigarre ab. Dann erst sagte er: „Vielleicht gibt es doch etwas, das mich nötigt, Einspruch zu erheben: die Rücksicht auf mein gefährdetes Eigentum."

„Nun", entgegnete Reggfield stolz, „soviel, wie Ihre Bürgschaften betragen, beträgt auch mein Vermögen und mehr noch. Sie brauchen also um Ihr Eigentum nicht zu sorgen, selbst wenn ich keine Goldmine entdecke."

„Sie irren, Herr Graf", entgegnete Augustin; „es handelt sich nicht nur um jene Bürgschaften, sondern fast um die ganze Schuldensumme. Außer den beiden letzten Wechseln hat die Bank nichts mehr von Ihnen zu fordern; denn nicht sie ist Ihr Gläubiger — ich bin es."

„Wieso?" fragte Reggfield nach einer kurzen Pause.

„Auf sehr einfache Weise", antwortete Augustin, „ich habe die Wechsel gekauft. Durch die verschiedenen Bürgschaften war ich ohnehin ziemlich stark an der Geschichte beteiligt und zog es darum vor, sie lieber ganz und gar in die Hand zu nehmen. Ich würde noch lange geschwiegen haben, wenn nicht durch die letzten Wechsel Ihre Schulden eine solche Höhe erreicht hätten, daß sie fast dem Wert meines Gutes gleichkommen. Sie sehen

285

nun wohl ein, daß ich allerdings einen Vorteil dabei habe, wenn ich Ihnen rate, die Storrineker Bedingung anzunehmen."

Reggfield war aufgesprungen. „Herr Baron", sagte er mit zuckenden Lippen, „ich beuge mich vor Ihrer Klugheit; denn um sie zu begreifen, dazu bin ich zu dumm oder zu ehrlich. Vielleicht haben Sie darum selbst die Güte, mir zu sagen, für was ich diese Ihre Handlungsweise halten soll."

„Für was Sie wollen", antwortete Augustin gelassen.

„So will ich sie für Freundschaft halten", versetzte Reggfield mit herbster Ironie. „Leben Sie wohl, mein teurer Freund! Sie sind mir in Wahrheit sehr teuer zu stehen gekommen. Wenn ich bedenke, was ich alles auf Ihren Rat geopfert habe, Geld, Ruhe, Gewissen und meinen alten Darrnbek obendrein — Tod und Teufel, Herr, Sie können sich Glück wünschen, daß ich ohne Waffe hier vor Ihnen stehe."

„Sie vergessen sich, Herr Graf", sagte Augustin. „Aber", fuhr er fort, und die weißen Zähne blinkten durch den zierlichen Schnurrbart, „wenn es Ihrem Gefühle natürlicher scheint, so können Sie mich ja auch von dieser Stunde an für Ihren Feind halten."

„Mein Feind sind Sie immer gewesen", entgegnete Reggfield, „ich weiß es jetzt und werde mich danach richten."

Ihm schwindelte, als er hinausging, und selbst die frische Märzluft, die ihm draußen die glühende Stirn kühlte, vermochte nicht seine Gedanken zu klären oder den Aufruhr in seinem Gemüt zu besänftigen. Sein Feind! Warum war Augustin sein Feind? Esthers wegen? Ja, es hatte einmal eine Zeit gegeben, wo er gegen Esther einen wärmeren Ton angeschlagen hatte, als vielleicht gut und recht war, weil — nun weil eben noch keine andre da war, die ihm besser gefiel. Aber konnte sich ein solches Vergehen wirklich so fürchterlich rächen? Konnte es der Grund werden eines Hasses, wie der sein mußte, der mit emsiger Hand den Stein ins Rollen gebracht und dann dem Abgrund zugetrieben hatte? Fein, sehr fein waren die ersten Fäden des Netzes, das dieser Haß um ihn gesponnen hatte. Er konnte sie nicht deutlich erkennen, er fühlte nur die Schlinge, die um seinen

286

Hals lag, bereit, bei der nächsten Gelegenheit zugezogen zu wer=
den. Und nun regte sich wieder der nagende Wurm, der draußen
auf der Landstraße seine Arbeit begonnen hatte. O daß es kein
Mittel gab, um Geschehenes ungeschehen zu machen! Ekel er=
füllte ihn, wenn er an das dachte, womit er in den letzten Mo=
naten Zeit und Geld vergeudet hatte. Er fühlte, daß er von
seiner verderblichen Leidenschaft geheilt sei für immer, aber um
welchen Preis!

Nur zwei Dinge waren jetzt noch möglich, entweder die Um=
kehr nach Storrinek oder die Entlassung mit Schimpf und Schande,
nach beiden Seiten ein Leben ohne Ehre, eins so unerträglich wie
das andere. Ja, Karl Sigismund hatte recht gehabt, als er ihm
sagte: „Du weißt noch nicht, was es heißt, zugrunde gehen."
Jetzt, wo er vor dem Abgrund stand, überlief es ihn doch eiskalt,
und er griff nach einer Stütze, nach einer Hand, die ihn von der
gähnenden Tiefe wieder hinweg leitete auf festen, sichern Boden.
Aber ach, er griff ins Leere.

Ehrlos! Wohl wußte er, was in einem solchen Fall die meisten
für den einzigen Ausweg hielten; er aber verabscheute diesen Weg.
Feige aus dem Leben zu gehen und andern das zu überlassen,
was zu ordnen die eigene Kraft nicht ausreichte, das hatte ihm
von jeher erbärmlich geschienen. Auch hatte er nicht umsonst
jahrelang an der Seite einer kindlich frommen Frau gelebt. Er
glaubte an einen ewigen Richter, der zu der Frage berechtigt ist,
wie der staubgeborene Mensch es wagen dürfe, seinem göttlichen
Ratschluß vorzugreifen. Nacht war es, wohin auch sein Auge
blickte, und so irrte er wie im Fieberwahn durch die Straßen der
Stadt, bald rechts, bald links, bald vorwärts, bald rückwärts,
ziellos, planlos, abenteuerlich, wie er selbst es nannte mit der
Ironie der Verzweiflung.

Da blieb er plötzlich stehen und schlug sich an die Stirn. „Besser
noch ein Abenteurer als ein ehrloser Graf." Wie fielen ihm nur
auf einmal diese Worte ein? Hatte er nicht selbst vor Zeiten sie
gesprochen und dabei an die Möglichkeit gedacht, als schlichter
Mann hinauszuziehen in die Welt, um mit seiner Kunst sein
Brot zu verdienen? Wie ein Blitzstrahl durchzuckte es ihn jetzt:

das war die Rettung, die Zuflucht, der einzige Weg, den er gehen konnte. Nein, dem Namen seiner Väter sollte durch ihn kein Brandmal aufgedrückt werden; mit ehrlicher Arbeit wollte er sühnen, was er verbrochen hatte, und niemand sollte einmal das Recht haben, seinem Andenken zu fluchen. So mußte es gehen. Er wußte, daß er sein Instrument künstlerisch spielte und es mit jedem Virtuosen von Beruf aufnehmen konnte. Auch für seine Kompositionen war ihm schon einmal Geld geboten worden. Damals hatte er lachend abgelehnt und gesagt, noch brauche seine Kunst nicht nach Brot zu gehen. Das war nun anders geworden.

Mit Eifer begann er, den Plan für das neue Leben auszu= denken. Zunächst galt es eine Beichte bei seinem Schwiegervater. Wohl wurde ihm heiß bei dem Gedanken, doch es mußte sein. Wie groß auch der Zorn und Groll des alten Herrn sein mochte, er würde ihn nicht im Stich lassen, sondern ihm helfen, Augustin wenigstens fürs erste zu befriedigen. Dann ging es hinein in ein Leben voll Arbeit und Entbehrung. Es war ein harter Weg, der vor ihm lag; aber es war doch ein Weg da, wo er zuvor nur einen Abgrund gesehen hatte, und mit dieser Gewißheit zog neuer Mut in seine von Reue gefolterte Seele.

Als er endlich vor seiner Wohnung stand, war die Sonne untergegangen. Dämmerung breitete sich über die Erde. Noch zögerte er einzutreten. Serena, ach, das zarte Kind, wie würde sie einen solchen Wechsel der Verhältnisse ertragen? Er wollte sie noch schonen, er konnte ihr nicht schon heute die traurige Mit= teilung machen. So versuchte er, seine Stirn von den Sorgen= falten zu glätten, als er in ihr Zimmer trat.

Dort lag sie auf dem Sofa. Sie mußte ihn doch kommen hören, und dennoch wandte sie den Kopf nicht um. War sie krank? Er näherte sich, er beugte sich über sie — da sah sie ihn an, starr und fremd, kein Wort der Begrüßung kam über ihre Lippen, ja, als er sie umfassen wollte, bemerkte er zu seinem Erstaunen, daß sie vor ihm zurückbebte und wie schaudernd aus seinem Arm sich zu befreien suchte.

„Was hast du, Serena?" fragte er. „Kennst du mich nicht?"

288

„Ja, ich kenne dich", antwortete sie und legte die Hand über die Augen.

„Bist du krank?" fragte er weiter. „Du kommst mir so sonder= bar vor."

„Ich bin gesund", sagte sie.

„Nun, wenn du nicht krank bist", erwiderte Reggfield, „dann komm und setze dich zu mir. Wir haben uns ja den ganzen Tag noch kaum gesehen und gesprochen."

Sie gab ihre vergeblichen Bemühungen, sich von ihm zu be= freien, auf und ließ sich müde und widerstandslos zu dem kleinen Diwan führen, der, lauschig hinter blühenden Topfgewächsen verborgen, in einer Ecke des Zimmers stand. Dort nahmen sie Platz; aber ein Gespräch wollte auch hier nicht in Gang kommen; jedes versank in seine eigenen Gedanken. Durch die hohen Fenster drang noch ein Widerschein des letzten Abendrots, der sich dann in fliegenden Figuren von dem Teppich abhob, um bald darauf von der im Hintergrund lauernden Dunkelheit verschlungen zu werden.

„Serena", sagte Reggfield endlich mit gepreßter Stimme, „kannst du nicht irgend etwas tun, das uns erheitert? Kannst du nicht ein Lied singen? Du hast schon seit einer halben Ewig= keit nicht mehr gesungen."

Sie stand auf und ging an das Klavier. Ohne nach Noten zu suchen oder ein Licht anzuzünden, spielte sie eine Melodie, die Reggfield wohl kannte. Es war seine eigene Melodie, er hatte sie einmal auf Serenas Bitten zu einem Spittaschen Liede kompo= niert, um Maria damit zu erfreuen. Aber der Text hatte damals anders gelautet.

> „Stimm an das Lied vom Sterben,
> den ernsten Abschiedssang;
> vielleicht läuft heut zu Ende
> dein ird'scher Lebensgang,
> und ehe die Sonn' sich neiget,
> beschließest du den Lauf,
> und wenn die Sonne steiget,
> stehst du nicht mit ihr auf."

„Wie kommst du zu diesem Text?" unterbrach Reggfield den Gesang. „Hältst du den für sehr erheiternd?"

Erschrocken schwieg sie still.

Er jedoch konnte jetzt nicht mehr schweigen. Alles, was er an diesem Tag schon erlitten hatte, drängte sich nun zusammen in ein einziges Gefühl der Gereiztheit, und er mußte sich Luft machen. „Auch das noch!" sagte er. „Kummer, Ärger und Sorgen vom frühen Morgen an, und wenn ich des Abends abgehetzt nach Hause komme, dann singst du mir Sterbelieder vor. Wen wünschst du denn so sehnlich unter die Erde, dich oder mich?" Er war aufgestanden und ging im Zimmer umher, heftig und ruhelos, so daß selbst der weiche Teppich seinen Schritt nicht ganz zu dämpfen vermochte. „Ja", sagte er dann wieder, „alles, was wahr ist, Serena, ich habe noch nie einen Tadel an dir gefunden; aber was Überlegung und Lebensklugheit anbetrifft, darin könntest du ein wenig von Esther von Sengern lernen."

Bei diesem Namen erstarrte Serenas Herz zu Eis. Sie saß und dachte nichts mehr, sie hörte nur noch die ruhelosen Schritte, immer auf und ab, immer auf und ab, und bei jedem Schritt ging ein stechender Schmerz durch ihren Kopf. Sie fühlte ihre Sinne schwinden und erhob sich. „Ich kann nicht mehr, Erich", sagte sie leise. Dann ging sie wankend hinaus.

Erstaunt sah er ihr nach. Sein erstes Gefühl war Reue über seine Unfreundlichkeit und der Wunsch, der Hinausgegangenen zu folgen, um sie zu trösten. Doch er besann sich und blieb mitten auf dem Weg stehen. „Es hilft nichts", dachte er. „Das Leben wird uns fortan nicht auf Rosen betten; darum muß sie endlich auch einmal ein rauhes Wort ertragen lernen. Wenn sie immer geschont und auf Händen getragen wird, kann sie ja niemals erstarken." So nahm er seine unterbrochene Wanderung wieder auf, um durch die äußere Unruhe die innere zu unterdrücken.

Beim Umwenden fiel sein Blick auf einen dunklen Gegenstand, der in dem Winkel zwischen Fenster und Nähtisch hockte. Er bückte sich und erkannte, daß es ein lebendes Wesen war. „Agnes, bist du es?" fragte er.

„Ja", antwortete das Kind und ſah ſchüchtern hervor.

„Was tuſt du hier?"

„Ich ſitze oft hier, und heute habe ich einen Brief geſchrieben. Er iſt noch nicht ganz fertig, weil es dunkel iſt."

„Komm her und erzähle mir das", ſagte Reggfield, froh, einen Ableiter gefunden zu haben. Er faßte ſeine kleine Tochter beim Arm und wollte ſie in die Höhe ziehen. Jedoch Agnes jammerte: „Meine Tafel, meine Tafel!" und ſetzte der väterlichen Hand Widerſtand entgegen.

„Was iſt's mit deiner Tafel?" fragte Reggfield. „Gib ſie her."

„O bitte, bitte, Papa, ich kann ſie dir nicht geben, du löſchſt es aus", klagte die Kleine.

„Närrchen", erwiderte Reggfield, „wenn ich dir ſage, du ſollſt kommen, dann kommſt du. Derſtanden?" Er ergriff ſie energiſch mit beiden Händen und brachte ſo Kind und Tafel zugleich in die Höhe. „Nun erzähle mir", ſagte er, nachdem er die Kleine auf ſeine Knie geſetzt hatte, „einen Brief haſt du geſchrieben? Steht er da auf der Tafel?"

„Ja", antwortete Agnes, die mit einem Händchen ihr Kleinod krampfhaft emporhielt, „jetzt ſteht er hier auf der Tafel; aber nachher kommt er auf Papier."

„Und an wen haſt du denn geſchrieben?" fragte Reggfield weiter.

„An Tante Maria", ſagte das Kind. „Sie ſoll wieder her= kommen, damit Mama nicht mehr weint."

„Wie", entgegnete Reggfield aufmerkſam werdend, „hat denn Mama geweint?"

„Ja", antwortete Agnes, „wenn der Onkel dageweſen iſt, dann weint ſie jedesmal."

„Wenn wer dageweſen iſt?" fragte Reggfield, für den die bisher faſt gedankenlos geführte Unterhaltung plötzlich einen andern Charakter bekam.

Die Kleine erſchrak, als ſie in ſeine ſprühenden Augen ſah, und blieb vor Entſetzen die Antwort ſchuldig.

„Wer iſt hier geweſen?" wiederholte er. „Haſt du nicht gehört, was ich dich fragte?"

„Ich kann ja nichts dafür", ſtammelte das erſchrockene Kind.

„Wer war hier?" fragte Reggfield immer heftiger.

„Der Onkel", ſagte Agnes.

„Welcher Onkel?"

„Ach, ſieh mich nicht ſo böſe an", flehte die Kleine und brach in Tränen aus.

„Welcher Onkel?" fragte Reggfield wieder, und als Agnes ſchluchzend ſchwieg, ſchüttelte er ſie ſo ungeſtüm, daß die Schiefer= tafel auf den Teppich fiel. „Mädchen", ſagte er drohend, „wirſt du antworten, wenn ich dich etwas frage."

„Mein Brief", ſchluchzte das Kind.

„Laß den Brief", entgegnete Reggfield und ſtieß die Tafel mit dem Fuß hinweg. „Warte, ich will dich Gehorſam lehren! Wirſt du mir jetzt auf der Stelle ſagen, welcher Onkel hier ge= weſen iſt? War es Onkel Darrnbek?"

„Nein, der nicht", ſagte das Kind zitternd, „der andere Onkel, der lange, der immer zu Mama kommt, wenn du nicht da biſt."

„Wie heißt er?" fragte Reggfield, bebend vor Zorn und Ent= rüſtung.

„Ich ſoll es dir nicht ſagen, hat die Mama einmal geſagt", ſtotterte das weinende Kind. „Du kennſt ihn ja, Papa. Ich glaube, er heißt Auguſt."

Mit einem plötzlichen, unſanften Ruck fand Agnes ſich nach dieſen Worten auf den Boden verſetzt. Sie raffte ihre Tafel von der Erde auf und lief hinaus, um bei Marianne Troſt zu ſuchen für die erlittene Unbill.

Reggfield aber war an das Fenſter getreten und preßte die Stirn gegen die Scheiben, daß dieſe leiſe klirrten. „Alſo deshalb", rief er mit einem wilden, grimmigen Lachen. „Deshalb hat ſie geweint, deshalb ſoll ich ans Sterben erinnert werden. Nun, Serena, dazu könnte ja Rat werden; du haſt dafür geſorgt. Narr, der ich war, daß ich noch einem Menſchen auf Erden trauen konnte, daß ich glaubte, in einem Engelsbild könnte keine Falſch= heit wohnen. Serena, auch du, auch du! Aber du ſollſt mich nicht ungeſtraft ſo fürchterlich hintergangen haben. Elender, was habe ich dir getan, daß du mich alſo haſſeſt? Es war dir noch

292

nicht genug, daß du mich um Hab und Gut, um Stand und Namen gebracht hast, nein, auch das Herz mußtest du mir vergiften. Rechenschaft sollst du mir geben, aber nicht mit Worten; zwischen uns dürfen nur noch Kugeln reden." Er trat vom Fenster zurück und ging in seine Stube, wo er ein Licht anzündete und sich an seinen Schreibtisch setzte. Dort kramte er lange herum, ordnete Papiere und zerriß andere. Zuletzt schrieb er mit fliegender Feder einige Seiten, siegelte sie ein und setzte oben darauf die Worte: „Mein letzter Wille." Dann stand er auf. „Lug und Trug alles und überall", sprach er. „Nur einen einzigen kenne ich, der noch nie gelogen hat, und zu ihm will ich jetzt gehen." Er hüllte sich in seinen Mantel, drückte den Hut in die Stirn und verließ das Haus.

Nacht war's jetzt draußen, nur das Licht der Gaslaternen erhellte die Straßen und beleuchtete die Gestalten, die hin und her eilten. Reggfields Weg war weit. Auf einem wenig belebten Platz schien er sein Ziel erreicht zu haben; da blieb er vor einem Hause stehen und sah eine Weile wie unschlüssig hinauf. Dann ging er hinein, stieg eine Treppe hinauf und stand nun vor einer Tür, an deren Seite eine aufgeklebte Visitenkarte das übliche Porzellanschild ersetzte. Es hing keine Lampe bei der Karte, und so konnte man den daraufstehenden Namen nicht entziffern. Reggfield klopfte.

„Herein!" rief von innen eine Stimme.

Aber Reggfield blieb stehen.

„Herein!" rief es wieder.

Reggfield rührte sich nicht.

„Wer ist denn da?" fragte nun die Stimme, und zugleich wurden Schritte hörbar, die sich der Tür näherten. Sie ward geöffnet, und da standen sich die beiden Männer gegenüber, die einst die besten, treuesten Freunde gewesen waren.

Das Licht in Darrnbeks Hand fing an, unsicher hin und her zu flackern, als hätte es seine feste Stütze verloren, und die klugen Augen sahen auf den ehemaligen Freund in höchster Spannung.

„Reggfield?" sprach er, weiter nichts, und trat zurück, um so den Gast zum Näherkommen einzuladen.

Darrnbek stellte das Licht auf den Tisch; die beiden Männer aber schwiegen, der eine, weil ihm die Kehle wie zugeschnürt war, der andre, weil er durch ein Wort den schönen Traum zu zerstören fürchtete.

„Darrnbek", begann Reggfield endlich mit abgewandtem Ge= sicht, „du wunderst dich, mich hier zu sehen, und magst dich mit Recht wundern nach dem, was zwischen uns vorgefallen ist. Vielleicht wäre ich auch nicht gekommen, wenn ich außer dir noch einen Menschen wüßte, dem ich vertrauen könnte. Sie haben mich alle betrogen oder verlassen. Darum stehe ich jetzt hier und bitte dich, nur einmal noch an die alte Freundschaft zu denken, die uns früher verband —"

„Sprich nicht so", unterbrach ihn Darrnbek mit halberstickter Stimme, „ich habe nie aufgehört dein Freund zu sein." Er neigte sich vorwärts, um ihm ins Auge zu sehen, und fuhr fort: „Gott allein weiß, was ich gelitten habe ohne dich, und wie ich mich gesehnt habe nach einer Stunde, wie diese ist."

Reggfield hatte seine Augen mit der Hand bedeckt. „Harry", sagte er erschüttert, „vergib mir! Du bist besser als ich!"

„Laß das", antwortete Darrnbek. „Sage mir lieber, was dir geschehen ist, und womit ich dir helfen kann."

Und nun erfuhr er von Reggfield, was er allerdings schon ahnte, die ganze, traurige Geschichte, wie sie durch fremde Bos= heit und eigene Schuld allmählich entstanden war. Es wetter= leuchtete zuweilen über Darrnbeks Gesicht; aber als Reggfield zuletzt mit der Bitte kam, er möchte sein Sekundant sein, da schüttelte er bedenklich und sorgenvoll den Kopf.

„Wie ich über Sengern denke, das weißt du", sagte er. „Ich wünsche ihm aus aufrichtigem Herzen des Himmels oder der Hölle Strafen. Daß er falsch und unedel an dir gehandelt hat, das unterliegt keinem Zweifel, wohl aber, ob du das Recht hast, dafür blutige Genugtuung zu fordern. Es ist meine Pflicht, einen friedlichen Ausgleich zwischen euch wenigstens zu versuchen."

Da aber kam sie zurück, die maßlose, nur mühsam bezähmte Empörung. In wilden Worten und unzusammenhängenden

Sätzen sprühte es von Reggfields Lippen, was er bisher noch verschwiegen hatte, und was doch sein Herz und Gehirn mit lodernder Glut erfüllte.

Darrnbek stand da wie vom Blitz getroffen. Er wagte nicht, den wild Erregten zu unterbrechen. Erst, als er erschöpft inne= hielt, fand er Worte. „Komm zu dir, Reggfield", sagte er, „du bist von Sinnen. Auf die Aussage eines Kindes hin willst du eine so ungeheure Beschuldigung auf deine engelreine Frau wäl= zen? Das ist sündhaft. Da braucht's doch noch andrer Beweise."

„Kinder und Narren sprechen die Wahrheit", entgegnete Regg= field voll unsäglicher Bitterkeit. „Aber geh und frage den Schurken selbst, frage ihn, ob er hinter meinem Rücken zu meiner Frau gegangen ist, und ob sie ihn empfangen hat. Ich kann ihn nicht danach fragen; wenn ich ihn jetzt wiedersähe, so würde ich zum Mörder."

Darrnbek war schon an der Tür.

„Halt!" rief Reggfield, „hier meine Karte nimm noch mit und vergiß nicht, ich habe nur eine einzige Bedingung: auf Leben und Tod."

Reggfield war wieder allein, eine qualvolle halbe Stunde. Gleich den Wellen des sturmgepeitschten Meeres wogten seine Gedanken hin und her. Wie, wenn er sich nun doch geirrt hätte? Eine schwache Hoffnung wollte aufglimmen. Aber — „ich sollt's dir nicht sagen, hat die Mama gesagt." Wozu die Heimlichkeit, wenn es nichts Unrechtes war? Warum ihr stilles, scheues, ver= schlossenes Wesen nun schon seit Wochen und Monaten? Warum ihr seltsames Gebaren am heutigen Abend? Ach, der Argwohn, wenn er einmal erwacht ist, braucht wenig Nahrung, um sein Dasein zu fristen. Er gleicht dem Nachtlicht, dem wenige Tropfen Öl genügen, um in die nächtliche Finsternis einen trüben Schein zu werfen.

Und jetzt kehrte Darrnbek zurück. „Er hat es eingestanden", sagte er tonlos.

Ein dumpfes Stöhnen entrang sich Reggfields Brust. Minuten= lang wurde kein Wort gesprochen. Dann fragte er: „Ist alles in Ordnung?"

„Ja", antwortete Darrnbek wie vorher, „morgen früh bei Sonnenaufgang, auf der Heide vor dem Jägertor. Pistolen —"

„Es ist gut", sagte Reggfield. „Besorge alles. Ich habe schon geordnet, was sich ordnen ließ. Und nun — habe Dank."

„Willst du gehen?" fragte Darrnbek traurig. „Bleibe hier, Reggfield, geh jetzt nicht zu deiner Frau; ehe sie dich in diesem Zustand sieht, ist es besser, sie sieht dich gar nicht. Ich will selbst gehen und ihr sagen, daß du bei mir bist."

„Nein", sagte Reggfield, „bleibe hier, aber auch ich werde nicht zu ihr gehen."

„Gut, du kannst in meinem Bett schlafen, und ich lege mich auf die Erde."

„Schlafen?" wiederholte Reggfield, „glaubst du, ich könnte schlafen? Laß es gut sein, Harry, ich tauge nicht mehr unter die Menschen." Er wandte sich nach der Tür.

„So will ich dir wenigstens leuchten, es ist draußen so finster", sagte Darrnbek und folgte ihm mit dem Licht. Er blieb oben am Treppengeländer stehen und lauschte den langsamen Tritten, wie sie hinunterstiegen, abwärts, immer abwärts. Als sie unten im Hausflur verhallten, kehrte er in seine Stube zurück. Sie kam ihm jetzt so verändert vor, so schrecklich leer und öde, und doch waren es dieselben verschwiegenen vier Wände, die schon die Zeugen so manchen Seufzers gewesen waren. An diesem Abend nun hatten die stillen Wände noch ein anderes, ein neues Schauspiel: da saß ihr lustiger Bewohner, hatte den Kopf in die Hände gelegt und weinte bitterlich.

Der aber, um den er weinte, irrte draußen umher in Nacht und Nebel, ärmer fast als der Bettler, welcher nicht weiß, wo er sein Haupt hinlegen soll. Was ein Mensch verlieren kann, das hatte er verloren. Glühender Haß war in sein Herz gezogen, Eifersucht und Verachtung. So wanderte er durch die Straßen, der gespenstige Schatten jenes Grafen Reggfield, der einst der Liebling und die Zierde der vornehmen Welt gewesen war. Schwer und dumpf klangen seine Schritte auf dem Steinpflaster, schwer und dumpf wie die Glockenschläge der Turmuhren, wenn sie das abermalige Ablaufen einer Stunde verkündeten.

Als die Füße ihm fast den Dienst zu versagen drohten, ging
er dem Ort zu, der am Morgen der Schauplatz eines blutigen
Kampfes werden sollte. Hinter dem Jägertor dehnte sich ein ein=
sames Heideland. Wohl eine Meile lang zog es sich hin, am An=
fang standen noch einige Bäume, dann nichts weiter als dorniges
Gestrüpp und Heidekraut. Unter einem dieser Bäume, die ihre
laublosen Äste zum nächtlichen Himmel emporstreckten, warf
Reggfield sich auf die Erde nieder und sah hinauf zu den Sternen,
welche unwandelbar und getreulich ihre vorgeschriebenen Bahnen
zogen. Wie sie da oben flimmerten und blinkten, hell und kalt,
daß ihm ein Schauer durch die Glieder lief! Sein Denken bestand
jetzt nur noch in verworrenen Bildern, die an ihm vorüberzogen
gleich den wesenlosen Gestalten einer Laterna magica. Nur etwas
blieb, das wich nicht und wechselte nicht wie das andere; es war
kein Bild, es waren die Worte, die Serena am Abend gesungen
hatte. „Stimm an das Lied vom Sterben", flüsterte es in sein
rechtes Ohr. „Stimm an das Lied vom Sterben", flüsterte es
auch in das linke. Ja, selbst die Sterne flimmerten und blinkten
nicht nur; ihm schien es, als riefen sie: „Und wenn die Sonne
steiget, stehst du nicht mit ihr auf."

Die Stunden vergingen. Im Osten begann ein schmaler gelber
Streifen das Nahen der Sonne zu verkünden. Er wuchs von
Minute zu Minute, bis er zuletzt als feuriges Rot den ganzen
östlichen Himmel bedeckte und die Sterne nötigte, vor dem größeren
Glanz zu erbleichen. Und dann zeigte sich das siegreiche Tages=
gestirn am Horizont: wie flüssiges Gold stieg es herauf, langsam
und majestätisch, während Tausende von Streiflichtern über die
dürre Heide hinzuckten, daß der gelbe Sand bald hier, bald da
wie ein Rosenbeet glühte. „Und wenn die Sonne steiget, stehst
du nicht mit ihr auf."

Reggfield hatte sich auf seinem harten Lager etwas empor=
gerichtet und sah mit trüben Augen dem königlichen Schauspiel
zu. Horch, da erwachte über ihm noch ein andres Leben, das
fing an in dem Baum über ihm sich zu regen. Ein kleiner Vogel
war's, der in den kahlen Zweigen genächtigt hatte und nun von
dem immer mächtiger werdenden Lichtglanz geweckt wurde.

Reggfield sah, wie das zierliche Tierchen von Ast zu Ast hüpfte, seine Federn zurechtzupfte und dann den Schnabel öffnete, um den jungen Tag zu begrüßen: 's ist, 's ist, 's ist noch viel zu früh." Der Ton zerriß mit einmal alle die verworrenen, nebelhaften Bilder. Er fand sich zurückversetzt in den grünen Wald, an jenen sonnigen Tag, wo er mit Serena die Vogelsprache studierte. Er dachte an das warme, junge Glück, das damals sein Herz durch= strömte, und wie der Vogel da über ihm gerufen hatte: „'s ist, 's ist, 's ist noch viel zu früh." Und dann dachte er an den Tag, an welchem Serena seine Braut geworden war. Dieselbe Vogel= stimme war da wie eine Warnung an sein Ohr gedrungen und hatte ihn verstimmt und geärgert. Und jetzt? Ach ja, es war zu früh gewesen, viel zu früh! Er sah die zarte, liebliche Gestalt seiner Frau, wie sie an eben jenem Tage ihr ganzes, junges Leben vertrauensvoll in seine Hand gab. Und dann sah er sie wieder, wie sie ihn am vorigen Abend anstarrte mit den großen, traurigen Augen, und hörte sie singen: „Stimm an das Lied vom Sterben." Da beugte er das Haupt und barg sein Gesicht in den Händen. „O Serena, Serena", stöhnte er, „hätte ich dich doch nie gesehen! Alles wollte ich ja ertragen; aber was du mir an= getan hast, das war zuviel. Ich habe der verlockenden Hilfe den Rücken gekehrt, weil ich dich nicht verraten wollte, und nun finde ich dich Hand in Hand mit dem, der mich zu verderben trachtet. Ja, ich wollte, ich hätte dich nie gesehen und könnte jetzt sterben, ohne daß dein Bild mich umgaukelte."

Und wie er so dachte, da sang das Finkenhähnchen im Baume über ihm zum drittenmal: „'s ist, 's ist, 's ist noch viel zu früh."

XXII

Dem Frühling entgegen! Auch die Bäume und Sträucher draußen im Wald dachten das und trieben ihre Knospen mit Macht. Sie sogen neue Kraft aus der mütterlichen Erde und trieben den duftenden Saft dann durch Stamm und Geäst den kleinen grünlich schimmernden Spitzen zu, um sie schwellen und wachsen zu machen, dem Frühling entgegen. Sooft schon hatten sie erfahren, daß der holde goldlockige Knabe niemals blieb, daß der heiße Sommer und der erbarmungslose Herbst ihm folgten, der sie des mühsam getriebenen Laubes immer wieder beraubte. Aber dennoch keimten und sproßten sie unverdrossen, hoffnungsvoll und freudig dem Frühling entgegen.

In der Wohnstube des Forsthauses saßen die beiden Bewohner am Kaffeetisch. Der Oberförster hatte seine Tasse zur Hälfte geleert und tat zwischendurch einen Zug aus der langen Pfeife. Zu seinen Füßen lag ein Dachshund, der mit halb schlauen, halb schläfrigen Augen den Herrn anblinzelte. Er erfuhr keine Beachtung; des Oberförsters Blick hing an dem geöffneten Fenster, durch welches ein lauer Wind zuweilen die noch kahlen Weinranken hereinbog. „Maria", sagte er, „ist es nicht merkwürdig, daß auch ein altes Herz manchmal noch jung werden will? Mir ist heute so frühlingsmäßig zumute wie einem wanderlustigen Burschen."

„Geh doch nachher in den Wald, Vater", schlug Maria vor.

„Ja, das will ich", antwortete der alte Herr, indem er seine vergessene Tasse zum Munde führte, „und du könntest mich begleiten. Früher ist an solchen Tagen Serena mit mir gegangen. Wie konnte die kleine Hexe laufen, flink wie ein Wiesel! Weißt du, Maria, mir steht der Sinn heute noch weiter als in den Wald;

ich möchte wandern und wandern, immer weiter, bis ich zuletzt
zu meinem Kind käme."

„Laß uns in die Stadt fahren", sagte Maria schnell, „auch
mich zieht es zu den Geschwistern."

„Ja", erwiderte der Oberförster und strich mit der Hand über
die Stirn, „es ist närrisch, Maria, ich fürchte mich fast, hinein=
zufahren, ich fürchte, wir könnten Schlimmes hören. Der arme
Erich! Gott mag wissen, was ihm fehlt, er will mir gar nicht
mehr recht gefallen."

„Es wird ja nun nicht lange mehr dauern, dann ziehen wir
ganz in ihre Nähe", sagte Maria. „Vielleicht sieht es sich nur aus
der Ferne so trübe an."

Der Oberförster nickte, trank seinen Kaffee aus und erbat sich
noch eine zweite Tasse. Da trat der alte Franz mit einem Brief
herein. „Hier, Fräulein Maria", sagte er, „da haben Sie kleines
Briefchen. Der Postbote ist hier."

Während er wieder hinausstampfte, nahm Maria den Brief
und betrachtete ihn. Er lockte ein Lächeln auf ihren Mund; die
Adresse war so sonderbar verfaßt und so steif geschrieben. Als sie
dann den Umschlag erbrach und ihr Blick auf den darin enthal=
tenen Bogen mit den großen, kindlichen Schriftzügen fiel, kehrte
das Lächeln wieder, doch nur für kurze Zeit; es brauchte nicht
lange, um von dem Inhalt Kenntnis zu nehmen. „Libe tante
maria", stand da, „kom doch wider zu uns, damit Mama nich
mer weint. Deine kleine Agnes."

„Von wem ist denn der Brief?" fragte der Oberförster, als
Maria den Bogen gar nicht wieder hinlegte.

„Von Agnes", antwortete sie.

„Wie? Von Agnes?" wiederholte er staunend. „Das kleine
Ding kann ja noch gar nicht schreiben."

„Ich habe sie im Herbst das kleine Alphabet gelehrt, um den
Wildfang zu beschäftigen", sagte Maria; „auch wird ihr wohl
Marianne geholfen haben."

„Zeige her!"

Still reichte sie das Blatt hinüber, und als der Oberförster
die wenigen Worte gelesen hatte, überzog dunkle Röte sein

300

Gesicht. „Damit Mama nicht mehr weint", wiederholte er. „Serena hat nicht geweint, solange sie bei mir war und ehe sie Erich kennenlernte. Aber diese Tränen werden ihm noch auf der Seele brennen, und Gott wird sie einst von ihm fordern."

„Soll ich gehen auf diesen Ruf?" fragte Maria.

„Freilich", antwortete er, „das arme Kind sehnt sich nach dir. Geh sogleich."

Sie ging hinaus, um einige Sachen einzupacken und das Anspannen zu bestellen. Als sie wiederkam, fand sie ihren Vater am Fenster stehend, wie er hinübersah nach der Waldecke. Er hatte ihren Eintritt nicht bemerkt, und sie mußte erst seinen Arm berühren, ehe er sich ihr zuwandte.

„Maria", sagte er finster, „Gott verzeihe mir, wenn es eine Sünde ist; aber ich verwünsche die Stunde, in der ich mich von den treuherzigen blauen Augen betören ließ und ihn selbst über meine Schwelle brachte, und mehr noch verwünsche ich die Stunde, wo ich mich von dir —"

„Sprich es nicht aus!" unterbrach sie ihn jäh. Sie war leichenblaß geworden, und ein Beben ging durch ihren Körper.

Der Oberförster hielt erschreckt inne. Noch nie hatte er den Ausdruck solcher Seelenangst und Pein in diesen friedlichen Zügen gesehen. „Du hast recht", sagte er nach einer Weile; „ein Christ muß ertragen, was Gott der Herr ihm auflegt, und er muß verzeihen können, auch wenn man ihm sein Liebstes kränkt und verwundet. Aber es ist schwer."

Nach einer halben Stunde trabten die rundlichen Braunen mit Maria durch den Wald. Der alte Franz trieb sie zur möglichsten Eile an; denn er hatte erraten, daß diese schleunige Abreise mit dem Brief in Verbindung stehen und keine erfreuliche Ursache haben müsse. Aber trotz allen Eilens schien Maria der Weg doch endlos. Sie verfolgte den Zug der Wolken oder zählte die Meilensteine, um immer beim nächsten wieder zu vergessen, welche Nummer der vorangegangene gehabt hatte. Wie jedoch alles auf Erden einmal ein Ende nimmt, so auch diese Fahrt. Der Wagen hielt vor dem ersehnten Haus, und Maria sprang herab, eilte hinein und die Treppe hinauf. Es war doch in dem Brief von

keinem Unglück die Rede gewesen, warum denn pochte ihr Herz
so ungestüm, daß sie einmal im Steigen anhalten mußte, um
Luft zu schöpfen? Nun stand sie vor dem Flur und streckte die
Hand nach der Klingel aus. Wer würde ihr öffnen?

Es vergingen wohl zwei Minuten, nachdem der helle Klang
der Glocke den Besuch gemeldet hatte, ehe sich Schritte hören
ließen und jemand von innen aufschloß. Marianne war es. Als
sie das Fräulein erkannte, griff sie nach ihrem Schürzenzipfel
und trocknete sich die Augen.

„Was ist geschehen?" fragte Maria. „Wo ist meine Schwester?"

„Krank", antwortete das Mädchen.

„Und der Herr Graf?"

„Fort, schon seit gestern, und niemand weiß wohin."

Maria legte im Vorzimmer Hut und Mantel ab, wies das
Mädchen an, ihren Koffer heraufzuholen, und durchmaß mit
fliegenden Schritten die Räume, die sie von dem Schlafgemach
trennten.

Serena war krank. Mit glühenden Wangen und fieberglänzen=
den Augen lag sie im Bett und sah der Schwester sehnsüchtig
entgegen. „Bist du gekommen, Maria?" fragte sie. „Ach, Gott
sei Dank!"

„Ja, ich bleibe bei dir, bis du wieder gesund bist", antwortete
Maria. „Was ist dir geschehen, Serena?"

„Es war zu Ende, Maria, ich konnte nicht mehr", erwiderte
Serena. Dann richtete sie sich mühsam ein wenig auf, schlang
ihren Arm um den Hals der Schwester und legte ihren Kopf an
deren Brust. „O ein Herz", sagte sie, „ein Herz, das für mich
schlägt, treu und unwandelbar. Verlaß mich nicht, Maria!"

Tröstend und beruhigend strich Maria über den heißen Kopf.
Sie neigte sich und küßte die Schwester. „Erzähle mir, was ge=
schehen ist", bat sie.

„Ja, ich will dir alles erzählen; jetzt braucht's ja kein Geheim=
nis mehr. Aber nicht heute. Es tost und braust in meinem Kopf.
Sage mir das vom Sturmestoben, Maria, da wird es besser
werden."

Maria legte sie sorglich in die Kissen zurück, setzte sich dann und begann ein Lied zu sprechen. Sie wußte wohl, was Serena meinte.

> „Es zieht ein stiller Engel
> durch dieses Erdenland.
> Zum Trost für Erdenmängel
> hat ihn der Herr gesandt.
> In seinem Blick ist Frieden
> und milde, sanfte Huld;
> o folg ihm stets hienieden,
> dem Engel der Geduld!
>
> Er macht zu linder Wehmut
> den herbsten Seelenschmerz
> und taucht in stille Demut
> das ungestüme Herz.
> Er macht die finstre Stunde
> allmählich wieder hell,
> er heilet jede Wunde
> gewiß, wenn auch nicht schnell.
>
> Er zürnt nicht deinen Tränen,
> wenn er dich trösten will.
> Er tadelt nicht dein Sehnen,
> nur macht er's fromm und still.
> Und wenn in Sturmestoben
> du murrend fragst: Warum?
> So deutet er nach oben,
> mild lächelnd, aber stumm.
>
> Er hat für jede Frage
> nicht Antwort gleich bereit;
> sein Wahlspruch heißt: Ertrage,
> die Ruhstatt ist nicht weit!
> So geht er dir zur Seite
> und redet gar nicht viel
> und denkt nur in die Weite,
> ans schöne, große Ziel.“

Still lag Serena mit geschlossenen Augen und lauschte. Ein Summen und Murmeln wie von vielen rieselnden Wasserbächen war in ihrem Kopf und vor ihren Ohren, so daß sie Marias Stimme nur noch wie aus weiter Ferne vernahm. Aber als sie mit Anstrengung die bleischweren Augenlider noch einmal hob, sah sie an ihrem Bett den Engel sitzen, von dem das Lied redete. Die Hände zum Gebet gefaltet, das edle Antlitz dem Lichte zugewendet, welches durch das Fenster hereinbrach, so saß er da und dachte in die Weite, ans schöne, große Ziel. Ein tiefer Seufzer kam über Serenas Lippen, und dann entschwand ihr das Bewußtsein.

„Was soll man nur tun?" fragte Marianne, die leise hereingekommen war.

„Vor allen Dingen einen Arzt holen", antwortete Maria.

„Ja, Fräuleinchen, das habe ich schon lange gesagt", erwiderte das Mädchen. „Aber wenn ich das herzgoldige Kind beschwor, dann bekam ich jedesmal zur Antwort: ,Der Doktor kann mir nicht helfen.' Und der Herr Graf — der hatte eben keine Augen." Sie nickte energisch mit dem Kopf, um das Letztgesagte zu bekräftigen, und entfernte sich hierauf leise, wie sie gekommen war.

Nun saß Maria da und betrachtete ihre unglückliche Schwester, die wie in tiefer Ohnmacht lag, regungslos, ja kaum noch atmend. Eine verzehrende Angst kam über sie. Sie glitt von ihrem Stuhl herab auf den Fußboden und legte die gefalteten Hände auf den Bettrand. „Du bist das Opfer, du", flüsterte sie. „Was ich in der dunkelsten Zeit meines Lebens wähnte, daß es recht wäre, wenn wir beide elend würden, nun bist du es geworden, und du wurdest es, weil ich damals Gottes Gebot zu erfüllen glaubte und mein eigenes Ich darangab. Herr Gott, laß mich nicht irre werden! Ich erkenne deine Hand nicht mehr."

Von der Nebenstube her bewegte sich eine kleine Gestalt auf das Bett zu, halb von sehnsüchtiger Freude getrieben, halb von kindlicher Schüchternheit zurückgehalten. So näherte sie sich zögernd Schritt für Schritt, immer hoffend, die stille Tante werde doch endlich einmal aufstehen. Als dies aber nicht geschah, sah Agnes sich genötigt, selbst etwas zu tun, das ihre

Gegenwart bemerklich machte. Sie schlich auf den Zehenspitzen bis
dicht hinter die Kniende und tippte ihr mit einem Finger auf
die Schulter. „Tante, ich bin auch da", sagte sie, als diese sich
umsah.

Maria nahm die Kleine in ihre Arme und küßte sie. „Habe
ich dich noch gar nicht bemerkt, mein Liebling?" fragte sie reuig.

„Nein", antwortete Agnes, „aber ich wußte ja, daß du kom=
men würdest. Nicht wahr, es war ein schöner Brief, den ich dir
geschrieben habe?"

„Ja", sagte Maria, „ich wäre ohne den Brief nicht gekommen."

„Siehst du!" rief die Kleine leise triumphierend. „Das habe ich
Marianne gleich gesagt; sie wollte es erst nicht glauben. Nachher
hat sie mir geholfen, und das Auswendige auf dem Brief hat sie
geschrieben. Aber ausgedacht habe ich den Brief ganz allein, und
auch auf der Tafel habe ich ihn allein geschrieben. Papa hat mich
so geschüttelt, daß es sehr weh tat; ich hatte nachher blaue Flecke
am Arm, sieh hier. Ich habe viel Mühe mit dem Brief gehabt,
Tante."

„Warum hat dich denn Papa geschüttelt?" fragte Maria.
„Bist du unartig gewesen?"

„Ich weiß es nicht", antwortete Agnes, „ich glaube, ich war
ganz artig. Ich saß nur im Winkel und schrieb, als Papa meine
süße Mama so gescholten hatte, daß sie wegging. Dann erzählte
ich ihm, daß der lange Onkel dagewesen war, und da wurde er
schrecklich böse. Solche Augen hat er gemacht, Tante, so groß,
und dann hat er mich geschüttelt. Ich bin froh, daß er jetzt fort
ist, sonst würde er mich am Ende nochmals schütteln."

„Nein", sagte Maria, „so ist es nicht recht, Agnes. Du mußt
mit mir beten, daß Papa bald wiederkommt."

„Aber wenn er böse ist?" wandte Agnes ein. „Fürchtest du
dich nicht vor ihm, Tante, wenn er so große Augen macht?
Hast du ihn dann auch lieb?"

„Ja", antwortete Maria.

„Ich habe ihn ja auch lieb", versicherte Agnes etwas beklom=
men, „wenn er mich nur nicht wieder so anschreit und schüttelt.
Bleib du hier, Tante Maria, geh nicht wieder fort."

Die flüsternde Unterhaltung wurde unterbrochen durch den Eintritt des Arztes. Es war ein kleiner, alter Herr, der nicht sehr freundlich aussah. Er grüßte kurz und wandte sich sogleich der Kranken zu, die nach wie vor völlig teilnahmslos dalag. Lange dauerte das Beklopfen und Horchen mit und ohne Rohr und das Messen mit dem kleinen Thermometer. Während Maria in banger Spannung auf den Spruch des Arztes wartete, hatte Agnes die Hände auf den Rücken gelegt und sah neugierig dem Gebaren des fremden Mannes zu, als habe sie einen Taschenspieler oder Hexenmeister vor sich. Endlich richtete er sich wieder auf, warf einen tadelnden Blick auf Maria und fragte: „Warum hat man mich nicht schon eher einmal rufen lassen?"

„Ich bin erst vor einer halben Stunde hier angekommen", antwortete sie. „Was ist es nun, Herr Doktor?"

„Fieber", erwiderte er lakonisch, verlangte dann Papier, um ein Rezept zu schreiben, gab noch einige Verhaltungsmaßregeln und ging mürrisch wieder fort.

Als Maria alles für die Pflege geordnet hatte, besann sie sich, daß sie ihrem Vater Nachricht senden müsse, und begab sich darum nach der Küche, um dort mit dem redlichen Franz Rücksprache zu halten. Schon von weitem hörte sie erregtes Sprechen, und beim Näherkommen konnte sie sogar die einzelnen Worte verstehen.

„Wir müssen's schon glauben", sagte eine Stimme, „er hat sich erschossen. Die Grünzeughändlerin drüben im Keller hat einen Bruder, der in dem Dorf in der Jägerheide wohnt, dessen Junge hat's gesehen, wie sie ihn fortgetragen haben."

Maria zuckte zusammen, sie tastete nach der Wand und lehnte sich daran, um nicht umzusinken. So vergingen Sekunden. Dann raffte sie sich auf und öffnete die Küchentür.

Bei ihrem Erscheinen verstummte sofort das Gespräch. Der Bursche flüchtete sich in den entlegensten Winkel, und Marianne beugte sich über den Kochherd. Nur der wackere Franz hielt stand und sah mitleidig in das geisterbleiche Gesicht seines Fräuleins.

„Franz", sagte Maria, „ich möchte meinem Vater Nachricht senden, aber du und die armen Pferde, ihr werdet müde sein."

„Nix müde sein, Freilinka", erwiderte Franz, „werde ich meinen
Herrn Oberförster nix lassen warten. Soll ich — soll ich was er=
zählen, wenn er fragt?"

„Nein", antwortete Maria, „erzähle nichts; ich werde schrei=
ben."

Nach einer Stunde trabten die rundlichen Braunen wieder
dem heimatlichen Wald zu. Ihr Lenker knallte mit der Peitsche,
sah gen Himmel, betastete den Brief in seiner Rocktasche, pfiff
dann durch die Zähne und knallte wieder mit der Peitsche.

Maria aber saß am Krankenbett, wechselte die Eisumschläge
und hörte, wie Serena mit irrem Lächeln von Glück und Freude
sprach, wie ihr Geist in heitern Gefilden und heitern Zeiten
weilte, und ihr war es, als müsse sie die Kranke beneiden. „Mache
mich still, mein Gott!" flehte sie, wenn die Angst über sie kam
wie ein Bote der Finsternis, der mit harter Hand nach ihrer
Seele griff. „Laß mich nicht zweifeln an deiner Gnade und All=
macht!" Und wenn es still wurde um sie her, wenn Serena in
den Zustand der Ermattung zurücksank, daß man kaum noch
ihre Atemzüge hörte, dann seufzte Maria: „Hüter, ist die Nacht
schier hin?"

Ja, sie ging vorüber; auch diese lange, bange Nacht nahm
einmal ein Ende, der Morgen kam, und gegen neun Uhr brachte
Marianne die Meldung, daß ein fremder Herr Fräulein Viriletti
zu sprechen wünsche.

Maria überließ ihren Platz am Krankenbett dem treuen Mäd=
chen und eilte hinaus, zitternd vor Furcht und Hoffnung, es
könnte ein Bote sein, der ihrer wartete. Doch als sie das Zimmer
betrat und den Besucher erkannte, durchfuhr sie ein Schrecken, und
unwillkürlich tat sie einen Schritt nach der Tür zurück; denn der
Herr, der dort mit dem Hut in der Hand ihrer harrte, war Doktor
Berthold.

Der Gelehrte sah ihre Bewegung und näherte sich ihr rasch
entschlossen. „Warum mich fliehen?" fragte er mit mildem Vor=
wurf; „Sie brauchen mich nicht zu fürchten; jeden Gedanken
und jeden Wunsch, der Sie beleidigen könnte, habe ich in meinem
Herzen begraben. Ich kam hierher, weil ich glaubte, Sie würden

in diesen schweren Tagen einen Freund brauchen, der Ihnen zur Seite steht. Wenn Sie aber stark genug sind, um ihn ent= behren zu können, so will ich wieder gehen."

„Ach nein", sagte sie nun und schlug die Augen zu ihm auf, die voller Tränen standen, „ich bin nicht stark, ich bin arm und schwach und verlassen hier."

„Das sind Sie nicht", erwiderte er und ergriff ihre Hand mit festem Druck. Nach einer Pause fügte er hinzu: „Ich bringe Ihnen Nachricht vom Grafen Reggfield, Fräulein Diriletti."

„Lebt mein Schwager?" fragte sie kaum vernehmlich.

„Ja, er lebt", antwortete Doktor Berthold; „aber er ist schwer verwundet, sehr schwer — im Duell", schloß er mit gedämpfter Stimme.

Maria hatte die Hände gegen das Herz gepreßt, und ihr Blick suchte den Himmel, während Träne um Träne über ihre Wangen floß. „Gott sei Dank", sagte sie voll Inbrunst, „daß er lebt, und daß nicht seine eigene Hand es war, durch die er fiel!" Sie wandte sich wieder dem Doktor zu und fuhr fort: „Was ich seit gestern durchkämpfen und durchringen mußte, das läßt sich nicht be= schreiben. Aber bis an mein Ende will ich nicht vergessen, daß Sie es waren, der mir die erlösende Botschaft brachte, der mir sagte, daß er lebt."

Doktor Berthold schwieg. So hatte er sie noch nie gesehen wie jetzt, da ihr Angesicht und ihre ganze Gestalt von einer unwiderstehlich hervorbrechenden inneren Glut wie verklärt wurde. Es war ihm eigen zumute, und der Gedanke, daß nicht er es sein durfte, der diese Wandlung in dem geliebten Mädchen bewirkte, wollte ihm einen Seufzer auf die Lippen drängen. Doch der feste Wille zwang solche Regungen zurück.

„Haben Sie meinen Schwager gesehen?" fragte Maria dann.

„Ja, ich habe ihn gesehen", antwortete er; „ich habe diese Nacht bei ihm gewacht."

„Sie, Herr Doktor?" rief Maria aus.

„Ja", sagte er wieder. „Herr von Darrnbek und ich haben uns in die fernere Pflege geteilt, je nachdem Dienst und Amt uns freie Zeit lassen."

„Oh", sagte sie, „das ist ein Trost zu wissen, daß zwei so treue Männer über ihn wachen. Wie soll ich Ihnen danken, Herr Doktor!"

„Danken Sie mir nicht", erwiderte er; „ich handle nur nach einer inneren Notwendigkeit. Graf Reggfield ist nicht allein Ihr Schwager, es gilt für mich auch, wenigstens einen geringen Teil von dem zu sühnen, was mein naher Verwandter an ihm gesündigt hat."

„So war Herr von Sengern sein Gegner?" fragte Maria, und als der Gelehrte nur bekümmert nickte, fuhr sie fort: „Geahnt habe ich's freilich, daß diese Freundschaft kein Glück war; aber wie sie ein so schreckliches Ende nehmen konnte, das erscheint mir doch unbegreiflich."

„Es ist eine dunkle Geschichte", antwortete er. „Nur mit Mühe ist es Herrn von Darrnbek und mir gelungen, einiges Licht hineinzubringen." Er erzählte hierauf mit möglichster Schonung, was er von Darrnbek über Reggfields Schulden und über Augustins Beteiligung daran erfahren hatte. „Was zuletzt das Duell herbeigeführt hat", schloß er, „das wird Ihnen von Darrnbek vielleicht besser erklären können als ich. Mein Vetter kehrte gestern morgen nach Hause zurück mit einer Wunde am Arm, und das Wundfieber zwang ihn, das Bett zu hüten. Anfänglich gab er vor, sich die Verletzung selbst zugezogen zu haben, als er ein geladenes Gewehr von der Wand genommen habe. Doch schon im Laufe des Tages drangen die Gerüchte von einem Duell in der Jägerheide bis hierher, und in der Nacht hat sich mein Vetter weiteren Nachforschungen durch die Flucht entzogen. Wir wissen nicht, wohin er sich gewendet hat."

„Und wo ist mein Schwager?" fragte Maria, als er kummervoll schwieg.

„Graf Reggfield", entgegnete er, „wurde von den Sekundanten und dem Arzt in ein Wirtshaus an der Heide getragen, ungefähr zehn Minuten von dem Kampfplatz entfernt. Dort muß er vorläufig bleiben; denn einen Transport hierher würde er jetzt nicht aushalten. Und nun möchte ich Sie fragen, Fräulein Maria, wie steht es hier?"

„Traurig", antwortete sie; „meine Schwester liegt seit gestern ohne Bewußtsein, und ich glaube, sie ist sehr krank."

„Ich sah es kommen", erwiderte er, „der zarte Körper war den seelischen Leiden nicht mehr gewachsen. Haben Sie einen zuverlässigen Arzt?"

„Zuverlässig mag er wohl sein", sagte Maria, „er hat nur Augen für die Kranke, aber kein Wort des Trostes für die Pflegerin, wenn der auch das Herz zum Brechen schwer ist. Nicht einmal, worin die Krankheit eigentlich besteht, hat er mir gesagt."

„Nun", entgegnete er, „da könnte ich Ihnen vielleicht helfen. Sie wissen ja wohl, daß ich auch Medizin studiert und selbst ein Examen darin abgelegt habe. Ein Urteil traue ich mir wohl noch zu. Darf ich Ihre Frau Schwester sehen?"

Maria führte ihn in die Krankenstube, wo Doktor Berthold dieselben Untersuchungen anstellte wie der Arzt am vorigen Abend. Was er entdeckte, mußte nicht erfreulicher Art sein; denn er sah noch ernster aus als sonst und folgte seiner Führerin schweigend wieder hinaus.

Sie standen schon draußen im Vorzimmer, da sagte Maria endlich: „Sie halten nicht, was Sie mir versprochen haben, Herr Doktor, Sie machen es ebenso wie der andere."

Er zögerte mit der Antwort, und als er dann sprach, vermied er es, ihrem Blicke zu begegnen. „Bei Gott ist kein Ding unmöglich", sagte er.

Sie zuckte zusammen. Er sah es und reichte ihr die Hand.

„So ist es hoffnungslos?" brachte sie mühsam hervor.

„Nicht doch", entgegnete er, „das habe ich nicht gesagt. Hoffen dürfen und sollen wir, solange der Mensch noch atmet. Aber gönnen Sie es dem armen, lieblichen Kinde, daß der Herr sie träumend hinüberführt über das Leid dieser Tage. Und Sie, Fräulein Diriletti, bitte ich dringend, gehen Sie haushälterisch um mit Ihrer Kraft; Sie werden sie noch brauchen." Dann versprach er, regelmäßig Bericht zu erstatten, wie es Reggfield gehe, und hierauf verabschiedete er sich.

Er hatte recht gehabt, Maria brauchte ihre Kraft; diesem einen schweren Tag folgten ebenso schwere. Der Oberförster kam und saß wie gebrochen an dem Bett seines Lieblings. Es schnitt Maria durch die Seele, wenn sie ihn fragen hörte: „Kennst du mich denn nicht, mein Kind? Kennst du deinen alten Vater nicht mehr?"

Auch Darrnbek kam. Er erbat sich die Schlüssel von Reggfields Schreibtisch und saß dann lange mit gefurchter Stirn vor einem Haufen von Papieren.

„Sagen Sie's mir, wenn Sie Geld brauchen, Herr von Darrn= bek", bat Maria, die ab und zu hereinkam.

„Hm, ja", antwortete er, „später vielleicht, Fräulein Maria. Fürs erste handelt es sich darum, die Bank zu befriedigen, da= mit es nicht erst zur gerichtlichen Klage kommt. Mit dieser Sache hoffe ich noch allein fertig zu werden, und vor dem langen Laban, der ja der Hauptgläubiger ist, sind wir vorläufig sicher; dem ist der deutsche Boden zu heiß geworden."

„Und wenn er zurückkommt?" fragte Maria.

„Ich wollt's ihm nicht raten", entgegnete Darrnbek finster. „Schon bin ich verschiedenem auf der Spur, was ihm zu einem artigen Prozeß verhelfen könnte. Vorher aber müßte er sich noch einmal einem Gegner stellen, und zwar einem, der sicherer treffen würde als der arme, schon halbtot gehetzte Reggfield."

„O Herr von Darrnbek, sprechen Sie nicht so", sagte Maria.

„Verzeihen Sie", erwiderte er, „ich vergaß, daß Sie ein Mäd= chen sind. Sie können wohl auch kaum verstehen, welche Wut mich erfüllt, wenn ich an den Schurken denke, der meinen Regg= field zu dem gemacht hat, was er jetzt ist."

„Das verstehe ich wohl", antwortete sie; „aber es ist doch gar nicht christlich, so rachsüchtig zu sein."

Darrnbek schob die Papiere zurück, stützte den Arm auf den Schreibtisch und sah sie an. „Ich gehöre nicht zu den Verächtern des Christentums", sagte er ernst, „da sei Gott vor. Aber auf dem Standpunkt, den Sie und der gute Doktor Berthold ein= nehmen, stehe ich nicht. Doch — regen Sie sich nicht auf; schon andere, große Geister haben sich an dieser Frage die Köpfe wund= gestoßen. Wir beide werden sie nicht lösen."

Ehe er ging, fragte ihn Maria nochmals, ob sie ihm denn gar nichts geben oder schicken solle; sie könne nicht denken, woher er in dem abgelegenen Wirtshause das nähme, was zu einer Krankenpflege erforderlich sei.

„Allerdings", antwortete er, „wir brauchen manches. Aber wenn ich mit meinem werten Kollegen — beiläufig bemerkt, ein ganz prächtiger Mensch, nur manchmal stumm wie ein Fisch — beredet habe, was uns fehlt, dann ist am nächsten Morgen das Nötige da, und wenn ich ihn frage, woher es gekommen ist, erhalte ich immer nur die vielsagende Antwort: ‚Ich hab's besorgt.' Ich glaube, Fräulein Esther steckt dahinter, und das ist mir nicht recht."

„Seien Sie nicht so hart", bat Maria. „Gönnen Sie ihr den Tropfen Trost, der in dem Anteil liegt."

Er zuckte nur die Achseln. „Ich will mit der Sippe nichts mehr zu schaffen haben", sagte er.

„Und doch gehört auch Ihr prächtiger Kollege zu der Sippe", bemerkte sie.

„Das ist ein Versehen der Natur gewesen", erwiderte er; „er hat nichts mit ihnen gemein."

Als er das nächstemal kam, sah er erregt aus. „Es beginnt zu tagen, Fräulein Maria", sagte er. „Auf den dunkelsten Punkt der ganzen Angelegenheit fällt jetzt endlich ein Lichtschimmer, und zwar von unerwarteter Seite, durch den Leutnant von Elbeding. Ich erhielt heute einen Brief von ihm. Er ist mit dem Flüchtling zusammengetroffen und hält ihn fest. Ehe die Sache nicht ganz aufgeklärt ist, läßt sich noch nicht darüber sprechen. Aber Sie wissen doch, um was es sich handelt?"

Als Maria verneinte, fuhr er fort: „Um nichts Geringeres als um die Ehre Ihrer Frau Schwester. Ist Ihnen der Grund des Zweikampfes nicht bekannt?"

„Doktor Berthold sagte, Sie würden ihn mir nennen", antwortete sie.

„Das ist kein angenehmer Auftrag", erwiderte er. „Nun denn, auf Ihre Frau Schwester war ein sehr trüber Verdacht gefallen;

es schien, als sei sie im Einverständnis mit dem Baron Sengern gewesen."

„Und das haben Sie geglaubt?" rief Maria aus.

„Ja", antwortete er. „Daß ich es glauben mußte, gehört zu den bittersten Erfahrungen meines Lebens. Der Schein war gegen sie, und als ich in Reggfields Namen den Baron fragte, ob der Verdacht begründet sei, gab er es unumwunden zu."

„Sie kannten doch meine Schwester", sagte Maria vorwurfs= voll. „Wie war es möglich, daß Sie ihm glauben konnten! Selten habe ich Sie von Baron Sengern sprechen hören und dann immer nur in Ausdrücken der Furcht und Abneigung. Und nun liegt sie da drüben todesmatt und ist nicht einmal imstande, sich zu verteidigen gegen eine so schmachvolle Beschuldigung." Sie mußte sich abwenden, weil Tränen ihr in die Augen stiegen.

„Es bedarf ihrer Selbstrechtfertigung nicht mehr", sagte Darrn= bek; „längst bin ich von ihrer Unschuld überzeugt, und ich glaube, auch Reggfield ist es, obwohl er nicht darüber spricht. Entweder hat der Baron Sengern gelogen, weil er Reggfield so haßte, daß ihm jedes Mittel, ihn zu verderben, willkommen war, oder es waltet da ein schreckliches Mißverständnis vor. Elbeding wird, wie ich hoffe, uns hierüber Aufschluß verschaffen. Und nun will ich Ihnen zum Schluß auch noch etwas Erfreuliches sagen, Fräulein Maria, damit Sie mir nicht länger böse sind. Es geht besser mit Reggfield; in ungefähr sechs Tagen, denke ich, wird seine Über= führung hierher möglich sein."

„Es geht besser." Wie die Glocken, die das Auferstehungsfest einläuten, so hallten diese Worte in Marias Herzen wider. Ihr Kopf, der sich jetzt manchmal müde senken wollte, richtete sich empor, und aus den Augen, die glanzlos geworden waren, weil sie fast Tag und Nacht offenstehen mußten, leuchtete die Hoff= nung. So saß sie an dem Tag nach der letzten Unterredung mit Darrnbek im Krankenzimmer. Sie hatte das Fenster ein wenig geöffnet, um hinaussehen zu können, wie der Frühling draußen mit Macht die Knospenhüllen sprengte, und um das Girren und Zwitschern zu hören, das ringsum von den Dächern und Bäu= men schallte. Auch jetzt hörte sie Glockentöne; sie drangen von

draußen zu ihr herein; aber sie galten noch nicht dem Auf=
erstehungsfest, sondern der Karwoche; es war Sonnabend vor
Palmarum.

Da hörte sie ihren Namen rufen. Ungläubig sah sie sich um.
Es war niemand hereingekommen, und Serena konnte es nicht
sein; sie war ja noch immer ohne Besinnung. Aber wieder rief
es leise und vernehmlich vom Krankenbett her: „Maria!" Eilend
stand sie nun auf und ging an das Bett. Da lag Serena, die
Augen geöffnet und fast unheimlich groß, ein mattes Lächeln
um den bleichen Mund.

„O, meine Schwester!" sagte Maria und beugte sich zu ihr.
„Bist du wieder zum Leben erwacht? Gott sei gelobt!"

Kaum merklich schüttelte Serena den Kopf. „Setze dich zu mir",
bat sie mit schwacher Stimme, „ich möchte dir etwas sagen."

„Sprich, mein Herz", antwortete Maria, setzte sich auf den
Bettrand und nahm die Hand der Schwester in die ihre.

„Ich habe wohl lange geträumt", begann Serena, „es war
schön; denn ich durfte alles vergessen, was mich vorher so ge=
quält hatte. Jetzt besinne ich mich wieder und weiß, daß ich
gedacht hatte, ich müßte verzweifeln. Ich war ja schuld an Erichs
Unglück; denn ich war das Hindernis, das zwischen ihm und
seinem Onkel lag. Er hätte ihm geholfen, wenn ich nicht gewesen
wäre. Nun aber kommt der liebe Gott so freundlich und nimmt
mich aus dem Weg, und nun wird Erich wieder frei, frei wie
der königliche Vogel, der zur Sonne aufsteigt. Weine nicht, Maria;
mir geschieht ja wohl. Sieh, lebend von ihm getrennt zu werden,
das hätte ich nicht ertragen. Sie werden kommen und dir erzählen,
daß Erich gesunken sei. Glaube ihnen nicht, Maria; Erich kann
nicht sinken. Er ist wohl einmal schwach gewesen und der Ver=
suchung unterlegen; aber er wird sich wieder aufraffen, siegreich
und stolzer als je. Man hat mir einreden wollen, er habe mich
nicht mehr lieb und wolle mich gern los sein. Für eine kurze Zeit
habe ich es geglaubt. Das war schlimm, Maria, schlimmer als
alles, was ich bis dahin durchmachen mußte, selbst schlimmer
als die Angst vor den vielen Wechseln, mit denen Herr von
Sengern mich so sehr gequält hat. Jetzt weiß ich, daß es nicht

314

wahr ist. Erich wird wiederkommen, und er wird nach mir fragen. Dann sage ihm, wie ich ihm danke für alles Glück und alle Liebe, die er mir geschenkt hat, daß er immer Geduld mit mir gehabt, und daß er niemals unfreundlich gegen mich gewesen ist. Sage ihm, Maria, daß ich ihn in meiner Todesstunde treuer und heißer geliebt habe, als da er mich vor fünf Jahren, ein glückliches, sorgenloses Kind, aus dem Wald holte."

„Serena", sagte Maria, als sie erschöpft innehielt, „so mußt du nicht denken und sprechen; du wirst ja mit Gottes Hilfe —" weiter kam sie nicht; die Stimme brach ihr.

„Ich werde mit Gottes Hilfe zum Himmel eingehen", antwortete Serena sanft. „Weine nicht, liebe Schwester, der Herr meint es gut mit mir. Versprich mir, daß du Erich alles sagen und nichts vergessen wirst."

„Ich verspreche es dir", sagte Maria mit Anstrengung.

„Habe Dank", erwiderte Serena. „Nun will ich dir noch Agnes übergeben; sie ist das Beste, was ich habe. Du wirst ihr Mutter sein, und sie wird dir und unserm armen Vater ein Trost werden. Und jetzt — nur Jesus allein." Sie wandte den Kopf nach der Seite und schloß die Augen, wie ein müdes, schlafbedürftiges Kind.

Maria schlich hinaus, um einen Boten an ihren Vater zu schicken, ebenso einen andern zum Arzt. Der letztere kam, ernst und wortkarg wie immer, verordnete starken Wein und ging dann wieder.

Ruhig verfloß der Abend und die Nacht. Serena schien zu schlafen. Auch der treuen Marianne, die die Hälfte der Nachtwache übernommen hatte, fielen die müden Augen zu. Nur Maria blieb wach und hörte auf das Ticken der Wanduhr, die das langsame Verrinnen der Minuten anzeigte. Dann brach der Palmsonntag an. Noch einmal läuteten die Glocken; aber sie klangen ernst und dumpf, die Leidenswoche hatte begonnen.

Über Serenas Gesicht lag seit dem Morgen eine wachsähnliche Farbe, und ihre Hände tasteten zuweilen wie suchend über die Decke hin.

Die kleine Agnes kam aus der Küche herein. Sie schlich auf den Fußspitzen zu ihrer Tante, stemmte die Ellenbogen auf deren Schoß und sah ängstlich nach dem Krankenbett. „Warum ist denn Mama heute so weiß?"

„Sie schläft", antwortete Maria.

„Tante", sagte Agnes nach einer Weile wieder, „nimm mich auf den Schoß; ich fürchte mich hier unten auf der Erde."

Maria willfahrte der kindlichen Bitte und umschlang ihre kleine Nichte, die ihr Köpfchen schmeichelnd an ihre Schulter lehnte.

Und wieder wurde es still ringsum; nur die Uhr verkündete mit schwerfälligem Ticktack, wie Minute um Minute verrann, um in das endlose Meer der Ewigkeit hinabzutauchen.

In schneidendem Gegensatz zu dieser Stille stand das plötzliche Rollen eines Wagens, der mit donnerähnlichem Getöse durch den Torweg in den Hof einfuhr. Maria schrak zusammen und sah Serena an; es schien ihr, als bewege sie leise die Lippen.

Jetzt hörte man hastige Schritte die Treppe heraufkommen, und gleich darauf wurde die Klingel gezogen.

Maria ließ die kleine Agnes zu Boden gleiten. „Bleibe hier", flüsterte sie ihr zu; „ich will einmal sehen, wer da gekommen ist." Und doch wußte sie, wer gekommen war; ihre wankenden Knie und ihr stürmisch klopfendes Herz sagten es ihr deutlich genug. Sie öffnete die Tür — da stand er vor ihr, die Spuren des noch nicht überwundenen Leidens in dem edlen, stolzen Antlitz, und die blauen Augen auf sie gerichtet mit dem Ausdruck atemloser Angst.

„Was geht hier vor, Maria?" fragte er. „Wo ist Serena?"

Sie öffnete die Lippen; aber kein Laut wurde hörbar, die Stimme versagte ihr.

Er schob sie beiseite und stürzte an ihr vorbei.

Als sie ihm folgen wollte, kam schreiend die kleine Agnes auf sie zugelaufen. Grauen und Entsetzen spiegelte sich auf ihrem Gesichtchen. „Tante, Tante", rief sie laut weinend, „ich kann nicht mehr da drinbleiben; Mama sieht so schrecklich aus. O Tante, ich will nicht wieder hinein."

Maria hob das an allen Gliedern zitternde Kind auf ihren Arm und trug es nach der Küche, wo sie es Mariannes Obhut übergab.

Unterdessen hatte Reggfield das Schlafzimmer erreicht und war vor dem Bett auf die Knie gesunken. „Serena!" rief er, indem er die auf der Decke ruhende, erkaltete Hand erfaßte, „ach wache doch noch ein einziges Mal auf! Um Gottes willen, meine Serena, geh doch nicht von mir ohne Abschied!"

Zu spät! Zu spät kamen sein Erkennen und seine Reue, zu spät sein Schmerz und seine Verzweiflung. Das junge Leben war entflohen, das liebliche Sonnenkind war dahin für immer und — durch seine Schuld.

Als Maria nach wenigen Minuten zurückkehrte, fand sie Reggfield bewußtlos am Boden liegen neben dem Totenbett.

XXIII

Mit trostloser Öde gähnt das Leben uns an, wenn zwei ge=
liebte Augen sich für immer geschlossen haben, und noch
viel trostloser und öder wird es um uns her, wenn das Letzte,
das uns von unserm teuren Besitztum geblieben ist, die sterb=
liche Hülle, hinausgetragen ist.

In dem Haus am Stadtgraben kam zu diesem Gram noch
ein anderer, der mit drückender Schwere auf den Bewohnern lag.
Reggfield hatte, seit er am Palmsonntag wieder zum Bewußt=
sein gekommen war, noch kein einziges Wort gesprochen. In
stumpfem finstern Brüten saß er vom Morgen bis zum Abend
in einem Lehnstuhl, und weder gütiges noch ernstes Zureden
vermochte ihm eine andre Antwort zu entlocken als ein Neigen
des Kopfes. Essen und Trinken mußte ihm fast zwangsweise
beigebracht werden. Vergebens bot Darrnbek alle seine Bered=
samkeit auf, um den Freund diesem Zustand zu entreißen. Ver=
gebens verlangten die behandelnden Ärzte, Reggfield sollte ent=
weder wie ein Genesender sich hinausbringen lassen in die frische,
stärkende Frühjahrsluft oder wie ein Kranker sich zu Bett legen.
Er setzte allen Ermahnungen einen schweigsamen, aber festen
Widerstand entgegen, und dabei fiel seine hohe Gestalt zusammen,
seine Züge wurden täglich bleicher und leidensvoller, und seine
Augen verloren ganz ihr Feuer.

Maria, die dem nun verwaisten Haushalt vorstand, litt unter
diesem Zustand mehr, als sie selbst wußte. Sie bewegte sich leise
und geräuschlos, ihre ordnende Hand war überall; aber im Grund
hatte sie Auge und Ohr doch nur für den stummen Kranken,
dessen Wünsche, da sie nicht einmal ausgesprochen wurden, sie
instinktiv erriet. Zugleich schien es, als hätte sein schweigender
Jammer auch ihr die Lust zum Reden genommen. Sie war zwar

niemals sehr gesprächig gewesen, jetzt aber kamen nur noch die nötigsten Worte über ihre Lippen.

Selbst die kleine Agnes empfand den Wechsel; sie klagte Marianne: „Tante Maria will mir nichts mehr erzählen, und wenn ich einmal dem Papa zu nahe komme, dann winkt sie mich gleich fort." Das arme Kind hatte recht mit seiner Klage. Es war Maria aufgefallen, daß der Anblick der Kleinen in ihrem Trauerkleidchen Reggfield sichtliche Pein verursachte, und sie hielt sie ihm darum soviel wie möglich fern.

„Maria", sagte der Oberförster eines Tages, „so geht es nicht länger. Ich halte das viele Hin- und Herfahren nicht mehr aus, und auch du gehst mir hier noch zugrunde. Wer weiß, wie lange es mit meiner Pensionierung noch dauert; ich glaube, der Sommer wird im Lande sein, ehe es dazu kommt. Darum meine ich, es wäre das beste, wir nehmen Erich und Agnes mit hinaus in den Wald."

Der Arzt, den der Oberförster um Rat fragte, erklärte sich mit dem Vorschlag einverstanden. „Die kräftige Waldluft kann meinem Patienten nur heilsam sein", sagte er. „Zwar fürchte ich, daß die Kugel edle, innere Teile verletzt hat; aber das wird sich erst mit der Zeit herausstellen. Ich werde den Verlauf der Krankheit überwachen, indem ich zwei- oder dreimal wöchentlich zu Ihnen hinauskomme."

Reggfield jedoch weigerte sich, als der neue Plan ihm mitgeteilt wurde. Er stieß ein kurzes „Nein" hervor, und auf alles weitere Zureden hatte er nur ein Schütteln des Kopfes.

Der Oberförster, den es zuerst große Überwindung gekostet hatte, ohne Groll denjenigen zu sehen, um dessentwillen sein Lieblingskind dahingewelkt war, konnte sich allmählich doch nicht dem Mitleid verschließen. Er legte ihm jetzt die Hand auf die Schulter und sagte mit freundlichem Ernst: „Du bist mein lieber Sohn, Erich, und du wirst dich nun dem fügen, was wir, die es gut mit dir meinen, als das beste erkannt haben."

Obwohl Reggfield kein Wort der Zustimmung sprach, so widerstrebte er doch von jetzt an nicht mehr, und schon nach wenigen Tagen fand die Übersiedlung statt.

Fürsorglich vermied Maria, ihn in die Stube zu bringen, die er zuerst als Gast und später als Bräutigam bewohnt hatte. Sie brachte ihn in einem andern Zimmer unter, dessen Fenster einen wunderschönen Ausblick in den grünen knospenden Wald boten. Dort bereitete sie ihm ein Ruhelager und öffnete die Fenster, damit die erquickende Luft hereinströmen konnte. Aber der nagende Wurm wollte auch hier nicht schweigen. Reggfield blieb teilnahmslos für alles, was um ihn her vorging, und dabei wurde er zusehends schwächer.

Die einzige, die die Veränderung des Aufenthalts mit un= getrübter Freude empfand, war die kleine Agnes. Sie flatterte draußen umher mit den Zitronenfaltern um die Wette, sammelte Veilchen und Anemonen, scherzte mit dem alten Franz, spielte mit den Hunden und verscheuchte oft die tiefen Falten, die auf der Stirn ihres Großvaters standen.

Darrnbek hatte als treuer Krankenpfleger den Umzug mit= gemacht und blieb einen Tag im Forsthaus. Ihm war es leid, daß Reggfield hierhergebracht worden und er nun von seinem Posten entbunden war, obwohl er die Zweckmäßigkeit der Sache wohl einsah. Ehe er am andern Morgen wieder fortritt, suchte er Maria auf, um sie allein zu sprechen. „Sie sind doch gar keine richtige Evastochter", sagte er zu ihr; „Sie sind nicht ein bißchen neugierig. Noch nie haben Sie mich gefragt, wie ich so gewissen= los sein konnte, den armen Reggfield an jenem schrecklichen Tag allein nach Hause fahren zu lassen. Ich muß von selber anfangen, wenn ich alles das, was ich Ihnen zu erzählen habe, nicht wieder mit zurücknehmen will. Haben Sie Zeit, um mich anzuhören?"

„Gewiß habe ich Zeit für Sie", antwortete Maria und lud ihn ein, neben ihr Platz zu nehmen.

„Ich sagte Ihnen wohl schon", begann Darrnbek nun, „daß der Leutnant von Elbeding bei mir angefragt hatte, was eigent= lich zwischen Reggfield und Sengern vorgefallen sei. Er wäre mit dem letzteren auf einer abgelegenen Bahnstation zusammen= getroffen, wo der Baron krank im Wartezimmer gelegen habe. Sein ganzes Wesen sei ihm so verändert vorgekommen, so ver= wirrt und unstet, daß er Verdacht geschöpft habe, es sei irgend

320

etwas nicht in Ordnung. Durch seine Fragen in die Enge getrieben, habe der Baron endlich gestanden, er habe ein Duell
mit Reggfield gehabt. Den Grund aber wollte er nicht nennen.
Darauf erbat sich Elbeding Aufschluß über das Verbleiben eines
Schriftstücks, das er ihm seinerzeit anvertraut hatte mit dem Auf=
trag, es Reggfield zu übergeben. Diesen Aufschluß mußte der
Baron schuldig bleiben, und nun sicherte sich Elbeding zwei hand=
feste Burschen, die ihn und Sengern nach dem Gasthof des Ortes
brachten, wo sie unter dem Vorwand, Krankendienste zu leisten,
Tag und Nacht den Flüchtling bewachen mußten, bis meine
Antwort eintraf. Jetzt drohte Elbeding dem Baron, ihn sofort
wegen absichtlicher Unterschlagung verhaften zu lassen, wenn er
nicht ein offenes Geständnis ablegte. Da er seines wunden Armes
wegen nicht schreiben konnte, so diktierte Baron Sengern seine
Schandtat Elbeding in die Feder, und dieser schickte das wertvolle
Schreiben an mich. Dann aber dachte er daran, daß es der Bruder
des Fräulein Esther sei, den er vor sich habe, und reiste still=
schweigend ab, ohne den langen Laban dingfest machen zu lassen.''
    Einen Augenblick hielt Darrnbek inne, wie um Atem zu schöp=
fen. Dann fuhr er fort: „Man brachte mir den inhaltschweren
Brief nach dem Wirtshaus, wo ich bei Reggfield war. Ich las
ihn. Mein Mienenspiel, das von jeher etwas zu lebhaft gewesen
ist, wurde wohl zum Verräter; denn Reggfield, der damals schon
so schön auf dem Weg der Besserung war, fragte mich, was in
dem Brief stände. Vielleicht etwas unvorsichtig, antwortete ich
ihm: ‚Warte nur noch ein paar Tage, alter Junge, bis du mehr
bei Kräften bist, dann sollst du alles erfahren.‘ Eine halbe Stunde
nachher kam Doktor Berthold. Ich forderte ihn zu einem kurzen
Spaziergang auf, um ihm die unerhörte Geschichte zu erzählen.
Den Brief ließ ich leider in der Tasche meines Mantels stecken,
der in der Stube an einem Nagel hing. Als wir zurückkamen,
fanden wir Reggfield in einer unbeschreiblichen Aufregung. Er
gestand sogleich, daß er den Brief gelesen habe, und verlangte,
augenblicklich zu seiner Frau gebracht zu werden. Natürlich wider=
setzten wir uns diesem Verlangen; er war eben bei weitem noch
nicht stark genug zu einem solchen Wiedersehen. Zuerst tobte er

nun förmlich; doch als wir unerbittlich blieben, gab er nach, und als ich ihn verließ, weil ich an jenem Sonntag eine dringende Erledigung zu machen hatte, schien er ganz ruhig und verständig. Den Doktor hat er dann überlistet. Er bat ihn um Wein, weil er wußte, daß keiner mehr vorhanden war; Doktor Berthold hatte niemand, den er schicken konnte, sondern mußte selbst nach dem nächsten Warengeschäft gehen, das fast eine Viertelstunde entfernt war. Während der Zeit wußte sich Reggfield von dem Wirt einen Wagen zu verschaffen, ein elendes Bretterfuhrwerk. Der Wirt selber hat ihn gefahren. Was dann weiter geschah, das wissen Sie."

Wieder hielt Darrnbek inne und hob erst nach längerer Pause von neuem an: „Ich muß nun versuchen, Ihnen das Bubenstück des Herrn von Sengern zu erklären. Das ist keine leichte Aufgabe; denn ich fürchte, ich werde dabei das Gallenfieber kriegen. Zunächst handelte er im Auftrag des alten Grafen von Storrinek. Er sollte Ihre Frau Schwester bewegen, Reggfield zu entsagen, weil — nun, das werden Sie sich denken können —, weil sie in den Augen des Herrn Reichsgrafen nicht ebenbürtig war und er doch auf seinen Erben nicht verzichten wollte. Dagegen läßt sich nichts sagen. Aber nimmermehr glaube ich, daß er um das Mittel, welches Sengern anwandte, wußte oder gar es angeordnet hatte. Mag er auch hart sein und von einem Stolz, der an Größenwahn grenzt, zu einem Betrug würde er niemals die Hand geboten haben. Mein armer Reggfield aber ist betrogen worden. Sengern verleitete ihn zum Spielen. Denken Sie nicht, daß ich Reggfield um jeden Preis in Schutz nehmen will. Daß er sich verleiten ließ, war eine unverzeihliche Schwäche, wenn nicht mehr. Und, Fräulein Maria, es war nicht das erstemal. Schon als blutjunger Mann hatte er einmal eine solche Zeit, daß ich dachte, ich sollte verzagen. Es war in Wiesbaden, wo wir beide damals waren. Eines Abends war er mir wieder abhanden gekommen, und ich ging ihm nach; ich wußte wohl, wo ich ihn suchen mußte. Auf dem Weg nach den Spielsälen schloß sich mir ein junger Fremder an, der mich sehr höflich bat, ihm Bescheid zu sagen; er sei gänzlich unbekannt am Ort. Wir

betraten zujammen das Kurhaus. Dort jaß mein Reggfield, er=
hißt und wie trunken vor Leidenjchaft; er hatte jchon hunderte
verloren. In meiner herzensangjt um ihn bat ich den Fremden,
der mir inzwijchen jeinen Namen genannt hatte, ob er mir er=
laube, ihn meinem Freunde vorzujtellen, und log dann Regg=
field etwas vor von einer verabredeten Kahnpartie, jo daß es
mir wirklich gelang, ihn hinwegzuloden. Der Fremde war Baron
Augujtin von Sengern. Reggfield hatte damals meinen flehent=
lichen Bitten Gehör gegeben und mit männlicher Energie der
Verjuchung den Rüden gekehrt. Ich habe jpäter nie auch nur
den leijejten Rüdfall bemerkt und hatte die Wiesbadener Er=
fahrungen fajt vergejjen. Sengern aber hatte jie nicht vergejjen.
Er kannte den wunden Punkt in Reggfields Charakter und baute
darauf jeinen Plan. Ich weiß aus Reggfields eigenem Mund,
daß er auch bei dem zweiten Unterliegen mehrmals den ehrlichen
und fejten Willen hatte, jich aufzuraffen, jo nach einem Gejpräch
mit jeiner Frau, das ihn bis in die innerjte Seele erjchütterte.
Aber immer, wenn er beinahe jeines Sieges gewiß war, wußte
Sengern ihm die Verjuchung wieder in einer Weije nahezu=
bringen, daß jeine guten Vorjäße verflogen. Begreifen Sie, Fräu=
lein Maria, daß es mich manchmal halb verrüdt macht, zu denken,
ich jelbjt jei derjenige gewejen, der dem Verführer die Spur
gezeigt hat? O hätte ich nur eine Stunde lang an Elbedings
Stelle gejtanden, der lange Laban jollte mir nicht jo glimpflich
davongekommen jein! Der elende Schuft —"
    „herr von Varrnbek!" unterbrach ihn Maria, leije mahnend.
    „Pardon!" jagte er. „Das war wieder nicht für Ihre Ohren.
In meinem Wörterbuch jtehen freilich ganz eigene Kojenamen.
Ich hätte Lujt, jie alle aufzujchreiben und in Metall gravieren
zu lajjen. Das gäbe einen pajjenden halsjchmud für unjern edeln
Baron, und wenn man ihn dann an diejem halsband aufhängen
könnte, jo wäre es noch edler. hundertmal jchon habe ich be=
dauert, daß Reggfield den unvernünftigen Edelmut haben mußte,
die durchgehenden Schimmel aufzuhalten. Wäre doch damals die
ganze Bejcherung zur hölle gefahren; die Welt hätte nichts daran
verloren."

„Nein", sagte Maria aufstehend, „das darf ich nicht mehr mit anhören. Ich muß Sie jetzt allein lassen."

„Tun Sie es nicht", bat er; „wer sollte Ihnen die Geschichte zu Ende erzählen? Ich verspreche Ihnen, kein gottloses Wörtchen wird jetzt mehr über meine Lippen kommen, und wenn ich an meinem Zorn ersticken müßte. Noch fehlt ja das Beste. Sengern kaufte also alle von Reggfield unterzeichneten Wechsel auf, um so das Mittel in Händen zu haben, beide, ihn wie auch Ihre Frau Schwester, zu dem Schritt zu drängen, den er von ihnen verlangte. Zunächst ängstigte und quälte er die junge Gräfin, indem er ihr den Untergang ihres Mannes vor Augen malte. Das sind die heimlichen Besuche gewesen, deren er sich mir ins Gesicht mit solcher Unverschämtheit rühmte. Endlich hatte er Ihre Frau Schwester so weit, daß sie bereit war, in eine Scheidung zu willigen, wenn auch ihr Mann sie begehren würde. Kein Wunder, daß das arme, unglückliche Kind unter solchen anhal= tenden Gemütsbewegungen zuletzt zusammenbrach. Jetzt aber kommt die Krone des Ganzen. Durch eben jenes Schriftstück von Elbedings war Sengern im Besitz des Mittels, das eine sofortige Aussöhnung zwischen Reggfield und dem alten Grafen zur Folge gehabt hätte, und — er unterschlug es geflissentlich, weil er — Ihre schöne Schwester für sich begehrte. Wie gefällt Ihnen das, Fräulein Maria? Kann Ihre christliche Milde auch hierzu noch schweigen?"

Es brauchte einige Zeit, ehe Maria sprechen konnte. „Gott verzeihe ihm eine so schwere Sünde!" sagte sie endlich mit zit= ternden Lippen.

„So?" entgegnete Darrnbek. „Nun, mir sollte es eigentlich recht sein; aber ich für mein Teil verzeihe ihm nicht. Und jetzt will ich Ihnen den Auszug aus der Elbhausener Chronik über= geben. Es geht Sie und Ihren Herrn Vater zur Zeit näher an als Reggfield. Man sagt, jeder Mensch, auch der klügste und pfiffigste, begehe einmal in seinem Leben eine große Dummheit. Bei Sengern trifft das zu; sonst hätte er dieses Dokument aus der Welt geschafft, anstatt es in seinen Schreibtisch zu verschlie= ßen, wo es der Doktor Berthold nun auf Elbedings Anweisung

gefunden hat. Hier, Fräulein Maria", er griff in seine Tasche und
legte ein erbrochenes Schreiben auf den Tisch, „und während Sie
lesen, will ich draußen im Wald herumlaufen; da kann ich doch
wenigstens vor mich hinschimpfen, ohne von Ihrer sanften Stimme
ermahnt zu werden."

Trotz des bittern Ernstes der Stunde konnte Maria jetzt doch
ein Lächeln nicht unterdrücken.

Darrnbek bemerkte es und fragte, schon auf der Schwelle
stehend: „Nicht wahr, ein unverbesserlicher Sünder?"

„Ja", gab sie zur Antwort, „unverbesserlich, aber nicht hoffnungslos."

Dann nahm sie das Schreiben und öffnete es. Das merkwürdige Dokument lautete:

„Elbhausen, im Mai 1809. Durch die Welt fliegt die Kunde
von einem Sieg bei Aspern, den der Erzherzog Karl erfochten
hat. Gott, Gott, willst du endlich Erbarmen haben mit unserm
unglücklichen Vaterland?

Unter den Namen derer, die als Helden in dem Kampf gefallen sind, steht auch der Name Vironesa, und das muß mein
armer Freund sein, der vor Jahresfrist hier bei mir ankam, um
Zuflucht zu suchen. Für seine oder meine Nachkommen will ich
die merkwürdige Lebensgeschichte des Mannes hier niederschrei-
ben.

Um das Ende der neunziger Jahre machte ich eine Reise nach
Italien und lernte dort Ebernardo Vironesa kennen, einen der
reichsten und mächtigsten Grafen des Kirchenstaats. Damals
hochstrebende, feurige Jünglinge, schlossen wir Freundschaft, der
wir treu blieben, auch als späterhin viele Meilen uns trennten.
Erst als Männer sahen wir uns wieder. Damals mußte Vironesa,
Haupt einer ausgedehnten politischen Verschwörung, aus Italien
flüchten. Er entkam, nachdem seine Güter eingezogen worden
und auf seinen Kopf ein Preis von 3000 Franken gesetzt war. Mit
seiner Frau und zwei Kindern reiste der Graf, als armer Land-
mann verkleidet, durch die blühenden Auen seiner Heimat. Er
benützte die Nächte zum Weiterkommen und lag den Tag über
in Wäldern oder Gräben versteckt. Wohl zehnmal waren ihm

die Häscher auf der Spur; aber wie durch ein Wunder entkamen die Flüchtlinge immer wieder. Nach drei Wochen erlag die zarte Gräfin den Beschwerden der furchtbaren Reise; ihr Gemahl mußte sie in fremder Erde begraben, und zwei Monate nach seinem Auszug aus der Heimat langte er hier an mit seiner Tochter Anunziata und seinem Söhnlein Ebernardo, dem einzigen, was ihm von allen seinen Reichtümern geblieben war. Ein gebeugter Mann, stand er vor mir, nur noch von einem einzigen Gefühl beherrscht, dem glühendsten Rachedurst. Sein Töchterlein Anunziata ließ er bei uns. Wir hatten vor kurzem ein liebes Mägdlein verloren, und die neunjährige Kleine bot uns willkommenen Ersatz. Den vierjährigen Ebernardo aber nahm Dironesa mit sich; mein Haus dünkte ihn noch nicht sicher genug für den einzigen Erben seines Namens. Des Kindes Spur ist verwischt. Heute nun traure ich um den Freund; aber ich gönne es ihm, daß er einen ehrlichen Tod finden durfte, und daß er als Sieger starb."

Die Fortsetzung des Schriftstückes trug ein anderes Datum, den Monat August 1816. „Wunderbar waltet doch das Leben; es reißt die Menschen auseinander und führt sie unerwartet wieder zusammen. Vor zwei Tagen habe ich den Sohn meines Freundes Dironesa gesehen; ich zweifle nicht, daß er es ist. Von dem Herzog von Braunschweig zur Jagd geladen, kam ich in das Haus eines Forstmeisters von Werder und sah dort einen Knaben, der mich sofort lebhaft an meinen verstorbenen Freund erinnerte. Er mochte zwölf Jahre zählen, war groß und kräftig wie ein Germanensohn, sein Gesicht aber zeigte den ausgesprochenen südlichen Typus. Ich fragte den Forstmeister, ob es sein eigener Sohn sei, und erhielt zur Antwort, es sei ein angenommenes Kind. Der Knabe heiße Eberhard Diriletti und sei ihm vor sieben Jahren von einem fremden Herrn, der Sprache nach einem Italiener, zur Pflege übergeben worden, angeblich nur für kurze Zeit. Dann sei aber der Fremde weitergezogen und habe nie wieder von sich hören lassen. Seitdem erziehe er das verlassene Kind als sein eigenes, zumal ihm Gott die leiblichen Nachkommen durch den Tod entrissen habe. Als der wackere

326

Mann den Anteil sah, mit dem ich seiner Erzählung zuhörte, zeigte er mir ein Medaillon, das dem Knaben gehörte. Es enthielt das Bildnis einer wunderschönen Frau, der Gemahlin Dironesas, und war dasselbe, wie auch unsere Anunziata es besitzt. Nun rief ich den jungen Ebernardo zu mir und sagte ihm, daß ich seinen Vater gekannt habe, daß er ein tapferer Mann gewesen sei. Mehr zu sagen fühlte ich mich zur Zeit noch nicht berufen, doch will ich den Knaben im Auge behalten. Anunziata ist reizend, schön wie ein Traum und heiter wie ein Frühlingstag. Schon zeigen sich verschiedene Schmetterlinge, die Lust haben, die liebliche Blüte zu umgaukeln. Auch der junge Majoratserbe von Storrinek kehrt jetzt öfter bei uns ein, als es die Freundschaft mit meinen Söhnen bedingt. Ich hoffe jedoch, Anunziatas Herz wird sich einem ihrer Pflegebrüder zuwenden." Unterzeichnet war dieser Abschnitt mit dem Namen „Günther, Freiherr von Elbeding." Dahinter stand: „Gestorben am 6. Oktober 1816."

Dann folgte noch ein kurzer Nachsatz unter dem Datum „Mai 1818", von einem Friedrich von Elbeding geschrieben. Er enthielt nur die Worte: „Anunziata ist tot." Damit schloß der Auszug aus der alten Familienchronik.

Ein Sturm der widerstreitendsten Empfindungen brauste durch Marias Kopf und Herz. Sie ließ das Papier auf den Tisch und ihre Hände in den Schoß sinken und saß träumend da wie in den Zeiten, da ihr Vater sie „Vergißmeinnicht" nannte.

So fand sie der zurückkehrende Darrnbek. „Nun, Fräulein Maria", fragte er mit einer Stimme, die trotz des angenommenen Scherzes seine tiefe Bewegung verriet, „befehlen Sie, daß ich Sie von jetzt ab Komtesse Dironesa nenne?"

„Ich weiß es nicht", antwortete sie. „Mein Vater muß darüber entscheiden."

Der schmerzgebeugte alte Herr jedoch schüttelte, nachdem er die Aufzeichnung gelesen hatte, traurig den Kopf. „Zu spät", sagte er. „Wäre dieses Papier eher in meine Hände gelangt, hätte es vielleicht mein Herzenskind noch retten können. Was soll es jedoch mir altem Mann? Ich bin als Eberhard Diriletti glücklich gewesen und will nicht am Ende meiner Tage als Graf Dironesa mich arm und verlassen fühlen. Maria kann ja später tun, was sie für recht findet."

Aber Maria dachte nicht an das Später. Ihre Gedanken, wenn sie nicht bei dem armen Kranken waren, weilten in der Vergangenheit und kehrten aus dieser zurück zu jenem. Nach wie vor blieb Reggfield in sein dumpfes Grübeln verloren. Umsonst verschwendete der Lenz seine Blüten und seine Lieder; ihn berührte es nicht.

Eines Tages hatte Maria ihn nach vielem Bitten zu bewegen vermocht, eine stärkende Speise zu sich zu nehmen, und blieb nun, von unsäglichem Mitleid erfüllt, noch hinter seinem Stuhl stehen. Dabei fiel ihr Blick auf einzelne weiße Streifen, die gleich Silberfäden sein lockiges Haar durchzogen. Es waren weiße Haare; Gram und Kummer hatten sie auf dem jungen Haupt gebleicht. Ihr ward es heiß ums Herz. Mit weicher Hand strich sie über die stillen Zeugen seiner Reue.

Er erhob den Kopf und sah sie an mit einem Blick voll unbeschreiblichen Jammers. „Laß mich, Maria", sagte er, „rühre mich nicht an; meine Hände sind voll Blut."

Da nahm sie seine Hände in die ihren und sprach, bebend vor Liebe und Erbarmen: „Das Blut Jesu Christi, seines Sohnes, macht uns rein von aller Sünde."

Seine Lippen öffneten sich wie die eines Dürstenden, dem der erste Labetrunk gereicht wird. „Noch einmal", bat er.

Sie wiederholte den Spruch, und dann faßte sie sich ein Herz und fragte: „Willst du hören, Erich, was Serena dir durch mich noch sagen läßt?"

Er nickte nur.

Nun erzählte sie ihm von Serenas Krankheit und von dem, was sie auf dem Sterbebett geredet hatte. Wort für Wort sagte sie ihm wieder; sie hatte ja kein einziges vergessen.

Es schien, als ob die Sprache der aufopfernden, selbstvergessenen Liebe, die noch über das Grab hinaus ihm Gutes tun wollte, den Bann bräche, der bisher auf seiner Seele lag. Tiefer senkte sich sein Haupt, bis er zuletzt das Gesicht mit den Händen be=

deckte, und dann drangen einzelne helle Tropfen durch seine ge=
schlossenen Finger. „Niemals unfreundlich!" murmelte er.

Von dieser Stunde an begann er aufzuatmen; die finsteren
Mächte, die ihn überschattet hatten, entwichen und machten
einem andern, sanftern Einfluß Platz. Ganz allmählich fing er
an, für die Menschen, die ihn umgaben, einige Teilnahme zu
zeigen. Maria war die erste, die das erfuhr. Wenn sie nicht bei
ihm war, sah er oft wie suchend umher. Er mußte es wohl selbst
noch nicht, daß es ihre stille, beruhigende Gegenwart war, die
er vermißte. Trat sie dann bei ihm ein, so brach aus seinen Augen
ein freudiger Schimmer, und wenn sie ihn verließ, fragte er
manchmal betrübt: „Mußt du schon wieder gehen?"

Sie fragte ihn, ob sie ihm vorlesen solle, und als er bejahte,
las sie kleine, heitere Geschichten, wie das der Arzt ihr für diesen
Fall anempfohlen hatte.

Aber Reggfield blieb ernst, auch bei den heitersten Stellen, und
endlich sagte er: „Ich brauche etwas anderes."

Da brachte sie die Bibel, und er nickte. Aus den Evangelien
mußte sie lesen und aus dem Psalter. Besonders war es der
25. Psalm, den er wieder und wieder hören wollte. Er kannte
ihn zuletzt fast auswendig und sprach die einzelnen Verse oft
leise vor sich hin: „Gedenke nicht der Sünden meiner Jugend,
gedenke aber meiner nach deiner Barmherzigkeit. Um deines
Namens willen, Herr, sei gnädig meiner Missetat, die da groß
ist. Wende dich zu mir und sei mir gnädig; denn ich bin einsam
und elend. Siehe an meinen Jammer und Elend und vergib mir
alle meine Sünde. Bewahre meine Seele und errette mich. Laß
mich nicht zuschanden werden; denn ich traue auf dich." Schwach
und hilfsbedürftig, ward er zum Kind und lernte glauben, daß
es eine Vergebung gibt, eine Gnadenflut, die selbst das ewige
Feuer zu löschen vermag, und eine Barmherzigkeit, die auch
den immer nagenden Wurm zum Schweigen bringen kann.

„Ich habe recht gehabt", sagte der Arzt bei einem seiner näch=
sten Besuche; „die kräftige Waldluft und eine solche Pflege" —
er verbeugte sich gegen Maria — „waren das Beste, was ich
meinem Patienten verordnen konnte. Arbeiten Sie mir weiter

so in die Hände, mein gnädiges Fräulein, und wir wollen zu=
sammen dem Tod ein Opfer abringen."

Allmählich rückte die Jahreszeit so weit vor, daß der Kranke
draußen im Freien sitzen konnte. Auf des Oberförsters oder
Marias Arm gestützt, ging er hinaus, wo man ihm in dem klei=
nen Obstgarten unter blühenden Bäumen sein Lager bereitet
hatte. Da ruhte er in der wohligen Ermattung des Genesenden,
hörte den gefiederten Sängern zu und sah, wie sein Töchterlein
glückselig die goldene Freiheit genoß. Sie war immer emsig, die
kleine Agnes, immer beschäftigt, als ob der Tag nicht ausreichte
für alles, was sie zu tun hatte. Hörte Reggfield dann, wie der
Oberförster sie beim Anblick dieser Geschäftigkeit wie im Traum
„kleine Hexe" nannte, so spielte ein wehmütiges Lächeln um seinen
Mund.

Jede Stunde, die die Sorgen des nun vergrößerten Haus=
haltes Maria übrigließen, brachte sie hier bei ihm zu. Dann
blieb ihr Gespräch nicht nur bei den kleinen Ereignissen des all=
täglichen Lebens, es wandte sich manchmal wie zagend der Ver=
gangenheit zu; öfter aber stieg es in die Tiefen der ewigen Wahr=
heit oder flog hinauf zu den leuchtenden Höhen der Hoffnung
und des Glaubens. Wie die Blume dem Licht, so erschloß sich
jetzt Maria, und Reggfield sah mit stillem Staunen den Reichtum,
an dem er früher achtlos vorübergeblickt hatte.

Einmal wurde sie abgerufen, als sie bei ihm war. Sie ließ
ihren etwas umfangreichen Arbeitskorb auf dem Gartentisch
stehen, und als sie nach einer halben Stunde zurückkam, hatte
Reggfield den Korb geöffnet und hielt jetzt ein aufgeschlagenes
Buch vor sich auf den Knien.

„Wie kommst du zu meinem Spitta?" fragte Maria.

„Ich bin indiskret gewesen; das machte die Langeweile", ant=
wortete er. Indem er ihr winkte, näher zu kommen, deutete er zu=
gleich mit dem Finger auf das, was er las. Es war das Lied vom
Engel der Geduld. „Das bist du, Maria", sagte er. „So bist du
neben uns hergegangen. Aber Gott mußte mir erst meine Serena
nehmen, ehe ich erkennen konnte, was du bist. Warum haben wir
uns nur früher so schlecht verstanden?"

„Ich habe dich immer verstanden", antwortete sie.

„So bist du auch hierin mir voraus", erwiderte er; „mir warst du oftmals unverständlich. In manchen deiner Blicke glaubte ich einen stummen Vorwurf zu lesen, zu dem du nach meiner Meinung kein Recht hattest. Oder es schien mir, du maßtest dir ein gewisses geistiges Übergewicht an, und das war mir gerade von dir ganz unerträglich. Dann ließ es mir keine Ruhe, ich mußte dir mit lächelndem Mund etwas Kränkendes sagen, und wenn es auch weiter nichts war, als daß ich dich unsere liebe Heilige nannte. Bist du mir auch nicht böse, Maria, daß ich dir alles dies so offen gestehe?"

„Nein", antwortete sie mild, „du sagst mir ja nichts Neues. Auch ich habe in deinen Blicken gelesen und wußte, daß du so dachtest."

„Und du vergibst mir?"

„Ich habe dir nie gezürnt."

„Sieh", sprach er, „diese Antwort hast du mir vor Jahren schon einmal gegeben, und sie war mir ein Rätsel. Wenn ich dich trotz meiner Ausfälle immer ruhig und freundlich bleiben sah, dann dachte ich: nun ja, das ist ihre eiserne Pflichttreue; sie will sich mit dem Mann ihrer Schwester nicht zanken. Aber jetzt, Maria, jetzt will es mich manchmal bedünken, als hättest du doch nicht handeln können, wie du getan hast und noch tust, wenn du mich nicht doch ein wenig liebgehabt hättest."

„Ja, immer habe ich dich liebgehabt", sagte sie.

„Wie mich das freut!" erwiderte er. „Verdient habe ich es nicht und will es darum annehmen wie ein Gnadengeschenk. Gott möge es dir lohnen."

Der Mai ging vorüber, und der Juni kam. Dem Oberförster war sein Abschied bewilligt und der Titel eines Forstmeisters verliehen worden. Zum Juli mußte er das Haus räumen. Dann wollte er mit seiner Familie einen Badeort aufsuchen, wo Reggfield Genesung finden sollte, und erst zum Herbst sollte die Übersiedlung nach der Stadt erfolgen. Mancher Seufzer begleitete alle die Beratungen, und er galt derjenigen, die die Erfüllung dessen, wonach sie hoffend und sehnsüchtig ausgeblickt hatte, nun nicht mehr erlebte.

Reggfield war nun schon so weit, daß er kurze Spaziergänge durch den Wald machen konnte. Lange freilich hielt er es nicht aus; wenn er einmal das kärgliche Maß überschritt, dann keuchte seine Brust.

Es war ein trüber, regnerischer Tag gewesen, der den Aufent= halt im Freien nicht gestattete. Darrnbek war gegen Mittag aus der Stadt gekommen und hatte den Freund mit seinen klugen und witzigen Reden unterhalten. Jetzt wollte es Abend werden. Da bat Reggfield um sein Violoncell. „Weißt du noch, Maria", sagte er, „wie du das erstemal mich begleitet hast, als ich meine eigenen Phantasien spielte? Du bist die einzige, die das kann; nie vorher und nachher habe ich es wieder gefunden. Tu mir die Liebe und folge auch heute meinen Gedanken."

Maria widerriet ihm sein Vorhaben. „Du kommst mir heute so matt vor", sagte sie; „die Musik wird dich aufregen. Warte noch, bis du kräftiger bist."

Er aber bat: „Laß mich, ich muß heute spielen, oder die Me= lodien zersprengen mir die Brust."

Nun gab sie nach, und bald zog eine Flut der herrlichsten Töne durch das Zimmer. In immer neuer Fülle entströmten sie den Saiten, immer weicher und lieblicher, immer voller und mächtiger. Wunderbar beseelte die Künstlerhand das Instrument.

„Reggfield", sagte Darrnbek am Schluß, „so schön hast du noch nie gespielt. Das macht ja selbst einen unmusikalischen Menschen wie mich bis ins tiefste Herz erschauern."

Die Augen des Oberförsters schimmerten feucht. Er reichte Reggfield die Hand und sprach bewegt: „Mein Sohn, mein lieber Sohn!"

Maria allein sagte nichts. Sie war vom Klavier aufgestanden und sah jetzt aus dem Fenster, an welchem eintönig die Regen= tropfen herabrieselten. Warum auch mußte ihr plötzlich die Sage vom Schwanengesang einfallen?

Die kleine Agnes kam herein und meldete ihrer Tante, daß man in der Küche nach ihr verlange.

Sie ging hinaus; aber was sie auch draußen tat oder sprach, sie hörte immer noch die verklungenen Töne, die in ihr nachzitterten, und eine Stimme flüsterte dazu: „Schwanenlied, Schwanengesang."

Etwa eine halbe Stunde war vergangen, als Darrnbek herausstürzte und nach ihr rief, laut und erschreckt: „Fräulein Maria, um Gottes willen, kommen Sie schnell!"

Sie eilte zurück. Da lag Reggfield in seinem Stuhl zusammengesunken, blutüberströmt.

Kein Laut kam über ihre Lippen. Still trat sie an seine Seite und bezwang sogar das Zittern der Hand, als sie seinen vornübergeneigten Kopf emporrichtete. Das rote heiße Blut, das immer noch seinem Munde entquoll, rann über ihre Hand; aber sie zuckte nicht.

Endlich war der Strom versiegt. Er schlug die Augen zu ihr auf und bat mit verlöschender Stimme: „Schilt mich nicht; es wäre so gekommen — auch ohne die Musik — ich hab's — schon lange gefühlt."

Man brachte ihn auf sein Lager, und dann warf sich Darrnbek aufs Pferd und jagte davon, um den Arzt zu holen. Aber wenn er auch noch so sehr eilte, viele Stunden mußten vergehen, ehe die Hilfe kam.

Gegen elf Uhr abends wiederholte sich der Blutsturz noch stärker als das erstemal, und hiernach trat eine vollständige Ermattung ein.

Der Oberförster und Maria wachten beide. Doch als die Nacht vorrückte, fielen dem alten Herrn die Augen zu, und auf die inständigen Bitten seiner Tochter legte er sich zur Ruhe nieder.

Nun war sie allein. Auf dem Tisch im Krankenzimmer stand eine Nachtlampe und warf ihren gedämpften Schein auf das Bett und auf den, der schwer und mühsam atmend darin lag. Wie am Sterbetag Serenas tickte die Uhr, dumpf und bang, Minute für Minute.

„Vergißmeinnicht!" klang es plötzlich durch die Stille und, als Maria nicht antwortete, noch einmal: „Vergißmeinnicht!"

Sie trat aus dem Dunkel in den trüben Lichtkreis und fragte: „Meinst du mich, Erich?"

„Ja, dich meinte ich", sagte er. „Ich wußte, daß du hier bei mir seist, obwohl ich dich nicht mehr sah."

„Willst du etwas?" fragte sie wieder. „Soll ich den Vater rufen?"

„Nein, rufe niemand", antwortete er, „jetzt nicht — nachher — es wird nicht lang mehr dauern."

Vor Marias Augen begann es zu flimmern, und ihr Herz setzte für Sekunden seine Schläge aus.

„Komm her", fuhr Reggfield fort, „reiche mir noch einmal deine Hand."

Sie kniete vor seinem Bett nieder, und er legte seine Rechte auf ihr blondes Haupt. „Gott segne dich, Maria", sagte er, „er segne dich für alles, was du an Serena und mir getan hast und was du mir in dieser Zeit gewesen bist, du treues, starkes Herz! Ich hätte vor Gram und Reue verzweifeln müssen; aber du hast meiner Seele einen Ausweg aus dem Trümmerhaufen gezeigt. Das Blut Jesu Christi, seines Sohnes, macht uns rein von aller Sünde."

Seine Hand sank herab. Immer mühsamer kam und ging der Atem. Maria trocknete seine schweißbedeckte Stirn und netzte seine verschmachtenden Lippen mit Wasser. Zuletzt blieb sie oben am Kopfende des Bettes stehen und hielt ihn in ihren Armen, weil die Kissen nicht mehr ausreichten, um den nach Luft ringenden Kranken zu stützen.

Jetzt fuhr ein Wagen vor das Haus. Es war der Arzt. Mit dem Oberförster und Darrnbek kam er herein, trat an das Bett und zuckte die Achseln.

Draußen vergoldete das aufgehende Licht die Spitzen der Bäume, und ein Chor von hellen, jubelnden Stimmen hieß den neuen Tag willkommen.

Da neigte sich Reggfields Leben dem Ende zu. Sanft und fried= lich war sein letzter Atemzug, der ihn erlöste von allen Schmerzen und aller Qual und seine Seele hinauftrug vor den Richterstuhl der Barmherzigkeit.

„Und wenn die Sonne steiget, stehst du nicht mit ihr auf."

XXIV

An die hohen Bogenfenster von Storrinek klopften die Efeu=
ranken, die der neckende Sommerwind von der Mauer löste,
um mit ihnen zu spielen. Sie nickten und wehten, und wenn sie an
die Scheiben klopften, schien es, als sähen sie neugierig hinein in
das Innere des Zimmers.

Dort saß der Schloßherr und blickte auf das Blatt, das ihm
den Tod des letzten Reggfield meldete. Starr und unbeweglich
saß er da, nur das unruhige Spiel der Augen verriet, daß er
lebte. Seine linke Hand lag mit eiserner Schwere auf einem zer=
knitterten Papier, dem Auszug aus der Elbhauser Chronik.
Er war der Gegenwart entrückt.

Anunziata! „Schön wie ein Traum und heiter wie ein Früh=
lingstag", so hatte Günther von Elbeding geschrieben. Ja, so
war sie gewesen, aber auch übermütig und unberechenbar. Sie
zog ihn an; er wußte selbst nicht, war es Ergötzen und Wohl=
gefallen oder war es Ärger über ihre oft wunderlichen Einfälle.
Wenn sie ihn anlachte mit den samtdunklen Augen, war er be=
siegt, und wenn sie lustig trällernd davonsprang, ohne sich um
irgend jemand zu kümmern, war er empört. Er ahnte, daß aus
beiden widerstreitenden Gefühlen schließlich die Liebe erwachsen
würde. Da wurde er eines Tages unfreiwillig Zeuge eines Ge=
sprächs. Er stieg die Terrasse hinauf, die zum Schloß führte,
und hörte unter sich Stimmen. Sie kamen aus einer Laube, die
am Fuß der Terrasse lag. Sein Name schlug an sein Ohr. Nun
blieb er stehen.

„Karl Sigismund kommt heute", sagte die Stimme seines
Studiengenossen.

„Schon wieder?" fragte Anunziatas Stimme.

„Ja, schon wieder", entgegnete der junge Elbeding. „Höre, Schwesterchen, die Sache fängt an, mir bedenklich zu erscheinen."

„Geh, Friedel", lachte Anunziata, „was hat ein so steifer Bursche Bedenkliches oder gar Gefährliches an sich? Er ist ein hölzerner Ritter, der sich aus dem Mittelalter in unsere Zeit verirrt hat, aber ohne die Poesie und Romantik jener Zeit."

„Sein Schloß ist schön. Anunziata, schöner als das unsrige, und wenn er es dir anbietet, was wirst du tun?"

„Frage mich nicht", antwortete das leichtherzige Italienerkind. „Wenn ihr mir hier nicht zu Willen seid, so übersehe ich bei dem schönen Schloß vielleicht den langweiligen Stecken, der daran hängt."

Weiter hörte Karl Sigismund nichts. Schweigend wandte er sich und kehrte dorthin zurück, woher er gekommen war. Nach einem Jahr hörte er, daß Anunziata bei einer Kahnfahrt im Elbhauser See ertrunken sei.

Ein anderes Bild stieg jetzt vor ihm auf. Er saß in dem Wald zwischen Storrinek und dem Sengernschen Gut. Da kam eine Fremde mit einem kleinen Mädchen an der Hand auf ihn zu und fragte ihn schüchtern nach dem Weg. Betroffen sah er in das Gesicht, das Anunziatas Züge trug. Jetzt wußte er, wer die Fremde gewesen war. War es die Vergeltung, daß er gerade sie, Anunziatas Bruderkind, mit Groll und Haß verfolgen mußte, bis sie zuletzt der Verfolgung erlag? Und war es wieder die Vergeltung für diese Tat, die auch den letzten Reggfield ins Grab zog?

Eine unheimliche Veränderung ging allmählich in seinem Gesicht vor. Er erhob den Blick und richtete ihn auf das große Wappen, das über dem Tisch an der Wand hing. Es stellte im grünen Feld einen zum Sprunge erhobenen Löwen dar. Starren Auges sah er ihn an, und endlich bewegten sich seine Lippen.

„Stirb, alter Löwe, stirb", murmelte er; „deine Zeit ist um und verödet dein Haus. Jahrhundertelang hast du gelauert, um zuletzt mit gierigen Tatzen das eigene Junge zu zerreißen. Sieh, sieh, wie sie von seinem Blut triefen! — Was stehst du da, du hohles Gespenst? Wer bist du? Die Liebe? Ich kenne dich nicht.

Wie? Habe ich wirklich nichts geliebt, gar nichts? Was ist's denn, das hier in der Brust mich schmerzt, wenn ich an den blond= gelockten Knaben denke, den ich zertreten habe? Drohe mir nicht, mein Bruder; ich habe deinen Sohn ja nicht erschlagen, nur er, den ich schickte, war ein Schurke."

Nach einiger Zeit fing man in der Umgegend an, sich zuzu= raunen, daß der alte Graf auf Storrinek an fixen Ideen leide. „Ein Wunder ist es nicht", sagten die Gutsnachbarn; „ein solcher Hochmut und solche Unnahbarkeit können nicht anders als im Wahn enden."

An Augustin ging das Wort in Erfüllung: „Wer andern eine Grube gräbt, fällt selbst hinein." Nach seinem Zusammentreffen mit Elbeding und nach der unfreiwilligen Beichte setzte er seine Flucht mit unaufhaltsamer Eile fort. Ein Postdampfer trug ihn über den Ozean nach dem fremden Weltteil. Von Balti= more aus übertrug er den Verkauf seines Gutes einem Agenten, und die Summe, die er erhielt, reichte eben hin, um sein beträcht= lich zusammengeschmolzenes Vermögen einigermaßen zu er= gänzen. Er konnte jetzt, wo er landesflüchtig und selbst eine vom Gesetz bedrohte Person geworden war, bei den Hinterbliebenen seines Schuldners keinen Anspruch auf Zahlung erheben, ohne seine eigene Sicherheit zu gefährden. Zu seiner Ehre auch sei es gesagt, was immer seine Sünden sein mochten, Habsucht und niedrige Geldgier gehörten nicht zu seinen Lastern. Er wurde, wenn auch wider Willen, der Ehrenretter desjenigen, den er zu verderben getrachtet hatte.

Zwar ließ Maria durch Darrnbek Esther den Antrag stellen, mittels Ratenzahlungen allmählich die große Schuldensumme zu tilgen. Doch Esther bat unter Tränen, man möge ihr eine solche Demütigung ersparen. Was ihre Familie an Reggfield gesündigt habe, das sei mehr, als sich durch elendes Geld je wie= der gutmachen lasse.

Der alte Baron von Sengern wurde bald nach Augustins Flucht von seinem reizlosen Leben durch den Tod erlöst. Esther bewohnte nun mit ihrer Tante allein das große Haus, in dem es fortan sehr still zuging. Sie schloß sich im Lauf der Zeit mit Innigkeit an Maria an, deren Geschick dem ihren so ähnlich war. Nur die Wirkung, die es auf beide ausgeübt hatte, war verschieden. Während Maria sich durch die auferlegten Prüfungen hatte läutern lassen wie das edle Gold durch das Feuer, hatte Esther der erziehenden Hand widerstrebt und war dem Versinken nahegekommen. Sie fühlte jetzt der hochherzigen Freundin gegenüber zugleich Bewunderung und Beschämung. In ihrem Umgang aber lernte sie den wahren Frieden kennen, und die allgewaltige Zeit verfehlte dann auch nicht, seine heilende Kraft an ihrem verwundeten Gemüt zu bewähren. Sie ward nach mehreren Jahren die Gattin des Herrn von Elbeding. Da er ein richtiges Verständnis sowohl für ihre Fehler wie auch für ihre Vorzüge hatte, wurde er ihr ein guter und liebevoller Eheherr. Obwohl nun Esther im Lauf der Jahre mehrere Kinder ihr eigen nennen durfte, behielt sie doch immer eine besondere Vorliebe für die kleine Agnes, weil das holdselige Kind ihr das Bild des Mannes vor die Seele rief, der einst der Stern ihrer Jugend gewesen war und zugleich die Klippe, an der sie beinahe Schiffbruch erlitten hätte.

Doktor Berthold versuchte noch einmal, um Maria zu werben. Als er aber auch diesmal eine verneinende Antwort erhielt, indem Maria auf ihren Vater und ihre kleine Nichte hinwies, die beide sie nicht entbehren konnten, litt es ihn nicht länger in derselben Stadt. Er folgte einem an ihn ergangenen Ruf und zog als Professor nach Heidelberg, wo er wie bisher ein stilles, ganz der Wissenschaft gewidmetes Leben führte.

Der Oberförster bezog mit seiner Tochter und Enkelin dieselbe Wohnung am Stadtgraben, die der Schauplatz so ergreifender Ereignisse gewesen war. Hier lebte die kleine Familie, häufig besucht von Darrnbek, der sich unverändert gleichblieb in seinem gesunden Menschenverstand und ebenso gesunden Humor. Nur wenn Reggfields Name genannt wurde, verfiel er zuweilen in eine elegische Stimmung. Er hatte ein gut Teil seiner Freundschaft auf die kleine Agnes übertragen und suchte auf diese Weise die Lücke auszufüllen, die durch den Tod des so sehr geliebten

Freundes in seiner Seele entstanden war. Agnes kannte bald keinen besseren Vertrauten; aber sie hatte auch vor niemand so großen Respekt wie vor Onkel Darrnbek.

Es war an einem Nachmittag im Spätsommer des zweiten Jahres nach Reggfields und Serenas Tod, da ging Maria mit Agnes an der Hand nach dem Kirchhof. Sie trugen Kränze und wollten die Gräber schmücken. Als sie das Gitter öffnete, stockte Marias Fuß, denn dort an dem einen Grabe stand eine hohe, vornehme Frauengestalt in dunklen Kleidern.

Bei dem Knarren des eisernen Türchens wandte die Fremde sich um, und die Blicke beider tauchten ineinander. Dann sagte die fremde Dame: „Halten Sie mich nicht für einen Eindring= ling. Ich habe das Recht, an diesem Grabe zu beten, denn ich bin die Schwester dessen, der hier schläft."

Maria verbeugte sich stumm.

„Er war mein einziger Bruder", fuhr die Fremde fort.

„Und mein Schwager", sagte Maria.

„Ich dachte es mir", erwiderte die Baronin.

Sie zauderte einen Augenblick und sprach hierauf mit Würde: „Ihrer Familie ist von der unsrigen ein Unrecht zugefügt worden, Gräfin. Verzeihen Sie uns; Sie sind gerächt. Ich bin hier auf der Durchreise nach Storrinek, um dort meinen Onkel abzuholen. Er ist unheilbar krank", sie deutete mit dem Finger nach der Stirn. „Hätte mein Bruder an meine Zuneigung geglaubt und sich vertrauensvoll an mich gewandt, so wäre das Unglück, das über uns alle gekommen ist, nicht so groß geworden."

Maria schwieg.

„Ist das sein Kind?" fragte die Baronin und zeigte auf Agnes. Als Maria bejahte, zog sie die Kleine an sich und küßte sie. „Du gleichst ihm", sagte sie, „Gott wolle dich schützen und behüten." Und wieder zu Maria gewendet, fuhr sie fort: „Ich bestreite nicht Ihr Recht an dieses Kind, Gräfin. Nur um eins bitte ich Sie: lehren Sie es nicht uns hassen."

„Gewiß nicht", antwortete Maria, und als die Baronin sich anschickte, den Platz zu verlassen, reichte sie ihr die Hand.

Dann schritt die hohe Gestalt durch die Pforte und durch die

Reihen der Gräber hin. Ihr schwarzer Schleier wallte manchmal in die Luft gleich einem dunkeln Fittich. Agnes sah ihr fast ängst= lich nach.

Maria aber ordnete die Kränze auf den beiden efeubedeckten Hügeln, und als ihre Arbeit beendet war, setzte sie sich auf die kleine Bank zur Seite zu kurzer Feierabendrast.

Das weiße Kreuz zu Häupten der beiden, die sie auf Erden am meisten geliebt hatte, funkelte im Sonnenglanz. „Was ich tue, das weißt du jetzt nicht, du wirst es aber hernach erfahren", stand da in goldnen Lettern. Ja, wie oft hatte auch sie im Sturmestoben gefragt: „Warum, ach Herr, warum?" Warum mußten diese beiden blühenden Leben so früh in Todesnacht versinken? Ein Lied fiel ihr ein, das sie mit Serena manchmal gesungen hatte:

„Besser, daß das Herz dir bricht
von dem Kuß der Rose,
als du kennst die Liebe nicht
und stirbst liebelose."

Aber ihre Gedanken flogen weiter. Schon jetzt, wo die Wunden noch leise bluteten, dämmerte ihr ein Verstehen auf für die all= erbarmende Liebe, die, wenn wir ihr vertrauen, alles zum Heil wendet, die uns zieht, bald mit Milde, bald mit Strenge, und die selbst unsere Irrtümer und Sünden zu Zuchtmitteln macht, welche uns zu ihr treiben sollen. Wie wird das Verstehen erst sein, wenn die irdischen Schranken gefallen sind, wenn das Auge ungeblendet in Gottes Allmacht und Weisheit zu schauen vermag!

Drum, meine Seele, sei du still
zu Gott, wie sich's gebühret,
wenn er dich so, wie er es will,
und nicht wie du willst, führet.
Kommt dann zum Ziel der dunkle Lauf,
tust du den Mund mit Freuden auf,
zu loben und zu danken.

WORDPE
FOR WINDOWS
FOR
DUMMIES™

*Quick
Reference*

by Greg Harvey

IDG
BOOKS

IDG Books Worldwide, Inc.
An International Data Group Company

San Mateo, California ♦ Indianapolis, Indiana ♦ Boston, Massachusetts

WordPerfect for Windows For Dummies Quick Reference

Published by
IDG Books Worldwide, Inc.
An International Data Group Company
155 Bovet Road, Suite 310
San Mateo, CA 94402

Library of Congress Catalog Card No.: 93-80354

ISBN: 1-56884-039-X

Printed in the United States of America

10 9 8 7 6 5 4 3 2 1

Distributed in the United States by IDG Books Worldwide, Inc.

Distributed in Canada by Macmillan of Canada, a Division of Canada Publishing Corporation; by Computer and Technical Books in Miami, Florida, for South America and the Caribbean; by Longman Singapore in Singapore, Malaysia, Thailand, and Korea; by Toppan Co. Ltd. in Japan; by Asia Computerworld in Hong Kong; by Woodslane Pty. Ltd. in Australia and New Zealand; and by Transword Publishers Ltd. in the U.K. and Europe.

For information on where to purchase IDG Books outside the U.S., contact Christina Turner at 415-312-0633.

For information on translations, contact Marc Jeffrey Mikulich, Foreign Rights Manager, at IDG Books Worldwide; FAX NUMBER 415-358-1260.

For sales inquiries and special prices for bulk quantities, write to the address above or call IDG Books Worldwide at 415-312-0650.

 is a trademark of IDG Books Worldwide, Inc.

COMPUTER
BOOK SERIES
FROM IDG

Acknowledgments

I want to thank the following people, who worked so hard to make this book a reality:

David Solomon and John Kilcullen, for their support for this "baby" *Dummies* book.

Brandon Nordin and Milissa Koloski, for coming up with the original concept of quick references for the rest of us.

Janna Custer and Megg Bonar, for straightening out all the contract details.

Diane Steele, Kristin Cocks, and Becky Whitney, for their editorial assistance.

Michael Partington, for the technical review, and Beth Jenkins and the staff in Production.

Last, but never least, I want to acknowledge my indebtedness to Dan Gookin, whose vision, sardonic wit, and (sometimes) good humor produced *DOS For Dummies*, the "Mother" of all *Dummies* books. Thanks for the inspiration and the book that made it all possible, Dan.

Greg Harvey
November 1993, Inverness, California

(The publisher would like to give special thanks to Patrick J. McGovern, without whom this book would not have been possible.)

Credits

Publisher
David Solomon

Acquisitions Editor
Janna Custer

Managing Editor
Mary Bednarek

Project Editor
Diane Graves Steele
Rebecca Whitney

Editors
Kristin Cocks

Technical Reviewer
Michael Partington

Production Manager
Beth Jenkins

Production Coordinator
Cindy L. Phipps

Production Staff
Tony Augsburger
Mary Breidenbach
Valery Bourke
Sherry Gomoll
Drew R. Moore
Gina Scott

Proofreader
Kathleen Prata

Say What You Think!

Listen up, all you readers of IDG's international bestsellers: the one — the only — absolutely world famous ...*For Dummies* books! It's time for you to take advantage of a new, direct pipeline to the authors and editors of IDG Books Worldwide. In between putting the finishing touches on the next round of ...*For Dummies* books, the authors and editors of IDG Books Worldwide like to sit around and mull over what their readers have to say. And we know that you readers always say what you think. So here's your chance. We'd really like your input for future printings and editions of this book — and ideas for future ...*For Dummies* titles as well. Tell us what you liked (and didn't like) about this book. How about the chapters you found most useful — or most funny? And since we know you're not a bit shy, what about the chapters you think can be improved? Just to show you how much we appreciate your input, we'll add you to our Dummies Database/Fan Club and keep you up to date on the latest ...*For Dummies* books, news, cartoons, calendars, and more! Please send your name, address, and phone number, as well as your comments, questions, and suggestions, to our very own ...For Dummies coordinator at the following address:

...For Dummies Coordinator
IDG Books Worldwide
3250 North Post Road, Suite 140
Indianapolis, IN 46226

(Yes, Virginia, there really is a ...*For Dummies* coordinator. We are not making this up.)

Please mention the name of this book in your comments.

Thanks for your input!

About IDG Books Worldwide

Welcome to the world of IDG Books Worldwide.

IDG Books Worldwide, Inc., is a division of International Data Group, the world's largest publisher of computer-related information and the leading global provider of information services on information technology. IDG publishes over 194 computer publications in 62 countries. Forty million people read one or more IDG publications each month.

If you use personal computers, IDG Books is committed to publishing quality books that meet your needs. We rely on our extensive network of publications, including such leading periodicals as *Macworld, InfoWorld, PC World, Publish, Computerworld, Network World,* and *SunWorld,* to help us make informed and timely decisions in creating useful computer books that meet your needs.

Every IDG book strives to bring extra value and skill-building instruction to the reader. Our books are written by experts, with the backing of IDG periodicals, and with careful thought devoted to issues such as audience, interior design, use of icons, and illustrations. Our editorial staff is a careful mix of high-tech journalists and experienced book people. Our close contact with the makers of computer products helps ensure accuracy and thorough coverage. Our heavy use of personal computers at every step in production means we can deliver books in the most timely manner.

We are delivering books of high quality at competitive prices on topics customers want. At IDG, we believe in quality, and we have been delivering quality for over 25 years. You'll find no better book on a subject than an IDG book.

John Kilcullen
President and C.E.O.
IDG Books Worldwide, Inc.

IDG Books Worldwide, Inc. is a division of International Data Group. The officers are Patrick J. McGovern, Founder and Board Chairman; Walter Boyd, President. International Data Group's publications include: **ARGENTINA's** Computerworld Argentina, InfoWorld Argentina; **ASIA's** Computerworld Hong Kong, PC World Hong Kong, Computerworld Southeast Asia, PC World Singapore, Computerworld Malaysia, PC World Malaysia; **AUSTRALIA's** Computerworld Australia, Australian PC World, Australian Macworld, Network World, Reseller, IDG Sources; **AUSTRIA's** Computerwelt Oesterreich, PC Test; **BRAZIL's** Computerworld, Mundo IBM, Mundo Unix, PC World, Publish; **BULGARIA's** Computerworld Bulgaria, Ediworld, PC & Mac World Bulgaria; **CANADA's** Direct Access, Graduate Computerworld, InfoCanada, Network World Canada; **CHILE's** Computerworld, Informatica; **COLOMBIA's** Computerworld Colombia; **CZECH REPUBLIC's** Computerworld, Elektronika, PC World; **DENMARK's** CAD/CAM WORLD, Communications World, Computerworld Danmark, LOTUS World, Macintosh Produktkatalog, Macworld Danmark, PC World Danmark, PC World Produktguide, Windows World; **EQUADOR's** PC World; **EGYPT's** Computerworld (CW) Middle East, PC World Middle East; **FINLAND's** MikroPC, Tietoviikko, Tietoverkko; **FRANCE's** Distributique, GOLDEN MAC, InfoPC, Languages & Systems, Le Guide du Monde Informatique, Le Monde Informatique, Telecoms & Reseaux; **GERMANY's** Computerwoche, Computerwoche Focus, Computerwoche Extra, Computerwoche Karriere, Information Management, Macwelt, Netzwelt, PC Welt, PC Woche, Publish, Unit; **HUNGARY's** Alaplap, Computerworld SZT, PC World, ; **INDIA's** Computers & Communications; **ISRAEL's** Computerworld Israel, PC World Israel; **ITALY's** Computerworld Italia, Lotus Magazine, Macworld Italia, Networking Italia, PC World Italia; **JAPAN's** Computerworld Japan, Macworld Japan, SunWorld Japan, Windows World; **KENYA's** East African Computer News; **KOREA's** Computerworld Korea, Macworld Korea, PC World Korea; **MEXICO's** Compu Edicion, Compu Manufactura, Computacion/Punto de Venta, Computerworld Mexico, MacWorld, Mundo Unix, PC World, Windows; **THE NETHERLAND'S** Computer! Totaal, LAN Magazine, MacWorld; **NEW ZEALAND's** Computer Listings, Computerworld New Zealand, New Zealand PC World; **NIGERIA's** PC World Africa; **NORWAY's** Computerworld Norge, C/World, Lotusworld Norge, Macworld Norge, Networld, PC World Ekspress, PC World Norge, PC World's Product Guide, Publish World, Student Data, Unix World, Windowsworld, IDG Direct Response; **PANAMA's** PC World; **PERU's** Computerworld Peru, PC World; **PEOPLES REPUBLIC OF CHINA's** China Computerworld, PC World China, Electronics International, China Network World; **IDG HIGH TECH BEIJING's** New Product World; **IDG SHENZHEN's** Computer News Digest; **PHILLIPPINES'** Computerworld, PC World; **POLAND's** Computerworld Poland, PC World/ Komputer; **PORTUGAL's** Cerebro/PC World, Correio Informatico/Computerworld, MacIn; **ROMANIA's** PC World; **RUSSIA's** Computerworld-Moscow, Mir-PC, Sety; **SLOVENIA's** Monitor Magazine; **SOUTH AFRICA's** Computing S.A.; **SPAIN's** Amiga World, Computerworld Espana, Communicaciones World, Macworld Espana, NeXTWORLD, PC World Espana, Publish, Sunworld; **SWEDEN's** Attack, ComputerSweden, Corporate Computing, Lokala Natverk/LAN, Lotus World, MAC&PC, Macworld, Mikrodatorn, PC World Publishing & Design (CAP), DataIngenjoren, Maxi Data, Windows World; **SWITZERLAND's** Computerworld Schweiz, Macworld Schweiz, PC & Workstation; **TAIWAN's** Computerworld Taiwan, Global Computer Express, PC World Taiwan; **THAILAND's** Thai Computerworld; **TURKEY's** Computerworld Monitor, Macworld Turkiye, PC World Turkiye; **UNITED KINGDOM's** Lotus Magazine, Macworld, Sunworld; **UNITED STATES'** AmigaWorld, Cable in the Classroom, CD Review, CIO, Computerworld, Desktop Video World, DOS Resource Guide, Electronic News, Federal Computer Week, Federal Integrator, GamePro, IDG Books, InfoWorld, InfoWorld Direct, Laser Event, Macworld, Multimedia World, Network World, NeXTWORLD, PC Games, PC Letter, PC World Publish, Sumeria, SunWorld, SWATPro, Video Event; **VENEZUELA's** Computerworld Venezuela, MicroComputerworld Venezuela; **VIETNAM's** PC World Vietnam

About the Author

Greg Harvey, the author or more than 30 computer books, has been training business people in the use of IBM PC, DOS, and software application programs, such as WordPerfect, Lotus 1-2-3, and dBASE, since 1983. He has written numerous training manuals, user guides, and books for business users of software. He currently teaches Lotus 1-2-3 and dBASE courses in the Department of Information Systems at Golden Gate University in San Francisco. Harvey is the author of *Excel for Dummies, 1-2-3 For Dummies, PC World WordPerfect 6 Handbook, DOS For Dummies Quick Reference, WordPerfect For Dummies Quick Reference,* and *Windows For Dummies Quick Reference,* all from IDG Books.

Introduction

Welcome to the *WordPerfect for Windows For Dummies Quick Reference,* a quick reference that looks at the lighter side of WordPerfect commands (such as it is). I mean, how many ways does one person need to get to the same dialog box???

As a means of ferreting out the best possible paths to all the commands, features, and functions in WordPerfect for Windows, I offer you the *WordPerfect for Windows For Dummies Quick Reference.* This book not only gives you the lowdown on WordPerfect commands, it also rates commands with icons indicating their suitability as well as their general safety (see the section "The cast of icons," later in this introduction, for a sneak preview).

For your convenience, this book isn't divided into any sections at all! All the commands are listed in alphabetical order, from Abbreviations to Zoom.

Each command is handled in a similar way. Below the command name, replete with its suitability and safety icons, you'll find a brief description of its function. If this description reads like stereo instructions, recheck the suitability icon: this command is probably not in your league.

Following the description come the sections that describe the path you take to accomplish the task. For each of the steps, you'll find a "picturesque" trail to follow and the name of each command and option you need to choose. In some cases, you'll encounter "For keyboard kronies" and "For mouse maniacs" sections — you choose which information you need!

Bringing up the rear, you'll find a "More stuff" section where I stick in any tips, warnings, reminders, or other trivia that just might come in handy when you use the command.

How do I use this book?

You have all heard of on-line help. Well, just think of this book as on-side help. Keep it by your side when you're at the computer, and before you try to use a WordPerfect command that you're the least bit unsure of, look up the command in the appropriate section. Scan the entry and look for any warnings (those bomb icons). Follow the sections "Pull-down menus," "For keyboard kronies," or "For mouse maniacs" to guide you through the options.

The cast of icons

In your travels with the WordPerfect commands in this book, you'll come across the following icons:

 Recommended for your average WordPerfect user.

 Not recommended for your average WordPerfect user.

 Not suitable for your average WordPerfect user, but you may get stuck having to use this command anyway.

 Safe for your data.

 Generally safe in most circumstances unless you really don't follow instructions; then look out!

 Potentially dangerous to data but necessary in the scheme of things. Be very careful with this command. Better yet, get somebody else to do it for you.

 Safe only in the hands of a programmer or some other totally techy person. Stay clear unless they let you sign a release form and give you hazard pay.

 A tip to make you a more clever WordPerfect user.

 Look out! There's some little something in this command that can get you into trouble (even when it's rated safe or generally safe).

 Just a little note to remind you of some trivia or other that may someday save your bacon.

 Flags cross references to other areas of this book that might be of interest to you.

 A handy-dandy guide to point you straight to the sections in *WordPerfect for Windows For Dummies* where you can find more examples of how to use this command.

Abbreviations

Lets you define an abbreviation for some stock text you use;
when you type the abbreviation and press Ctrl+A, WordPerfect
for Windows expands the abbreviation to its correct size. If you
work for the firm Branwurst and Bagel, for example, you can type
bb and press Ctrl+A, and — presto! — the program inserts
Branwurst and Bagel into the document.

Pull-down menu

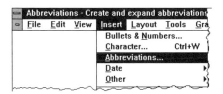

For keyboard kronies

To expand an abbreviation, press

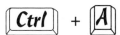

Using abbreviations

To create an abbreviation, follow these steps:

1. Type the text you want to assign an abbreviation to and
   then select (highlight) the text.

2. Choose Abbreviations from the Insert pull-down menu.

3. Choose Create to display the Create Abbreviation dialog box.

4. Type the abbreviation you want to assign to the selected
   text in the Abbreviation Name text box and then choose OK
   or press Enter.

5. Choose Close in the Abbreviations dialog box.

After you create an abbreviation, you can use it by typing the abbreviation in the document and then pressing Ctrl+A to expand it.

More stuff

If you're into button bars, you can create a button that inserts
stock text into a document when you click the button. To do so,
create a Plays A Keyboard Script button and then type the text
you want entered each time you click your custom button on the
button bar (see the section "Button Bars").

Advance

Positions text precisely on the page without requiring you to monkey around with tabs, spaces, and hard returns.

Pull-down menus

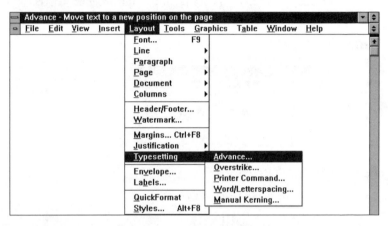

The Advance dialog box

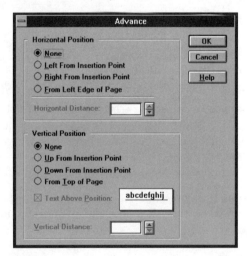

Option or Button	Function
Horizontal Position	
<u>N</u>one	Does not adjust the horizontal position one iota (the default)
<u>L</u>eft From Insertion Point	Adjusts, by the amount you specify, the printing of the text that follows to the left of the insertion point's current position
<u>R</u>ight From Insertion Point	Adjusts, by the amount you specify, the printing of the text that follows to the right of the insertion point's current position
<u>F</u>rom Left Edge of Page	Adjusts the text that follows by a fixed amount from the left edge of the page
Hori<u>z</u>ontal Distance	Specifies the amount to adjust the text according to which Horizontal Position radio button you have selected
Vertical Position	
N<u>o</u>ne	Does not adjust the vertical position one iota (the default)
<u>U</u>p From Insertion Point	Adjusts, by the amount you specify, the printing of the text that follows upward from the insertion point's current position
<u>D</u>own From Insertion Point	Adjusts, by the amount you specify, the printing of the text that follows downward from the insertion point's current position
From <u>T</u>op of Page	Adjusts the text that follows by a fixed amount from the top edge of the page
Text Above <u>P</u>osition	With the From Top of Page option on, places the first line of advanced text above the position as calculated from the top of the page; with the Top of Page option off, places the first line of text below this vertical advance position
<u>V</u>ertical Distance	Specifies the amount to adjust the text according to which Vertical Position radio button you select

More stuff

When you're using the Advance feature to position text, you can use both a Horizontal and a Vertical option if necessary. Before you use this command, always be sure to position the insertion point ahead of the first character you want advanced on the page.

For more information about this command, see Chapter 19 of *WordPerfect For Windows For Dummies.*

Bar Code

Lets you add a POSTNET (*Post*al *N*umeric *E*ncoding *T*echnique) bar code when you're addressing an envelope or creating a mailing label. A *bar code* is that funny-looking computer script which resembles the one food stores use to mark grocery items — which the scanners can never read. Using bar codes in your mailing addresses can save you some bucks with the post office, however, so they're worth using.

Pull-down menus

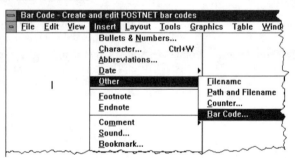

Belly up to the bar (code)

To insert a bar code in an address (or elsewhere in a document if you're really inclined), follow these steps:

1. Position the insertion point where you want the bar code to appear.

2. Choose Other from the Insert pull-down menu and then choose Bar code.

3. Type the 11-digit Delivery Point Bar Code, 9-digit ZIP + 4, or 5-digit ZIP Code in the POSTNET Bar Code dialog box.

4. Press Enter or choose OK.

When you return to your document, you see the weird bar-code characters in the document.

More stuff

To decipher a bar code you have inserted in a document, open the Reveal Codes window by pressing Alt+F3. WordPerfect displays the [Bar Code] secret code, which lists the digits in English. To get rid of a bar code, remove the [Bar Code] secret code from the Reveal Codes window: either select it, drag it out (kicking and screaming), and drop it anywhere outside the Reveal Codes window or zap it with the Delete key.

You can also add POSTNET bar codes to envelopes when you're addressing them with the nifty, new Envelope feature (see the "Envelope" section).

For more information about this command, see Chapter 19 of *WordPerfect For Windows For Dummies*.

Block Protect (see "Keep Text Together")

Bold

Prints selected text in boldface type.

For keyboard kronies

Ctrl + **B**

For mouse maniacs

Click **B** on the power bar.

Would you be so bold . . . .

To make a section of text bold, follow these steps:

1. Select (highlight) the text you want to be bold.

2. Click the Bold button on the power bar (see "For mouse maniacs" in this section) or press Ctrl+B.

To make a section of text bold as you type it, follow these steps:

1. Position the insertion point at the place where you want the first bold character to appear.

2. Click the Bold button on the power+bar (see "For mouse maniacs" in this section) or press Ctrl+B. When you boldface a section of text, WordPerfect for Windows inserts the secret codes [Bold><Bold] with the insertion point between them.

3. Type the text you want to appear in bold.

4. Turn off bold by clicking the Bold button on the power bar, pressing Ctrl+B, or pressing → once to move beyond the <Bold] secret code that turns off bold.

More stuff

To get rid of bold in text, open the Reveal Codes window and delete either the [Bold> or <Bold] codes that enclose the text.

For more information about this command, see Chapter 8 of *WordPerfect For Windows For Dummies*.

Bookmark

Marks your place in a document so that you can get right back to that location when you want to.

Pull-down menu

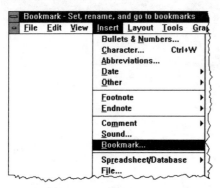

For keyboard kronies

To find a QuickMark, press

Ctrl + **Q**

To set a QuickMark, press

Ctrl + **Shift** + **Q**

The Bookmark dialog box

Option or Button	Function
<u>B</u>ookmark List	Lists all the bookmarks you have defined for the document
<u>G</u>o To	Locates the bookmark you have high-lighted in the <u>B</u>ookmark List box
<u>C</u>lose	Closes the Bookmark dialog box without selecting any of the bookmark options
Go To & <u>S</u>elect	Locates and marks as a block the book-mark you have highlighted in the <u>B</u>ook-mark List box; you must list the bookmark as a Selected type to make this option available
Cr<u>e</u>ate	Opens the Create Bookmark dialog box, in which you can name your new bookmark
<u>M</u>ove	Relocates the bookmark you have high-lighted in the <u>B</u>ookmark List box to the current position of the insertion point in the document
<u>R</u>ename	Opens the Rename Bookmark dialog box, in which you can change the name of the bookmark you have highlighted in the <u>B</u>ookmark List box
<u>D</u>elete	Deletes the bookmark you have highlighted in the <u>B</u>ookmark List box after your confirmation
Set <u>Q</u>uickMark	Sets the QuickMark bookmark at the insertion point's position
<u>F</u>ind QuickMark	Moves the insertion point to the location of the QuickMark bookmark in your document

Creating a bookmark

To create a bookmark, follow these steps:

1. Position the insertion point at the beginning of the text where you want the bookmark placed. To create a Selected bookmark, select all the text you want to be highlighted when you click Go To & Select in the Bookmark dialog box.

2. Choose Bookmark from the Insert pull-down menu and choose Create to display the Create Bookmark dialog box.

3. To name your bookmark, edit the selected text displayed in the Bookmark Name text box (or use as the bookmark name the text that was copied from the document verbatim).

4. Choose OK or press Enter to return to your document.

Finding our bookmark

To find a bookmark, follow these steps:

1. Choose Bookmark from the Insert pull-down menu.

2. Choose the name of the bookmark you want to find by using the Bookmark List box.

3. To position the insertion point at the beginning of the bookmark, choose Go To. To also select the bookmark text, choose Go To & Select instead. (Hey, the Go To & Select button works only if the bookmark type is listed as Selected.)

A bookmark for those in a hurry

QuickMark is the name of a special bookmark you set at the insertion point by simply pressing Ctrl+Shift+Q. To return to the QuickMark, you simply press Ctrl+Q.

If you want, you can have WordPerfect for Windows automatically set the QuickMark at the insertion point's current position every time you save a document. By doing so, you can save and set the QuickMark at the end of a work session, open the document the next day, and press Ctrl+Q to find the place you were last working (now that's quick!).

To have WordPerfect for Windows set the QuickMark every time you save your document, choose Preferences from the File menu and then choose Environment in the Preferences dialog box. These steps open the Environment Preferences dialog box, where you put an X in the check box for Set QuickMark On Save.

More stuff

You can always delete a bookmark you no longer want by using Delete in the Bookmark dialog box. You can also delete a book-

mark quickly by removing the [Bookmark] secret code from the Reveal Codes window: select it and drag it out (kicking and screaming) or zap it with the Delete key.

For more information about this command, see Chapter 25 of *WordPerfect For Windows For Dummies*.

Borders

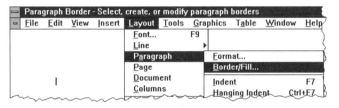

Lets you put a border around paragraphs, pages, or columns in your document.

Pull-down menus

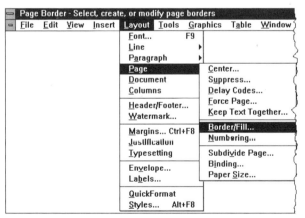

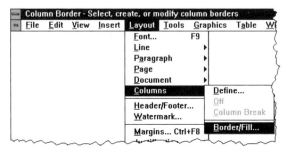

South of the border . . . .

WordPerfect for Windows makes it a snap to create a border around paragraphs and pages or between the columns of your document. To create a border, follow these steps:

1. Position the insertion point in the paragraph, on the page, or between the columns where you want the borders to begin.

2. Choose Paragraph, Page, or Columns from the Layout pull-down menu and then choose the Border/Fill command from the cascading menu.

3. Choose a border style by clicking the button to the right of Border Style and then choosing a border style from the pop-up palette or by choosing the name of the border from the drop-down list box.

4. To choose a fill pattern for the borders, either click the button to the right of Fill Style and then choose the fill style from the pop-up palette or choose the name of the border from the drop-down list box.

5. Choose OK or press Enter.

How do you turn off these confounded borders?!

When you add paragraph, page, or column borders to a document, by default the Apply Border to Current Paragraph, Page, Column check box is enabled. If you disable this option, WordPerfect for Windows gets carried away and adds these borders to all subsequent paragraphs, pages, or columns in that document. You can turn off these borders, however, by positioning the insertion point in the first paragraph, page, or column that should *not* have a border and opening the appropriate Border dialog box. Then choose <None> as the border style.

More stuff

If you know that you want a border around only a particular paragraph or group of paragraphs, either leave the X in the default Apply Border to Current Paragraph, Page, Column check box in the dialog box or select those paragraphs before adding the paragraph borders. This way, you don't have to go through the nonsense of turning off the paragraph borders.

For more information about this command, see Chapter 16 of *WordPerfect For Windows For Dummies.*

Bullets and Numbers

Makes it incredibly simple to create bulletted or numbered lists in your document.

Pull-down menu

Bullets & Numbers - Insert bullets and numbers into the document	▼ ◆

| File | Edit | View | Insert | Layout | Tools | Graphics | Table | Window | Help | ◆ |

Bullets & Numbers...
Character...   Ctrl+W
Abbreviations...

For keyboard kronies

To insert another bullet or the next number, press

Ctrl + **Shift** + **B**

Bullets and numbers in a snap

To create a numbered or bulletted list in a document, follow these steps:

1. Position the insertion point at the beginning of the first line on which you want to create a bullet or number.

2. Choose Bullets & Numbers from the Insert pull-down menu to open the Bullets & Numbers dialog box.

3. Choose from the Styles list box the type of bullet or style of numbering you want to use.

4. If you're using numbers and want to begin the numbering at a number other than one, choose Starting Value and enter the new start number in the text box.

5. If you want to insert another bullet or the next number by simply pressing Enter, choose New Bullet or Number on ENTER to place an X in its check box.

6. Choose OK or press Enter.

After you choose the bullet or numbering style, WordPerfect for Windows inserts the bullet or first number and indents the insertion point. After you type your first numbered or bulletted text, press Enter. If you chose the New Bullet or Number on ENTER option, the program automatically inserts another bullet or the next number in the text. If you did not choose this function, press Ctrl+Shift+B to insert another bullet or number.

More stuff

To turn off the automatic bulletting or numbering function, open the Bullet & Numbers dialog box and deselect the New Bullet or Number on ENTER option to remove the X from its check box.

For more information about this command, see Chapter 25 of *WordPerfect For Windows For Dummies.*

Button Bars

Let you select WordPerfect for Windows commands, insert stock text, launch new programs, or play macros by simply clicking the correct button.

Pull-down menu

To display or hide the selected button bar, choose the following commands:

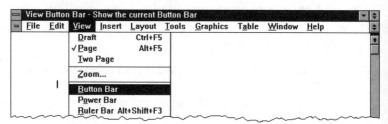

For mouse maniacs

To display or hide the chosen button bar, click [image] .

QuickMenus

To select a new button bar, choose

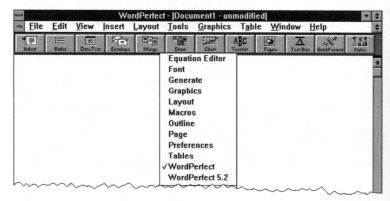

Moving the button bar

You can move the button bar by positioning the mouse pointer anywhere on the button bar where there are no buttons — on the borders or in the extra gray space. As soon as the mouse pointer changes to a cupped hand, you can drag the button bar to a new position.

If you release the mouse button when the outline of the button bar is somewhere in the document window, the button bar appears as a palette in its own window; you can resize this palette window and move it around the document window as you would resize and move any other window. To hide the button bar, double-click the Control-menu button in the button bar window. You can redisplay the button bar by either choosing Button Bar from the View menu or clicking 🖼 on the power bar.

You can also *dock* the button bar along any one of the four borders of the program window. To do so, drag the outline (border) of the button bar to one edge of the window until the outline of the button bar changes shape and conforms to that edge. Then release the mouse button.

Changing how the buttons appear

Normally, a button bar displays both icons and words. To change the style (appearance) of the buttons, follow these steps:

1. If the button bar isn't already displayed on the screen, choose Button Bar from the View pull-down menu or click 🖼 on the power bar.

2. Click the button bar with the secondary mouse button (the right button if you're a right-handed mouser, or the left button if you're a left-handed mouser) and choose Preferences from the button bar QuickMenu.

3. Choose Options in the Button Bar Preferences dialog box.

4. To change the font of the text that appears on the buttons, choose a new font in the Font Face list box.

5. To change the size of the text on the buttons, choose a new size in the Font Face list box or enter a new size in the text box.

6. To change what appears on the buttons, choose the Text, Picture, or Picture and Text radio button.

7. To change the location of the button bar (without having to drag it around with the mouse), choose the Left, Top, Right, Bottom, or Palette radio button.

   When you choose any option other than Palette, the Maximum Number of Rows/Columns To Show option is available. With this option, you can enter in the text box the maximum number of rows (if the button bar is at the top or bottom of the screen) or columns (if the bar is on the left or right) you want WordPerfect to display.

8. Choose OK or press Enter to close the Button Bar Options dialog box and choose Close in the Button Bar Preferences dialog box.

To save room on your screen and still be able to distinguish the buttons easily, choose the Text radio button. Avoid the Picture radio button unless you are very familiar with all the icons used on the button bar. The pictures take up more space than the words do and are much harder to understand.

Creating a custom button bar

WordPerfect for Windows makes it easy to create your own button bars. Follow these steps:

1. If the button bar isn't already displayed on the screen, choose Button Bar from the View pull-down menu or click [⊞] on the power bar to display it.

2. Click the button bar with the secondary mouse button and then choose Preferences from the button bar QuickMenu.

3. Choose Create in the Button Bar Preferences dialog box.

4. By default, WordPerfect for Windows stores the new button bar with the current template. If you want to store the button bar with whatever template is the default (Standard is the default unless you have changed it), first choose Tem-plate, then choose the Default Template radio button in the Button Bar Location dialog box, and choose OK or press Enter.

5. Type the name for your new button bar in the New Button Bar Name text box. Then choose OK to open the Button Bar Editor, which shows the name of your new button bar.

6. To add a button, choose the appropriate radio button under Add a Button To. (Activate a Feature adds a menu command, Play a Keyboard Script inserts text, Launch a Program starts a new program from WordPerfect for Windows, and Play a Macro executes a macro.)

   If you choose the Activate a Feature radio button, select the name of the pull-down menu (which includes the command you want to add) in the Feature Categories list box. Then choose the particular command or feature in the Features list box and choose Add Button or press Enter.

   When you select a command in the Features list box, the program displays the icon and text used for that button with an explanation of what the button does. (This display is located under Add Button.) Then, rather than choose Add Button or press Enter to insert the new button on the button bar, you can click the feature in the list box and drag the hand-holding-a-button mouse pointer to the place on the button bar where you want the new button to be added.

   If you choose the Play a Keyboard Script radio button, choose the Type The Script This Button Plays option. Type the text you want to insert in the document when you click the button and then choose Add Button or press Enter.

If you chose either the Launch a Program or the Play a
Macro radio button, choose Select File or Add Macro. In
the Select File dialog box, choose the program file or
macro file you want the button to execute. Then press
Enter to place the new button in the button bar.

7. Repeat step 6 until you have added all the buttons you
   want to appear on the new button bar.

8. To change the position of a button you have added to the
   button bar, press and drag the button to the place on the
   button bar where you want it to appear and then release
   the mouse button.

9. To group two or more buttons together, you insert a space
   between a pair of buttons. To do so, click the Separator
   icon in the Button Bar Editor dialog box. When the mouse
   pointer changes to the hand-holding-a-separator, drag this
   pointer to the button bar until it's between the buttons you
   want to separate with a space.

10. When you have finished adding and arranging buttons on
    the new button bar, choose OK to close the Button Bar
    Editor dialog box and return to the Button Bar Preferences
    dialog box. Your new button bar appears in the Available
    Button Bars list box.

11. To select the new button bar, choose Select in the Button
    Bar Preferences dialog box. To leave current whatever
    button bar was selected at the time you created your new
    button bar, choose Close instead.

More stuff

Unlike feature bars, which have keyboard shortcuts so that you
don't have to use a mouse to select buttons, buttons on a button
bar are accessible only by clicking the primary mouse button.

For more information about this command, see Chapter 2 of
WordPerfect For Windows For Dummies.

Cancel

Backs you out of pull-down menu commands and dialog box
options or discontinues a procedure before you get yourself into
real trouble!

For keyboard kronies

For mouse maniacs

To put away a pull-down menu, click the mouse pointer somewhere in the document. To put away a dialog box, click Cancel.

Center Line

Centers a line of text horizontally between the left and right margins.

Pull-down menus

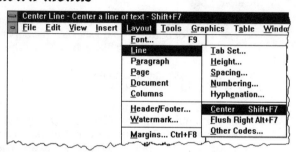

```
Center Line - Center a line of text - Shift+F7
File  Edit  View  Insert  Layout  Tools  Graphics  Table  Windo
                           Font...        F9
                           Line                  Tab Set...
                           Paragraph             Height...
                           Page                  Spacing...
                           Document              Numbering...
                           Columns               Hyphenation...
                           Header/Footer...      Center    Shift+F7
                           Watermark...          Flush Right Alt+F7
                           Margins... Ctrl+F8    Other Codes...
```

For keyboard kronies

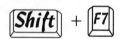

[Shift] + [F7]

QuickMenus

Position the insertion point in front of the first character on the line to be centered. Click the secondary mouse button (the right button if you're a right-handed mouser, or the left button if you're a left-handed mouser) and choose Center from the QuickMenu.

Centering a line of text

To center a line before you type it, press Shift+F7 to move the insertion point to the center of the line. Then type your text and press Enter. After you press Enter, WordPerfect for Windows returns the insertion point to the left margin of the new line.

To center a line of existing text, put the insertion point at the beginning of the line and then press Shift+F7.

To center a bunch of lines, select (highlight) them and then press Shift+F7.

You can center text on a specific column position or tab stop on a line. To do so, press the space bar or Tab key until you reach the place where you want to center the text and then press Shift+F7.

When you center a single line of text (either before or after you type it), WordPerfect for Windows inserts a [Hd Center on Marg] code in front of the first character and a [HRt] code after the last character. When you center a bunch of lines you have selected, the program encloses the lines in [Just> and <Just] codes, which turn center justification on and off.

To get rid of centering, open the Reveal Codes window by pressing Alt+F3. Delete the [Hd Center on Marg] code or the [Just> or <Just] code by clicking on any code and dragging it out of the Reveal Codes window, pressing Backspace over any code, or placing the cursor to the left of the code and pressing Delete.

More stuff

You can also center text by changing the justification of a document from normal left justification to center justification. For more information about this method, see the "Justification" section.

Center Page

Centers text on a page vertically between the top and bottom margins.

Pull-down menus

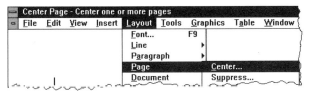

The Center Page(s) dialog box

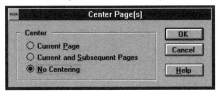

Option or Button	Function
Current Page	Vertically centers just the text from the current page between the top and bottom margins
Current and Subsequent Pages	Vertically centers the current page and all following pages

No Centering

The default setting; changes to Turn Centering Off after you have used the Current And Subsequent Pages radio button to turn vertical centering on

More stuff

When you choose the Current Page radio button, WordPerfect for Windows puts a [Cntr Cur Pg] secret code at the top of the page. When you choose the Current And Subsequent Pages radio button, the program puts a [Cntr Pgs] at the top of the current page.

 Auto Code Placement automatically locates the secret code for centering pages at the top of the current page, regardless of where your insertion point is located on that page.

If you turn on vertical centering and nothing changes on the screen, WordPerfect for Windows is in draft view and you must change it to page view or two-page view.

 For more information about this command, see Chapter 10 of *WordPerfect For Windows For Dummies*.

Close (Document)

Closes the current document window and prompts you to save the file, in case you're just about to blow some of your work away by forgetting to save before closing.

Pull-down menu

For keyboard kronies

For mouse maniacs

Double-click the Control-menu button for the document window (it's the one immediately to the left of File on the pull-down menu).

More stuff

When you close a document that contains information which has not been saved, the program displays a warning dialog box that asks whether you want to save changes to your document. To save a document, choose Yes or press Enter. If a document has not been saved yet, the Save As dialog box appears and you have to name the document. (See the "Save As" section for more information.)

Columns

Enables you to lay out text in multiple columns. You can choose between newspaper columns, in which text flows up and down each column, and parallel columns, in which text flows across the page.

Pull-down menus

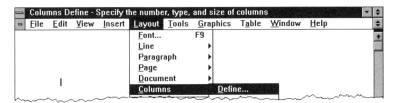

For keyboard kronies

To break a column and move the insertion point to the next column, press

For mouse maniacs

Click ▦ on the power bar and choose the number of newspaper columns (between one and five) you want to create at the insertion point. To use the ribbon to turn off newspaper columns later in the document, click this same button on the power bar and choose the Columns Off command from the drop-down list.

To display and define your columns by using the Columns dialog box, double-click ▦ button on the power bar.

The Columns dialog box

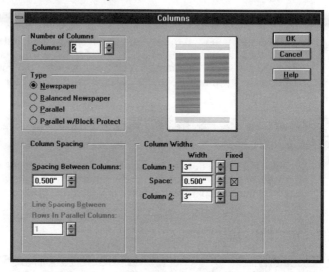

Option or Button	Function
Number of Columns	Selects the Columns option, in which you enter the number of newspaper or parallel columns you want to create (between 2 and 32).
Type	Choose Newspaper when you want the text to be read up and down the columns across the page, Balanced Newspaper when you want WordPerfect for Windows to create even newspaper columns, Parallel when you want the text to read across and then down the columns, or Parallel w/ Block Protect when you want parallel columns that always stay together on a page.
Column Spacing	Use Spacing Between Columns to change the distance between the columns (0.500-inch by default). If you're creating parallel columns, you can use Line Spacing Between Rows in Parallel Columns to increase or decrease, in half-line increments, the number of lines between the parallel columns in your document.

Column Widths   Enables you to modify the width of and the space between specific newspaper or parallel columns. (By default, WordPerfect for Windows creates uniform columns with the same amount of space between them.) To change the width of a column, choose its text box and enter the width. To change the space between a particular pair of columns, choose its Space text box and enter the new distance.

Entering text in columns

You can enter text either before or after you create the columns. When you're using newspaper columns, you usually will find it easier to type the text first in normal single-column layout and then create the newspaper columns that reset the text. If you create newspaper columns before you type text, keep in mind that you may want to break a column early so that you can continue entering text at the top of the next column. To break the column, either press Ctrl+Enter or choose Columns from the Layout pull-down menu followed by Column Break.

With parallel columns, you should define the columns before you type the text. After you complete an entry in one column, you have to insert a column break (by pressing Ctrl+Enter or choosing Columns from the Layout pull-down menu followed by Column Break) to advance one column to the right. When you enter the text for the last column in that row, insert a column break to return the insertion point to the first parallel column in the next row. If you want to insert a blank column, insert two column breaks rather than just one.

Editing text in columns

When you create text columns in your document, the status bar changes to include a *Col* indicator. This indicator tells you the column position of the insertion point. To move the insertion point between columns and edit their text, press Alt+→ to move one column to the right or Alt+← to move one column to the left.

You can also use the options in the Go To dialog box to move between columns (see the "Go To" section).

Getting your columns adjusted

You can adjust the width of your columns by using the ruler bar (see the "Ruler Bar" section).

To adjust the width of the columns, click and drag either the column margin icons on the tab ruler or the gray spacer between the columns.

More stuff

When you create columns, WordPerfect for Windows adds a [Col Def] secret code, which defines the type and number of columns and also turns them on. To get rid of columns and return to regular text, remove this code by clicking on it and dragging it out of the Reveal Codes window, by pressing Backspace over it, or by placing your cursor to the left of the code and pressing Delete.

Rather than try to deal with parallel columns and their column breaks, try using tables instead (see the "Tables" section).

Tables are not only more versatile than parallel columns are but also are much easier to deal with.

For more information about this command, see Chapter 16 of *WordPerfect For Windows For Dummies*.

Comments

Adds comments to your text that appear in a text box on your screen but are not printed as part of the document.

Pull-down menus

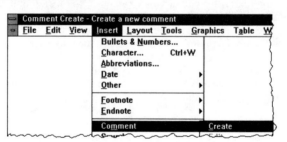

Creating a comment

To create a comment, follow these steps:

1. Place the insertion point in the document where you want the comment to be located.

2. Choose Comment from the Insert menu and choose Create from the cascading menu.

3. Type the text of your comment in the Comment editing window. To insert your name (as it appears in the User Info For Comments and Summary area of the Environment Preferences dialog box) in the comment, choose Name on

the Comment feature bar. To insert the current date or time
(or both) in the comment, choose <u>D</u>ate or <u>T</u>ime on the
Comment feature bar.

4. When you create a comment, WordPerfect for Windows
   displays a comment icon in the left margin of the line that
   contains the comment. If you want to add your initials (as
   they appear in the User Info For Comments and Summary
   area of the Environment Preferences dialog box) to the
   comment text and have them appear in the comment icon,
   choose <u>I</u>nitials on the Comment feature bar.

5. Apply any new fonts, font sizes, or attributes to the
   comment text by using the appropriate commands from the
   <u>L</u>ayout pull-down menu or the buttons on the power bar.

6. When the text of your comment looks the way you want it
   to look, choose <u>C</u>lose to hide the Comment feature bar and
   return to the document window. WordPerfect for Windows
   then inserts a comment icon in the left margin of the line
   that contains the comment. To display the text of the
   comment (which appears as a balloon), click the comment
   icon. To hide the comment text balloon, click the mouse
   pointer again anywhere in the document.

Editing a comment

To edit a comment, either double-click the comment icon or click
the comment icon or text balloon with the secondary mouse
button (the right button if you're a right-handed mouser, or the
left button if you're a left-handed mouser) and choose <u>E</u>dit from
the QuickMenu. After you finish making your changes in the
Comment editing window, choose <u>C</u>lose on the Comment
feature bar.

To get rid of a comment, click the comment icon or comment text
balloon with the secondary mouse button and choose <u>D</u>elete
from the QuickMenu.

More stuff

When you create a comment, WordPerfect for Windows inserts a
[Comment] secret code at the insertion point's current position.
You can also get rid of a comment by zapping this code in the
Reveal Codes window.

For more information about this command, see Chapter 26 of
WordPerfect For Windows For Dummies.

Conditional End of Page (See "Keep Text Together")

Convert Case

Changes the text you have selected to all uppercase, all lower-case, or initial capital letters.

Pull-down menus

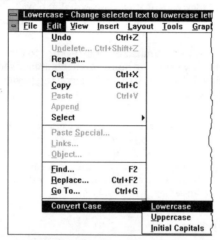

Lowercase - Change selected text to lowercase lett
File	Edit	View	Insert	Layout	Tools	Grap

Undo	Ctrl+Z
Undelete...	Ctrl+Shift+Z
Repeat...	
Cut	Ctrl+X
Copy	Ctrl+C
Paste	Ctrl+V
Append	
Select	▶
Paste Special...	
Links...	
Object...	
Find...	F2
Replace...	Ctrl+F2
Go To...	Ctrl+G
Convert Case	Lowercase
	Uppercase
	Initial Capitals

It's a simple case of conversion . . . .

To convert the case of some text, select the text and choose Convert Case from the Edit pull-down menu. Then choose the convert command you want: Lowercase to convert all the letters to lowercase, Uppercase to convert them all to uppercase, or Initial Capitals to capitalize only the first letter of each word.

For more information about this command, see Chapter 8 of *WordPerfect For Windows For Dummies*.

Cut, Copy, and Paste

Enables you to move or copy blocks of text within the same document or to different documents that are open in other document windows.

Pull-down menu

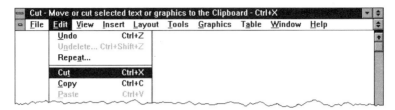

For keyboard kronies

To cut the selected text to the Clipboard (defined in the section "Using Cut, Copy, and Paste"), press

Ctrl + [X]

To copy the selected text to the Clipboard, press

Ctrl + [C]

To paste the contents of the Clipboard at the insertion point's current position, press

Ctrl + [P]

For mouse maniacs

Click [▨] on the power bar to cut the selected text to the Clipboard (defined in "Using Cut, Copy, and Paste" in the section).

Click [▨] on the power bar to copy the selected text to the Clipboard.

Click [▨] on the power bar to paste the contents of the Clipboard at the insertion point's current position.

QuickMenus

To cut or copy a selection, click the selected text with the secondary mouse button (the right button if you're a right-handed mouser, or the left button if you're a left-handed mouser) and choose Cut or Copy from the QuickMenu.

To paste the contents of the Clipboard at the insertion point's current position, click the selected text with the secondary mouse button and choose Paste from the QuickMenu.

Using Cut, Copy, and Paste

In WordPerfect for Windows (as in all other Windows programs), the procedure for moving document text is called _cut and paste_, and the procedure for copying text is called (what else?) _copy and paste_. Both procedures use a special area of memory, called the _Clipboard_, that temporarily holds the information to be moved or copied.

When you use Cut, Copy, and Paste, keep in mind that the Clipboard normally holds only one block of selected text at a time. Any new text you copy to the Clipboard completely replaces the text that is already there. The only way to add information to the Clipboard is to use the Append command from the Edit pull-down menu. The selected text you place in the Clipboard stays there until you replace it or exit from WordPerfect for Windows; you can use the Paste command from the Edit menu, however, to copy the selected text over and over again in any document.

To move or copy text

To move text, first select it. Then cut the selection out of the document and copy it to the Clipboard by using one of three methods: choose Cut from the Edit pull-down menu, click 🖾 on the power bar, or press Ctrl+X. To copy the selected text instead, either choose Copy from the Edit menu, click 📋 on the power bar, or press Ctrl+C.

To paste the cut or copied text elsewhere in the document, move the insertion point to where you want to insert the text. Then paste by choosing the Paste command from the Edit menu, clicking 📋 on the power bar, or pressing Ctrl+V.

More stuff

Keep in mind that you don't have to go through all the cut- or copy-and-paste rigmarole — you can also move or copy text with the good old drag-and-drop method (see the section "Drag and Drop (Text)" for details).

For more information about this command, see Chapter 6 of _WordPerfect For Windows For Dummies_.

Date

Puts today's date in your document either as text, which you must update yourself, or as a secret code, which WordPerfect for Windows updates every time you open the document.

Pull-down menu

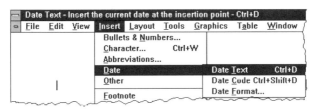

For keyboard kronies

To insert the date as text, press

Ctrl + **D**

To insert the date as a code, press

Ctrl + **Shift** + **D**

Inserting the date as text

To insert the current date as text, which doesn't change unless you open the document and edit it, follow these steps:

1. Position the insertion point where you want the date to appear.

2. Choose Date from the Insert menu and choose Date Text or press Ctrl+D.

Inserting the date as a secret code

To insert the date as a secret code, which WordPerfect for Windows automatically keeps up-to-date for you, follow these steps:

1. Position the insertion point where you want to insert the secret date code. The date also appears here.

2. Choose <u>D</u>ate from the <u>I</u>nsert menu and choose Date <u>C</u>ode or press Ctrl+Shift+D.

Selecting a new date format

1. Choose <u>D</u>ate from the <u>I</u>nsert menu and then choose Date <u>F</u>ormat to open the Document Date/Time Format dialog box.

2. Choose a sample format in the <u>P</u>redefined Format list box and then choose OK or press Enter.

More stuff

When you select the Date <u>C</u>ode command, WordPerfect for Windows inserts the secret code [Date] in the text at the insertion point's position. If you choose a new date format, the program inserts [Date Fmt] in the document at the insertion point's position.

Choosing a new predefined date format has no effect on the dates you have already inserted in the text by using the Date <u>T</u>ext and Date <u>C</u>ode commands.

For more information about this command, see Chapter 9 of *WordPerfect For Windows For Dummies*.

Delete (Text)

WordPerfect for Windows provides loads of ways to get rid of text. The easiest way to delete text is to select the text (see the section "Select (Text)" for details) and then press Delete or Backspace.

QuickMenus

Select the text to be deleted, click the selection with the second-ary mouse button (the right button if you're a right-handed mouser, or the left button if you're a left-handed mouser), and choose <u>D</u>elete from the QuickMenu.

Deletions à la keyboard

You can use any of the following keystrokes to delete text with the keyboard:

Keystroke	Deletion
←—Backspace	Character to the left of the insertion point
Delete	Character or space the insertion point is on
Ctrl+Backspace	Word the insertion point is on, including the space after the word
Home, Backspace	Left from the insertion point to the beginning of a word
Ctrl+Delete	From the insertion point to the end of the current line

More stuff

Don't forget the Undelete command from the Edit menu (press Ctrl+Shift+Z) or the Undo command (press Ctrl+Z) for those times when you make a boo-boo and blow away text you shouldn't have.

For more information about this command, see Chapter 4 of *WordPerfect For Windows For Dummies.*

Document Information

Gives you oodles of statistics about your document, such as the number of characters, words, lines, sentences, and paragraphs it contains as well as the average word length and number of words per sentence.

Pull-down menu

```
Document Info - Display word count and other information about the current document
File  Edit  View  Insert  Layout  Tools  Graphics  Table  Window  Help
  New            Ctrl+N
  Template...    Ctrl+T
  Open...        Ctrl+O
  Close          Ctrl+F4
  Save           Ctrl+S
  Save As...     F3
  QuickFinder...
  Master Document      ▶
  Compare Document     ▶
  Document Summary...
  Document Info...
```

Document Summary

Lets you add lots of different kinds of information about the document, including such stuff as a descriptive filename (rather than that cryptic DOS monstrosity) and file type (such as memo or report), the author and typist's name, and the document subject.

You then can use this information later to locate the document in the Open File dialog box (see the section "Open (File)" for details).

Pull-down menu

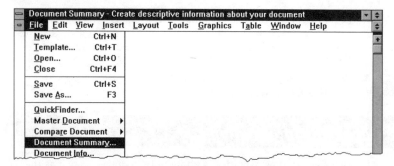

The Document Summary dialog box

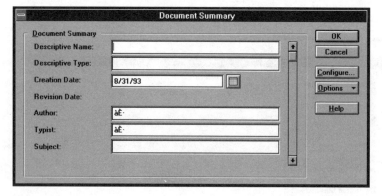

Option or Button	*Function*
Descriptive Name	Enables you to enter a long name for a file. You can list and sort files by their descriptive names in the Open File dialog box and the Save As dialog box. Choose the Setup button and then choose Descriptive Name, Filename as the Show option in the Open/ Save As Setup dialog box.
Descriptive Type	Lets you enter a classification or category for a document, such as *legal brief* or *contract.* You can sort files in the Open File and Save As dialog boxes by choosing the Setup button; then choose Descriptive Type as the Sort By option in the Open/ Save As Setup dialog box.
Creation Date	Indicates the date the document was created. WordPerfect for Windows automatically enters in this text box the date you create the document summary. If the date that is entered is not the date you created the document, click the Calendar button to the right of this text box and choose the correct date in the pop-up calendar. Click the single triangle to increase or decrease the month, and the double triangles to increase or decrease the year.
Revision Date	Indicates the date the document was last revised. WordPerfect for Windows automatically enters in this text box the date you create the document summary (which you cannot change).
Author	Identifies the document's author. Choose the Extract Information From Document button (from the pop-up menu attached to the Options button) to enter the name or initials of the author from the last document summary you created.
Typist	Identifies the document's typist. By using the Extract Information From Document button (from the pop-up menu attached to the Options button), you can enter the name or initials of the typist from the last document summary you created.

Subject	Identifies the subject of the document. Use the Extract Information From Document button (from the pop-up menu attached to the Options button) to enter the first part of the document text that follows the word or phrase identified as the Subject Search Text (RE: is used by default) in the Document Summary Preferences dialog box.
Account	Identifies the account number for the document.
Keywords	Lets you add terms you can search for later by using the QuickFinder button in the Open File dialog box.
Abstract	Lets you add a brief synopsis of the document's contents; use the Extract Information From Document button from the pop-up menu attached to the Options button to enter the first part of the document text as the document summary abstract.
Configure	Lets you choose which fields are included in the document summary.
Options	Lets you print or delete the summary, extract information according to particular fields of the summary, or save the summary in a separate file.

More stuff

You can edit a document summary from anywhere in the document by choosing the Document Summary command from the File menu. You can use the QuickFinder button in the Open File dialog box to locate documents quickly by searching their summary information.

For more information about this command, see Chapter 20 of *WordPerfect For Windows For Dummies.*

Double Indent

Indents the current paragraph one tab stop on both the left and right sides, without making you go through the trouble of changing the left and right margins.

Pull-down menu

```
Double Indent - Indent the current paragraph an equal distance from both margins
File   Edit   View   Insert   Layout   Tools   Graphics   Table   Window   Help
                        Font...          F9
                        Line                ▶
                        Paragraph                    Format...
                        Page                          Border/Fill...
                        Document
                        Columns                       Indent                    F7
                                                      Hanging Indent       Ctrl+F7
                        Header/Footer...              Double Indent Ctrl+Shift+F7
                        Watermark...                  Back Tab
```

For keyboard kronies

Ctrl + Shift + F7

Using double indent

The Double-Indent feature lets you use a single command to indent a paragraph of text on both sides. (For this reason, it is also known as a left-right indent.) Before you use this command, you must position the insertion point at the beginning of the paragraph, and WordPerfect for Windows must be in Insert mode. (Make sure that Typeover has replaced the Insert on the status bar.)

More stuff

When you use Double Indent, WordPerfect for Windows puts a [Hd Left/Right Ind] secret code in the text at the insertion point's position. To return the paragraph to its original layout, open the Reveal Codes window and zap this code by selecting the code and dragging it from the window, pressing Backspace over it, or placing the cursor to the left of the code and pressing Delete.

Double Indent is only one of the incredible paragraph-alignment tricks in WordPerfect for Windows. For more options, see also the sections "Hanging Indent" and plain old "Indent."

For more information about this command, see Chapter 9 of *WordPerfect For Windows For Dummies.*

Draft View

Displays your document without the top and bottom margins and without such special stuff as headers, footers, page numbers, or footnotes that show up in the top and bottom margins.

Pull-down menu

View Draft - Display the document with...

File	Edit	View	Insert	Layout	To
		√ Draft		Ctrl+F5	

For keyboard kronies

Ctrl + **F5**

More stuff

Switch to draft view when you want to get the maximum amount of text on-screen for editing. Switch to page view when you want to see the relationship between the body text and the top and bottom margins or when you want to see special elements, such as headers and footers, on-screen.

See also the sections "Page View," "Two Page View," and "Zoom."

For more information about this command, see Chapter 10 of *WordPerfect For Windows For Dummies*.

Drag and Drop (Text)

Allows you mouse maniacs to move or copy selected text to a new place in the document. Just drag the selection to its new position and then drop it in place by releasing the mouse button.

Moving and copying a block with drag-and-drop

To move text with the drag-and-drop feature, select the text you want to move. You can select text by clicking on it or by dragging through it. You can also select it with the cursor-movement keys. See the section "Select (Text)" for details.

After the text is selected, position the mouse pointer somewhere within the selection and hold down the mouse button. Drag the mouse pointer to the new place in the document where you want the block to appear. As you drag the mouse pointer, a small rectangle appears, which indicates that the drag-and-drop process is happening. Then release the mouse button to insert the block of text in its new position in the document.

You can select the current word by double-clicking it; the sentence by triple-clicking it; and the paragraph by quadruple-clicking it.

To copy selected text rather than move it, follow the same procedure just described, but press and hold Ctrl as you drag the selected block of text.

Envelope

Lets you quickly address an envelope for a letter that's in the document editing window. When you use the Envelope feature, WordPerfect for Windows locates the mailing address in the letter and automatically copies it to the Mailing Addresses area of the Envelope dialog box.

Pull-down menu

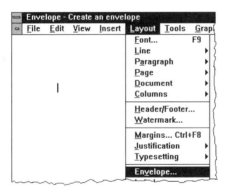

For mouse maniacs

If necessary, display the current button bar by choosing Button Bar from the View menu or by clicking 🖳 on the power bar. If the WordPerfect for Windows button bar is not the current button bar, select it from the button bar QuickMenu by clicking the button bar with the secondary mouse button (the right button if you're a right-handed mouser, or the left button if you're a left-handed mouser). Then click the Envelope button.

The Envelope dialog box

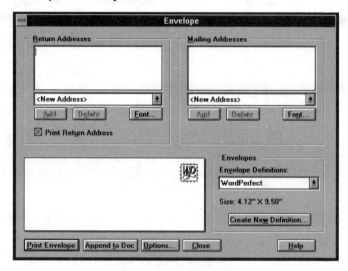

Option or Button	Function
Return Addresses	Lets you enter or edit the return address to be printed on the envelope. To select a return address you have added to the list, click the drop-down button to the right of the text box that contains <New Address> and select the address in the pop-up list. To add to this list the address you just typed, choose the Add button. To choose a new font, font size, and attributes for your address, choose Font.
Mailing Addresses	Lets you edit the mailing address that was chosen from the letter which appears in the current document window or enter a mailing address if none can be located in the current document. To choose a mailing address you have added to the New Address list, click the drop-down button to the right of the text box that contains <New Address> and make your selection from the pop-up list. To add the mailing address you typed or that WordPerfect for Windows entered in the Mailing Addresses text box, choose the Add button. To choose a new font, font size, and attributes for your address, choose Font.

Print Return Address   Prints on the envelope the address shown in the Return Addresses text box. If you're using envelopes that have your return address preprinted on them, choose this option to remove the X from its check box and make sure that no return address is printed.

Envelope Definitions   Lets you choose the envelope size you want to use. The 4.12-inch-×-9.5-inch business envelope is selected by default.

Create New Definition   Lets you create a new envelope definition if WordPerfect for Windows lacks one for the envelope you're using.

Print Envelope   Prints the envelope by using the information in the Envelope dialog box.

Append to Doc   Inserts the envelope as a separate page tacked on to the end of the document in the current document window.

 Options   Lets you adjust the position of the return and mailing addresses on the envelope. Also lets you choose to have the ZIP code in your mailing address printed as a POSTNET bar code on the envelope (see the "Bar Codes" section).

More stuff

 When you choose the Append to Doc button, which tacks the envelope to a new page at the bottom of your document, WordPerfect for Windows inserts a bunch of secret codes at the top of that page for formatting your new envelope. These codes include [Lft Mar], [Rgt Mar], [Top Mar], [Bot Mar], [Just], [Paper Sz/Typ], [VAdv], and [Bar Code].

For more information about this command, see Chapter 19 of *WordPerfect For Windows For Dummies*.

Exit WordPerfect

Quits WordPerfect for Windows and returns you to wherever you started the program (to either the Windows Program Manager or the File Manager).

Pull-down menu

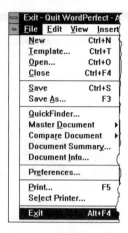

For keyboard kronies

More stuff

When you choose the E<u>x</u>it command from the <u>F</u>ile menu and have documents open that contain edits you have not saved, a message dialog box appears for each of the unsaved documents and asks whether you want to save the changes. To save the document, choose <u>Y</u>es. To abandon the changes, choose <u>N</u>o. (First be sure that you really, really don't want the information.)

Feature Bars

Bars that appear at the top of the program window when you begin performing a particular task in WordPerfect for Windows (such as creating a table or merging a data file and a form file). Each feature bar contains a series of buttons that either you keyboard kronies or you mouse maniacs can use to do things related to the task at hand.

QuickMenus

Click the feature bar with the secondary mouse button (the right button if you're a right-handed mouser, or the left button if you're a left-handed mouser) to display a list of all the feature bars included in WordPerfect for Windows. Then, to display a new feature bar, type the mnemonic key (the underlined letter) in the feature-bar name or click the feature-bar name in the list. Feature-bar names that appear dimmed in the list cannot currently be displayed.

Working the bars (feature bars, that is)

To use the mouse to select a button on a feature bar, simply click the button with the primary mouse button.

To select a feature-bar button with the keyboard, press Alt+Shift+*the button's mnemonic letter* (the underlined letter). To choose <u>C</u>lose and close the displayed feature bar, for example, you press Alt+Shift+C.

More stuff

To find out what a particular button on a feature bar does, position the mouse pointer on the button and WordPerfect for Windows displays its function on the program window's title bar.

For more information about this command, see Chapter 10 of *WordPerfect For Windows For Dummies*.

Find and Replace

Lets you quickly locate certain text or secret codes in a document. If you use the Replace command, you can have WordPerfect for Windows replace the search text with other text, either on a case-by-case basis or globally throughout the entire document.

Pull-down menu

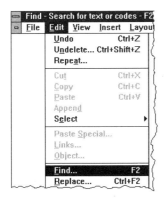

For keyboard kronies

To search for text or codes, press

To find the next occurrence of the search text, press

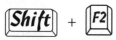

To replace text or codes, press

The Find Text dialog box

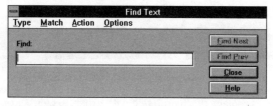

Menu/Option/Button	Function
Type	Lets you choose between searching for Text (the default) or Specific Codes; if you choose Specific Codes, you can select the secret code and enter the setting you want to search for (such as Find Font Size 12p)
Match	Lets you search for whole words only, specify an exact case match, search for text in a particular font or attribute, or search for secret codes
Action	Lets you choose between selecting the match (the default), placing the insertion point before or after the match, or extending the selection from the match
Options	Lets you choose between starting the search at the beginning of the document, continuing the search from the beginning

of the document as soon as the program reaches the end, limiting the search to the current selection, or including header and footer text in the search (the default)

F**i**nd	Lets you enter the search text or secret codes you want to locate in the document
Find Next	Allows you to search for the next occurrence of the search text or secret codes
Find **P**rev	Lets you search for the previous occurrence of the search text or secret codes

The Find and Replace dialog box

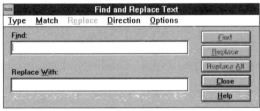

Menus/Options/Buttons	Function
Type	Lets you choose between searching and replacing Te**x**t (the default) or **S**pecific Codes; if you choose **S**pecific Codes, you can then select the secret code and enter the setting you want to search for, such as Bottom Margin 1.5", and the setting you want to replace it with, such as Bottom Margin 2"
Match	Lets you search for whole words only, specify an exact case match, search for text in a particular font or attribute, or search for secret codes
R**e**place	Lets you replace whole words only, text in a particular font or attribute, or certain secret codes
Direction	Lets you choose between a forward or backward search-and-replace operation
Options	Lets you choose from among the following: starting the search and replace operation at the beginning of the document, continuing the operation from the beginning of the document as

soon as the program reaches the end, limiting the search to the current selection, including header and footer text in the search-and-replace operation (the default), and limiting the replacements to a specific number of times

F<u>i</u>nd

Lets you enter the search text or insert the secret codes to be replaced in the document

Replace <u>W</u>ith

Lets you enter the text or secret codes that replace the search text or codes in the document

<u>F</u>ind

Locates the next occurrence of the search text or codes in the document

<u>R</u>eplace

Replaces with the replacement text or codes the search text or codes currently located in the document

Replace <u>A</u>ll

Replaces with the replacement text or codes all occurrences of the search text or codes in the document

More stuff

If you ever mess up and replace a bunch of text or secret codes with the wrong stuff, immediately close the Find and Replace dialog box before you do anything else to the document. Then choose the <u>U</u>ndo command from the <u>E</u>dit menu or press Ctrl+Z to put the text back to the way it was.

For more information about this command, see Chapter 5 of *WordPerfect For Windows For Dummies*.

Flush Right

Aligns a short line of text flush with the right margin.

Pull-down menu

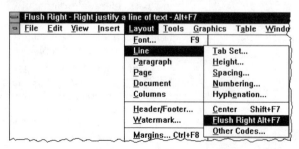

For keyboard kronies

 + [F7]

QuickMenus

Position the insertion point in front of the first character of the line to be flush right. Then click the secondary mouse button (the right button if you're a right-handed mouser, or the left button if you're a left-handed mouser) and choose Flush Right from the QuickMenu.

Flush right away

Position the insertion point at the beginning of the single line of text you want aligned with the right margin. (The line must be terminated with a hard return.) Then press Alt+F7.

To align a new line of text with the right margin, press Alt+F7, type the text, and press Enter. The insertion point returns to left margin as soon as you press Enter.

To right-align several short lines of text at one time, select the lines and press Alt+F7.

More stuff

When you use Flush Right to right-align a single line of text, WordPerfect for Windows inserts a [Hd Flush Right] code at the beginning of the line. When you select several short lines in a row and use Flush Right to right-align them, WordPerfect for Windows encloses the text in a pair of [Just> and <Just] codes that turn right justification on and off. To return to normal left justification at any time, simply get rid of the [Hd Flush Right] secret code or either the [Just> or <Just] code in the Reveal Codes window.

 You can also right-align text by changing the justification of the document from the normal left justification to right justification. For more information about this method, see the "Justification" section.

 For more information about this command, see Chapter 9 of *WordPerfect For Windows For Dummies*.

Font

Lets you choose a new font, font size, text color, appearance, or relative size attribute.

Pull-down menu

```
Font - Change the appearance of printed characte
File   Edit   View   Insert   Layout   Tools   Gra
                               Font...            F9
                               Line
```

For keyboard kronies

QuickMenus

Click the text selection with the secondary mouse button (the right button if you're a right-handed mouser, or the left button if you're a left-handed mouser) and choose Font from the QuickMenu.

For mouse maniacs

To choose a new font for your document, click FFF on the power bar and then choose from the drop-down list the font you want to use.

To choose a new font size, click A on the power bar and then choose the new size (in points) from the drop-down list.

The Font dialog box

WordPerfect for Windows lets you change the text font, font size, appearance, position, relative size, and color all in one operation by using the Font dialog box. Before changing a font or its attributes, be sure to position the insertion point at the beginning of the text where the change is to take place.

If you want to apply the font or font attribute to only a portion of the text (such as a heading), first select the text (see the "Select Text" section) and then choose your options in the Font dialog box.

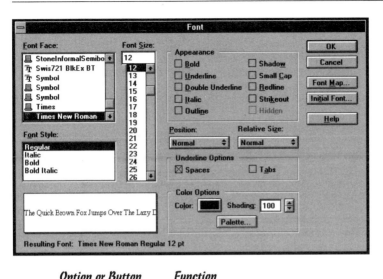

Option or Button	Function
Font Face	Lets you choose a new font from the list.
Font Size	Lets you choose from the scroll window a new point size for the font. If you're using a laser printer that can scale your font to create new sizes, such as an HP LaserJet III or an Apple LaserWriter, you can type the point size in the Font Size text box if the size you want to use isn't listed.
Font Style	Enables you to choose between Regular, Italic, Bold, and Bold Italic for the font you have selected in the Selection window.
Appearance	Provides multiple appearance options for the font you have chosen, including Bold, Underline, Double Underline, Italic, Outline, Shadow, Small Cap, Redline, and Strikeout.
Position	Lets you choose between Normal, Superscript, and Subscript as the vertical position of the font you have selected.
Relative Size	Enables you to choose a new size for your font (Fine, Small, Normal, Large, Very Large, and Extra Large), which is based entirely on a set percentage of the size of the initial font. Large is 120 percent bigger than Normal, for example. If the initial font for your printer is 10-point Courier, choosing Large gives you 12-point Courier because this size is 120 percent of the 10-point initial font.

Underline Options	By default, when you're underlining in WordPerfect for Windows, the program underlines the spaces between words. To remove underlining from the spaces, choose Spaces to remove the X from its check box. To add underlining between tabs, choose Tabs to put an X in its check box.
Color Options	Lets you specify a new color or shading for the font you have selected. To choose a new color, click the Color button and then choose the color from the pop-up color palette. To choose a new shading for the color, choose Shading and enter a new percentage in the text box. To define a custom color for the color palette, choose the Palette button and then define the new color in the Define Color Printing Palette dialog box.
Font Map	Choose this button if you want to change the fonts that are automatically selected when you choose a new Relative Size option. (See "Relative Size" in this table.)
Initial Font	Choose this button if you want to change the font face, size, and style that are automatically selected for every new document you create for the current printer.

More stuff

The new font face, size, style, and attributes you choose stay in effect from the insertion point's position at the time of the change until you turn them off.

To turn off a font change, you must choose the original font in the Font dialog box. This box appears as a pop-up list when you click FFF on the power bar. To turn off a size change, you must select the original size in the Font dialog box or in the pop-up list that appears when you click ⁞A on the power bar.

To turn off a color change, you must select the original color (usually black) in the Color Options area of the Font dialog box. To turn off appearance changes, open the Font dialog box and deselect all the Appearance options. To turn off a relative size change, select the Normal setting for the Relative Size option in the Font dialog box. You can also turn off such appearance attributes as bold, italics, and underlining by choosing that attribute again. Either press Ctrl+B, Ctrl+I, or Ctrl+U or click B , I , or U on the power bar.

Keep in mind that if you select your text (see the "Select (Text)" section for details) and then make any of the changes offered in the Font dialog box, WordPerfect for Windows automatically turns off these attributes at the end of the selection. This way, you don't have to remember to do it yourself.

For more information about this command, see Chapter 8 of *WordPerfect For Windows For Dummies.*

Footnotes and Endnotes

Lets you add footnotes, which appear throughout the text at the bottom of every page, or endnotes, which are grouped together at the end of the document. WordPerfect for Windows automatically numbers both types of notes so that you don't have to drive yourself crazy renumbering the darn things by hand when you have to add a note or take one out.

Pull-down menus

When you're working with footnotes, choose

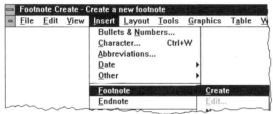

When you're working with endnotes, choose

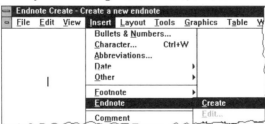

Creating a footnote or endnote

To create a footnote or an endnote in the text of your document, follow these steps:

1. Position the insertion point in the text where you want the footnote or endnote reference number to appear.

2. Choose Footnote or Endnote from the Insert menu and then choose Create. WordPerfect for Windows inserts the number of the footnote or endnote in the document and positions the insertion point at the bottom of the page (for footnotes) or the end of the document (for endnotes). At

the same time, WordPerfect for Windows displays the
Footnote/Endnote feature bar at the top of the page and
below the power bar.

3. Type the text of the footnote or endnote and then choose
the Close button on the Footnote/Endnote feature bar.
When you're entering the text for your note, you can use
the WordPerfect for Windows pull-down menus to select
the editing and formatting commands you need in order to
edit the text, including the Speller and Thesaurus.

To edit the text in a footnote or endnote, choose the Footnote or
Endnote command from the Insert menu or in the Notes dialog
box. Select Edit and enter the number in the Edit Footnote or Edit
Endnote dialog box of the footnote or endnote to which you want
to make changes. The program then positions the insertion point
at the beginning of the note text so that you can make your
editing changes. When you're finished editing, choose the Close
button on the Footnote/Endnote feature bar.

Changing the footnote or endnote numbering

WordPerfect for Windows automatically numbers your footnotes
and endnotes and starts with the number 1. You can restart the
numbering of your footnotes or endnotes at a particular place in
the document (at a section break, for example) if you want. Just
position the insertion point in front of the first footnote or
endnote number in the text to be renumbered. (To renumber all
the footnotes or endnotes in your document, move the insertion
point to the beginning of the document.) Then choose Footnote
or Endnote from the Insert menu and choose New Number to
open the Footnote Number or Endnote Number dialog box.

To increase the note number by one, choose the OK button in the
Footnote Number or Endnote Number dialog box with the
Increase radio button selected (as it is by default). To decrease
the note number by one, choose the Decrease radio button
instead and then choose OK. To enter a nonconsecutive number,
choose New Number and enter the number in its text box before
you choose OK.

More stuff

When you create a footnote or endnote in the document, its
reference number appears in document text and a [Footnote]
or [Endnote] secret code is inserted in the Reveal Codes
window. To get rid of a bogus footnote or endnote, you can
simply press Backspace over this reference number in the text.
(You don't have to take the time to open the Reveal Codes
window and kick out the [Footnote] or [Endnote] secret
codes.) WordPerfect for Windows then removes the reference
number along with the footnote or endnote text.

For more information about this command, see Chapter 26 of
WordPerfect For Windows For Dummies.

Go To

Moves the insertion point to a specific place in the document, such as its last position in the text or the top of a particular page.

Pull-down menu

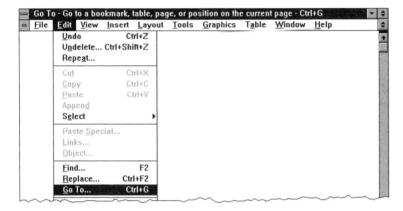

For keyboard kronies

$$Ctrl + G$$

Go to it

You can choose to move the insertion point to its last known position, to the top or bottom of the current page, or to a particular page number or bookmark. (See the "Bookmark" section for information about creating bookmarks.)

To move the insertion point to a particular position, choose Go To from the Edit menu. Choose the Position radio button in the Go To dialog box and then select the specific position in the list box (Last Position, Top of Current Page, or Bottom of Current Page).

To move the insertion point to the beginning of a particular page, choose the Page Number radio button and then enter or select the page number in its text box.

To move the insertion point to a particular bookmark, choose the Bookmark radio button. Then type the name of the bookmark in its text box or select the bookmark's name in the drop-down list.

More stuff

If you're working with a WordPerfect for Windows table, you can move to other tables or to particular cells within a table by using the Go To feature. See the "Tables" section for information about creating tables and to find out about cells.

Graphics (Boxes)

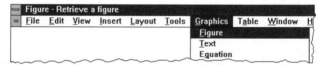

Lets you dress up a document with clip art, charts, graphs, and scanned photographs, and with special elements, such as sidebar text and equations.

Pull-down menu

```
Figure - Retrieve a figure
File   Edit   View   Insert   Layout   Tools   Graphics   Table   Window   H
                                                Figure
                                                Text
                                                Equation
```

QuickMenus

To display the Graphics QuickMenu, click a graphics box with the secondary mouse button (the right button if you're a right-handed mouser, or the left button if you're a left-handed mouser) to both select the box and display the menu. The Graphics QuickMenu contains lots of useful commands that let you do neat things, such as add captions, edit selected graphics, and change borders and fill patterns in the graphics box. It also lets you change the way text wraps in relation to the graphics box.

Retrieving an image

To retrieve into your document a piece of clip art or a scanned image that's saved in a disk file, position the insertion point at the place in the document where you want the image to appear. Choose Figure from the Graphics menu and enter the filename in the Insert Image dialog box. Then choose OK or press Enter.

WordPerfect for Windows puts the image in a figure box that's attached to the current paragraph. At the same time, the program displays the graphics box feature bar. This image still is selected (indicated by the sizing handles — those little, black squares — that appear around the borders of the graphics box).

Little boxes

When you retrieve an image into your document, as outlined in the preceding section, WordPerfect for Windows puts the graphics file in a *figure box*. This box uses a single-line border. In addition to a figure box, WordPerfect for Windows offers a host of other box styles from which you can choose, each of which offers a slightly different option.

To choose another type of graphics box for the image you have added, choose Style on the graphics box feature bar while the figure box is still selected (while those little sizing jobbers are visible).

WordPerfect for Windows then opens a Box Style dialog box, in which you can choose from the following styles:

Style	*Function*
Figure	The default that puts a single-line border around the box.
Text	Puts a heavy line at the top and bottom of the graphics box. This type of graphics box appears when you choose the Text command from the Graphics menu to create a sidebar that contains a table or some text.
Equation	Does not use any type of borders. You get this type of graphics box if you're smart enough to set an equation by using the Equation command from the Graphics menu and then use (gulp!) the WordPerfect for Windows Equation Editor.
User	Puts a heavy border around the graphics box (which is a little too much for most graphic images, if you ask me).
Button	Puts the image in a graphics box that resembles a sculptured button like the one you would see on the power bar. This style is fine if your image or text is supposed to appear as though it were inside a button (but it might not be so appropriate if the image is of your boss — he might think that you're implying he's some sort of buttonhead!).
Watermark	Puts the image in a graphics box with no borders and makes it ghostlike (light gray) so that you can read regular text on top of it. (This style is perfect for Halloween.)
Inline Equation	Puts the image without any borders inside a paragraph, as though it were text (big text, unless you resize the graphic image to make it tiny). This graphics box style was created to make it possible for egghead mathematicians and scientists, who write papers about Diderhoff's Theorem and the possible location of the Mars probe, to include fancy (and inscrutable) equations in the middle of text.

TIP

If the graphics box feature bar is no longer displayed on the screen, you can redisplay it by clicking the graphics box with the secondary mouse button and choosing Feature Bar from the QuickMenu. Notice that many times you don't have to redisplay the feature bar because the graphics box QuickMenu provides you with commands that are comparable to the feature bar's buttons.

Moving and sizing graphics boxes

After you have your graphics box in the document, you may find that you want to move the box around or make it bigger or smaller. If you're a mouse maniac, WordPerfect for Windows makes this process a snap. To move the box, just select it and drag it to its new position in the document. To resize the box, click it to make the sizing handles appear. Pick a sizing handle and begin dragging it until the box is the size and shape you want. Then release the mouse button.

This is one area in which mouse users have it all over keyboard users. If you want to move or resize a graphics box with the keyboard, you have to open the Box Position dialog box by choosing Position on the graphics box feature bar (or by choosing Position from the graphics box QuickMenu). Then you must enter the precise horizontal and vertical measurements for the graphics box in the Horizontal and Vertical text boxes, located under Position Box. (Believe me, it's much more fun to just drag the sucker around with the mouse!)

More stuff

To get rid of a graphics box, click the box to select it and press Delete to zap it out of existence.

You can play around with a graphics image inside its graphics box and move it, rotate it around, or change its size. To do so, select the graphics box and choose Tools if the graphics box feature bar is displayed (or choose Image Tools from the graphics box QuickMenu). The Tools palette is then displayed next to the graphics box. To see what each tool does, position the mouse pointer on the tool and read the description that appears on the title bar of the WordPerfect for Windows program window.

Graphics (Lines)

Lets you liven up your document with vertical or horizontal lines (also known in the design world as *rules*).

Pull-down menu

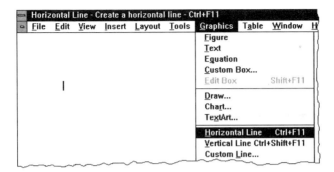

For keyboard kronies

To create a horizontal line, press

Ctrl + **F11**

To create a vertical line, press

Ctrl + **Shift** + **F11**

Toeing the line . . . .

WordPerfect for Windows makes it a snap to add a horizontal or
vertical line to your document. When you create a horizontal line,
the length of the line is as long as the left and right document or
column margins will allow. When you create a vertical line, the
line is as long as the current top and bottom margins will allow
(and is flush with the left margin of the document or column
you're working on).

To move the graphics line, click it and drag it to its new position
and release the mouse button. To change the length of the line,
drag one of the sizing handles located at each end of the line. To
change the thickness of the line, drag one of the sizing handles
located on the top or bottom of the midpoint of the line.

The Edit Graphics Line dialog box

If you need greater precision when you position or size the
graphics line (if you're a klutz with the mouse, in other words) or
you want to change the line's style or color, you must open the
Edit Graphics Line dialog box. You can either double-click the
graphics line to open the dialog box or choose Edit Line from the

Graphics pull-down menu. After changing all the settings that
have to be changed, choose OK to close the dialog box and
update the settings of the graphics lines in your document.

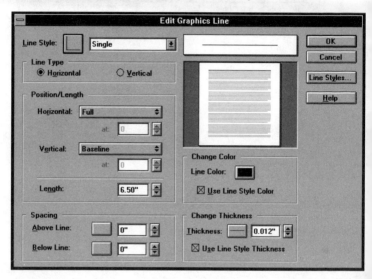

Option or Button	Function
Line Style	Lets you choose a new line style for the graphics line. Single is the default.
Line Type	Lets you choose between a Horizontal and Vertical graphics line.
Position/Length	Lets you define the horizontal or vertical positioning of the line or specify a new length. The Horizontal option defines how the line is positioned in relation to the left and right margins. If your line is horizontal, you can choose Set, Left, Right, Centered, or Full (the default). If your line is vertical, you can choose Set, Left (the default), Right, Centered, or Column Aligned. For either type of line, use Set to specify the distance between the line and the left edge of the page.
	The Vertical option defines the way the line is positioned in relation to the top and bottom margins. If your line is horizontal, you can choose between Set and Baseline (the default). If your line is vertical, you can choose Set, Top, Bottom, Centered, or Full (the default). For either type of line,

use Set to specify the distance between the line and the top edge of the page.

The Length option lets you specify the length of either type of line. This option excludes horizontal lines whose horizontal position is Full or vertical lines whose vertical position is Full.

Spacing	Lets you specify the amount of space above and below a horizontal graphics line or between the margin and a left- or right-aligned vertical graphics line.
Change Color	Lets you specify a new color for the line.
Change Thickness	Lets you specify the thickness of the graphics line.
Line Styles	Lets you choose a new line style by name (rather than from a palette — see "Line Style" in this table) or create a custom style of your own.

More stuff

To get rid of an unwanted graphics line, click the line to select it (all those sizing jobbers appear) and then press Delete to zap it back to where it came from.

Hanging Indent

Sets off the first line of an indented paragraph by releasing it to the left margin.

Pull-down menus

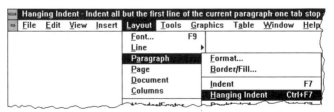

For keyboard kronies

More stuff

Be sure that the insertion point is at the beginning of the first line of the paragraph before you choose the Hanging Indent command.

For other indenting possibilities with WordPerfect for Windows, see also the sections "Double Indent" and "Indent."

For more information about this command, see Chapter 9 of *WordPerfect For Windows For Dummies.*

Header/Footer

Adds to the document a *header*, which prints the same information at the top of each page, or a *footer*, which prints the same information at the bottom of each page.

Pull-down menu

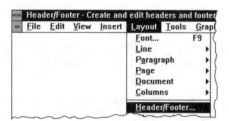

QuickMenus

Click the area at the very top or bottom of the document window when WordPerfect for Windows is in page view and choose Header/Footer from the QuickMenu.

Creating a header or footer

WordPerfect for Windows lets you create two different headers and two different footers within a document. You can have one header on all even pages and another on all odd pages, for example. To create a header or footer for the document, follow these steps:

1. Position the insertion point somewhere on the first page of the document where you want the header or footer to appear. If you want the header or footer to appear on every page of the document, make sure that your insertion point is on page one. If you don't want the header or footer to appear on the first page, make sure that your insertion point is on page two (or whichever page the header or footer appears on first).

2. Choose the <u>L</u>ayout menu and then select the <u>H</u>eader/Footer command. This step opens the Headers/Footers dialog box.

3. To create a header, choose the Header <u>A</u> option. To create a footer, choose the <u>F</u>ooter A option. (You have to fool with the Header <u>B</u> or F<u>o</u>oter B options only when you add a second header or footer to a document.)

4. Choose <u>C</u>reate to position the insertion point at either the top or bottom of the page. This step also displays the Header/Footer feature bar.

5. Type the text for your header or footer.

6. Format the header or footer text with any of the WordPerfect for Windows formatting commands from the pull-down menus or from the buttons on the power bar.

7. To add a page number to your header or footer, choose Nu<u>m</u>ber on the Header/Footer feature button bar. Then choose <u>P</u>age Number in the drop-down list.

8. To add a graphics line to the header or footer (see the section "Graphics (Lines)"), choose <u>L</u>ine on the header/footer feature bar. Then define the line in the Create Graphics Line dialog box.

9. Normally, WordPerfect for Windows separates the body of the document from the header or footer text with 0.167 inch of space (12 points). If you want to increase or decrease this spacing, choose <u>D</u>istance on the header/footer feature bar and enter the new value in the Distance Between Text and Header or Distance Between Text and Footer text box. You can also select this new value with the up- and down-arrow buttons located to the right of this text box.

10. When you finish entering and formatting the header or footer text, choose <u>C</u>lose on the header/footer feature bar. This step hides the feature bar and returns you to the normal document window.

More stuff

When you create a header or footer, WordPerfect for Windows inserts at the top of the current page a [Header] or [Footer] secret code that identifies the letter of the header or footer. This code lets you know which header or footer (A or B) is on that page.

To see your header or footer on the screen, the program must be in page view.

To discontinue a header or footer from a certain page to the end of the document, position the insertion point on that page and open the Headers/Footers dialog box. Select the radio button for the particular Header or Footer (A or B) and choose <u>D</u>iscontinue.

To get rid of a header or footer from the entire document, go to the top of the first page on which it occurs and open the Reveal Codes window by pressing Alt+F3. Then zap the [Header] or [Footer] secret code by dragging it out of the Reveal Codes window or by backspacing over it.

WordPerfect for Windows also lets you create a watermark, which is sort of like a header or footer. It prints very lightly in the background so that the text in your document can still be read. See the "Watermark" section for details.

For more information about this command, see Chapter 10 of *WordPerfect For Windows For Dummies*.

Help

Provides help in using a particular WordPerfect for Windows feature when you're valiantly trying to figure out how to get the program to do what you want.

Pull-down menu

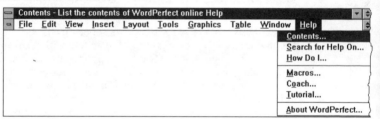

For keyboard kronies

To get general help, press

To get context-sensitive help, press

 + [F1]

The Help menu commands

The Help menu contains the following commands:

Command	Function
Contents	Displays the WordPerfect Help window with the contents of the on-line help. To

	choose a topic from the Help contents, click the underlined term in the contents list.
Search For Help On	Displays the Search dialog box, in which you can locate specific help information. Type the name of the feature in the Type a word list box or choose it from the list box. Then choose Show Topics to display all the help topics related to that feature. To get help on a particular topic, choose the particular topic in the Select a topic list box. Choose Go To or press Enter.
How Do I	Displays a list of common WordPerfect for Windows tasks in the How Do I Help window. These tasks are organized in the following categories: Basics, Basic Layout, Advanced Layout, Writing Tools, Graphics/Equations, Macros, and Merge. To get help with a particular task, click the underlined term in the How Do I Help window. When you're finished, choose Close to close the How Do I Help window.
Macros	Displays the Help window with the WPWin 6.0 Online Macros Manual. To get help with a particular macro topic, click the under-lined topic in this window.
Coach	Displays an alphabetic list of topics on which WordPerfect for Windows can coach you. To have the program coach you through performing a particular task, either double-click the task or click it and choose OK or press Enter.
Tutorial	Starts an on line tutorial divided into four lessons that teach you the basics of using WordPerfect for Windows. To begin a particular lesson, click the lesson to choose its radio button.
About WordPerfect	Displays the About WordPerfect dialog box, which contains a list of boring statistics about WordPerfect for Windows, such as your license number, the program's release date, and the amount of memory resources (virtual and real) that are available to your computer. The program also lets you edit the license number if someone (certainly not you) has entered it incorrectly while installing the program.

More stuff

To receive help in using a particular menu command or dialog
box option as you're trying to use the darn things, highlight the
command or open the dialog box and then press F1 (Help).
WordPerfect for Windows opens a Help dialog box that contains
information about the use of the command or the options in that
dialog box. Some dialog boxes also have a Help button you can
use in place of F1.

For more information about this command, see Chapter 2 of
WordPerfect For Windows For Dummies.

Hide Bars

Removes all the bars from the screen, including the title bar,
menu bar, power bar, button bar, ruler bar, scroll bars, and status
bar. You see only the document text and graphics.

Pull-down menu

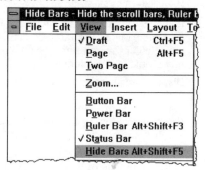

For keyboard kronies

To hide all the bars on the screen, press

Alt + **Shift** + **F5**

To redisplay all the hidden bars on the screen, press

Esc

or press

Alt + **V**

Then choose <u>H</u>ide Bars from the <u>V</u>iew pull-down menu.

More stuff

When you choose this command, WordPerfect for Windows displays the Hide Bars Information dialog box. This box lets you know that you're about to hide all the bars in the WordPerfect for Windows program and document windows (including the all-important menu bar). The box also tells you how to bring the bars back. To get rid of the bars, choose OK or press Enter. If you don't want to be bothered with the display of this dialog box, choose the Disable This Message Permanently option to put an X in its check box.

In page view, what you see is more or less what you get when you print the document.

Hypertext

Lets you jump to a bookmark elsewhere in the same or even a different document (see the "Bookmark" section) or run a favorite macro (see the "Macros" section).

Pull-down menu

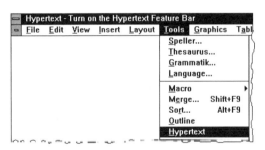

The Hypertext feature bar

Button	Function
Perform	Jumps to the bookmark associated with the hypertext link (or runs the macro you have associated with the link)
Back	Takes you from the bookmark where the cursor lies to the hypertext link you just came from
Next	Takes you to the next hypertext link in the document
Previous	Takes you to the previous hypertext link in the document
Create	Lets you create a link to a particular bookmark that exists in this or another document or to a

macro you want to run; when you create a link to a
bookmark or macro, you can also indicate whether
the text with the hypertext link should appear as
underlined text in another color or in a button that
is sculptured

Edit	Lets you edit a particular hypertext link
Delete	Lets you get rid of a particular hypertext link
Deactivate	Lets you activate the Hypertext feature in your document so that you jump to and return from a linked bookmark or run a linked macro
Style	Lets you monkey with the style used to display a hypertext link in a document
Close	Hides the Hypertext feature bar

More stuff

Before you can create a hypertext link, you must create the
bookmarks (see the "Bookmark" section) or macros (see the
"Macros" section) to which you want to link. Then you must
select the text you want to designate as the hypertext link. This
text activates the link to the bookmark or macro.

After you create a hypertext link, you can jump to the linked
bookmark or run the macro by clicking the (hyper)text button or
choosing Perform on the hypertext feature bar.

To return to the hypertext after you have jumped to a bookmark
either in the current or a different document, choose Back on the
hypertext feature bar.

If you click a Hypertext link and nothing happens (no jump, no
macro, no nothing!), the Hypertext feature has been deactivated.
To reactivate it, open the hypertext feature bar and click Activate
(which then turns into Deactivate).

For more information about this command, see Chapter 26 of
WordPerfect For Windows For Dummies.

Hyphenation

Automatically hyphenates words in a paragraph to reduce the
raggedness of the right margin (when you're using left justification) or the white space between words in the lines (when you're
using full justification).

Pull-down menu

| Hyphenation - Specify hyphenation options |
| File Edit View Insert Layout Tools Graphics Table Window |

```
                          Font...           F9
                          Line                    Tab Set...
                          Paragraph                Height...
                          Page                     Spacing...
              |           Document                 Numbering...
                          Columns                  Hyphenation...
```

Using the Hyphenation feature

To have WordPerfect for Windows automatically hyphenate the words in your document according to the program's dictionary, follow these steps:

1. Position the insertion point at the place in the document where you want to turn hyphenation on. To hyphenate the entire document, press Ctrl+Home, which moves the insertion point to the beginning of the document.

2. Choose Line from the Layout menu and then choose Hyphenation.

3. Select Hyphenation On to put an X in its check box and then choose OK or press Enter. WordPerfect for Windows inserts the [Hyph] code in the document and from that point on hyphenates the document as required by the hyphenation zone.

   As you add text from the insertion point's position or scroll through the document, WordPerfect for Windows displays the Position Hyphen dialog box. This box prompts you to confirm its suggested hyphenation of the word (if that word isn't in the spelling dictionary).

4. To accept the position of the hyphen as it is displayed in the Position Hyphen dialog box, select Insert Hyphen. To reposition the hyphen in the word, use the mouse or the arrow keys to position the hyphen in the proper place and then choose Insert Hyphen. To insert a space rather than a hyphen, choose Insert Space. To insert a hyphenation soft return to break the word without inserting a space, choose Hyphenation SRt. To temporarily suspend the hyphenation (so that you can do something else, such as scroll the text or check its spelling), choose Suspend Hyphenation. To have WordPerfect for Windows wrap the entire word to the next line rather than break the word with a hyphen, space, or hyphenation soft return, choose Ignore Word.

5. To turn off hyphenation at the beginning of the paragraph that contains the insertion point, choose Line from the Layout menu and then choose Hyphenation. Remove the X from the Hyphenation On check box and choose OK or press Enter. From this point on, WordPerfect for Windows simply wraps around to the next line the words that extend beyond the right margin.

More stuff

WordPerfect for Windows inserts a [Hyph] secret code in the document where you turn on hyphenation. When WordPerfect for Windows prompts you to hyphenate a word and instead you choose Ignore Word, the program inserts a [Cancel Hyph] secret code in the document. This code appears in front of the word that's not hyphenated and wraps the word to the next line.

WordPerfect for Windows maintains a hot zone, made up of the left and right hyphenation zones, that determines when a word is up for hyphenation. To be a candidate for hyphenation, a word must begin within the left zone and then extend beyond the right zone. To change how often WordPerfect for Windows bugs you to hyphenate words, you can monkey around with the size of the left and right zones. To do so, open the Line Hyphenation dialog box and change the percentages in the Percent Left and Percent Right text boxes. Increasing the zone percentages hyphenates fewer words and decreasing the percentages hyphenates more words.

For more information about this command, see Chapter 9 of *WordPerfect For Windows For Dummies*.

Indent

Moves the left edge of an entire paragraph one tab stop to the right, which creates an indent that sets the paragraph off from normal text.

Pull-down menu

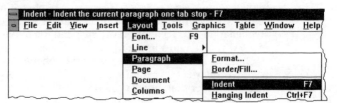

For keyboard kronies

QuickMenus

Position the insertion point in front of the first character in the line to be indented. Then click the secondary mouse button (the right button if you're a right-handed mouser, or the left button if you're a left-handed mouser) and choose Indent from the QuickMenu.

More stuff

When you indent a paragraph, WordPerfect for Windows inserts a [Hd Left Ind] secret code at the insertion point's position in the line. To remove an indent you insert by accident, open the Reveal Codes window and zap this [Hd Left Ind] jobber.

Also, be sure that the insertion point is at the very beginning of the paragraph before you indent it.

For information about the other types of indents that are possible with WordPerfect for Windows, see also the sections "Double Indent" and "Hanging Indent."

For more information about this command, see Chapter 9 of *WordPerfect For Windows For Dummies.*

Insert Filename

Lets you insert the document's filename (with or without its inscrutable pathname) into your document. You can use this nifty feature to add the filename to your header or footer so that you can cross-reference the printout with its disk file.

Pull-down menu

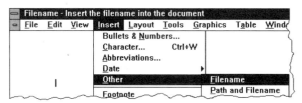

Insert the filename

To insert just the filename of your document, choose Other from the Insert pull-down menu and choose Filename from the cascading menu. To insert the filename plus its entire directory path (starting with C: or whatever the heck the drive letter is), choose Path and Filename from this cascading menu instead.

More stuff

WordPerfect for Windows inserts into the document a [Filename] secret code that produces the filename (with or without the directory path). The program automatically updates the filename if you rename the document with the Save As command from the File menu. You can even use this feature to insert the filename command before you initially save the document with a filename. The place where [Filename] exists in the document remains blank until you name and save the file. When you finally save it — presto! — the filename magically appears in the document where the [Filename] code is.

Insertion Point

Before you edit the text of your document, you have to position the insertion point in the correct place. WordPerfect for Windows restricts insertion-point movement to the existing text in a document and never lets you move it beyond the last character in a document.

Moving the insertion point with the keyboard

WordPerfect for Windows offers a variety of ways to move the insertion point with the keyboard, as shown in this table:

Keystrokes	Where Insertion-Point Moves
←	Next character or space to the left
→	Next character or space to the right
Ctrl+←	Beginning of next word to the left
Ctrl+→	Beginning of next word to the right
Ctrl+↑	Beginning of current or previous paragraph
Ctrl+↓	Beginning of next paragraph
Home	Left edge of current screen or beginning of current line
End	Right edge of current screen or end of current line
Ctrl+Home	Beginning of document
Ctrl+End	End of document

PgUp	Up a screenful
PgDn	Down a screenful
Alt+PgUp	Top of current page
Alt+PgDn	Top of next page
Ctrl+PgUp	One screenful to the left
Ctrl+PgDn	One screenful to the right

For mouse maniacs

If you use the mouse, you can reposition the insertion point in the document text by placing the mouse pointer on the character or space and clicking the primary mouse button.

More stuff

Don't confuse the insertion point with the mouse pointer (as easy as that is to do). The insertion point keeps your place in the document as it continues to blink. The mouse pointer enables you to select things (as well as reposition the insertion point in the text). Mostly, the mouse pointer just lies there on the screen, not doing anything useful and getting in the way until you move the mouse.

For more information about using the insertion point, see Chapter 3 of *WordPerfect For Windows For Dummies*.

Justification

Changes the way paragraphs are aligned in a document. You can choose L̲eft (which gives you a flush left but ragged right margin), R̲ight (which gives you a flush right but ragged left margin), C̲enter (which centers all lines between the left and right margins), F̲ull (which gives you a flush left and flush right margin), and A̲ll justification (which forces justification even in the last, short line of each paragraph so that the line is flush left and right, like all the other full lines).

Pull-down menu

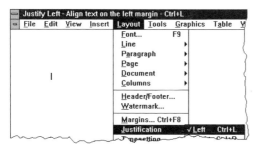

For keyboard kronies

For full justification, press

Ctrl + **J**

For left justification, press

Ctrl + **L**

For right justification, press

Ctrl + **R**

For center justification, press

Ctrl + **E**

More stuff

When you change the justification in a document, WordPerfect for Windows inserts a [Just] secret code. Unlike changing the alignment with the Center or Flush Right commands, which only affect the text from the current line to the hard return ([HRt] secret code) that begins the next line, changes in the justification of a document affect all text beginning with the [Just] secret code. To return the text to normal left justification, position the cursor where the text should return to normal and choose Justification from the Layout menu. Then choose Left to return to normal left justification.

For more information about this command, see Chapter 9 of *WordPerfect For Windows For Dummies*.

Keep Text Together

Keeps sections of text from being split apart on different pages of a document. WordPerfect for Windows offers several methods for doing this in the Keep Text Together dialog box.

Pull-down menu

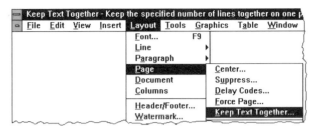

The Keep Text Together dialog box

Option or Button	Function
Widow/Orphan	Prevents the first or last line of a paragraph from being split apart across pages
Block Protect	Keeps the block of selected text from ever being split apart on different pages
Conditional End of Page	Keeps a specified number of lines together on a page; you enter in the text box the number of lines you want to keep together (as counted down from the insertion point's current position)

More stuff

If you want to keep a title with its first paragraph or a table of data together and you don't know the number of lines to specify, select all the text and then choose Keep Selected Text Together on Same Page under Block Protect.

For more information about this command, see Chapter 10 and Chapter 16 of *WordPerfect For Windows For Dummies*.

Labels

Formats address labels so that you can use the labels to send mass mailings.

Pull-down menu

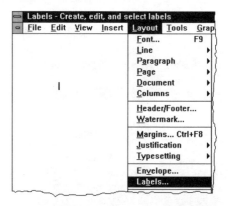

The Labels dialog box

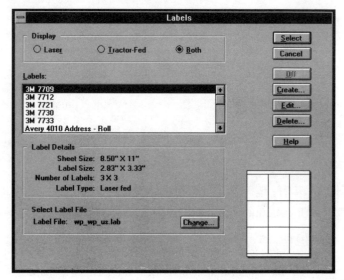

Option or Button	Function
Display	Lets you choose which types of label definitions are displayed in the Labels list box. Choose between Laser, Tractor-Fed, or Both (the default).
Labels:	Lets you use the associated list box to choose by name the type of labels to use. When you choose a label in this list, the program displays the sheet size, label size, number of labels on a sheet, and the label type in the Label Details area of the dialog box.
Change	Lets you select, create, or edit a new file of label definitions for use with your printer. The file you select here appears after Label File in the Select Label File area of the dialog box (by default, this file is WP_WP_US.LAB).
Select	Selects the labels highlighted in the Labels list box.
Off	Turns off labels in a document and returns you to the normal paper size and type for your printer (usually letter size).
Create	Lets you create a new label definition if none of the predefined labels is suitable.
Edit	Lets you modify the predefined label definition that's selected in the Labels list box.
Delete	Lets you delete the label definition selected in the Labels list box.

More stuff

When you select a labels form that has multiple labels on a single physical page, WordPerfect for Windows treats each label as its own page on the screen. In other words, the Page indicator changes as you go from label to label. To begin filling in a new label, therefore, press Ctrl+Enter (which is a hard page break). To move from page to page, press Alt+PgDn or Alt+PgUp.

To see how each individual label will look, be sure that the program is in page view rather than in draft view.

For more information about this command, see Chapter 22 of *WordPerfect For Windows For Dummies*.

Line Height

Lets you control how much blank space WordPerfect for Windows puts between each line of text on a page (something the program normally takes care of automatically).

Pull-down menu

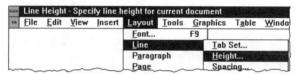

Changing line height

To use a *fixed* (rather than a flexible) line height, open the Line Height dialog box and choose the Fixed radio button. Enter the new measurement (as measured from the baseline of one line to the baseline of the next line) in the text box or select it with the up- and down-arrow buttons. Then choose OK or press Enter.

More stuff

Most of the time, you don't have to monkey around with the line height. WordPerfect for Windows automatically increases the height as necessary to accommodate the largest font you use in a line. Once in a blue moon, however, you may have a situation in which you want to increase or decrease the amount of space between certain lines of text without changing the line spacing.

When you fix the line height, the new height remains in effect for all subsequent lines in the document. If you reach a place where you want WordPerfect for Windows to determine the best line height for your text, place the insertion point at the beginning of the line. Then open the Line Height dialog box and this time choose the Auto radio button.

Line Numbering

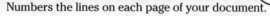

Numbers the lines on each page of your document.

Pull-down menu

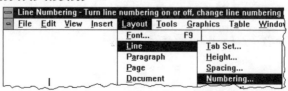

The Line Numbering Format dialog box

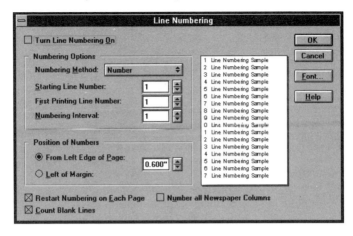

Option or Button	Function
Turn Line Numbering On	Lets you turn line numbering on and off at the current position of the insertion point. If this check box has an X in it, line numbering is turned on; if the check box is empty, line numbering is off.
Numbering Method	Lets you choose a new numbering method from the following: Number (the default), Lowercase Letter, Uppercase Letter, Lowercase Roman, or Uppercase Roman.
Starting Line Number	Lets you change the starting line (1 is the default).
First Printing Line Number	Lets you choose the first line number to be printed in the document (1 is the default).
Numbering Interval	Lets you change the interval between the numbers printed in the document (1 is the default).
Position of Numbers	Lets you change the position of the line numbers. You can choose whether you want the distance to be measured From Left Edge of Page or from Left of Margin.

Restart Numbering on Each Page	Enables WordPerfect for Windows to restart the numbering (from the Starting Line Number) on each new page of the document.
Count Blank Lines	Lets you determine whether blank lines are counted in the line numbering. (They are, by default.)
Number all Newspaper Columns	Lets you determine whether each newspaper column on the page gets line numbers.
Font	Lets you choose new fonts, attributes, and colors for the line numbers.

More stuff

When you want to turn off line numbering, position the insertion point at the beginning of the first line that is not to be numbered. Open the Line Numbering dialog box and choose Turn Line Numbering On to remove the X from the check box. Then choose OK or press Enter.

For more information about this command, see Chapter 26 of *WordPerfect For Windows For Dummies*.

Line Spacing

Changes the line spacing of the text in your document.

Pull-down menu

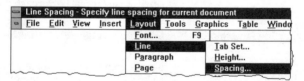

Spacing out

To change line spacing, position the insertion point on the first line to be affected. Open the Line Spacing dialog box and enter the new spacing in the Spacing text box (or select the new spacing with the up- and down-arrow buttons). Then choose OK or press Enter.

More stuff

When you set the line spacing for your document, WordPerfect for Windows lets you enter values in increments that are smaller than one-half line. Keep in mind, however, that your printer may not be able to handle anything smaller than a half line. Whenever possible, WordPerfect for Windows displays the new line spacing on the screen more or less as it prints.

For more information about this command, see Chapter 9 of *WordPerfect For Windows For Dummies.*

Macros

Lets you record a series of commands that WordPerfect for Windows can play back later at a much faster rate than you can possibly do manually.

Pull-down menu

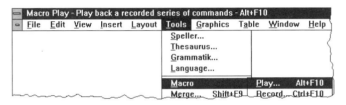

Macro Play - Play back a recorded series of commands - Alt+F10									
File	Edit	View	Insert	Layout	Tools	Graphics	Table	Window	Help

Speller...
Thesaurus...
Grammatik...
Language...

Macro   Play...   Alt+F10
Merge...   Shift+F9   Record...   Ctrl+F10

For keyboard kronies

To play a macro, press

Alt + **F10**

To record a new macro, press

Ctrl + **F10**

Recording macros

Recording macros in WordPerfect for Windows resembles the way you record cassette tapes or videotapes. After you turn on the macro recorder, WordPerfect for Windows records the result of each action you perform, whether you type some text or choose new format settings.

You can use the macro recorder to record several types of series. WordPerfect for Windows can record a straight series of commands, such as changing the top margin to two inches and the line spacing to double spacing. It can record a straight series of words or phrases, such as *Abercrombie, Fitch, Abercrombie and Phelps*. Or the program can record a combination of text and commands, such as entering the company name *Baggins and Bilbo, Inc.* and then centering and boldfacing this text before inserting two blank lines.

To record a macro, follow these steps:

1. Position the insertion point at a place in your document where it's safe (and possible) to execute all the WordPerfect for Windows commands you want to record in your macro.

2. Choose Macro from the Tools menu and then choose Record or simply press Ctrl+F10.

3. Normally, WordPerfect for Windows saves each new macro in a disk file. To attach the new macro to a document or to the current template, choose Location in the Record Macro dialog box. Then select the appropriate radio button in the Macro Location dialog box: Current Template (STANDARD.WPT), Default Template (STANDARD.WPT unless you have changed it), Current Document, or New Document. Then choose OK or press Enter.

4. When you save the macro as part of the current or default template or in a disk file, you enter a name for your macro in the Name text box. The name can be as long as eight characters. Alternatively, you can name a macro CTRL*x* or CTRLSFT*x*, where *x* represents a character, such as *K*. You can use any keyboard character (A through Z or 0 through 9) after CTRL or CTRLSFT to name your macro. WordPerfect for Windows then saves your macro under this filename with the .WCM extension when you finish recording the macro.

   If you're recording a quick macro (which is essentially a temporary, unnamed macro that you're using only during the current work session), leave the Name text box empty.

5. Select Record or press Enter to begin recording the macro.

   WordPerfect for Windows closes the Record Macro dialog box, changes the mouse pointer to the international "Don't" symbol (a circle with a line through it) to remind you that mouse moves don't work when you record a macro in WordPerfect for Windows 6.0 (see the "More stuff" section), and displays the Macro Record message on the status bar to remind you that all your actions are being recorded.

   If the filename you specified for the macro already exists, WordPerfect for Windows displays a message dialog box that asks whether you want to replace the existing macro. Choose Yes to replace the existing macro with the one you are about to create. Choose <u>N</u>o if you want to save the macro under a different name.

6. Enter the text and select the commands you want to include in your macro. Make sure to select them in the sequence in which you want to record them. If you want to move the insertion point or select text, you must use the keyboard. (When you're recording a macro, you can use the mouse only to choose menu commands and make selections in dialog boxes.)

7. When you're finished choosing the WordPerfect for Windows commands and entering the text for the macro, choose <u>M</u>acro from the <u>T</u>ools menu. Then choose <u>R</u>ecord from the cascading menu (or just press Ctrl+F10 again).

WordPerfect for Windows immediately turns off the macro recorder, and the Macro Record message disappears from the status bar.

Playing back macros

To play back a CTRL*x* or CTRLSFT*x* macro, simply press Ctrl and the letter key or press Ctrl+Shift and the letter key. To play back a macro with a regular filename, choose <u>M</u>acro from the <u>T</u>ools menu and choose <u>P</u>lay or simply press Alt+F10. Type the macro's filename (without its WCM extension) and press Enter or choose OK.

When you play back a macro, WordPerfect for Windows plays back each command in the sequence in which it was recorded. If your macro is not behaving as expected, you can stop the playback by pressing Esc. Because of the potential danger in playing back an untested macro, you should always make sure to save the current document before you play back a macro for the first time. Then, if the macro wreaks havoc in your document before you can shut it down with Esc, you can always close the trashed document without saving your changes and then open the version you saved before performing the macro.

More stuff

If you're a mouse maniac, you can use the mouse as you record the macro. You can use it to choose the WordPerfect for Windows commands from the pull-down menus and in the dialog boxes you want to include. If you want to record insertion-point movements as part of the macro, however, you must abandon the mouse and switch to the insertion-point movement keys.

 WordPerfect for Windows cannot record the movements of the insertion point in the text that you make by clicking the mouse or using the scroll bars. (See the "Insertion Point" section for specific keystrokes.)

For more information about this command, see Chapter 26 of *WordPerfect For Windows For Dummies*.

Margins

Lets you set new left, right, top, and bottom margins for your document.

Pull-down menu

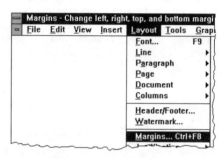

For keyboard kronies

For mouse maniacs

You can change the left and right margins by dragging the left- and right-margin icons located on the ruler bar. To display the ruler bar, choose Ruler Bar from the View menu or press Alt+Shift+F3.

To display the Margins dialog box, double-click the left or right margin (or the white space between them) on the ruler bar, above the tab ruler.

QuickMenus

Click the left margin area of the document window with the secondary mouse button (the right button if you're a right-handed mouser or the left button if you're a left-handed mouser) and choose Margins from the QuickMenu.

The changing of the margins

To change margins, position the insertion point on the line on which the new left and right margins will take effect or on the page on which the new top and bottom margins will take effect. Open the Margins dialog box and select the margin text box you want to change (Left, Right, Top, or Bottom). Then enter the new margin setting or select it with the up- and down-arrow buttons located to the right of the text box.

More stuff

When you change the margin settings, WordPerfect for Windows inserts at the beginning of the current paragraph some secret codes that are specific to the margins you changed. To return to the default margin settings, open the Reveal Codes window and zap the offending [Lft Mar], [Rgt Mar], [Top Mar], or [Bot Mar] secret code.

For more information about this command, see Chapter 9 of *WordPerfect For Windows For Dummies*.

Merge

Generates "personalized" form letters and other documents that consist of canned text plus variable information. This variable information is dropped in from a data file.

Pull-down menu

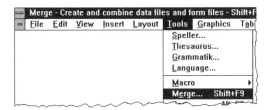

For keyboard kronies

For more information about this command, see Chapter 18 of *WordPerfect For Windows For Dummies*.

Creating a table data file

Before you can perform a merge, you have to create a data file
and a form file. A *data file* contains the data records you want to
use in the merge (such as the names and addresses of clients). A
form file indicates where the information in each record will be
merged. The easiest way to create a data file is to set it up as a
table:

1. Choose Merge from the Tools menu or press Shift+F9 to
   open the Merge dialog box.

2. Choose Place Records in a Table to put an X in its check
   box. Then choose Data or press Enter.

3. If the current document is not empty, the Create Merge File
   dialog box appears with the Use File in Active Window radio
   button selected. To create the data file in the current
   document window, choose OK or press Enter. To create the
   data file in a new document window, choose the New
   Document Window radio button before you choose OK or
   press Enter.

4. WordPerfect for Windows then displays the Create Data File
   dialog box, which is where you name the *fields* (pieces of
   information) you want to use in the new data file. For each
   field you want, enter a descriptive name for that field in the
   Name a Field text box. Press Enter or choose Add after
   typing each field name to add it to the Field Name List box.
   When you finish adding field names, choose OK or press
   Enter (without entering a name in the Name a Field text
   box), which closes the Create Data File dialog box and
   creates the table.

   After closing the Create Data File dialog box, WordPerfect
   for Windows automatically opens the Quick Data Entry
   dialog box.

5. Fill out the first record in the Quick Data Entry dialog box
   by entering information in each field listed in the Record
   area. After you finish entering information in a field,
   advance to the next field by pressing Tab or choosing Next
   Field. If you want to edit a previous field, press Shift+Tab or
   choose Previous Field. When you finish entering the
   information for the last field, press Enter or choose New
   Record. This step adds the information for the first record
   to the new data table and clears all the fields in the Quick
   Data Entry dialog box for your next record entry.

6. Repeat step 5 to continue adding records to the new data
   file. When you finish adding your last record, choose Close
   to close the Quick Data Entry dialog box.

7. WordPerfect for Windows displays an Alert dialog box that asks whether you want to save the changes to disk. Choose Yes to save the document that contains the new data file. Then enter the new filename in the Save Data File dialog box and choose OK.

   If you prefer to wait and save the document after you have had a chance to check over the data table, choose No instead.

Creating a form file

After you create a data file with the data records, you have to create a form file, which indicates how and where each piece of information (*field*) from the data file is used. The form file contains both boilerplate text and field codes that say "Put this piece of information from each record right here." To create a form file, follow these steps:

1. Choose Merge from the Tools menu or press Shift+F9 to open the Merge dialog box.

2. Choose Form.

3. If the current document is not empty, the Create Merge File dialog box appears with the Use File in Active Window radio button selected. To create the data file in the current document window, choose OK or press Enter. To create the data file in a new document window, choose the New Document Window radio button before you choose OK or press Enter.

   WordPerfect for Windows then opens the Create Form File dialog box, which is where you indicate the data file you're using for the merge with the new form file.

4. Insert the filename of the data file in the Associate a Data File text box by typing the filename or by selecting it with the list-file button to the right of this text box. Then choose OK or press Enter. If you don't know which data file you will use with the form file you're creating, choose the None radio button.

   WordPerfect for Windows then closes the Create Form File dialog box and returns you to a new (or the current) document window. At the same time, the program displays the Merge feature bar.

5. Type the standard text in your form document. Insert FIELD merge codes (described in step 6) at each place in the text where you want WordPerfect for Windows to merge information from the records in the data file. Be sure to include all necessary punctuation and spaces between FIELD codes.

6. To insert a FIELD merge code in the form file, choose Insert Field on the Merge feature bar. Then select the field to use in the Field Names list box of the Insert Field Name or Number dialog box and press Enter or choose Insert. Repeat this procedure for each field you want merged from the data file.

   Every time you perform this procedure, WordPerfect for Windows inserts the FIELD merge code with the name of the field you selected. If you selected the Company field, for example, you see FIELD(Company) in the text.

7. To insert the current date in the text of the form letter, choose Date in the Merge feature bar.

   WordPerfect for Windows then inserts the DATE merge code at the insertion point's current position.

8. When you're finished composing the form document by combining the canned text with the appropriate field names, save the file by using Save or Save As from the File menu (or by pressing Ctrl+S). When you name your data file, you can add an extension (such as FRM, for form file) to differentiate this form file from other standard document files.

Merging the data and form file

After you have created your data and form files, you're ready to rock 'n' roll (well, at least to perform the merge). To perform the standard merge, follow these steps:

1. Choose Open from the File menu to open the form file you want to use in the merge.

2. Open the Merge dialog box by choosing Merge on the Merge feature bar, by choosing Merge from the Tools menu, or by pressing Shift+F9.

3. Choose Merge in the Merge dialog box to open the Perform Merge dialog box.

4. Select the form, data, and output files under Files to Merge in the Perform Merge dialog box.

   By default, you see <Current Document> in the Form File text box, the associated data file in the Data File text box, and <New Document> in the Output File text box. Change any of these settings as necessary by selecting the appropriate text box. Then enter the filename or select it with the list-file button located to the right of each text box.

5. Choose OK or press Enter to begin the merge. The program merges information from records in the data file with copies of the form file, creating a new merged form for each record used. WordPerfect for Windows keeps you informed by showing its progress on the status bar.

More stuff

Keep in mind that you can have WordPerfect for Windows generate an envelope for each form letter you create in the merge. To do so, choose Envelopes in the Perform Merge dialog box. Then fill out the information in the Envelope dialog box, including using the Field button to copy the appropriate FIELD codes from the data file into the Mailing Addresses area of the Envelope dialog box. WordPerfect for Windows then generates an envelope for each record during the merge and places all the envelopes after the form letters that are produced (see the "Envelope" section).

To create mailing labels for your form letters, you have to create a form file that you insert into just the first label. This file uses a label form with the appropriate FIELD codes for the associated data file. Then you perform a merge by using this label form file and the data file whose fields are referred to. (See the "Labels" section for more information.)

New (Document)

Opens a brand-new document in another document editing window.

Pull-down menu

For keyboard kronies

For mouse maniacs

Click 🔲 on the power bar.

More stuff

When you use New from the File menu, WordPerfect for Windows opens a new document editing window whose number is indicated on the title bar of the program window (as in `Document1 - unmodified`, `Document2 - unmodified`, and so on). If you have enough memory, WordPerfect for Windows lets you have as many as nine document windows open at one time (proving beyond a shadow of a doubt that you really are overworked!).

See the "Window" section for ways to toggle among open windows and arrange them within a single program window.

Open (Document)

Opens the file you specify into a brand-new document window.

Pull-down menu

For keyboard kronies

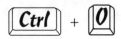

For mouse maniacs

Click 🖻 on the power bar.

The Open File dialog box

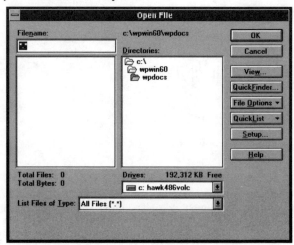

Option or Button	*Function*
Filename	Lets you enter the name of the document to open or select the document in the Filename list box.
Directories	Lets you change to the directory containing the document you want to open.
Drives	Lets you choose the drive containing the document you want to open.
List Files of Type	By default, WordPerfect for Windows lists all the files from the current directory in the Filename list box. To restrict the file listing to files of a particular type (such as WordPerfect files with the extension WPD), choose this option and then select the appropriate type of files in the drop-down list box.
View	Lets you preview the file selected in the Filename list box in a separate window.
QuickFinder	Lets you locate a particular document by searching indexed directories for a file created between a range of dates or containing specific text or word patterns.
File Options	Lets you do a bunch of file-related tasks, such as copying, moving, renaming, deleting, or printing the files selected in the Filename list box.
QuickList	Lets you select a new directory or file that has been given a QuickList alias. To see the QuickList name for the various directories, choose this button and select Show QuickList from the pop-up menu that appears.
Setup	Lets you change the way files are listed in the Filename list box and also lets you designate how much file information will be included in the listing.

More stuff

If you try to open a file not created with WordPerfect for Windows, the program opens the Convert File Format dialog box. The correct file format is most likely listed in the Convert File Format From text box. If the correct format is highlighted, choose OK or press Enter. Otherwise, choose the correct file format in the drop-down list box and choose OK or press Enter.

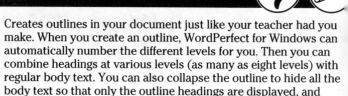

Outline

Creates outlines in your document just like your teacher had you make. When you create an outline, WordPerfect for Windows can automatically number the different levels for you. Then you can combine headings at various levels (as many as eight levels) with regular body text. You can also collapse the outline to hide all the body text so that only the outline headings are displayed, and later you can expand the outline to show everything again.

Pull-down menu

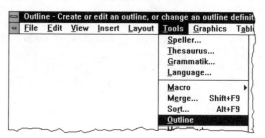

Creating an outline

You can use the outline feature to create formal outlines that would make your English teacher proud. When you create a formal outline, it can have as many as eight successive outline levels. WordPerfect for Windows automatically numbers and formats the entries in each level for you according to the outline style you choose.

To create an outline, just follow these steps:

1. Position the insertion point at the beginning of the line where you want the initial first-level heading of your outline to appear (usually on the first line after the one that contains the name of your outline).

2. Choose Outline from the Tools menu.

   WordPerfect for Windows switches to outline view, displays the Outline feature bar, and inserts the first outline number (1.). The program also indents the insertion point to the first tab stop. (The big, fat 1 you see in the left margin merely indicates that this is a first-level heading.)

3. Type the text of the initial first-level heading and then press Enter.

   WordPerfect for Windows inserts the second outline number (2.) and indents the insertion point so that you can enter the second first-level heading (indicated by the big, fat 1 in the left margin).

4. Type the second, first-level heading and press Enter. If you want to enter the initial second-level heading instead, press Tab to change the outline level (and change from 2. to a. and the big, fat 1 in the left margin to a big, fat 2). Then type the initial, second-level heading and press Enter.

5. WordPerfect for Windows enters the next number (or letter) in sequence for whatever outline level is current. Continue to enter all the headings you want at that level and terminate each one by pressing Enter. Whenever you want to enter a heading for the next-lower level, press Tab to move to the next outline level before entering the heading. Whenever you want to enter a heading at a higher level, press Shift+Tab until you have moved up the levels sufficiently before entering the heading. (Remember that the outline levels are indicated by the big, fat numbers in the left margin.)

6. When you finish entering the last heading for your outline, choose **T** on the Outline feature bar to convert the last outline number or letter to text (indicated by the big, fat T in the left margin). Then choose Close on the Outline feature bar to switch from outline view and close the Outline feature bar. (As a result, all the big, fat outline-level numbers in the margin disappear, only to return when you next switch to outline view by choosing Outline from the Tools menu.)

Using the Outline feature bar

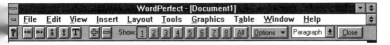

When you work with an outline, you can use the buttons on the Outline feature bar to make short work of your outline changes. Remember that WordPerfect for Windows displays the Outline feature bar as soon as you choose Outline from the Tools pull-down menu.

You can use the various buttons on the Outline feature bar to do neat stuff, like change a particular outline heading to the next or previous outline level, convert regular document text to an outline heading, or convert an outline heading to regular text (with the nifty T button). You can also show only particular outline levels (between 1 through 8 or All) or you can change the outline definition.

Although WordPerfect for Windows automatically selects Paragraph, you can choose from several others in the drop-down list. Choose Outline if you want the outline style your teacher taught you: I., II., III., followed by A., B., C., followed by 1., 2., and 3., and so on down the line.

Page Borders (See "Borders")

Page Break

Inserts a *hard* (or manual) *page break* at the insertion point's position. Use this command whenever you want to place some text on a completely new page.

Pull-down menu

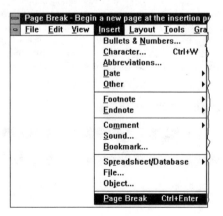

For keyboard kronies

$$\boxed{Ctrl} + \boxed{Enter}$$

More stuff

The secret code for a hard page break you insert in a document is [HPg]. The secret code for a soft page break that WordPerfect for Windows automatically inserts in a document is [SPg].

You can delete a hard page break by finding its secret code in the Reveal Codes window and zapping it. The only way to get rid of a soft page break is to change the format settings that affect the number of lines which fit on a page, such as the top and bottom margins, paper size, or line spacing.

Don't insert hard page breaks until after you have made all your editing changes in the document. Otherwise, when you print the document, you can easily end up with blank pages or pages that have just a little bit of text. Also, remember that WordPerfect for Windows provides a number of commands to keep certain text together on a page no matter how you edit the text.

You don't have to use hard page breaks to keep text from being separated if you utilize these commands (see the section "Keep Text Together").

For more information about this command, see Chapter 10 of *WordPerfect For Windows For Dummies*.

Page Numbering

Adds page numbers to your document, which WordPerfect for Windows automatically keeps up-to-date as you edit.

Pull-down menu

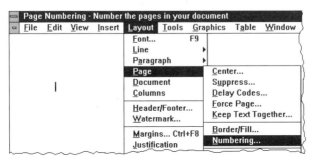

The Page Numbering dialog box

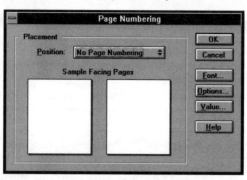

Option or Button	Function
<u>P</u>osition	Lets you choose the position of the page numbers (which is then reflected in the Sample Facing Pages area in the Page Numbering dialog box).
<u>F</u>ont	Lets you choose a new font, font size, and attribute for the page numbers in the Page Numbering Font dialog box.
<u>O</u>ptions	Lets you use the <u>F</u>ormat and Accompanying Text text box to add words to accompany the page number (such as *Page* so that you see Page 1 and Page 2 in the Sample Facing Pages). Lets you include a <u>S</u>econdary Number (such as Page 1, previously Page 2), <u>C</u>hapter Number (such as Chapter 1, Page 1), or <u>V</u>olume Number (such as Volume I, Page 1) in the page numbering by using <u>I</u>nsert. Also lets you choose a new type of page numbering for the <u>P</u>age, S<u>e</u>condary, <u>C</u>hapter, and <u>V</u>olume numbers. You can choose <u>L</u>owercase Letter, <u>U</u>ppercase Letter, L<u>o</u>wercase Roman, or U<u>p</u>percase Roman.
<u>V</u>alue	Lets you change the initial page number for page, secondary, chapter, and volume numbers (either by entering a new number or increasing or decreasing the existing number by a certain amount). Also lets you insert the page, secondary page, chapter, or volume number in the document text at the insertion point.

More stuff

Be sure that the insertion point is somewhere on the first page that is to be numbered (page one if the whole document needs page numbers) before you select the Page Numbering command.

 Rather than use the Page Numbering command to number the pages in your document, you can create a header or footer that displays the page number (see the section "Header/Footer").

 For more information about this command, see Chapter 10 of *WordPerfect For Windows For Dummies.*

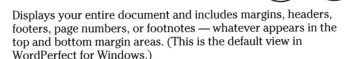
Page View

Displays your entire document and includes margins, headers, footers, page numbers, or footnotes — whatever appears in the top and bottom margin areas. (This is the default view in WordPerfect for Windows.)

Pull-down menu

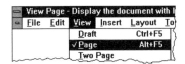

For keyboard kronies

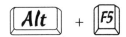

More stuff

Switch to draft view when you want to maximize the amount of text on the screen and don't want to see stuff that's placed in the top and bottom margins.

 For more information, refer to the sections "Draft View," "Two Page View," and "Zoom."

 For more information about this command, see Chapter 10 of *WordPerfect For Windows For Dummies.*

Paper Size

Lets you choose a new paper size for all pages or particular pages in your document.

Pull-down menu

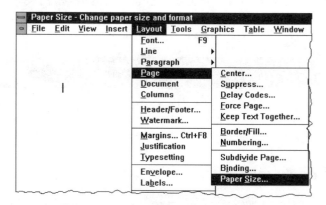

Paper Size - Change paper size and format				
File	Edit	View	Insert	Layout	Tools	Graphics	Table	Window

Font... F9
Line ▶
Paragraph ▶
Page ▶
Document
Columns
Header/Footer...
Watermark...
Margins... Ctrl+F8
Justification
Typesetting
Envelope...
Labels...

Center...
Suppress...
Delay Codes...
Force Page...
Keep Text Together...
Border/Fill...
Numbering...
Subdivide Page...
Binding...
Paper Size...

The Paper Size dialog box

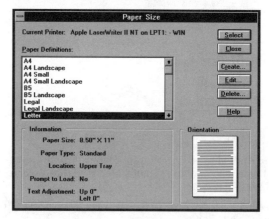

Paper Size

Current Printer: Apple LaserWriter II NT on LPT1: - WIN

Paper Definitions:

A4
A4 Landscape
A4 Small
A4 Small Landscape
B5
B5 Landscape
Legal
Legal Landscape
Letter

Select
Close
Create...
Edit...
Delete...
Help

Information
Paper Size: 8.50" X 11"
Paper Type: Standard
Location: Upper Tray
Prompt to Load: No
Text Adjustment: Up 0"
Left 0"

Orientation

Option or Button	Function
Paper Definitions	Lets you choose the style of paper you want to use. When you choose a new style in the Paper Definitions list box, the program shows you the paper size, location, and orientation (among other things) at the bottom of the Paper Size dialog box.

Select	Selects the paper you have highlighted in the Paper Definitions list box and returns you to the Page Format dialog box.
Create	Lets you create a new paper definition for your printer in the Create Paper Size dialog box.
Edit	Lets you edit the paper definition that's highlighted in the Paper Definitions list box.
Delete	Lets you delete the paper definition that's highlighted in the Paper Definitions list box.

More stuff

Before you choose a new paper size in the Paper Size dialog box, be sure that the insertion point is somewhere on the page that you're going to change. To change the size of a new page in the document, insert a hard page break by pressing Ctrl+Enter and then change the paper size.

Paragraph Borders (See "Borders")

Paragraph Format

Lets you indent the first line of a paragraph, change the spacing between paragraphs, and adjust the left and right margins of a paragraph (without adjusting the margins of the document).

Pull-down menu

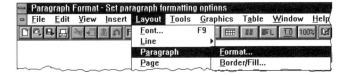

The Paragraph Format dialog box

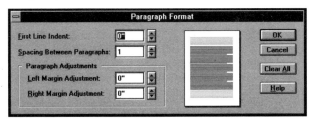

Option or Button	Function
First Line Indent	Lets you specify how far to indent only the first line of each paragraph
Spacing Between Paragraphs	Lets you adjust the spacing between paragraphs (one line by default)
Left Margin Adjustment	Lets you indent the left edge of each paragraph without changing the left margin for the document
Right Margin Adjustment	Lets you indent the right edge of each paragraph without changing the right margin for the document
Clear All	Clears all changes made in the Paragraph Format dialog box and returns you to the default settings

More stuff

Be sure that the insertion point is in the first paragraph you want to adjust before you change the settings in the Paragraph Format dialog box.

If you reach a paragraph in the document in which you want to return to normal formatting, place the insertion point in that paragraph. Then open the Paragraph Format dialog box and choose Clear All.

For more information about this command, see Chapter 9 of *WordPerfect For Windows For Dummies*.

Power Bar

A bar that appears at the top of the program window with buttons on it you mouse maniacs can use to do common things, such as open, save, or print a document.

Pull-down menu

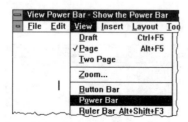

QuickMenus

To modify the buttons on the power bar, click the power bar with the secondary mouse button (the right button if you're a right-handed mouser, or the left button if you're a left-handed mouser) and choose Preferences from the QuickMenu. Choose Hide Power Bar from the QuickMenu when you want the power bar to go away.

More stuff

To find out what a particular button does, position the mouse pointer on the button. WordPerfect for Windows then displays the button's function on the title bar of the program window.

For more information about this command, see Chapter 2 of *WordPerfect For Windows For Dummies*.

Print

Prints all or part of the document located in the current document editing window.

Pull-down menu

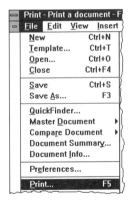

Print - Print a document - F	
File Edit View Insert	
New	Ctrl+N
Template...	Ctrl+T
Open...	Ctrl+O
Close	Ctrl+F4
Save	Ctrl+S
Save As...	F3
QuickFinder...	
Master Document	▶
Compare Document	▶
Document Summary...	
Document Info...	
Preferences...	
Print...	F5

For keyboard kronies

For mouse maniacs

Click ⌨ on the power bar.

The Print dialog box

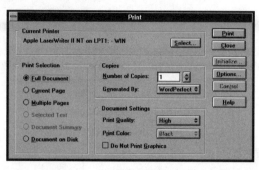

Option or Button	Function
Select	Lets you use the Select Printer dialog box to choose a new printer to use (either a printer you installed with Windows or a WordPerfect printer you installed when you installed the program).
Print Selection	Lets you select which section of the document to print. You can choose Full Document (the default), Current Page, Multiple Pages, Selected Text, Document Summary, or Document on Disk.
Copies	Lets you specify the number of copies to print, using the Number of Copies text box. The Generated By pop-up list lets you determine whether WordPerfect generates the copies (they're all collated) or your Printer generates them (you collate them yourself).
Document Settings	Lets you change the Print Quality (normally High) and choose a new Print Color (if you're using a color printer). Also lets you omit the printing of graphics by putting an X in the Do Not Print Graphics check box. This option is useful when you want a quick printout and want only to proof the document text.
Initialize	Lets you initialize the printer if you want to clear the printer's memory before printing your document.
Options	Lets you specify some pretty fancy formatting and output printing options. These options include Print in Reverse Order (Back to Front); Print Odd/Even

Pages, which prints only the odd or even pages in the document; specifying which output bin to use; and arranging the pages in the chosen bin.

Control — Lets you control the print queue when you print your document on a networked printer.

Printing particular pages

Many times, you want to print only a part of your document. When you select the <u>M</u>ultiple Pages radio button in the Print dialog box and choose <u>P</u>rint, WordPerfect for Windows displays the Multiple Pages dialog box. This is where you can specify which pages to print.

When you specify the range of pages in this dialog box (secondary pages, chapters, or volumes), be sure to enter the page numbers in numerical order. To specify a range of a pages, use a hyphen as follows:

--10 — Print from the beginning to page 10

10-- — Print from page 10 to the last page

3--10 — Print from page 3 to page 10

To specify individual pages, put a comma between the page numbers, as in the following example:

`4,10,23`

Only pages 4, 10, and 23 are then printed. You can also combine ranges and individual pages, as in the following example:

`3--7,9,25`

Using these commands, only the range of pages 3 through 7 and pages 9 and 23 are printed.

More stuff

When you select <u>P</u>rint to begin a print job, WordPerfect for Windows sends the print job to the WP Print Process program. This program in turn ships it off to the Windows Print Manager. If you want to cancel the printing, you must switch to the WP Print Process or Print Manager window and cancel the printing from there. To switch to either of these programs, click the Control-menu button in the upper left corner of the WordPerfect for Windows program window and choose S<u>w</u>itch To (or press Ctrl+Esc). Then choose WP Print Process or Print Manager in the Task List dialog box.

For more information about this command, see Chapter 13 of *WordPerfect For Windows For Dummies*.

QuickFormat

Copies the formatting used in the current paragraph and then allows you to apply this formatting to any other selections of text in the document.

Pull-down menu

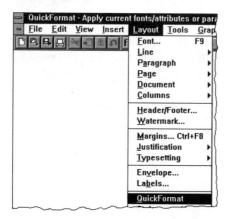

QuickMenus

Move the insertion point to somewhere in the paragraph that contains the formatting you want to use. Click again, this time with the secondary mouse button (the right button if you're a right-handed mouser, or the left button if you're a left-handed mouser), and choose QuickFormat from the QuickMenu.

Formatting: As easy as selecting text

To use the QuickFormat feature, position the insertion point in the paragraph whose formatting you want to use elsewhere in the document. Then choose QuickFormat from the Layout pull-down menu or click anywhere in the text with the secondary mouse button and choose QuickFormat from the QuickMenu.

WordPerfect for Windows opens the QuickFormat dialog box, where you specify the QuickFormat options you want to use. By default, the program copies the fonts, attributes, and styles used in the original paragraph. If you want to use only the fonts and attributes found in the current paragraph text, choose the Fonts and Attributes radio button. If you want to use only the styles currently in effect, choose the Paragraph Styles radio button.

When you choose OK or press Enter to close the QuickFormat dialog box, the mouse pointer changes to an I-beam with a paint roller beside it. Use this roller to select all the text you want formatted with the fonts, attributes, and styles found in the original paragraph. As soon as you release the mouse button after selecting the text, the text immediately takes on the font, attribute, and paragraph style formatting used in the original selected paragraph.

More stuff

When you no longer want to use the pointer to "quick" format text, you can change the pointer back to normal. Simply choose QuickFormat from the Layout pull-down menu or the text QuickMenu.

QuickMenu

Lets you select commands from a limited pull-down menu that appears when you click an object (such as text or a graphics box) with the secondary mouse button (the right mouse button for right-handers, and the left mouse button for lefties).

More stuff

In WordPerfect for Windows, you can find QuickMenus attached to each of the following screen objects:

- Left margin area of the document (see the section "Select (Text)")
- Top and bottom area of the document (see the section "Header/Footer")
- Menu bar
- Power bar (see the "Power Bar" section)
- Scroll bars
- Status bar
- Feature bars (see the "Feature Bars" section)
- Document area and document text
- Graphics boxes (see the "Graphics Boxes" section)
- Table cells (see the "Tables" section)

Redline/Strikeout (See "Font")

Repeat

Repeats a keystroke or action, such as moving the insertion point or deleting a character, a set number of times.

Pull-down menu

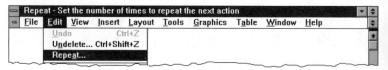

Repeat - Set the number of times to repeat the next action

File Edit View Insert Layout Tools Graphics Table Window Help

Undo   Ctrl+Z
Undelete... Ctrl+Shift+Z
Repeat...

Could you repeat that, please?

Repeat is one of those WordPerfect for Windows features that seems really neat when you first hear about it but is too often overlooked when you're actually editing. WordPerfect for Windows originally added this feature to make it easy to insert a string of characters in your document, such as ———— or ********.

To repeat a character, choose Repeat from the Edit menu and choose OK or press Enter to close the Repeat dialog box. Then type the single character or perform the action you want to repeat.

By default, WordPerfect for Windows repeats eight times the character you type. If you want more or fewer repetitions, type a new number in the Number of Times to Repeat Next Action text box before you choose OK or press Enter. Then type the character to be repeated.

More stuff

You can use the Repeat feature to repeat certain keystrokes and to type characters. You can delete the next eight characters from the insertion point by pressing Delete after opening the Repeat dialog box, for example. Or you can move the insertion point in your document eight characters to the right by pressing the → key. You can move eight pages up in the document by pressing Ctrl+R and then pressing PgUp.

Reveal Codes

Opens the Reveal Codes window at the bottom of the document editing window. As you edit and format your text, you can view as

well as edit all those wacky secret codes WordPerfect for Windows insists on putting in your document.

Pull-down menu

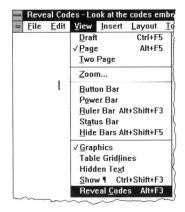

For keyboard kronies

Alt + $F3$

For mouse maniacs

To open the Reveal Codes window with the mouse, position the mouse pointer on either of the two solid, black bars that appear at the very top or bottom of the vertical scroll bar. When the pointer becomes a double-headed arrow pointing up and down, drag the mouse up or down until the border between the regular document window and the Reveal Codes window is where you want it. Then release the mouse button.

To close the Reveal Codes window with the mouse, position the mouse pointer somewhere on the border between the regular document window and the Reveal Codes window. When the pointer becomes an arrow pointing up and down, drag the border all the way up or down until you reach the power bar or status bar. Then release the mouse button.

QuickMenus

To modify the appearance of the codes in the Reveal Codes window, click anywhere in the Reveal Codes window with the secondary mouse button (the right mouse button for right-handers and the left mouse button for lefties). Then choose Preferences from the QuickMenu. Choose Hide Reveal Codes from the QuickMenu when you want the Reveal Codes window to go away.

Using Reveal Codes

Reveal Codes gives you a behind-the-scenes look at the placement of all the formatting codes that tell your printer how to produce special effects in your document. You can see codes that define new margin settings, define tabs, center and bold lines of text, set larger font sizes for titles and headings, create paragraph borders around your footer text, and so on.

This information is of absolutely no concern to a normal human being unless, of course, something is wrong with the format of a document and you can't figure how to fix it by using the normal editing window. That's the time when you have to "get under the hood," so to speak, by opening the Reveal Codes window. Then you can edit with all those little secret codes in full view.

When you're editing with the Reveal Codes window open, use the regular document editing window above it to find your general place in the document. Then concentrate on what's happening in the Reveal Codes window to make your changes. You mouse maniacs can use the mouse to reposition the Reveal Codes cursor in the Reveal Codes window by simply clicking the mouse pointer where you want it to be. (It's not really an insertion point in this window because it appears as a red block.)

To delete a code, position the Reveal Codes cursor either directly in front of or behind the code. If the cursor is in front of the code, press Delete to get rid of it. If the cursor is behind the code, press Backspace to back over the code and delete it. If you're using the mouse, you can remove a code by selecting it and then dragging it until the pointer is outside the Reveal Codes window. Then you can release the mouse button.

More stuff

You can change the normal size of the codes in addition to other appearance options. To do so, choose Preferences from the File pull-down menu and click the Display icon. Then choose the Reveal Codes radio button in the Display Preferences dialog box. You can change all the settings you want, including the font and font size of the text or any of the settings in the Options area that control the appearance of the codes in the Reveal Codes window. You can also change the size of the Reveal Codes window.

For more information about this command, see Chapter 11 of *WordPerfect For Windows For Dummies*.

Ruler Bar

The ruler bar shows the current settings of the tabs and the left and right margins at the insertion point. You can manipulate the tab and margin icons to change these settings.

Pull-down menu

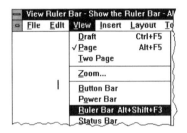

For keyboard kronies

[Alt] + [Shift] + [F3]

For mouse maniacs

Double-click the tab ruler on the ruler bar to bring up the Display Preferences dialog box. Double-click a tab icon on the tab ruler to display the Tab Set dialog box. Double-click the left- or right-margin icon or the white space between them above the tab ruler to display the Margins dialog box. Double-click the triangles next to the left- and right-margin icons (representing the paragraph margins) to display the Paragraph Format dialog box.

To change the left or right margin settings, drag the left- or right-margin icon above the tab ruler. To change the left indent of your paragraphs, drag the bottom triangle that points left. (Both the top and bottom triangles move together.) To change the right indent of the paragraphs, drag the bottom triangle that points right so that it's next to the right-margin icon. To change the indent of only the first line of the paragraphs, drag just the top triangle that points left.

To change a tab setting, drag the tab icon to a new position on the tab ruler. To remove a tab setting, drag the tab icon off the tab ruler. To add a new tab, click ▚ on the power bar and select the type of tab to add. Then click the place on the tab ruler where you want this tab to be added.

QuickMenus

You can use the QuickMenu associated with the ruler bar to change the tab settings, change that paragraph format, adjust margins, set columns, or create tables. You can also use the QuickMenu to hide the ruler bar or change the ruler bar display preferences. To open the QuickMenu, click anywhere in the area of the ruler bar, which is marked by the left- and right-margin icons above the tab ruler.

You can use the QuickMenu associated with each tab to select a new type of tab, clear all tabs from the ruler, change the tab settings in the Tab Set dialog box, or hide the ruler bar or change the ruler bar display preferences. To open this QuickMenu, click anywhere on a tab icon with the secondary mouse button (the right mouse button for right-handers, and the left mouse button for lefties).

More stuff

 You can also change the margin settings by using the Margins dialog box and your tab settings by using the Tab Set dialog box. (See the sections "Margins" and "Tab Set" for more information.)

 For more information about this command, see Chapter 2 of *WordPerfect For Windows For Dummies*.

Save

Lets you save your changes to a document on disk so that you have a copy of the document for future use. The first time you save, you must give the document a new filename. After that, you can use this command to save your changes to that file as you continue to work.

Pull-down menu

For keyboard kronies

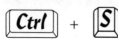

For mouse maniacs

Click ⬛ on the power bar to save your document.

Saving a file for the first time

To save a file for the first time, you have to go through the whole rigmarole described in this section. After that, however, you only have to choose <u>S</u>ave from the <u>F</u>ile menu to save your changes. (WordPerfect for Windows doesn't bother with filenames, passwords, and that kind of stuff.) To initially save your file, follow these steps:

1. Choose <u>S</u>ave from the <u>F</u>ile menu or press Ctrl+S; the program displays the Save As dialog box.

2. By using the Dri<u>v</u>es drop-down list box and the <u>D</u>irectories list box, select the drive and directory in which you want the file to be saved.

3. Type the name for your new file in the File<u>n</u>ame text box. The main filename can be as long as eight characters and the (optional) filename extension can be as long as three characters. The extension is separated from the main filename with a period.

4. To assign a password to your file, choose the <u>P</u>assword Protect option to put an X in its check box.

5. Choose OK or press Enter to save the document.

6. If you checked the <u>P</u>assword Protect box, the Password dialog box appears. Type the password just as you want it recorded and differentiate uppercase from lowercase letters. (Notice that WordPerfect for Windows masks each character you type.) Choose OK or press Enter. You must then retype the password exactly as you originally typed it and again choose OK or press Enter.

   If you mess up and type the password a little differently the second time, WordPerfect for Windows displays a dialog box which lets you know that the passwords don't match and lets you try again after choosing OK or pressing Enter to clear the Alert dialog box.

More stuff

Spare yourself lots of heartbreak and wasted time by saving your documents often. Save every time you are interrupted (by the telephone, your boss, or whatever) and save whenever you have made more changes to the document than you would ever want to have to redo.

Save As

Lets you change the name or location of your WordPerfect for Windows document. You can even save your document in a different file format. This way, co-workers less fortunate than you who have to use some other word processor can have access to your document.

Pull-down menu

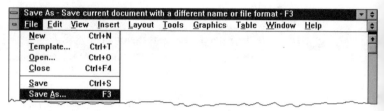

For keyboard kronies

The Save As dialog box

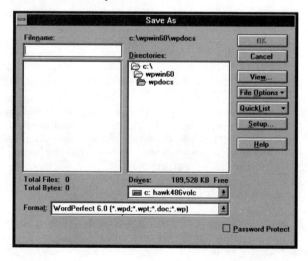

Option or Button	Function
File**n**ame	Lets you change the filename of your document. To make a copy under the same filename but in a new directory, just type a new pathname and leave the filename unchanged.
Directories	Lets you change the directory, if you want to save the file in a directory other than the current one.
Dri**v**es	Lets you change the drive if you want to save the file on a disk in a different drive.
Forma**t**	Lets you save the document in another file format. (WordPerfect 6.0 supports a bunch.) Just select the new format in the drop-down list.
Vie**w**	Lets you preview in a separate window the contents of the file that is selected in the File**n**ame list box.
File **O**ptions	Lets you perform tasks to the files selected in the File**n**ame list box, such as copying, moving, renaming, deleting, or printing.
Quick**L**ist	Lets you select the directory in which to save the new file by using a Quick**L**ist alias. To see the QuickList names for the various directories, choose Quick**L**ist and then select Show **Q**uickList from the pop-up menu that appears.
Setup	Lets you change the way files are listed in the File**n**ame list box and lets you designate how much file information you want to include in the list.
Password Protect	Lets you password-protect your file. Don't mess with a password unless you are really sure that you won't forget it. (It's a good idea to write down any passwords and store them in a secure place. This way, co-workers can get into your files if you suddenly decide to chuck it all and live in Tahiti.)

More stuff

Use **S**ave from the **F**ile menu when you want to save editing and formatting changes to the document and update the file. Use Save **A**s to save the document with a new filename or in a new directory, in another file format for use with another word processor, or if someone convinces you that you need to add a password to the document.

For more information about this command, see Chapter 15 of *WordPerfect For Windows For Dummies*.

Search and Replace (See "Find and Replace")

Select (Text)

Marks a section of text so that you can do all sorts of neat things to it, such as cut and paste it, spell-check it, print it, or even get rid of it.

Pull-down menu

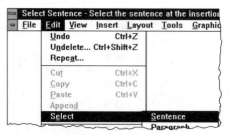

For keyboard kronies

QuickMenus

Click the secondary mouse pointer (the right mouse button for right-handers, and the left mouse button for lefties) in the left margin area of the document. Then choose one of the following: Select Sentence to select the current sentence; Select Paragraph to select the current paragraph; Select Page to select the current page; or Select All to select the entire document.

For mouse maniacs

Position the mouse pointer in front of the first character of text that is to be highlighted and drag the pointer through the entire block of text. To select the current word, double-click somewhere in the word. To select the current paragraph, triple-click somewhere in the paragraph. To select a block of text, click the insertion point in front of the first character, press and hold Shift, and then click the last character. WordPerfect for Windows highlights all the text in between.

Marking selections keyboard-style

To mark a selection with the keyboard, follow these steps:

1. Position the insertion point in front of the first character to be included in the selection.

2. Press F8 or press and hold Shift. The Select indicator on the status bar becomes activated.

3. Use the insertion-point movement keys to extend the selection (see the section "Insertion Point" for details). WordPerfect for Windows highlights all the text you cover as you move the insertion point.

Other slick ways to extend a block

WordPerfect for Windows offers all sorts of fast ways to extend a selected block after you have turned on blocking. This list shows a few shortcuts you might want to try:

- Press Ctrl+ → to extend the block to the next word to the right or Ctrl+← to extend the block to the next word to the left.

- Press ↑ to extend the block up one line. Press ↓ to extend the block down one line.

- Press Ctrl+Home to extend the selection from the insertion point to the beginning of the document or Ctrl+End to extend it from the insertion point to the end of the document.

More stuff

If you ever find yourself selecting the wrong text, you can cancel the selection by pressing F8 or by clicking the insertion point anywhere in the document.

Show ¶

Displays symbols on the screen for each code you have entered in your document, including hard return, space, tab, indent, centering, flush right, soft hyphen, center page, and advance.

Pull-down menu

```
 Show Symbols - Show symbols for spa
 File  Edit  View  Insert  Layout  T
              Draft          Ctrl+F5
            √ Page           Alt+F5
              Two Page

              Zoom...

              Button Bar
              Power Bar
              Ruler Bar  Alt+Shift+F3
              Status Bar
              Hide Bars  Alt+Shift+F5

            √ Graphics
              Table Gridlines
              Hidden Text
              Show ¶      Ctrl+Shift+F3
              Reveal Codes   Alt+F3
```

For keyboard kronies

 Ctrl + **Shift** + **F3**

More stuff

You can define which codes are to be represented by symbols on the screen by choosing Preferences from the File menu and then choosing Display. In the Display Preferences dialog box, choose the Show ¶ radio button. In the Symbols to Display area, deselect any of the check box options that you don't want displayed when Show ¶ from the View menu is activated.

Sort

Lets you rearrange text in alphabetic or numeric order. In Word-Perfect for Windows, you can sort lines of text (such as simple lists), paragraphs, records in a merge text data file, or rows in a table (see the sections "Merge" and "Tables" for more information).

Pull-down menu

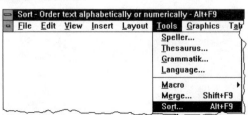

```
 Sort - Order text alphabetically or numerically - Alt+F9
 File  Edit  View  Insert  Layout  Tools  Graphics  Tab
                                    Speller...
                                    Thesaurus...
                                    Grammatik...
                                    Language...

                                    Macro          ▶
                                    Merge...    Shift+F9
                                    Sort...       Alt+F9
```

For keyboard kronies

 + [F9]

Sorting information in WordPerfect for Windows

Sorting is based on keys, which indicate what specific information should be used to alphabetize or numerically reorder the text. You might have a list that contains your co-workers' names and telephone numbers, for example, and you want to sort the list alphabetically by last name. You tell WordPerfect for Windows to use the last name of each person as the sorting key. When you sort information with WordPerfect for Windows, you can define more than one sorting key. If your list of names and telephone numbers contains several Smiths and Joneses, you can define a second key that indicates how you want the duplicates to be arranged (by first name, for example).

To sort information in WordPerfect for Windows, follow these steps:

1. Open the document that contains the information you want to sort by choosing Open from the File menu.

2. If you want to sort a table or parallel columns, position the insertion point somewhere in the table or the columns. If you want to sort specific lines or paragraphs in a document, select just the lines or paragraphs (see the section "Select (Text)" for more information).

3. Choose Sort from the Tools menu (or press Alt+F9) to open the Sort dialog box.

4. If you want to save the sorted information in a file other than the current document file, use the Output File option to indicate which file to use.

5. If necessary, change the type of sort by choosing the appropriate radio button under Sort By. You can sort by Line, Paragraph, Merge Record, Table Row, or Column.

6. Define the first key by making any necessary changes to the Type, Sort Order, Field, Line, Word, and Cell (when you're performing a Table sort) settings for Key 1.

   By default, WordPerfect for Windows performs an Alpha sort in ascending order (from A to Z) based on the first word in the first line of the first field (or cell, when you're performing a Table sort).

7. To sort by another key, choose Add Key. Then change any of the settings that need modifying for Key 2.

8. Repeat step 7 until you have defined all the sort keys you want. (Extra keys are necessary only when the previous key has duplicates and you want to tell WordPerfect for Windows how to treat them — such as sorting by first name when you have duplicate last names.)

9. If you want uppercase letters sorted before lowercase letters, choose Uppercase First to put an X in its check box.

10. Choose OK to begin sorting.

More stuff

The "key" to understanding sorting in WordPerfect for Windows is to understand that the program divides information into fields and records, based on different types of sorts, as shown in this list:

- In a Line sort, each line terminated by a hard return is considered to be a record. These records can be subdivided into fields (separated by tabs) and words (separated by spaces, slashes, or hyphens).

- In a Paragraph sort, each paragraph that ends in two or more hard returns is a record. These records can be subdivided into lines (separated by soft returns), fields (separated by tabs), and words (separated by spaces, slashes, or hyphens).

- In a Merge Record sort, each record ends with an ENDRECORD merge code. These records can be subdivided into fields (separated by ENDFIELD codes), lines (separated by hard returns), and words (separated by spaces, slashes, or hyphens).

- In a (Parallel) Column sort, each record is one row of parallel columns. (See the "Columns" section for definitions of types of columns.) These records can be subdivided into columns (separated by a hard page), lines (separated by soft or hard returns), and words (separated by spaces, slashes, or hyphens).

- In a Table sort, each record is one row. These records can be subdivided into cells (numbered from left to right beginning with one), lines (separated by hard returns), and words (separated by spaces, slashes, or hyphens).

Speller

Lets you eliminate all those embarrassing spelling errors. The WordPerfect for Windows Speller also locates double words (repeated words) and words with weird capitalization.

Pull-down menu

```
Speller - Check for misspelled words, double words, irregular
File   Edit   View   Insert   Layout   Tools   Graphics   Tab
                                      Speller...
```

For mouse maniacs

Click 🔲 on the power bar.

Spell-checking a document

To check the spelling in your document, follow these steps:

1. To check the spelling of a word or page, position the insertion point somewhere in that word or on that page. To check the spelling from a particular word in the text to the end of the document, position the insertion point on that word. To check the spelling of the entire document, you can position the insertion point anywhere in the document.

2. Choose Speller from the Tools menu (or press Ctrl+F1) to open the Speller window.

3. By default, the program spell-checks the entire document (unless text is selected, in which case the program opts to check only the selection). To change the amount of text that is spell-checked, choose the appropriate command from the Check pull-down menu in the Speller menu bar. The commands for specific text are Word; Sentence; Paragraph; Page; Document; To End of Document; Selected Text; Text Entry Box; or Number of Pages.

4. Choose Start or press Enter to begin spell-checking.

   When the Speller locates a word it cannot find in its dictionary, the Speller highlights the word in the text and displays the word at the top of the Speller window after the Not found message. The Speller then lists all suggestions for replacing the unknown (and potentially misspelled) word in the Suggestions list box. The first suggestion in this list is also shown in the Replace With text box.

5. To replace the unknown word with the word located in the Replace With text box, choose Replace or press Enter. To replace the unknown word with another proposed word from the Suggestions list box, select the proposed word. After it appears in the Replace With text box, choose Replace or press Enter.

   To skip the unknown word one time only and continue spell-checking, choose Skip Once.

   To skip this unknown word and every other occurrence of it throughout the document, choose Skip Always.

To add the unknown word to the supplementary spelling dictionary (so that the Speller skips the word in this and every other document), choose A̲dd.

To edit the unknown word while in the text, click the word in the document to activate the document window. Then make your changes. When you're ready to resume spell-checking, choose R̲esume in the Speller window.

There may be no suggestions for the unknown word offered in the Replace W̲ith text box and Sugge̲stions list box. Or maybe none of the suggestions is anywhere close to the word you tried to spell. If this occurs, enter a best-guess spelling in the Replace W̲ith text box and then choose S̲uggest to have the Speller look up the word.

6. When the Speller locates the occurrence of a duplicate word in the text, it highlights both words and suggests just one of the words as the replacement in the Replace With text box. To disable duplicate word checking, choose D̲uplicate Words from the O̲ptions pull-down menu on the Speller menu bar.

7. When the Speller locates a word that uses irregular capitalization, it highlights this word and makes various alternative capitalization suggestions in the Replace With text box and Suggestions list box. To disable irregular capitalization checking, choose I̲rregular Capitalization from the O̲ptions pull-down menu on the Speller menu bar.

8. When the Speller encounters a word with numbers in it (such as B52 or RX7), the Speller highlights the unknown word and displays whatever suggestions it can come up with in the Replace With text box and Suggestions list box. To disable spell-checking of words with numbers, choose Words with N̲umbers from the O̲ptions pull-down menu on the Speller menu bar.

9. When the Speller finishes checking the document (or the part you indicated), it displays a Speller dialog box informing you that the spell-check has been completed and asks whether you want to close the Speller. Choose Y̲es or press Enter to close the Speller window and return to the document. You can also close the Speller at any time by choosing C̲lose or double-clicking its Control-menu button.

More stuff

Save your document immediately after spell-checking it to ensure that you don't lose the edits made by way of the Speller.

For more information about this command, see Chapter 7 of *WordPerfect For Windows For Dummies*.

Styles

Lets you format various parts of a document in the same manner by simply applying the appropriate style to the text. By using styles, you don't have to use individual formatting commands every time you format text.

Pull-down menu

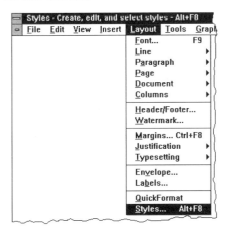

For keyboard kronies

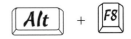 + [F8]

Styles à la QuickCreate

You can create a style for your document by choosing each format setting from the WordPerfect for Windows pull-down menu in the Style Editor. The easiest way to create the style, however, is by example using the QuickCreate feature, as shown in these steps:

1. Format the document text exactly as you want it to appear in the style, including fonts, sizes, attributes, alignment, justification, and so on.

2. Select the formatted text. Be sure to include as part of your selection all the secret codes that change the font or font size or otherwise format this selected text!

3. Choose Styles from the Layout menu (or press Alt+F8) to open the Style List dialog box.

4. Choose QuickCreate to open the Styles QuickCreate dialog box.

5. Enter a name for your new style (such as 1st Head) in the Style Name text box. The name can be as long as 12 characters. Then press Tab.

6. Enter a description of the new style (such as 50-point bold Helvetica) in the Description text box.

7. By default, WordPerfect for Windows creates a Paragraph style. This means that the program applies the formatting to the entire paragraph. To create a Character style instead (the program applies the formatting to only the selected text), choose the Character radio button.

8. Choose OK or press Enter to close the Styles QuickCreate dialog box and return to the Style List dialog box. Your new style is now listed and selected.

9. To apply your brand-new style to the text that is currently selected in the document, choose Apply. To close the Style List dialog box without assigning the style to the selected text, choose Close.

More stuff

To turn on a style before you type the text, position the insertion point in the text where you want the style formatting to begin. Then open the Style List dialog box by choosing Styles from the Layout menu or by pressing Alt+F8. Select the style in the Name list box and choose Apply or press Enter. Now you can type the text. To turn off the style in a new paragraph, open the Style List dialog box and select <None> in the Name list box. Then choose Apply or press Enter.

To apply a paragraph style to an existing paragraph of text, position the insertion point somewhere in that paragraph. Then select the style in the Name list box found in the Style List dialog box and choose Apply or press Enter.

For more information about this command, see Chapter 12 of *WordPerfect For Windows For Dummies*.

Suppress

Lets you temporarily stop the printing of a header, footer, or page number on a single page of the document.

Pull-down menu

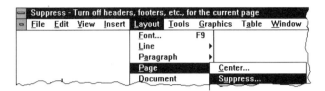

This header is suppressed!

Suppress lets you stop page numbering, headers, footers, or watermarks from printing on a particular page. To do so, just open the Suppress dialog box and choose the check boxes for all the page elements that should not appear on the current page.

When you're suppressing normal page numbering on the current page, you can choose the Print Page Number at Bottom Center on Current Page option by putting an X in its check box. This option prints the page number in the center near the bottom of just that single page.

More stuff

Before choosing this command, position the insertion point somewhere on the page where you want the page elements to be temporarily suspended.

For more information about this command, see Chapter 10 of *WordPerfect For Windows For Dummies.*

Tab Set

Lets you change the tabs in your document.

Pull-down menu

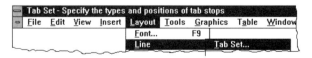

QuickMenus

You can change the tabs by using the Tab Set dialog box. To do so, click the ruler bar (displayed by choosing Ruler Bar from the View menu) with the secondary mouse button (the right mouse button for right-handers, and the left mouse button for lefties).

For mouse maniacs

You can change tabs directly on the ruler bar (see the "Ruler Bar" section for details). You can also display the Tab Set dialog box and change the tabs by double-clicking any of the tab icons displayed on the ruler bar.

The changing of the tabs

You can change tabs anywhere in the document text. To set uniform tabs for the document, follow these steps:

1. Position the insertion point somewhere in the first paragraph where the new tab settings will take effect.

2. Choose Line from the Layout menu and then choose Tab Set from the cascading menu to open the Tab Set dialog box.

3. Choose Clear All to delete all the current tabs.

4. Select the type of tabs you want to set in the Type pop-up list (Left, Center, Right, Decimal, Dot Left, Dot Center, Dot Right, or Dot Decimal).

5. Choose Position and enter the distance between the first tab and the left margin or the left edge of the page. You can also select this distance with the up- and down-arrow buttons. Zero inches puts the first tab in line with the left margin.

6. Choose Repeat Every by putting an X in its check box and, using its text box, enter a measurement for how far apart each tab stop should be. You can also select this measurement with the up- and down-arrow buttons.

7. If you want the tabs to always remain fixed, even if you change the left margin, select the Left Edge of the Paper (Absolute) radio button. Otherwise, the Left Margin (Relative) radio button is chosen by default.

8. To change the dot leader character when you're using a dot leader tab (such as Dot Left, Dot Center, Dot Right, or Dot Decimal), choose Dot Leader Character. Then enter the new character in the text box. To insert a character not available from the keyboard, press Ctrl+W and choose the WordPerfect Character (see the "WordPerfect Characters" section).

   To change the spacing between each dot, choose Space Between Characters and then enter the new distance in the text box. (Or you can select this measurement with the up- and down-arrow buttons.)

9. To change the alignment character when you're setting Decimal or Dot Decimal tabs, choose Character under Align Character and enter the new alignment characters in the text box.

10. Choose Set to move the insertion point to the end of the first tab measurement. Put an X in the Repeat Every check box, enter the distance that should separate each subsequent tab in its text box, and press Enter. As soon as you choose Set, WordPerfect for Windows uses the separation interval in the Repeat Every text box to indicate the location of the tabs across the ruler with the appropriate letters. You can also see the new tab settings take effect in your document text by looking at the text that shows behind the Tab Set dialog box.

11. Choose OK or press Enter to close the Tab Set dialog box and return to your document. You can now see your new uniform tab settings.

More stuff

You can also set individual tab settings in the Tab Set dialog box. Simply choose the type of tab and enter its position (relative to the left margin or the left edge of the paper) in the Position text box. Then choose Set to insert the tab on the tab ruler.

Keep in mind that instead of going through the rigmarole of changing tabs in the Tab Set dialog box, you can change the tabs on the ruler bar (see the "Ruler Bar" section for more information).

For more information about this command, see Chapter 9 of *WordPerfect For Windows For Dummies*.

Tables

Lets you set text in a tabular format by using a layout of columns and rows, much like a spreadsheet. Tables not only superficially resemble spreadsheets, in fact, but they can also accommodate worksheets created with that type of software and can perform most of the same functions. Moreover, the boxes formed by the intersection of a column and a row are called *cells,* just as they are in a spreadsheet. Each cell has a cell address that corresponds to the letter of its column (from A to Z and then doubled, as in AA, AB, and so on) and the number of its row (the first row is 1). Therefore, the first cell in the upper left corner is A1 (because it's in column A and row 1).

Pull-down menu

```
─  Table Create - Create a table or floating cell - F12
─  File   Edit   View   Insert   Layout   Tools   Graphics   Table   Window   Help
                                                             Create...           F12
```

For keyboard kronies

For mouse maniacs

Click [image] and drag through the tiny table grid until you have highlighted all the cells you want in the table. Then release the mouse button.

To change the width of a column in a table, position the mouse pointer somewhere on the border of the column you want to change. When the pointer changes to a double-headed arrow pointing to the left and right, drag the column border until the column is the width you want.

QuickMenus

The Table QuickMenu enables you to do lots of table-related stuff, such as format existing cells or insert or delete cells. You can also use the QuickMenu to display the formula bar when you create and calculate formulas in the cells.

Creating a table

To create a table, first indicate the number of columns and rows the table should have by following these steps:

1. Move the insertion point to the beginning of the new line in the document where you want the table to appear.

2. Choose Create from the Table menu or press F12 to open the Create Table dialog box.

3. By default, WordPerfect for Windows creates a table with three columns and one row. To accept this default table size, choose OK or press Enter. To create a table that has more columns and rows, enter the number of columns in the Columns text box and the number of rows in the Rows text box. Then choose OK or press Enter.

Entering text in a table

After creating the table structure, you can enter text in the various cells of the table. To enter text, position the insertion point in the cell (it's in the first cell by default) and begin typing. To advance to the next cell on the right, press Tab. To return to the previous cell, press Shift+Tab (which is a backward tab). When you reach the last cell in a row, pressing Tab moves you to the cell at the beginning of the next row. If you press Tab when the insertion point is in the last cell of a table, WordPerfect for Windows adds a blank row of cells to the table and positions the insertion point in the first cell in this new row.

More stuff

You can convert a table created with tabs or parallel columns into a WordPerfect for Windows table (see the "Columns" section for more information about parallel columns). To do so, select the lines of the tabular table or parallel columns and choose Create from the Table menu, which opens the Convert Table dialog box. Then choose either the Tabular Column or Parallel Column radio button under Create Table From and choose OK or press Enter.

For more information about this command, see Chapter 16 of *WordPerfect For Windows For Dummies*.

Templates

Lets you select an entirely new pattern for the new document you're creating. Templates can include new format settings, menu arrangements, button bars, and macros, as well as the standard text that is required in creating certain types of documents (such as memoranda or legal briefs).

Pull-down menu

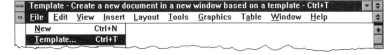

Template - Create a new document in a new window based on a template - Ctrl+T

File   Edit   View   Insert   Layout   Tools   Graphics   Table   Window   Help

New   Ctrl+N
Template...   Ctrl+T

For keyboard kronies

[Ctrl] + [T]

More stuff

Whenever you choose a new template in the Template dialog box, WordPerfect for Windows opens a new window that uses the settings, menus, macros, and so on that are associated with that template.

To arrange the pull-down menus to be more like they are in WordPerfect 5.1 for DOS, choose wp51dos in the Template dialog box as the document template to use. (Choose wp60dos if you're more familiar with WordPerfect 6.0 for DOS.) To arrange the menus to be more like WordPerfect 5.2 for Windows, choose wpwin52 as the template. To arrange the menus to be more like Microsoft Word 2.0 for Windows, choose wpword as the template.

For more information about this command, see Chapter 17 of *WordPerfect For Windows For Dummies*.

Thesaurus

Lets you find synonyms (words with similar meanings) and antonyms (words with opposite meanings) for many of the words you overuse in a document.

Pull-down menu

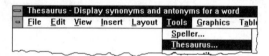

For keyboard kronies

For mouse maniacs

Click 🔲 on the power bar.

More stuff

To look up a word in the Thesaurus, position the insertion point somewhere in the word and then open the Thesaurus dialog box (press Alt+F1).

Keep in mind that when you replace a word with a synonym or antonym from the Thesaurus, WordPerfect for Windows makes no attempt to match the original tense or number in the text. So if

you look up the word *jumped* in a document and select *leap* in the Thesaurus dialog box as its replacement, WordPerfect for Windows inserts *leap* without an *ed* (which you must then add yourself).

For more information about this command, see Chapter 7 of *WordPerfect For Windows For Dummies.*

Two Page View

Lets you see two pages of a document on the screen at one time.

Pull-down menu

```
View Two Page - Display two pages at a
 File  Edit  View  Insert  Layout  T
              Draft          Ctrl+F5
            √ Page           Alt+F5
              Two Page
```

More stuff

When you use two page view in WordPerfect for Windows, you can edit the text and graphics as you would edit them on a normal-size page (if you can see the stuff that needs editing). You cannot, however, use the Zoom command to zoom in on a part of the two-page spread. To use the Zoom command, you must switch back to page view or draft view (see the sections "Draft View," "Page View," and "Zoom").

Typeover

Typeover is the typing mode opposite the default typing mode, which is Insert. In Typeover mode, the new characters you type on a line eat up the existing characters rather than push the existing characters to the right of the newly typed text (as is the case when you're using Insert mode).

More stuff

You can switch between Insert and Typeover modes by pressing Insert. WordPerfect for Windows always tells you when you have switched into Typeover mode by replacing Insert with Typeover on the status bar.

For more information about this command, see Chapter 4 of *WordPerfect For Windows For Dummies.*

Undelete

Restores at the insertion point's current position any of the last three text deletions you made in your document.

Pull-down menu

For keyboard kronies

Ctrl + **Shift** + **Z**

More stuff

When you press Ctrl+Shift+Z (or choose Undelete from the Edit menu), WordPerfect for Windows displays the Undelete dialog box. This box displays the last deletion you made as highlighted text at the insertion point's current position. To restore this text to the document, choose Restore. To see a previous deletion (up to the third one you made), choose Previous. To return to a deletion you have already seen, choose Next. When the text you want to restore appears, choose Restore. If the text never appears, choose Cancel or press Esc to close the Undelete dialog box.

For more information about this command, see Chapter 4 of *WordPerfect For Windows For Dummies*.

Underline

Underlines selected text in the document.

For keyboard kronies

Ctrl + **U**

For mouse maniacs

Click 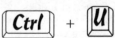 on the power bar.

More stuff

 You can underline text before or after you type it, just as you can with bold and italics (see the "Bold" section to get the general idea). To get rid of underlining in the text, open the Reveal Codes window and delete either the [Und> or the <Und] secret code that encloses the text.

 For more information about this command, see Chapter 8 of *WordPerfect For Windows For Dummies*.

Undo

Restores the document to its previous state before you messed it up.

Pull-down menu

For keyboard kronies

For mouse maniacs

Click 🔲 on the power bar.

More stuff

 Be sure that you use the Undo feature immediately after you make your boo-boo in the document. Don't try anything else because it just might make it impossible to right the situation.

For more information about this command, see Chapter 2 of *WordPerfect For Windows For Dummies*.

Watermark

Inserts background text or graphics in a document that other text can be printed over and can still be read.

Pull-down menu

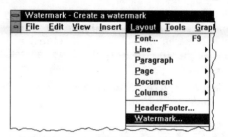

Creating a watermark

Creating a watermark is similar to creating a header or footer.
(That's why they put Watermark right under Header/Footer on
the Layout menu.) To create a watermark, follow these steps:

1. Place the insertion point on the first page on which you
   want to have a watermark.

2. Choose Watermark from the Layout menu to open the
   Watermark dialog box.

3. Choose Create to create Watermark A. (To create a second
   watermark, select Watermark B before you choose Create.)

   WordPerfect for Windows then opens a special Watermark
   window and displays the Watermark feature bar.

4. To add a graphics image to the watermark, choose Figure
   on the Watermark feature bar and then choose a graphics
   file in the Insert Image dialog box. WordPerfect for Windows inserts the image as light gray in the document and
   displays the graphics box feature bar. Edit the light gray
   graphics image as you see fit and then choose Close, which
   closes the graphics box feature bar and returns to the
   Watermark feature bar.

5. To add text to your watermark, type the text in the Watermark window or open the document that contains the text.
   To do so, choose File on the Watermark features bar and
   then select the filename in the Insert File dialog box.

6. By default, if you add a watermark to your document,
   WordPerfect for Windows adds it to all pages in the
   document. To add the watermark to only the even or odd
   pages, choose Placement on the Watermark feature bar.
   Then choose the Odd Pages radio button or the Even Pages
   radio button.

7. When you finish entering and formatting the watermark text
   or adding the watermark graphics images, choose Close on

the Watermark feature bar. The Watermark window and Watermark feature bar both close and you return to your document.

More stuff

 Any watermark you add to a document is visible on the screen only when the program is in page view or two page view. When you switch to draft view, the watermark image and text disappear from the screen.

 You can suppress the printing of a watermark on a specific page just as you can suppress a header or footer from printing (see the "Suppress" section for details).

Widow/Orphan (See "Keep Text Together")

Window

The Window commands let you switch between documents that are open in different windows and let you arrange all the open document windows on one screen. The arrangement of the windows can be overlapping or side-by-side. The Window pull-down menu also shows all the files that are currently open but that may not be active.

Pull-down menu

```
Cascade - Arrange document windows so they overlap with title bars showing
  File   Edit   View   Insert   Layout   Tools   Graphics   Table   Window   Help
                                                                    Cascade
```

More stuff

To make another document window active, open the Window menu and then type the underlined number given to the document window or click the number or filename with the mouse.

Choose Tile or Cascade from the Window menu to arrange all the open windows. (You can have as many as nine windows open if your computer has enough memory.) Tile places the windows side by side; Cascade places them one in front of the other with the title bars of each one showing.

 For more information about this command, see Chapter 14 of *WordPerfect For Windows For Dummies*.

WordPerfect Characters

Lets you insert special characters that are not available from the regular keyboard (such as weird foreign language and math and science symbols).

Pull-down menu

For keyboard kronies

More stuff

To insert a WordPerfect character into the text of your document or into a text box in a dialog box, position the insertion point where you want the character to appear. Then open the WordPerfect Characters dialog box (you must press Ctrl+W when you're in a dialog box). Choose the character set you want to use in the Character Set pop-up list and then select the character to use in the Characters list box. To insert the selected character and leave the WordPerfect Characters dialog box open, choose Insert (or double-click the character). To insert the selected character and also close the dialog box, choose Insert and Close.

Each WordPerfect character is assigned a set number plus a character number. This number is shown in the Number text box when you select a character in the Characters list box. If you already know the set number and character number for the character you want to use, select it by simply entering the two numbers in the Number text box and separate them with a comma.

Zoom

Lets you change the size of the screen display as you're running WordPerfect for Windows in draft view or page view.

Pull-down menu

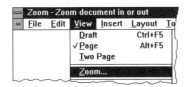

For mouse maniacs

Click on the power bar and drag to the Zoom command you want to use.

More stuff

Select the Margin Width radio button to have WordPerfect for Windows fill the document window with text from margin to margin and with minimal white space. Use Page Width to display the entire width of the document within the document window. Use Full Page to display the entire length of the document within the document window.

For more information about this command, see Chapter 20 of *WordPerfect For Windows For Dummies.*

IDG BOOKS WORLDWIDE REGISTRATION CARD

RETURN THIS REGISTRATION CARD FOR FREE CATALOG

Title of this book: WordPerfect for Windows for Dummies Quick Reference

My overall rating of this book: ❏ Very good [1] ❏ Good [2] ❏ Satisfactory [3] ❏ Fair [4] ❏ Poor [5]

How I first heard about this book:

❏ Found in bookstore; name: [6]　　　　　　　　　❏ Book review: [7]

❏ Advertisement: [8]　　　　　　　　　　　　　　❏ Catalog: [9]

❏ Word of mouth; heard about book from friend, co-worker, etc.: [10]　❏ Other: [11]

What I liked most about this book:

What I would change, add, delete, etc., in future editions of this book:

Other comments:

Number of computer books I purchase in a year: ❏ 1 [12] ❏ 2-5 [13] ❏ 6-10 [14] ❏ More than 10 [15]

I would characterize my computer skills as: ❏ Beginner [16] ❏ Intermediate [17] ❏ Advanced [18] ❏ Professional [19]

I use ❏ DOS [20] ❏ Windows [21] ❏ OS/2 [22] ❏ Unix [23] ❏ Macintosh [24] ❏ Other: [25]_____
(please specify)

I would be interested in new books on the following subjects:
(please check all that apply, and use the spaces provided to identify specific software)

❏ Word processing: [26]　　　　　　　　　❏ Spreadsheets: [27]

❏ Data bases: [28]　　　　　　　　　　　　❏ Desktop publishing: [29]

❏ File Utilities: [30]　　　　　　　　　　　❏ Money management: [31]

❏ Networking: [32]　　　　　　　　　　　　❏ Programming languages: [33]

❏ Other: [34]

I use a PC at (please check all that apply): ❏ home [35] ❏ work [36] ❏ school [37] ❏ other: [38] _____

The disks I prefer to use are ❏ 5.25 [39] ❏ 3.5 [40] ❏ other: [41]_____

I have a CD ROM: ❏ yes [42] ❏ no [43]

I plan to buy or upgrade computer hardware this year: ❏ yes [44] ❏ no [45]

I plan to buy or upgrade computer software this year: ❏ yes [46] ❏ no [47]

Name: 　　　　　　　　　　　　　Business title: [48]

Type of Business: [49]

Address (❏ home [50] ❏ work [51]/Company name: 　　　　　　　　　　　　　)

Street/Suite#

City [52]/State [53]/Zipcode [54]: 　　　　　　　　Country [55]

❏ **I liked this book!**
You may quote me by name in future IDG Books Worldwide promotional materials.

My daytime phone number is _____

IDG BOOKS

THE WORLD OF
COMPUTER
KNOWLEDGE

❏ YES!

Please keep me informed about IDG's World
of Computer Knowledge. Send me the latest
IDG Books catalog.

BUSINESS REPLY MAIL

FIRST CLASS MAIL   PERMIT NO. 2605   SAN MATEO, CALIFORNIA

IDG Books Worldwide
155 Bovet Road, Suite 310
San Mateo, CA 94402-9833